U0115210

文學研究叢書・辭章修辭叢刊

章法論叢
第六輯

中華章法學會 主編

序

　　二〇一一年十月八日，假臺北市立教育大學所舉辦之「第六屆辭章章法學學術研討會」終於圓滿落幕。本屆研討會共發表三十篇論文，有來自廣東肇慶、香港、韓國及國內各大專校院專兼任教師、中學教師及研究生的論文，從論文的品質與數量來看，都超越了前五屆的規模。為了讓研討會的成果發揮更廣泛的影響力，我們仍循往例出版《章法論叢》第六輯。而基於提升論叢水準的考量，凡有意願納入本論文集的學者，均須參照特約討論人之意見加以修改，並同意將修改好的論文送予匿名學者審查，以送審意見作為刊登與否的標準。

　　經審查彙整，《章法論叢》第六輯共收論文二十五篇，依論文的性質約可分為五種類型：

　　一是有關辭章學理論的探討，包括：蔡宗陽教授的〈劉勰《文心雕龍》與篇章結構〉、孟建安教授〈章法學體系建構的系統性原則〉、林姵瑋碩士生的〈「Ｖ有」的歷時演變研究〉、余崇生教授的〈論文章結構與表達〉、蔡幸君老師的〈意、象互動的篇章組織及其藝術效果〉、仇小屏教授的〈論「泛稱意象」與「特稱意象」——以席慕蓉《七里香》「花卉」、「地點」系列意象為考察對象〉及陳佳君教授的〈論章法學在科際整合與更新語料上的研究趨勢〉等七篇。範圍涵蓋了文心雕龍理論、章法學、意象學與文法學，內容相當豐富。

　　二為作家及文學作品的研究，包括：林均珈老師的〈論明清傳

奇之篇章結構——以《絳蘅秋》為例〉、邱燮友教授的〈宏揚中華文化的十二首唐詩〉、白雲開教授的〈論陶淵明〈桃花源記〉的經典價值——構建「桃花源」世界的語言設計〉、黃麗容教授的〈李白古風記遊詩探析〉、梁敏兒教授的〈郁達夫的遊記散文的現代性——以〈傷感的行旅〉為例〉、王偉忠教授的〈白居易應用文結構初探〉、金鮮教授的〈韓國近代女性崔松雪堂之漢詩研究——以機能不全家庭（Dysfunctional Family）的成人孩子（Adult Children）觀點爲主〉、何永清教授的〈《論語》的語氣詞探究〉、張春榮教授的〈王鼎鈞書寫的穿透力——辯證思維〉、高美華教授的〈李漁聯章詞的結構特色〉、蒲基維教授的〈恬靜淡泊中的剛毅與執著——陶淵明〈飲酒詩〉風格探析〉、魏聰祺教授的〈《史記・老子韓非列傳》篇章結構及其意義〉等十二篇。其中包含古典詩歌、古典散文、現代散文及戲曲等文類的研究。值得一提的兩件事，一是金鮮教授所探討的韓國近代女性文學家及其作品，增添了本輯論叢的多樣面貌；二是魏聰祺教授首度跨領域研究史傳散文的篇章結構，除讚賞其眼界之外，亦感謝魏教授對章法學的推展與認同。

　　三為跨領域的比較研究，包括：戴維揚教授的〈中西「對對子」結構美學對比研究——陳寅恪 vs 錢鍾書〉、黃淑貞教授的〈傳統民居建築雕飾意象試探——以林安泰古厝為考察對象〉、黃連忠教授的〈圭峰宗密立體思維與論證章法的特質與意義〉等三篇，乃以中西比較美學、傳統建築意象及佛學各擅勝場。

　　四為國語文教學的研究，包括：蕭千金老師的〈PISA 閱讀歷程結合 Bloom 認知能力的國文教學——以篇章縱橫向結構為文本分析方法〉、譚志明教授的〈說明文字的賞析步驟和方法的建立——以梁實秋的〈舊〉為例〉等兩篇，各探討了目前世界討論最熱門的 PISA 閱讀及傳統說明文的賞析策略，均有助於國語文的教學。

五為華語文教學研究，有竺靜華教授的〈論華語教學中句型之邏輯性的引導──由「哪壺不開提哪壺」說起〉一篇，其細膩而多元的舉例，提供了華語文教學深刻的思維。

本屆計有三篇論文未參與審查，包括：梁淑媛教授的〈香草花園裡的風景：陳子昂〈感遇〉詩對《楚辭》的接受舉隅〉、林淑雲教授的〈從互文性視角談〈木蘭辭〉、〈木蘭歌〉及迪士尼〈木蘭〉〉與張娣明教授的〈《文心雕龍》詩學與泛具法的輝映〉，乃因作者另有考量，擬投刊於其他專書或學報，故未列入，就本論叢而言，雖無不缺憾，仍賀喜其鉅作另有發表空間。若再採計兩篇未審查通過的論文，《章法論叢》第六輯的論文審查通過率約為百分之八十三，就論文集品質的提升來看，此一數據代表著辭章章法學研究的新里程。

本屆論文研討會能圓滿成功，首先要感謝在臺北教育大學人文藝術學院林公欽院長的領導下，由中國語文學系余崇生主細心擘畫，大力扛起承辦的責任。更要感謝許多學者長期以來的支持，如蔡宗陽教授、邱燮友教授、余崇生教授、張春榮教授、戴維揚教授等，各以實際的論文發表，讓研討會的討論增色不少。而遠從南投北上的李威熊教授，不僅負責專題演講，又擔任第一場研討會主持人，更帶來了精神與物質上豐富的支持，尤令人感動。至於長期以來在每一屆研討會中擔任主持人的資深教授，如林文寶教授、賴明德教授、許錟輝教授及王偉勇教授等，以及擔任特約討論的林素珍教授、莊雅州教授、傅武光教授、許長謨教授、何永清教授、高美華教授、胡其德教授、王基倫教授及顏瑞芳教授等，其情義相挺的熱忱，更令人銘感在心。謹代表章法學會理、監事及工作團隊，致上最深的敬意。

本論叢得以順利付梓，仍須感謝萬卷樓梁錦興總經理、張晏瑞副總編輯的籌畫和主編吳家嘉小姐的編輯。為使論文更為精緻無

誤，本論叢已幾經繁瑣的校對，惟時間倉促，疏漏難免，期望各界
不吝指正。

　　　　　　　　　　　　中華民國章法學會　　理事長　陳滿銘　　謹序於理事長室

　　　　　　　　　　　　　　　　　　　　　　秘書長　蒲基維

　　　　　　　　　　　　　　　　　　　　　　　　　　　　2012 年 11 月 12 日

目次

經學與文章學
—— 經典是極文章之骨髓

李威熊

逢甲大學榮譽教授、國立彰化師範大學國文系兼任教授

摘要

文章源於自然，是世界的共通性；文章源於經典，是中國的獨特性。經典與文章的來源、體裁、創作、批評，是相輔相成，相得益彰，息息相關，密不可分的。

關鍵詞：經學、文章學、文章骨髓

一　前言

文章的本源有二：一是源於自然，二是源於經典。劉勰《文心雕龍‧原道》（以下逕稱篇名）云：「（人）為五行之秀氣，實天地之心生，心生而言立，言立而文明，自然之道也。」這是劉勰闡明文章源於自然的最佳註腳。又〈宗經〉云：「經也者，恆久之至道，不刊之鴻教也。故象天地，效鬼神，參物序，制人紀，洞性靈之奧區，極文章之骨髓者也。」這是文章源於經典的最好印證。文章源於自然，是世界的共通性；文章源於經典，是中國的獨特性。

二　經典與文章

〈序志〉云：「唯文章之用，實經典枝條。」經典好像一棵大樹，文章好像部分樹枝。經典主要有五：《周易》、《尚書》、《毛詩》、《禮經》、《春秋》。《周易》是談論天道的書，入乎神，發揮妙用；《尚書》是記載古代君臣對話的內容；《毛詩》是抒發情志；《禮經》是建立社會各種體制；《春秋》辨別人事的道理，一字見義，所謂「一字寓褒貶」，如《左傳》：「鄭伯克段於鄢。」鄭莊公與共叔段，本是兄弟，「克」字暗示兩位是君主，含有「貶」之義。這是闡析經典含有文章的成分。

文章的體裁，源於經典。劉勰說：「論說辭序，則《易》統其首；詔策章奏，則《書》發其源；賦頌歌讚，則《詩》立其本；銘誄箴祝，則《禮》總其端；記傳盟檄，則《春秋》為根。」（〈宗經〉）由此可見，文章體裁源於經典。《文心雕龍》，自第六〈明詩〉至第十

五〈諧讔〉，皆是有韻的文。第十六〈史傳〉至第二十五〈書記〉，皆是無韻的筆。如第十八〈論說〉，是源於《周易》。第十九〈詔策〉，是源於《尚書》。第八〈詮賦〉、第九〈頌贊〉，是源於《毛詩》。第十一〈銘箴〉，是源於《禮經》。第二十〈檄移〉，是源於《春秋》。

文章的創作，源於經典。如劉勰解析黃、唐、虞、夏、商、周、漢、魏、晉等九代文學變遷之大勢，從淳質、質辨、麗雅、侈豔、淺綺，至訛新，時代越近，風氣越衰，所謂「變今」必本乎「參古」。因此，〈通變〉說：「矯訛翻淺，還宗經誥。」所謂「參古」，即為「宗經」。文章之寫作，假如能符合經典的「雅正」，又能適合時代的「新奇」，誠屬上乘之作。倘若能模擬，必臻「雅正」之境界，〈定勢〉所謂「模經為式者，自入典雅之懿；」誠哉斯言。撰寫文章，「雖取鎔經旨，亦自鑄偉辭」（〈辨騷〉），並本著「酌奇而不失其貞（或作「真」），翫華而不墜其實」（〈辨騷〉）。「取鎔經旨」是「雅正」，「自鑄偉辭」是「新奇」，因此〈離騷〉之文，依託五經以立義。誠如〈定勢〉所謂「舊練之才，則執正以馭奇；新學之銳，則逐奇而失正」。有人說：「今日的創新，是明日的傳統；今日的傳統，是昨日的創新。」撰寫文章，應該「苟日新，又日新，日日新」，不斷地精益求精。宋代張載說：「貴學心悟，守舊無功。」治學如此，寫作亦如斯。夏丏尊《文心‧觸發》：「讀書貴有新得，作文貴有新味。」這是最佳的詮詁。俗諺：「文如看山不喜平。」平淡無奇的文章，令人乏味。因此，〈諸子〉以合乎經典為「純粹之類」，異於經典為「躓駁之類」，明示「覽華食實，棄邪採正」的典則。劉勰以合於經典思想之文為「正」，以標新立異之文為「奇」，由此可知，「執正馭奇」的文章創作技巧源於經典。

「質文並重」，也是文學創作技巧之一。〈情采〉：「立文之道，其理有三：一曰形文，五色是也；二曰聲文，五音是也；三曰情文，

五性是也。」文章的辭采聲律，是形式之「文」。文章的情志事義，是內容的「質」。文章創作動機是「為情造文」，文章以述志為本，以情理為經，以辭采為緯。誠如〈情采〉所謂：「情者，文之經；辭者，理之緯；經正而後緯成，理定而後辭暢，此立文之本源也。」古聖先賢之文章，質文並重，正如〈徵聖〉所云：「聖文之雅麗，固銜華而實」。「雅」、「實」，指意涵，即「質」之意。「麗」、「華」，指辭采，即「文」之意。撰寫文章，假如能「義必明確，詞必巧麗，麗詞雅義，符采相勝」（〈詮賦〉），必然是有口皆碑的上乘之作。一言以蔽之，「質文並重」的文章創作手法，源於經典。

文章批評準則，即劉勰所謂六觀。〈知音〉：「將閱文情，先標六觀：一觀位體，二觀置辭，三觀通變，四觀奇正，五觀事義，六觀宮商。」其實，六觀亦是文章創作技巧。文章的批評準則與創作技巧，是相輔相成，相得益彰，密不可分的。

所謂觀位體，是指文章的結構布局。如《文心雕龍》全書結構，依據《周易・繫辭上》：「大衍之數五十，其用四十有九。」〈序志〉是《文心雕龍》的緒論，與「文用」無關，因此「其為文用，四十九篇而已」。四十九篇包括文章的來源、體裁、創作、批評。〈序志〉雖然不是「文用」，但卻有控馭全書的作用，正所謂「長懷〈序志〉，以馭群篇。」

所謂觀置辭，是指觀察文章的字句修辭學、篇章修辭，是否妥貼、恰當。〈章句〉：「夫人之立言，因字生句，積句而為章，積章成篇。篇之彪炳，章無疵也；章之明靡，句無玷也；句之清英，字不妄也；振本而末從，知一而萬畢矣。」但批評文章，必須從謀篇（布局）、裁章（分段），再到造句、用字。謀篇之始，應先規劃大體，明立骨幹，首尾圓合，表裡如一。如僅知細節，而忽略全貌，必有倒置、棼亂的弊病。字句修辭運用綦多者，有譬喻手法，如〈原道〉：

「林籟結響，調如竽瑟；泉石激韻，和若球鍠。」又如〈誄碑〉：「觀風如面，聽辭如泣。」〈知音〉：「平理若衡，照辭如鏡。」以上是明喻。又有略喻者，如〈事類〉：「山木為良匠所度，經書為文士所擇。」

　　所謂觀通變，是指觀察文章的繼承與創新，文章不僅繼承傳統的優點，亦要因通求變，由變創新，正如姚鼐〈劉海峰先生八十壽序〉所云：「為文章者，有所法而後能，有變而後大。」撰寫文章不但崇古宗經，也要酌今貴創，是「通變」的「變」，在於「創新」。傅庚生《中國文學批評通論・自序》：「有志於文學創作者，首必求能多了解他人之作品，繼之以摹傚，終之以創作。」「了解他人之作品」、「摹傚」，皆是「通變」的「通」，「創作」才能走向「通變」的「變」。只有「通」不能「創作」，必須「通」與「變」結合，才能產生「創作」。表面上，是由「通」，走向「變」，其實「通」與「變」的結晶，才能「創新」。正如同自然界的「陰」、「陽」調和，才能產生萬物；人生界的「夫」、「妻」和諧，才能生下子女。

　　所謂觀奇正，是指觀察文章的新奇與雅正。觀奇正，必須兼顧內容的「雅正」、形式的「新奇」，以免偏頗。《文心雕龍》全書各篇形式之美，多用駢偶，善用修辭，內容之美多有創見，富有價值。劉勰多用駢偶，但駢中有散，散中有駢，「迭用奇偶，節以雜佩，乃其貴耳。」（〈麗辭〉）創作文章，先有內容，後有形式。批評文章，先有形式，後有內容。正如〈知音〉所云：「夫綴文者情動而辭發，觀文者披文以入情，沿波討源，雖幽必顯。」良有以也。

　　所謂觀事義，即觀察事類，就是「典故」，也是「材料」，是指「據事以類義，援古之證今」（〈事類〉）。換言之，觀察文章運用材料是否允當，應用成語典故是否確實精當。〈知音〉言及批評蔽障有三：貴古賤今、崇己抑人、信偽迷真，皆舉例加以詮證。

　　所謂觀宮商，是指觀察宮、商、角、徵、羽五音在韻文是否調

配得適。即審視文章的音節是否合乎中和之聲。換言之,觀察文章
的韻律節奏是否和諧。人所發出的聲音,包括宮、商、角、徵、羽
五音,這五音來自人的血脈氣息。劉勰論聲律,不僅有形的平仄押
韻,又有無形的自然旋律。「平仄」,是〈聲律〉所謂「異音相從謂
之和」。「押韻」,是〈聲律〉所謂「同聲相應謂之韻」。觀宮商,既
可以觀察平仄和諧,又可以觀察押韻的情形。《文心雕龍》每篇「贊
曰」,皆有押韻。韓耀隆〈文心雕龍五十篇贊曰用語考〉,析論十分
詳盡。

三 結語

　　經典與文章的本源、體裁、創作、批評,是相輔相成,相得益
彰,息息相關,密不可分的。多讀經典,創作文章,其材料自然左
右逢源,其內涵更有深度、廣度。柳宗元〈答韋中立論師道書〉,曾
云:「吾每為文章,未嘗敢以輕心掉之,……,本之《書》以求其質,
本之《詩》以求其恆,本之《禮》以求其宜,本之《春秋》以求其
斷,本之《易》,以求其動,此吾所以取道之原也。」由此觀之,柳
宗元是唐宋八大家之一,受經典之影響,至深至鉅,亦可以印證經
典與文章學是息息相關的。(本篇為專題演講稿)

劉勰《文心雕龍》與篇章結構

蔡宗陽

國立臺灣師範大學國文研究所兼任教授

摘要

　　早期修辭學是廣義修辭學，包括積極修辭學、消極修辭學。積極修辭學側重於字句修辭學，如黃永武《字句鍛鍊法》[1]。消極修辭學則側重於篇章修辭學，如徐炳昌《篇章的修辭》、其中第三章組段成篇的基本要求、第四章組段成篇的修辭手法》[2]。以《篇章修辭學》為書名，係鄭文貞《篇章修辭學》，其中第二章段落——篇章的基本構件、第三章意義段——篇章的最大構件、第四章開頭、結尾、標題——篇章的特殊構件。[3]此兩本書，就修辭學而言，側重篇章修辭學；就文章而言，與篇章結構雷同；就章法學而言，則與章法規律——秩序、變化、聯貫、統一，是相通的。

　　劉勰《文心雕龍》最早論文章的四重結構，即字、句、章、篇[4]。字是

---

[1] 黃永武：《字句鍛鍊法》（臺北市：臺灣商務印書館，1969 年 8 月初版）；（臺北市：洪範書店有限公司，一九八六年七月增訂一版）。

[2] 徐炳昌：《篇章的修辭》（福州市：福建教育出版社，1986 年 11 月初版），頁 32～167。

[3] 鄭文貞：《篇章修辭學》（廈門市：廈門大學出版社，1991 年 6 月初版），頁 21～156。

[4] 蔡宗陽：〈劉勰《文心雕龍》論文章的四重結構〉，《國文天地》第 27 篇第 1 期（2011 年 6 月），頁 12～17。

點、句是線，章是面，篇是整體的三角錐、或四方、五方的立體。[5]本文以劉勰文章學的「篇章結構」暨陳滿銘章法學的「章法規律」，詮析《文心雕龍》原文，印證劉勰不止是文學理論家，亦是文學實踐家。

關鍵詞：《文心雕龍》、篇章結構、布局、分段、文章學、修辭學、章法學、
　　　　章法規律

---

[5]　點、線構成面，如積字成句，積句成章。積章成篇，如由三個面構成三角錐，或四
　　個面、五個面構成立體。

一　前言

《文心雕龍‧章句》[6]云：

> 夫人之立言，因字而生句，積句而成章，積章而成篇。篇之
> 彪炳，章無疵也；章之明靡，句無玷也；句之精英，字無妄
> 也。振本而末從，知一而萬畢矣。

　　字、句、章、篇，即文章的四重結構。字，指用字遣詞。句，
指造句。章，即離章、分章、指分段。篇，指謀篇，即布局。茲以
劉勰文章學的「篇章結構」，暨陳滿銘章法學的「章法規律」，闡析
《文心雕龍》原文運用布局、分段的情形，以詮證劉勰文學理論與
實踐，是否完全脗口。

二　就全書而言

　　《文心雕龍》五十篇，全書分為上、下兩篇（當作「編」），各
二十五篇。〈序志〉云：

> 蓋《文心》之作也，本乎道，師乎聖，體乎《經》，酌乎《緯》，
> 變乎《騷》，文之樞紐，亦云極矣。

　　〈原道〉、〈徵聖〉、〈宗經〉、〈正緯〉、〈變騷〉，凡五篇，是文學
的樞紐，亦是文學的來源。此五篇的布局，〈原道〉、〈徵聖〉是正面

---

[6]　以下凡引文《文心雕龍》原文，逕稱篇名，不再加注。

的〈宗經〉,〈正緯〉、〈辨騷〉是反面的〈宗經〉。

　　又云:

> 若乃論文敘筆,則囿別區分,原始以表末,釋名以章義,選
> 文以定篇,敷理以舉統,上篇以上,綱領明矣。

　　〈總術〉云:「今之常言,有文有筆,以為無韻者筆也,有韻者文也。」黃侃《文心雕龍札記・總術》亦云:「自永明以來,聲律之說新起,所重在韻,但言有韻為文,無韻為筆。」[7]自〈明詩〉至〈諧讔〉,凡十篇,係有韻的文。自〈史傳〉至〈書記〉,凡十篇,係無韻的筆。此二十篇,是文學體裁論。論文敘筆的布局,皆以「原始以表末,釋名以章義,選文以定篇,敷理以舉統」四大原則來闡述。就個別而言,係分段、離章;就整體而言,係布局、謀篇。全書前二十五篇,係屬於上篇。

　　又云:

> 至於剖情析采,籠圈條貫,攟〈神〉、〈性〉,圖〈風〉、〈勢〉,
> 苞〈會〉、〈通〉,閱〈聲〉、〈字〉。

　　〈神〉是〈神思〉。〈性〉是〈體性〉。〈風〉是〈風骨〉。〈勢〉是〈定勢〉。〈會〉是〈附會〉。〈通〉是〈通變〉。〈聲〉是〈聲律〉。〈字〉是〈練字〉。自〈神思〉至〈總術〉,凡十九篇,係文學創作論,創作離不開「情」感、文「采」。此舉八篇代十九篇,係借部分代全體,是借代修辭手法。

---

[7] 黃侃:《文心雕龍札記》(臺北市:文史哲出版社,1973 年 6 月再版),頁 207。

又云：

> 崇替於〈時序〉，褒貶於〈才略〉，怊悵於〈知音〉，耿介於
> 〈程器〉。

〈時序〉、〈才略〉、〈知音〉、〈程器〉，加上〈物色〉[8]，凡有五篇，係文學批評論。又云：

> 長懷〈序志〉，以馭群篇。下篇以下，毛目顯矣。〈序志〉，係《文心雕龍》的概論，全書的總序。自〈神思〉至〈序志〉，凡二十五篇，是全書的下篇。又云：

> 位理定名，彰乎大衍之數，其為文用，四十九篇而已。

《周易・繫辭上》云：「大衍之數五十，其用四十九。」孔穎達《周易正義》疏：「馬季長云：『易有太極，謂北辰也。太極生兩儀，兩儀生日月，日月生四時，四時生五行，五行生十二月，十二月生二十四氣。北辰居位不動，其餘轉而用也。』[9]太極、兩儀、日月、四時、五行、十二月、二十四氣，凡五十。五十即全書五十篇，四十九篇，不包括〈序志〉，〈序志〉猶太極。《文心雕龍》全書的布局，源自《周易・繫辭上》，此其證也。就全書五十篇的布

8　〈物色〉析論文學與自然環之關係，列入文學批評論，有劉永濟：《文心雕龍校釋》
　　（臺北市：華正書局，1981 年 10 月初版），頁 180～181。詹鍈：《文心雕龍義證》
　　（上海市：上海古籍出版社，1989 年 8 月初版），頁 1726～1762；張立齋：《文
　　心雕龍註詮訂》（臺北市：正中書局，1967 年 1 月初版），頁 439～458；王更生：
　　《重修增訂文心雕龍導讀》（臺北市：華正書局，1988 年 3 月重修增訂五版），
　　頁 40；吳林伯：《文心雕龍義疏》（武昌市：武漢大學出版社，2002 年 2 月初版），
　　頁 564～576。將〈特色〉列入文學創作論，見於李日剛：《文心雕龍斠詮》（臺
　　北市：國立編譯館中華叢書編審委員會，1982 年 5 月初版），頁 2322。
9　《重刊宋本周易注疏》，嘉慶二十年江西南府學開雕，頁 152。

局而言，以《周易》為主，係章法學的「統一律」[10]。就全書四十九篇的布局而言，以文學為主，也是「統一律」。但就文學的來源、體裁、創作、批評的布局而言，既是「秩序律」的遠近法[11]，也是「變化律」的論敘法[12]。

三　就篇章言

　　《文心雕龍》全書五十篇，除〈序志〉一篇係概論外，其餘四十九篇，分為文學來源論、文學體裁論、文學創作論、文學批評論四大類。自〈原道〉至〈辨騷〉五篇是文學來源論。茲舉〈宗經〉剖析文源論的布局，首段論五經重要。首先詮釋「經」的真諦，其次闡述五經的貢獻，最末贊經宏深，能開學養正，昭明有融。次段首先分述五經的體製及其文學成分，再比較《尚書》、《春秋》行文的迥異。三段從思想上，肯定五經槃深峻茂，歷久彌新，嘉惠後學，流澤廣遠。四段闡析後世文學源於五經，並詮釋文能宗經，體有六義。五段闡述建言修辭，鮮克宗經，欲挽楚豔漢侈，正末歸本，惟有宗經。末段析論經典既是文學創作者，取之不盡、用之不絕的深奧府庫，又是陶冶人類性情的巧匠。經典之用，大矣哉！就〈宗經〉篇謀篇、布局而言，以經典為主，是「統一律」。各段，係離章、分段。就離章、分段而言，以五經的義蘊、體製、思想，闡明文體源

---

[10] 陳滿銘：《篇章辭章學》上冊（福州市：海風出版社，2005 年 2 月初版），頁 197；該書云：「所謂的『統一』，是就材料情意的通貫來說的。」

[11] 同注 10，頁 174；該書云：「所謂『秩序』，是將材料依序加以整齊安排的意思。」「秩序律」的「章法結構」有十五種，「遠近法」是其中第二種。

[12] 同注 10，頁 181～182；該書云：「所謂『變化』，是把材料的次加以參差安排的意思。」「變化律」的「章法結構」有十五種，「論敘法」是其中第十四種。

於五經，強調宗經可挽狂扶傾，是「秩序律」的因果法[13]。又如〈辨
騷〉，首先闡述「《離騷》之文，依《經》立義；其次列舉四事同於
經典，又列舉四例異乎經典；最後又云：「雖取《經》旨，亦自鑄偉
辭」、「若能憑軾以倚〈雅〉、〈頌〉，懸轡以馭楚篇，酌奇而不失其貞
（或作『真』），翫華而不墜其實」。這是「變化律」的「正反法」[14]。

　　自〈明詩〉至〈書記〉，凡二十篇，係文體論。就章法規律而言，
是「統一律」。文體論二十篇，皆以「原始以表末，釋名以章義，選
文以定篇，敷理以舉統」為四大寫作綱領，這也是「統一律」。文體
論四大寫作綱領，就次序而言，是「秩序律」中的「本末法」[15]。就
內容而言，是「聯貫律」[16]。文體論所選作家、作品，以魏晉為斷限，
是「統一律」；但各體文章至梁代仍有以實際作品為證[17]，這是「變
化律」。劉勰所選各類文體，於魏已發展完成，較之兩漢，又有新變[18]，
這也是「變化律」。劉勰擅長區別部類，其文體論首先以當時流行的
文筆說，將各種文體依經類聚，約分為五類；再依史家目錄為準，
安排各體的分合與順序[19]；這是「秩序律」。劉勰析論文體的特色，
其方法是多元化的，如「選文以定篇」運用獨論、比論、合論三種
方法評論作家與作品，於比論中，或古今對比，或同代相較，以彰
顯作品的優劣、正反、華實與異同；於合論中，列舉法與概括法並

---

[13] 同注 11，「秩序律」的「章法結構」有十五種，「因果法」是其中第十二種。

[14] 同注 12，頁 181。「正反法」是「變化律」中的第七種「章法結構」。

[15] 同注 11，「本末法」是「秩序律」中的第四種「章法結構」。

[16] 同注 10，頁 189；該書云：「所謂『聯貫』，是就材料的先後銜接式呼應來說的，
也稱為『銜接』。」

[17] 劉渼：《劉勰文心雕龍文體論研究》（臺北市：國立臺灣師範大學國文研究所博士
論文，1998 年 5 月），頁 116。

[18] 同注 17。

[19] 同注 17，頁 125～126。

用，將遠古至宋齊近三千年的文學史料網羅殆盡[20]；這是「變化律」。

自〈神思〉至〈總術〉，凡十九篇，是文學創作論，簡稱文術論。文術論十九篇，就整體而言，是「統一律」。但就各篇章而言，是「變化律」。如〈神思〉析論如何培養靈感？如何運用靈感？〈體性〉闡述風格與才氣學習的關係，文章風格的類型，風格和性情的關係。〈風骨〉剖析文章感染力的來源，感染力和文采的關係。三者內容迥異，是「變化律」；但三者皆是文學創作的技巧，則是「統一律」。〈神思〉云：

> 陶鈞文思，貴在虛靜，疏淪五藏，澡雪精神；積學以儲寶，酌理以富才，研閱以窮照，馴致以繹（又作「懌」）。然後使玄解之宰，尋聲律而定墨；獨照之匠，闚意象而運斤；此蓋馭文之首術，謀篇之大端。

劉勰論陶鈞文思的方法，先虛再實又虛，這是「變化律」中的「虛實法」[21]。〈體性〉云：

> 若總其歸塗，則數窮八體：一曰典雅，二曰遠奧，三曰精約，四曰顯附，五曰繁縟，六曰壯麗，七曰新奇，八曰輕靡。

劉勰文體的歸趨，凡有八種。「一曰典雅」至「八曰輕靡」，就次序而言，是「秩序律」中的「大小法」[22]。就內容而言，典雅與新奇、遠奧與顯附、繁縟與精約、壯麗與輕靡，是「變化律」中的「正

---

[20] 同注 17，頁 138～139。
[21] 同注 12，頁 181。「虛實法」是「變化律」中的第五種「篇章結構」。
[22] 同注 11，「大小法」是「秩序律」中的第三種「章法結構」。

反法」。〈情采〉云：

> 立文之道，其理有三：一曰形文，五色是也；二曰聲文，五
> 音是也；三曰情文，五性是也。

劉勰詮析立文之道，其理有三。就「一曰」、「二曰」、「三曰」
而言，是「秩序律」中的「大小法」。就內容而言，形文是色彩美，
聲文是音樂美，情文是真實美，三者就「變化律」中的「虛實法」。
〈鎔裁〉云：

> 草創鴻筆，先標三準：履端於始，則設情以位體；舉正於中，
> 則酌事以取類；歸餘於終，撮辭以舉要。

劉勰論鎔意（指作品思想而言）的方法；凡有三種。「履端於始」、
「舉正於中」、「歸結於終」，是「秩序律」中的「大小法」。「設情以
位體」、「酌事以取類」、「撮辭以舉要」，是「變化律」中的「虛實法」。
〈章句〉云：

> 夫人之立言，因字而生句，積句而為章，積章而成篇。

劉勰論文章四重結構，就內容而言，是「聯貫律」；就形式而言，
是「秩序律」中的「大小法」。〈麗辭〉云：

> 麗辭之體，凡有四對：言對為易，事對為難，反對為優，正
> 對為劣。

劉勰論對偶的類型，凡有四種。就內容而言，「易」與「難」、「正
對」與「反對」，是「變化律」中的「正反法」。〈夸飾〉云：

言峻則嵩高極天，論狹則河不容舠，說多則子孫千億，稱少則民靡孑遺。

劉勰論夸飾的手法。就內容而言，「峻」與「狹」、「多」與「少」，是「變化律」中的「正反法」。〈練字〉云：

綴字屬篇，必須揀（又作「練」）擇：一避詭異，二省聯邊，三權重出，四調單複。

劉勰論練字揀擇的方法，凡有四種。「一」、「二」、「三」、「四」而言，是「秩序律」中的「大小法」。就「避詭異」、「省聯邊」、「權重出」、「調單複」而言，是「聯貫律」。

自〈時序〉至〈程器〉，凡有五篇，是文學批評論，簡稱文評論。就整體而言，以「文學批評」為主，是「統一律」。就各篇章而言，〈時序〉論文學與時代潮流的關係，〈物色〉論文學與自然環境的關係，〈才略〉論文學與才能識略的關係，〈知音〉論文學與讀者鑑賞的關係，〈程器〉論文學與道德修養的關係，是「聯貫律」。〈知音〉云：

將閱文情，先標六觀：一觀位體，二觀置辭，三觀通變，四觀奇正，五觀事義，六觀宮商。

劉勰論文學批評六項準則，這是「統一律」。自「一觀」至「六觀」，是「秩序律」中的「大小法」。「位體」、「置辭」、「通變」、「奇正」、「事義」、「宮商」，是「聯貫律」。〈知音〉先詮證文學批評的三項蔽障，再闡述文學批評的涵養在博觀，又論述文學批評的六項準則；這也是「聯貫律」。

四 結語

　　文章學的「篇章結構」，相當於修辭學的「篇章修辭學」，相當於章法學的「章法規律」中的「篇章結構」三者就不同角度而言，渾言之，是相通的；但析言之，同中有異，異中有同。章法規律中的「統一律」、「變化律」沒有「篇章結構」[23]因此，這是「異中有同」。文章學除「篇章結構」外，尚有「字句結構；修辭學除「篇章修辭學」外，尚有「字句修辭學」；此二者是相同的。但「結構」和「修辭學」是相異的。因此，這是「同中有異」的明證。

　　本文以文章學的「篇章結構」，剖析《文心雕龍》的全書、篇章，詮證劉勰《文心雕龍》的理論與實踐，是完全脗合的。又以陳滿銘章法學的「章法規律」，印證《文心雕龍》的原文，亦是完全符合的。

參考文獻

（以作者筆畫順序排列）

一 專書

《重刊宋末周易注疏》　臺北市　藝文印書館　嘉慶二十年江西府學開雕

王更生　《重修增訂文心雕龍導讀》　臺北市　華正書局　1988 年3 月重修增訂五版

李日剛　《文心雕龍斠詮》　臺北市　國立編譯館中華叢書編審委員會　1982 年 5 月

---

[23] 同注 10，頁 174～175。

吳林伯　《文心雕龍義疏》　武昌市　武漢大學出版社　2002 年 2
　　　　月初版

徐炳昌　《篇章的修辭》　福州市　福建教育出版社　1986 年 11
　　　　月初版

張立齋　《文心雕龍註訂》　臺北市　正中書局　1963 年 1 月初版

陳滿銘　《篇章辭章學》　福州市　海風出版社　2005 年 2 月初版

黃　侃　《文心雕龍札註》　臺北市　文史哲出版社　1973 年 6 月
　　　　再版

黃永武　《字句鍛鍊法》　臺北市　臺灣商務印書館　1969 年 8 月
　　　　初版　臺北市　洪範書店有限公司　1986 年 7 月增訂一
　　　　版

詹　鍈　《文心雕龍義證》　上海市　上海古籍出版社　1989 年 8
　　　　月初版

鄭文貞　《篇章修辭學》　廈門市　廈門大學出版社　1991 年 6 月
　　　　初版

劉永濟　《文心雕龍校釋》　臺北市　華正書局　1981 年 10 月初
　　　　版

二　期刊論文

蔡宗陽　〈劉勰《文心雕龍》論文章的四重結構〉　臺北市　《國
　　　　文天地》　第 27 篇第 1 期　2011 年 6 月　頁 12～17

三　學位論文

劉　渼　劉勰文心雕龍文體論研究　臺北市　國立臺灣師範大學國
　　　　文研究所博士論文　1998 年 5 月

論華語教學中句型之邏輯性的引導
——由「哪壺不開提哪壺」說起

竺靜華

國立臺灣大學華語教學碩士學位學程助理教授

摘要

　　華語教學中，句型的教學常是不易解說清楚的，也是教學者最不想碰觸的課題。由於句型鮮有與學習者的母語對應之處，況且其中所蘊含的邏輯性，非母語人士實難體會，以致學習者往往造出風馬牛不相及的文句。對於這樣難以說明的課題，本文將藉由「哪壺不開提哪壺」這個句子，討論其句型涵義，比較分析其中所蘊含的邏輯性，並舉例說明句型的邏輯性對句子發展的導向有何影響。最後探討教師應如何示範與分析句型，使學生易於掌握，以收教學的最大實效。

關鍵詞：華語教學、句型教學、句型的邏輯性

一　前言

　　在華語教學中，每一課的教學必定包括課文、生字與文法三部份。其中文法的教學常是不易解說清楚的，也往往是教學者最覺得棘手的課題。本文所要討論的是在文法教學中句型的邏輯性，以及在教學時如何引導學習者對於此種邏輯性有效地認知，並能運用正確。

　　句型的認知與詞彙不同，但凡詞彙，只要不是虛詞，幾乎都有具體意義可以掌握；而句型在文字的意義之外，往往又含有某種邏輯性，對非母語人士而言，實難體會，以致往往造出風馬牛不相及的文句。對於這樣難以說明的課題教學，本文將藉由「哪壺不開提哪壺」這個句子為例，討論其句型所蘊含的意義與邏輯性，以及如何引導學習者掌握關鍵，朝正確的方向思考，才能舉一反三，創造類似而正確的句子。許多外籍學生使用句型錯誤，原因在於此非其母語，無法充份體會句型內含的邏輯性。本文由教學實務的觀點出發，主要目的是探討教師應如何示範與分析句型，使學生易於掌握，以收教學的最大實效。

　　本文將分析句型內含的意義，並藉外籍學生實際創作之文句為研討材料，比較分析句型所含的邏輯性對句子發展的導向有何影響。希望藉此分析能使教學者更了解如何掌握自己原已熟悉意義且使用自然的母語句型，運用於教學，期使句型教學不再流於只強調文法結構的背誦與記憶，而使學生得以迅速有效地學習掌握，並能造句精確暢達。

二　句型中的邏輯性

　　華語教材中所謂的句型，是在句中固定成套出現的詞語組合，例如：「雖然…但是」、「因為…所以」、「連…都」之類，而這樣成套的組合，是有其邏輯性存在的。本文中所提出的邏輯性，是指在句中隱含的不成文的規律，與一般在語言教學上所討論的語法與邏輯是不同的。

　　所謂語法，是詞的變化規律和組詞成句的規律，語法是語言規律，語言規律各民族都不相同；語法不是邏輯，邏輯是思維規律，思維規律是全人類都必須一致遵守的。邏輯與語法有關，邏輯問題用語言表達出來時反映在語法問題上，但語法不等於邏輯。[1]

　　本文所提出的句中隱含的不成文的規律，又不同於語法與邏輯，因為它既不是語言組合的規律，也不是思維的因果關係或分類涵蓋範圍的關係，而是指使用此一語言的族群共同認知的某種潛在規律。它與思維規律近似，但不是語言上普遍的思維規律，而是這個社會族群使用此語言時對意義發展方向的共同認知規範，它有邏輯的特性而非指邏輯，本文中特以「邏輯性」稱之。

　　華語教學的對象是外籍學生，文化背景不同，逐字瞭解詞義已相當不易，較難更進一步體會句中的邏輯性，因此學習陌生句型時，非常需要教學者的引導。本文先以常聽聞的俗語「哪壺不開提哪壺」為例，觀察其句義。此句乍看之下，並無可依循的邏輯性可尋。從字面上的意思來看，所謂「哪壺不開提哪壺」就是說這些壺子當中，

---

[1]　本段所述語法與邏輯之定義與關係，參見呂冀平：《漢語語法基礎》（北京市：商務印書館，2000 年），第 1 章第 1 節〈語法和語法體系〉，頁 1，及第 1 章第 3 節〈語法與邏輯〉，頁 13～17。

哪壺的水不開，那麼就要提哪個壺子，也就是說要提那個裝著未開的水的壺子。這個問題可以一層一層地推演下去，於是有很多問題產生了：

1. 為什麼要提壺子呢？
2. 為什麼要提那盛著未開的水的壺子？
3. 未開的水有何用處？

　　其實了解此句的意義的人都知道，並非真要提那水未開的壺子，而只是強調故意要提這樣的壺子。倘若再追問下去，為何故意要如此強調？這時，全句的意義才真正突顯出來：是強調故意要做那不該做的事。不過，此句不在教人去做那不該做的事，而是僅用於批評，批評人故意要做那不該做的事。

　　這樣的意義，是慣於使用中文的我們所熟悉的，無需解釋與分析。但是對於外籍學生而言，所有一切的意義是由字面上去一字一字了解的，而這樣的句子的含義，是透過使用這個語文之族群的思維所產生的，外籍人士很難由字面深入到原使用族群的思維，因此外籍人士很難體會這樣的意義。這樣的意義，其實隱含了某種規律，因此形成了這個句子特殊的邏輯性。本文不言「邏輯」，而以「邏輯性」稱之，乃因並非針對句子的邏輯而言，而是因其所隱含的規律是有因果關係的，句子因著這規律而朝著固定的方向發展，其具有邏輯的性質，而又並非完全只指句子的邏輯，故以邏輯性稱之。

　　此句的邏輯性在於：提壺的目的是要喝水，壺子裡裝的水是要人喝的，人要喝水時當然要喝開水，不喝生水，所以提壺倒水來喝，自然要提裝有開水的壺；若壺裡裝的是未開的水，就不會去提那壺。如果有人明知那壺裝的是未煮開的水，卻偏要去提它，那就是明知

不該這樣做，卻偏偏這樣做。本句就是批評人明知不該如此卻偏要這樣的做法。

由這個例子我們可以聯想到，很多歇後語也有類似的情形。歇後語一向是很多人愛聽愛用的，可是初聽到某個歇後語的句子，我們往往費神猜了許久，也不知說話者所指為何，例如：旗桿上的燈籠——高明。老虎拉車——誰趕（誰敢）。小和尚唸經——有口無心等等，一旦說話者揭示歇後之語後，聽者則不免會心一笑。這一笑，不僅是因為有趣，也是終於掌握了句子的延伸方向。換言之，我們初聽前句，並不知後句將往何處發展，再說，意義豐富的語句，往往令人不知最後所指是針對哪一種意義，因此，猜不出後半句是很自然的事。筆者在此不是要討論歇後語，只是想藉此說明：我們對於某些人創造出來的歇後語，尚且不能想出它的意義方向，由此可以想見外籍人士對於我們的句型所發展的意義方向，也未必能掌握，這就是他們學習句型的困難所在。也就是說，外籍人士學習華語時，需要教師在句型發展的意義上加以引導，才能往適當的方向思考及體會。從廣義的角度來說，中文的句型發展的意義中所隱含的邏輯性，對外籍人士而言，很可能無異於歇後語。

三　未能掌握句型的邏輯性所造成之缺失

如上述所言，如果不了解句型所含的邏輯性，其影響至少有兩方面：一、在聽力理解方面，很可能即使聽到這樣的句子，也不了解說話者的意思所指為何義；二、在語言表達方面，由於不理解其義，在使用時就會產生錯誤，甚或自己根本無法主動運用。以下分述之：

（一）聽力理解方面

以《遠東生活華語 III》的課文為例，第四單元有一段對話：

連：我們從歐洲進了不少貨，現在台幣貶值，成本增加，我們只好提高售價，這樣一來，就更沒有人買了。進口貨銷路差，現金就週轉不過來了。錢：你們的情形都這麼慘，就更別說我們了。

錢先生所說的「我們的情形」，究竟是怎麼樣的呢？只要了解「更別說…了」這個句型的意思，就可以很容易理解錢先生的意思了，那就是「你們百貨公司收的都是現金，還有現金週轉不過來的問題，那麼不用說我們，大家都知道，我們的情況本來就比你們糟得多，現在更糟了。」但是如果外籍學生不了解「更別說…了」這個句型所代表的意思，可能猜想「現在先別說我們的情形」，或是「我們不敢說什麼別的」，甚至以為錢先生根本沒有說出他的情形到底如何，別人也無從得知等等。

（二）語言表達方面

在主動表達時，了解的句型越多越能充分達意，但是若不瞭解句型中隱含的邏輯性，恐怕就不能運用得當，以下分別就初、中、高不同等級舉出幾個筆者在教學時所遇到的錯誤實例，作為討論：

其一　句型：隨著…而[2]

教師在教完「隨著…而」的句型範例後，提出問題：「現在來台北的觀光客越來越多，店員如果不會說英文，怎麼和客人溝通呢？」請學生運用此句型回答。基本上，學生會想到的回答，大致上都是在說明觀光客變多了以後，店員也要有會說英文的能力，才能和客人溝通。以下是學生的回答：

學生 1：隨著觀光客很多了，而店員需要唸英文。

學生 2：隨著來台北的觀光客變化，店員學英文跟顧客溝通。

學生 3：我們國家一向國際化，店員要隨著這個趨勢。

學生 4：在台北賣貨物的店員，隨著現在的觀光客越來越多，
　　　　而碰到不少的困難，因為他們從小的時候一向不說英文。

為什麼這些回答看似意義無誤，讀來卻總覺得不通順呢？其實是因為使用「隨著…而…」這個句型，必須掌握它隱含在其中的規律，我們以「觀光客」為 N1，「店員」為 N2，其規律為 N2 是隨著 N1（的改變）而改變的。在敘述中，N1 改變了，N2 也改變了，而且是 N1 先改變，然後 N2 也跟著 N1 的改變而有了某種改變。所以應改為：

店員隨著觀光客越來越多的情況，而變得越來越需要學英文了。

更清楚而適當的說法是：

---

[2]　見葉德明主編：《遠東生活華語 III》（臺北市：遠東圖書公司，2006 年），頁 68～69，第 3 單元練習。

隨著觀光客越來越多，而店員變得越來越需要學英文了。

這樣便能充分顯現出 N1、N2 兩者皆改變的情況。

學生 1 的回答小有缺失，「觀光客很多了」是一個已經改變完成的狀態，若要表示此種情況，根本不需要「隨著…而」這樣的句型，可直接說「觀光客很多，店員需要會說英文。」

學生 2 的回答也有文法上的問題，應改為「隨著來台北的觀光客變多了，而店員也需要學英文跟顧客溝通了。」

學生 3 的回答意義不完全，店員要隨著這個趨勢做什麼？並沒有說明清楚，應改為「我們一向是個國際化的國家，店員要隨著這個趨勢而提升自己的能力。」

學生 4 的回答看似囉嗦，其實它表達的意思無誤，文法也幾乎正確，只要稍加修正為「台北的店員，隨著現在的觀光客越來越多，而碰到不少的困難，因為他們從小的時候起就一向不說英文。」

不過，即使經過講解和給予不同情境的練習，有的學生可能還是不能充分掌握這個句型的邏輯性，在練習造句時就說出了這樣的句子：

學生 5：王先生隨著老板的要求而上班。

由這個句子可以看得出來，學生 5 不但沒能了解其中的規律，而且把「隨著」和「按著」的意思混為一體，其實他要說的可能是：「王先生按著老板的要求而來上班。」或是「王先生按著老板的要求做事。」其實，這樣的句子，是不適合用「隨著…而」的句型來表達的。

其二　句型：即使…也[3]

　　教師在教完「即使…也」的句型範例後，根據課文的內容，提出問題：「有了名校的文憑，一定會有好處嗎？」請學生運用此句型回答。

學生 1：即使名校文憑有加分作用，也不過是必要條件之一，不一定會讓你吃香。

學生 2：即使有名校的文憑是吃香，也不一定對找工作加分，因為要看個人可不可以互助合作。

學生 3：求職有名校的文憑，即使可以有加分的作用，也比沒有名的學校的文憑吃香。

學生 4：有名校的文憑有加分的作用，即使要付很多學費，名校的文憑太吃香了。

　　「即使…也」的句型中存在著特定的邏輯性，由「即使」一詞帶出的前分句敘述，可能是真實的，也可能是假設的，重要的是由「也」字所帶出的後分句敘述是說話者要強調的情況。「即使有名校的文憑」，說話者可能有名校的文憑，可能沒有，這並不重要，一般所想到的情況是「它可以有加分的作用」，但是說話者要強調這文憑「不一定有用」，這是與前分句所引起的一般聯想不同的。說話者不能得知是否有用，要強調的只是不一定有用。

　　學生 1 和學生 2 的回答大致無誤，因為他們顯然已充分掌握了

---

[3]　見國立臺灣師範大學國語教學中心主編：《實用中文讀寫 2》（臺北市：正中書局公司，2010 年 2 版），頁 109，第 5 課，定式練習。

「即使…也」的邏輯性，只是在敘述的文法上有些小地方需要修改。學生 1 的句子應改為：「即使名校文憑有加分作用，也不過是必要條件之一，不一定會讓你很吃香。」學生 2 的句子應改為：「即使有名校的文憑很吃香，也不一定對找工作有加分的作用，因為要看他能不能和別人互助合作。」

學生 3 的回答顯然是因沒能了解這個句型的隱含規律而產生的錯誤，應該說「求職時有名校的文憑，即使不是絕對有用，也比用那些沒有名的學校的文憑吃香。」用這樣的句子說明：雖然名校文憑不一定很有用，這是一般所了解的情況，但強調仍比其他學校的文憑好得多。

學生 4 的回答我們不難理解，它還是朝著這個句型的規律發展的，不過在表達時跳過了一段，應加上一小段說明：「名校的文憑有加分的作用，即使要付很多學費，也還是很值得，因為名校的文憑太吃香了。」

對「即使…也」的句型不甚了解的學生，在主動運用時，問題就會出現了：

　　　學生 5：即使他是個富翁，但作風很低調。

看來他是把「即使」誤解為「雖然」了，這個句子應改為：「即使他是個富翁，也不想表現得太明顯。」或逕用「雖然」：「雖然他是個富翁，但作風很低調。」意指其為富翁是事實，但他的作風低調，則與一般人所見的富翁作風不同。

其三　句型：以…為主[4]

　　這是個看似簡單的句型，仍有它隱含的規律存在，若要敘述「A以 B 為主」，則必須先了解 A 和 B 之間的關係，A 是大集合，B 是小集合，包含在 A 的大集合中，這個說法是為了說明 A 這個集合最主要的組成成份。當教師問：「哪些人愛看足球比賽？」這原本是一個相當容易回答的問題，但是學生的造句往往出人意料：

　　學生 1：最近許多人喜歡看足球比賽，但還是以男人為主。

　　學生 2：愛看足球比賽的人以愛運動的人為主。

　　學生 3：愛看足球比賽的人以足球迷為主。

　　學生 1 的回答與本國人的思考是一致的，他了解這個句型是要說明其組成成份，於是他表示其中男人最多。

　　學生 2 和學生 3 顯然沒有掌握這個句型的規律－－把最主要的組成成份標明出來，而只籠統地說了不必說的、已知的事實情況，他們的錯誤是雷同的，他們完全不知道這樣的句子在中文裡是沒有意義的，根本不必說出來。換言之，雖然文法上正確無誤，但是中文裡沒有這樣的句子。為什麼？因為愛看足球比賽的人就是愛運動的人，他才愛看；愛看足球比賽的人就是足球迷，他才愛看。雖不是百分之百，但大體上來說，A 就是 B。倘若 A 就是 B，在中文的語言表達時卻使用「以…為主」的句型，所傳達的訊息就與已知的訊息無異，中文裡既不需要也沒有這樣的說法。以句子的邏輯來看，

---

[4] 見國立臺灣師範大學主編：《實用視聽華語 5》（臺北市：正中書局，2008 年 2 版），頁 200，第 14 課句型。

它是合理的，但在實用方面，它不合句子隱含的不成文的規律，所以我們沒有這樣的說法。既然完全沒有這樣的說法，雖然在文法上並無錯誤，也不能算是正確的句子。學生 3 所表達的錯誤內容，又比學生 2 更嚴重些。從這個例子，我們可以看到，句子的邏輯是對的，但未必是個有意義的句子。

其四　句型：一天⋯，一天⋯[5]

這個句型很明顯地必須有規律可供依循，否則看起來意義空洞，教學生摸不著頭腦。教材上的例子是：

例 1.做一天學生，就得唸一天書。

例 2.住一天旅館，付一天錢。

例 3.薪水一天不增加，服務的品質就一天不能提高。

例 4.養兒防老的觀念一天不沖淡，人口政策就一天不能有效地推行。

但其中隱含的邏輯性，是很難用言語表達的。我們可以發現它有兩種情況：一是前分句的時間延續下去，後分句的情況也跟著延續下去，例 1、例 2 即是。一是條件句的陳述，前分句是因，後分句是果。其實這種句型在日常生活的語言中，我們常用極強烈的語氣來表達，更可以突顯它的規律，如：

例 5.你一天不回來，我等你一天；你一年不回來，我等你一年。

---

[5] 見國立臺灣大學國際華語研習所主編：《思想與社會》（臺北市：南天書局公司，1998 年初版），頁 130，第 8 課練習。

例 6.你一天不給我五百萬的贍養費，我就一天不同意離婚。

這樣的句型對本地人而言是完全不需思考的，而學生造出的句子令人十分錯愕：

例 7.房東一天叫我搬家，我就一天不搬家。

這個句子的邏輯性顯然不對了，但是問題是它的錯誤在哪裡？為什麼這個句子是錯的？有人說這個句型必須用「一天…，一天…」或是「一天不…，一天不…」為固定的組合，事實上又並非如此，由上述例 5.可知，前半句與後半句使用肯定或否定語氣，並不需要完全一致。這個句型的邏輯性在於前半句所敘述的情況若不改變，不論時間多久，後半句所敘述的情況亦將維持不變。

換句話說，這個句型還有一層隱含的規律是：當前半句的情況改變時，後半句的情況就改變了。因此，每個句子都有它的意在言外之義：

例 1：做多久的學生，唸多久的書。（不做學生，就不用唸書了。）

例 2：住多久的旅館，付多久的錢。（不住旅館，就不必付錢了。）

例 3：薪水一直不增加，服務的品質就一直不能提高。（什麼時候薪水增加了，那時服務的品質就會提高了。）

例 4：養兒防老的觀念一直不沖淡，人口政策就一直不能有效地推行。（什麼時候養兒防老的觀念沖淡了，人口政策就能有效推行了。）

例 5：你多久不回來，我等你多久。（你回來了，我就不用再辛苦地等著你了。）

例 6：你一直不給我五百萬的贍養費，我就一直不同意離婚。（你

給了我五百萬的贍養費，我就立刻同意離婚了。）

由此推知，例 7 之所以令人錯愕，是因為它的邏輯顯得不合理
了。它顯示的意義是：「房東一直叫我搬家，我都不搬家；房東不叫
我搬家時，我立刻搬走了。」我們很容易可以判斷這一定不是說話
學生的本義，可是發言的學生自己卻十分不解，他認為他的句型仿
造並沒有錯誤，文法也正確，為什麼本地人一聽這個句子就覺得可
笑呢？

四　句型的邏輯性之教學引導

未能掌握句型的邏輯性所造成的錯誤很多，教師改正後也不易
向學生解說清楚，因此在教學前應先思考如何引導學習者認清句型
之邏輯性，使學生造句時易於遵循運用，減少錯誤的產生。在此，
還是藉本文開始所舉的俗語——「哪壺不開提哪壺」為例，建議可採
取教學的步驟與方法如下：

步驟一：課前分析句義與句型，找出其中隱含的規律

本句字面的意義是：哪個壺子水不開，就提哪個壺子起來。句
中所指而未明言的是：明知如此，卻故意選擇那個不該選擇的事物。

倘若造句未能朝向「明知如此而故意選擇」的內含規律發展，
即使在結構上文法無誤，也不能算是合乎這個句型本義的句子。

步驟二：教學時採用類似而淺顯的句子切入，作為對比

與教學主題句型「哪壺不開提哪壺」的句構類似而淺顯的句子

很多，如：

哪個好吃，我就選哪個。 → 哪個好吃，選哪個。

哪裡好玩，我就去哪裡。 → 哪裡好玩，去哪裡。

哪個便宜，我就買哪個。 → 哪個便宜，買哪個。

先用淺近易懂的句子，讓學生了解這個句型。熟悉了以後，再於同樣的句型中加入否定詞：

哪個不好吃，我就不選哪個。 → 哪個不好吃，不選哪個。

哪裡不好玩，我就不去哪裡。 → 哪裡不好玩，不去哪裡。

哪個不便宜，我就不買哪個。 → 哪個不便宜，不買哪個。

全句的意義並未改變，漸漸引導學習者自然地走向教學主題句型。

步驟三：由淺入深，引導了解句義

再由上述使用兩個否定詞的最後一個範例，改為只用一個否定詞：

哪個不貴，我就買哪個。 → 哪個不貴，買哪個。

哪裡人不多，我就去哪裡。 → 哪裡人不多，去哪裡。

哪個不錯，我就選哪個。 → 哪個不錯，選哪個。

全句的實質意義仍未改變，句子的結構更趨向於教學主題句型，使學習者逐步理解及接受教學的主題。

步驟四：由外圍引導至核心，了解該句的語義所指

前面所述的例句，即使是使用了否定詞，全句也還是正面的意義，這些都不是本句型所要表現的意義。為了讓學生真正了解本句型的意義，這時再以同樣的結構，換用結果為負面意義的句子引導：

哪個不好吃，我就吃哪個。 → 哪個不好吃，吃哪個。

哪裡不好玩，我就去哪裡。 → 哪裡不好玩，去哪裡。

哪個不便宜，我就選哪個。 → 哪個不便宜，選哪個。

全句所表現的意義已朝向另一方向，這時提出問題問學生，讓學生思考：

為什麼要這麼做呢？

為什麼要吃不好吃的東西？

為什麼要買不便宜的東西？

為什麼這麼傻呢？

由學生自由提出他們的看法，不論是什麼原因，可能是「為了健康」、「為了讓孩子吃好吃的」、「為了想買名牌的東西」等等，而結論終將導至一個大的方向——「他是故意這樣做的」，此時引導的例句已與教學主題十分近似了，教師導出最主要的教學範例：

哪個壺不開，我就提哪壺。 → 哪壺不開，提哪壺。

向學生說明「提壺」動作與名詞「開水」的關聯，讓學生明白與前述例句是類似結構，使學生易於理解歸納。

步驟五：提出問題，讓學生思考本句教學主題的意義，以測知學生了解程度

教師在教學主題出現後，評估學生經過前面的教學引導已有足夠的能力理解本句特殊的含義了，可以提出問題讓學生思考本句的意義，教師問：

為什麼那個壺子的水不是開水，他卻要提那個壺子呢？

學生幾乎都會很快地即時反應道：

他是故意要提那個壺子的！

這時教師就可以輕鬆地和學生討論為什麼故意要做不該做的事了，其中又可能有種種原因，「他並不是要喝水」、「他不讓別人喝水」等等，學生可以自由發揮。

步驟六：舉一反三，由此延伸至他句的運用

教師舉出其他例句，讓學生思考，並分讓學生別說出故意這麼做的原因：

教師：他不愛聽什麼，我說什麼。
學生：吵架的時候故意讓他生氣。
教師：誰不想上台，請誰上台。
學生：老師特別要學生練習上台說話，練習不要緊張。
教師：什麼事不好做，選什麼。
學生：故意想試試看自己能不能做難的事情。

　　此時所有教學程序已接近完成，達到尾聲，於是最後教師可以進行測試，觀察學生是否真正完全了解，並能充分運用。

　　教師：想想看曾經有什麼情況，你是故意那麼做的？或是你的朋
　　　　　友故意這麼做的？

　　由學生提供各種情境，並能運用此句型敘述，同時說明故意這麼做的原因。如果學生能夠清楚地表達他故意選擇這樣做的原因，教師從學習者的造句與說明中，便可以充分了解學生對此句型是否能完全吸收與運用了。

　　能不能掌握句型的邏輯性，其實就是一種對語感的掌握。培養非母語人士的語感非常困難，需要長時間的累積。華語教師在迅速有效的教學之外，還要留意這類對學生語感的培養方法，使他們具有真正獨立處理語言的能力。語感包括對字音、字義（詞義）、語法、句義諸方面的直覺掌握能力，句型的邏輯性是屬於句義方面的語感，但是它是有邏輯性的，所以在教學時有邏輯、有方法可循，而且易於學習。

　　語感的獲得有兩種方式，一種是自然語言實踐，一種是自覺語言實踐[6]。在教學時，教師正是要讓學生透過自然地接觸大量的典型語言，引導他們有意識地學習語言知識與語境的社會文化知識，使其自覺地總結語言使用的規律[7]。

---

[6]　參見周健：〈第二語言教學應以培養語感為導向〉，《對外漢語語感教學探索》（杭州市：浙江大學出版社，2005 年），頁 32。

[7]　同上註。

五　句型之邏輯性的進階思考

　　一個句子的正確與否，除了文法、句義的邏輯性以外，還有許多影響的因素。本文第三章所論及的句型三「以…為主」，其中的例2與例3便是如此，雖然文法無誤，但句子並未展現出意義，也不能算是正確的句子。

　　此外，還有一些詞彙固定必須與肯定或否的形式結合的，亦可列屬句型，如果不能掌握這樣的規律，衍生出來的句子其邏輯性便會有問題，例如「無時無刻」置於句中，必須使用否定詞，而且多半是「無時無刻不」，例如：

　　我無時無刻不在想著這個問題。

　　「無時無刻」意指「沒有一個時刻」，「無時無刻不如此」相當於「時時刻刻如此」，上述的句子使用雙重否定，意為「我沒有一個時刻不在想著這個問題」，換言之就是「我每一個時刻都在想著這個問題」或「我時時刻刻都在想著這個問題」。學生常會弄錯的是直接把「無時無刻」當作「每一個時刻」，因此會說出類似這樣的句子：

　　我無時無刻都在想著這個問題。

　　從字面的意義來看，就成為「我沒有一個時刻在想這個問題」，意思就完全相反了。這不只是外國學生常犯的錯誤，連本國學生也常有這樣的不合邏輯的句子出現。

　　由「無時無刻不」這類句型的運用方式更進一步來看，即使合乎文法也合乎邏輯性，但是太繞口的句子也不能算是正確無誤的，例如：包含三重否定，意義一再轉換的句子。在中文裡為了強調，

固然有許多包含兩個否定意義的句子，如：

人不能不吃飯。（人一定要吃飯）

　但是若說成：

不想參加的不要不舉手。（不想參加的請舉手）

　則顯得十分拗口了，聽者更是要隨著說話者的語句一再否定而轉換思維，這已經明顯屬於有語病的句子了。倘若使用「無時無刻」這種原就要接否定詞以強調語氣的句型，再多加一層否定，則根本不能成句了，如：

銀行金庫不能沒有人看守。（雙重否定，意義正確）

銀行金庫無時無刻不能沒有人看守。（三重否定，邏輯錯誤）

銀行金庫無時無刻可以沒有人看守。（雙重否定，邏輯對，但無法確切表達意義）

銀行金庫無時無刻可以不是有人看守。（雙重否定，邏輯對，但故弄曲折，足顯多餘）

　在這樣情況下，不如放棄使用這樣複雜拗口的否定形式，直接說「銀行金庫任何時刻都得有人看守」就是清楚達意的句子了。因此我們可以得到的結論是：「無時無刻」必須與「不」連用成為固定的句型，已是用於強調，再多增加一層否定則竟不成句了。

　由句型的邏輯性更進一步思考，影響句義或關係著成句與否的因素，則是更細微、更複雜了。本文旨在提出句型的邏輯性之基本教學引導，至於更進一步的相關問題，且留待日後再細論。

六 結語

　　如何教學生文法，一向是個較難處理的問題。句型的意義本來就不易說明，而其中所隱含的規律又該如何有系統地鋪陳顯現，在學生茫無頭緒的學習中做最有效的引導，是教學者的重任。若無法找出其中的規律，往往連教學者都很難自圓其說。有的教師在教學時就儘量避免去碰觸句型的核心問題，而以避重就輕的方式帶過，但那只是逃避困難，並沒有解決問題。

　　本文提出這樣的教學問題來討論，碰觸這樣既複雜又難以具體說明的問題，其實就無異於是哪壺不開提哪壺了。不過再轉念思考，教學討論原就是要將棘手的問題提出，共磋商之，找出較合適的方法去改進，因此明知這個議題不易解決，筆者還是不揣鄙陋揭出，這篇文章其實只是一個引子，希望能引起更多對此問題有興趣的學者提供寶貴的意見。

　　最後，筆者還是要提出的是：句型的引導教學其實不難，用幾項簡單的原則便可以囊括，那就是：分析再分析，淺顯再淺顯。教師能不能充分達成教學目標，關鍵在於事前的準備。教師要熟悉該句型的意義、句子結構與隱含的邏輯性，教學時才能順利地按部就班引導學生依句型的發展而創造新句，這一切都需要課前的精心設計。至於如何整理出有系統的引導教學之內容，最重要的還是教師對教學主題詳密周延的思考。

　　華語教學的文義難度畢竟有限，但是引導方式與技巧卻是奧妙無窮的。

參考文獻

呂冀平　《漢語語法基礎》　北京市　商務印書館　2000 年

周　健　《對外漢語語感教學探索》　杭州市　浙江大學出版社　　　　2005 年

國立臺灣大學國際華語研習所主編　《思想與社會》　臺北市　南天　　　　書局公司　1998 年初版

國立臺灣師範大學主編　《實用視聽華語 5》　臺北市　正中書局　　　　2008 年 2 版

國立臺灣師範大學國語教學中心主編　《實用中文讀寫 2》　臺北市　　　　正中書局公司 2010 年 2 版

葉德明主編　《遠東生活華語 III》臺北市　遠東圖書公司　2006 年

以明清傳奇體製論《絳蘅秋》之篇章結構及其藝術特色

林均珈

臺北市立教育大學中國語文學系博士候選人

摘要

　　清代女劇作家吳蘭徵因為不滿意其他作家所改寫有關《紅樓夢》故事之戲曲（以下簡稱「紅樓夢戲曲」），所以她獨出機杼創作了《絳蘅秋》。後來她因病逝世，其丈夫俞用濟不忍心《絳蘅秋》斷簡殘篇，又補作〈珠沉〉、〈瑛弔〉等折續成。《絳蘅秋》的劇作思想是繼承《紅樓夢》的主旨——言情記恨，吳蘭徵強調「情之為義」與「情裁以義」，她認為男女之情也是「義」的表現。而吳蘭徵本身幼年喪母的經歷，又使她與林黛玉之間有其相同感受之處，故她以獨特的女性視角來解讀《紅樓夢》，自抒情懷並融入她的創作之中。在《絳蘅秋》裡，不僅可以清楚看出吳蘭徵自比於林黛玉的痕跡，而且可以明顯感覺出俞用濟之於吳蘭徵猶如賈寶玉之於林黛玉一般，其真摯的感情實令人動容。《絳蘅秋》共二十八折，在體製規律上屬於傳奇，它由介、白、曲聯織成劇，講究宮調、曲牌和協韻。仔細比較各折，有些以南曲為主，有些以北曲為主，有些則是採用南北合套。就關目來看，該劇是以男女愛戀之情為主，其次是親情以及世情的描寫。

就辭章內涵來論，全劇的劇作思想因出現在首折〈情原〉，故主旨乃屬「置於篇首」類型。就章法來說，《絳蘅秋》屬於「凡目」類型中「凡（總提）、目（分應）、凡（總提）」的結構寫成的。就藝術特色來講，《絳蘅秋》抒情意味相當濃厚，不僅造語清新自然本色，而且人物形象個性鮮明。

關鍵詞：絳蘅秋、吳蘭徵、俞用濟（遙帆）、「紅樓夢戲曲」、明清傳奇

一　前言

　　關於戲曲的源流及其劇種，曾師永義已有相當可觀的研究。明代戲曲主要體製有雜劇、短劇、傳奇、折子戲等[1]，而清代戲曲大抵是依循明代的體製。傳奇[2]從明代初年興起，到清代中葉衰落，共計三百餘年。明清傳奇是以南曲為主的長篇戲曲形式，是宋、元南戲[3]的進一步發展。至於中國戲曲的發展則是流播以後的「腔調劇種」，就體製規律來說則是交化以後的傳奇、南雜劇與短劇。[4]「《紅樓夢》

---

[1]　明代戲曲：第一，雜劇，在形式體製上已與元雜劇有所差異；第二，短劇的出現，更是明代戲曲特點。「短劇」實為「雜劇」之一，只是它不像元雜劇一般符合四折通例，故稱之為短劇；第三，明代，雜劇已成強弩之末，代之而起者為傳奇；第四，折子戲的生成和傳奇具有絕對關係，它源於傳奇，是全本戲的有機組成部分。

[2]　「傳奇」本來是唐人小說的概稱，後人則借用它當作戲曲的名稱。自宋、元以來，它具有四種含義：首先，傳奇是戲曲的通稱；其次，傳奇是與雜劇相區別的長篇戲曲的通稱；再次，傳奇是與宋、元戲文相區別的明清長篇戲曲的通稱；最後，傳奇是指明中葉以後崑腔系統的劇本。見郭英德：《明清文人傳奇研究》（臺北市：文津出版社，1991 年），頁 1～3。

[3]　南戲，又稱「戲文」，是宋、元時用南曲演唱的戲曲形式。南曲戲文和北曲雜劇，原來都不分出（齣）也不分折（摺），前者如最早的抄本《永樂大典戲文》三種；後者如最早的刊本《元刊雜劇三十種》。戲文的體製大致包括：題目、開場、段落、宮調、曲牌、套數、歌唱（含獨唱、接唱、接合唱、同唱）等。

[4]　中國戲曲之完成，則是多元且不簡陋不粗糙結為有機體之「綜合文學與藝術」，亦即成立於宋金之大戲「南戲北劇」，而其發展則為流播後之「腔調劇種」，則為交化後之「短劇」、「南雜劇」與「傳奇」。又如果「傳奇」是以「南戲」為母體經「北劇」的「北曲化」，又通過「文士化」和「崑腔化」之後的產物；那麼「南雜劇」和「短劇」便是以「北劇」為母體，經「南戲」或「傳奇」的「南曲化」，又通過「文士化」和「崑腔化」的產物。「傳奇」、「南雜劇」、「短劇」，其實都是南戲、北劇的混血兒。見曾師永義：《戲曲源流新論》（臺北縣：立緒文化事業公司，2000 年），頁 27、96。

一書,自表面觀之,所記為一家之事實,所言皆兒女之私情」[5],它是以貴族家庭的日常生活作為創作的題材。在清代社會中普遍盛行《紅樓夢》的風氣下,往往促使人們更加渴望舞臺上「紅樓夢戲曲」[6]的出現。加上,《紅樓夢》廣受各種腔調劇種之戲曲以及各類說唱曲藝之俗曲的青睞,因此劇作家紛紛將小說中的故事情節加以改編而形成與小說截然不同的文學樣貌。又清代官吏大多蓄養家班,因此每當宴請賓客,文人總會命家班演員在紅氍上以崑腔水磨調清唱表演《紅樓夢》故事。值得注意的是,在清代眾多「紅樓夢戲曲」中,有些作品僅是案頭文學並無登臺演出,有些作品則有登臺演出。這些少數登臺演出的「紅樓夢戲曲」,其演出場所大多是屬於這種小型的、家庭聚會式的廳堂而非一般大型的、公開的娛樂場所,而且欣賞者大多是文人而非一般中下層觀眾。綜觀而論,清代眾多「紅樓夢戲曲」所展現的共同審美趨向,其主要特徵有二:其一,它們改編取向是傾向「抒情造境」,每一齣情節幾乎皆集中於意境的抒發與情感的凝定;其二,劇作家重視文本藝術性甚於劇場表演性,因此

5　見弁山樵子:〈紅樓夢發微緒言〉,收錄在朱一玄:《金瓶梅資料匯編》(天津市:南開大學出版社,2004年),頁682。

6　依照曾師永義對於戲曲體製規律之說法,清代「紅樓夢戲曲」分為三類:第一類,短劇(三折以下),如孔昭虔《葬花》(僅一折);第二類,南雜劇(十一折以內),如許鴻磐《三釵夢北曲》(共四折)、石韞玉《紅樓夢》(共十折)、周宜《紅樓佳話》(共六折)、楊恩壽《姽嫿封》(共六折)等;第三類,傳奇(十一折以上),如仲振奎《紅樓夢傳奇》(分兩卷,上卷三十二折,下卷二十四折,共五十六折)、萬榮恩《瀟湘怨傳奇》(分四卷,含卷前總括大意的〈情旨〉,共三十七折)、吳蘭徵《絳蘅秋》(共二十八折)、朱鳳森《十二釵傳奇》(共二十折)、吳鎬《紅樓夢散套》(共十六折)、陳鍾麟《紅樓夢傳奇》(分八卷,每卷各十折,共八十折)、萬榮恩《怡紅樂》(共二十四折)等。

作品富有較強的案頭賞玩性。[7]如上所述,清代眾多「紅樓夢戲曲」大多是屬於案頭文學,在在反映了清末雅部崑劇的審美品味。

二 內容結構

《絳蘅秋》即是根據《紅樓夢》的故事情節所改編而成的「紅樓夢戲曲」之一種,原三十折,今之傳本僅二十八折[8],在體製規律上屬於傳奇。該劇作寫於清代嘉慶丙寅,即嘉慶十一年(1806),今存撫秋樓刊本。

(一)劇作思想

《絳蘅秋》的作者為吳蘭徵(1776～1806),原名蘭馨,字香倩,又字軼燕,號夢湘,新安婺源(原屬安徽,今屬江西)人,得年三十一歲。父吳春岩,母周氏,姚鼐[9]門人俞用濟(字遙帆)之妻。她「德性溫和,聲名賢淑,幼事椿萱,克盡孝道。其延父嗣,守母喪,撫弱弟,又能目識名流,辭富安貧,願得賢如伯鸞者從之。」難能可貴的是,她「雅善詩歌,妙解音律,劈牋分韻,有林下風[10]。」此

---

7 見黃韻如:〈論陳鍾麟《紅樓夢傳奇》之改編特色與意義〉,《東吳中文線上學術論文》第 12 期(2010 年 12 月),頁 60。

8 關於《絳蘅秋》的折數,從萬榮恩、許兆桂以及俞用濟等三人在嘉慶丙寅為《絳蘅秋》所作的〈序〉中,可以歸納兩點:第一,《絳蘅秋》原有三十折;第二,今之傳本僅二十八折,闕如的應是〈村遊〉、〈魘魔〉兩折。

9 姚鼐(1731～1815),字姬傳,一字夢穀,室名惜抱軒,人稱惜抱先生,安徽省桐城人。清代著名散文家,與方苞、劉大魁並稱為「桐城三祖」。

10 林下風,指「林下風氣」,形容女子態度嫻雅,舉止大方。語出《世說新語・賢媛》:「王夫人(指道韞)神情散朗,故有林下風氣。」林下,幽僻之境。風,風

外，她極有才學，有《零香集》[11]問世，該著作包括：《撫秋樓詩稿》、《撫秋樓雜著稿》、《撫秋樓詞稿》、《撫秋樓曲稿》、《金閨鑑》以及《三生石傳奇》等作品，而這些作品「皆各如春在花，如水行川，議論橫生，濃澹盡致，為一時所膾炙。」[12]

　　吳蘭徵亡故後，俞用濟在悲慟之餘，不忍心《絳蘅秋》斷簡殘篇，於是依照她所寫的既有關目，又補作〈珠沉〉、〈瑛弔〉等折以表達他對妻子的思念。他寫道：「香倩《三生石傳奇》三十六齣，其寫才子佳人，寄恨斟情，言畫工[13]則高東嘉[14]《琵琶記》，言化工[15]則

度。林下風氣，形容有才華、有詩韻、有風度，即巾幗不讓鬚眉然又具女性之柔美的奇女子。

11　根據文獻記載，《零香集》（附刻《絳蘅秋》）本有六冊，第四冊原缺。扉頁題：「新安吳夢湘著《零香集》，撫秋樓藏板」，左角有小字云：「香倩每有所作不甚收拾，草稿多散渙，歿後四處搜集，得若干卷，意欲多之為貴，集成為書。特多方搜羅，必須時日，茲先以此授梓，俟陸續增刊，積為卷軸，固仍係未成之書也。」由此可知，《零香集》為俞用濟在吳蘭徵亡故後不久，搜集其遺稿刊刻而成。《零香集》前三冊依次包括《撫秋樓詩稿》（共收詩 132 題 220 首）、《撫秋樓雜著稿》（收文 10 篇）、《撫秋樓詞稿》（收詞 16 首），間插袁枚、諶配道、陳公綬、吳錫光等人的評語，之後是眾人為吳蘭徵所作的傳記、誄辭、祭文等。第五、六冊為《撫秋樓曲稿》，收《絳蘅秋》傳奇第九齣〈省親〉至末尾〈瑛弔〉。所缺第四冊當包含許兆桂、萬榮恩、俞用濟為《絳蘅秋》所作序言及該劇前八折。見鄧丹：〈三位清代女劇作家生平資料新證〉，《中國戲曲學院學報》第 28 卷第 3 期（2007 年8 月），頁 54。

12　見萬榮恩：《絳蘅秋》〈敘〉，《紅樓夢戲曲集》（臺北市：九思出版公司，1979年），頁 350。

13　畫工，謂雕琢刻畫工巧。明李贄《雜說》：「《拜月》、《西廂》，化工也；《琵琶》，畫工也。夫所謂畫工者，以其能奪天地之化工，而其孰知天地之無工乎？」

14　高東嘉，即高則誠，名明，一字晦叔，號菜根道人，浙江溫州人。高則誠常自署永嘉、永寧，皆指郡而言。溫州地處浙東，故後人亦稱其為東嘉先生，元末明初戲曲作家。

15　化工，自然形成的工巧。清陳廷焯：《白雨齋詞話》卷七：「方回筆墨之妙，真乃一片化工。」

王實甫[16]《西廂記》曲，至寫世情反覆，有尤西堂[17]、蔣苕生[18]、張漱石[19]之牢騷，而渾厚過之。填成，並偕《絳蘅秋》二十五齣之未畢者，於今正寄同窗友陶希棠，順至杭州，就正詞手，尚未寄回。茲先將《絳蘅秋》付梓，其《三生石》一俟寄歸，即授剞劂[20]。」[21]由此可知，吳蘭徵病逝前所創作的《絳蘅秋》已達二十五折，她去世後，其丈夫俞用濟又補作〈珠沉〉、〈瑛弔〉等折，因此《絳蘅秋》是一部「妻歿夫續」的戲曲作品。從萬榮恩於嘉慶丙寅暮春為《絳蘅秋》所作的〈敘〉：「《紅樓夢》一書，言情也，記恨也。千古傷心，首推釵、黛，愛之憐之，悼之惜之。若神遊於粉白黛綠間，領會夫顰兒之癡，玉兒之恨，釵兒之酸，一切有情物，皆作如是觀者，後之視今，一猶今之視昔，此新安女士吳香倩所以有樂府之作也」[22]中，可以明顯看出《絳蘅秋》的劇作思想是繼承《紅樓夢》小說的主旨——言情記恨，而該劇作名稱的緣由，則是因為林黛玉的前世

---

[16] 王實甫（1260～1336），名德性，大都（今北京市）人，元代雜劇作家。
[17] 尤西堂（1618～1704），即尤侗，字展成，一字同人，早年自號三中子，又號悔庵，晚號良齋，西堂老人、鶴棲老人、梅花道人等，蘇州府長洲（今江蘇省蘇州市）人。明末清初著名的詩人、戲曲家，曾被順治譽為「真才子」，康熙譽為「老名士」。
[18] 蔣苕生（1725～1784），即蔣士銓，字心餘、苕生，號藏園，又號清容居士，晚號定甫，鉛山（今屬江西）人，清代詩人、戲曲家。乾隆稱蔣士銓、彭元瑞兩人為「江右兩名士」。又蔣士銓、袁枚、趙翼三人並稱「江右三大家」（又稱「乾隆三大家」）。
[19] 張漱石（1681～1771 以後），即張堅，字齊元，號漱石，別署洞庭山人，清江寧府上元縣（今南京）人。少負逸才，但鄉舉屢試不第。工填詞，曾以詩文受知於鄂文端公，列入《南邦黎獻集》，進呈御覽，卒無所遇，以諸生終。
[20] 剞劂，指雕版、刊印。（清）馬從善《兒女英雄傳序》：「亟付剞劂，以存先生著作。」
[21] 見俞用濟：〈序〉，《絳蘅秋》，《紅樓夢戲曲集》（臺北市：九思出版公司，1979年），頁 352。
[22] 見萬榮恩：〈敘〉，《絳蘅秋》，《紅樓夢戲曲集》（臺北市：九思出版公司，1979年），頁 350～351。

為「絳珠仙草」，而薛寶釵又號「蘅蕪君」，因此該劇作取名為《絳
蘅秋》。

在明清女劇作家的作品中，愛情劇占有相當大的比例，尤其是
愛情悲劇更為突出。《絳蘅秋》的故事內容是以男女愛戀之情為主，
它所描寫的即是賈寶玉、林黛玉以及薛寶釵三人間的愛情悲劇。在
清代眾多「紅樓夢戲曲」署名作者中，吳蘭徵是唯一的女性創作者，
她認為《紅樓夢》的「作者真有一種抑鬱不獲己之意，若隱若躍，
以道佳公子淑女之幽懷，復出以貞靜幽嫻，而不失其情之正。」[23]吳
蘭徵「首先是對他人已有的一些相關作品不夠滿意而力求獨出機
杼，其次是為了自抒情懷」[24]，由此可知，釋己之「幽懷」是她創作
《絳蘅秋》之主要目的。吳蘭徵本身幼年喪母的經歷，使她與林黛
玉之間有其相同感受之處，因此她著重描寫林黛玉「人奇於病」與
「命薄於霜」的形象，以凸顯林黛玉淒涼的身世和不幸的命運。林
黛玉有極高的智慧和純潔的心靈，表面雖是一身冰冷，但心中則是
包藏火一般的熱情。林黛玉將整個生命和幸福都寄託在賈寶玉的身
上，一心一意地想得到賈寶玉的愛情，正如賈寶玉全心全意地想得
到林黛玉的愛情一樣。[25]在現實生活中，吳蘭徵「目識名流，辭富安
貧」，從她勇敢捨棄富家子弟的求婚而堅持選擇寒門俞用濟為終身伴
侶的舉動來看，可以隱約感受出她自比於林黛玉的痕跡。此外，吳
蘭徵以她獨特的女性視角來解讀《紅樓夢》，自抒情懷並融入她的創
作之中，不僅對於林黛玉此一人物寄予深深的同情，而且對於薛寶

---

[23] 見俞用濟：〈序〉，《絳蘅秋》，《紅樓夢戲曲集》（臺北市：九思出版公司，1979
年），頁 351。

[24] 見趙青：《清代紅樓夢戲曲探析》（上海市：華東師範大學人文學院中國語言文學
系碩士論文，2006 年），頁 77。

[25] 見劉大杰：《中國文學發展史》（臺北市：華正書局公司，1998 年 8 月），頁 1293。

釵此一人物，她並非人云亦云一味憎惡而是具有自己獨特的感受。

吳蘭徵亡故後，萬榮恩在《絳蘅秋》〈敘〉寫道：「遙帆以奉倩[26]之神傷，安仁[27]之心苦，思於〈珠沉〉之下，續成是書以問世，得〈瑛弔〉數折，字字淚痕，遂擱筆不能復作，以待異日之續成焉。」[28]而俞用濟也在《絳蘅秋》〈序〉描述他曾詢問吳蘭徵：「君其善為說法者乎？又所謂藉他人酒杯，澆自己塊壘乎？〈哭祠〉、〈濕帕〉、〈埋香〉及〈護玉〉、〈珠聯〉、〈詞警〉諸折，寫怡紅瀟湘之怨、之愁、之言情，及蘅蕪之嫵媚澹遠，直奪其魄，而追其魂。其大聲發於水上也，則有若〈演恆〉、〈林殉〉；其嬌囀起於花間也，則有若〈醋屈〉、〈嬌箴〉；其激烈於金石而反覆於波瀾也，則有若〈金盡〉、〈醉俠〉、〈設局〉、〈村遊〉，光怪陸離，婀娜剛健。」此外，俞用濟又說道：「痛乎青翰[29]猶濕，紅粉已消，不使之卒成此編，以寄其恨，而寫其情。噫！天之遇香倩其何如哉？余不忍是編之斷鳧續鶴[30]，意欲照其目以成之，僅得〈珠沉〉、〈瑛弔〉數折，哽咽不能成字，遂擱筆，將以俟他日之卒成焉。更未識神傷之殆復難支者，能了此一番心事

---

[26] 奉倩，即荀粲。荀粲，字奉倩，生卒年不詳，豫州潁川潁陰縣（今河南許昌）人，終年二十九歲。三國魏玄學家，東漢荀彧之子。（晉）孫盛《晉陽秋》：「荀粲（字奉倩）妻有美色，染病亡，粲不哭神傷，曰痛悼不已，歲餘亦亡。」奉倩之神傷，指人喪妻。

[27] 安仁，即潘岳。潘岳（247～300），字安仁，後人多稱潘安。滎陽中牟（今河南）人，西晉文學家。曾任司空掾、太尉掾、河陽縣令、懷縣令、太傅府主簿等職。後死於「八王之亂」，罪夷三族。潘安妻子楊媛姬早逝，相傳潘安因此不再娶妻，後寫了三首悼亡詩，情深意切，令人感動。安仁之心苦，指喪妻之苦。

[28] 見萬榮恩：〈敘〉，《絳蘅秋》，《紅樓夢戲曲集》（臺北市：九思出版公司，1979年2月），頁350～351。

[29] 青翰，借指毛筆和文字、書信等。

[30] 斷鳧續鶴，截斷野鴨的短腿接到仙鶴的長腿，比喻做事違反自然規律。鳧，野鴨。鶴，仙鶴。

否？茲先將所有者授梓[31]，並誌數言。觀雪芹之鍾情，曷禁淚涔涔下
也。」[32]如上所述，從俞用濟補作〈珠沉〉、〈瑛弔〉等折時所表現的
悲慟來看，不僅可以深刻體會他思念吳蘭徵猶如賈寶玉思念林黛玉
一般，而且可以明顯看出俞用濟和賈寶玉已融合為一了。吳蘭徵慧
眼識英雄，而俞用濟以血淚完成《絳蘅秋》，在在顯示他們夫妻倆
感情深厚，有情有義。

（二）辭章內涵

　　一篇辭章用核心的情理（主旨）或統合的材料（綱領）來作統
一，使全文自始至終維持一致的意思以凸顯焦點內容，這是一篇辭
章寫得成功與否的關鍵所在。[33]唐、宋、元、明四朝，傳奇已成為小
說、諸宮調、雜劇、南戲等之通稱，這四種時代不同而體製互異的
作品都各有其專名，它們之所以又通稱為「傳奇」，最主要的原因就
在於其內容有一個共同點即描寫男女之間的奇情豔事。[34]故以此角度
論《絳蘅秋》，它自然是符合傳奇主要是描寫男女之間奇情豔事此一
共同點的特徵。《紅樓夢》是一部言情小說，該書中賈寶玉、林黛玉
以及薛寶釵三人間的愛情悲劇讓人印象深刻，而戲曲在文學上又是
以詩為本質，這種略帶詩文之美的戲曲與音樂、舞蹈緊密結合並形
成一種綜合文學與藝術的有機體後，就更加動人心弦了。
　　清代眾多劇作家在《紅樓夢》的基礎上，將書中的故事情節改

---

[31] 授梓，交付雕板，即付印。授，給。梓，落葉喬木。

[32] 見俞用濟：〈序〉，《絳蘅秋》，《紅樓夢戲曲集》（臺北市：九思出版公司，1979
年），頁 351～352。

[33] 見陳滿銘：〈篇章邏輯與思考訓練〉，《章法論叢》第 5 輯，2011 年 9 月，頁 20。

[34] 見朱自力、呂凱、李崇遠選注：《歷代曲選注》（臺北市：里仁書局，1994 年），
頁 25。

編成「紅樓夢戲曲」時，往往必須面對小說內容的處理以及改編的手法等兩個問題。首先，小說內容的處理，從清代眾多「紅樓夢戲曲」中，可以看出劇作家大多是以「按事」[35]以及「按人」[36]這兩條主要線索來安排故事情節，無論是按事或按人，其內容主要是圍繞在「情」、「空」或賈府盛衰的主題上，即劇作家在悲歎寶黛愛情、十二金釵悲劇命運或榮府盛衰之餘，往往抒發自己對於人生空泛的感慨。其次，改編的手法，對於小說的情節、人物和重大事件，劇作家大都能按照個人改編的旨意而有所取捨或刪改。

《絳蘅秋》主要是敷演賈寶玉、林黛玉以及薛寶釵等三人之間的愛情悲劇，以及略加點染花襲人、秦可卿、鳳姐、賈元春、賈芸、金釧、平兒、柳湘蓮、晴雯以及林四娘等人的故事情節。全劇的內容，包括：第一折〈情原〉，總述《紅樓夢》故事緣由。第二折〈望姻〉，描述薛姨媽希望金玉之言成真，因此決定前往賈府之情節。第三折〈護玉〉，描繪賈府眾人愛護賈寶玉，以及賈母分派珍珠（即花襲人）予賈寶玉之情節。第四折〈哭祠〉，描寫林黛玉到祠堂哭母，以及林如海勸她前往賈府之情節。第五折〈珠聯〉，描述林黛玉初到賈府，她和賈寶玉會面繼而賈寶玉摔玉之情節。第六折〈幻現〉，描繪賈寶玉在秦可卿房內神遊太虛幻境之情節。第七折〈巧緣〉，描寫薛寶釵生病，賈寶玉前來探病，不巧，林黛玉亦來探病之情節。第八折〈設局〉，描述鳳姐設計害死賈瑞之情節。第九折〈省親〉，描繪賈元春歸省之情節。第十折〈嬌箴〉，描寫賈寶玉因與史湘雲過於

---

[35] 按事者，大多圍繞在寶黛的愛情故事，並穿插其他相關人物或情節，例如：吳蘭徵的《絳蘅秋》、陳鍾麟的《紅樓夢傳奇》以及吳鎬的《紅樓夢散套》。

[36] 按人者，則以各個人物的命運為主線，並搭配各自事件來敷演，例如：許鴻磐《三釵夢北曲》是以晴雯、林黛玉、薛寶釵為主角，分別描寫晴雯之逐、黛玉之死、寶釵之寡；又如：朱鳳森《十二釵傳奇》是合十二位女子的命運於一傳之中。

親近以致花襲人為此吃醋之情節。第十一折〈悲讖〉，描述賈政檢視眾人燈謎並發覺燈謎皆含悲涼氣氛之情節。第十二折〈詞警〉，描繪賈寶玉和林黛玉共看《西廂記》之情節。第十三折〈醉俠〉，描寫賈芸失意，路上巧遇倪二，倪二仗義輸財之情節。第十四折〈詩帕〉，描述賈寶玉被賈政鞭笞，林黛玉傷悲，賈寶玉贈帕之情節。第十五折〈埋香〉，描繪林黛玉因前晚到怡紅院找賈寶玉竟被拒於門外，因此傷春葬花。後來賈寶玉誤將花襲人當成林黛玉而擁抱花襲人之情節。第十六折〈情妒〉，描寫林黛玉因賈寶玉欣賞薛寶釵之香串而吃醋，賈、林兩人不和，以及賈寶玉前來瀟湘館道歉之情節。第十七折〈金盡〉，描述金釧因與賈寶玉嬉鬧並說了句不禮貌的話而被王夫人摑臉，後來金釧投井自盡之情節。第十八折〈秋社〉，描繪眾人作詩詠菊花而林黛玉奪魁之情節。第十九折〈蘭音〉，描寫林黛玉行酒令時無意間引用《西廂記》語句，薛寶釵私下勸阻她，進而林、薛兩人交心之情節。第二十折〈醋屈〉，描述平兒因賈璉與鮑二娘偷情東窗事發而無故受牽連之情節。第二十一折〈獸調〉，描繪柳湘蓮毒打薛蟠之情節。第二十二折〈試玉〉，描寫紫鵑因擔憂林黛玉的姻緣，故藉機試探賈寶玉，不料卻引起賈寶玉瘋病一場之情節。第二十三折〈花誄〉，描述賈寶玉祭拜晴雯之情節。第二十四折〈演恆〉，描繪優伶演恆王、林四娘之情節。第二十五折〈林殉〉，描寫恆王被殺而林四娘自刎之情節。第二十六折〈寄吟〉，描述薛寶釵、林黛玉互贈書信而林黛玉感傷境遇之情節。第二十七折〈珠沉〉，描繪林黛玉香消玉殞之情節。第二十八折〈瑛弔〉，描寫林黛玉亡故，賈寶玉哭靈之情節。

　　吳蘭徵是早期將《紅樓夢》改編成戲曲的劇作家之一，她的《絳

蘅秋》曾贏得另一位「紅樓夢戲曲」劇作家萬榮恩「才華則玉茗[37]風流[38]，妙倩則粲花[39]月旦[40]」的稱譽，可視作早期閨閣紅學的重要組成部分，對於研究清代女性對《紅樓夢》的接受頗具價值。[41]《絳蘅秋》雖然是改編自《紅樓夢》小說，然而，「紅樓夢戲曲」的精彩處往往不在小說本身陳陳相因的題材內容，而是在劇作家的個人才情及其改編的情節重心。《絳蘅秋》表現吳蘭徵對原著的理解，她的見解雖然尚未離開名教[42]，然而，她確實在某些方面觸及到《紅樓夢》的精神實質，她比起仲振奎與萬榮恩兩人的劇作[43]顯得高明多了。因此《絳蘅秋》一劇出現後，即以其奇切有致、細膩深峭而引起當時

---

[37] 玉茗，在此借指湯顯祖。明劇作家湯顯祖家有玉茗堂，傳奇集有《玉茗堂四夢》，後世即用「玉茗」稱湯顯祖。柳亞子〈題簟農四嬋娟室填詞圖〉詩：「度曲居然玉茗風，壯夫何敢薄雕蟲。」

[38] 風流，指才華出眾，自成一派，不拘泥於禮教。

[39] 粲花，在此借指李白。原意謂言論典雅雋妙，有如明麗的春花。（五代）王仁裕《開元天寶遺事·粲花之論》：「李白有天才俊逸之譽，每與人談論，皆成句讀，如春葩麗藻，粲於齒牙之下，時人號曰李白粲花之論。」

[40] 月旦，亦稱「月旦評」，謂品評人物。《後漢書·許劭傳》：「初，劭與靖俱有高名，好共覈論鄉黨人物，每月輒更其品題，故汝南俗有「月旦評」焉。」亦省作「月評」。宋楊億〈受詔修書述懷感事三十韻〉：「月評依許劭，文體慕相如。」

[41] 見鄧丹：《明清女劇作家研究》（北京市：首都師範大學博士論文，2007 年），頁 2。

[42] 名教，指以正名定分為主的封建禮教。（晉）袁宏《後漢紀·獻帝紀》：「夫君臣父子，名教之本也。」魯迅《熱風·隨感錄五十七》：「明明是現代人……卻偏要勒派朽腐的名教。」

[43] 清代眾多「紅樓夢戲曲」大多是根據原著內容敷演，然而，有的劇作甚至以《紅樓夢》與《後紅樓夢》合而傳之，例如：仲振奎的《紅樓夢傳奇》分上、下兩卷，上卷即根據原著《紅樓夢》故事而改編，下卷則根據續書《後紅樓夢》故事而改編。又如：萬榮恩的《醒石緣》分為兩部，其一，《瀟湘怨傳奇》，又名《紅樓夢傳奇》，主要是描寫原著《紅樓夢》故事；其二，《怡紅樂》，又名《後紅樓夢傳奇》，主要是描寫林黛玉死後還魂，後與賈寶玉團圓的故事。

一些劇作家和評論家的注意。[44]此外,《絳蘅秋》的部分情節已被許多劇種改編,如京劇的〈歸省大觀園〉;川劇、秦腔、粵劇、越劇、京劇的〈黛玉葬花〉、〈黛玉焚稿〉等。[45]

三　章法結構

對於辭章章法,陳滿銘教授已有豐碩的研究成果。「篇章邏輯」是以「邏輯思維」為主,「形象思維」為輔的,它所探討的主要是內容材料的深層邏輯,也就是篇章的「條理」。這共通的理則,落到「篇章邏輯」之上,便成為「秩序」、「變化」、「聯貫」、「統一」等四大規律。目前所能掌握之「篇章邏輯」之類型,即所謂「章法」,將近四十種[46],這些章法都可以依秩序原則,形成「順」與「逆」的兩種結構。關於《絳蘅秋》的章法結構,今分篇章意象與體製規律兩項,說明如下:

---

[44] 見趙青:《清代紅樓夢戲曲探析》(上海市:華東師範大學人文學院中國語言文學系碩士論文,2006 年),頁 77。

[45] 見李修生主編:《古本戲曲劇目提要》(北京市:文化藝術出版社,1997 年),頁 588~589。

[46] 「篇章邏輯」的類型,包括:今昔、久暫、遠近、內外、左右、高低、大小、視角轉換、知覺轉換、時空交錯、狀態變化、本末、淺深、因果、眾寡、並列、情景、論敘、泛具、虛實(時間、空間、假設與事實、虛構與真實)、凡目、詳略、賓主、正反、立破、抑揚、問答、平側(平提側注)、縱收、張弛、插補、偏全、點染、天(自然)人(人事)、圖底、敲擊等將近四十種。見陳滿銘:〈篇章邏輯與思考訓練〉,《章法論叢》第 5 輯,2011 年 9 月,頁 2~3。

（一）篇章意象

　　《絳蘅秋》第一折〈情原〉的故事內容，主要是描寫上界絳珠仙葩被茫茫大士、渺渺真人送來的青埂峰上一塊靈石朝夕澆培，便由虛入靈，由靈入幻，竟出落得一種絕世仙姿。後來，絳珠仙葩與靈石皆被貶下凡塵，即林黛玉和賈寶玉。因此劇作家以第一折〈情原〉總提《紅樓夢》故事緣由，接著，以第二折〈望姻〉至第二十六折〈寄吟〉等共二十五個小單元分應其他男女愛戀之情、親情以及世情等故事，最後再以第二十七折〈珠沉〉與第二十八折〈瑛弔〉來總提《紅樓夢》故事結局以回抱第一折〈情原〉作結。由此可知，《絳蘅秋》的章法是屬於「凡目」類型中「凡（總提）、目（分應）、凡（總提）」的結構寫成的。

　　又創作與鑑賞兩者也是屬於章法的重點，一般來說，這種「意象系統」，如著眼於「由隱而顯」的順向過程為寫作；如著眼於「由顯而隱」的逆向過程則為閱讀。而順、逆向的疊合可說是經由順向（寫作）以及逆向（閱讀）的互動，形成「創作」與「鑑賞」合而為一。[47]《紅樓夢》主要是一部抒寫男女愛情的「風月寶鑑」，吳蘭徵因閱讀《紅樓夢》小說，引起內心的感動與觸發。加上，她「見多有以說部《紅樓夢》作傳奇者，閱之，或未盡愜意」[48]，於是自己創作《絳蘅秋》。吳蘭徵亡故後，她的丈夫俞用濟又創作〈珠沉〉、

---

[47] 見陳滿銘：〈論意象之統合──以辭章之主題與風格為範圍作討論〉，《文與哲》第 15 期（2009 年 12 月）頁 4、5、9。

[48] 俞用濟：〈室人吳麗寶香倩傳〉，轉載於徐復明：《紅樓夢與戲曲比較研究》（上海市：上海古籍出版社，1984 年），頁 235。

〈瑛弔〉等折，把《紅樓夢》小說中寶黛愛情的悲劇，移情[49]到現實生活中觀照的自我。如上所述，以此角度論《絳蘅秋》，不論劇作家為吳蘭徵或俞用濟，《絳蘅秋》可說是劇作家結合「創作」與「鑑賞」兩者所完成的一部戲曲。

此外，在一篇辭章裡，主題指的是「主旨」（綱領）與「意象」（材料），這關涉到意象的統合。主旨之安置不外四種，即「置於篇首」、「置於篇腹」、「置於篇末」與「置於篇外」。[50]《絳蘅秋》的主旨是屬於「置於篇首」類型，因為全劇的劇作思想即出現在第一折〈情原〉:「俺想情之為義，忠孝廉節，百折不回，寂寞虛無，一覽而盡。情裁以義，聖哲所以為儒；情化於忘，空幻斯之謂佛」[51]這幾句話。何謂「義」呢？古人說：「一己所表現之美善為義」[52]，一般來說，指的是公正合宜的道德、道理或行為。「義」也是中國人的倫理概念，它是孟子思想的核心。儒家注重人與人之間和諧的關係，「情之為義」、「情裁以義」即是吳蘭徵閱讀《紅樓夢》後所創作《絳蘅

49 所謂移情，就是我們把自己的情感移置到外物身上，於是覺得外物也有同樣的情感。移情是主客融合，是物我同一。它不僅由我及物，把我的情感移注於物，而且由物及我，把物的姿態吸收於我。見凌繼堯：《美學十五講》（北京市：北京大學出版社，2003 年），頁 68、71。

50 見陳滿銘：〈談安排辭章主旨的幾種基本形式〉，《國文學報》第 14 期（1985 年 6 月），頁 201～224。

51 見《絳蘅秋》第一折〈情原〉，《紅樓夢戲曲集》（臺北市：九思出版公司，1979 年），頁 233。

52 義，在六書中屬於會意，从我从羊。羊有美善義，我乃己稱之詞，一己所表現之美善為義。根據許慎撰、段玉裁注《說文解字注》：「義，己之威義也。从我从羊。」其中，「義」，善也，引申之訓也。「義」，或作「儀」，威儀出於己，故从我。董子曰：「仁者，人也。義者，我也。謂仁，必及人。義，必由中斷制也。從羊者，與善美同意。」由於「羊」與「善」同義，故「从羊」。又《釋名》：「義，宜也。裁製事物，使各宜也。」

秋》的主旨，她認為男女之情也是「義」的表現。

（二）體製規律

　　小說屬於敘事文學，主要是供人閱讀的，結構嚴謹或鬆散皆可；傳奇屬於戲曲文學，主要是供舞臺演出的，結構就必須集中、精煉和嚴謹。集晚明劇論大成的李漁[53]，說道：「至於『結構』二字，則在引商刻羽之先，拈韻抽毫之始，……工師之建宅亦然，基址初平，間架未立，先籌何處建廳，何方開戶，棟需何木，梁用何材，必俟成局了然，始可運斤揮斧。倘造成一架，而後再籌一架，則便於

　　前者不便於後，勢必改而就之，未成先毀，猶之築舍道旁，兼數宅之匠、資，不足供一廳一堂之用矣，故作傳奇者，不宜卒急拈毫。袖手於前，始能疾書於後。」[54]結構即布局、構思，結構的工作必須在「引商刻羽之先，拈韻抽毫之始」，就像「造物之賦形」與「工師之建宅」一樣。現存《絳衡秋》傳本共二十八折，由介、白、曲聯織成劇，其關目是以男女愛戀之情為主，其次是親情以及世情的描寫。今依戲曲文學關目、曲、白、事等四大要素，說明《絳衡秋》之體製規律如下：

1　關目

　　《絳衡秋》的關目，除了首折〈情原〉是總述故事緣由外，大

---

[53] 李漁（1611～約 1680），字笠鴻、謫凡，號笠翁，明末清初蘭溪（現在浙江省蘭溪縣）人，戲曲理論家、作家。除《一家言》外，還著有《笠翁十種曲》（傳奇）、短篇小說集《十二樓》等。

[54] 見李漁《閒情偶寄・詞曲部》「結構第一」，《中國古典戲曲論著集成》第七冊（北京市：中國戲劇出版社，1959 年），頁 10。

致分為三類：首先，男女愛戀之情，包括：第二折〈望姻〉、第五折〈珠聯〉、第六折〈幻現〉、第七折〈巧緣〉、第八折〈設局〉、第十折〈嬌箋〉、第十二折〈詞警〉、第十四折〈詩帕〉、第十五折〈埋香〉、第十六折〈情妒〉、第十七折〈金盡〉、第十八折〈秋社〉、第十九折〈蘭音〉、第二十折〈醋屈〉、第二十二折〈試玉〉、第二十三折〈花誅〉、第二十四折〈演恆〉、第二十五折〈林殉〉、第二十六折〈寄吟〉、第二十七折〈珠沉〉以及第二十八折〈瑛弔〉等二十一折。其次，親情，包括：第三折〈護玉〉、第四折〈哭祠〉、第九折〈省親〉以及第十一折〈悲讖〉等四折。最後，世情，包括：第十三折〈醉俠〉和第二十一折〈獃調〉等兩折。綜觀《絳蘅秋》全劇，屬於世情的關目約占百分之七；屬於親情的約占百分之十四；屬於男女愛戀之情的則約占百分之七十九。

　　此外，明清傳奇的藝術結構是綜合性的，它結合古代抒情詩、古代敘事詩、民間講唱文學、史傳文學與古代小說等文體的結構，在兼收並蓄、融合消化的過程中，形成了三種獨特的結構特徵：第一，奇正相生的傳奇性情節，指的是作家突出表現在採用「錯認」與「破壞」兩種方式。第二，繁簡合宜的點線型結構，一般來說，戲曲文學的結構分「縱」和「橫」兩方面。其中，在「縱」的方面，體現出一線到底而又點[55]線[56]結合的美學特徵。第三，分合自如的組合式布局，戲曲文學的結構中，在「橫」的方面，體現出無斷續痕而又分合自如的美學特徵。[57]今按明清傳奇藝術結構的角度來論《絳

---

[55] 點，指在劇情的發展中，對重要情節和細節的極力渲染。
[56] 線，指整個劇情的發展脈絡。
[57] 見郭英德：《明清文人傳奇研究》（臺北市：文津出版社，1991年），頁191、198、200。

蘅秋》，可以看出以下三點：

首先，《絳蘅秋》第二十七折〈珠沉〉描述破壞寶黛愛情的人物是賈母、鳳姐以及王夫人等人，因此符合奇正相生的傳奇性情節。

其次，《絳蘅秋》的主旨是言情記恨，整個劇情的發展脈絡主要是描寫男女愛戀之情，這是屬於「線」的範疇。又在劇情的發展中，有對賈寶玉和花襲人兩人間的描述，如第十折〈嬌箴〉；有對賈寶玉和林黛玉兩人間的著墨，如第十二折〈詞警〉；有對賈寶玉和金釧兩人之間的描寫，如第十七折〈金盡〉；有對賈寶玉和晴雯之間的描繪，如第二十三折〈花誄〉等，這是屬於「點」的範疇，因此符合繁簡合宜的點線型結構。

最後，《絳蘅秋》共二十八折，每一折故事各自獨立，體現出無斷續痕而又分合自如的美學特徵，因此符合分合自如的組合式布局。

如上所述，《絳蘅秋》的體製規律兼有奇正相生的傳奇性情節、繁簡合宜的點線型結構以及分合自如的組合式布局，因此該劇作是符合明清傳奇的藝術結構。

2 曲白事

《絳蘅秋》每一折都包含曲、白、事三者，具有規範化的長篇文學體製、格律化的戲曲音樂體製以及文人化的藝術審美趣味等三種特徵。[58]曲與白，尤其是曲，其音樂的旋律與聲律關係密切。所謂「聲律」，就是聲音上的規律，可分為「聲」以及「律」兩方面：

首先，「聲律」中的「聲」，指的是「聲音」，即「平上去入」四聲以及「宮」、「商」、「角」、「徵」、「羽」等五音。其中，「平上去入」

---

[58] 見郭英德：《明清文人傳奇研究》（臺北市：文津出版社，1991 年），頁 4、5。

等四聲中的「平」聲，又可分為「陰平」、「陽平」兩種。又「宮」、「商」、「角」、「徵」、「羽」等五音之外，亦可加上「變宮」、「變徵」而形成所謂的「七音」。

其次，「聲律」中的「律」，指的是「十二律」，即中國傳統音樂使用的音律，相傳為黃帝的樂官伶倫利用竹筒長短，造成發音高低不同的原理而定出的聲律準則。「律」，本來是用來定音的竹管，古人用十二個不同長度的律管，吹出十二個高度不同的標準音，以確定樂音的高低，因此這十二個標準音也就叫做「十二律」，亦稱「十二宮」。十二律分為陰陽兩類，奇數六律為陽律，叫做「六律」；偶數六律為陰律，稱為「六呂」，合稱「律呂」。陽律有六，包括：黃鐘、太簇[59]、姑洗、蕤賓、夷則、無射[60]；陰律有六，包括：林鐘、南呂、應鐘、大呂、夾鐘、中呂[61]。十二律，從低到高依次為：黃鐘－大呂－太簇－夾鐘－姑洗－中呂－蕤賓－林鐘－夷則－南呂－無射－應鐘。

就音樂旋律來看，《絳蘅秋》每一折皆協韻，共使用〔i〕、〔u〕、〔au〕、〔eng〕、〔an〕、〔ang〕、〔ai〕、〔ou〕、〔o〕、〔en〕以及〔e〕等十一種韻。詳言之，協韻〔i〕（讀音類似「一」韻），如第一、十四、二十四折；

協韻〔u〕（讀音類似「ㄨ」韻），如第二、五、十五、二十一折；協韻〔au〕（讀音類似「ㄠ」韻），如第三、六、八折；協韻〔eng〕（讀音類似「ㄥ」韻），如第四、二十七折；協韻〔an〕（讀音類似「ㄢ」韻），如第七、十一、二十折；協韻〔ang〕（讀音類似「ㄤ」

---

[59] 太簇，又作太蔟、太族、大族、大蔟、泰簇、泰族。

[60] 無射，又作「亡射」。

[61] 中呂，又作「仲呂」。

韻），如第九、十三、二十二折；協韻〔ai〕（讀音類似「ㄞ」韻），如第十折；協韻〔ou〕（讀音類似「ㄡ」韻），如第十二、十六、十八折；協韻〔o〕（讀音類似「ㄛ」韻），如第十七、二十八折；協韻〔en〕（讀音類似「ㄣ」韻），如第十九、二十三、二十六折；協韻〔e〕（讀音類似「ㄝ」韻），如第二十五折。

關於曲、白、事的特徵，今以《絳norm秋》第二十二折〈試玉〉，說明如下：

其一，曲，指歌唱，該折的宮調[62]是〔雙調〕，首曲的曲牌必用【新水令】[63]。除末曲【北尾聲】略有不同外，其餘各曲以「一北一南」的方式排列，結構大致上是屬於「南北合套」。該折共十支曲子，依序為【北雙調・新水令】、【南步步嬌】、【北折桂令】、【南江兒水】、【北雁兒落帶得勝令】、【南僥僥令】、【北收江南】、【南園林好】、【北沽美酒帶太平令】、【北尾聲】等。例如【北雙調・新水令】：「問芳卿何事竟相防，沒來由這般景況。我熱心偏有礙，你冷面太無良。那還望地久天長，便作到朝思暮憶成虛誑。」即「曲」。

其二，白，指賓白，賓白往往夾在曲文當中，例如【南園林好】：「侍紅妝追隨繡房，一種裏在人奴上。我如今卻愁，他或要去了，我必是跟了他去，我又是合家在此，若不去，有負了素日恩情，若去時，又離了家鄉的父母，所以我心中疑惑，造作出這些話來問你，誰知你就尋鬧起來。我啞謎兒虛拋漾，最難得有情郎。（小生笑介[64]）原來你因愁的這個，故爾如此。紫鵑姐姐，我明白告訴了你罷！」

---

[62] 宮調，中國音樂名詞，指調高與調式的綜合關係。同一宮調的曲子，高低相同，聲情一致，故可聯成套曲。

[63] 【新水令】，曲牌名稱，指一首歌曲的名稱。

[64] 介，指動作。

其中,「我如今卻愁,他或要去了,我必是跟了他去,我又是合家在此,若不去,有負了素日恩情,若去時,又離了家鄉的父母,所以我心中疑惑,造作出這些話來問你,誰知你就尋鬧起來。」、「(小生笑介)原來你因愁的這個,故爾如此。紫鵑姐姐,我明白告訴了你罷!」即「白」。

其三,事,指故事,第二十二折〈試玉〉的故事內容主要是描繪紫鵑擔憂林黛玉的姻緣,藉機試探賈寶玉,不料卻引起賈寶玉瘋病一場之情節。

綜觀而論,《絳蘅秋》屬於戲曲文學,而戲曲文學是由關目、曲、白、事等四大要素所組成。若將戲曲置於舞臺上由演員妝扮人物以代言體敷演故事,則戲曲就具有音樂性、節奏性和舞蹈性,而舞蹈與唱段都是劇情的一部分。演員在表演動作時,必須揣測人物當時的心境,然後透過維妙維肖的人物聲口來表現劇中人物的心情。該劇作第二十二折〈試玉〉中的十支曲子皆協韻〔ang〕(讀音類似「尢」韻),是屬於感情激烈之音,用韻相當繁密,因此容易形成韻律諧和的藝術美感。此外,韻律之美往往藉由同類的聲音一再反覆的出現,造成音調鏗鏘的效果。又〔雙調〕主要是唱健捷激裊,它適用於雖然紛雜但段落不明或無須區別輕重,可以籠統交代的類型。〔雙調〕是一個兼容並蓄的「雜調」,其音樂特性可能較為多變靈活,也可能有更廣的適用性。換言之,〔雙調〕適用於輕快流利的情調,或者匆遽動作的型態,全折可以連成一氣,順敘而下。[65]由於〔雙調〕較利於交代情節,而且適合流暢匆遽之型態,因此吳蘭徵用於紫鵑「試玉」情節,在情調上是十分適合的。

---

[65] 見許子漢《元雜劇的聲情與劇情》(臺北:里仁書局,2003 年),頁 61、62、95、102。

四　藝術特色

　　《絳蘅秋》與《紅樓夢》兩者雖然敷演的情節相似，然而，就文學體裁來看，它由小說變成戲曲，這就是創作。仔細比較《絳蘅秋》各折，有些以南曲為主，有些以北曲為主，有些則是採用南北合套，抒情意味相當濃厚。在藝術特色方面，今分兩項說明如下：

（一）造語清新，自然本色

　　《絳蘅秋》傳奇以曲白自然本色見稱，例如：第四折〈護玉〉，由貼[66]扮林黛玉，她唱首曲【傳言玉女】後，吟誦〔減字木蘭花〕[67]：「春心無邪，妝成只是薰香坐。夢轉揚州，桐樹心孤易感秋。梨花影上，閒窺夜月銷金帳。清景徘徊，行即裙裾掃落梅。」然後，她自報家門：「奴家林黛玉，本貫姑蘇人也。父親官拜御史巡鹽，母親宜人係出賈氏。奴家長自維揚，年未及笄[68]。只是早背萱枝[69]，更少棣萼[70]。愛比掌珠，幸作中郎之女；（覷腮介）年輕弄玉，漫云蕭史之家。幾回作意處，叫人人說豔如桃李，凜若冰霜；未足寄情時，

---

[66] 貼，即貼旦，戲劇角色名，指同一劇中扮演次要角色的旦角。旦，指戲劇中之女主角。旦，蓋由「姐」字訛化而來。旦之名目始見於五代北宋，宋雜劇有「裝旦」，雜扮有「旦」，南戲分化為旦、貼（占），元雜劇元刊本為正旦、外旦、小旦、老旦；傳奇為旦、貼（占）、小旦、小貼、老旦、老貼。見曾師永義：《中國古典戲劇選注》（臺北市：國家出版社，2007年），頁60。

[67] 〔減字木蘭花〕，詞牌名，亦稱〔減蘭〕。雙調共四十四字，上下闋各四句，兩仄韻、兩平韻。

[68] 及笄，古時稱女子年齡在十五歲為「及笄」，也稱「笄年」。笄，束髮用的簪子。及笄，到了可以插簪子的年齡了。

[69] 萱枝，在此借指母親。

[70] 棣萼，比喻兄弟。（唐）杜甫〈至後〉詩：「梅花一開不自覺，棣萼一別永相望。」

也忽忽聽春去如何，花開多少。但有時瘦損懨懨，不料人奇於病；春愁黯黯，若將命薄於霜。」如上所述，從林黛玉「豔如桃李，凜若冰霜」、「瘦損懨懨」、「春愁黯黯」等賓白中，可以看出造語清新的風格。

又如：第十三折〈醉俠〉，丑[71]扮賈芸一上場，即以賓白說道：「生來命運只平常，也算賈家第五房，終日窮愁傍門戶，心機使盡不相當。」然後，自報家門：「小子賈芸，係賈府的本家，後廊居住。早年喪父，寡母卜氏，無一畝之地，無兩間之房。若論起像貌聰明，也還不在人之下。只是俗語說的好，無錢小一紀，官大好吟詩。又說的好：筥[72]長膽大，本小利微。因此母子商量，到本家處有條門路，尋點事幹。」接著，便唱首曲【夜行船】：「這次謀為空白望，多不巧懊悔堪傷。生意艱難，家支缺短，老大無成怎算？」如上所述，從「終日窮愁傍門戶，心機使盡不相當」、「無一畝之地，無兩間之房」、「生意艱難，家支缺短」等賓白中，足見作者融會日常語言，展現賈芸此一人物自然本色的氣息。

（二）人物形象，個性鮮明

《絳蘅秋》所描寫的人物形象，個性十分鮮明，例如：第五折〈珠聯〉，由貼扮王熙鳳上場，她唱首曲【黃鐘‧醉花陰】：「眼見男兒何足數，一種聰明天賦。見嫉入門初，繞翠圍珠，也有蛾眉自負。

---

[71] 丑，角色名，例扮行為不端或滑稽詼諧之人物。「丑」字當由宋雜劇散段之「紐元子」省文而來，即由「紐」字省為「丑」。元雜劇應當沒有「丑」，元曲選之「丑」乃明人所增入，丑為南戲傳奇之角色，南戲只有丑，傳奇分為丑、小丑。見曾師永義：《中國古典戲劇選注》（臺北市：國家出版社，2007年），頁72。

[72] 筥，一種盛飯用的竹筐。

心辣口還誄，掩袖工夫，收不盡瓶兒醋。」然後，貼自報家門：「奴家王氏，小字熙鳳，係現任京營節度使之嫡女，嫁與榮府候補世襲現捐同知[73]璉二爺為元配娘子。富貴場中，綺羅隊裏。而且奴家驚鴻翩婉，不數洛水神仙[74]；飛燕輕盈，差比昭陽[75]姊妹。雖無驚人才調，愧簪花賦茗之詞；卻有絕世聰明，擅狐媚鴟張之技。拚得一杯濁酒，卿家嘗喚奈何；輕持三寸剛刀，我見從無憐惜。」如上所述，曲詞充分凸顯王熙鳳「聰明」、「自負」、「心辣」、「口誄」、「狐媚」等精明幹練的人物形象。

又如：第二十三折〈花誄〉，使用〔中呂〕劇套，共十支曲子。〔中呂〕的首曲必用【粉蝶兒】。〈花誄〉的故事內容主要是描述晴雯屈死，賈寶玉無限傷悲，設案祭拜晴雯之情節。〈花誄〉屬於北曲，生[76]扮演賈寶玉上場，即以賓白說道：「長憶雲仙至小時，芙蓉頭上綰青絲。當時驚覺高唐夢[77]，惟有如今宋玉[78]知。小生自母親檢園以

---

[73] 同知，宋時樞密院有知院事官，以同知院事為副；有知閤門事官，以同知閤門事為副。又府州軍的副貳有同知府事、同知州軍事。元明沿用。清代府、州以及鹽運使設同知，府同知即以同知為官稱，州同知稱州同，鹽同知稱運同。見李成華：《古代職官辭典》（臺北縣：常春樹書坊，1988 年 5 月），頁 214。

[74] 洛水神仙，傳說中的洛水女神，即宓妃。簡稱「洛神」，詩文中常用來借代「美女」。

[75] 昭陽，漢宮殿名，後泛指后妃所住的宮殿。《三輔黃圖・未央宮》記載：「武帝時，後宮八區，有昭陽……等殿。」

[76] 生，乃男性代表，按年齡、體質之不同，又分老生、小生、武生、紅生。老生，又稱「鬚生」，在劇中屬於年歲較長的人物，唱腔使用本嗓，力求口齒清晰、蒼勁、洪亮。小生，大都扮演英俊少年，唱念時以真假嗓相互並用，因體質不同，又有扇子生、雉尾生、窮生之別。武生，以武打為主之角色，扮相英武雄壯，表演時身手矯健，根據馬上、步下的不同，分「長靠」、「短打」兩類。紅生，介於生、淨之間的角色，又稱為「紅淨」，演員多為身材高大者。見鄭向恆：《中國戲曲的創造與鑑賞》（臺北市：文史哲出版社，1997 年），頁 16～17。

[77] 高唐夢，即宋玉所作《高唐賦》：「昔者，先王嘗游高唐，怠而晝寢，夢見一婦人曰：『妾，巫山之女也。為高唐之客，聞君游高唐，願薦枕席。』王因幸之。」

來，花枝寥落，鶯語悽酸，人事飄零，秋風淅瀝。蕙香、司棋，無
端的被逐了；芳官、蕊官等，聞又皈向空門；兀的不傷感人也呵！」
接著，他唱首曲【中呂‧粉蝶兒】:「情種天分，無端的風雨，摧殘
秋窘！太太是何苦來也？你為著我輕年恐壞情根，與我掃盡了幾番
枝葉，空空一境。便不管別鶴[79]焚琴[80]，教人伯勞飛燕[81]兩無因。(小
旦、小丑扮二小丫嬛上。旦)歌管樓臺聲細細，(丑)鞦韆院落夜沉
沉。(旦)二爺月明人靜，若有所思。(丑)你開口就行文，他在這
裏想那？(旦)想什麼。(丑)想鬼。(旦)想什麼鬼？(丑)糊塗
東西，你說新今好鬼是那個？(生)你二人那裏來？(旦)二爺還
不知麼？二姑娘孫家已求准了，今年便要出閣，還要陪四箇姐妹去呢？
我們看二姑娘來。(丑)那邊四姑娘，常常有媒婆來講親，好興頭，好興
頭！(生)還有什麼興頭呵！」接著，他唱末曲【尾聲】:「晴雯呀晴
雯！你從來情性花間近，贏得箇萬里送寒雲。芙蓉呀芙蓉，好贈你
美人名姓。則要你識得箇傷心透出些兒影。(同下)」如上所述，賈寶
玉對於晴雯之死悲憤滿懷，即使丫鬟前來報迎春的喜訊，他也無動
於衷，因此從曲詞中，可以充分看出賈寶玉此一人物偏執的個性十
分鮮明。

---

[78] 宋玉，生卒年不詳，鄢城（今湖北省宜城市）人，戰國後期楚國辭賦作家。藝術成
就很高，為屈原之後最傑出的楚辭作家，後世常將兩人合稱為「屈宋」。杜甫詩云:
「搖落深知宋玉悲，風流儒雅亦吾師。」

[79] 別鶴，俗作「別鶴孤鸞」，指離別的鶴，孤單的鸞。比喻遠離的夫妻。

[80] 焚琴，俗作「焚琴煮鶴」，指把琴當柴燒，把鶴煮了吃。比喻糟蹋美好的事物。

[81] 伯勞飛燕，借指離別的親人或朋友。《玉臺新詠‧東飛伯勞歌》:「東飛伯勞西飛
燕，黃姑織女時相見。」

五 結語

　　清代人稱《紅樓夢》研究為「紅學」，由此可知《紅樓夢》在清代的影響極為深遠。《紅樓夢》出現不久，它的故事內容不僅被許多腔調劇種之戲曲、各類說唱曲藝之俗曲所吸收，而且因劇作家個人才情、人生閱歷的差異，往往呈現出同一故事情節卻有眾多不同形式的改編作品。同時，在各式各樣腔調劇種以及說唱曲藝敷演《紅樓夢》故事的推波助瀾之下，使得《紅樓夢》小說散播地更為迅速，最後達到竹枝詞中所謂「閒談不說《紅樓夢》，讀盡詩書是枉然」[82]的情況。在中國古典小說的脈絡中，可以發現《紅樓夢》是少數出現續作、改作兩者兼備的文本，而續作和改作在意義上便是對原作的肯定。無論改作的「紅樓夢戲曲」或「紅樓夢俗曲」，其文學成就是否超越《紅樓夢》小說本身的價值，但無可否認地，《紅樓夢》在後世所擁有的文學地位是在不斷地評論與解讀中建立的。由於政治、文化環境的改變，易時易代的讀者面對同一著作，自然會有不同的興味和感想，而愈是內涵豐富的經典型作品，愈是充滿不同角度的詮釋。因此以《紅樓夢》故事為題材而改編的「紅樓夢戲曲」，也可說是對原作的一種調整，它是劇作家對《紅樓夢》故事進行再創作的表現，也是劇作家依據自己的主觀意識對《紅樓夢》故事進行新的認知與體會。

　　綜觀而論，《絳蘅秋》與其他早期「紅樓夢戲曲」相比，更為接近原著的思想內涵，同時融入了吳蘭徵自身的情感經歷，呈現女性

---

[82] 見（清）得碩亭《京都竹枝詞》「時尚門」，收錄在路工編選：《清代北京竹枝詞（十三種）》（北京市：北京古籍出版社，1982 年），頁 54。

的改編特色。她是清代《紅樓夢》戲曲眾多作家中唯一的女性作家，「能目識名流，辭富安貧」，不僅表現其對丈夫俞用濟堅貞的感情，而且透過創作《絳蘅秋》來表達她個人的婚戀觀。《絳蘅秋》的創作展現迥異於男性作家的視角和表現方式，在清代戲曲史上具有不可替代的價值與意義。值得注意的是，《絳蘅秋》末兩折〈珠沉〉與〈瑛弔〉，其表現方式更是充滿象徵性——即俞用濟藉賈寶玉哭林黛玉之情節來宣洩他的喪妻之痛。此外，《絳蘅秋》美中不足的地方是，劇作家在寶黛愛情悲劇這一主線之外，又旁生一些不必要的枝節，例如：〈設局〉、〈醉俠〉、〈金盡〉以及〈醋屈〉等折，這些情節無非是為了刻畫人情世態，它們與原著的主題關係不大。又如：〈演恆〉與〈林殉〉等折，主要是敷演恆王與林四娘的故事，它們離原著的旨趣就更遠了。就全劇主線來看，倘若沒有上述六折，《絳蘅秋》的劇情將會更加緊湊集中。

參考文獻

九思出版公司　《紅樓夢戲曲集》臺北市　九思出版公司　1979 年

中國戲劇研究院編　《中國古典戲曲論著集成》　第七冊　北京市　中國戲劇出版社　1959 年

朱自力、呂凱、李崇遠　《歷代曲選注》臺北市　里仁書局　1994 年

朱一玄　《金瓶梅資料匯編》　天津市　南開大學出版社　2004 年

吳　梅　《南北詞簡譜》　臺北市　學海出版社　1997 年

李昭琳　《紅樓戲曲研究》　臺中市　東海大學中國文學系研究所　碩士論文　1997 年

李修生　《古本戲曲劇目提要》北京市　文化藝術出版社　1997 年

竺家寧　《聲韻學》　臺北市　五南圖書出版有限公司　1992 年

徐復明　《紅樓夢與戲曲比較研究》　上海市　上海古籍出版社
　　　　1984 年
凌繼堯　《美學十五講》　北京市　北京大學出版社　2003 年
許子漢　《元雜劇的聲情與劇情》　臺北市　里仁書局　2003 年
郭英德　《明清文人傳奇研究》　臺北市　文津出版社　1991 年
曾永義　《戲曲源流新論》　臺北縣　立緒文化事業公司　2000 年
　　　　《中國古典戲劇選注》　臺北市　國家出版社　2007 年
　　　　《戲曲之雅俗、折子、流派》　臺北市　國家出版社　2009
　　　　年
路工編選　《清代北京竹枝詞（十三種）》北京市　北京古籍出版社
　　　　1982 年
鄭　騫　《北曲新譜》　臺北縣　藝文印書館　1973 年
鄭向恆　《中國戲曲的創造與鑑賞》　臺北市　文史哲出版社
　　　　1997 年
劉大杰　《中國文學發展史》　臺北市　華正書局　1998 年
盧　前　《明清戲曲史》　臺北市　臺灣商務印書館　1994 年

二　期刊論文

林均珈　〈論孔昭虔《葬花》〉　《東方人文學誌》　第 9 卷第 3 期
　　　　2010 年 9 月　頁 193～216
林均珈　〈《清戲曲《葬花》借鑑〔集唐〕之探析〉　《第一屆市北
　　　　教大、新竹教大、屏東教大中國語文學系研究生論文聯
　　　　合發表會論文集》　2011 年 3 月　頁 37～52
陳滿銘　〈談安排辭章主旨的幾種基本形式〉《國文學報》第 14 期
　　　　1985 年 6 月　頁 201～224
陳滿銘　〈論意象之統合——以辭章之主題與風格為範圍作討論〉
　　　　《文與哲》　第 15 期　2009 年 12 月　頁 1～32

陳滿銘　〈篇章邏輯與思考訓練〉　《章法論叢》第 5 輯　2011 年
　　　　9 月　頁 1～25

黃韻如　〈論陳鍾麟《紅樓夢傳奇》之改編特色與意義〉　《東吳
　　　　中文線上學術論文》第 12 期 2010 年 12 月　頁 45～63

鄧　丹　〈三位清代女劇作家生平資料新證〉　《中國戲曲學院學
　　　　報》　第 28 卷第 3 期　2007 年 8 月　頁 51～56

三　學位論文

趙　青　《清代紅樓夢戲曲探析》　上海市　華東師範大學人文學
　　　　院中國語言文學系碩士論文　2006 年

鄧　丹　《明清女劇作家研究》　北京市　首都師範大學中國古代
　　　　文學博士論文　2007 年

章法學體系建構的系統性原則

孟建安

廣東肇慶文學院教授兼副院長

摘要

　　章法學體系的建構必須遵循系統性原則，這實際上是一種方法論選擇。一方面，必須要有全域觀念和整體意識，考察章法學體系在辭章學理論體系內的結構分佈；另一方面，要把章法學體系看作是一個由眾多不同子系統按照一定的秩序所形成的層級系統。只有這樣，所建構的章法學體系才更具有嚴密的邏輯性和系統性，才更趨於科學、更合乎漢語辭章章法的實際。

關鍵詞：章法學體系、系統性原則、方法論

「章法」就是文章之法。王希傑認為「章法」有兩種：一種是客觀存在的章法，它是與文章同時出現的，有文章就有章法，不同的文章有不同的章法；一種是研究者的認識和主張，是關於辭章章法的知識和理論，是在文章出現之後才產生的。[1]筆者所謂的章法學體系應該是王希傑所說的後一種章法，那就是帶有研究者主觀認識的章法。正因為是含有研究者的觀點，因此帶有更多的主觀性；也正因為具有更多的主觀性，所以章法學體系可以是多種多樣的，不同的研究者因其所持有的章法觀的不同，便會構建不同于他人的章法學體系。但不管是何種章法學體系，都必須遵循一定的建構原則。筆者參照章法學研究的實際，不揣淺陋，就章法學體系建構應該遵循的系統性原則作較為深入的探索，以就教于方家。

關於系統性原則，從宏觀層面上看筆者以為可以從兩個方面加以認識：一是要看章法學體系在辭章學理論體系內所處的位置；一是要看章法學體系自身的系統性。

一

章法學體系屬於辭章學的範疇，是辭章學理論體系的重要內涵，是辭章學的下位概念；辭章學是章法學的屬，是章法學的上位概念。厘清這一點是認知和建構章法學體系的最基本前提。考察章法學體系在辭章學體系中的結構分佈，就是要看章法學體系在辭章學範疇內究竟處在何種地位，與周邊學科或相關章法學要素之間又是什麼樣的關係，這是建構章法學體系必須要考慮的最基本問題之一。這實際上是要求章法學體系的建構者必須要有全域觀念和整體意識，在一個大概念、大背景下，站在一個較高的平臺上俯視辭章

學的每一個角落，統觀辭章學的所有經與緯，把握辭章學的全部內容，從而提出自己的章法理論主張，創擬自己獨具特色的章法學體系。也就是說，要把章法學體系置於一個更大的更高層次的系統中去考察，探索它與社會、周圍外部因素、相關學科等的聯繫，以便將內部因素和外部因素結合起來，全面而深入地總結章法規律和章法學理論。所以，要考察章法學體系在辭章學理論體系中的結構分佈，必須觀察縱橫兩個向度並作出事實上的求證。

其一，從縱的向度看，那就是要看章法體系在整個辭章學層級系統中處在哪個層次，它的最直接的上位歸屬是什麼，間接的上位歸屬又是什麼，它們是依賴於什麼條件層層套疊形成一個嚴密的體系的。這些方方面面的問題，不同的研究者可能有不同的處理結果，但思路應該是一樣的。就目前最具代表性的研究成果來看，都是把辭章學作為章法學體系的最高屬範疇。

其二，從橫的向度看，就必然要涉及與之處在相同層級的眾多相關的辭章學要素，諸如修辭學、文（語）法學、詞彙學、主題學等。著重對它們之間的相互依存與相互對立的辯證關係進行專門性的梳理和闡釋，以便找出它們之間存在著的某種同一性與示差性關係，從而為所建構的章法學體系尋求最具解釋力和說服力的外在條件。

其三，從章法學研究事實來看，學界研究者從不同的角度都推演出了章法學體系在辭章學體系中的結構分佈狀況，但都不外乎是從縱和橫著兩個向度加以認識和探索的。這一點更證實了堅持系統性原則的必要性與可行性。比如，鄭頤壽等給章法學體系的建構提供了一種較為科學的可供參照的辭章學理論框架。他認為，辭章學這個家族及其內親外戚實際上是一個由內外框架系統構成的譜系。所謂的內框架系統，包括聲律、字法、詞法、句法、章法、篇法、

辭式、辭格、表達方式、藝術方法、辭體、辭風等支系；所謂的外框架系統，包括辭章效果和辭章功能兩個支系。[2]43 陳滿銘則通過幾十年的辛勤耕耘對章法學體系在辭章學理論體系中的分佈進行了邏輯運演，得出了如下系統圖[3]：

辭章學的內涵

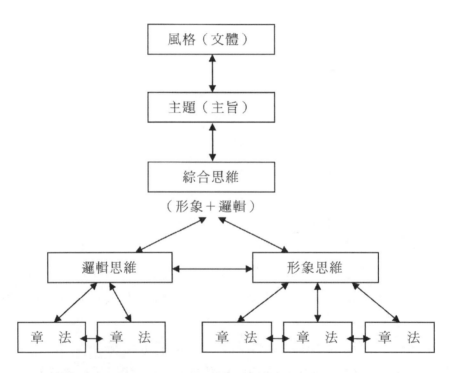

就陳滿銘所建構的辭章學系統來看，章法與文法、修辭、詞彙、意象都處在辭章學大系統的第五層，只不過章法與文法屬於邏輯思維子系統，而修辭、辭彙和意象則屬於形象思維子系統。據此推知，章法與文法的關係更密切，而與修辭、詞彙和意象的關係較疏遠，但它們都在第三層（即綜合思維）統一於一，聚焦于綜合思維，並繼續提煉而歸於主題（主旨），最後而達於風格（文體），共同來支

撐陳先生所建構的辭章學理論大廈。

　　由上可知，雖然章法學體系在兩位具有代表性的學者所給出的辭章系統中存在著差異，但有一點是共同的，那就是他們都是把章法學體系放在辭章學理論體系這個多層級的大系統中加以論證和檢視的，這就是一種開闊的視野，這就是一種系統論意識。從中我們可以看到章法學體系作為辭章學大系統的一個子系統所處的層級，以及與其他外圍子系統之間存在著的千絲萬縷的聯繫。這是建構章法學體系的必要條件，也是要做的最基礎性工作。所以，堅持系統性原則實際上就是建構章法學體系的方法論選擇，而且是最優化選擇。

二

　　在辭章學層級系統內建構章法學體系無疑是確當的，但僅僅是滯留于章法學體系的週邊又是遠遠不夠的，還應該深入到章法學體系的機理再作綜合性思考。當說到體系的時候，自然要考慮體系的構成要素以及各要素之間的互為觀照性。那就是要把章法學體系這一研究物件視作一個有機的整體，視作辭章學的一個子系統。參照宗廷虎就漢語修辭學史研究所提出並論述的系統論研究方法，[4-5]章法學體系的建構必須考慮以下幾個方面的問題：第一，章法學體系是一個由簡單到複雜，由要素少到要素多的動態系統；第二，章法學體系是一個有機的整體，各個層級上的組成要素之間相互制約相互關聯；第三，對各要素的研究立足於整體，而不是孤立地只著眼於要素本身；第四，注意發掘前人研究辭章和章法時樸素的辭章章法思想；第五，章法學體系的功能效應。正是基於這樣的考慮，堅持系統性原則就要求研究者既要向外看，也要向內看。

其一，所謂向外看，那就是要關注章法學體系的整體價值或者說功效系統。也就是說，要在價值（功能）向度從整體上來看章法學體系具有何種價值和功效。這種價值和功能效應從價值（效果）實現的程度與狀況來看，主要表現為潛在價值（效果）、自在價值（效果）、他在價值（效果）和實在價值（效果）[2]27；從價值（功效）實現的途徑來看，主要表現為理論價值（功效）、審美價值（功效）和實用價值（功效）。價值（功效）系統決定了章法學體系的科學性、學術性、理論性、實用性，決定了章法學體系的生命力。所以，向外看的目的主要就是看所建構的章法學體系是否具有理論意義、審美作用和實用價值。如果所建構的章法學體系缺少價值（功效）系統，或者說價值（功效）系統不健全，那麼這樣的章法學體系也就失去了應有的作用，也就沒有存在的必要。

其二，所謂向內看，那就是要強化章法學體系自身的構成系統。這也要在每個層級上作縱向和橫向的綜合檢視。

首先，從綜合角度看，要確定章法學體系都有哪些章法要素及其由它們分別形成的章法子系統，並探討每一種章法要素和章法子系統又有可能包括的數量不等的更小的章法要素或章法子系統，以及自身的豐富內涵。按照已有的研究成果，諸如章法規律、章法結構、章法類型、章法法則、章法美感、章法功能、章法效果等是最基本的章法要素或章法子系統。僅章法規律下又涵蓋了秩序律、變化律、連貫率、統一律等更小的章法要素或章法子系統；章法類型下又有圖底法、問答法、因果法、內外法等約四十種[6-7]更小的章法構成要素。在章法學體系中，章法原理系統主要討論章法學的學科屬性、內涵、研究物件、研究內容和研究範圍；章法類型系統中主要總結章法的基本類型；章法規律系統主要歸納章法的基本規律；章法結構系統主要梳理並探索章法結構的內容結構成分和內容結構

類型、章法結構的外在形態；章法方法論系統主要是引入相關的方法論原則與研究方法；章法理論價值系統主要論述章法思想的學術意義、理論意義和學科意義；章法審美系統主要闡釋章法的美感過程與審美效應；章法實用系統主要是討論章法理論在章法分析和章法教學中的積極影響。

其次，從橫向角度看，章法學體系內部每一個層級上都分別由哪些子系統構成，上述章法學要素都分別處在章法學層級系統的哪些個層次。根據陳滿銘的研究結果，筆者認為：在第二層級上章法學體系涵蓋了章法理論子系統和章法價值（功效）子系統；在第三層級上，章法理論子系統又涵蓋了章法原理子系統、章法類型子系統、章法規律子系統、章法結構子系統、章法方法論子系統等；依次還可以推出第四層級、第五層級，甚至是更多層級上所存在的子系統。所以，從橫向角度看章法學體系突出的是不同層級存在哪些章法學要素及其所構成的子系統，探究的是在章法學體系內部的每個層級上這些個章法學要素及其構成的子系統之間存在著的橫向關聯性。

再次，從縱向角度看，章法學體系是一個多元素的多層級的有秩序的複雜而又嚴密的邏輯運演系統。所以，從橫向角度看章法學體系凸現的是按照一定的規則可以推演出多少個層級，以及不同的層級之間存在著的關聯性。也就是要運演出章法學體系的內部結構層次，這個體系可能有兩個層級，也可能有三個、四個甚至是更多個層級。按照上文的梳理與排查，它應該包括兩個二級子系統，即章法理論系統和章法價值（功效）系統；章法理論系統又由五個三級子系統組成，即章法原理系統、章法類型系統、章法規律系統、章法結構系統、章法方法論系統等；章法價值（功效）系統又由三個三級子系統組成，即章法理論價值系統、章法審美價值系統、章

法實用價值系統。每個三級子系統還有可能又是一個由多個四級子系統組成的上位系統，依此可以推導運演出更多個層級的更小的子系統。

為了簡潔和明晰起見，現根據陳滿銘及其弟子的研究成果對章法學體系作四個層級的圖例說明，見下頁：

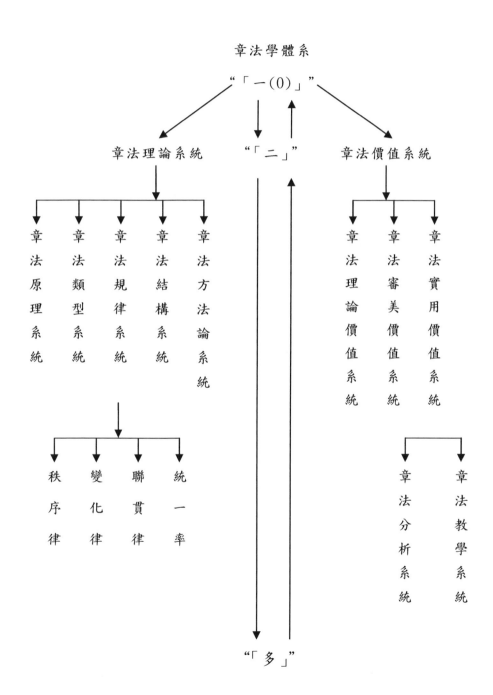

這個章法學體系當然是舉例性的，但同樣能夠告訴我們，章法學體系是一個邏輯嚴密的多層級的理論體系。每一層都有不同的構成要素，而且這些構成要素之間又相互聯繫相互制約，最終統一於一級層次，即章法學體系。而按照陳滿銘的辭章章法理論，正合了「多、二、一（0）」和「（0）一、二、多」的螺旋邏輯結構。三、四層及其之後的每個層級上的要素都為「多」，第二層級上的要素為「二」，最後統一於第一層級，即達到「一（0）」。

綜上所述，科學的體系應該是一個相互聯繫相互作用的概念的集合，應該是一個具有邏輯運演和層次結構的知識系統。所以，在建構章法學體系的過程中就應該堅持系統性原則，要有縱橫交錯的全域意識，使章法學體系具有嚴密的邏輯性和系統性，這樣建立起來的章法學體系才是更趨於科學、更合乎漢語辭章章法實際的理論體系。

參考文獻

一　專書

仇小屏　《篇章結構類型論（上）》　臺北市　萬卷樓圖書公司
　　　　2000 年
陳滿銘　《章法學綜論》　臺北市　萬卷樓圖書公司　2003 年
鄭頤壽　《大學辭章學》　福州市　福建人民出版社　2004

二　期刊論文

王希傑　〈章法學門外閒談〉　《國文天地》　2002 年第 15 期
　　　　頁 92～101

宗廷虎　〈修辭學史研究中的系統論方法〉　收入宗廷虎　《宗廷
　　　　虎修辭論集》　長春市　吉林教育出版社　2003 年
　　　　頁 323～332

宗廷虎　〈再論修辭學史研究中的系統論方法〉　收入宗廷虎　《宗
　　　　廷虎修辭論集》　長春市　吉林教育出版社　2003 年
　　　　頁 333～343

陳滿銘　〈論篇章辭章學〉　《國文學報》　2004 年第 35 期
　　　　頁 35～68

弘揚中華文化的十二首唐詩

邱燮友

東吳大學中國文學系兼任教授

摘要

　　自李唐來，唐詩已風行千載，詩中有弘揚中華文化的表彰人倫之道、思鄉之情、重農惜物、慎終追遠、求仙訪道、智慧禪悟、民胞物與，以及天人合一思想的詩篇。文中借十二首唐詩，弘揚中華文化的特質與美德。

關鍵詞：中華文化、唐詩、人倫、儒道佛三教合一、天人合一

一　緒論

　　唐代（西元 618～906 年）是詩歌的黃金時代，在當時便融合了儒、道、佛三教合一的新中華文化。清康熙四十六年（1707）曾令曹寅等編集《全唐詩》，共錄唐人詩歌四萬八千九百餘首，作家二千二百餘家，是唐代詩人詩歌的精華，至今仍風行各地，千年未曾間歇。

　　記得筆者在大學時代（1950～1954），曾聽錢穆教授在師大禮堂演講，談論中華文化的精神和特色，對「中華文化」有一定的範疇，他認為「文化即生活」，而「中華文化」便是中國人的生活方式，其後他出版的《文化學大義》、《歷史與文化論叢》，對文化有明確的界說：「我認為文化只是人生，只是人類的生活。」又說：「文化既是指的人類群體生活之綜合的全體。」[1]其次《易經‧賁卦》：「觀乎天文，以察時變，觀乎人文，以化成天下。」[2]用人文教化天下、也是文化的範疇。因此「中華文化」，便是中國人的群體生活方式，包涵了日常的衣、食、住、行，以及風俗節慶等生活，這是對中華文化的具體詮釋。而傳說的中華文化，又有因時代的變遷，融入新的思潮和思維，產生新的中華文化。

　　我熱愛詩歌，想從唐詩中，找出十幾首涵蓋中華文化的精華，甚至影響到我們的思維和生活，並值得加以弘揚，因此寫下這篇〈弘揚中華文化的十二首唐詩〉。

---

[1] 見錢穆著：〈第二章文化學是什麼一種學問〉，《文化學大義》（臺北市：蘭臺出版社，2001年），頁4。

[2] 見《十三經注疏周易‧賁卦》（臺北市：藝文印書館，1955年），卷三，頁62。

二 本論

唐詩平易能懂，經千年之久，至今仍傳誦於大眾之口，老少咸宜，隨時可以朗朗上口。無形中，唐詩可以與「中華美食」齊名，代表了中華文化的特色。今將十二首唐詩，所包涵中華文化的精神，列述於後：

（一）思念故鄉

李白的〈靜夜思〉：「窗前明月光，疑是地上霜，舉頭望明月，低頭思故鄉。」[3] 望月思人，望月思鄉，已成中國人的生活習俗之一，也成為了弘揚中華文化的一部分。又如賀知章的〈回鄉偶書〉：「少小離家老大回，鄉音無改鬢毛衰，兒童相見不相識，笑問客從何來。」[4] 並引此詩作旁證，儘管中國人流落他鄉，都有「落葉歸根」的想法。而故鄉的定界，是指每個人的出生地，但亂世流浪的人，他的故鄉在何處？或指每個人父母埋骨的地方，便是故鄉。

（二）對父母的懷念，也是孝道的表現

孟郊的〈游子吟〉：「慈母手中線，游子身上衣。臨行密密縫。意恐遲遲歸，誰言寸草心，報得三春暉。」[5] 這是一首對母親懷念，末兩句是母愛的讚頌，用子女的寸草心，報答不了博大母愛如三春暉。如同《詩經·小雅》：「蓼蓼者莪，匪莪伊蒿；哀哀父母，生我

3　李白著，瞿蛻園、朱金城校注：《李白集校注》，卷六，頁443。
4　（清）曹寅勅編：《全唐詩》，卷一百十二，〈賀章知〉，頁1147。
5　（清）曹寅勅編：《全唐詩》，卷三百七十二，〈孟郊〉，頁4179。

劬勞。」[6]子女報答父母養育之恩，便是孝順。所謂善事父母曰孝，古今沒有改變，因此孝道，也是中華文化的特色。

（三）衛國保民，忠於國家，忠於人民

王昌齡的〈出塞〉：「秦時明月漢時關，萬里長征人未還；但使龍城飛將在，不教胡馬渡陰山。」[7]古代忠君衛國，是國民的天職。所謂「盡己曰忠」，古代君臣有義，是五倫之一，而新中華文化的精神，每個國民要忠於國家，忠於人民，忠也是中華文化的要義之一。

（四）夫婦之道，相敬如賓

李商隱的〈夜雨寄北〉：「君問歸期未有期，巴山夜雨漲秋池。何當共剪西窗燭，卻話巴山夜雨時。」[8]這是一首寄內的詩，表示夫婦客地思念的主題；同樣地，杜甫也有一首寄內的詩，〈月夜〉：「今夜鄜州夜，閨中只獨看。遙憐小兒女、未解憶長安。香霧雲鬟濕，清輝玉臂寒。何時依虛幌，雙照淚痕乾。」[9]杜甫在長安遇安祿山之亂時，思念在陝西鄜縣妻子和子女的詩。夫婦為人倫之首，傳統的夫婦之道，是夫主外，婦主內，夫婦有別，新傳統的文化精神，是夫婦相敬如賓，永愛不渝。因此夫婦之道，也是中華文化的精華所在。

6　周嘯天主編：《詩經鑑賞集成》（臺北市：五南圖書出版公司，1993 年），頁 770。
7　見《全唐詩》卷一百四十三，〈王昌齡〉，頁 1444。
8　見《全唐詩》卷五百三十九，〈李商隱〉，頁 6151。
9　（唐）杜甫著，（清）仇兆鰲注：《杜詩詳注》，卷四，頁 309。

（五）兄弟之道，兄友弟恭

白居易的〈自河南經亂，關內阻饑；兄弟離散，各在一處。因望月有感，聊書所懷，寄上浮梁大兄，於潛七兄，烏江十五兄，兼示符離及下邽弟妹〉：「時難年饑世業空，弟兄羈旅各西東。田園寥落干戈後，骨肉流離道路中。弔影分為千里雁，辭根散作九秋蓬。共看明月應垂淚，一夜鄉心五處同。」[10]這是白居易被貶江州司馬，在元和十年（西元 815 年），因望月懷念諸兄和弟妹的詩。兄弟有序，是五倫之一，也是中華文化的精神所在，兄友弟恭，是孝悌的表現。

（六）朋友信實，誠信相待

王勃的〈送杜少府之任蜀州〉：「城闕輔三秦，風煙望五津。與君離別意，同是宦遊人。海內存知己，天涯若比鄰。無為在歧路，兒女共沾巾。」[11]人倫之道，朋友有信，如同《論語・顏淵》所說：「四海之內，皆兄弟也。」朋友之間，以誠信相待，「海內存知己，天涯若比鄰」，這也是中華文化的特色，甚至朋友如親兄弟，以信實相待，不曾有疑，俗語說：「在家靠父母，出外靠朋友。」對朋友誠信，也是對自己誠實，是一種人倫美德。

（七）重農惜物

李紳的〈憫農詩〉：「鋤禾日當午，汗滴禾下土。始知盤中飧，粒粒皆辛苦。」我國以農立國，對農夫得尊重和關懷，是中華文特色之一。對李紳的〈憫農詩〉還有一首：「春耕一粒粟，秋收萬顆子。

---

[10] 見《全唐詩》卷四百三十六，〈白易居〉，頁 4839。
[11] 見《全唐詩》卷五十六，〈王勃〉，頁 676。

四海無閒田，農夫猶餓死。」[12]照理農夫耕田，一本萬利，應當家家富庶，但末聯反而說四海無廢耕的田地，何以農夫「猶餓死」。歷代在位者都是提倡重農政策，而所引第一首末聯，教導人要惜物，珍惜資源，不可浪費，這種重農惜物的精神，也是中華文化值得弘揚的部分。

（八）慎終追遠

杜牧的〈清明〉：「清明時節雨紛紛，路上行人欲斷魂。借問酒家何處有？牧童遙指杏花村。」[13]清明節是民俗節慶之一，家家上墳掃墓，是發揚慎終追遠精神。如同《論語 · 學而》：「曾子曰：慎終追遠，民德歸厚矣。」中國人的民俗，節慶日都屬中華文化的所在地，如中秋舉家團聚，九九重陽敬老，都具有了弘揚中華文化的意義。

（九）無牽無掛，游仙追逐心靈的解脫

李白的〈月下獨酌〉：「花間一壺酒，獨酌無相親。舉杯邀明月，對影成三人。月既不解飲，影徒隨我身。暫伴月將影，行樂須及春。我歌月徘徊，我舞影零亂。醒時同交歡，醉後各分散。永結無情遊，相期邈雲漢。」[14]唐代是儒、道、佛三教合一的時代，於是中華文化融滙了佛道思想，形成了新文化的成分。道家的游仙思想，是追求

---

[12] 見《全唐詩》卷四百八十三，李紳，〈憫農詩〉亦作〈古風〉，頁 5494。

[13] 見《千家詩》七言絕句中，在《全唐詩》收錄杜牧詩五百二十首，不見〈清明〉詩，然劉克莊編《千家詩》收錄有杜牧的〈清明〉。今三民書局《新譯千家詩》由筆者和劉正浩註譯，收錄此詩，頁 237。

[14] 李白著：《李白集校注》，卷二十三，頁 1331。

無牽無掛、長生不老的精神、在唐詩中游仙詩不少，今以李白的〈月下獨酌〉為代表，詩末結語，是願和月亮結為忘情的好朋友，永遠相會在天空不再分離。游仙是追求心靈的解脫，可以長生不老，無牽無掛，是道家的逍遙思想，也融入中華文化的內涵，而加以發揚光大。

（十）佛教的禪悟境界，含有智慧靜慮的美德

王維的〈終南別業〉：「中歲頗好道，晚家南山陲。興來每獨往，勝事空自知。行到水窮處，坐看雲起時。偶然值林叟，談笑無還期。」[15]蘇軾曾言王維的輞川莊二十首，字字入禪，句句入禪，其實〈終南別業〉後四句，便含有兩項禪悟之境。佛教的禪悟，是指智慧靜慮之意。例如「行到水窮處，坐看雲起時」，是絕處逢生，終站是終站，是另一個起站，猶如《莊子‧齊物論》所謂的「方死、方生、方生、方死」的含義。其次，「偶然值林叟，談笑無還期」，是指下山時偶然遇到樵夫，跟他閒話，忘了回家的無牽無掛心境，了悟自然無礙的禪境。佛家的禪能於寧靜中，產生無限的智慧，也融入新中華文化之中，合而為一。

（十一）民胞物與的博愛胸襟

杜甫的〈茅屋為秋風所破歌〉：「八月秋高風怒號，卷我屋上三重茅……。安得廣廈千萬間，大庇天下寒士俱歡顏，風雨不動安如山。嗚呼；何時眼前突兀見此屋，吾廬獨破受凍死亦足。」[16]天下無

---

[15] 見《全唐詩》卷一百二十六，〈王維〉，頁1276。
[16] 杜甫著：《杜詩詳注》，卷十，頁831。

屋可居的無殼蝸牛族，古今不乏有多少寒士？杜甫在此詩中表示關懷，具有悲天憫人、民胞物與的博愛胸襟，此亦為中華文化的精華，發揮人饑、己饑；人溺、己溺的精神。

（十二）天人合一具有環保的新觀念

李白的〈敬亭山獨坐〉：「眾鳥高飛盡，孤雲去獨閑，相看兩不厭，只有敬亭山。」[17]李白獨坐敬亭山前，久而久之，李白是敬亭山，敬亭山也是李白，物我相望、天人合一的思想。猶如《孟子·公孫丑下》天時、地利、人和。人在天地之間，化而為一，好比劉禹錫的〈竹枝辭〉：「山上層層桃李花，雲間煙火是人家。銀釧金釵來負水，長刀短笠去燒畬。」[18]人居山中，春來桃李花開，有煙火處是人家，女人負水，男人開墾，是一幅人間的樂土，美麗的畫境。

三　結論

中華文化，精深博大，他涵蓋了中國人群體生活的綜合全體。今舉十二首最常傳誦的唐詩，每一首都涵詠了中華文化的特有精神，從思念故鄉，到忠、孝、夫婦、兄弟、朋友的人倫之道，由傳統的中華文化，擴大到儒、道、佛三教悲天憫人的仁愛精神，無牽無掛的游仙思想，智慧靜慮的禪悟心靈，以及重農惜物、慎終追遠、天人合一的環保綠化觀念，都融滙其中，成為新中華文化的特色。

這些博大精深的中華文化，可由今日流傳的、通俗的唐詩，加

17　李白著：《李白集校注》，卷二十三，頁 1354。
18　見《全唐詩》卷三百六十五，〈劉禹錫〉，頁 4112。

以諷誦流傳，深入人心，成為人人日常生活的一部分；無形中從諷誦唐詩，進入中華文化的領域，通用於日常生活中，加以環保綠化的觀念，形成新的中華文化，弘揚於世界。

參考文獻

（唐）李白著　瞿蛻園、朱金城校注　《李白集校注》　臺北市　里仁書局　1981 年 3 月

（唐）杜甫著　（清）仇兆鰲注　《杜詩詳注》　臺北市　里仁書局　1980 年 7 月

（南宋）朱熹集註　《四書集註》　臺北市　世界書局

（清）曹寅勅編　《全唐詩》　北京市　中華書局

（清）阮元校勘《十三經注疏‧周易》臺北市　藝文印書館 1955 年 4 月

錢穆著　《歷史與文化論叢》臺北市　東大圖書公司　1979 年 8 月初版

錢穆著　《文化學大義》　臺北市　蘭臺出版社　2001 年 5 月

周嘯天主編　《詩經鑒賞集成》臺北市 五南圖書出版公司　1993 年

論陶淵明〈桃花源記〉的經典價值
——構建「桃花源」世界的語言設計

白雲開

香港教育學院中文系副教授

摘要

陶淵明〈桃花源記〉的經典價值究竟是什麼？本文透過文本中語言和結構安排的探究，探討他它如何引發讀者的想象，以成就〈桃花源記〉在中國文化的經典價值。研究發現，一個只有文字符號的虛構文本，能在讀者腦海裏形成「人間樂土」，「桃花源」這形象更成為中國人「理想」世界的代稱，主要在於文本裏面的設計，製造高像真度的現場感，加上高可信度的真實感，使得「桃花源」仿佛真實存在著。由此，再通過與文本外的「現實世界」，構成對比結構，將「桃花源」「隔」和「安」的特質表露無遺，從而成就這個文本的永恆價值。

關鍵詞：桃花源記、現場感、可信度、真實感、對比結構

一　導言

　　陶淵明（約西元 365～427 年）的「桃花源」是中國人心中的人間樂土，它蘊藏著深厚的文化內涵，也凝聚了中國人對理想世界的想望，「桃花源」可說是中國文化中理想世界的代表。「桃花源」世界的文化源頭可以有很多，其中包括儒家的「大同思想」，道家「小國寡民」理念，佛家「淨土」思想，以至個別思想家如葛洪（西元 284～363 年，道家）等；也有不少論者將之與西方相關概念作比較，如：柏拉圖（Plato，西元 424～348 年）的「理想國」，莫爾（More Thomas，1478～1535）的「烏托邦」（utopia）等[1]。

　　此外，也有很多學者追尋「桃花源」的所在，如：弘農、上洛、武陵等十多處[2]。事實上，作為文化想象，桃花源的意義並不在實有其地，而是它在中國文化上的意義和價值，也就是說，它作為一個

---

[1]　詳情可參見柏俊才：〈論淨土思想對《桃花源記並詩》之影響〉，《武漢科技大學學報》（社會科學版）第 3 期（2007 年 6 月），頁 319～323；曹山柯：〈莫爾和陶淵明在握手——《烏托邦》與《桃花源記》比較研究筆記〉，《長沙電力學院學報》（社會科學版）第 3 期（1995 年），頁 36～39 和 122；陳立旭：〈葛洪思想對《桃花源記》的影響〉，《齊魯學刊》第 6 期（1996 年），頁 83～84；黃佳慧：〈柏拉圖的「理想國」與陶淵明的「桃花源」比較研究〉，《雲夢學刊》第 S1 期（2007 年），頁 35～37；黃文凱與沈寶民：〈隱逸精神烏托邦：桃花源——重讀《桃花源記》並詩〉，《河池學院學報》第 1 期（2009 年 2 月），頁 32～35；魯樞元：〈古典烏托邦‧烏托邦‧反烏托邦——讀陶淵明札記〉，《閱江學刊》第 4 期（2010 年 8 月），頁 143～148；以及周黎燕：〈中西烏托邦文化特徵比較論〉，《魯東大學學報》（哲學社會科學版）第 2 期（2010 年 3 月），頁 8～11。

[2]　有關桃花源所在的考據並非本文重心，這裏從略，概述可參見程坤秀：〈「桃花源」考辨及其文化學意義〉，《信陽師範學院學報》（哲學社會科學版）第 3 期（2007 年 6 月），頁 96～98。

文化意象的價值[3]。桃花源是一個供人隱居的理想地，它與另一文化意象「終南山」不同：到「終南山」居住是「潛」，將來仍當有用；只有「桃花源」是真正的「隱」，避世而居，不作入世想的「隱」。

根據〈桃花源記〉，這個隱世樂園有著特別的設計，它有桃花林作掩護，而且需要通過小口才能進入。中國文化視桃花為闢邪物，有消除污穢和邪惡的功能，這在新春時掛桃符以及以桃木製劍來驅邪兩事可見[4]。〈桃花源記〉裏，桃花就是作為守護和捍衛「桃花源」而存在，也成為外在世界與「桃花源」這人間樂土之間的緩衝。

至於〈桃花源記〉的價值，尤其是如何成就「桃花源」這樂土這方面，論者大多將焦點放到作者陶淵明自身的遭遇，以及魏晉當時紛亂的社會環境上[5]。本文則希望從文本本身認識它的經典價值：作為文學文本，〈桃花源記〉不過是一堆文字符號，即使寫的是真實世界的事情，它絕不可能等如真實世界；可是讀者卻能從中讀出這個仿似真實的桃花源世界。本文就是希望探究文本裏面的語言和結

---

[3] （日）大室幹雄（OmuroMikio，1937～ ）在《桃源夢想》一書，從不同角度檢視中國古代抗衡都市各種思想、心態和行為；當提及魏晉時期出現〈桃花源記〉這樣描述人間樂土作品時，認為它並不一定實指某地，而主要用來反映當時避亂隱居自成「塢」「堡」之類聚居地的普遍現象。詳見《桃源の夢想──古代中國の反劇場都市》（東京：三省堂，1984 年 3 月），頁 250～259。

[4] 蘭旻：〈為何偏是「桃花」源──談《桃花源》中桃花意象的選擇及其對後世的影響〉，《襄樊職業技術學院學報》第 2 期（2007 年 3 月），頁 104～107。桃花除了上述兩項文化功能外，還有代表女子的傳統文化功能。詳情可參見易思羽主編：《中國符號》（南京市：江蘇人民出版社，2005 年 1 月），頁 287～290。

[5] 范璠：〈「靡王稅」與「乃不知有漢、無論魏晉」──解讀陶淵明《桃花源記并詩》〉，《湛江師範學院學報》第 2 期（2008 年 4 月），頁 95～98；馮鍾蕓：〈陶淵明的世界觀及其歸隱〉，《北京大學學報》（哲學社會科學版）第 3 期（1979 年），頁 71～80；黃桂鳳：〈陶淵明是「歸」而不是「隱」的社會文化心理解讀──兼談《桃花源記》的真實性〉，《作家》第 8 期（2009 年），頁 106～107。

構安排，看看它如何引發讀者的想象，最後成就〈桃花源記〉在中國文化的經典價值。

二 「桃花源」世界的必要條件：桃花源世界真實存在

（一）製造桃花源真實存在的兩個效果

　　〈桃花源記〉講的是一個如人間樂土的「桃花源」世界；如果文本不能讓讀者產生仿如踏足「桃花源」的真實效果，文本的價值將大打折扣。能讓讀者認同「桃花源」真實存在的關鍵在於文本能否成功製造兩方面的效果：一是高像真度的現場感，一是高可信度的真實感。對於成就桃花源的真實存在來說，上述兩者都是不能或缺的。

1 高像真度的現場感

　　所謂高像真度的現場感，就是通過閱讀，讀者仿佛親臨其境，身在桃花源般。這個「現場感」效果主要依靠以下幾類文字而來：

（1）現場感來源：限知的敘事文字

　　從「文字性質」角度[6]分析，這個文本可分為三個部分，主要由

---

[6] 按表達能力的五種文字性質分析，這個文本沒有「議論」成分，「抒情」成分很少，而且多附在描寫文字內；「描寫」成分較多，大部分則屬敘事文字，當中部分兼有「說明」功能，也可視為「說明」文字。「文字性質分析」是筆者用來分析散文的方法，詳情可參會議論文：白雲開：〈解讀散文系列理念〉，香港教育學院，第一屆兩岸三地語文教學圓桌會議，2009 年 4 月。

敘事文字組成。第一部分開頭，文本以說明文字交代主角漁人的職業，所屬時代以及地理等背景資料——「晉太元中，武陵人，捕魚為業」。緊接便是敘事文字，交代沿溪迷路，進入桃花林以至發現進入桃花源洞口的情況，這個部分共計七十六字。這裏以「漁人」為敘事者，以他對環境極為有限的認知水平（簡稱「限知」）[7]，所以出現如忘記了走到哪裏——「忘路之遠近」，以及其後出其不意忽然發現桃花林——「忽逢桃花林」的感覺。這些都能強化讀者閱讀時的現場感，讀者仿佛跟漁人一起迷路，一起誤闖桃花林[8]。

　　到了漁人發現山裏有「小口」時，由於他初到該地，因此無論他敘述或描寫時，都充滿不確定的效果；文本便根據漁人當刻並不知情的認知水平（限知），用上「仿佛若有」的修飾成分來寫洞口的光。此外，他對周圍事物的反應如感到奇怪——「異」等，也將不明就裏的心態表露無遺。凡此種種，都能產生強烈的現場感，給讀者如置身其中，跟漁人一塊兒冒險的感覺。

（2）現場感來源：內聚焦視角的描寫文字

　　另一現場感來源當在描寫文字。文本第一部分寫漁人進入桃花源前的情況，部分屬「描寫」文字，描寫主體是漁人，描寫對象有：「林」——修飾成分有「桃花」，「夾岸數百步，中無雜樹」；另一對

---

[7]　從情節看，漁人迷路正好證明他的認知水平有限；如果他有較高的認知水平，便能找到適當出路，不致迷路了。有關「認知水平」的理論，屬於敘事學關於「誰知」、「限知」等範疇，詳情可參會議論文：白雲開：〈王文興、施蟄存、穆時英敘事文本對讀初探〉，加拿大卡里加利大學，中文敘事語言的藝術：王文興國際研討會，2009 年 2 月；內裏有交代這些術語。

[8]　這些都是「限知」敘事所特有的效果，因為作為全知全能的零聚焦敘事者（omniscientnarratorwithzerofocalization），他無所不知，無所不能，絕對沒有任何事是他不確定和感到突然的。

象為：「山」──修飾成分為「林盡水源，便得一山」，「山有小口，仿佛若有光」。

這段文字以「漁人」的「內聚焦視角」[9]敘述，其中「數百步」和「無雜樹」屬視覺範圍的客觀感覺文字。至於形容「草」和「落花（落英）」的修飾成分，則不光涉及視覺──「美」：形狀、「繽紛」：形狀及數量，甚至嗅覺──「鮮」：清新香氣的感覺層面。由於修飾成分都含褒義，明顯表現「漁人」主觀而正面的感受。

接著文本第二部分寫漁人穿過小洞進入桃花源至離開的一段，共計一百七十八字。這部分開首的文字主要是描寫文字，交代漁人主觀的感覺和感受。

首先「描寫對象」是「入口」：「初極狹，纔通人；復行數十步，豁然開朗」；接著是周遭環境，詳列如後（前者為描寫對象，後者為修飾成分）：「土地」──「平曠」，「屋舍」──「儼然」，「田」──「良」，「池」──「美」，「桑竹」，「阡陌」──「交通」，「雞犬」──「相聞」，「男女」──「往來種作」，「衣著」──「悉如外人」，「髮」──「黃」，「髻」──「垂」，「男女」──「怡然自樂」

這裏除了交代桃花源內漁人所見所聞等客觀物事外，特別應該注意的是漁人由感覺而觸發的主觀感受，其中「豁然開朗」，「良」，「美」、「怡然自樂」等都屬正面的用詞，營造出桃花源美好而正面的印象。這個第一印象也為這個漁人新發現的世界定下正面的基調。

9　即「Internalfocalization」，是借個別角色的五官說故事的敘事方法，屬敘事學「誰看」或「誰感」範疇，詳情可參會議論文。白雲開：〈王文興、施蟄存、穆時英敘事文本對讀初探〉，加拿大卡里加利大學，中文敘事語言的藝術：王文興國際研討會，2009 年 2 月。

（3）現場感來源：直接引語

　　相較於角色的行為，角色的言語較容易產生現場感。這是由於言語（discourse）就是語言本身，因此用上也屬語言的文字去表達，現場感明顯較強。此外，述說言語的不同方式，真實感以至現場感都會有所不同：「轉述引語」（reported speech）由於用上報導式的現場感給打了折扣。間接引語（indirect speech）較好，但現場感還是不及「直接引語」（direct speech）。因為直接引語有著現場直播的效果，所以現場感覺最強烈，真實感也最好。〈桃花源記〉便是這樣，文本內有三組直接引語，都是桃花源居民親口說出來的，分別為一問二答：「先世避秦時亂，率妻子邑人來此絕境，不復出焉；遂與外人間隔」，「今是何世」以及「不足為外人道也」。

2　高可信度的真實感

　　要讓讀者確認桃花源的存在，親歷其境，如在目前的現場感固然重要。但只要我們想想〈南柯太守傳〉的「南柯一夢」，以及〈枕中記〉的「黃粱夢醒」便可知，即使親切的體驗也可能只是虛幻的，所以只憑親歷其境的現場感，還是無法證明「桃花源」確實存在。因為如果親歷其境的信息不可靠，不可信，還是會動搖讀者對「桃花源」的信念的。因此，文本必須在逼真效果之外，加上可信的效果，才能完成製造真實感的全過程。

　　所謂「可信度」，就是文本內信息的可靠性；可靠程度越高，讀者便越放心接受當中的信息，越少懷疑。一般來說，文本的可信度主要由敘事者（說故事的人）的權威度而來，他越權威，說出來的故事越容易令人入信。

（1）可信度來源：全知敘事者的極高認知水平

　　一般來說，敘事文本主要依靠敘事者的敘述地位來確立信息的可靠性，這個敘述地位可從敘事者的認知水平看出來：認知水平越高，代表對信息的掌握程度越高，因此由他敘述出來的信息便越可信；反之亦然。綜觀〈桃花源記〉，文本除個別部分借用漁人內聚焦視角敘述，因此也引進了他限知的認知水平外，絕大部分的敘述都由全知敘事者擔任。文本的信度也就依靠這位權威的全知敘事者建立起來。

　　正如前面 A.1 所論，文本第一部分主要由漁人的視角敘述，可是在文本裏出現「漁人」二字，表現敘述語言屬於全知敘事者[10]，因為「漁人」二字絕不可能是漁人自稱，所以敘事者也不可能是漁人本人，而只能是全知敘事者。換句話說，這些句子便成是全知敘事者的。換句話說，這段文字雖然用上漁人內聚焦視角敘述，但也有全知敘事者明顯存在的證據。

　　第二部分情況也相近，它寫進入桃花源至離開的情況。開頭時，仍沿用漁人的視角，因此他個人感覺和感受都能見到。直到「漁人」二字再次出現，意味著敘事模式出現轉變，全知敘事者收回話語權，除「漁人」外，還有與之相近的「此人」二字，出現了兩次，進一步證實全知敘事者正在敘述。全知敘述的痕跡還能在概述中見到。這是敘述中的省略表達，如「具答之」，就是將原本實際話語改成綜合概述方式交代，並沒有將實際對話的言語紀錄下來，改而以概括語：「答」來說明話語的性質屬於因應對方發問的回答。

---

[10]　這個敘述語言誰屬的問題，即敘事學所謂「誰說」（whospeaks）的課題，有關解說，可參見白雲開：〈王文興、施蟄存、穆時英敘事文本對讀初探〉一文。

文本第三部分寫漁人離開桃花源後，希望重回舊地而不可得的情況，共計六十六字。這裏，全知敘事者的敘述痕跡十分明顯，一來敘述十分簡略，文字基本都是綜述，「頻率」（frequency）都是濃縮，其中包括漁人離開時到處留下記號的情節，文本只寫「處處誌之」，基本略去整個過程以及相關細節。同樣情況也出現在言語方面。文本只有「說如此」三字，便交代了漁人向太守告知桃花源的種種情況。這些都是敘述十分濃縮的顯證[11]。

綜觀整個文本，敘事者的認知水平明顯極高，他既知漁人背景，也知桃花源的具體情況，而且還盡知找尋桃花源的全過程。最後一句「遂無問津者」更是權威至極的結語。以上種種，文本裏多有表現。這種權威性用語，雖然未免霸道了一點，但就建立可信度而言，這些用語絕對起著關鍵甚至決定性的作用。

（2）可信度來源：權威感

此外，敘述語言的肯定語調也能建立權威感，從而製造仿真度高的效果：「皆嘆惋」「咸來問訊」「皆出酒食」中的「皆」和「咸」除了能突顯桃花源中人們心思一致，表現他們好客熱情的特質外，還對文本組建「人間樂土」般的「桃花源」有著重要的作用。

因為如按初到人境的「漁人」「限知」角度看，他連桃花源裏究竟有多少人都不清楚，根本無法以如此肯定語氣，交代居民問訊和提供酒食的情況。這種如斯絕對的語調只有全知敘事者才能有，因為只有他「全知」——對任何事物都擁有全面認識的能耐，才敢用上這種語調。通過肯定的語調，正好表現全知敘事者那種信息只此

---

[11] 可參見（法）熱奈特（GérardGenette）《敘事話語、新敘事話語》一書「頻率」一章，頁 73～107。

一家，捨我其誰的氣魄；有著以上的權威效果，讀者便沒有足夠理由和資訊懷疑桃花源內裏所見的真確性，真實感也由此而生。

（3）可信度來源：情節安排

真實感也可從情節發展的曲折間接製造出來。不少論者有論及桃花源記的敘事模式，可是大多只指出它屬當時的游仙敘事或志怪筆法，卻沒有從製造可信度的角度看待這個「偶入──迷返」的模式[12]。筆者認為，桃花源這樣較為曲折的情節安排，正好加深文本的可信度。因為如果情節發展過於順利，讀者會感到不真實，過於曲折，充滿障礙，同樣給人過於推砌的感覺。這個文本裏漁人無意間發現桃花源，屬不刻意而得，與日後刻意尋求而不得──千方百計也無法尋回桃花源，互相對照。這樣安排非但沒有玩弄讀者，故弄玄虛之嫌，反而更覺桃花源的真實但遙不可及的特點。

（4）可信度來源：歷史元素的真實性質

此外，文本的第三部分寫漁人及劉子驥嘗試找尋桃花源而不可

---

[12] 高春燕：〈論武陵漁人的意象──解讀陶淵明的《桃花源記》〉，《哈爾濱學院學報》第 8 期（2007 年 8 月），頁 90～92；李斯斌：〈論《桃花源記》的游仙敘事與新自然觀〉，《四川師範大學學報》（社會科學版）第 2 期（2009 年 3 月），頁 91～96；韓國良：〈論陶淵明的桃源境界〉，《內蒙古農業大學學報》（社會科學版）第 2 期（2004 年），頁 111～113；劉愛東：〈一個封建文人的家園之夢──陶淵明和他的世外桃源〉，《咸陽師範專科學校學報》第 S1 期（1999 年 9 月），頁 14～17 和 31；劉明華：〈桃源望斷無尋處──論「桃花源」及其變體〉，《殷都學刊》第 1 期（1994 年），頁 58～62 和 69；劉明華：〈理想性神秘性歷史真實──對《桃花源記並詩》的多重解讀〉，《文學遺產》1999 年 1 期，頁 93～97；袁達：〈《桃花源記》的結構伸縮及其風格基調〉，《南都學壇》第 2 期（1997 年），頁 52～55；張振雲：〈《桃花源記並詩》的「志怪」筆法與「田園」意象〉，《山東師範大學學報》（人文社會科學版）第 1 期（2010 年），頁 79～82。

得的部分，就是藉歷史人物「南陽劉子驥」的真實特性，增強桃花源的真實感。這方面，文本的第一部分交代時地「晉太元中，武陵人」也有著製造真實感的相近效果。

（三）「桃花源」世界的充足條件：「對比」結構

〈桃花源記〉經典價值的構成，真實感肯定是不可或缺的，因為要是桃花源給人虛假的感覺，屬於純粹想象的東西的話，它的價值肯定要大打折扣。只是光有真實感，還不能成就這個文本的經典地位，還需要另一元素才行，那就是對比結構。只強調桃花源的真實存在，而沒有與之比較的現實世界，尤其是殘酷的現實世界，桃花源世界便產生不了「人間樂土」的效果。

如果根據「對比原則」的結構特點看，〈桃花源記〉的對比結構屬「文本內外」的類型。也就是說，文本只出現對比結構中兩個對比物的其中一個，那就是「桃花源」世界。至於與之相對的「現實世界」，則在文本外，憑著讀者的想象力將它與文本連繫起來[13]。

正因為文本內隱含著對比結構，使讀者在閱讀有關桃花源文字的同時，有著與現實殘酷世界的比較；桃花源的難得，價值以至令人嚮往的特質才得以彰顯，才能成就這個文本的經典價值來。

1 「隔」與「通」

從桃花源裏人們的答案可知，桃花源與外面世界是截然不同的。桃花源是「絕境」，也就是與外界隔絕的意思。相對而言，外面

---

[13] 對比結構在筆者分析現代詩的模式中稱為「對比原則」，詳情可見白雲開：《詩賞》（臺北市：學生書局，2008 年 12 月），頁 155～168。

世界是「通」的，讀者可能由此推斷出桃花源的可貴處，正因為桃花源「絕」，與外人分隔，所以能夠不受外界影響，獨立自存。相反，外面世界因為「通」，所以便要經歷漢魏兩晉等朝代的更替，以及伴隨而來的戰禍和紛擾。雖然文本只說桃花源的「隔」，並沒有提及與之相對的「通」，可是讀者還是可以推演出「通」來。

這個「隔」的情況，最能在文本中的三組直接引語中表現出來（原文見前面 A. 3.），它們分別交代 1.桃花源居民來此地的原委，道出避亂和隔絕；2.詢問外面情況，強調信息的隔斷；以及 3.囑咐漁人不要告訴別人，以保持隔絕的狀態。三者都在強調「隔」的狀態：兩個世界並存而對立。

由於整個文本大部分都屬概括文字，用語變得十分簡略，絕大部分沒有修辭成分；加上除這裏直接引語外，文本的其它三組話語——「具答之」、「具言所聞」以及「說如此」都用了概述（見前面 B. 1.）。因此這三組直接引語的出現，形成詳略的明顯對比，使得這三組直接引語的內容變得特別詳細，形成放大和聚焦的效果，也因此將桃花源「隔」的特點充分展現出來，成為讀者不能不多加重視的焦點。

2 「亂」與「安」

另一個重要信息就是他們逃到桃花源的原因——「亂」，這正好突顯桃花源起著的對比功能。相較於「亂世」，桃花源無疑就是「淨土」——沒有干擾，怡然「自樂」的美好安樂窩。雖然文本只見桃花源的「安」，沒有多說外面世界如何如何，但一「亂」字足以概括，讀者也不難由此聯想到現實世界的各種亂像。事實上，桃花源的「安」也沒有直接道出來，而是通過各種具體細節，將「安」逸的境界給

拱托出來：如井井如條——「土地平曠，房舍儼然」，如閒靜安樂——「雞犬相聞」、「怡然自樂」，如物資豐富——「良田美池桑竹之屬」、「設酒殺雞作食」、「皆出酒食」。當然，文本裏還有篇章結構上用詞上的平和語調，都能在讀者腦海裏築起桃花源這個安定和平的世界，這也許就是〈桃花源記〉成為中國千古傳誦的名篇的主要原因。

3 「安」：平和恬靜的調子

必須要有讓世人企慕的特質，才能讓這人間樂土有質感，才足以讓人趨之若鶩。歷來不少評論都從〈桃花源詩〉找來桃花源沒有政府，不用賦稅作為特質，也有從〈桃花源記〉中所述當地人好客和靄、盛情款客的態度等[14]，從而突出桃花源的可貴之處。此外，文本也在文字的構成上，營造這份平和舒服，讓人嚮往的調子，將桃花源的「安」具體呈現在文字之間。

〈桃花源記〉這個文本篇幅既短小，動詞和短句又多，容易造成迫促感，這與「桃花源」這個人間樂土的格調並不協調；可是這個文本讀起來，全然沒有壓迫感，也沒有來去匆匆的感覺，反而讀來非常平和安靜，完全配合人間樂土的形象，這其實與文本所用的動詞製造出來的節奏感有很大的關係。一般來說，短語容易造成急促的節奏，但如動作幅度很小，甚至是似乎沒有動覺的動作的話，雖然用了短語，也不見得會造成節奏急促的效果。反之，由於用上了動作舒緩，沒有動覺的動詞，文氣反而得以舒緩，結果會帶來平和安靜的效果。

---

[14] 范璠：〈「靡王稅」與「乃不知有漢、無論魏晉」——解讀陶淵明《桃花源記並詩》〉，《湛江師範學院學報》第 2 期（2008 年 4 月），頁 95～98。

　　證之於〈桃花源記〉，由於文本第二部分寫漁人在桃花源的經歷，主要交代過程，因此在短小的篇幅裏（共一百一十五字）用上很多動詞，詳列如下：「見」，「驚」，「問」，「答」，「還」，「設」，「殺」，「作」，「聞」，「問」，「云」，「問」，「不知」，「言」，「歎惋」，「延」，「出」，「停」，「辭」，「云」。可是，如果我們細看這些動詞，不難發現它們大都沒有修飾成分，動作大部分沒有進一步開展，使得故事變得簡潔。

　　另一方面，上述二十個動詞中，竟有七個（佔 35%）屬於言語部分；換言之，這些動作只涉及口部，動覺不大，如果加上同樣動覺不大的「見」，「聞」，「不知」，「驚」，「歎惋」等，這裏動覺不大的動詞竟有六成之多。以上的分析正好解釋為何這個文本雖然以敘事文字佔多數，而且短句那麼多，但讀起來卻沒有急促及匆忙感覺的原因。此外，文本由於加上時間用詞如「幾天」等，將原來可能製造匆忙的動作「造訪每個家庭」，變成跟「盤桓」相類的從容不迫，閱讀效果也因此變得平和舒服了。

　　總的來說，這部分文字雖然篇幅短小，概括力強，文字簡練，但沒有流於倉卒迫促，反而營造從容閒適的平和氣氛，為桃花源的「安」落下叫人讚嘆的註腳。

三　總結

　　本文嘗試不假外求，不借助如〈桃花源詩〉或陶淵明傳記等外緣材料，純從文本本身找尋它的經典價值：一個只有文字符號的虛構文本，能在讀者腦海裏形成「人間樂土」，「桃花源」這形象更成為中國人「理想」世界的代稱，主要在於文本裏面的設計，製造高

像真度的現場感，加上高可信度的真實感，使得「桃花源」仿佛真
實存在著。由此，再通過與文本外的「現實世界」，構成對比結構，
將「桃花源」「隔」和「安」的特質表露無遺，從而成就這個文本的
永恆價值。

參考文獻

一　專書

（法）熱奈特（Gérard Genette）著　王文融譯　《敘事話語、新敘
　　　　事話語》（Narrative Discourse: An Essay in Method）　北
　　　　京市　中國社會科學出版社　1990 年
（日）大室幹雄　《桃源の夢想——古代中國の反劇場都市》東京
　　　　三省堂　1984 年 3 月
白雲開　《詩賞》　臺北市　學生書局　2008 年 12 月
易思羽主編　《中國符號》　南京市　江蘇人民出版社　2005 年 1 月

二　期刊論文

白雲開　〈解讀散文系列理念〉　香港教育學院　第一屆兩岸三地
　　　　語文教學圓桌會議　2009 年 4 月
白雲開　〈王文興、施蟄存、穆時英敘事文本對讀初探〉　加拿大
　　　　卡里加利大學，中文敘事語言的藝術：王文興國際研討
　　　　會　2009 年 2 月
周黎燕　〈中西烏托邦文化特徵比較論〉　《魯東大學學報》　哲
　　　　學社會科學版　第 2 期　2010 年 3 月　頁 8～11
李相銀　〈《桃花源記》的寓言式解讀〉《名作欣賞》　第 2 期　2003

年　頁 63～64

李斯斌　〈論《桃花源記》的游仙敘事與新自然觀〉　《四川師範
　　　　大學學報》　社會科學版　第 2 期　2009 年 3 月　頁 91
　　　　～96

柏俊才　〈論淨土思想對《桃花源記並詩》之影響〉　《武漢科技
　　　　大學學報》　社會科學版　第 3 期　2007 年 6 月　頁 319
　　　　～323

洪　濤　〈重返桃花源──陶淵明《桃花源記》的文化解讀〉　《古
　　　　典文學知識》　第 2 期　2005 年　頁 17～22

范　璠　〈「靡王稅」與「乃不知有漢、無論魏晉」──解讀陶淵明
　　　　《桃花源記并詩》〉　《湛江師範學院學報》　第 2 期
　　　　2008 年 4 月　頁 95～98

袁　達　〈《桃花源記》的結構伸縮及其風格基調〉　《南都學壇》
　　　　第 2 期　1997 年　頁 52～55

高春燕　〈論武陵漁人的意象──解讀陶淵明的《桃花源記》〉　《哈
　　　　爾濱學院學報》　第 8 期　2007 年 8 月　頁 90～92

曹山柯　〈莫爾和陶淵明在握手──《烏托邦》與《桃花源記》比較
　　　　研究筆記〉　《長沙電力學院學報》　社會科學版　第
　　　　3 期　1995 年　頁 36～39 和 122。

陳立旭　〈葛洪思想對《桃花源記》的影響〉　《齊魯學刊》　第
　　　　6 期　1996 年　頁 83～84

陳瑞青　王德霞　〈陳寅恪、唐長孺與《桃花源記》研究〉　《高
　　　　校社科信息》　第 2 期　2005 年　頁 17～21

張振雲　〈《桃花源記並詩》的「志怪」筆法與「田園」意象〉　《山
　　　　東師範大學學報》　人文社會科學版　第 1 期　2010 年
　　　　頁 79～82

程坤秀　〈「桃花源」考辨及其文化學意義〉　《信陽師範學院學報》
　　　　哲學社會科學版　第 3 期　2007 年 6 月　頁 96～98

黃　芳　〈「桃花源」與「著了魔的花園」──《桃花源記並詩》與
　　　　《墙中之門》之比較〉　《學理論》　第 36 期　2010
　　　　年　頁 200～201

黃桂鳳　〈陶淵明是「歸」而不是「隱」的社會文化心理解讀──
　　　　兼談《桃花源記》的真實性〉　《作家》　第 8 期　2009
　　　　年　頁 106～107

黃佳慧　〈柏拉圖的「理想國」與陶淵明的「桃花源」比較研究〉
　　　　《雲夢學刊》　第 S1 期　2007 年　頁 35～37

黃文凱　沈寶民　〈隱逸精神烏托邦：桃花源── 重讀《桃花源記》
　　　　並詩〉　《河池學院學報》　第 1 期　2009 年 2 月　頁
　　　　32～35

馮鍾蕓　〈陶淵明的世界觀及其歸隱〉　《北京大學學報》　哲學
　　　　社會科學版　第 3 期　1979 年　頁 71～80

劉愛東　〈一個封建文人的家園之夢──陶淵明和他的世外桃源〉
　　　　《咸陽師範專科學校學報》　第 S1 期　1999 年 9 月　頁
　　　　14～17 和 31

劉明華　〈桃源望斷無尋處── 論「桃花源」及其變體〉　《殷都
　　　　學刊》　第 1 期　1994 年　頁 58～62 和 69

魯樞元　〈古典烏托邦‧烏托邦‧反烏托邦── 讀陶淵明札記〉　《閱
　　　　江學刊》　第 4 期　2010 年 8 月　頁 143～148

韓國良　〈論陶淵明的桃源境界〉　《內蒙古農業大學學報》　社
　　　　會科學版　第 2 期　2004 年　頁 111～113

蘭　旻　〈為何偏是「桃花」源── 談《桃花源》中桃花意象的選
　　　　擇及其對後世的影響〉　《襄樊職業技術學院學報》　第

2 期　2007 年 3 月　頁 104～107

「V有」的歷時演變研究

林旖瑋

國立臺灣師範大學國文研究所碩士生

摘要

　　歷來探討上古漢語的「有」字句大多針對「有V」結構作探討，對於「V有」結構如史有為（1984）、石毓智（2004）等，則集中在現代漢語的探討，本文擬以史有為整理的一百餘個「V有」組合為基礎，檢視歷時漢語中「V有」的結構。從筆者初步的語料分析中可看出上古時期，「有」為句中的主要動詞，至中古時期一部分的「V有」詞彙化為雙音詞，一部分的「V有」中「有」的動詞性已經減弱，在唐代「V有」結構中，「有」已經是前面動詞的補語了，「V有」轉為述補結構，發展至宋元明清時，「有」的語法功能已經漸漸轉虛，已具有完成貌助詞的特點。

　　促使這一變化的可能原因為：語言的演進是漸變的，在「V有」的形式下，「有」受其前動詞的制約，語義由最初的具體「領有」、「空間存在」義轉變為動作行為的完成，「有」歷經語法化過程，使得動詞性減弱，甚至有虛化的情形。

關鍵詞：有、V有、語法化

一　前言

　　有關「有」的語義，呂叔湘在（1980）中提到三類，一是表示領有、具有，可帶「了、過」，如：「他有兩個孩子。」；二是表示存在，句首限於用時間詞語或處所詞語，如：「樹上有兩隻小鳥。」；三是表示性質、數量達到某種程度，如：「他走了有三天了。」其中在第一類「表示領有、具有」之下，指出「有」可以「用在單音節動詞後面，結合緊湊，類似一個詞。」例如：

　　（1）魯迅先生著有《阿Q正傳》、《狂人日記》等許多作品。
　　（2）這傢伙懷有不可告人的目的。

　　在第二類「表示存在」之下，指出「有」可以「用在動詞後面，結合緊湊，類似一個詞。」例如：

　　（3）銅鏡上刻有花紋。
　　（4）牆上寫有「肅靜」兩個大字。

　　針對此種「V＋有」的結構，史有為（1984）整理了現代漢語中一百餘個「V＋有」的組合，對其語法功能和語義特徵作一些分析，認為「V＋有」是介乎詞與短語之間的一種語言成分，從構詞角度看，「V＋有」是以「有」為核心的偏正結構，而與短語相比較，則「V＋有」又是一種特殊的連動結構。石毓智（2004）根據實史有為的例子，進一步指出「V＋有」結構中的「有」和「了」具有十分相似的功能，例如：

　　（5）牆上畫有壁畫。　→　牆上畫了壁畫。
　　（6）他帶有三千人馬。　→　他帶了三千人馬。

　　「有」和「了」都是表示動作行為發生在過去某一時刻，然而行為狀態一直持續到現在，即具有現時相關性，這種結構的「有」具有完成體助詞的表達功能。[1]

　　假設如石毓智所言「V＋有」結構中的「有」具有完成體助詞的表達功能，那麼在歷史上完成體助詞「有」的形式是何時出現的？又是什麼樣的條件使它產生？這是本文欲探討之處。筆者首先透過史有為所提供的一百餘個「V＋有」的組合，整理「有」前面動詞的特性，試圖利用這些「V＋有」組合分析上古到近代漢語文獻語料中「V 有」結構，探討「有」的語法化過程。

二　「V 有」的組合特性

　　史有為搜集了一百餘個「V＋有」，分為六種組合[2]：

a 占有　留有財產　留有餘地　帶有人馬　置有　借有　辦有　穿有　生有子女　犯有　立有字據　學有　譯有　編有詞典　‖　富有　具有　領有　據有　享有　擁有
b 刻有　寫有　印有　畫有　題有　標有　鑄有　豎有　立有石碑　掛有　貼有　附有索引　放有　安有　種有　栽有　蓋有　建有　設有　挖有　掘有　抹有　塗有　帶有傷痕　鑲有　插有　摻有　灌有　充有　裝有　關有　鑿有　混有　抄有　加有　剩有　鍍有　織有　縫有　架有　舖有　夾有　編有圖案　包有　盛有　埋有　填有　檢有　戴有　批有　存放有　陳列有　‖　貯有　綴有　飾有

---

[1]　石毓智：〈漢語的領有動詞與完成體的表達〉，《語言研究》第 2 期（2004），頁 37。

[2]　此表整理自史有為：〈關於「動＋有」〉，《語言學論叢 13 輯》（北京市：商務印書館，1984 年），頁 26。

c 住有　生有植物　長有　聚集有
d 存有錢　藏有　留有信函　派有　記有　儲存有　收藏有　搜集有　保留有 保存有　收留有
e 存有幻想　帶有武器　帶有敵意　含有惡意　佩有　掌有　持有　握有　懷有 患有　掌握有　‖　染有
f 含有營養　附有條件　收有　訂有條約　包含有　包括有　蘊藏有　‖　聘有 備有　載有

　　其中 V 是成詞的組合放在 ‖ 號前面，V 是不成詞的組合放在 ‖ 號之後。史有為分析 a 組具有領有義，b、c 組有存在義，d、e、f 組存在與領有義交錯。從上表中，我們可以看出 V 幾乎都是動作動詞為主，而且除了 c 組的 V 為不及物動詞以外，其餘 V 皆為及物動詞。另外，有部分的 V 是不成詞的（‖ 號之後），「V 有」似乎應該歸入詞為主，但是「V 有」與一般的單詞不同，絕大部分的「V 有」意義不是專指、固定的，意義基本上都可以從 V 和「有」的組合中獲得。

　　從上述「V ＋ 有」的特性，筆者試檢視上古到近代漢語中「V 有」的結構和其語法功能。

三　上古漢語[3]「V 有」的結構

　　根據初步的調查，上古漢語中出現「V 有」的形式並不多見，筆者整理十三經的語料時，僅在《詩經》、《左傳》中發現幾例，「V

---

[3] 　時代的劃分根據魏培泉（2000），將先秦至西漢分屬於上古漢語，東漢魏晉南北朝屬中古漢語，（隋）唐五代至清屬近代漢語。

有」出現於書面文獻時，「有」為句中主要動詞。例如：

（7）桓桓武王，保有厥士，于以四方，克定厥家。（《詩經·桓》）

石毓智（2004）提到「有」這個完成貌助詞根據史有為先生的考察是近期才興起的一種格式，但在古代漢語中也存在過，如例（7）。那麼「保有」應如何解釋？《十三經注疏·毛詩正義》：「武王能安而有之。」故筆者認為，此處的「保有」從文意上看就是「保而有」的意思，「保」和「有」這兩個動詞呈現並列、對等的關係，皆為句中主要動詞，具有時間上的先後意義，是連動結構，帶領著後頭的賓語，此時「有」尚未成為完成體助詞。

《左傳》出現的諸例如下：

（8）赫赫楚國，而君臨之，撫有蠻夷。奄征南海，以屬諸夏。（《左傳·襄公十三》）

（9）若惠顧敝邑，撫有晉國，賜之內主，豈惟寡君。（《左傳·昭公傳三年》）

上例中的「撫有」，《說文》：「撫，安也」，「撫有」詞義為安撫佔據，「撫有」可譯為「撫而有」，仍為連動結構。

在西漢中，從《說苑》、《史記》中的「V有」可看出，「有」仍與後面的賓語形成述賓結構，和前面的動詞並未緊密結合，「V」和「有」皆有獨立的動詞義，並未明顯看到「有」產生的變化。例如：

（10）夫貴為天子，富有四海，不謙者先天下亡其身，桀紂是也，可不慎乎！（《說苑卷十·敬慎》）

（11）今皇帝并有天下，別黑白而定一尊。（《史記·秦始皇

本紀第六》)

在上古時期，我們可以看到「Ｖ而有（Ｏ）」的句型和「Ｖ有」連動結構是並存的，可見此時Ｖ和「有」彼此之間的緊密程度不大，例如：

> （12）至于靈王，生而有頿，王甚神聖，無惡於諸侯。(《左傳・宣公三》)

> （13）陛下入關而都之，山東雖亂，秦之故地可全而有也。(《史記・劉敬叔孫・通列傳第三十九》)

> （14）魯惠公夫人仲子，宋武公女也，生而有文在掌。(《論衡・雷虛第二十三》)

由上述的觀察可知，由先秦到西漢「Ｖ有」的結構中，「有」仍具有獨立性，大多表示領有的概念，並未依附在前面的動詞之下，此時期「Ｖ有」的表現方式為「有」與前面的動詞皆為句中主要動詞，帶領著後頭的賓語，為連動結構。

四　中古漢語「V 有」的使用情形

　　佛經在東漢時已傳入，至六朝盛行，故除了當代的文獻外，佛經亦為主要選取之語料。另外，隋代可視為中古至近代的過渡，故選取《佛本行集經》來觀察。

　　東漢時期的語料，例如：

　　（15）鳳皇騏驎，生有種類。(《論衡・講瑞》)
　　（16）緣生，行便有老死憂悲苦痛，心惱大患，具有精神。
　　　　　　(《修行本起經・卷下・出家品第五》)

　　例（15）「生有種類」意味「出生有自己的種類」，「生」表示「出生、生產」[4]，隱含著領屬之義，「有」與前一動詞「生」的語義接近，語義的重疊可能使「有」的動詞性減弱，雖然「有」仍帶明顯的動詞義（領有義），但動作性似乎已經減弱。例（16）中，「具有精神」的「具有」已是「備有」之義，「具」和「有」的語義相近。董秀芳（2002）指出詞彙化為短語到詞經歷一個隱喻引伸，從具體到抽象化的過程，《說文》：「具，共置也。」「具」由最初「設置」義到此句中的「備有」義，可推論本例「具有」已經詞彙化為雙音詞。

　　魏晉南北朝的語料，筆者整理《搜神記》、《世說新語》，並未發現「V 有」的形式，而在史書中發現幾例，例如：

---

[4]　筆者在觀察語料時，發現「生」亦可表示「天生、天賦」之義，如《論衡・初稟》：「富家之翁，貲累千金，生有富骨，治生積貨，至於年老，成為富翁矣。」句中「生有富骨」指天生就有一副富貴的骨相，此處的「生」和「有」是不同的句法層，不在討論範圍內。

（17）孫權據有江東，已歷三世，國險而民附，賢能為之用，此可以為援而不可圖也。(《三國志・蜀書・諸葛亮傳第五》)

（18）今若內兵淮、泗，據有下邳。(《三國志・吳書・是儀胡綜傳第十七》)

（19）顥以數千之眾，轉戰輒克，據有都邑，號令自己，天下人情，想其風政。(《魏書・獻文六王列傳第九上》)

（20）靈帝世，天下漸亂，豪桀各據有州郡。(《宋書・志第三十・百官下》)

　　魏晉南北朝長期處於紛爭混戰的局勢，在史書文獻中，可發現「據有」出現的頻率很高，如例（17）～（20）。《說文》：「據，杖持也。」「據有」最初的動詞義為「倚靠」，如《詩經・邶風・柏舟》：「亦有兄弟，不可以據。」《戰國策・燕策一》：「馮几據杖，眄視指使，則廝役之人至。」例（17）～（20）中「據有」可解釋為「占據」、「占有」，「據」為「占守」之義，和「有」的語義相近。「據」由「倚靠」一義引申為「占守」，「據」和「有」兩個成分在表層結構中彼此相鄰，故推論上例中「據有」已經詞彙化為雙音詞。

　　另外，從佛經《撰集百緣經》、《摩訶般若波羅蜜經》、《百喻經》、《佛本行集經》中觀察「V 有」的形式，筆者僅在《撰集百緣經》和《佛本行集經》發現「V 有」的形式，例如：

（21）天諸床榻臥具被褥，天須陀食，自然備有供養佛僧。(《撰集百緣經・卷二》)

（22）象馬珍寶，皆悉備有。(《撰集百緣經・卷八》)

（23）世間祭祀呪願之論，具足備有大丈夫相。（《佛本行集
　　　經・卷三》）

（24）今此童子身體具有三十二相八十種好。（《佛本行集
　　　經・卷十四》）

（25）我於爾時，具有貪慾瞋恚癡等一切未盡。（《佛本行集
　　　經・卷三十三》）

　　例（21）～（25）佛經中常出現「備有」、「具有」等雙音詞結
構。董秀芳（2002）雙音詞衍生的基本條件和特點：1、語音條件限
制：兩個成分必須是單音節。2、兩個成分在表層結構中彼此相鄰。
3、語義改造。4、使用頻率高。我們可以看到上述的「具有」、「據
有」、「備有」皆符合了雙音詞的條件，它們都是單音節，V和「有」
兩個成分彼此緊鄰，而V的語義也歷經了隱喻引申的過程，另外，
這些詞在現代仍然為人們所使用。這亦與史有為（1984）所整理的
一部分「V+有」[5]組合中視為詞而非短語的意見相同。我們觀察這些
詞，發現「有」仍具有獨立的動詞義（領有義），早在中古時期已
經詞彙化為雙音詞了。

　　在中古時期，某部份的「V有」雖然仍為連動結構，「有」仍帶

---

[5]　史有為（1984）用「V有」可以帶「了/著/過」以及V不能帶「了/著/過」來測試
　　「V有」，發現符合以上標準的，可以看作是詞。如下表：

	＋〔V有＋了/著/過〕	－〔V＋了/著/過〕
Va有	占有、留有、具有、領有、據有、擁有、富有、享有	具有、領有、據有、擁有、富有、享有、著有
Vb有		貯有
Vf有	含有	聘有、備有

明顯的動詞義（領有義），但因與其前的動詞語義相近，動作性似乎已經減弱；而另一部分的「V有」已經詞彙化為雙音詞[6]。沈家煊（1998）語法化和詞彙化的這兩種過程的相似性表現在兩者都是原先獨立的成分變成越來越依賴其鄰近成分。雖然界限不那麼容易區分，但從此時期的語料中可以看出「V有」的結構的確發生了變化。

五　近代漢語「V有」的結構

（一）唐代「V有」的使用情形

唐代「V有」結構在敦煌變文並不多見，例如：

> （26）其父王與夫人言說：「我此太子，且與世間不比，具有毫相雙光，常持苦行，心無退轉。」（《敦煌變文集新書‧太子成道變文四》）

例（26）中，「具有毫相雙光」的「具有」已是「備有」之義，「具」已非原初的「設置」義，本句中「具有」同中古佛經的用例，已經詞彙化為雙音詞。

另外，部分語料可看出「V有」為述補短語。例如：

> （27）昔陳之祖父乃梁諸侯之下吏也，棄忠與義，盜有江東。（《周書‧列傳第四十》）
>
> （28）劉幽求有社稷大功（《大唐新語‧舉賢》）

---

[6] 本文著重「V有」歷時演變的語法化現象，針對其詞彙化僅提出初步的觀察結果，更深入的探討待筆者未來做進一步研究。

（29）天復元年辛酉歲秋，忽有微疾，至十二月上旬累有教令。（《祖堂集・雪峰和尚》）

例（27）～（29）「盜有」、「求有」、「累有」中的「有」是前面動詞產生的結果，也表示動作的完成，類似一結果補語。梅祖麟（1981）指出「結果補語也表示完成貌」，因為「一件事總是要完成後才能有結果，所以結果補語既表示結果，也必得同時表示完成。」雖然結果補語和完成貌皆具有「完成」的語義特徵，然前者較實，後者較虛。上述例子中的「有」完成義較實，屬於結果補語。此與前述的例（7）「保有」、例（8）（9）「撫有」的結構不同，從語義上來看，「保有」、「撫有」的「有」仍承擔主要領有義，與前面的動詞皆為句中主要動詞，為連動短語；而例（27）～（29）「盜有」、「求有」、「累有」因先有了前面動作的完成，才有後面結果「有」的產生，此處解釋為述補短語更為恰當。

在唐代某部分的「Ｖ有」中，「有」已經是前面動詞的補語了。語言的演變是漸進的，此時期為「有」的語法化過渡期，「有」在上古時期為核心動詞漸變為此時期的補語形式，可知「Ｖ有」中「有」的語法功能已經漸漸轉虛。

（二）宋至清「Ｖ有」的使用情形

宋代以後「Ｖ有」在句中表現形式逐漸擴大，與「有」搭配的動詞非常多元，而某部分「有」本身仍具備領有、存在的實質意義外，尚有一些句子中「有」的語法意義僅表動作完成或狀態實現，可與「了」視為相同功能詞，語義較虛。

宋至明代的語料，例如：

甲類：

（30）師曰：「吾患有宿怨未珍，汝知之乎。」（《景德傳燈錄‧
卷十四》）

（31）某說大處自與伊川合，小處卻持有意見不同。（《朱子
語類‧卷第九十》）

（32）青雲天宮千重，占有峰巒萬朵。（《元刊雜劇三十種‧
第二折》）

（33）見今養有一個婦女在那里。（《水滸全傳‧第六回》）

（34）纔自我家人提有銀還我，只一塊可小，乞小妹買針線。
（《荔鏡記‧第二十五出》）

乙類：

（35）冬裏繫金廂寶石鬧裝，又繫有綜眼的烏犀繫腰。（《老
乞大諺解‧下》）

（36）看他卷面寫有姓名，叫做秦觀。（《醒世恒言‧第十一
卷》）

（37）手帕上句繡有四個大字：宿世姻緣，只也不是錯手。
（《荔鏡記‧第十八出》）

（38）原來句是一封書，不免開看。原來畫有一鶯柳，只尾
有一首詩。（《荔鏡記‧第二十六出》）

甲類例句中，「V 有」中 V 如患、持、提等在語義上都能帶施
事、受事這兩個格位，形成「S+V 有+O」的句型，「有」由原本具
體領有義，歷經語法化過程，在甲類句型中表現出動作完成或狀態
實現，語義較虛。此外，還出現了乙類「L+V 有+O」的句型，例（36）
（37）出現處所短語「卷面」、「手帕上」，例（35）雖未明確指出處

所，但我們可解釋為「（腰上）又繫有綜眼的烏犀」，例（38）根據前句，可知後句為「原來（書中）畫有一鶯柳，只尾有一首詩」，這類「V 有」中 V 如繫、寫、繡、畫等，「V 有」表現空間上的存有，「有」由原本具體存在義，歷經語法化過程，在乙類句型中表現出動作完成或狀態實現，語義較虛。

清代語料中，例如：

（39）可憐見萬里他鄉，本等借有幾兩銀子，要做路費，將就留下一半，願將一半奉上，尺頭也都奉獻。（《醒世姻緣・第九十六回》）

（40）他們只知喫果，那知其中藏有酒母？（《鏡花緣・第四十五回》）

（41）遇有姻事可圖之處，望乞留意為感。（《紅樓夢・第四回》）

（42）後又聽見馮公子令三日之後過門，他又轉有憂愁之態。（《紅樓夢・第一百十四回》）

（43）那些從者都帶有乾糧。（《儒林外史・第一回》）

（44）臣編有《蝗蝻錄》，可按籍而收也等語。（《桃花扇・卷四》）

（45）見聯旁綴有小字。（《清稗類鈔・冠蓋京華白眼多》）

以上諸例，句中的「有」可以用「了」替換，如例（39）可以說「本等借了幾兩銀子」、例（43）可以說「那些從者都帶了乾糧」。此外，若將「有」去除，原句的句法結構和語意內容基本上不變，差別在語法意義上，如將例（41）的「有」去除成為「遇姻事可圖之處」的句子，此表示「遇」的動作尚未實現，而原句「遇有姻事

可圖之處」表示「遇」的動作已經完成。再者，石毓智（2004）這類的「有」後面不能再加體助詞「了」或「著」，而一般的述補結構可以。上述諸例不能說「他又<u>轉有</u>了（著）憂愁之態」（例 42）、「見聯旁<u>綴有</u>了（著）小字」（例 45），所以此處的「有」並不是普通的補語。

除了上述「V有」形式中，V 為及物動詞外，也可以看到 V 為不及物動詞，如：

> （46）鳴禽曠野棲無樹，破屋荒山住有人。（《元詩選・雲莊類稿》）

> （47）誰知道雍山洞內，久住有一個年久的牝狐，先時尋常變化，四外迷人。（《醒世姻緣・第一回》）

不及物動詞後接了賓語，可見「V 有」已經是一個單位，緊密結合，可推測出此時期「有」的語法意義僅表動作完成或狀態實現，語義較虛，已非實質的動詞義，「有」所附著的動詞大多是單音節的及物動詞（少數為不及物動詞，如例（46）、（47））。

六 「V有」與「V了」的異同

在近代漢語中，我們發現「V 有」中的「有」與「了」一樣表現動作的完成。藉此用「V 有」與「V 了」作一比較，觀察「V 有」中的「有」是否已經完全虛化為完成貌助詞。

以清代語料為例，我們仍可以看到同一部典籍中「V 有」有相應「V 了」的用法，顯示在這類句型中，「有」相當於「了」。例如：

> （48）向日那些舊朋友，都還道是昔日的晁大舍，苦麗苦拽，

或當借了銀錢，或損折了器服。(《醒世姻緣・第一回》)

（49）一路又遇了逆風，走了四五天，纔走到蕪湖。(《儒林
　　　外史・第三十三回》)

（50）寶玉聽了，好似打了個焦雷，登時掃去興頭，臉上轉
　　　了顏色。

（51）馬二先生獨自一個，帶了幾個錢，步出錢塘門。(《儒
　　　林外史・第十四回》)

（52）我編了一枝《點絳唇》，恰是俗物，你們猜猜。(《紅
　　　樓夢・第五十回》)

（53）兩腕上帶了小小的四個響金鐲，鳳頭尖鞋綴了一雙耀
　　　眼的東珠。(《後紅樓夢・第九回》)

（54）這內山石洞裏住了一個道人，叫青龍子。(《老殘遊記・
　　　第二十回》)

以「V 有 O」的句型下，觀察到「有」接近完成貌助詞的形式，
如例（39）～（47），上例（48）～（54）中「V 了 O」的句型，仍
可看到完成貌助詞「了」的表現方式，但在「了」的語境下，除了
「V 了 O」外，吳福祥（1996）提出在下列幾種情況下，「V 了」中
的「了」是動態助詞：

1、瞬間動詞+了　　　2、狀態動詞+了　　　3、形容詞+了
4、動補結構+了　　　5、「V+了」的否定形式「未+V」
6、「V+了+O」和「V 了」同義併用

由此可知動態助詞「了」使用範圍是很廣的，以現代漢語的例
子來觀察「V 有」是否適用於「V 了」的句子中：

（55）a.從青海跋涉到拉薩，歷時幾乎四個月，死了近百名
　　　官兵。

　　　b.*從青海跋涉到拉薩，歷時幾乎四個月，死有近百名
　　　官兵。

（56）a.所有的動作都慢了好幾拍。

　　　b.*所有的動作都慢有好幾拍。

（57）a.她又傷心又生氣，病了一場。

　　　b.*她又傷心又生氣，病有一場。

（58）a.在他的一本小冊子中，寫了這兩個人的中文名字，
　　　我才驀然想起。

　　　b.在他的一本小冊子中，寫有這兩個人的中文名字，
　　　我才驀然想起。

　　動態助詞「了」幾乎都能與動作或狀態動詞共存，但「有」只
適用於某些特定動詞，與動態助詞的表現不盡相同。

　　再者，動態助詞為附著性成分，緊貼著前面的動詞，不能獨立
存在於句中，但「有」的情況不同，即使省略了前面的動詞，句子
仍然成立。如：

（59）在國際航線的飛機上都裝有飛機電話。

　　　→在國際航線的飛機上都有飛機電話。

（60）卡片上印有一名少女的清純畫相。

　　→卡片上有一名少女的清純畫相。[7]

　　如此看來「有」似乎仍具動詞的特性，不過在「V 有」的語境下，「有」與完成貌助詞「了」一樣，使句子含有時間特性，鄭良偉（1997）列舉了國語「V 有」的例子，並寫出臺語的同義句：

（61）a.桌上放有一本書。〔國語〕

　　　 b.桌上有放一本書。〔臺語〕

　　例句（61b）的「有」在臺語是時態的用法，同理（61a）也具有時間的意義，而「有」除了表現在時間上的意涵外，也同時表現空間的存有，在這個結構中的「有」同時兼含了時空的特性。

　　經由上述我們可以觀察到「有」不像「了」的使用範圍較廣泛，而「有」也還有其獨立性用法，虛化程度不如「了」高。在近代漢語中，詞彙語法化一定會經歷產生、過渡、發展到最後定型的階段。「V 有」中「有」雖然與其他動態助詞表現不盡相同，尚未定型為動態助詞，但可以看出有語法化現象正在發展中，值得後續觀察。

七　結語

　　劉堅等（1995）一個句子中詞與詞之間的語義制約和規定上，其語境的影響會使漢語詞彙發生語法化，我們推測在「V 有」的形式下，「有」受到前面動詞的制約，而逐漸語法化。實詞通常是一

---

[7] 例（55）～（60）選自現代漢語平衡語料庫，中央研究院語言所，http://dbo.sinica.edu.tw/SinicaCorpus/。

詞多義，意義具體的義位較難發生語法化，而比較抽象的義位則較容易發生語法化，值得注意的是，「Ｖ有」的歷時演變途徑有二：（一）「有」發生語法化時，由本來「存在」、「領有」的動詞義皆逐漸虛化為完成貌助詞的形式；（二）「Ｖ有」發生詞彙化時，某一部分的「有」，由原本的「領有」義發展到現在，仍具有實質的動詞義，「Ｖ有」由短語的形式詞彙化為詞。本文僅初步得出觀察結果，仍有賴未來進一步探討，希冀能開啟「有」字句研究一條新的途徑。

參考文獻

一　專著

太田辰夫　《中國語歷史文法》　蔣紹愚、徐昌華譯　北京市　北京大學出版社　1987 年

石毓智　《語法的認知語義基礎》　南昌市　江西教育出版社　2000 年

呂叔湘　《現代漢語八百詞》　北京市　商務印書館　1980 年

吳福祥　《語法化與漢語歷史語法研究》　合肥市　安徽教育出版社　2006 年

湯廷池　《漢語詞法句法五集》　臺北市　臺灣學生　1994 年

董秀芳　《詞彙化：漢語雙音詞的衍生和發展》　成都市　四川民族出版社　2002 年

鄭良偉　《台語、華語的結構及動向》　臺北市　遠流出版社　1997 年

蔣紹愚　曹廣順　《近代漢語語法史研究綜述》　北京市　商務印書館　2005 年

二　期刊論文

史有為　〈關於「動＋有」〉　《語言學論叢 13 輯》　北京市　商
　　　　務印書館　1984 年

石毓智　〈漢語的領有動詞與完成體的表達〉　《語言研究》　第
　　　　2 期 2004 年

李訥、石毓智　〈論漢語體標記誕生的機制〉　《中國語文》　第
　　　　2 期　1997 年

沈家煊　〈實詞虛化的機制──《演變而來的語法》評介〉　《當代
　　　　語言學》　第 3 期　1998 年

宋金蘭　〈「有」字句新探〉　《青海師專學報》　第 2 期　1994
　　　　年

梅祖麟　〈現代漢語完成貌句式和詞尾的來源〉　《語言研究》　第
　　　　1 期　1981 年

張文國　〈論先秦漢語的「有（無）VP」結構〉　《廣西大學學報》
　　　　第 3 期　1996 年

劉堅、曹廣順、吳福祥　〈論誘發漢語詞彙語法化的若干因素〉《中
　　　　國語文》　第 3 期　1995 年

儲澤祥、劉精盛、龍國富、田輝、葉桂郴、鄭賢章　〈漢語存在句
　　　　的歷時性考察〉　《古漢語研究》　第 4 期　1997 年

魏培泉　〈說中古漢語的使成式〉　《中研院史語所集刊》第七十
　　　　一本　2000 年

三　語料電子文獻

漢籍電子文獻資料庫，中央研究院歷史語言研究所，
　　　　http://140.109.138.249/ihp/hanji.htm。

現代漢語平衡語料庫，中央研究院語言所，
　　　　http://dbo.sinica.edu.tw/SinicaCorpus/。
網路展書讀，http://cls.hs.yzu.edu.tw/。

李白古風記遊詩探析

黃麗容

真理大學語文學科專任助理教授

摘要

李白「一生好入名山遊」，漫遊南北各地，寫下雄偉殊麗的自然景象，此外，他詩風飄逸縱橫，為古典詩歌開拓浪漫奇想的詩風，本文試探究其記遊詩意象之創造性，及藝術表現之傑出成就。

本論文是以《分類補註李太白詩》為研究文本主體，次取史料、文學理論、意象學、符號學、建築空間理論、物理學、美學等作為旁證資料。關於記遊詩的義界，周冠群《遊記美學》主張遊記應以山水自然、名勝古蹟等為基本撰寫主體，梅新林與俞璋華《中國遊記文學史》認為遊記重在記述「遊」之主體的遊賞經歷與感受，因而記行是其基礎或者說是出發點。上述可見，記遊綜合自然山水、人文古蹟、地理空間之外，亦可包含因宗教信仰及思想想像力而發揮之遊仙、夢境、奇幻之旅遊。

李白〈古風五十九首〉非作於同一時期，創作時間約為自太白二十五歲出三峽至六十歲，記錄了青年至暮年三十五年人生精彩遊歷與經驗，故此以〈古風五十九首〉為研究範圍，較側重具記遊意象之作品。以期探討李白古風中的遊歷意蘊與表徵，分析其摹記遊歷時所展現的時空美感價值。

關鍵詞：李白、古風、記遊詩、意象

一　前言

　　一向以浪漫詩風享譽詩壇的李白，創作數量超過千首之多，以飄逸不群、縱橫奇絕為其特色，成為盛唐詩壇代表。李白古風有五十九首，歷來詩評均以李白古風、阮籍詠懷與子昂感遇三者地位並論，太白古風因創作時地，跨越三十五年之漫遊時光，內容多元，或反映現實，或追求理想，時而飛揚跋扈，時而沈靜，具豐富多彩創作風格，盡現古風，不但見其生命力，也開拓新記遊遊歷視點之寫作模式，因此尤獲古今詩評家讚賞，例如杜甫即言其「白也詩無敵，飄然思不群。清新庾開府，俊逸鮑參軍。」「(〈春日憶李白〉)；「筆落驚風雨，詩成泣鬼神。聲名從此大，汩沒一朝伸。文采承殊渥，流傳必絕倫。」(〈寄李十二白二十韻〉)；皮日休論太白「言出天地外，思出鬼神表，讀之則神馳八極，測之則心懷四溟，磊磊落落，真非世間語者，有李太白。」(〈劉棗強碑文〉)；劉熙載言李白「海上三山，方以為近，忽又是遠。太白詩言在口頭，想出天外，殆亦如是。」(〈藝概〉)，因之李白詩歌意象形塑出神遊八方，忽近忽遠之天地寬潤之視覺感知，仔細研讀，在詩意中又可見天地高遠同時盡收眼底之時空感知。此見其是一具奇絕想像力之詩人。

　　李白「一生好入名山遊」，漫遊時記述許多雄偉殊麗的景象，此外，因他詩風飄逸縱橫，創作豐富的醇酒豪俠詩篇，為古典詩歌開拓浪漫奇想的詩風，在詩歌思想創造性及藝術表現有傑出成就。在文學史上，或許李白七言歌行及樂府詩[1]的成就引人矚目，使〈古風

---

[1]　王國瓔：《詩酒風流話李白》（臺北市：聯經出版事業公司，2010 年 7 月），頁40、41。此依王國瓔教授研究，李白詩歌成就最吸引歷來讀者矚目者，首當屬樂府詩，現存李白樂府詩中成就最高者，且最受歷代評論推崇者，當屬雜言歌行。

五十九首〉較不為人注意。[2]其實細閱〈古風五十九首〉，其富含遊仙、夢境之旅、神奇幻境、山水記實等多元題材。此外，李白運用〈古風〉提出詩歌革新主張，期恢復《詩經》「興寄」精神。[3]故本文藉〈古風五十九首〉記遊意象，探討李白古風中遊歷意蘊，分析其記述遊歷時展現時空美感，繼而對李白〈古風五十九首〉有詳全體悟，探究其記遊時空意象之表徵，及其與詩歌情思之繫連關係，和美感價值。

「記遊詩」之義界，周冠群認為：

> 遊記是以山水自然、民習人情、名勝古蹟等等為基本藝術對象……。[4]

梅新林與俞樟華則云：

> 遊記重在記述「遊」之主體的遊賞經歷與感受，因而紀行是其基礎或者說是出發點。[5]

上述可見，遊記綜合自然山水、人文古蹟地理之外，亦可包含因宗教信仰及思想像力而發揮之遊仙、夢境、奇幻之旅行。

本文研究材料範圍包含遊仙詩、夢境神奇之旅、山水詩、懷古

---

[2] 王運熙、李寶均：《李白》（臺北市：萬卷樓圖書公司，1993 年 7 月初版二刷），頁 118、119。

[3] 王運熙、李寶均：《李白》（臺北市：萬卷樓圖書公司，1991 年 7 月），頁 107。此按王運熙教授研究，李白繼承陳子昂的主張，反對柔靡詩風，推動詩歌革新，其古風第一首「大雅久不作」以恢復《詩經》傳統為己任。

[4] 周冠群：《遊記美學》（重慶市：重慶出版社，1994 年 3 月第一版），頁 4-5。

[5] 梅新林、俞樟華編：《中國遊記文學史》（上海市：學林出版社，2004 年 12 月）頁 20。

詩、自然詩等。[6]本文所謂「記遊詩」，乃採詩題與詩歌內容，摹寫凡行蹤及想像所至者，皆稱之。例如：〈其四〉「時登大樓山，舉首望仙真。」、〈其七〉「客有鶴上仙，飛飛凌太清」、〈其十九〉「霓裳曳廣帶，飄拂昇天行。」

詩中若有摹寫景物和地理以喻懷者，雖非用以指稱真實行蹤，但呈現視覺想像遊歷環境景象，這些詩句喚起視覺空間變化之環境感知，也略加討論。例如：〈其十〉「明月出海底」、〈其二十〉「東上蓬萊路」、〈其二十〉「含笑凌倒影」、〈其五〉「中有綠髮翁，披雪臥松雪」。

詩中若有以物景比喻意，雖非專指地點環境及行蹤，但呈現想像視覺環境畫面，喚起環境感知，也略加討論。例如：〈其四十六〉「王侯象星月；賓客如雲煙。」

記遊詩之記遊意象除了由分析記實寫景之外，也走向深層解讀記奇境夢境和記仙遊仙之境。李白古風記遊範圍廣涉及半生漫遊經驗，其景物環境描述，時而寫實，時為發自意想世界，究竟李白開拓何種記遊環境意象，傳遞情志？記遊意象種類與其奇絕想像力之時空描述之關連性何在？又其形塑超越天地時空、俯覽古往今來之意象美感為何？這些論題將試於本論文中分別探討之。

二　古風記遊詩中意象

「意象」之定義，黃永武《中國詩學》云：

---

[6] 王國櫻：《詩酒風流話李白》（臺北市：聯經出版事業公司，2010 年 7 月），頁44。

「意象」是作者的意識與外界的物象相交會，經過觀察、審思與美的釀造，成為有意境的景象。然後透過文字，利用視覺意象或其他感官意象的傳達，將完美的意境與物象清晰地重現出來，讓讀者如同親見親受一般，這種寫作技巧，稱之為意象浮現。[7]

陳滿銘教授與陳佳君教授認為「意象」定義有廣義與狹義之別：

廣義者指全篇，屬於整體，可以析分為「意」與「象」；狹義者指個別，屬於局部，往往合「意」與「象」為一來稱呼。而整體是局部的總括、局部是整體的條分，所以兩者關係密切。不過，必須一提的是，狹義之「意象」，亦即個別之「意象」，雖往往合「意」與「象」為一來稱呼，卻大都用其偏義，……而它們無論是偏於「意」或偏於「象」，通常都通稱為「意象」。[8]

由上述而知，「意象」為作者心理及意識，與外界物理環境交流後，經由作者內在意識活動，形成環境感知和時空感知，落實在詩作中，所表現出來的種種情思及物象。[9]人與外在環境、大自然、時

---

[7] 黃永武：《中國詩學，設計篇》（臺北市：巨流圖書公司，1999 年 9 月初版 12 印），頁 3。

[8] 按：此據陳滿銘教授在陳佳君副教授之書序，陳滿銘教授對「意象」有深入論析，參見陳佳君：〈陳序〉，《辭章意象形成論》（臺北市：萬卷樓圖書公司，2005 年 7 月），頁 1。

[9] 仇小屏：《古典詩詞時空設計美學》（臺北市：文津出版社公司，2002 年 11 月），頁 1～2。另參見陳佳君：《辭章意象形成論》（臺北市：萬卷樓圖書公司，2005 年 7 月），頁 6～7。

空是融合無間的[10]，作者情感與思想，每因自然環境、時空遊歷的經驗，及形成的心理感知，交互作用繫連，而予以形象化，因此可知，自然物理環境的時空變動，往往能喻寫抽象詩情。

唐代為遊記體之興起時代，亦是將遊歷景物視為審美對象之黃金時代。唐代詩壇，自然深受影響。歷來探討李白古風之論文，其中以詩歌內容或主題題材之分類為多。[11]惟見非完成於一時一地的李白古風記敘之藝術對象已具綜合多元性質，包含景物、歷史、自然山水、仙境、寫實生活等。其描摹景物環境，時屬回憶行蹤遊歷，時含想像所至者。不易依其主題題材嚴析其屬自然詩或山水詩。可知李白古風中材料多元，或見山水為主，不囿於山水，或偶記人物、事件、行動、情節、歷史、景象和物象[12]，其材料，因寫實、回憶和想像之感受而產生，此見其審美對象與視野之開濶，前所未見。

其古風記遊作品除真實山水描繪外，也兼具想像、回憶景物之

10　黃永武：《中國詩學・設計篇》，（臺北市：巨流圖書公司，1999年9月初版12印），頁43。

11　夏敬觀著：《李太白研究》（臺北市：里仁書局，1985年），頁253。按：依朱偰研究，李白古風可分為論詩、言志、感遇、詠史、寓言。次參鍾雪萍之研究，李白古風依主題題材可分為論詩、遊仙、詠物、詠史。見鍾雪萍：《李白古風五十九首之研究》（臺北市：東吳大學中國文學系碩士論文，1984年），頁20～30。續見呂明修：《李白古風五十九首研究》（臺北縣：輔仁大學中國文學系碩士論文，1992年5月），頁14。按：依據呂明修之研究，李白古風題材包含文學理論、遊仙、詠史、寫實、詠物、寫景、寓言。

12　按：此見周冠群之主張，遊記的題材取自世界，是無窮盡的。「遊記的藝術對象是多樣的。或大江小河，或秀林奇峰，或異域風光，或古城名園，都可以狀寫；泰山日出、錢塘江潮、戈壁漢野、南島蕉叢、僑鄉風情、北國雪原……等等，都可收納筆底。世界這樣大，自然界如此廣濶無垠，所有這些，都為遊記提供無盡的題材。」詳參見周冠群：《遊記美學》（重慶市：重慶出版社，1994年3月一版一刷），頁5。

摹寫，大量地運用個人浪漫色彩視角，屢現其非凡創造力，形塑出李白眼中的世界。

本文透過李白視角對遊歷及想像環境之感知[13]，分析其在詩歌主題題材的語意敘述。若再透過物理學理的觀點，再配合近代物理學、相對論、符號學、語義學之解析，則可以依詩歌視點分析，從真實世界三度空間摹寫，再投射向動態與想像之四度時空的思考。藉此體悟李白古風中遊歷時空之審美感知。[14]時空遊歷的感覺是個人的，是先天的，李白與當代眾多詩人，同樣施展以遊記入詩文之模式，然李白手法靈巧，轉化寫實景物之時空遊歷為奇幻動態之時空遊歷，去除虛實記遊間之樊籬，而開創超越四度時空之文學摹寫法，此即其成功之處。若細心體察李白如何運用「四度時空」手法創作？仔細分析其作品，可發現太白有一嚴謹，然又不失刻板之創作法則，李白將其浪漫、不受現實拘限之想像力運用在「題材」、「內容」、「意象」之營造上，突破了古往今來平面定點景物之記遊描摹，使詩歌引人「興情」外，開創穿梭四度時空動態文學描述筆法，此為一種新穎之摹寫遊歷模式，或使讀者有所感發而隨太白視角四方縱遊，如此則詩之「靈動」和「浪漫意境」自然渾成，此為詩歌美之最高

---

[13] 按：據孫全文、陳其澎之研究，人對環境之感知，包含視覺、聽覺、運動等。詳參見孫全文、陳其澎：《建築與記號》（臺北市：明文書局，1989 年 7 月），頁 62。

[14] 按：海森堡認為相對論出現之後，事物的時間與在空間中的位置相關。另依康德之見，他同意所有智識皆開始於經驗，但知識不總是從經驗導出。康德認為我們的智識有一部份是先天的(a priori)。他區分經驗(empirical)的知識和先天(a priori)的知識。康德說：「空間和時間是純粹感覺的先天的形式。」、「時間和空間的觀念，是屬於我們和自然的關係。」、「空間是一種的、先天的、為所有外在知覺的基礎的呈現。」詳參見海森堡著，周東川、石貴民、黃銘欽合譯：《物理與哲學》（臺北市：協志工業叢書出版公司，1992 年 12 月 1 版 5 刷），頁 48、78。

境界，茲究李白創作法則，與為如何呈現詩歌意象浪漫靈動之效能，歸納出太白古風記遊意象常見詞類語法，如下列類型：

（一）動詞[15]作時空定性描述[16]。分項如下：

1. 以動詞描述行蹤及想像所至之動態行動環境。例如〈其十九〉「霓裳曳廣帶，飄拂昇天行。」、〈其十九〉「恍恍與之去，駕鴻凌紫冥。」。

2. 以動詞描述行蹤及想像所至之攀登環境。例如〈其三十九〉「登高望四海，天地何漫漫。」、〈其五十四〉「倚劍登高臺，悠悠送春日。」。

3. 以動詞描述行蹤及想像所至之平面環境。例如〈其五十四〉「蒼榛蔽層丘；瓊草隱深谷。」、〈其十一〉「黃河走東溟，白日落西海。」。

4. 以動詞描述行蹤及想像所至之定點環境。例如〈其二十六〉「碧荷生幽泉，朝日艷且鮮。」、〈其二十六〉「秋花冒綠水，密葉羅青烟。」。

---

[15] 按：依呂叔湘之研究，漢語的詞在形式上無所分辨，可依意義和作用相近的歸為一類。其中「動詞」指活動、心理活動及不很活動的活動。例如：來、去、飛、跳、笑、吃、喝、憶、想、恨、悔、盼望、忍耐、為、有、無等。參見呂叔湘：《中國文法要略》（臺北市：文史哲出版社，1992 年 9 月），頁 16～17。

[16] 按：定性描述指運用抽象觀念與文字來描述事物定義及結論，而不運用數學之語言者稱之。參見愛因斯坦、英費爾德著（Einstein, Albert ，1879～1955），（Infeld Leopold ，1898～1968）、郭沂譯：《物理學的進化》（The Evolution of Physics，1938）（臺北市：水牛圖書出版事業公司，2004 年 1 月），頁 20、26。

（二）形容詞[17]作時空定性描述。分項如下：

1. 以形容詞描述行蹤及想像所至之動態環境。例如〈其三十八〉「飛霜早淅瀝，綠艷恐不歇。」、〈其二十六〉「坐看飛霜滿，凋此紅芳年。」。

2. 以形容詞描述行蹤及想像所至之平面環境。例如〈其五十八〉「天空綵雲滅，地遠清風來。」。

3. 以形容詞描述行蹤及想像所至之狹長環境。例如〈其三十三〉「北溟有巨魚，身長數千里。」。

4. 以形容詞描述行蹤及想像所至之定點環境。例如〈其五十一〉「夷羊滿中野，菉葹盈高門。」。

（三）副詞[18]作時空定性描述。分類如下：

1. 以副詞描述行蹤及想像所至之動態環境。例如〈其四十一〉「飄

---

[17] 按：據呂叔湘見，形容詞在漢語語法中，屬實義詞，因為其意義比較實在。「形容詞」之類，有大、小、富貴、忙、悠悠、寥寥、長、短等。此等詞的構成均是形容詞。呂叔湘認為「凡是實義詞，至少是那些標準的名詞、動詞和形容詞，都能在我們的腦筋裏引起具體的形象，比如我說「貓」，我閉上眼睛彷彿看見一隻貓；我說「跳」，我可以像一個孩子或是一蚱蜢的跳的形狀。」參見呂叔湘：《中國文法要略》（臺北市：文史哲出版社，1992年9月），頁17。

[18] 按：依呂叔湘研析，凡是意義不及名詞、動詞、形容那那樣實在的，一概稱輔助詞。其功用在幫助實義詞來表達我們的意思，故稱之為「輔助詞」。輔助詞之種類有副詞、稱代詞、關係詞、語氣詞。副詞又稱限制詞，限制詞含七類，一為方所限制詞，例如這裏、那裏等。二為時間限制詞，例如今、昔等。三為動態動相限制詞，例如來、去、上、下、起、已、方、將、著等。四為程度限制詞，例如頗、甚、略、極、太等。五為判斷限制詞。李白詩見其運用動態動相限制詞，與方所限制詞。詳參見呂叔湘：《中國文法要略》（臺北市：文史哲出版社，9月），頁17。

飄入無倪，稽首祈上皇。」。

（四）名詞短語[19]作時空定性描述。舉例如下：

1.以名詞短語描述行蹤及想像所至之定點環境。例如〈其四十六〉
　　「鬥雞金宮裡，蹴踘瑤臺邊。」

依李白在古風記遊意象題材及其組織成之詩歌內涵，茲再歸納
如下列表格：

本表細目之分類，依據李白古風五十九首中摹寫遊歷景象之詩
意與句意，而一一分類。

---

[19]　按：據何永清教授研究，「名詞短語」又可稱「體詞性短語；名詞性短語，其主
　　要語法功能為作主語、賓語。例如海南島是個很大的植物園，「很大的植物園」為
　　名詞短語。參見何永清：《現代漢語語法新探》（臺北市：臺灣商務印書館，2008
　　年 11 月），頁 118～119。

表一：李白古風記遊景象種類分布

記遊景象種類 / 古風詩題	定點景象		線狀景象		平面景象	高空景象		動態景象										
	自然	人文	自然狹長	視覺上條	廣面	高空物景	半空視點	（動態）運動	航海	飛行	冥想	升降	出入	消長	循環	來去	穿梭	變化
其一	（無）																	
其二		1												5				
其三			1			1	1		2					1				
其四						2			1	1			1			2	1	
其五	2								2					1				
其六		2																2
其七											1	1						
其八	（無）																	
其九													2					
其十														1				
其十一										1		1		2				

古風詩題 ＼ 記遊景象種類	記遊詩景象																	
	定點景象		線狀景象		平面景象	高空景象	動態景象											
	自然	人文	自然狹長	視覺上條	廣面	高空物景	半空視點	（動態）運動	航海	飛行	冥想	升降	出入	消長	循環	來去	穿梭	變化
其十二	（無）																	
其十三	（無）																	
其十四						2												
其十五	（無）																	
其十六	（無）																	
其十七	（無）																	
其十八												1			2			
其十九							2			2		2						1
其二十							2			1	1							

記遊景象種類 / 古風詩題	記遊詩景象																	
	定點景象		線狀景象		平面景象	高空景象		動態景象										
	自然	人文	自然狹長	視覺上條	廣面	高空物景	半空視點	（動態）運動	航海	飛行	冥想	升降	出入	消長	循環	來去	穿梭	變化
其二十一										1								
其二十二	（無）																	
其二十三				1								1					1	
其二十四	（無）																	
其二十五	（無）																	
其二十六	3									1				1				
其二十七	（無）																	
其二十八	1									2					2			

記遊景象種類 / 古風詩題	記遊詩景象																	
	定點景象		線狀景象		平面景象	高空景象		動態景象										
	自然	人文	自然狹長	視覺上條	廣面	高空物景	半空視點	(動態)運動	航海	飛行	冥想	升降	出入	消長	循環	來去	穿梭	變化
其二十九										1								
其三十	（無）																	
其三十一	（無）																	
其三十二	（無）																	
其三十三			1					2	1	1								
其三十四	（無）																	
其三十五	（無）																	

記遊景象種類 / 古風詩題	記遊詩景象																	
	定點景象		線狀景象		平面景象	高空景象		動態景象										
	自然	人文	自然狹長	視覺上條	廣面	高空物景	半空視點	（動態）運動	航海	飛行	冥想	升降	出入	消長	循環	來去	穿梭	變化
其三十六	（無）																	
其三十七																		2
其三十八	3													2				
其三十九	2					1	1							2				2
其四十	（無）																	
其四十一							1	3		6	2							
其四十二	（無）																	
其四十三	（無）																	

記遊景象種類 / 古風詩題	記遊詩景象																	
	定點景象		線狀景象		平面景象	高空景象		動態景象										
	自然	人文	自然狹長	視覺上條	廣面	高空物景	半空視點	(動態)運動	航海	飛行	冥想	升降	出入	消長	循環	來去	穿梭	變化
其四十四	（無）																	
其四十五					2		1	3		1								
其四十六	1	3									4							
其四十七	1	1																
其四十八	（無）																	
其四十九	（無）																	
其五十	（無）																	
其五十一	1	1																

古風詩題 \ 記遊景象種類	記遊詩景象																	
	定點景象		線狀景象		平面景象	高空景象		動態景象										
	自然	人文	自然狹長	視覺上條	廣面	高空物景	半空視點	（動態）運動	航海	飛行	冥想	升降	出入	消長	循環	來去	穿梭	變化
其五十二								1						2				
其五十三	（無）																	
其五十四	1				2	1	1											
其五十五											1							
其五十六	（無）																	
其五十七	（無）																	
其五十八	1				1	1	1											
其五十九	（無）																	

記遊景象種類 \ 古風詩題	記遊詩景象																	
	定點景象		線狀景象		平面景象	高空景象		動態景象										
	自然	人文	自然狹長	視覺上條	廣面	高空物景	半空視點	（動態）運動	航海	飛行	冥想	升降	出入	消長	循環	來去	穿梭	變化
小 計	16	8	2	1	5	8	10	9	6	19	8	7	3	16	4	2	2	7
總 數	24		3		5	18		83										

說明與分析：

1. 李白古風五十九首中，動態景象摹寫占八十三次，定點景象摹寫有二十四次，高空景象出現次數有十八次，其他類，包括平面景象有五次，線狀景象摹寫占三次。

2. 李白古風五十九首中採取動態景象時空摹寫，比重上最多。其次，他採取定點空間摹寫者，比重排序為第二。古風五十九首採用高空景象摹寫者，比重排序為第三。平面景象摹寫次數之排序為第四。

3. 由八十三次動態景物之出現次數，顯見李白擅長描述動態時空景物的形態，其次，高空景象描摹次數占有十八次，排序居第三，反映其詩擅描摹立體空間感，及表現高空俯瞰景象。

4. 在二十四次定點景象出現次數中，自然景象為十六次，人文景象是八次，此見李白常取用自然遊歷視覺畫面。

三　古風記遊意象之記遊美感

劉勰《文心雕龍・物色第四十六》云：

> 物色之動，心亦搖焉。……是以詩人感物，聯類不窮。流連萬象之際，沈吟視聽之區；寫氣圖貌，既隨物以宛轉；屬采附聲，亦與心而徘徊。[20]

創作者因觀覽自然萬物環境，和豐富的遊歷經驗，產生思想活

---

[20] 梁・劉勰著，王更生注譯：《文心雕龍讀本》下篇（臺北市：文史哲出版社，1991年9月），頁301～302。

動，童慶炳在《中國古代心理詩學與美學》中亦云：

> 心理世界是物理世界的反映，無論如何，物理世界是人的心
> 理活動展開的基礎。……詩人的創造作為一種意識活動，只
> 有一個來源，那就是客觀的世界。「物」，或者說「物理境」
> 即是我們所說的生活，是詩的創作鍊條中的第一鏈。[21]

藉著詩人一生因外界自然萬物的觀照薰陶，從物理境的觀覽，
步步深入作者心理經驗，這是李白記遊詩創作的必經之路。

觀諸當代闡述李白生平者，多謂其一生各處干謁漫遊，飄泊以
終。[22]雖太白漫遊飄忽不定，然亦非全無可考，因其交遊廣泛，故或
有時人或同儕後輩等著述流傳，約見李白一生遊蹤及性格。

范傳正〈唐左拾遺翰林學士李公新墓碑並序〉：

> 公名白，字太白，其先隴西成紀人，絕嗣之家，難求譜牒。……
> 隋末多難，一房被竄於碎葉，流離散落，隱易姓名。因僑
> 為郡人。父客以逋其邑，遂以客為名。高臥雲林，不求祿
> 仕。[23]

可知李白先祖可能因罪流亡碎葉，此反映其出生成長之處所。
再看杜甫（西元 712～770 年）〈春日憶李白〉：

---

[21] 童慶炳：《中國古代心理詩學與美學》（臺北市：萬卷樓圖書公司，1994 年 8 月），
頁 4～5。

[22] 王國瓔：《詩酒風流話太白：李白詩歌探勝》（臺北市：聯經出版事業公司，2010
年 7 月），頁 11。

[23] 范傳正：〈唐左拾遺翰林學士李公新墓碑並序〉，瞿蛻園校注：《李白集校注・
二》（臺北市：里仁書局，1981 年 3 月），頁 178。

　　白也詩無敵，飄然思不群。清新庾開府，俊逸鮑參軍。[24]

　　其筆下的李白，就特別稱其才思洋溢，飄逸不羈，縱筆所至，天馬行空，非一般人思維，突破傳統，以超脫凡俗的想像力，開拓個人特色之詩歌意象，正如袁行霈《中國詩歌藝術研究》所言：

　　　　李白詩歌的逸氣表現為對自由的熱愛與追求。李白的詩風飄逸不群，他的才情不受拘束。……「殊調」二字正好可以說明他不受世俗觀念的束縛、熱愛自由、追求自由的性格。[25]

　　李白我行我素的人格特質，自青少年時期即可見，〈留別廣陵諸公〉：「憶昔作少年，結交趙與燕。金羈絡駿馬，錦帶橫龍泉。寸心無疑事，所向非徒然。」[26]〈與韓荊州書〉：「十五好劍術，遍干諸侯。」[27]〈感興八首〉其五：「十五與神仙，仙遊未曾歇。」[28]此皆浮現太白任俠、浪跡江湖與不同凡響的性情與形象。

　　曾在安陸漫遊十多年，[29]李白兩度入長安，流夜郎，至巫山和江夏等地，覽天下殊麗奇景，富宏觀博大遊歷經驗和感受，顯見其浪漫個性思維。李白擅長將一生豐沛漫遊觀察所得，以具創造力想像

---

[24] （唐）杜甫撰，（清）仇兆鰲注：《杜詩詳注》冊 1（臺北市：里仁書局，1980 年 7 月），頁 52。

[25] 袁行霈：《中國詩歌藝術研究》（臺北市：五南圖書出版公司，1999 年 5 月），頁 226～227。

[26] 見（唐）李白著，瞿蛻園等校注：《李白集校注》（臺北市：里仁書局，1981 年 3 月），冊 1 卷 15〈留別廣陵諸公〉，頁 917。

[27] 《李白集校注》，冊二，卷 26。〈與韓荊州書〉，頁 1539。

[28] 瞿蛻園校注：《李白集校注》，冊 2 卷 24〈感興八首〉其五，頁 1388。

[29] 見（唐）李白撰，瞿蛻園等校注：《李白集校注・二》（臺北市：里仁書局，1981 年 3 月），卷 27〈秋於敬亭送從姪耑遊廬山序〉，頁 1566。

力的空間記號，表達自我與感受。[30]常取比興喻志與抒發直感。而其記遊詩意象蘊涵超越古今，不限於時局的奇絕思考模式，開創了個人特色的視點[31]摹寫，並將種種不拘常調的思維模式，反映在記錄遊歷感受之作品中。李白廣博遊歷視野和狂傲超群的性格思維，一方面可由時人與友人之著作考察，但更重要的則是，源於太白記遊詩中有意勾勒的視點及意象。故試由古風記遊意象之各式時空視點感知，舉例分析其意涵與美感。

（一）記仙遊仙

遊仙詩常藉描寫仙境及仙人行跡之美，表達對仙界欣慕之思，

---

[30] 按：錢穆先生認為中國文學最上乘的作品，不只求在作品上的表現而已，更重要的是作者人格和個性的表達。例如李白詩、杜甫詩等，受人崇拜的是作者本身的人格與個性。參見錢穆：〈中國文化與中國人〉，《人生半月刊》，第 322 期（1964 年 4 月 1 日）。另依王夢鷗之見，人類思想，如浩瀚大海藉記號作用遂將內心意念轉譯為語言，傳達給旁人知曉。人類思想所涵蓋範圍，稱為意識區域，而人類各種記號所能記錄的範圍，稱為記號區域，自古以來人類想藉有限的記號函蓋整個意識區域，以期表達個人思想與意識，進行這項工作的最佳代表便是詩人，因為詩可藉具創造性之虛構，來追求真實。參見王夢鷗：《文學概論》（臺北市：藝文印書館，1976 年），頁 34、39。接續論記號理論之定義，此據皮爾斯(Peirce)記號理論。皮爾斯將記號分三層面，包含記號元素；記號本體（指記號的符徵與符旨）和記號的註釋（指記號的符徵、符旨、詮釋）。記號本體即指語法學中之語意學（指記號之意義）。記號的本體可分為圖象記號、指示記號和象徵記號。此採 Peirce 記號理論與記號本體之觀點。參見孫全文、陳其澎：《建築與記號》（臺北市：明文書局，1989 年 7 月 1 日再版），頁 23、26、30。

[31] 按：據林亨泰研究，詩人描摹可能存在的事實，詩歌比其他文類更接近真實，因為詩人不但能用自己的眼睛去看，也可用他人的眼睛去看。以不同的角度去觀察，可以看到以往看不到的事物，也可以在作品中做更細膩的描述。此即稱詩歌「視點的虛構化」。詳參見林亨泰：〈詩與真實〉，《中國時報・人間版》，1982 年 12 月 31 日。

及寄託詩人懷抱。李白古風摹寫仙人仙境之美者，多取仙人仙境之
狀貌行跡等形象描述文字，[32]流露其對自由與超脫凡俗的內在心理需
求。[33]當然，李白記述仙人仙境，漫遊仙界之詩作類型中，也可以加
入其他類母題，例如：隱逸、避亂世、抒己懷抱等等，但無論遊仙
或求仙，應當是太白以各種物象形態之動向，透顯其內在意涵及面
貌[34]。這類記仙遊仙之記遊詩類型，有如下數種時空形態摹寫情形，
分別舉例論述。

---

[32] 按：康丁斯基之見，文藝作品中若以「自然的形式表達內心狀況」（所謂的氣氛），
便能真正達到目，成為一種精神糧食，與讀者觀眾發生共鳴。這種共鳴都不會是空
洞的或表面的，作品的氣氛可以使讀者更深刻或更清楚。此外，詩人梅特林克認為
「字是一個內在的聲音。」這個聲音來自一個物體名稱的音響。當我們只聽到物體
的名稱，而沒有見到實際的東西時，腦袋裏就泛起它的抽象形象，以此傳達至心理，
產生溝通。字的魔力，梅特林克在「SerresChandes」裏發揮得淋漓盡致。一個稀鬆
平常的物象描述文字，例如雷、電、月亮等物體，比在大自然裏更能製造恐怖的氣
氛。真正內在的方式是永不失去其影響力，文字富含直接的和內在的雙重影響力，
文學藉此與心靈交通。參見康丁斯基著，吳瑪悧譯：《藝術的精神性》（臺北市：
藝術家出版社，1998 年 9 月再版），頁 18、33、34、35。

[33] 按：據康丁斯基之研究，在文藝作品中，物體形態可以單獨存在（寫實或不寫實
都好），或者是一個抽象的空間或面。即使它是完全抽象的，也有它內在的聲音，
即它的精神本質。這個個性和形本身同一的。物象形的和諧必須建立於心靈的需求
上。此即內在需要的原則。參見康丁斯基著，吳瑪悧譯：《藝術的精神性》（臺北
市：藝術家出版社，1998 年 9 月再版），頁 45、50、52。

[34] 按：康丁斯基認為，「每個說出的字（如樹、天空、人）都能引起內在的反應，
物體也是。」其次，整體構成裏的一個個物體的形態，其組合改變，該整體的意涵
和感覺也會隨之改變。再論形態之動向（運動），「形在同個環境裏（只要可能的
話），動向改變，調子也會隨之改變。」康丁斯基提及的物象形態的動向，即所謂
運動，例如向上、向下、向左、向右。一個個物在視覺畫面上的移動均是有其內
容與意涵的，文藝創作者會選擇他所喜歡的形式，表現他個人和他的時代。見康丁
斯基著，吳瑪悧譯：《藝術的精神性》（臺北市：藝術家出版社，1998 年 9 月再
版），頁 57、59。

1 　四度時空移形美

　　從文學理論的觀點來看，黃永武教授對詩歌的時空設計曾言：
「研究詩的時空設計，在中國詩歌裡特別重要，因為詩的素材，不
外時、空、情、理。」[35]此外，時間和空間的關係，是不可切割的，
黃永武教授言：「在複雜的時空關係中，有些詩是字面上只寫空間，
實質上由於空間的改換，時間即在其中進行。」[36]仇小屏教授亦云：
「對於『時間的空間化』，諸家的解釋都很值得參考。我們認為這種
情形主要是呈現空間意象，但在勾連時間意象的過程中，透露出時
間流逝的訊息。」[37]

　　從物理學的立場來看，人類在空間和時間中移動。空間和時間
永遠與人類同在，時空構成人類生命的舞台。[38]人們藉視察不同距離
的物體，產生空間感知；藉觀察環境物態改變，有了動覺[39]也產生時

---

[35] 黃永武：《中國詩學・設計篇》（臺北市：巨流圖書公司，1999 年 9 月），頁 43。

[36] 黃永武：《中國詩學・設計篇》，頁 68。

[37] 仇小屏：《古典詩詞時空設計美學》（臺北市：文津出版社公司，2002 年 11 月），頁 257。

[38] SanderBais 著，傅寬裕譯：《圖解愛因斯坦相對論》（VerySpecialRelativity:AnIllustratedGuide）（臺北市：五南圖書出版公司，2009 年 8 月），頁 12。

[39] 此依格式塔心理學（Gostalt）學者韋德海默（Maxwertheimer，1880～1943）的同型論（isomorphism）觀點，以及考夫卡（kurtKoffka，1886～1941）的心理場（psychophysical）和同型論研究，認為世界是心物的，觀察者知覺現實稱做心理場，被知覺的現實稱作物理場。心理場含有自我（ego）和環境。自我可以是具像的物體的我，或內在的情感及動覺（kinestheticsensation），動覺指在環境張力狀態下的運動知覺。環境又可分為地理環境（geographicalenvironments）和行為環境（behavioralenvironments），前者指實體環境，後者指意想中的環境。本文藉李白對環境人事物變化之觀察，及反映於作品之動態描述，分析其詩中四度時空之世界參見郭中人著：《空間視覺感知》（VisualPerceptionofSpace）（臺北市：曉園出版社公司，2007 年 9 月），頁 76～78。

間感知。[40]空間＋時間＝時空，[41]四度時空意象指陳文學作品中取三個定點物材描述人事物位置，及其物材形態移動變化，來表述外在空間者，稱為四度時空[42]意象描述。所有人事物移動變化的描述就顯示了時間的流動。凡是人事物的變遷均能因時間改變，而描述出投射在三度空間背景上的動態圖示。或可直接描畫成投射在四度時空背景上的靜態圖。從相對論的觀點看來，時間和空間是不可分開考察的，時空「動態」之語言才具客觀意義的。[43]

太白古風時藉四度時空視點，描繪出內心感知與情意，這樣的視點描述，使在三度空間世界的人們感到非常奇特，形成具想像力的變形美。[44]李白時常以超凡想像力與創造力，描述四度時空的遊仙

---

[40] 按：此依相對論之見，時間和空間為直覺形式的先天知識。康德認為不止時間與空間，因果律和物質的觀念亦是。所謂「先天」也可說是感性的先天形式。在將來可發現它們能應用在各式領域中。康德注意到一個事實，「時間和空間的觀念是屬於我們和自然的關係。」海森堡也認為愛因斯坦提出相對論之後，使人們理解事物的時間與在空間中的位置是相關的。故本文引用的時空觀念，是以近代物理學原理及相對論之主張為主。參見海森堡著，周東川、石貢民、黃銘欽合譯：《物理與哲學》（臺北市：協志工業叢書出版公司，1992 年 12 月 1 版 5 刷），頁 50、51、78。

[41] SanderBais 著，傅寬裕譯：《圖解愛因斯坦相對論》（VerySpecialRelativity:AnIllustratedGuide）（臺北市：五南圖書出版公司，2009 年 8 月），頁 12。

[42] 愛因斯坦、英費爾德著（Einstein,Albert，1879～1955）（Infeld,Leopold，1898～1968）、郭沂譯：《物理學的進化》（TheEvolutionofPhysics，1938）（臺北市：水牛圖書出版事業公司，2004 年 1 月），頁 145。

[43] 按：據愛因斯坦的研究，語言文字中，所有動態描述，均是指時刻在變化。每一段語言文字展現的時空狀態，均自成一系統。詳見愛因斯坦、英費爾德著（Einstein,Albert，1879～1955），（Infeld,Leopold，1898～1968）、郭沂譯：《物理學的進化》（TheEvolutionofPhysics，1938）（臺北市：水牛圖書出版事業公司，2004 年 1 月），頁 15、88、145、146。

[44] 按：依愛因斯坦之主張，我們人類的世界是三度空間的世界，低維度空間的人不能具體地想像高維度空間。除非人類有能力將高維度空間想像出來。愛因斯坦說：

世界。

　　太白以四度時空描摹出仙境奇遊，也藉遊仙之動態物象寄寓萬物觀察心得和人生志向。例如空中飛翔情態、物態遷移消長、升降於仙凡之界、出入塵仙之境等。

　　　　鳳飛九仟仞，五章備綵珍。（〈其四〉）

　　　　家有鶴上仙，飛飛淩太青。（〈其七〉）

　　　　雲臥遊八極，玉顏已千霜。……飄飄入無倪，稽首祈上皇。
　　　　呼我遊太皇，玉杯賜瓊漿。……永隨長風去，天外恣飄揚。
　　　　（〈其四十一〉）

　　「飛」、「遊」、「入」、「隨」等皆以動詞描摹動態情狀，太白用動詞描述高遠志向如鳳凰飛於九天傲視塵世。任意乘著雲彩，恣意縱飛於四海八方，不受世俗侷限，轉瞬間縱橫天邊極遠地。此動態飛行，透露內在超凡之志，期待高昇，為朝廷效力。或因仕途不得志，他嚮往另一超群的生命目標：求仙成仙，與天同壽。

　　　　恍恍與之去，駕鴻淩紫冥。（〈其十九〉）

　　　　借予一白鹿，自挾兩青龍。含笑淩倒景，欣然願相從。
　　　　（〈其二十〉）

「這些生物不能具體地想像一個三維空間，正如我們不能想像一個四維世界一樣。」詳參見愛因斯坦、英費爾德著（Einstein,Albert，1879～1955），（Infeld,Leopold，1898～1968）、郭沂譯：《物理學的進化》（TheEvolutionofPhysics，1938），（臺北市：水牛圖書出版事業公司，2004 年 1 月），頁 156、158。

　　君子變猿鶴，小人為沙蟲。不及廣成子，乘雲駕輕鴻。

　　（〈其二十八〉）

　　太白採用「凌」、「乘」、「駕」，描述動態時空，藉「飛騰」仙界或乘雲或駕鳥，含笑「飛昇」甚而俯看日月在其下，[45]李白對於飛行的情景，描摹得栩栩如生，甚至想像超越地球、月球及太陽，從外太空俯瞰塵土。太白以靈活想像力，創想出四度時空的動態視點，觸及由外太空觀想地球之可能性。

　　李白以敏銳觀察力，將萬物消長情態，描繪喻擬時光流逝與政事興衰之理。

　　蟾蜍薄太清，蝕此瑤臺月。圓光虧中天，金魄遂淪沒。螮蝀
　　入紫微，大明夷朝暉。（〈其二〉）

　　浮雲蔽頹陽；洪波振大壑。（〈其四十五〉）

　　太白將天文物象變遷，化用在詩意中，一個天文物材喻擬為君臣、帝后關係與國事盛衰。認為唐玄宗因妾妃廢后，此舉不合正家之道，[46]玄宗任命權奸李林甫、楊國忠等人居要職，導致大唐國事日非，開元盛世已漸顯頹蔽。而「蟾蜍薄太清，蝕此瑤臺月」，使光明燦爛的日光昏殘。截取天象變遷，描述視點瞬轉之場域，日月圓缺喻指時間流逝及國政漸衰。

45　按：依詹鍈之見，李白古風〈其二十〉句「含笑凌倒景」，引服虔注云：「人在天上，下向視日月，故景倒在下也。」詳參詹鍈主編：《李白全集校注彙釋集評》（天津市：百花文藝出版社，1996 年 12 月第一次印刷），冊一，頁 110、111、112。

46　參見詹鍈主編：《李白全集校注彙釋集評》（天津市：百花文藝出版社，1996 年 12 月），冊一，頁 30、31。另瞿蛻園等校注：《李白集校・一》（臺北市：里仁書局印行，1981 年 3 月 24 日），頁 94、95。

　　李白以豐沛創造力，描述升降仙界過程，這動態穿梭打破古今詩文遊仙摹寫模式，開拓時空瞬移視點。他以旁觀者立場俯覽上天下地或出入穿梭之描述時空方式，打破現實環境局限，想像出四維時空動態觀覽，從上下前後等角度反映各式姿態。

> 西上蓮花山，迢迢見明星。素手把芙蓉，虛步躡太清。霓裳曳廣帶，飄拂昇天行。（〈其十九〉）

> 逝川與流光，飄忽不相待。……人生非寒松，年貌豈長在？吾當乘雲螭，吸景駐光彩。（〈其十一〉）

> 吾營紫河車，千載落風塵。（〈其四〉）

> 去天三百里，邈爾與世絕。（〈其五〉）

> 至人洞玄象，高舉凌紫霞。（〈其二十九〉）

　　此外，太白詩「遊仙」旨在隔絕俗世紛擾。

　　當叛軍攻陷洛陽，眼見天下流血逢難，[47]李白因知亂世不可為曾想遁世，藉出入仙境，避亂世免受叛臣之害，故「上」蓮花山，或「昇」天行，或「乘」雲龍，或直「去」青天三百里高，遠走天際，隱遁江湖遊天下。太白至長安，自恃才高，卻一無所遇，寄寓求仙，修道自持。此段之詩歌意象呈現了「上」蓮花山，仙女由遠處行「走」前來，衣帶往「上昇」飛。這向上遷移與由後往前之各式角度，開

---

[47] 見瞿蛻園等校注：《李白集校・一》，（臺北市：里仁書局印行，1981 年 3 月 24 日），頁 131。又見詹鍈主編：《李白全集校注彙釋集評》（天津市：百花文藝出版社，1996 年 12 月），冊一，卷二，頁 104、105。朱諫云：「此自悼祿山之陷東西。」胡震亨云：「俯視天下之流血，而豺狼冠纓也。」

拓出高處動態畫面，形塑具長、寬與高的游移時空狀態。物理學上描述三度空間，指備長與寬的平面空間位置，加上高度位置，此則形成三度空間之描述，相較三度空間描述，再多增加了一個時間度 t，形成事物之時刻之第四個數。依愛因斯坦相對論之觀點，人們若處四度時空環境，就能從所有不同的角度看見某人事物的姿態。[48]

> 朝弄紫泥海，夕披霞裳。揮手折若木，拂此西日光。
> （〈其四十一〉）

> 連弩射海魚，長鯨正崔嵬。額鼻象五岳，揚波噴雲雷。
> （〈其三〉）

> 鳳飛九仟仞，五章備綵珍。銜書且虛歸，空入周與秦。橫絕歷四海，所居未得鄰。（〈其四〉）

在李白詩中，四度時空描述人物角色於朝暮間，瞬時出入往返仙地，倏而東，忽而西，[49]形跡自由地在紫泥海與崑崙山西極地穿梭，晨昏如白馬過隙，轉眼見所有姿態及行止。時而人物意象，時而動態物象，時而出入人文建物，時而航度四海，這些驟時進行之仙境形貌，往往透露出截然不同於塵世之視野，與奇絕的觀察力。李白以變形人事物行止與動態描述，呈現超群之人生志向，以求仙、成仙為理想，其詩因而創造出人物射鯨，長鯨高大如山嶽，游移噴水

---

[48] SanderBais 著，傅寬裕譯：《圖解愛因斯坦相對論》
（VerySpecialRelativity:AnIllustratedGuide）（臺北市：五南圖書出版公司，2009年8月初版一刷），頁 14、20、34、84。

[49] 詹鍈主編：《李白全集校注彙釋集評》（天津市：百花文藝出版社，1996年12月），冊一，卷二，頁 196、197。

如雷動,與自由出入虛實境地,直飛航行橫度四海等視覺畫面。此呈現三度立體空間描述。詩中形容詞摹寫了長、高與寬,例如:「長」、「崔嵬」。名詞喻寫了寬大之貌,例如「五岳」。動詞摹擬了動態,例如:「射」、「揚」、「噴」、「入」、「橫絕」。這些運動之表述形成時間的變化,表徵了往返、出入、航行等第四度動態時空。

2 三度空間立體美

人類居住在三度空間的世界,我們可以看見二度空間事物。三度空間意象即於詩文中採三個定點物材,描述具長、寬、高的立體空間感,[50]或表現高空俯瞰環境,或登上高處舉首遠望之環境。例如:〈其十九〉云:「俯視洛陽川」、〈其三十九〉云:「登高遠望四海」。

李白古風描述登高訪仙人居地之空間感知,藉三度空間意象,寄託了祈求長生不老與求仙意願。

> 得登大樓山,舉首望仙真。(〈其四〉)

> 名利徒煎熬,安得閑余步?終留赤玉舄,東上蓬萊路。秦帝如我求,蒼蒼但煙霧。(〈其二十〉)

---

[50] 按:愛因斯坦之研究,我們的空間是一個三維(即三度)連續區,三度空間度即指可取三個數表徵一人事物之位置。例如一盞放在桌上臺燈,其位置可用三個數來描寫,兩個數表示垂直於左右方距離(指長與寬),第三數表示臺燈與地面之距離(指高)。三度空間中之立體感,皆因其位置可用三個數表徵,形成立體空間環境。詳參見愛因斯坦、英費爾德著:(Einstein,Albert1879～1955),(Infeld,Leopold,1898～1968)、郭沂譯:《物理學的進化》(TheEvolutionofPhysics,1938)(臺北市:水牛圖書出版事業公司,2004 年 1 月),頁 140、141。

　　邀我登雲臺，高揖衛叔卿。……俯視洛陽川，茫茫走胡兵。
（〈其十九〉）

　　詩中「登」、「上」、「望」、「俯視」等詞，連結神仙居地，例如：
大樓山[51]、海上仙山蓬萊[52]和華山北峰[53]等，太白運用登高、俯視等
制高點之空間意象，描畫人物俯覽舉目遠眺之位置，藉此流露求仙、
學仙避亂世之人生志向。

　　雖太白登高從仙，仙地高若空中樓閣，即便上高山登仙人居地，
仍難以親近，時登而望之。李白詩取人物站上高處空間意象，展現
仙境絕塵清淨之空間感，透顯求仙之志，但也暗喻仙人高不易求之
困境。

（二）記夢奇境

　　「夢」與「奇境」指李白古風記述夢境與奇特境界之詩篇，記
夢奇境之詩篇意旨表達世事榮辱轉瞬成空之悟，及壯志未竟。這類
記遊詩時取似虛似實之物材，描繪神奇幻想、眩人耳目之視點，或
夢遊，或幻遊，或回憶的幻想交融，時仔細敘述遊境種種過程，時

---

[51] 按：依朱諫注解，太白青溪東行，抵達宣城大樓之山，此為仙人之所棲者。楊齊
　　賢認為大樓當在秋浦，《嘉慶重修一統志》卷118池州府：「大樓山，……若空中
　　樓閣然。」詳參見詹鍈主編：《李白全集校注彙釋集評》（天津市：百花文藝出版
　　社，1996年12月第一次印刷），冊一，頁44、45、47、48。

[52] 參見詹鍈主編：《李白全集校注彙釋集評》（天津市：百花文藝出版社，1996年
　　12月第一次印刷），冊一，頁116。朱諫注云：「彼則東上於蓬萊之山也。……惟
　　見煙霧之蒼茫，仙人不可而求矣。」

[53] 按：雲臺指華山東北部之高峰《嘉慶一統志》卷243同州府華山：「嶽頂東北曰
　　雲臺峯。兩峯並峙，四面陡絕，巍然獨秀，狀若雲臺。」，詳參見詹鍈：《李白全
　　集校注彙釋集評》，頁106、107。

具開端、遊程中段與幻境結束之醒悟。本文取此類記夢奇境之記遊
詩類型，試論析其奇境描述之時空形態，從而探討其題材意涵和內
在情意[54]。

1 四度時空變換美

　　所謂文學產生變換美，顏智英教授認為：「變化律，是宇宙自然
的規律之一，宇宙間一切的事物莫不在變易之中；人間長期觀察自
然界變動的現象後，抽繹出移位及轉位的『變化之理』，再透過人之
『心』，將此『理』（規律）投射到哲學、藝術、文學等領域。」[55]
　　文學作品採取人事物之變遷，描述實體環境或意想中的環境之
轉換形態，[56]此呈現太白對於意想中的環境變化，賦予意義。依相對
論理論，人們對於此類物材瞬變之形態，可由文字描述，想像成空
間中的一個模型，來看物材變換之聯繫。[57]

---

[54] 參見康丁斯基著，吳瑪悧譯：《藝術的精神性》（臺北市：藝術家出版社，1998
年 9 月再版），頁 57。

[55] 顏智英：《辭章章法變化律研究——以古典詩詞為考察對象》（臺北市：國立臺灣
師範大學國文學系博士論文）2006 年 5 月，頁 114。

[56] 按：據考夫卡(kurtKoffka，1886～1941)之研究，觀察者知覺現實稱作心理場，被
知覺之現實稱作物理場。心理場含有自我和環境。環境又可分為實體環境和意想中
的環境。參見郭中人著：《空間視覺感知》（VisualPerceptionofSpace）（臺北市：
曉園出版社公司，2007 年 9 月），頁 78。另參表一，李白古風記遊意象種類分布
表，記遊詩動態意象描述次數為 83 次，比率名次為第一，顯見李白擅用動態、移
動式視覺空間意象，在其詩中創造奇絕不群和奔逸動勢之時空感知。

[57] 參見海森堡著，周東川、石資民、黃銘欽合譯：《物理與哲學》（臺北市：協志
工業叢書出版公司，1992 年 12 月 1 版 5 刷），頁 78、80。另參見愛因斯坦、英費
爾德著（Einstein Albert，1879～1955），（Infeld Leopold，1898～1968）、郭沂
譯：《物理學的進化》（TheEvolutionofPhysics，1938）（臺北市：水牛圖書出版
事業公司，2004 年 1 月），頁 88。

李白古風採用變異、轉換之視點描述，呈顯夢境，或奇幻、光怪陸離之境。

> 莊周夢胡蝶，胡蝶為莊周。一體更變易，萬事良悠悠。……富貴故如此，營營何所求？（〈其九〉）

〈其九〉藉《莊子‧齊物論》莊周夢蝶，道出人生興衰無常之旨，楊齊賢云：

> 一體之間，尚有變易，萬事豈能定哉！[58]

朱諫言：

> 夫莊周夢為蝴蝶，而蝴蝶化為莊周，人之一身，尚有變易如此，而況身外事乎？故萬事之悠悠者，其變更不一，又不可得而度也。[59]

李白觀察自然造化，體悟天地萬物遷改之理，藉首言人夢化為蝴蝶，次言蝴蝶夢化為人，表述人與物間形態轉換，是幻化無端，形態轉變如夢般短暫快速。李白以「夢」、「為」等動詞，描摹出四度時空之宏觀時間感。從相對論角度而言，他成為在寰宇之外的觀察者，覺察物態生命遞換之各式時空姿態。物態空間轉換之同時，時間也瞬移。

> 北溟有巨魚，身長數千里。仰噴三山雪；橫吞百川水。憑陵

---

[58] 詹鍈主編：《李白全集校注彙釋集評》（天津市：百花文藝出版社，1996 年 12 月第一次印刷），冊一，頁 63。

[59] 詹鍈主編：《李白全集校注彙釋集評》，頁 63。

隨海運；燀赫因風起。吾觀摩天飛，九萬方未已。(〈其三十
三〉)

〈其三十三〉藉《莊子・逍遙遊》鯤魚化鵬，喻己如上青天九
萬里之雄心壯志。朱諫云：

> 言北溟之鯤，大數千里。仰首而噴浪，則成三山之雪；張口
> 而嚙波，則吞百川之水。隨海而運，則擊手有三千里之遠；
> 因風而起，則摩天有九萬里之程。是神物之大者，其運用之
> 大，茫乎不可測也如此。[60]

李白細述神奇鯤魚變動過程，首敘地點，其次依視點流轉，按
長度、高度和寬度，詳細形塑巨大鯤之物態空間感知，接續描述物
之形態轉換；由隨海水游移遷徙之鯤，風至，瞬幻化為大鵬展翅而
飛。太白以風描述物之形態轉換時，引起速動時間感知，這轉換是
虛幻無端，是快速而無從知其由來。從物理學相對論之觀點而言，
李白從旁觀者角度，體察萬物各有所長，任憑隨機機遇巧合，轉瞬
間，或可變換生命樣態，一展長才。此呈現太白對人生價值之看法，
與時空交融觀點。

（三）記實寫景

所謂「實」，指寫實。李白古風取「寫實」和「寫景」手法，記
述遊歷之境。記實寫景之詩作可客觀地描寫人事物和環境，也表述

---

60 詹鍈主編：《李白全集校注彙釋集評》（天津市：百花文藝出版社，1996 年 12 月
第一次印刷），頁 161。

因景而興情。此類詩近於山水詩之義界,據王國櫻之觀點:

> 山水詩的界定,至今尚未取得學界之普遍共識。……須是以
> 描寫耳目所及山水風景的狀貌聲色為筆墨重點。[61]

本類記遊詩,以登高遠眺之空間意象和人物遇合之環境,描摹自然環境之壯美,流露時運不濟、感時傷世之意。這記實寫景之詩歌意象類型,在李白傲岸世局的宏潤視野中,也開創了奇美壯麗的視覺空間意象。以下分別例舉分析。

1 三度空間具象美

太白記實之詩篇,描摹物材山嶽、大海、高臺、古城、名瀑、長江、黃河等,記遊詩中自然與人文意象物材,皆能引物性的聯想。[62]在三度空間世界中,李白任取山嶽或高臺入詩,可形塑出高聳寬潤的具象空間感知。[63]

---

[61] 王國櫻:《詩酒風流話李白》(臺北市:聯經出版事業公司,2010 年 7 月),頁206。

[62] 按:依孫全文與陳其澎研究。人類對語言的應用,最用心機的便是詩的創作,語言的詩化功用,可使語言記號發展至極限,此類語言便具置換性、空間性亦可產生物性聯想關係。參孫全文、陳其澎:《建築與與記號》(臺北市:明文書局公司,1989 年 7 月),頁 124。

[63] 按:據愛因斯坦相對論觀點,我們的空間是一個三維(即三度)連續區。三度空間可產生立體空間感。另據郭中人之空間視覺感知概念,以及視覺為例,腦海召喚實質環境中的物態,會因以前視覺記憶,重新組成物態,也許在行為環境中感受到物態之顏色、高矮、味道、寬窄等。此即創造性思維。參見愛因斯坦、英費爾德著(Einstein Albert,1879～1955),(Infeld Leopold,1898～1968)、郭沂譯:《物理學的進化》(TheEvolutionofPhysics,1938)(臺北市:水牛圖書出版事業公司,2004 年 1 月),頁 140。另參見郭中人著:《空間視覺感知》(VisualPerceptionofSpace)

試舉〈其三十九〉：

> 登高望四海，天地何漫漫！霜被群物秋，風飄大荒寒。榮華
> 東流水，萬事皆波瀾。白日掩徂暉，浮雲無定端。

> 胡關饒風沙，蕭索竟終古。木落秋草黃，登高望戎虜。荒城
> 空大漠，邊邑無遺堵。白骨橫千霜，嵯峨蔽榛莽。借問誰陵
> 虐？天驕毒威武。（〈其十四〉）

> 倚劍登高臺，悠悠送春目。（〈其五十四〉）

李白記實寫景，並非完全模山範水，時也傳達內在湧起的家國
身世之嘆，感時傷逝或觸物感懷。〈其三十九〉與〈其十四〉取人物
角色「登」高而「望」，讀寫眼前廣大天地視野，點出登高遠眺而興
發之感觸。登高抒懷，既描寫具象壯濶的三度空間境界氣象恢宏，
雖非閑情記遊，實表現出傲岸大器的個人特色。

2 零度空間聚焦美

太白古風採零度空間[64]物材，描述實體環境或意想中的環境。零
度空間意象指定點靜止的空間感知形象。[65]例如自然物材、人文建物

（臺北市：曉園出版社公司，2007 年 9 月），頁 79。另參見表一，李白記遊詩描
述高空景象，表現三度空間者，占十八次，比率名次居三。

[64] 按：就物理學理而言，空間結構層次中第一種為定點位置，此即為零度空間。參
見《物理學的進化》，頁 140。另參見本文表一，李白記遊詩之定點自然意象使用
占十六次，比率名次居次。

[65] 按：依王溢然之研究，作品中的人物、情景等一切有形之物，又都是一個個形象，
會喚起無窮的想像。參見王溢然：《形象・抽象・直覺》（新竹市：凡異出版社，
2001 年），頁 3。

等。

李白詩以靜止人文環境物材，表達盛唐氣象或君子節操。

> 一百四十年，國容何赫然！隱隱五鳳樓，峨峨橫三川。王侯象星月；賓客如雲烟。鬭雞金宮裏，蹴踘瑤臺邊。(〈其四十六〉)

> 碧荷生幽泉，朝日豔且鮮。秋花冒綠水，密葉羅青烟。(〈其二十六〉)

> 桃花開東園，含笑誇白日。偶蒙春風榮，生此豔陽質。豈無佳人色？……詎知南山松，獨立自蕭飀？(〈其四十七〉)

詩歌以動詞描述行跡及想像所至之定點環境。例如：「生」、「冒」、「開」等，表述定點位置或實景，強調君子仍在野，節操才能正美，思遇明主以展長才。

此外，詩篇中表述行跡及零度空間意象，例如：「金宮」、「瑤臺」，描摹金碧豪華、建築精美之樓臺，渲染大唐富貴和強盛之氣氛。

四　結論

李白〈古風五十九首〉之內涵意旨，多可見於其他詩篇中，而殊異之處，此一系列詩作，非作於一時一地，李白漫遊之足跡遍及大江南北，也在安陸居遊十多年，這些行旅經驗開拓李白人生視野，敏銳環境感知，增益了多元社會文化薰陶，激發了豐沛、開放的時空思維。自二十五歲出三峽至六十歲止，〈古風五十九首〉積累了李白三十五年精華歲月之遊歷經驗，和保存足以代表其完整個人漫遊

之創作軌跡。

其次,〈古風五十九首〉寄寓其一生理想與豪情壯志,李白藉現實人文景物環境和意想中的仙境、夢境,表達縱遊寰宇時空之體悟和感知。對於李白非凡的文采和想像力,杜甫〈春日憶李白〉云:「白也詩無敵,飄然思不群。清新庾開府,俊逸鮑參軍。」,而對於李白詩中動態時空意象表現,任華〈雜言寄李白〉贊曰:「古來文章有奔逸氣,聳高格,清人心神,驚人魂魄。我聞當今有李白。……振擺超騰,既俊且逸。或醉中操紙,或興來走筆。」出人意表動勢描述,令人感到「奇之又奇」,故殷璠《河嶽英靈集》收錄太白詩十三首作品。據李白古風慣用語語義及語法分析,李白古風之動態記遊意象使用比率最高者——動詞,其次為形容詞,第三為副詞。李白擅長以動詞描述行蹤及想像所至之時空環境,形塑出變幻錯綜、晨昏南北交融之飄逸無端筆調。善用動詞描摹物態環境變換,賦予詩作縱橫超群之動態美。

此外,在〈古風五十九首〉中,李白特意勾勒之遊覽視點,依其意涵,最常見者,為藉描寫仙境與仙人行跡之遊仙詩。再者,為記夢奇境之詩篇。在太白古風中,有一詩歌意象表現,即四度時空動態描述特別多,共有八十三次動態文字描述,呈現活躍奇特之四度時空之行蹤動態記遊。詩作動態描述中以飛行占十九次,為最多;其次,物態消長占十六次;第三,移動運動占九次。第四、第五和第六,為冥想及升降變化,各占八次和七次。三度空間之高度景象描述比率為十八次。零度空間意象描述之比率為二十四次。

然若細加比較太白記遊時空摹寫特色,即為動態飛行時空意象,及動態消長意象。此透顯李白不拘常調之性格和不甘凡俗之人生觀,足以說明太白思維奇特性和不凡想像力,或也表現一生壯志未酬之起伏心情。

參考文獻

一　李白集

（宋）楊齊賢集註　（元）蕭士贇補註　《分類補註李太白詩》　上
　　　　海市　涵芬樓借蕭山朱氏藏明郭氏濟美堂刊本四部叢刊
　　　　集部　臺北市　臺灣商務印書館

詹鍈主編　《李白全集校注彙釋集評》　天津市　百花文藝出版社
　　　　1996 年 12 月

瞿蛻園等校注　《李白集校注》　臺北市　里仁書局　1981 年 3 月
　　　　24 日

二　李白詩、專家詩、藝文研究、美學

（唐）杜甫撰　（清）仇兆鰲注　《杜詩詳注》　臺北市　里仁書
　　　　局　1980 年 7 月

王運熙、李寶均　《李白》　臺北市　萬卷樓圖書公司　1993 年 7
　　　　月初版二刷

王國櫻　《詩酒風流話李白》　臺北市　聯經出版事業公司　2010
　　　　年 7 月

王夢鷗　《文學概論》　臺北市　藝文印書館　1976 年

仇小屏　《古典詩詞時空設計美學》　臺北市　文津出版社公司
　　　　2002 年 11 月。

呂明修　《李白古風五十九首研究》　臺北縣　輔仁大學中國文學
　　　　系碩士論文　1992 年 5 月

林亨泰　〈詩與真實〉　《中國時報・人間版》　1982 年 12 月

袁行霈　《中國詩歌藝術研究》　臺北市　五南圖書出版公司　1999

年 5 月

夏敬觀著　《李太白研究》　臺北市　里仁書局　1985 年

陳佳君　《辭章意象形成論》　臺北市　萬卷樓圖書公司　2005 年
　　　　7 月

康丁斯基著　吳瑪悧譯　《藝術的精神性》　臺北市　藝術家出版
　　　　社　1998 年 9 月再版

黃永武　《中國詩學・設計篇》　臺北市　巨流圖書公司　1999 年
　　　　9 月初版　第 12 印

童慶炳　《中國古代心理詩學與美學》　臺北市　萬卷樓圖書公司
　　　　1994 年 8 月

（梁）劉勰著　王更生注譯　《文心雕龍讀本》　臺北市　文史哲
　　　　出版社　1991 年 9 月

鍾雪萍　《李白古風五十九首之研究》　臺北市　東吳大學中國文
　　　　學系碩士論文　1984 年

顏智英　《辭章章法變化律研究》　臺北市　國立臺灣師範大學國
　　　　文學系博士論文　2006 年 5 月

三　記遊文學、建築空間、建築記號

周冠群　《遊記美學》　重慶市　重慶出版社　1994 年 3 月第一版
　　　　第一刷

梅新林、俞樟華編　《中國遊記文學史》　上海市　學林出版社
　　　　2004 年 12 月

孫全文、陳其澎　《建築與記號》　臺北市　明文書局　1989 年 7
　　　　月

郭中人著　《空間視覺感知》(Visual Perception of Space)　臺北市

曉園出版社公司　2007 年 9 月

四　物理學、物理思維方法

王溢然　《形象‧抽象‧直覺》　新竹市　凡異出版社　2001 年

海森堡著　周東川、石資民、黃銘欽合譯　《物理與哲學》　臺北
　　　　市　協志工業叢書出版公司　1992 年 12 月一版 5 刷

愛因斯坦、英費爾德著（Einstein Albert ，1879～1955）　（Infeld
　　　　Leopold ，1898～1968）、郭沂譯　《物理學的進化》（The
　　　　Evolution of Physics，1938）　臺北市　水牛圖書出版事
　　　　業公司　2004 年 1 月

Sander Bais 著　傅寬裕譯　《圖解愛因斯坦相對論》（Very Special
　　　　Relativity: An Illustrated Guide）　臺北市　五南圖書出
　　　　版公司　2009 年 8 月

五　語法學

呂叔湘　《中國文法要略》　臺北市　文史哲出版社　1992 年 9 月

何永清　《現代漢語語法新探》　臺北市　臺灣商務印書館　2008
　　　　年 11 月

黃六平　《漢語文言語法綱要》　臺北市　華正書局公司　2000 年
　　　　8 月

郁達夫遊記散文的現代性
——以〈感傷的行旅〉為例

梁敏兒

香港教育學院中文系副教授

摘要

　　本文主要探討郁達夫的遊記在現代寫景散文的地位，並從歷史發展的角度探討時代意識如何影響作者描寫環境的視野和手法。郁達夫以零餘者的小說角色奠定了自己的文壇地位，而成為眾多時代青年的偶像，他的寫景散文其實也一樣貫徹這種特色，其中被壓抑的心理每喜歡用臨界點式的幻景來表達，這種寫景的方式是他獨創的，但也是他獨有的時代背景之下的產物。郁達夫的遊記散文研究論文不多，本文嘗試以〈傷感的行旅〉為主，從文本的角度做一個詳細的分析。

關鍵詞：郁達夫、結核想像、情緒、現代風景、浪漫派

一　前言

　　郁達夫（1896～1945），浙江富陽人，一九一三年隨兄長赴日留學，一九一九年入東京帝國大學經濟學系，一九二一年與郭沫若（1892～1978）、成仿吾（1897～1984）、張資平（1893～1947）、鄭伯奇組織「創造社」，同年發表小說集《沉淪》，轟動文壇，奠定了自己的文學地位。《沉淪》被譽為五四時期，石破天驚、開一代風氣的小說之一。小說不重點交代事件的時間和地點，只著眼描寫主人公的感覺，使小說的焦點從外在的故事轉向內在的人物情緒，而伴隨著感覺出現的是無窮無盡的聯想，紛紜複雜的夢境，以至千奇百怪的幻覺；人物心理成為小說結構的核心，故事情節變得不重要。

　　黃修己（1935～）的《中國現代文學發展史》，特別提到了朱自清（1898～1948）運用白話文寫景的成就，[1]而郁達夫的遊記散文也很出色，特別是〈釣臺的春晝〉是箇中名篇，能寫出富春江秀麗景色，並在憑吊古迹之中，流露出對政治黑暗的憤懣之情。[2]梅新林（1958～）、俞梓華主編的《中國遊記文學史》，將朱自清和郁達夫並列為美文追求的典範，這本書認為郁達夫遊記的美在於：

> 流動著一股渴求寧靜而不得的悲涼清氣，隱隱的憂鬱情調借清雋的文筆掩映於游記文字表面的灑脫和閑淡之中。[3]

---

[1] 黃修己：《中國現代文學發展史(修訂本)》（香港：中國圖書刊行社，1994年），頁183。

[2] 黃修己，頁188。

[3] 梅新林、俞樟華主編：《中國游記文學史》（北京市：學林出版社，2004年），頁459。

　　從這兩本書的評價，可見郁達夫遊記散文在現代文學裏的地位。郁達夫第一篇游記寫於一九二一年八月，他回國的前夕，游覽日本櫪木縣鹽原溫泉時，用中日文合寫的〈鹽原十日記〉。之後好幾年，郁達夫埋首小說以及別的創作，直至一九二八年十一月，才寫下第二篇游記：〈感傷的行旅〉。〈釣台的春晝〉寫於一九三二年八月，是他的第三篇游記，這篇作品被譽為郁達夫游記前期創作的代表。一九三三年十一月，郁達夫應鐵路局之邀，撰寫浙東一帶的景物，以附進旅行指掌之類的書中，自此，他的游記作風一變，逐漸遠離主觀的情緒描摹，轉向純粹的山水之作。不過正如阿英（錢杏邨，1900～1977）在〈郁達夫小品序〉中說：

　　　　即使是游記文罷，如果不是從文字的浮來了解作者的話，我
　　　　感到他的憤悶也是透露在字裏行間的。[4]

　　郁達夫的游記，大部分寫於一九三三年四月移家杭州之後至一九三六年二月隻身赴福建省政府任職之前。郁達夫生前一共出版過兩部遊記集，分別是一、一九三四年六月由上海現代書局出版的《屐痕處處》，編為《現代創作叢刊》第十六集，共收十篇；二、一九三六年三月上海文學創造社出版的《達夫遊記》，又在前十篇的基礎上增加了十三篇，合成二十三篇。《達夫游記》在一九四八年改題為《郁達夫游記》重印出版，一九八一年上海書店又根據這個版本複印出版發行。一九九六年郭文友又在這二十三篇的基礎之上，加添了一九二一年的〈鹽原十日記〉，一九三五年在杭州作的〈城裏的吳山〉，以及一九三六年去福建以後作的《閩游滴瀝》六篇，去南洋後所作

<hr>

[4]　阿英編校：《現代十六家小品》（上海市：光明書局，1935年），頁142。

的三篇，合共十一篇，全數三十四篇。書題為《感傷的行旅：郁達
夫游記全集》，由四川人民出版社出版，可說是目前最完備的結集。

　　從郁達夫游記的整體創作歷程來看，前期創作的時段比較短，
之後的創作風格因為受邀的性質而被限制了，作者的個人的風格只
能隱約其中，梅新林所說的「清澄意境，雋雅韻味」和阿英說的「憤
悶」，與前期創作應該有一定的關係。本文將著眼於前期創作，並特
別選取〈感傷的行旅〉一文作重點分析，試圖找出郁達夫在中國現
代游記史上的獨特風格。因為和〈釣台的春晝〉比較的話，〈感傷的
行旅〉在寫景方面或有不及的地方，但在揭露作者和風景之間的關
係方面，有更深入的表述，這對研究郁達夫後期的游記創作，提供
了很多重要的參考。

二　缺乏全景構圖的印象式描寫

　　《中國游記文學史》這樣評價〈釣臺的春晝〉：

> 文中沒有對桐廬釣臺作正面的描摹，而是採擷景物的神韻以
> 表達個人心境。[5]

　　可見郁達夫前期的遊記散文，風景描寫只是作者心情的註釋而
已。這種情況，在〈感傷的行旅〉一文中非常明顯。整篇游記駐足
描寫的風景不多，只有三個場景：一、出行第二天為了逃避惠山寺
的「俗人」和「武裝同志」，攀到龍山第一峰的頭茅蓬外，意外地俯
瞰了無錫市的全景；二、同日晚上回梅園下榻的飯店，午夜被鐘聲

5　梅新林、俞樟華主編，頁 455。

驚醒，以為是火警，出外看到了月夜的美景；三、第三天早上出門
到太湖，於途中見到的清秋行樂圖，但不久又為「武裝同志們」的
出現而中斷了。除了這三處比較重點寫景以外，其餘的部分大都是
說明性質，而且屬於點景又或者議論式的，例如：

> 車窗外的秋色，已經到了爛熟將殘的時候了。而將這秋色秋
> 風的頹廢末極，最明顯地表現出來的，要算淺水灘頭的蘆花
> 叢藪，和沿流在搖映著著柳色的鵝黃。當然杞樹、楓樹、柏
> 樹的紅葉，也一律的在透露殘秋的消息，可是綠葉層中的紅
> 霞一抹，即在春天的二月，只教你向樹林裏去栽幾株一丈紅
> 花，也就可以釀成此景的。[6]

所謂說明性質文字，是類似直述式的句子，不用比喻，不跨張，
不重彩，就直接說將秋色頹廢明顯表現出來的，就是灘頭的蘆花和
沿岸柳色。至於為什麼是頹廢，就全憑讀者自己的領悟，作者沒有
再加提示。大概因為蘆花的一叢叢的點白，柳樹搖映著河水的一片
鵝黃，兩組顏色佔去大片空間，既色淡又沒有對比，所以是「頹廢
末極」。這種寫景的方式，既沒有全景構圖，又沒有細寫蘆花和柳樹，
以及它們以外的其他景物，是一種沒有襯景的印象，屬於點景的寫
法。有關點景，再看下面一段，就更加明顯：

> 你看，在這一個秋盡冬來的寒月裏，四邊的草木，豈不還是
> 青蔥紅潤的麼？運河的小港裏，豈不依舊是白帆如織滿在行

6　郭文友編：《感傷的行旅——郁達夫游記全集》（成都市：四川人民出版社，1996
　　年），頁 19。

駛的麼？還有小小的水車亭子，疏疏的槐柳樹林。[7]

　　這種點景的方法，是假設了讀者腦中有一幅風景畫，作者只需提示部件，就能想出一幅畫來。郁達夫的畫大概四邊有青蔥紅潤的草木、有一個運河的小港、港口附近還有白帆如織，還有小小的水車亭和疏疏的槐柳樹林，至於空間如何佈置，是前左方有草木和小港，還是右上方有水車亭和槐柳樹林，白帆是否放在中間等等，都沒有交代。被譽為遊記典範的《永州八記》，柳宗元（西元 773～819年）在寫景的時候，用的就是點景的方法，例如〈鈷鉧潭西小丘記〉的山石是先來全景：

　　其石之突怒偃蹇，負土而出，爭為奇狀者，殆不可數。[8]

然後是近景：

　　其嶔然相累而下者，若牛馬之飲於溪；其衝然角列而上者，若熊羆之登於山。[9]

　　在近景安排上，是一上一下，倆倆相對的。再看〈至小丘西小石潭記〉的泉石分佈：

　　全石以為底，近岸卷石底以出，為坻，為嶼，為嵁，為巖。[10]

　　石的分佈是由小至大，描寫的次序井然。這種安排空間的方法，

7　郭文友編，頁 18。

8　柳宗元：《柳宗元集》（北京市：中華書局，1979 年初版，2000 年 3 刷），頁 765。

9　柳宗元，頁 765。

10　柳完元，頁 767。

很明顯地是按傳統山水畫的佈局範式。如果從全景的遠景佈置與近景的賓主設計，郁達夫的點景則完全不屬於傳統山水畫，而是現代風景。現代風景的特徵之一是失去了全景的視野，雄偉壯潤的天地構圖不復存在，至於近景的安排則以視覺移動或者印象的強弱作為特徵，視覺移動是一種寫實的要求，而印象強弱是移動速度不斷加快的結果，交通工具的現代化，傳統的步移無法跟上科技發展的步伐。中國現代文學以視覺移動為主的寫景散文，朱自清的〈荷塘月色〉堪稱典範。

相對於視覺移動，郁達夫更多的運用印象的方式來寫景，而他的印象，大部分服務於他自己的心境，主觀的成份比較強。沒有主觀成份，又或者沒有思想內容，不能成就文學。柳宗元的〈永州八記〉也是透過景物的幽隱與無人賞識，抒發了自己不遇的心境。不過〈永州八記〉的抒發方式是偏重於以景物代言，郁達夫的方法則是以景物描寫作為陪襯，早期游記的大部分篇幅仍然是一己心情的描述，在寫景的時候，主要運用印象式的寫法，更大程度偏離實際的景物。如果說郁達夫將小說的焦點從外在的故事轉向內在的人物情緒，那麼他早期的游記也有類似的風格。

三　病的風景：亢奮與頹敗的結核想像

〈感傷的行旅〉寫的是一種零餘者被社會壓迫不斷逃離的精神狀態，社會對作者來說，是一個令他精神緊張的地方。文章一開頭，就寫出自己的出游，是一種既是懲罰，又是浪漫天性的結果：

> 猶太人的漂泊，聽說是上帝制定的懲罰。中歐一帶的「寄泊
> 棲」的游行，仿佛是這一種印度支族浪漫尼的天性。[11]

　　而起行之初，作者要到處湊錢，擔心途中被捉，又擔心被人家
白眼，到得可以出行，在上海停留的最後一天晚上，他在飯店做了
一個夢：

> 不知是在什麼地方，我自身卻立在黑沉沉的天蓋下俯看海
> 水，立腳處仿佛是危岩巉兀的一座石山。我的左壁，就是一
> 塊身比人高的直立在那裏的大石。忽而潮水一漲，只見黑黝
> 黝的渦旋，在灰黄的海水裏鼓蕩，潮頭漸長漸高，逼到腳下
> 來了，我苦悶了一陣，卻也終於無路可逃 帶粘性的潮水，
> 就毫無躊躇地浸上了我的兩腳，浸上了我的腿部，腰部，終
> 至於將及胸部而停止了。一霎時水又下退，我的左右又變了
> 石山的陸地，而我身上的一件青袍，卻為水浸濕了。[12]

　　這是一個終日浸沉在被迫害妄想的人的噩夢，先是站在危崖之
上，又是黑夜，身邊的大石像一個巨人，危崖、黑夜、巨人都是令
人失去安全感的處所，之後潮水湧來，由腳到腿，到腰再到胸部，
仿佛要浸上來的一瞬，死亡的危險迫在眉睫，然後突然水退，作者
全身濕透，之後醒來了，這大概是一種精神亢奮、驚恐而汗濕的一
種狀態。在郁達夫的筆下，上海是一個肉慾橫流的，感官無法歇息
的地方，以下是他對這個城市的描寫：

---

[11]　郭文友編，頁 14。
[12]　郭文友編，頁 16。

> 當然空中還有許多同蜂衙裏出了火似的同胞的雜噪聲，和許
> 多有錢的人在大街上駛過的汽車聲溶合在一處，在合奏著大
> 都會之夜的「新魔豐膩」，但最觸動我這感傷的行旅者的哀
> 思的，卻是在同一家旅舍之內，從前後左右的宏壯的房間裏
> 發出來的嬌艷的肉聲，及伴奏著的悲涼的弦索之音。[13]

煩燥、不安、擠擁、嘈吵、不休息是大都會的寫照，而這種縱
容肉慾的背後，隱藏著悲哀，是一種絕望的，頻臨死亡的哀號，作
者用肺病患者來形容當時的中國：

> 可是同敗落頭人家的喜事一樣，這一種絕望的喧闐，這一種
> 勉強的乾興，終覺得是肺病患者的臉上的紅潮，靜聽起來，
> 彷彿是有四萬萬的受難的人民，在這野聲裏啜泣的，「如此
> 烽煙如此（樂），老夫懷抱若為開」呢？[14]

總結以上的分析，我們可以得出幾個和十八世紀末西方對肺結
核病想像的相似之處：1.自我放逐；2.被壓抑的熱情；3.陰暗潮濕的
死亡想像。蘇珊・桑格塔（Susan Sontag）在《疾病的隱喻》（*Illness
as metaphor，aids and its metaphors*）一書中，這樣形容結核病如何為
浪漫派作家帶來新的生活樣式：

> 然而，有關結核病的神話還不僅僅是提供了關於創造性的一
> 種描述。它還提供了一種不再局限於藝術家小群體的重要的
> 波希米亞生活方式。結核病患者成了一個出走者，一個沒完

---

13 郭文友編，頁 15。
14 郭文友編，頁 15。

沒了地尋找那些有益於健康的地方的流浪者。[15]

引文中所謂的創造性描述，是指敏感，有創造力和形單影隻的人，只有他們才能感受到人生的悲傷，也只有他們才擁有生花妙筆。因此作為結核病的其中一個重要特徵，就是多愁善感而又備受壓抑：

依據有關結核病的神話，大概存在著某種熱情似火的情感，它引發了結核病的發作，又在結核病的發作中發洩自己。但這些激情必定是受挫的激情，這些希望必定是被毀的希望。[16]

在中國現代文學中，結核病除了用來描寫被壓抑的天才以外，也用來形容社會患了不治之症，病徵往往是失去平衡，不被控制地發洩自己的慾望。郁達夫的小說《過去》描寫主人公李白時的愛情無法實現，在極度苦悶和壓抑之中遂得到了肺病；而〈感傷的行旅〉所描繪的上海，是一個紙醉金迷垂死掙扎的城市，他用肺病患者的臉上的紅潮來形容，就是這種不正常的亢奮。根據桑塔格的研究，西方早在十四世紀，就將肺結核病等同於消耗，這種消耗是一種熱情的燃燒，而這種被壓抑的熱情又導致了身體的消亡：

結核病有這樣的特點，即它的許多症狀都是假象——例如表現出來的活力不過來自虛弱，臉上的潮紅看起來像是健康的標誌，其實來自發燒，而活力的突然高漲可能只是死亡的前兆。[17]

---

[15] 蘇珊・桑格塔著、魏巍譯：《疾病的隱喻》（上海市：上海譯文出版社，2003 年），頁 32。

[16] 蘇珊・桑格塔著、魏巍譯，頁 21。

[17] 蘇珊・桑格塔著、魏巍譯，頁 13。

結核病的成因除了多愁善感，被社會壓抑以外，和城市生活也不無關係。桑塔格指出結核病曾經被認為是一種濕病，是在潮濕昏暗的城市裏產生的病。要將身體內容的濕氣弄乾，必須要到地勢高空氣乾燥的地方去調養。[18]郁達夫在上海飯店裏做的噩夢，潮水是帶粘性的，一直沉到上半身，這種帶粘性的想像在游記的後半部亦一樣見到，在梅園夜半見到的月色，也是帶粘性的：

> 南望太湖，也辨不出什麼形狀來，不過只覺得那面的一塊空闊的地方，仿彿是千千萬萬銀織就似的，有月光下照的清輝，有湖波返射的銀箭，還有如無卻有，似薄還濃，一半透明，一半粘濕的湖霧湖煙。[19]

月光帶著粘濕的感覺，應該是微暗的，不是如李白筆下全亮剔透的銀光，在〈感傷的行旅〉中出現的月光是殘月，例如梅園的夜月：

> 庭外如雲如霧，靜浸著一庭殘月的清光。[20]

又如上海的晚上：

> 是月暗星繁的秋夜，高樓上看出去，能夠看見的，只是些黃蒼頹蕩的電燈光。[21]

---

18 蘇珊・桑格塔著、魏巍譯，頁 15。
19 郭文友編，頁 29。
20 郭文友編，頁 29。
21 郭文友編，頁 15。

郁達夫在游記中寫到月夜，一共有三次，另外兩次是寫於一九三二年的〈釣臺的春晝〉和一九三四年的〈雁蕩山的秋月〉，也一樣不是滿月。〈釣臺的春晝〉寫的是桐君山上的月夜：

> 空曠的天空裏，流漲著的只是些灰白的雲，雲層缺處，原也看得出半角的天，和一點兩點的星，但看起來最饒風趣的，卻仍是欲藏還露，將見仍無的那半規月影。這時候江面上似乎起了風，雲腳的遷移，更來得迅速了，而低頭向江心一看，幾多散亂著的船裏的燈光，也忽明忽滅地變換了一變換位置。[22]

〈雁蕩山的秋月〉寫的是如〈感傷的行旅〉般的怪奇景象：

> 周圍上下，只是同海水似的月光，月光下又只是同神話中的巨人似的石壁，天色蒼蒼，只餘一線，四圍岑寂，遠遠地也聽得見些斷續的人聲。奇異，神秘，幽寂，詭怪，當時的那一種感覺，我真不知道要用些什麼字來才形容得出！起初我以為還在連續著做夢，這些月光，這些山影，仍舊是夢裏的畸形；但摸摸石欄，看看那枝誰也要被它威脅壓倒的天柱石峰與峰頭的一片殘月，覺得又太明晰，太正確，絕不像似夢裏的神情。[23]

〈釣臺的春晝〉的月光，是隨著雲腳的遷移，忽明忽滅地映照著江心的船影，這種光是一種漏出來的光。〈雁蕩山的秋月〉也一樣

---

[22] 郭文友編，頁 36。
[23] 郭文友編，頁 148。

是殘月，作者用「天色蒼蒼，只餘一線」來形容，漏出來的亮光不是遍照的，仍然保留陰暗的部分，再映照著巨大的天柱石峰，造成奇怪的山影，光與暗的互動，景象應該是非常奇怪的。

殘月的亮光有一股詭異的感覺，仿如結核病人熱情燃燒時的亢奮，是一種回光反照，令死亡獲得了生命的色澤和光亮。這符合了浪漫派美化死亡的結核想像。在結核的隱喻體系裏，不斷的消耗帶來了身體的輕靈，如果罪象徵重量的話，輕就是一種道德的超脫。[24]梅園的殘月透出來的清輝，讓作者產生了委身跳下去的欲望，但原應往下墮的身體卻意外的上升，原文是這樣的：

> 假如你把身子用力的朝南一跳，那這一層透明的白網，必能悠揚地牽舉你起來，把你舉送到王母娘娘的後宮深處去似的。[25]

死亡的想像在感傷的行旅出現過兩次，另一次是在龍山第一峰的頭茅蓬外，作者胡亂發洩了一頓以下，發現四周寂靜，靜得以為自己到了死亡的世界去了：

> 於是我就注意看了看四邊的景物，想證一證實我這身體究竟還是仍舊活在這卑污滿地的陽世呢，還是已經闖入了那個鬼也在想革命而謀做閻王的陰間。[26]

---

[24] 蘇珊・桑格塔著、魏巍譯，頁 19。
[25] 郭文友編，頁 29。
[26] 郭文友編，頁 28。

四　詩情與餘韻

　　從沉鬱到平靜是古代游記的規律，現代遊記則大多是感情支配了自然，郁達夫的遊記也可以看到這種狀況。而游記作為文體是以記事為主，著重說明描述，在中國的文學傳統裏，游記和詩是兩種截然不同的文體，到了現代文學，我們把朱自清和郁達夫的寫景散文稱作美文，主要是它們帶有了詩的性質。詩的性質不在說明描述，而在暗喻，〈荷塘月色〉裏的古典美人形象，含蓄而有餘味是其中一種表達方式。這種詩情的融入，在晚明小品就已經開始，作者逐漸偏離風景的描寫，主觀想像增加，其中袁宏道（1568～1610）的小品可稱代表，他的小品甚少對場景做周致描述，但喜歡選取風景的某些細微特徵，重點描畫，例如〈滿井游記〉寫的是春天到來的快樂，其中比喻很多，例如：脫籠之鵠、鱗浪、鏡之新開、冷光乍出於匣、娟然如拭，如倩女之（面貴）面、髻鬟之始掠等，都集中在寫春天象徵的生氣和清新，而又專以女性為喻。

　　郁達夫的游記堪稱美文，和朱自清不一樣，除了游記以情緒主導，還因為他在文中大量加插詩句，讓詩句和散文混為一體。他的第一篇游記〈鹽原十日記〉，就記下了很多舊體詩，〈感傷的行旅〉一文就連翻引用了英國浪漫派詩人 William Ernest Henley（1849～1902）和 Samuel Rogers（1763～1855）的詩，還有德國浪漫派詩人歌德（Johann Wolfgang von Goethe，1749～1832）的游記，另外也引用了元代詩人楊維楨（1296～1370）的詩句。這種傾向到了後期的游記創作，更加明顯，而主觀幻境式的寫景則逐漸隱退，不過病的風景仍然駕馭著作者的美感，除了上文舉過的〈雁蕩的秋月〉

一文之外，寫於一九三四年的散文〈故都的秋〉，也明顯流露出歌頌死亡的主題。除了死亡和詭異的風景以外，病的風景還對後期創作造成什麼別的影響，則有待將來更詳細的研究。

中西「對對子」結構論述
—— 陳寅恪 vs. 錢鍾書

戴維揚

玄奘大學應用外語學系客座教授

摘要

語言文字無論古今中外皆依循「二元對立」（binary oppositions）的大道理、大原則、大法則。單以辭彙的語對（word pairs）常呈對仗，傳統國學稱之「對對子」。陳寅恪（1939）在清華大學入學考試出了「孫行者」要考生「對」「胡適之」引起軒然大波。其中以傅斯年、錢鍾書最認真答辨。本文不僅將此「公案」依王震邦的史學考證並另舉錢鍾書多次將辭彙的「對對子」延伸為五言、七言的絕句、律詩皆富 chiasmus（Ｙ叉法；陰陽交錯）的寫作手法，也符合陳滿銘建構的「雙螺旋結構」。本文另舉蘇東坡詩詞為證；並舉西方拉丁文撰寫的西塞羅金句、莎氏比亞十四行詩結句的「偶句」（couplet）以及十八世紀詩哲 Pope 的對偶句佐證：人類語言文字好用「對仗」的「對對子」、對聯、偶句、絕句、律詩，交差比對更顯妙諦。

關鍵詞：對對子、二元對立（binary oppositions）、陳寅恪、錢鍾書、蘇東坡

一 前言

　　古今中外宇宙萬事自然依循原理原則。求偶成雙成對隱然是結構美學最高法則。思想語言文字文學文化依然遵循「形式主義」（Formalism）和「結構主義」（Structuralism）的核心結構「二元對立」（binary oppositions）；亦即《易經》「一陰一陽為之道」的大道理、大原則、大法則。

　　古今中外語文學習以及語文能力的兩兩相呼應的對稱（symmetry）和雙雙並列排比（parallel）的平行「對子」、「對聯」、「偶句」（couplet）和律詩總呈現這二元對立的規/矩。學習基礎詞語結構及其測試首推「對對子」。譬如教導中國兒童「識字」和「作對子」可從大/小、上/下、左/右開始啟蒙教學/教育。西方的詞彙教學也從「相似詞」（synonym）和「相反詞」（antonym）以及 Chomsky & Halle （1968）提倡相對音型（contrast sound pattern）諸如長短母音或送氣 vs.不送氣子音以及單雙音節或三或四音節並排並列的「格義」（grid）表格學習「音型」；這類重視基礎語文二元對立的音/形學習策略開創了二〇〇一美國官方規定「自然音形教學法」（phonics）——專注見字讀音/聽音拼字，加以 minimal pairs 對比方式進行啟蒙教學。

　　一九三二年八月清華大學的陳寅恪教授就招考新生及轉學生各年級各出一道對對子題目，其中以一年級的對「孫行者」最受矚目、最受爭議。「一時群起詰難」，逼得當年八月十五日陳寅恪親自撰寫千言書回應眾多詰難質問引起了軒然大波的辯答文（王震邦，2011）。陳寅恪代答並提出「國文試題的原理」，可惜終其一生未能

正式詳盡地提出深層結構的「對對子」原理。本文試圖為此建構其中的原理原則，僅供參卓。

二　對對子為兒童教學良方或束縛

　　兼容並包的北大校長又當中央研究院創院院長蔡元培於（1934；1937）兩年各就陳寅恪對對子（一九三二年八月）的熱門議題提出公允的評價：「教國文的方法，有兩件事是與現在的教授法相近的，一是對課（對對子），二是作八股文。對課與現在的造句法相近，大約由一字到四字，先生出上聯，學生想出下聯來。不但名詞要對名詞，靜詞要對靜詞，動詞要對動詞，而且每一種詞裡面，又要取其品性相近的。……這一種功課，不但是作文的開始，也是作詩的基礎。所以對到四字的時候，先生還要用圈發的法子，指示平仄的相對。……等到四字對作得合格了，就可以學五言詩，不要再做對子了。」（蔡元培，〈我所受舊教育的回憶〉、〈我在教育界的經驗〉（轉引自王震邦，2011））。

　　李濟（1953）才回應同為清華國學院的同事陳寅恪（1932）的「對對子」議題批判：「對對子」雖然是「中國的兒童在發蒙時期，甚至發蒙以前，就要學對對子，是人所習知的；真是四海之內，各府、各縣、各鄉、各鎮、各村，只要有教化的地方，有讀書種子的地方，總可以看見白鬍子的祖父帶著三四歲的孫兒學對對子。」他推諉就是這種基礎詞彙學習才造成八股和「壓低了學習人的理性」，甚至將「過去的對聯，現代的標語，都可以代表這一迷信」，只「當符咒看待」，這話是言重了，也扭曲了「中國何以沒有發展出現代學術」（引自王震邦，2011）。其實西方打從十九世紀末就以語文文字

裡的詩學推展出一套又一套的「學理」，可惜李濟和陳寅恪終未能提出具有系統的「學理」。陳寅恪雖然曾遊學歐美日，然而終其一生「未嘗有任何西方科學方法的譯述，在方法論上僅能從其史學論證所採方法及思維模式略窺一二」（王震邦，2011）。

三　陳寅恪概談他出『對對子』試題緣由

陳寅恪（1932）因為國文試題出了「對對子」「有人批評攻訐」只好答覆在《世界日報》（八月十五日）及《清華暑期週刊》（八月十七日），原「擬將今年國文命題之學理，於開學後在中國文學會宣講，今日只能擇一二要點，談其大概。」可惜終其一生，未能提出「命題之學理」。同在清華園學生輩的錢鍾書（1910～1998）日後提出部分「學理」可為補充說明，他不具名但確有針對陳寅恪的「對對子」議題相當精確的批判。

陳寅恪（1965）終究誠實地供出他當年（1932）以「孫行者」為「對子」題者，「實欲應試者以『胡適之』對『孫行者』。蓋猢猻乃猿猴，而『行者』與『適之』意義音韻皆可對，此不過一時故作狡獪耳。又正反合之說，當時惟馮友蘭君一人能通者。蓋君熟研西洋哲學，復新由蘇聯返國（其實是一九五七年七月底至八月初，七年多前的事）故也。（引自王震邦，2011）。然而陳寅恪（1932）的說明「理由」仍然對「對對子」僅供出兩項的陳述以及推論。然而終究其結果大都引起負面的評價。下文聚焦在其〈與劉叔雅論國文試題書〉的文本評析（根據《金明館叢稿二編》，頁249）。

陳寅恪（1932）以為「在今日學術界，藏緬語系比較研究之學未發展，真正語文文化未成立之前，似無過於對對子之一方法。」

可是他也承認「此方法去吾輩理想中之完善方法，故甚遼遠，但尚是誠意不欺，實事求是之一種方法，不妨於今夏入學考試時，試一用之，以測驗應試者之國文程度。」可惜陳寅恪（1932）卻秉持「小同」（「一小部分符於世界語之公律」；而大部分為「大異」）而反「大同小異」之道；語言學者皆反對陳所否定「絕非居於『印度及歐羅巴 Indo-European 系的語文做對比而建構如他所一再垢病的《馬氏文通》的「格義」之學，建構中國語言文字的系統（趙元任&王力，1936）。周法高（1972）提出「比較的語法」（comparative grammar）和「對照的（contrastive）」兩種研究方法。譬如對照中文與英文對比研究，就比較容易接受 Chomsky 的「大同」的「普世法則」（Universal Grammar）的原理（principals）以及「小異」為個別差異的參數（parameters）。

陳寅恪（1932，8 月）答辯：「對對子」即是最能表現中國文字的特點，「且研究詩詞等美的文學，對對實為基礎知識。考題中出對子，簡言之，係測驗考生對（一）詞類之分辨，如動詞對動詞，形容詞對形容詞，虛字對虛字，稱謂對稱謂等是；（二）四聲之瞭解，如平仄之求其和諧；（在 8 月 17 日給傅斯年函中此處「平仄譬諸英文 accent」。；（三）生字 Vocabulary 及讀書多少。如對成語，須讀詩詞文案書多……（四）思想如何，因如對不惟字面上平仄虛實盡對，『意思』亦要對工，且上下聯之意思須『對』而不同，不同而能合，即辯證法之一正，一反，一合，」上述引文突顯陳寅恪本身認為先求緬藏之比較再做中英（印歐）文的比較，然而他自己就先破例一再引用英文而非緬藏文做比附。上引文陳寅恪誤譯「平仄」為 accent。

陳寅恪（1932，9 月 5 日）「對於測驗方法及效度」特別說明上述第四項論述攸關「思想條理」：

　　昔羅馬西塞羅（Cicero）辯論之文，為拉丁文中之冠，西土
人士自古迄今，讀之者何限，最近德人始發見其文含有對
偶，拉丁非單音語言，文有對偶，不易察知。故歷時千載，
猶有待發之覆。今言及此者，非欲助駢驪之文，增高其地位。
不過藉此說明對偶確為中國語文特性之所在，而欲研究此種
特性者，不得不研究由此特性所產生之對子。

　　鑑於陳寅恪對「世界語言之公律」所知有限，經常造成「謬誤
之觀念」，因而引起錢鍾書在《管錐篇》首篇〈論易之三名〉雖未具
名直指陳寅恪；然而觀其全文仍指向陳寅恪是「無知而掉以輕心，
發為高論，又老師巨子之常態慣技，無足怪也；然而遂使東西海知
名理同者如南北海之馬牛風，則不得不為承學之士惜之。」錢鍾書
直斥陳寅恪草率「認為黑格爾鄙薄漢語是出於無知，然而中國人對
漢語無知而掉以輕心不可原諒」。

　　吳宓（1894～1978）就清華大學的學者最欽佩的兩位學者：一
為他的摯友陳寅恪，另為後期之秀錢鍾書。李清良（2007）在《熊
十力陳寅恪錢鍾書闡釋思想研究》也將陳、錢並列各檀史學界和文
學界。然而並未就「對對子」和「對仗」這個議題為兩位大師「做
一公允深入的評比」，至今未見後學者評析為何錢鍾書感概「惜之」。

　　陳寅恪（1965）在其「附記」坦誠當年（1932）只是將胡適之
嘲弄張君勱（1887～1969）戲筆撰文〈孫行者與張君勱〉，而直認為
「孫行者」對「胡適之」才是絕配；並且藉此反對胡適的「文學革
命」所提出「八不主義其中的「六曰，不用典。」「七曰，不講對仗。」
至終陳寅恪在〈論再生緣〉只好推翻他先前提倡「對偶」的「文案」：
「對偶之文，往往隔為兩截，中間思想脈絡不能貫通。……駢文之
不及散文，最大原因即在於是。吾國昔日善屬文者，常思用古文之

法，作駢儷之文。但此種理想能具體實行者，端繫乎其人思想之靈活，不為對偶韻律所束縛。」反而，陳寅恪認為「對偶韻律」是一種「束縛」。錢鍾書回應不可以詞害義，不可因「句法以自困」，不可用「字眼以自縛」。（錢鍾書期望藝術家不僅能順應自然的「法天」也能「筆補造化」的「補天」，還能「天人合一」的「通天」本領《錢鍾書論學文選》第三卷，頁 254〜257）。

四　錢鍾書論「對仗」

錢鍾書並未專文討論「對對子」，只揶揄這只是茶餘飯後的文人雅趣的文字遊戲，戲稱如「三星白蘭地」對「五月黃梅天」。但見專文就「律體」之「對仗」著墨甚詳。他在論〈錢載詩〉以萬言論律詩〈對仗〉。「律體之有對仗，仍撮合語言，配成眷屬。愈能使不類為類，愈見詩人心手之妙。」「而能以意聯絡之，是即不類之類。」他認為「對仗」只重平仄「工絕」不是上乘之作，他嘲笑陳寅恪認為上乘之作為「南內方看起桂宮北兵早報臨瓜步」等，皆為合「上等對子之條件」其實只是下品，只是「南北海之風馬牛」無關人類的核心靈犀夢想。他主張「律詩對偶，故須銖兩悉稱，然必看了上句，使人想不出下句，方見變化不測。」為此，他闡釋「類」者兼「聯想律」之「類聚」（contiguity）和「類似」（resemblance）。他期望如英國十八世紀的大師約翰生（Samuel Johnson）所謂：「使觀念之配偶出人意表，于貌若漠不相關之物象察見其靈犀暗通。」「譬如秦晉世尋干戈，竟結婚姻；胡越天限南北，可為肝膽。」但不僅是「胡適之」配「孫行者」而無關人類求同求偶的大道理，只會為人唾棄將風馬牛不相關之事硬綁一堆的文字遊戲。偶句或律詩最好是

觸及人類共同的感受，共同的理想，集體的創作。錢鍾書接著將戴
石屏和范鳴道雙方的一再唱和、最後共構集體創作的詩，呈現耐人
尋味，耐人思索。詩曰：

> 世事真如夢，人生不肯閒。
> 利明雙轉轂，今古一憑欄。
> 春水渡傍渡，夕陽山外山。
> 吟邊思小販，共把此詩看。

詩不僅是個人的寫真，還真能共繪每個人的心畫，所以好詩值
得「共把此詩看」。然而此詩也引起不少的「戲仿」，但是錢鍾書不
願將「作者殊列，詩律瀰苛，故曲折其句法以自困，密疊其字眼以
自縛，而終之困難見巧，由險出奇，奉合以成「對」。例若《詩苑類
格》所舉「回文」、「連綿」、「雙擬」、「隔句」四格。大可不必「蹉
跌」在這類「字戲」之中而自困。若硬將「腸胃心腎肝肺脾，耳目
口鼻牙舌眉」號稱「七律對仗」那些詩意就蕩然無存，只落得「一
二三四五六七，萬本生常是今日」，徒托空言、徒勞無功。「任意搬
弄，在五七字中翻筋斗作諸狡猾」，（回應陳寅恪的「孫行者」「翻筋
斗」以及自供「一時故作狡猾」）。總之，這些技巧正是錢鍾書和陳
寅恪共同討伐的「胡猻行為」。錢鍾書重視王荊公《讀史》「丹青難
寫是精神」，強調「詞章宜自肺肝中流出，寫心言志，一本諸己，願
亦未必見真相而征人品」。

五 錢鍾書論丫叉反轉多元句法

錢鍾書所重視的對仗妙詩絕不受束縛，以詞害義，所以他指出

大凡好詩詞常有破格/破律的呈現。錢鍾書在論《全漢文》卷一六提出「名作往往破體」:「文學有各種文體。大致有體,死守則自縛。賈誼的論文像賦,辛棄疾的作詞似論。真正的大家總是在文體型式上有突破創新。」(《錢鍾書論學文選》第三卷,頁 250～252)

錢鍾書就陳寅恪主張運用黑格爾(Hegel)的正反合辯證,還可將德語「冥契道妙」的"奧伏赫變"(Aufheben)為例,「以相反兩義融會於一字」(ein und dasselbe Wort für zwei entagengesetzte Bestimmungen)。亦即「有無」合成相反又相生,「語出雙關,文蘊兩意」。錢將舉西塞羅趣用拉丁文一字(tollendum)語兼「抬舉」與「遺棄」二意,同時合訓,即所謂「明升暗降」。語文最高的境界如《老子》「古之善為道者,為妙玄通,深不可識」。一個「易」字三重詮釋:「變易」、「不易」、「簡易」。(錢著〈論易之三名〉《管錐篇》卷一)。

錢鍾書在《管錐篇》再論〈周易正義・歸妹〉論及「比喻有兩柄多邊」如白居易《放言》之五:「松樹千年終是朽,槿花一日亦有榮」,「縱知其夕落而仍羨其朝花矣。」。正如〈歸妹〉「一抑而終揚,一揚而仍抑」,類如韓非之劍有「二柄」。

錢鍾書最為人所稱讚為其倡導「丫叉法」(Chiasmus),運用在單句叫「倒裝奇句」,運用在對偶句可稱「丫叉句法」,也可統稱「反轉手法」(戴維揚,2010)。錢鍾書在《管錐篇》論及「王安石《荊文公詩》卷四八〈晚春〉:「春殘葉密花枝少,睡起茶多久盞疏。」「密」與「少」,「多」與「疏」,當句自對。「密」與「多」,「少」與「疏」,成聯相對;而「多」僅承「少」,「疏」遙應「密」,又為丫叉法。詩律工細,不覺矯揉。」

錢鍾書在《管錐篇》還提出「互文相足」的妙句在《禮記・坊記》:「君子約言,小人先言」。鄭玄注:「約」與「先」互言;君子

「約」則小人「多」矣；小人「先」則君子「后」矣。錢再舉杜甫
《潼關吏》:「大城鐵不如，小城萬丈餘」也是「互文相足」的範例。

錢鍾書在《管錐篇》再舉詩歌、散文、小說的「結構章法之一
的『首尾呼應—蟠尾章法』要『宛轉回復，彷彿圖形』。他舉德國浪
漫主義時期作者席勒（F. Schlegel）「謂詩歌結構必作圖勢，其形如
環，自身園轉。近人論小說、散文之善于謀篇者，線索接近園形，
結局與開場復合。或以端末鉤接，類蛇之自銜其尾，名之曰「蟠蛇
章法」（la composition-serpent）。陳善在《捫虱新話》卷二亦云："桓
溫見八陣圖，曰:「此常山蛇勢也。擊其首則尾應；擊其尾則首應:
擊其中則首尾俱應。」錢謂「此非特兵法，亦文章法也。文章亦應
宛轉回復，首尾俱應，乃為盡善。《左傳》、《孟子》、《中庸》、《古梁
傳》諸節，殆如騰蛇之欲畫龍者矣。」西方的文學作品不乏活靈活
現的戲劇，其開場白也是最終的墓誌銘，活像一條蛇首含著自身的
蛇尾，自身圖畫個圈，圓一個夢，了此一身。

六　對仗與系統

單詞可對偶，詞組可成對仗，句構可串偶句，甚至「風格」在
《文心雕龍》也成辨証思維的「雅」「奇」、「繁」「約」、「奧」「顯」、
「壯」「輕」。再擴大到正、反、合的辯証思路，還可再擴大對比研
究，如以英語文法比諸中文文法也可撰寫「中國真正的語法書，要
算《馬氏文通》（王力，1989）」。詞彙、詞組、句子、偶句、對比段
落、對比文章，在在呈現「二元對立」（binary oppositions）和之後
西方一再演發三段式的辯證法（dialectics; dialecticals）。

陳寅恪強調對對子，然而卻責罵馬眉叔（建忠）（1985～1900）

《馬氏文通》為「嗚呼！文通文通，何其不通如是耶。」其錯怪之因，正如陳寅恪（1932）所詬病的當時（含他自己）的學者「昧於世界學術之現狀，從不識漢族語文之特性，挾其十九世紀下半世紀『格義』之學，以相非難」。其實，當時主流學者包括胡適、趙元任、王力都極其讚揚《馬氏文通》。羅淵（2008）在其《中國修辭學研究轉型論綱網》肯定馬建忠自認為「此書古往今來特創之書」，皆認為「《馬氏文通》結束了過去零散研究和單一研究的歷史，開始了系統化的研究……引領中國語法，乃至整個語言學走上了全新的發展。」何九盈（2000）在其《中國現代語言學史‧緒論》也指出「《馬氏文通》第一個從語法學方面掀起了中國語言學的革命思潮……講求語言學的科學化，……把中國語言學引入現代化發展的新紀元。」然而在檢視／批評陳寅恪和錢鍾書對對子的評論，也得珍惜零星「自發的孤單見解是自覺得周密理論的根苗。」（錢鍾書（1985）《七綴集》頁 33）。各個各自零星的研究心得仍值得後代後輩珍惜和學習其中具有見地的見解。

　　王力三個時期對《馬氏文通》的評價也頗受陳寅恪影響；首先他回應陳的要求先「著手漢藏語系的比較研究」才可能跟差異較大的印歐語系做對比研究，然而他採信 Chomsky（2006）重申他早年的主張人類由於頭皮以內的頭腦（brain）結構略同，發音部位略同，因而衍生 universal phonetic alphabet, 國際音標）。語音系統皆遵守同一系統的法則(a system of laws)；再深一層的結構衍生為 universal semantics（普世語意學）以及 universal syntax（普世句法學）；再統蓋在一種 the overarching system of universal grammar （普世法則，UG）。然而深究其統合這些規則（rules）、結構（structure; form）、機制（mechanisms）如 Language Acquisition Device （LAD，語文習得元件/機制）皆為 pairing（成雙；成對）的二元對立原理（binary oppositions）。因而 Chomsky 將結構主義的表層結構 vs.深層結構用以解說人類共通的語文現象；又將系統分為 the base system（基礎系統）如分類系統（the categorical system）和詞彙。就形式（form）二分為 Logical Form （LF）亦即 semantic representation 和 phonetic form（PF） 也稱 phonetic representation。再就句法可分為 NP（名詞片語）和 VP（動詞片語）。總之，人類的思維語言文字文學文化皆遵循普世共通的二元對立原理；在詞彙和五言七言的呈現（representation），中國人稱之為「對對子」和「律詩」；在英文，十六世紀的莎士比亞的十四行詩，其結尾兩句英文稱為「偶句」（couplet）對仗極其工整；在十七世紀、十八世紀以偶句寫成長詩的許多詩人當中，其對仗最工整，首稱 Alexder Pope；再追遠可達陳寅恪所推崇的拉丁文大師 Cicero （西塞羅）的金句。

七　語音的抑揚與節奏

中國將詩詞語音分為平仄，運用在詩歌可產生富有節奏的抑揚頓挫。陳寅恪將「平仄譬如英文 accent」，其實應為英語的 stress，陳認為「此節最關重要」然而不知為何其提供奇怪的看法：「吾國語言之平仄聲與古代印度希臘拉丁文同，而與近世西歐語言異。」其實語言文字的大原則是不變的。古今中外語音都可二分為 weak（弱）vs.strong（強）共構成最常見的 iambic（一抑一揚）的抑揚格（foot, meter）；莎翁好用抑揚五步 iambic pentameter 的「偶句」。更早可推到亞里斯多德的《詩論》（Poetics），整理出希臘詩、詩劇、史詩的「韻律」（rhythms）和「韻腳」（rhymes）。

錢鍾書也認為「今人言「節奏」易主流動，而古希臘人言「節

奏」意主約束；行而易止，貌同心異（The modern idea of rhythm is something which flows. Rhythm is that which imposes bonds on movement and confines the flux of things）。正如陳寅恪在〈論再生緣〉的結論：語文詩歌不應「為對偶韻律所束縛」。為此現代詩歌甚少嚴守平仄的規格。字數的對仗也不要求絕對相等。譬如當年被陳寅恪比喻為「孫行者」的「胡適之」傳頌至今的「有幾分證據，說幾分話」以及歌詞：「你不懂我的夢，正如我不懂你的詩」或「山風吹亂了我的頭髮，卻吹不掉我心頭的人影」，雖然不完全嚴守「對對子」或「對聯」字數相等的絕對嚴謹格式，然而大致並未脫離「二元對立」相對的意涵與格律。

詞不像律詩對仗工整，然而傳頌千年的金句/偶句，仍然對仗工整。譬如蘇東坡（1076）的〈水調歌頭〉其中「人有悲歡離合，月有陰晴圓缺」。這種情景，這類現象，古今中外皆必然呈現。好比莎翁名劇《羅密歐與茱麗葉》其中的「樓台會」，羅不敢對著月亮發誓，因為唯恐月有「陰」、「缺」。他們短暫的樓台會纏綿著「悲歡離合」，而以英文呈現的名句「Parting is such sweet-sorrow.」（離別是多麼酸甜苦辣）。此景此情數千年來：天上（月）人間，一直傳承，一直傳頌。這是全人類的共同記憶/寄憶/詩意/失意。除了實存景情以外，人類總是夢想具有神力可「挾泰山以超北海」的豪情壯志。然而這一切仍在可然的範圍，呈現二元對立的「規則」。也就是錢鍾書所指「情節離奇荒誕中也有規矩須遵循。」（《錢鍾書論學文選》第四卷，頁 116～121）。

相對於蘇東坡寫出古今中外的普世法則，辛棄疾在百年後（1178）同樣的月，一樣的人性，卻只寫出一己的感覺。在運作同樣的《水調歌頭》的詞牌，「但絕平生湖海，除了最吟風月」，顯然比較偏頗負面地看人生。陳滿銘（2003）在其《蘇辛詞論稿》提出

辛「最主要的還是在抒發身世之痛」:「感身世」、「傷別離」、「醉風月」,比諸蘇東坡:一樣人月,兩樣心情,兩樣風格。

再以「月」對照「日」,蘇東坡(1078)知徐州時曾寫五首「浣溪紗」,如五章的交響樂、手掌的五指、奧運的五環,各成一個圓,合成一團「圓」。其第一首句首即歌頌「照日深紅暖見魚,連村綠暗晚藏鳥」;第五首尾句呼應對「日」再次歌頌「日暖桑麻光四潑,風來蒿艾氣如薰」。陳滿銘(2003)譽為「清新」「隱逸」傑作,值得「此中人」共享、共賞、共賀。蘇東坡在送參寥詩特別開示妙詩必要達到「空且靜」雙螺旋的妙境,錢鍾書譽為最高詩境。莎翁歌頌夏日比成美女:

> Shall I compare thee to a summer's day?
> Thou art more lovely and more temperate.

最後的結句(偶句):「只要人能呼吸,眼能看見,此詩與你天長地久」:

> So long as men can breathe or eyes can see,
> So long lives this, and this gives lift to thee.

將夏日比擬熟女,確是古今中外的佳喻。

對比可以單詞對單調,詞組對詞組,句對句、行對行,甚至擴張到段落;如二〇一一年獲諾貝爾文學獎的瑞典詩人 Tomas Transtromer(川斯楚馬)的短詩兩段〈火之書〉:

> 再陰鬱的日子裡,唯友和你做愛時,我的生命方閃現光芒。
> 彷彿明滅不定的螢火蟲----你可盯隨其飛蹤,

一閃一閃在黑夜的橄欖樹間。

在陰鬱的日子裡靈魂頹然坐著，了無生趣，

而肉體一逕走問你，夜空鳴叫如牛，

我們秘密地自宇宙擠奶，

存活下來。（陳黎譯自馬悅然英譯瑞典文原詩）

思維的 Chiasmus・心靈的轉機

偉大的心靈才能產生偉大的作品。譬如杜甫能在其居住的茅屋為秋風所破而寫反差甚大的「安得廣廈千萬間，大庇天下寒士俱歡顏」。更可突顯這類精神的偉大崇高（sublime）。再如孔子稱讚顏淵，「居陋巷，回也不忘其樂，侮人不倦」，孔子說周文王被囚於羑里，反而產生變易，容易，常易的《易》理，突破有形的格局，達到生生不息，周而復始的「大人者與天地合其德」、「天行健，君子以自強不息」。做到「心生萬法，萬法歸心」的如如妙境。西方《新約聖經》耶穌生在馬槽，葬在尼哥底母，為他預備三天的暫厝。所以祂說：「狐狸有洞，飛鳥有巢，人子却沒枕頭的地方。」亦即天國不在人間爭地爭權。然而天國的大道却提供多少旅人安身立命的好所在。聖詩金句萬轉千迴，蘊蓄無比神力，轉換億兆心靈。

「雙螺旋」（double helix）交織的「模糊思維」（Fuzzy Thinking）

人類企圖以簡要明晰的數學代替條碼來解析多元雜亂又似乎合情、理、法的紅塵宇宙。最精簡的電腦語言和形式邏輯皆以 0 和 1 代表全（對）或全錯，然而世間事大都徘徊遊移在其間，於是只好一再細分為隨時變動的「概率」（probability）和「或然率」

（possibility）。亦即人類的腦神經一方面呈現樹狀條理分明的公路
（highways，南往北來分得清清楚楚），可是經常又漫步在羊腸小徑
（garden paths）或甚至於攀爬糾纏在葛藤或荒草野地，從事於一些
無厘頭/有頭緒的憶測、遐想、美夢、夢魘、恐慌、無策、無奈、無
聊、感傷、感嘆。然而智者仍想將此兩類「線性」（liner systems）
和「模糊系統」（fuzzy system）做些爬梳整理。因而幾乎大約地訂
定一些「模糊規則」（fuzzy rules）、「模糊集合」（fuzzy sets）和「模
糊邏輯」（fuzzy logic），甚至表列出「模糊熵」（fuzzy entropy）。（以
上「模糊思維」可參見林基興編譯的 *Fuzzy Thinking*。）。因而 Einstein
（1952）在其《相對論》提出「若要數學定律和現實有關係，它們
就不確定。若要它們確定，就不符合現實」的夾雜交錯對立的
Chiasmus 現象。

滔滔雄辯，生死存亡

西塞羅（Marcus Tullius Cicero， 106～43B.C.E.），為羅馬拉丁
文是最偉大的雄辯師（orator），慣用極其精簡的對仗 Chiasmus 顛倒
句法、顛倒人生，如"Vestra vita mors est"（汝生即死）。"Otium sine
litteris mors est"（無文即死）。"Illa argumenta visa sunt certa"（證實
似真）。"Amor laudis hominess trahit"（有愛無礙）。"Quid nòs facere
debemus?"（既新既舊）。"Obsequium parit amicos; veritas parit
odium"（假生愛；真生恨）。生/死、愛/恨，真/假、愛/礙，禍/福相
對，新/舊相生。

德國大哲黑格爾（Hegel， 1770～1831）將 thesis（正）生成的
antithesis（反），一再辯證而產生 synthesis（合），衍生為 dialectic
（辯證），dialectics（辯證法），其徒馬克斯（Karl Marx， 1818～1883）

將之運用在 dialectical materialism（辯證唯物論）的 dialectical 和 dialecticals。Hegel 另就德文的 Aufheben（"奧伏赫變"、反常合道）一詞由相反的兩字「無」（auf）、「有」（heben）合成新字（ein und das selbe Wort für zwei entgegengesetzte Bestimmungen）。錢鍾書認為 Hegel「不知漢語」而「嘗鄙薄吾國語文，以為不宜思辯；又自誇德語能冥契道妙」。其實中文亦多「一字多意」、「義蘊深富」，譬如「倫」字在皇侃《論語義疏》解為：1. 事義相生，首末相「次」；2. 蘊含萬「理」；3.「綸」、「輪」為「義旨周備，圓轉無窮」。亦即正、反、合可一再辯證，愈辯愈澄，愈辯愈真。「心理事理，錯綜交糾：如冰炭相憎、膠漆相愛者，如珠玉輝映、笙磬和諧者，如雞兔共籠、牛驥同櫪者，蓋無不有。」

　　Cicero 在大約 46B.C.E.論及「雄辯師」有三大類：1.意重辭偉的說服師提供 persuasion；2.言簡意賅的娛樂師帶來 pleasure；3.言正意實的證實者（proof）。就其光譜（the spectrum）前兩者各執一端，執兩而能用其間者為正中平實的科學家。或能達成《老子》「語出雙關，文蘊兩意，乃詼諧之慣事，固詞章所伏為。」

八　結論：對稱 vs.奇特

　　對對子的美學基礎建立在一致性地對仗工整（symmetry），呈現在對聯偶句、金句、律詩大都極其工整，像結晶體般閃亮著人類的精華智慧；有如希伯來人工整地以二十二字母起首工整地撰寫一首又一首的二十二行「嵌首字母詩」，其中以《詩篇》一百一十九篇每個字母字首各八行一節共一百七十六行，規則平行排列（parallelism），成為人類至今現存最工整的一首長詩；其中金句「你

的話是我腳前的燈/是我路上的光」（105），照亮全人類亙古至今的
旅程。也描繪了人類深層的「基本原型」（archetype）的心願。然而
若但求排列整齊工整，了無新意，就可能產生字首相同的「麻痺症
（paralysis）」。人類常想出軌，出奇制勝，也就是英國浪漫詩人的代
表評論家 Coleridge 嘲笑兩行偶句（couplet）的「跂/姿」體為「侏
儒體」——其急智如驅，矮短不拘。

> What Is an Epigram？ （1802）
> What is an epigram？a dwarfish whole，
> Its body brevity, and wit its soul.

Coleridge 要的是偶句必要激起「不對仗的仗火」（asymmetric
fire）。為此他和浪漫詩人的大哥 William Wordsworth（1770～1850）
共撰浪漫詩的宣言：將詩界定為「澎湃情感的自然流露，滿溢又能
凝晶極淨」"Poetry is a spontaneous overflow of powerful
feelings""recollected in tranquility"，靜如水晶，動如火山，水火九重
天的詩晶，幻化成人類宇宙間二百一十六種晶體的詩。

附錄

中國古代經常採用「對對子」來測試文學家的才氣呢！就連現今的國中基測，主要測試國中生的基礎詞彙、詞組、偶句的基礎語文能力。考題例句

（　）一副工整的對聯必須「上下兩句字數相等，句法相似，平仄相對」。下列何者不符合這個原則？

（Ａ）雲天有路月先到，忠孝傳家春早現
（Ｂ）竹因伴水情尤暢，蘭以當風氣自和
（Ｃ）花開春富貴，竹報歲平安
（Ｄ）綠共山中採，香宜竹裡煎。

題目所說的「句法相似」，指的是兩句的詞性要相同，才能對起來。以（Ａ）選項為例，「雲天」、「路」、「月」對「忠孝」、「家」、「春」，是名詞對名詞；「有」、「到」對「傳」、「現」，是動詞對動詞；「先」對「早」，是副詞對副詞。至於「平仄相對」，「相對」其實是相反的意思，上聯要以仄聲收尾，下聯以平聲收尾。（Ａ）選項的兩句皆以仄聲收尾，不符合對聯原則，所以答案是（Ａ）。

（　）某戲臺有一副對聯：「此所謂現身說法，且看那善惡貞淫皆（皆、都）教誨；雖然是逢場作戲，難得他嘻笑怒罵皆文章。」這副對聯與下列何者的涵義最接近？

（Ａ）傀儡登場，須知這臺上衣冠是假；癡人說夢，休認作眼前富貴為真

（B）君子小人，才子佳人，登場便見；歡天喜地，驚天動地，
　　　落幕即空
（C）假面登場有孝子忠臣，莫輕看過；新腔協律是晨鐘暮鼓，
　　　只管聽來
（D）戲越好，人越多，看他抒意表情；曲彌高，和彌寡，聽
　　　我長腔短調。

　　本題考對聯的涵義。戲裡演的「善惡貞淫」其實都是勸人向善
的文章，這是演戲「寓教於樂」的功能。「晨鐘暮鼓」是以言語警醒
人之意，答案是（C）。

（　）下列詩句，何者屬於對仗句？

（A）蕙風人懷抱，聞君此夜琴
（B）陶盡門前土，屋上無片瓦
（C）俯仰歲將暮，榮耀難久恃
（D）嶺猿同旦暮，江柳共風煙。

　　總結對聯（對仗）的原則：上下兩句字數相等，詞性相同，平
仄相對（上聯以仄聲收尾，下聯以平聲收尾）。答案是（D）。
　　「對對子」運用在清華大學入學考試級轉學生考試，若主要只
考一題「孫行者」硬要學子對應「胡適之」而一題佔四十分，應是
陳寅恪被詰罵的原因之一，可惜他終其一生未能提供令人信服的出
試題之背後所蘊藏的「原理」；然而近年若為檢視國中生的基礎語文
能力，又以選擇題，佔分不超過四分，應為公允公正公平公義的試
題，至於出題的「後設」緣由，本文已試著提出「二元對立」的「普
世法則」，以就方家斧正。

參考文獻

一 專書

王　力　《中國語言學史》　上海市　復旦大學出版社　2006 年

王震邦　《獨立與自由‧陳寅恪論學》　臺北市　聯經出版事業公
司　2011 年

李清良　《熊十力陳寅恪錢鍾書闡釋思想研究》　北京市　中華書
局　2007 年

陳寅恪　〈與劉叔雅論國文試題書〉　《金明館叢稿二編》　北京
市　生活‧讀書‧新知三聯書店　1932 年

錢鍾書　《管錐編》　《談藝錄》　《錢鍾書集》　北京市　生活‧
讀書‧新知三聯書店　2006 年

二 期刊論文

尤雅姿　〈波霸‧超駭‧ＫＵＳＯ〉——細說臺灣漢語中的外來詞
《國文天地》第二十六卷　第十期　總 310　2011 年 3 月
頁 72

陳滿銘　〈論章法「多、二、一（0）」結構的節奏與韻律〉　國立
臺灣師範大學國文學系　《國文學報》　第 33 期　2003
年 6 月

傅斯年　〈歷史語言研究所工作之旨趣〉　《中央研究院歷史語言
研究所集刊》　臺北市　中央研究院　1928 年

論文章結構與表達

余崇生

臺北市立教育大學中國語文學系主任

摘要

　　本論文主要是研究文章結構及表達技巧，最主要的不外是擬想探討與論析文學作品的組織結構，也就是說如何寫好一篇文學作品，然而在寫作過程中如何構思與佈局，心理上的思考與發展，其中字義、詞義及句義各方面的修辭技巧之注意與掌握，其次一篇成功的作品，除了以上所敍及的寫作技巧外，更應注重結構、內涵及寓意之完美，如此方能顯示出其文意之高妙與超脫；一篇文章的寫作，若能求思想之充實，情感之真摯、結構、文字之圓妥，就一般情形而言已臻完善之境，故而綜觀自古以來各名篇傑作，無不具備以上的各項內涵與精神！本小論本此一重心探討、比較與分析，並舉例詮證，以其漢語文教育更為具體與充實！

關鍵詞：修辭、字義、詞義、結構

一　前言

　　本論文主要是研究文章結構與表達，主要的是擬想探討與論析文學作品的組織上的結構，也就是說如何寫好一篇文學作品，在寫作過程中如何構思與布局，心理上的思考與發展，其中字義、詞義及句義各方面的修辭技巧之注意與掌握，其次一篇成功的作品，除了以上所敘及的寫作技巧外，更應注重結構、內涵及寓意之完美，如此方能顯示出其文意之高妙與超脫；一篇文章的寫作，若能求思想之充實，情感之真摯，結構、文字之圓妥，就一般情形而言已臻完善之境，故而綜觀自古以來各名篇傑作，無不具備以上各項內涵與要點！本小論大致本此一重心探討、比較與分析，並舉例詮證，以期在漢語文教育學習上更為具體與充實！

二　縝密的構思

　　在還沒有談到本文內容以前，首先讓我們來瞭解一下什麼是文章？就一般意義上而言，所謂文章它是反映客觀事物而組成的一種書面語言，而這種語言內容它是多面向且複雜的，也就是說它必須經過人的系統思維與組織之後而表達出來的。當然這是簡略地對「文章」是什麼？所作的一個簡單解釋，如果從我國古代文學理論的觀點或內涵上來詮釋「文章」的話，或許我們就要從最早的文學作品《詩經》來探討其精神意義了。例如：〈詩經・大雅蕩序〉中就說：「厲王無道，天下蕩蕩，無綱紀文章」，這裡的「無綱紀文章」是謂無治國法度，也就是所謂的禮樂法度。再而我們又發現在〈楚辭・

九章・橘頌〉中也有這樣的一段文字云:「青黃雜糅,文章爛兮」,
而在這裡的「文章」所指的是物理的斑斕花紋,進而引申為文采。
再而在《論語》中,孔子也提到「言之無文,行而不遠」以及「文
質彬彬,然後君子」,在這裡清楚地表示出了文采的意義了。由於我
們可以瞭解到「文章」一辭,在最早乃指禮樂法度,而後再引申為
文采,既然是「文采」,那當然是指已經過思維或組織完成篇章書面
語言,而這種書面語言,它雖然是在表達某語意,而它可能是偏於
質樸的,就如同古代的甲骨文或金文等,相對的也有偏於華麗的,
例如《詩經》或《楚辭》等,當一種書面語言發展到後代,由於生
活的變遷與需要,社會思想的提升與進步,語言型態自然多樣繁富,
故而文章的表述形式便朝向多元,其所表達之技巧也有了高低之
別?

　　然而在學校教學的課程上來說,對文章寫作指導及研究方面是
極為重要的,平時要介紹同學們如何去寫好一篇文章,在寫作上普
通要經過那些步驟與層次,材料的蒐集及組織構思等等,這對一位
搜索枯腸的初學寫作者而言,或許就有相當的啟發與助益了!我們
知道摯虞曾經在《文章流別》中說:「文章者,所以宣上下之象,明
人倫之敘,窮理盡性,以究萬物之宜者也。」;還有劉勰在《文心雕
龍》中也說:「文章之用,實經典枝條,五禮資之以成文,六典因之
致用,君臣所以炳煥,軍國所以昭明,詳其本源,莫非經典。」[1],
由以上所引的文字內容看來,便可以瞭解到文章除了是一種書面文
字之外,最主要是在宣上下之象,瞭解人倫之敘,其次是窮理盡性,
宣玄鬱之幽思,再而是探究天下萬物之神妙,故而於此作者所表達

[1]　劉勰:《文心雕龍》〈序志篇〉。

及綴裁而成的文章之重要性就可見一番了。

其實談到文章的寫作除了以上所敘的，它不僅僅是文字的綴織，而更重要的是在思想意義及內涵精神上的表達，然在這表達的過程中，它是必須要有眉目清楚，層次分明及深層的寓意，然就安排文章的層次來說，或許有的可以從提出問題，分析或解決問題的基本過程來考量，或有的可以按照空間或場景的轉換來處理，或有的可以就資料的性質之不同來思考布局，或者甚至有的由作者認知及感情的深淺變化來構思等等，當然一篇文章的完成任由作者個人的縝密的思考、布局、嚴謹安排之後，將它寫成一篇文字，這樣才能讓讀者清楚地瞭解到作者心中所要說的話，或所想的到底是什麼？

三　真情的表達

我們知道寫文章最大的目的是要把個人的想法觀念表達出來，以期能讓讀者清楚地瞭解到作者的心中意念，要表達個人的見解想法則需要明暢簡鍊的文字，誠摯的情感來說動對方，讓讀者產生共鳴，或因此認同支持及肯定你的看法，而在這裡就要考慮到情感的真與偽的不同了，所以顧炎武在《日知錄》中有云：

> 末世人情彌巧，文而不愻，故有朝賦采薇之篇，而夕赴偽廷之舉者。苟以其言取之，則車載魯連，斗量王蠋矣。曰：是不然，世有知言者出焉，則其人之真偽，即以其言辨之，而卒莫能逃也。黍離之大夫，始而搖搖，中而如噎，既而如醉。無可奈何而付之蒼天者，真也。汨羅之忠臣，言之重，辭之複，心煩意亂，而其詞不能以次者，真也。粟里之徵士，淡

> 然若忘於世，而感憤之懷，有時不能自止。而微見其情者，
> 真也。其汲汲於自表暴而為言者，偽也。[2]

從這段引文中，我們便可以明白什麼是真，又什麼是偽？寫文章原本是為表情達意，但所謂情與意要真情和真意，如果寫作離開了真實，文章的美質也就消失不在了！所以文章是最忌偽情，而偽情的結果將是矯揉造作，偽冒風雅，例如：沈三白在《浮生六記》〈坎坷記愁〉一章中記載其妻子生病的情形，云：

> ……自此相安度歲，至元宵，僅隔兩旬，而芸漸能起步，是夜觀龍燈於打麥場中，神情態度漸可復元，余乃心安……

沈三白寫其妻陳芸芝病情十分入微，毫無虛假，完全出自作者的關心及真情，所以感人就自然至深了！

又如，陶淵明所寫的「歸去來辭」一文，其中有云：

> 歸去來兮，田園將蕪，胡不歸！既自以心為形役，奚惆悵而獨悲？悟已往之不諫，知來者之可追。實迷途其未遠，覺今是而昨非。舟遙遙以輕揚，風飄飄而吹衣。問征夫以前路，恨晨光之熹微。乃瞻衡宇，載欣載奔。僮僕歡迎，稚子候門。三徑就荒，松菊猶存。攜幼入室，有酒盈樽。引壺觴以自酌，眄庭柯以怡顏。倚南窗以寄傲，審容膝之易安。園日涉以成趣，門雖設而常關。策扶老以流憩，時矯首而遐觀。雲無心以出岫，鳥倦飛而知還。

2　顧炎武《日知錄》「文辭欺人」條。

我們在讀這段文字時，作者他那不甘為五斗米折腰，無忮求，無悔恨之心意無不叫人感動，而這股力量自然是出自於作者感情的真誠的結果，故歐陽文忠公說：

> 「晉無文章，惟陶淵明歸去來辭而已」。除外李格非也說：「歸去來辭，沛然如肺腑中流出，殊不鑿見有斧痕」的原因就在此了！

其次，又如今人林覺民的「與妻訣別書」一文也一樣，其中有云：

> 吾至愛汝，即此愛汝一念，使吾勇於就死也。吾自遇汝以來，常願天下有情人都成眷屬；然遍地腥羶，滿街狼犬，稱心快意，幾家能夠？語云：「仁者老吾老以及人之老，幼吾幼以及人之幼。」吾充吾愛汝之心，助天下人愛其所愛，所以敢先汝而死，不顧汝也。汝體吾此心，於啼泣之餘，亦以天下人為念，當亦樂犧牲吾身與汝身之福利，為天下人謀永福也，汝其勿悲！

這段文字為作者在赴義前所寫的一封信，主要是跟他夫人陳意映女士訣別，勸請夫人體念他愛國愛民的心意，不要過份悲傷，並教養子女，將來能繼承其志向等，文章自始至終，文字樸實，感情真誠，所以能教人讀後感動至深！

由此我們可以說，至人皆蘊真情，要有真情而後才會有至文，這並非矯飾虛假可以達到的，於此我們例舉鄭板橋的「寄弟墨」一文來看看，其文云：

郝家莊有墓田一塊，價十二兩，先君曾欲買置，因有無主孤墳一座，必須刨去。先君曰：「嗟乎！豈有掘人之塚，以自立其塚者乎！」遂去之。但吾家不買，必有他人買者，此塚仍然不保。吾意欲致書郝表弟，問此地下落，若未售，則封去十二金，買以葬吾夫婦。即留此孤墳，以為牛眠一伴，刻石示子孫，永永不廢，豈非先君忠厚之義而又深之乎！

這段文字在初讀之下，給人的確有所謂老吾老以及人之老的那種心懷，不失為善心，倘若略加深讀之，則在字裡行間不免浮現一種教人覺得作者在感情上似乎不夠踏實純厚，再而如將它與陶淵明的文章相較的話，然鄭板橋的文章在本真自然的質性上卻不免有給人略遜一籌的感覺！

再而又如李笠翁在記喬姬之死的一段文字，云：

……凡人之死，未有不改形易貌，或出譫語，渠自抱疴至終，無一誕妄之詞，訣語亦無微不悉，死時面目，較生前姣好，含殮之物，悉經手檢目視，倩人盥櫛畢，乃終……

作者目睹愛姬病而去世，其中描述雖詳細入微，但若將其與前面的沈三白「坎坷記愁」及林覺民「與妻訣別書」相較的話，我們不難看出作者在感情的表達上似乎稍淺淡不夠堅實了！所以在文章前面我們一開始便肯定地說文章內容須真情，有純厚真誠的感情才能寫出動人的好作品，其主要的意義就在此了！

四　文章貴新與通變

　　在文章的寫作上來說，除了前面所談到的，在布局、結構及鍊意方面之外，再而就是在文章的立意必須要能力求創新，表達的技巧上要能求通變化，以期達到與眾不同的新境！然而要達到這樣的寫作層次，並非一蹴可至，在平時則是要下一番努力的，其實至於文章的求新變通這個論說上，在我國古代的文論批評中已有所敘及，比如漢代王充在《論衡》中就提到：

> 飾貌以彊類者失形，調辭以務似者失情，百夫之子，不同父
> 母，殊類而生，不必相似，各以所稟，自為佳好。[3]

　　在這裡王充提出了當寫作文章時要按各自的需要及特點去構思發揮，而不是相襲模擬，倘若如此，則將全為一個模樣，一個腔調，於是就看不出有什麼新意了！

　　其次，蕭子顯在《南齊書》中也說：

> 習玩為理，事久則瀆；在乎文章，彌患凡舊。若無新變，不
> 能代雄。[4]

　　同樣的在這裡蕭子顯也有同樣的看法，那就是在文章的寫作上最怕是彌患凡舊，如果在內容表達上不能有變化新意的話，那是不會有所發展的，同時更談不上發人深省或引人入勝的可能了；但是

---

[3]　王充：《論衡》〈自紀篇〉。
[4]　蕭子顯：《南齊書》卷三十三，文學。

在求新與通變的過程中，有一點我們不能忘記，那就是新是從舊中蛻變而來，如果沒有根本，新的基礎又要從那裏去著立呢？故而在這當中所敘及的新變，乃是指陳言之務去，也就是避雷同，脫窠臼，如此寫作才能翻出新的境界來！當然我們知道在論析或探討文章的寫作上，這應該說是一項客觀且努力去達到的目的或企求，其實文章寫作的求新與變通，主要是著重於揭示它的性質和意義；之外，還有一點必須注意的，那就是創作的法則可說是日新月異的，其內容不停地在充實與豐富著，倘若寫作文章的法則或規律不變的話，那麼文學本身的發展可能就會因而停滯和衰竭，關於這點，劉勰在《文心雕龍》中有云：

> 文律運周，日新其業。變則可久，通則不乏。 趨時必果，乘機無怯。望今制奇，參古定法。[5]

這個概念是很深刻的，若依照其中文字的內涵精神來看的話，劉勰提出了文章寫作須要求變化，推陳出新，方能創造出新的境界，作品才會有生命！同時這也點出了文學發展的根本特徵和規律性的問題，但若從客觀的立場來考察，論探文章的寫作，從這個基點去推敲發展的話，我覺得是一條寬廣的新途徑，然就歷代文章的發展而言，各朝代有各朝代的文風，其中每位名家均有其不同的寫作風格及表達技巧，而這無疑是以「變」的寫作風格來達到個人另一個新的風貌！

再而如果我從一個自然的現象來看，文章寫作的求新與求變，這應該是在反映事物的客觀要求，也可說是對我們周圍環境事物的

---

[5] 劉勰：《文心雕龍·通變》。

一種反映，當我們在寫作時大都是由於個人從觀物起興而後再經心理轉化而表達出來，所以劉勰在《文心雕龍》中，云：

> 春秋代序，陰陽慘舒，物色之動，心亦搖焉。[6]

這裡清楚地說明了當我們寫作時，在心裡上的一種不斷變化情形，當然這也強調了寫作中的一個基本概念，平時在我們四周的事物是不停地在變化的，而生存在這環境中的我們自然在思想感情方面也就受到了影響，隨之產生了變化，所以如果是一為感情豐富，又具寫作才慧的人，在此情狀下自然地就會激起一種寫作的意念或想法，故從個人的心理的觸動到意念的升起的過程中，它應是一個最先的原動力，因此我們可以說客觀事物之對個人的寫作上是有著相當大的影響的！

文章在寫作發展上必須求新求變，如此才能開展出文章的新生機，否則將是走老套，沿襲窠臼，最後成現出來的勢必是一種僵化毫無生命的文學；再進一步說，就文章學的發展方面，求新求變的應該是必須的，社會進步，人類知識水準提升，思想發達，所接觸的東西繁雜，而表達的內容相對的多樣；若再從讀者的角度來衡量，他們所要求的同樣趨向於新與變，這點是不可否認的事實，且都希望從他人的文章中獲得某種程度的教育或思想的啟發，假如一篇文章僅是一些陳言舊調，文意平凡，如此相信是很難得到大家的讚賞的。

然而我們平時在教授寫作時，面對學生當然首先要告訴大家多覽讀古代的名家作品，以期從中吸取精華，觀摩學習，這樣才會有

6　劉勰：《文心雕龍》〈物色篇〉。

基準，不會患了學習無本的毛病，在前文我們就提及新是從舊中來的，沒有過去也就不會有現在，因此我們要在已有的基礎上繼續求新求變，所以宋代葉適就說：

> 讀書不知接統緒，雖多無益。[7]

又，清劉開也說：

> （文章）非出於一人之心思才力為之，乃合千古之心思才力而出之者也。非盡百家之美，不能成一人之奇；非取法至高之境，不能開獨造之域。[8]

從以上所引的兩段文字考察看來，就可以瞭解到文章之寫作是須從前人的作品中觀摩學習，兼采眾長，然後再轉化求新，也就是要能「入」，也要能「出」，進而開展新的格局與境界，達到出類拔萃的地步！

五　善熟表達的技巧

文章在寫作的過程中除了必須注意章法結構、剪裁度句、立意的求新求變以及情感的真摯，這樣表達出來的文章才能感人之深、引人入勝，除此之外還有其中我們不可不注意的就是文字的表達技巧，比如要如何再寫人記事時表達得具體生動，又在狀物繪景時要怎樣地將形象鮮明地描述，再而如果我們在論抒情或說明事物時，

---

[7] 見葉適「贈薛子長文」。
[8] 見劉開「與阮芸台宮保論文書」。

怎樣才能表達得真切深刻、準確恰當等等，這些都與表達技巧有密切的關係，而在遣詞用語上，當然包括所謂音韻的調整、句式的變化、鍊字和用詞以及修辭技巧等方面！

文章在修辭上的得當與否，當然除了平時博覽群書之外，更重要的是學習與儲存，吸取精美的文句辭彙，作為以後寫文章的材料，如此才能多方面借鏡人家成功的寫作技巧，韓愈就曾經說過：「于古人之書，無所不學」，再加上他的才慧，所以才寫出如此高妙的文章作品，再而又如古人所說：

> 以我觀書，處處得益，以書博我，釋卷而茫然。[9]

這裡是指博覽群書，要能做到為我所用，也就是從觀書得益，以備構思寫作之需。

又如宋史中所載歐陽修學韓愈文章的情形說：

> 歐公僑城南李氏東園，得廢簏中韓文上、下冊讀之，苦志探索，使悟作文之法。[10]

從這段看來，其中所強調的主要是在學習和多研讀古人名篇，這樣除輔助及增進寫作材料外，更重要是觀摩古人在文字之應用與剪裁，融會變通，如此方能匯眾流以達高美之境！

談到文章寫作的技巧，就一般情形而言，或許可約略分為對比、襯托、渲染、象徵、移情、錘鍊與氣勢等各項，然而這幾項內涵，其實還是屬於文字修辭方面的，於是簡要地分說如下，予以反映客

---

[9] 見（清）周永年輯：《先正讀書訣》。
[10] 見（清）王葆心：《古文辭通義・識徒篇》。

觀事物的本質，而這種寫作方法，在應用方面相當的廣泛，不論是寫人物或記事、或是說理與抒情等都可以採用這種表達技巧。例如：

1　我們生在這個時代，有時人格的完整、思想的純正、學說的豐富、性情的善良，都算不得什麼，有這些共通點並不定可以做好朋友。（思果「寄不出的信」）

2　你的樂觀、你的豪放、不過是想掩飾你內心的空虛，你的熱情、你的勇敢，也不管是想藉以平衡自己的壓力。（王尚義「超人的悲劇」）

其次至於襯托方面，在寫作記敘性的文字中，其主要是在對人物的刻畫，從中表達出人物的個性感情思想等特徵，如此可以突顯文章內容的文藝氣氛，或表現組織的和諧，且可讓讀者讀後在心中產生共鳴與深刻記憶！

然而關於渲染這項，其實它在我們平時寫作時是普通應用到的，它猶如畫家在作畫時的繪畫手法一樣，在某些地方是該著色濃重，而在那些地方則是淡筆輕描，如此一來才能顯現出整個畫面的層次感及逼真現象，至於寫作也和這情形不相上下，一篇文章往往在必要的段落或章節上予以大筆渲染，這樣一來就可凸出作者想要強調的事與物，同時也可深化文章的內涵與主旨。

接著談到象徵和移情，首先就前者象徵而言，它可說是指「脫義於物」，也就是說已具體的事物來表示和它相同的或相近的概念，然在這象徵的概念中，有時含存了作者個人的某種思想或感情，再而在象徵的表現手法中，或許可能作者採取一種所謂的曲折或隱蔽的表達方式，或也可說是間接陳述而並非直接的指明，這種寫作技巧，往往也影射某種意義或作者內層心理的動念；而移情方面，這

是屬一種心理的感覺過程，在平時我可以用象徵的言語來使人心中的感情轉移，比如當我們欣賞大自然時，大地、山河以及風雲、星斗原來都是死板的東西，但是我們卻往往覺得它們有情感、有生命或有動作，而這種現象都可稱為移情[11]。例如：

1「天寒猶有傲霜枝」句中的「傲」。

2「雲破月來花弄影」句中的「弄」。

3「數峯清苦，商略黃昏雨」句中的「清苦」和「商略」等可以都說明以移情技巧表達出來最美的文意實例。

至於錘鍊和氣勢方面，就錘鍊兩字便很清楚地說明了有關文章在文字運用上的簡潔鍊達工夫問題，寫文章除了在結構層次上要分明，設意求高妙，其次就是注意修辭運用，如果能掌握修辭的表達技巧，自然就能清楚地把想要說的話表達明白，這樣文章內容就自然生動感人，文章不會產生含糊不清，拖泥帶水的現象！我們平時寫文章除了注意文意暢達外，卻不能不注意文章的整體性，表達思想要前後一貫，絕不可有所偏頗，頭重腳輕的情形。在這一貫的發展過程中，還有一點就是氣勢的貫達與韵節的審度也需注意，比如曾文正公就曾經說：

有氣則有勢，有識則有度，有情則有韵，有趣則有味，古人絕好文字，大約於此四者之中，必有所長。[12]

由這段文字，便可瞭解到文以理路勝者，聲勢必宏，且其必見

---

[11] 參見朱光潛：《文藝心理學》，臺灣開明版。

[12] 《曾文正公文集》。

聞廣博，志氣充沛，襟懷開豁，這樣所寫作出來的文章聲勢自然雄偉，反之，如果胸中天地狹窄，見識淺薄，自然無其氣勢，無其氣勢也就無其文氣！故而寫文章是要常常養氣的，如此方能創作出氣勢磅礡的作品！於是，就前面各項例舉與詮釋看來，想寫好一篇文章，平時的確要博覽群籍，吸收儲備，觀摩名家的作品及不斷練習及能善熟表達技巧，那麼要寫好一篇文章應該不是件難事了！

六 結論

探討文章的結構及表達技巧，這在語文教學訓練上來說是十分重要的，它是我漢語文學的一種最基本的認識與學習，社會多元、思想發達、學習範圍日趨廣泛，所以在這樣複雜的環境裡，我們腦中所認知或瞭解的漢語文的特性組織，大多已有了變化，這種變化或許我們可以稱它是被侵化後的語言文字，比如我們平時看到一些歐化或含存日本經驗的文句或造語，然而如果站在普通交流方面觀點而言，那或許可以接受，但是在此我們論析的是自己的語文教學研究，那就必須從純正的方向去探討，我在以上所論的大致上來說是從教學的立場分析和詮釋寫好一篇文章的簡要步驟，一位初學者，若能掌握以上這些基本認識的話，我想應該是可以寫好一篇文章的！談到寫作時須時時翻讀古人的名篇，觀摩考察，以增識見，然在這學期潛移默化下，相信也可轉化而指引提升個人的人格修養與高尚的情操，進而成就一具富深厚文化意識的學者，另外如果從良好的寫作訓練，藉此而能默化一個人的內在超越，格局寬大，這樣對語文教育的努力上來說，這未嘗不是一項深具意義的事情了！

傳統民居建築雕飾意象試探
—— 以林安泰古厝為考察對象

黃淑貞

慈濟大學東方語文學系助理教授

摘要

　　雕飾，作為中國傳統民居建築之構築元素，重視局部雕鑿趣味，單體造形變化多樣，對創造建築美有著不可忽視之作用。中國人又喜融入思想、信仰、習俗及審美觀，賦予各種象徵意。「意象」具有「符號」之一切特性，故「意」之於「象」，正是藝術的「意味」及其「形式」，具象徵性關係，為藝術美學的法則之一。本篇論文即從意象理論出發，以林安泰古厝為主要考察對象，先從「事象」、「物象」探討建築雕飾意象之形成及其表現；次從「單一意象」、「複合意象」探討建築雕飾意象之組織，及其經由多種意義的連結所形成之象徵意；繼而從「圖象性」、「指示性」、「象徵性」等手法，探討建築雕飾意象之統合，揭示各種主題之核心意圖。

關鍵詞：雕飾、意象、林安泰古厝、圖象、指示、象徵

一　前言

作為中國傳統美學範疇骨架之「意象」理論，其源頭可上溯至
《老子》之有無思想與《周易》之象意概念。「意」與「象」所構成
的「意義」與「表現」，正是藝術的「意味」及其「形式」；因此，「意」
之於「象」，實具象徵性關係。[1]此種以小見大、以一總萬之象徵性，
也正是藝術美學的法則之一。[2]

漢寶德《中國的建築與文化》的研究指出，以禮制為代表的「人
本精神」，除了表現在空間秩序與和諧，也表現在明確的感官主義精
神上；自建築的審美觀來看，即講求精雕細鑿、雕梁畫棟。中國人
又喜歡幸福、圓滿、長壽，所以建築上布滿這些象徵。[3]徐明福《台
灣傳統民宅及其地方性史料之研究》也指出除了實用性意義，建築
也具有象徵意義，它不僅表達在建築內部空間組織上，同時也表達
在避邪性裝飾物等構築元素上。[4]

裝飾，作為建築物的有機組成部分，重視局部雕鑿趣味，單體
造形變化多樣，對創造建築美有著不可忽視的作用，如同讀一首詩，
引人在遐想中跳躍。[5]臺北市現存年代最久遠、保存最完整、作工最

---

[1]　陳望衡：《中國古典美學史》（長沙市：湖南教育出版社，1998 年 8 月 1 刷），
　　頁 13～21。

[2]　姚一葦：《戲劇原理》（臺北市：書林出版公司，1992 年 2 月），頁 120～123。

[3]　漢寶德：《中國的建築與文化》（臺北市：聯經出版事業公司，2004 年 9 月初版），
　　頁 22～25。

[4]　徐明福：《台灣傳統民宅及其地方性史料之研究》（臺北市：胡氏圖書出版社，1993
　　年第 3 版），頁 8～10。

[5]　王其鈞：《中國傳統民居建築》（香港：三聯書店，1993 年 3 月初版 1 刷），頁
　　31。

精緻的傳統民宅林安泰古厝（成於 1822～1823），[6]李重耀《林安泰古厝拆遷計劃：中國閩南建築之個案研究》指其擁有相當財力，社會地位高，加上當時官府管制較鬆，常仿官衙形式，因而在選材、圖案設計與雕刻技巧上別具心裁，每一細部構件皆為上乘之作，堪譽為北市做工最細膩精緻的傳統民宅。[7]「意象」具有「符號」之一切特性，「自足性」、「模糊性」或「不確定性」等，又構成意象的多義性、寬泛性與豐富性，留給讀者無限創造餘地；[8]故本篇論文試從意象理論出發，以林安泰古厝為主要考察對象，探討傳統民居建築雕飾意象之內涵。

二　意象理論述要

　　西方的「意象」（image）一詞，原為心理學名詞，如韋勒克（René Wellek）、華倫（Austin Warren）《文學論》即稱之為「過去的感覺或已被知解的經驗在心靈上再生或記憶」之「心靈現象」。[9]後為文學批評援引，應用於藝術、文學上，指以各種藝術的媒介所表現的心理上之圖畫。但它偏指「象」一物，與王弼所謂的「意生象」分指

6　林安泰古厝在當時是臺北盆地首屈一指的合院建築。馬以工：《尋找老臺灣》（臺北市：時報文化出版公司，1988 年 4 月 2 版 1 刷），頁 93～94。

7　李重耀：《林安泰古厝拆遷計劃：中國閩南建築之個案研究》（臺北市：詹氏書局，1991 年 2 月初版），頁 100；王鎮華：《中國建築備忘錄》（臺北市：時報文化出版公司，1984 年 9 月 2 版），頁 11。

8　吳曉：《詩歌與人生‧意象符號與情感空間》（臺北市：書林出版社，1995 年 3 月），頁 4～29。

9　韋勒克（René Wellek）、華倫（Austin Warren）著，王夢鷗、許國衡譯：《文學論》（臺北市：志文出版社，1987 年 12 月再版），頁 303。

「意」、「象」二物，略有出入。[10]

做為中國文學批評的「意象」的源頭，可上溯至《老子》與《易傳》。如《老子‧二十一章》：「道之為物，惟恍惟惚。惚兮恍兮，其中有象。」出現了「象」的範疇。《周易‧繫辭上》：「聖人立象以盡意，設卦以盡情偽，繫辭焉以盡其言。」又〈繫辭下〉：「古者庖犧氏之王天下也，仰則觀象於天，俯則觀法於地，觀鳥獸之文與地之宜。」有了「立象以盡意」、「觀物以取象」兩個命題。於是意象學逐漸成為中國美學的中心範疇。[11]

其後，虞摯〈文章流別論〉、陸機〈文賦〉，以及最早標舉「意象」美學概念的劉勰《文心雕龍‧神思》，指明詩歌創作中的「形」與「情」的鍾嶸《詩品‧序》，提出「詩有三格」的王昌齡《詩格》、與窺見「內意」（主觀）和「外象」（客觀）關係的白居易《金針詩格》；更有總結前人積累的藝術經驗及理論成果，把「物象」與「心意」聯繫起來的司空圖《二十四詩品》。乃至後來梅聖俞《續金針詩格》、王廷相〈與郭價夫學士論詩書〉、沈德潛《說詩晬語》、方東樹《昭昧詹言》等，對「意象」都有一脈的繼承與發展。[12]

《易傳》以充滿秩序、變化規律的卦爻之「象」，來表達對流動不居的事物之吉凶判斷、預測與憂患之「意」；故「意」之於「象」，實是符號的「所指」之於其「能指」，包孕著一種極為重要的本體論（「意」）與方法論（「象」）意義，包孕著「心」與「物」、「主」與

---

[10] 張漢良：《比較文學理論與實踐》（臺北市：東大圖書公司，1986年2月初版），頁360～370。

[11] 葉朗：《中國美學的發端》（臺北市：金楓出版公司，1987年7月初版），頁93。

[12] 李元洛：《詩美學》（臺北市：東大圖書公司，1990年2月初版），頁161～209。其他，陳望衡《中國古典美學史》、葉朗《中國美學的發端》、袁行霈《中國詩歌藝術研究》等，也多所論述。

「客」、一般普遍性（哲理的）與具體個別性（形象的）之象徵性關係。它是抽象主觀之「意」與具體客觀之「象」，在語文中的和諧交融、辯證統一，具體展現了審美主體在認識、把握世界的過程中之心理活動規律；故它可由哲學過渡到藝術美學。[13]如章學誠《文史通義‧易教下》：

> 象之所包廣矣，非徒《易》而已，《六藝》莫不兼之；蓋道體之將形而未顯著也。雎鳩之於好逑，樛木之於貞淑，甚而熊蛇之於男女，象之通於《詩》也，……故道不可見，人求道而恍若有見者，皆其象也。[14]

「好逑」、「貞淑」之「意」，抽象而難以把握，必經「雎鳩」、「樛木」之「象」，故「象」之所包，《六藝》莫不兼之。故比興、興象、形神、氣韻、神韻、意境等傳統美學範疇，可說皆是建構在「意象」之骨架上。

陳慶輝《中國詩學》的研究指出，「意象」一詞，一指意中之象，如劉勰《文心雕龍‧神思》：「獨照之匠，窺意象而運斤。」二指意與象，如何景明〈與李空同論詩書〉：「意象應曰合，意象乖曰離。」三指客觀景象，如姜夔〈念奴嬌序〉：「予與二三友曰盪舟其間，薄荷花而飲。意象幽閑，不類人間。」四指作品中的形象，如方東樹《昭昧詹言》：「意象大小遠近，皆令逼真。」[15]

---

[13] 葉太平：《中國文學之美學精神》（臺北市：水牛圖書出版公司，1998 年 7 月初版），頁 305～328。

[14] 〔清〕章學誠撰、〔民國〕葉瑛校注《文史通義》（臺北市：頂淵文化事業公司，2000 年 9 月初版 1 刷），頁 18。

[15] 陳慶輝：《中國詩學》（臺北市：文史哲出版社，1994 年 12 月初版），頁 62

由此可知,「意象」實有個別與整體、狹義與廣義之分。由若干「個別意象」構成的整體,就是「整體意象」;構成「整體意象」的若干局部,就是「個別意象」。廣義者指全篇,屬於整體,可析為「意」與「象」;狹義者,指個別之意象,大都用其偏義,往往合「意」、「象」為一來稱呼。[16]陳滿銘〈從意象看辭章之內容成分〉更進一步指出,它主要包含「情」、「理」、「事」、「物(景)」四種內容成分。其中,具體材料之「事象」、「物(景)象」,為「象」;核心之「情」、「理」,為「意」。

任何藝術作品,皆是結合「形象思維」、「邏輯思維」與「綜合思維」而成。探討「意」與「象」之形成及其表現者,屬「形象思維」範疇。「意象」之組織,與「邏輯思維」有關,主要由概念之排列、組合來探討「意象」。「意」與「象」之統合,則屬「綜合思維」。因為任何藝術作品所欲傳達的「情、理」是最核心之「意」,而「風格」則是以「情、理」統合各「意象」之形成、表現與「意象」之排列、組合,所產生的一種抽象力量。因此,任何藝術作品皆可以廣義之「意象」,將其主要內涵「一以貫之」,進而探討其運用。[17]

---

[16] 陳滿銘:《意象學廣論》(臺北市:萬卷樓圖書公司,2006 年 11 月),頁 24~25。

[17] 陳滿銘:〈從意象看辭章之內容成分〉,《國文天地》19 卷 8 期(2004 年 1 月),頁 95。

三　建築雕飾意象之形成與表現

　　林安泰古厝為磚、石、木、土埆之混合構造，[18]其構造又可再分為大木造作、石雕、土磚和瓦、細木雕刻及門窗等部分。建築雕飾最常出現的部位，為臺基、鋪面、門、磚石窗、門枕石、櫃臺腳、水車堵、柱、樑、柱礎，及槅扇、屏門、花罩、神龕、匾聯、家具等內外檐裝修。因受儒家禮制思想影響，以位於中軸線上的「堂」（正廳）及垂花門廳，擁有最佳之材質與最繁麗之雕飾，以表尊貴之意。其次，才是中軸線兩側的廂房、跨院書齋、廚房雜屋等。

　　雕飾的材料，主要為木材、石材、泥塑、剪黏等。磚、木雕技法與石雕相似，《營造法式》歸納為「剔地起突」、「壓地隱起」、「減地平鈒」、「素平」四種。[19]以灰泥塑形而表面上漆的「泥塑」，常見於水車堵、身堵或山牆上的懸魚、磬牌等。閩南傳統建築中耀眼、特有的「剪黏」，形式活潑，風格獨特。古厝原有的彩繪，可惜年久湮滅，難窺原貌。[20]

　　創作之道，貴有原料。凡「人事之陰陽、善惡、窮通、常變、悲愉、歌泣」等「事象」，或「天地、風雲、日星、河嶽、草木、禽

---

[18]　李重耀：《林安泰古厝拆遷計劃——中國閩南建築之個案研究》，頁98。

[19]　「素平」屬陰紋線刻，在平整石面上雕線條紋飾。「減地平鈒」，將紋飾以外的背景鑿去淺淺一層，以顯露主題，又稱「平雕」或「平浮雕」。「壓地隱起」為「淺浮雕」，鑿去題材以外的背景，但各部分的最高點仍處於同一平面。「剔地起突」是「高浮雕」，將背景深深鑿去以凸出主體。樓慶西：《中國傳統建築裝飾》（臺北市：南天書局，1998年7月初版1刷），頁106。

[20]　林春暉：《台灣傳統建築之美》（臺北市：光復書局，1993年3月2刷），頁54～58。本文旨在雕飾意象的探討，故有關材質、技法等議題，略而不言。

獸、蟲魚、花石之高曠、夷險、清明、黲露、奇麗、詭譎，一切可喜可駭之狀」[21]等「物象」，皆可成創作的材料。因此，若要探討「意象」之形成與表現，實可從「事象」、「物象」這兩方面著手。

（一）就物象而言

傳統民居重視局部雕琢趣味，也追求整體的樸實淡雅，故僅做適當的裝飾，其中以「自然性」、「人工性」雕飾物象最常見。[22]若就林安泰古厝而言，去除模糊難辨者，常見的「自然性」物象，主要有松、竹、牡丹、梅、茶、蓮、靈芝、佛手、桃子、石榴等植物類；鵲鳥、蝙蝠、馬、羊等一般動物類，及虁龍、鳳、虎、獅、鶴、鹿等神靈瑞獸。「人工性」物材，則有器物類、文字類、抽象圖紋類等。在以農、漁業生活為主的年代，這些寓有吉祥意的走獸、飛禽、植物等題材，是對現實生活的反映，也是對富足安康的期盼。

1　植物類

松，為百木之長，木質堅實，謝朓〈高松賦〉形容其「脩幹垂蔭，喬柯飛穎」，「豈雕貞於寒暮，不受令於霜威」。劉楨〈贈從弟〉也贊美「亭亭山上松」，「風霜正慘悽，終歲恆端正。豈不羅霜雪，

---

[21] 方東樹：《攷槃集文錄》卷六，收入《續修四庫全書》（上海市：上海古籍出版社，1995 年），頁 30。

[22] 陳佳君《辭章意象形成論》的研究指出：物象可分為有「自然性」、「人工性」、「角色性人物」。自然性物類，有植物、動物、氣候、時節、天文、地理等區別。人工性物類，可分為人體、器物、飲食、建築等。「角色性人物」，是指社會生活中各種人的表象、形象與其思想、性情，與審美主體的情志相融合而形成的意象，有群類與個別之分（臺北市：臺灣師大國研所博士論文，2004 年 6 月，頁 146～177）。民居較少見「角色性人物」，多以仙人為主。

松柏有本性」。明君子之奇節，又協幽人之雅趣，更被賦予延年益壽、長青不老之吉祥意。[23]

　　竹，是自《詩經》以來常見的主題。〈衛風‧淇奧〉[24]以綠竹的美而盛，喻武公美好的質德。唐、白居易〈養竹記〉[25]稱竹具有「本固」、「性直」、「心空」、「節貞」四種特質，君子見而效其「樹德」、「立身」、「體道」、「立志」。又諧音「祝」，因此建築多愛以竹來裝飾門窗。

　　李時珍《本草綱目》：「群花品中，以牡丹第一，芍藥第二，故世謂牡丹為花王。」[26]唐宋時，已被視為「物瑞」。「花開時，士庶競為游遨，往往於古寺廢宅有池臺處，為市井張幄幕，笙歌之聲相聞」（歐陽脩〈洛陽牡丹記〉）。深受世人喜愛，又是富貴的象徵，在建築雕飾中佔有相當重要的位置。

　　梅以韻勝，以格高，又具有「四德」、「四貴」[27]，引得歷代文人為它留下〈尋梅〉、〈探梅〉、〈夢梅〉、〈憶梅〉、〈題梅〉、〈折梅〉、〈嗅梅〉、〈浴梅〉、〈惜梅〉、〈乞梅〉等吟咏。「不要人誇好顏色，只留清

---

[23] 程兆熊：《論中國庭園設計‧下》（臺北市：明文書局，1984 年 5 月初版），頁 670～671。

[24] 〈衛風‧淇奧〉：「瞻彼淇奧，綠竹猗猗。有匪君子，如切如磋，如琢如磨。瞻彼淇奧，綠竹青青。有匪君子，充耳琇瑩。會弁如星。瞻彼淇奧，綠竹如簀。有匪君子，如金如錫，如圭如璧。」

[25] 白居易〈養竹記〉：「竹似賢，何哉？竹本固，固以樹德；君子見其本，則思善建不拔者。竹性直，直以立身；君子見其性，則思中立不倚者。竹心空，空以體道；君子見其心，則思應用虛者。竹節貞，貞以立志；君子見其節，則思砥礪名行，夷險一致者。」

[26] 〔明〕李時珍：《本草綱目》（北京市：人民衛生出版社，2003 年 3 月 1 版 12 刷），頁 852。

[27] 《廣群芳譜》：「梅具四德：初生蕊為元，開花為亨，結子為利，成熟為貞。梅有四貴：貴稀不貴繁，貴老不貴嫩，貴瘦不貴肥，貴含不貴開。」

氣滿乾坤」（王冕〈墨梅〉）。正是這一股清氣，成為常見的雕飾題材（見圖一）。[28]

李時珍《本草綱目》：「蓮產於淤泥，而不為泥染；居於水中，而不為水沒。根莖花實，凡品難同；清淨濟用，群美兼得」，「薏藏生意，藕復萌芽；展轉生生，造化不息。故釋氏用為引譬，妙理具存」[29]，與佛教有著密切關係。周敦頤〈愛蓮說〉又形容其為「花之君子者也」，兼融儒家修身用世的思想。

「菊春生夏茂，秋花冬實，備受四氣，飽經露霜，葉枯不落，花槁不零」[30]。周敦頤稱它為「花之隱逸者」，是陶淵明的化身，具「幽人逸士之操」（范成大《石湖菊譜》）。又稱為長壽花，《神農本草經》記載「久服利血氣，輕身、耐老、延年」[31]，寓益壽延年之意。

曾裘甫〈山茶〉：「惟有山茶殊耐久，獨能深月占春風。」楊萬里〈山茶〉：「春早橫招桃李妬，歲寒不受雪霜侵。」直指茶花有耐冬、長青、報春等特點。[32]鄧直指〈山茶百韻詩〉更稱為「十德花」，具「十絕」[33]。

晉成公〈綏木蘭賦〉：「覽眾樹之列植，嘉木蘭之殊觀」，「諒抗

28　程兆熊：《論中國庭園設計・下》，頁 50～51。

29　李時珍：《本草綱目》，頁 1894。

30　〔明〕李時珍：《本草綱目》，頁 1783。

31　〔魏〕吳晉等：《神農本草經》（臺北市：臺灣中華書局，1966 年 3 月臺一版），頁 11。

32　喬繼堂《吉祥物在中國》（臺北市：百觀出版社，1993 年 2 月初版），頁 174～175。

33　鄧直指〈山茶百韻詩〉：「山茶花有十絕，一是豔而不妖；二為壽數百年猶如新植；三是枝幹可竄天高，大可合抱；四是樹膚紋路蒼潤，神若古雲氣樽罍；五是枝條蒼勁糾結，狀若鹿尾龍形；六是蟠根輪囷離奇，可憑而几，可藉而枕；七是豐葉深沉如幄；八是性耐霜雪，四時長青；九是次第開放，歷時二、三月，妝點大地生動如繪；十可水養瓶中，歷十數日而豔色不改。」

節而矯時，獨滋茂而不雕」[34]。花香，姿美，又具風骨；故《漢書‧揚雄傳》：「翠玉樹之青蔥兮」，《晉書‧謝玄傳》：「譬如芝蘭玉樹，欲使其生於庭階耳」，杜甫〈飲中八仙歌〉：「皎如玉樹臨風前」等，皆以「芝蘭玉樹」喻人才之美（見圖二）。

　　《說文》：「芝，神芝也。」[35]漢郊祀歌〈靈芝歌〉：「因靈寢兮產靈芝，象三德兮瑞應圖。延壽命兮光此都，配上帝兮象太微，參日月兮揚光輝。」被視為延年益壽的吉祥物，更具君子仁德。畫像磚、壁畫、繪畫、雕飾、器物造型中，擔任填補空缺、陪襯角色，增添吉祥意（見圖三）。[36]

　　佛手，俗稱佛手柑，其形如人手。《花鏡》形容「雖味短而香味最久，置之室內笥中，其香不散」。又諧音「福」，為吉祥的象徵。常單獨出現，寓意「福氣」；或與桃、石榴，組成「華封三祝」，象徵「多壽」、「多福」、「多子孫」（見圖四）。石榴的「石」與「世」諧音，「花赤可愛，故人多植之」，「種極易息，折其條盤土中便生」[37]，因而有家族興旺、世代相襲之意。[38]

2　動物類

　　鴲，指小型的鳥，常出現在象徵時序的花卉圖紋中，以增添生

---

[34]　〔唐〕歐陽詢：《藝文類聚》（京都：株式會社中文出版社，1980 年 12 月再版），頁 1546。

[35]　〔漢〕許慎撰、〔清〕段玉裁注：《說文解字注》（臺北市：黎明文化公司，1998 年 12 刷），頁 22。

[36]　喬繼堂：《吉祥物在中國》，頁 181～183。

[37]　〔明〕李時珍：《本草綱目》，頁 931。

[38]　傅聖明：《桃園新屋鄉范姜老屋群之裝飾藝術研究》（臺北市：臺北市立師範學院視覺藝術研究所碩士論文，2002 年），頁 76。

氣。《西京雜記》:「乾鵲噪而行人至,蜘蛛集而百事喜。」[39]聞鵲聲
則得喜兆,常與梅花搭配,取其「喜」之諧音,帶有幸福、美好的
象徵意(見圖三)。

「蝠」與「福」諧音,「全壽富貴之謂福」(《韓非子・解老》),
而「壽、富、多男子,人之所欲也」(《莊子・天地》)。《抱朴子》又
記載得蝙蝠而食,可「令人壽萬歲」,甚且使人成神仙,所以壁堵上
隨處可見,經藝術加工後的形象也大為美化(見圖二)。

蝴蝶,是最常見的昆蟲類。「蝴」、「福」音諧,有福運之意。《禮
記》:「七十曰耄,八十曰耋。」「蝶」、「耋」音同,又被賦予長壽的
象徵;故常見或取「福」之寓意而單獨使用,或與牡丹形成「富貴
長壽」的組合。

古人常以駿馬比喻賢才,《瑞應圖》中有玉馬、騰黃、吉光、乘
黃、騕褭、飛兔、駃蹄、龍馬等記載,唯有王者「清明尊賢」、「順
時而制事,因時而治道」、「德御四方」[40]時,仁德神獸才會出現。本
身又寓意「馬到成功」,故是走獸中最常見的題材(見圖五)。

「能高能下,能小能巨,能幽能明,能短能長,淵深是藏,敷
和其光」[41]的龍,作為最古老的原始圖騰之一,經過幾千年的繁衍,
其文化內涵早已超出圖騰崇拜、祈福納祥之意。[42]在民居建築雕飾
中,與龍相關的瑞獸,如以「蛟,龍屬無角」、「虯,龍無角者」、「無

---

[39] 曹東海注譯:《西京雜記》(臺北市:三民書局,1995 年 8 月初版),頁 140。

[40] 〔唐〕歐陽詢:《藝文類聚》,頁 1714。

[41] 〔清〕王念孫:《廣雅疏證》(濟南市:山東友誼書社,1991 年 10 月 1 刷),頁 1485。

[42] 楊學芹:《雕風塑韻》(石家庄市:河北少年兒童出版社,1995 年 12 月 1 刷),頁 195。

角曰螭」[43]等螭龍、夔龍為題材的「螭虎窗」、「螭虎爐堵」、「螭虎吞腳」系列（見圖六），也皆象徵尊崇與富貴，取其防護、鎮惡、避邪、祥瑞之意。[44]

《山海經·南山經》：「有鳥焉，其狀如鷄，五采而文，名曰鳳皇，首文曰德，翼文曰義，背文曰禮，膺文曰仁，腹紋曰信。是鳥也，飲食自然，自歌自舞，見則天下安寧。」[45]其德、義、禮、仁、信等五彩文的鳳凰，與龍一樣，都是揉合眾多動物的特點想像而來的神鳥，為祥瑞、聖者的象徵。也是道家仙人的坐騎，「西王母乘鳳之輦而來」（《拾遺記》），引為吉祥的裝飾題材。

《宋書·符瑞中》：「麒麟者，仁獸也。」「含仁而戴義。音中鍾呂，步中規矩。不踐生虫，不折生草。不食不義，不飲洿池。不入坑穽，不行羅網。明王動靜，有儀則見。」[46]為五靈之長，象徵仁慈與吉祥。《國風·周南·麟之趾》又有「麟趾」之說，祝賀子孫賢慧。

獅，威武勇猛，為百獸之長。「佛為人中獅子，凡所坐若床若地，皆名獅子座。」（《智渡論》）受佛教影響，被視為護法靈獸，進而與民間信仰、習俗融合，被賦與守護、辟邪、招祥、納福之意，大量運用於建築裝飾裡。多出現在過水的墀頭，肩負屋角承重及驅避邪祟的功能。[47]

---

[43] 〔漢〕許慎撰、〔清〕段玉裁注：《說文解字注》，頁670。

[44] 姚村雄：《臺灣廟宇石雕裝飾之研究》（臺北市：臺灣師大美術研究所碩士論文，1991年6月），頁84。

[45] 楊錫彭注譯：《山海經》（臺北市：三民書局，2008年9月初版5刷），頁13。

[46] 〔梁〕沈約等：《宋書·卷二十八·符瑞中》（臺北市：臺灣中華書局，1971年12月臺2版），頁1。

[47] 陳炳榮：《金門風獅爺》（臺北市：稻田出版公司，1996年7月1版1刷），頁20～26。

鶴，有「一品鳥」之稱，喻修身潔行、有時譽的賢能之士。《宋
史》記載「鐵面御史」趙抃，剛直清廉，常以一琴一鶴自隨。《淮南
子・說林訓》：「鶴壽千歲，以極其游。」[48]《相鶴經》稱其「壽不可
量」，在傳統觀念中，喜其造型之美，也取其長壽意。

「天鹿者，純靈之獸也。五色光耀，洞明王者，道備則至。」[49]
也是長壽的仁獸。「鹿」、「祿」音通，為民間「福、祿、壽、喜、財」
五福之一，兼含「官祿」義，表達人民對加冠晉祿、富貴吉祥的祈
求（見圖三）。

3　人工性物材類

人工性物材，可大分為「器物」、「文字」、「抽象圖紋」等三類。[50]
「器物類」，又有「日用器物」、「宗教法器」之分。「日用器物」，包
括文房器具及居家擺設。琴、棋、書、畫、箏、筆筒、毛筆、香爐、
官印等，屬於文房器具，反映人們對雅緻、富裕及書香生活的嚮往
之情（見圖七）。瓶、几案、博古架、如意等，為最常見的居家擺飾。
瓶與几案，諧音「平安」，常與花卉主題一起出現。博古架又稱百寶
架，擺設收藏具有吉祥意的寶物。如意的名稱本身，寓「心想事成」
意，「或背脊有癢，手不到，用以爬搔，如人之意」（清、歷荃《事
物異名錄》），運用廣泛。

「宗教法器」，指與宗教故事及宗教儀式有關的器物。「暗八仙」
也稱「暗八寶」，指八仙手持的法器：葫蘆、還魂扇、魚鼓、荷花（或
靈芝）、花籃、寶劍（或拂塵）、簫（或橫笛）及陰陽板，具辟邪、

48　張雙棣：《淮南子校釋》（北京市：北京大學出版社，1997 年 8 月 1 版），頁 1805。
49　〔梁〕沈約等：《宋書・卷二十九・符瑞下》，頁 22。
50　姚村雄：《臺灣廟宇石雕裝飾之研究》，頁 92〜97。

納福功能，常個別出現在門框、窗框、匾額框、柱礎、或通隨等部位，作陪襯用（見圖八）。[51]佛家八寶，指佛教中的法螺（寶螺）、法輪（寶輪）、寶傘（勝利幢）、白蓋（華蓋）、蓮花、寶瓶、金魚（雙魚）、盤長（吉祥結）等八種具有法力的法器，表現佛教吉祥觀。[52]道教的「雜八寶」，種類繁多（珠、錢、磬、祥雲、方勝、犀角杯、書、畫、紅葉、艾草、蕉葉、鼎、靈芝、元寶、錠、羽扇等），隨意選取八種組合，祈求幸福吉祥。[53]

「文字類」，依其性質、意義，可分為「頌德教化」的書法式文字、「祈福納祥」的圖案化文字兩類。

藉文字以豐富空間情調，是中國建築的特色，「頌德教化」的書法文字，以碑、匾、聯為主，多出現於門楣、壽梁、枋梁及柱子、門框、堵壁上，其功能不外正名（堂號）、詮釋、紀念（頌恩）、頌恩、教化、詩情、吉祥、祈願。如林安泰古厝祖先神龕對聯：「安且吉兮一經教子開堂構、泰而昌矣九牧傳家衍甲科」，上院第一對聯：「安心立業士農工商各安職份、泰爻叶吉陰陽上下交泰亨通」，上院第二對聯：「安而能慮克勤克儉為至業、泰則不驕善讀善耕是良親」，上院前柱聯：「一年四季皆如意、萬紫千紅總是春」，下院正門柱聯：「安宅惟仁知其所止、泰階有道奠胖攸君」，下院廳口柱聯：「安宅廣居仁心昭著、泰和保合乾道利貞」，下院兩扇門聯：「安居成樂業、泰運慶良宸」，即屬此類。它多以文學形式的轉化出現，兼及書法造

---

[51] 李蒼彥：《中國吉祥圖案》（臺北市：南天書局，1988 年 3 月初版），頁 41；林世超：《澎湖地方傳統民宅裝飾藝術》（馬公市：澎湖縣立文化中心，1999 年 8 月初版），頁 63。

[52] 莊伯和：《台灣民間吉祥圖案》（臺北市：國立傳統藝術中心籌備處，2002 年 12 月初版），頁 96～97。

[53] 李蒼彥：《中國吉祥圖案》，頁 45；莊伯和：《台灣民間吉祥圖案》，頁 97～99。

型及藝術變化。[54]

　　「祈福納祥」的圖案文字，又有「單字圖案化的表意文字」與「抽象化的圖案裝飾文字」之分。單字圖案化的表意文字，藉由字體的造型變化以產生裝飾效果，但仍保有原來的意義，以圓形、方形最常見。圓形者，又稱「團字」，其形式本身即已傳達圓滿之意。[55]方形者，如安泰古厝正廳神龕下方、垂花門廳正門上，以夔龍盤成「福」、「祿」、「壽」、「全」，及「福」、「祿」等字即是。

　　抽象化的圖案裝飾文字，以整體的呈現為主，它在視覺上的裝飾效果，已超過內容上的象徵意義。單獨的圖案裝飾，以「卍」字最常見（見圖九）。唐、慧苑《華嚴經音義》：「卍本非漢字，周長壽二年，權制此文，音之為萬，謂吉祥萬德之所集也。」「卍」，既得「萬」音，又有吉祥意，自是裝飾中重要的內容。[56]

　　「抽象圖紋」，又分植物圖紋、動物圖紋、幾何圖紋等。抽象植物圖紋，由具象的花草植物形象抽象、簡化而來，以「蔓草」圖案最常見（見圖十）。波狀、捲曲、蔓延的蔓草，律動優美，多作為主要紋飾之搭配、背景之填補，或作為邊框、收頭之用。其原形，包括常春藤、忍冬、爬山虎、凌霄、葡萄、水藻、西番蓮、捲草、大葉草、蓮瓣紋等藤蘿植物。凌冬不凋，向上攀爬，加上「蔓」諧音「萬」，「蔓帶」寓意「萬代」，成為生命旺盛、綿延不斷的吉祥象徵。[57]

　　抽象動物圖紋，主要來自動物形象的簡化，或採動物的部分特

---

[54] 姚村雄：《臺灣廟宇石雕裝飾之研究》，頁 98～100。

[55] 野崎誠近：《中國吉祥圖案》（臺北市：眾文圖書公司，1984 年 4 月 1 版 4 刷），頁 411。

[56] 樓慶西：《中國傳統建築裝飾》，頁 63。

[57] 姚村雄：《臺灣廟宇石雕裝飾之研究》，頁 89～91；林世超：《澎湖地方傳統民宅裝飾藝術》，頁 97～99。

徵予以抽象而成。前者如拐子龍系列的螭虎（夔龍），後者以龜殼紋為代表。

《說文》：「螭，若龍而黃。」[58]一般匠師雖稱「拐子龍」為「螭虎」，實是龍的一種，常作首尾相連的連鎖狀，寓意「長久不斷」。[59]依構造的方式，分為「軟團」及「硬團」。「硬團」屈曲轉折呈直角（回紋），接近幾何直線圖形；「軟團」曲線轉折柔和，圖案較接近寫實。林安泰古厝素以螭虎雕刻數量多且精而聞名，如「腰華板」雙螭交尾纏繞對稱，作法多樣，造型多變（見圖六）。垂花門廳及正廳，六隻夔龍圍成鼎爐狀（寶瓶狀）的「螭虎團爐窗」，象徵「驅邪避祟」、「平安納福」。櫃臺腳部位，則以「螭虎吞腳」形式出現。[60]

幾何圖紋，是人類對客觀事物的深刻觀察、理解與體會，在最基本的「點」、「線」素材上，通過集中、概括等藝術加工而來。主要來源有二：一是人類的創造，二是人類觀察大自然後加以簡化的結果。前者類型較少，如八卦、方勝；後者類型較多，如回紋、水雲、雲紋等。[61]

回紋，由陶器或青銅器上的雷紋演化而來，可單體，可連續，轉折自由，富變化性，常作為主要圖案的邊框雕飾。水紋，以波浪曲線變化為主，多作為水族類或與水相關題材的背景。在佛道思想的影響下，雲紋是仙氣、仙人配駕的象徵，與仙鶴或蝙蝠搭配時，諧音「好運」、「福運」。若與山水或其他主題結合，則作為補白、陪

---

[58] 〔漢〕許慎撰、〔清〕段玉裁注：《說文解字注》，頁 670。

[59] 野崎誠近：《中國吉祥圖案》，頁 409～411。

[60] 康鍩錫：《台灣古建築裝飾圖鑑》（臺北市：貓頭鷹出版社，2007 年 10 月初版 5 刷），頁 42。

[61] 謝宗榮：《台灣傳統宗教藝術》（臺北市：晨星出版社，2003 年 9 月初版），頁 299。

襯，或區別畫面空間的遠近（見圖十一）。

以象徵陰陽的長短線條組合而成的八卦紋，包含著秩序變化、對待統一、和諧的哲學思想。民間認為蘊藏在八卦內的陰陽自然法則能驅邪逐魔，帶來吉祥好運；因此，八卦符號始終與太極圖連結在一起，如古厝正廳正梁上的八卦太極圖，成為最祥瑞的圖式（見圖十二）。[62]

（二）就事象而言

傳統民居雕飾常見的事象，主要為「歷史」、「虛構」二大類。[63]歷史事材類，指引用歷史故事（「事典」），或出自詩文（「語典」），寓教化功能。尤其是從歷史小說或文學典籍中，選取最能表彰傳統道德及價值觀念所提倡的忠、孝、節、義，或仁、義、禮、智等故事題材，以圖像的方式呈現，於目瞻眼望之際，達怡情養性、默化潛移的功效。古厝正廳安置祖先牌位的神龕上，刻「三羊開泰」、「老萊子娛親」、「堯請舜出仕」（見圖十三）等故事，即屬此類。

《說文》：「羊，祥也。」[64]又具有仁、義、禮諸德：「羔有角而不用，如好仁者；執之不鳴，殺之不諼，類死義者；羔飲其母，必跪，類知禮者；故羊之為言猶祥」[65]。「羊」又通「陽」，《周易・泰》三陽生於下，有冬去春來、陰消陽長的吉亨之象，因此歲首之際，多頌以「三羊開泰」，傳達萬象更新、生生不已的循環觀。

---

[62] 李天鐸：《台灣傳統廟宇建築裝飾之研究：木作雕劇彩繪主題之意義基礎與運用原則》（臺中市：東海大學建築研究所碩士論文，1988 年 6 月），頁 48～50。

[63] 陳佳君：《辭章意象形成論》，頁 178～190。

[64] 〔漢〕許慎撰、〔清〕段玉裁注：《說文解字注》，頁 145。

[65] 〔唐〕歐陽詢：《藝文類聚・卷九十四》，頁 1632。

　　《史記‧老子韓非列傳》記載：「老萊子亦楚人也。著書十五篇，言道家之用。與孔子同時云。」[66]老萊子「孝養二親，行年七十，嬰兒自娛，著五色彩衣，嘗取漿上堂，跌仆，因臥地為小兒蹄，或弄烏鳥於親側」（劉向《列女傳》），其孝心孝行為後世佳範。

　　舜耕歷山，《史記‧五皇本紀》說他為「盲者子，父頑母嚚弟傲，能和以孝，烝烝治不至姦」，於是「堯妻之二女，觀其德於二女」，並「使舜慎和五典，五典能從，乃徧入百官。百官時序，賓於四門。四門穆穆，諸侯遠方賓客皆敬」，[67]於是堯「授之政，天下平」（《墨子‧尚賢》）。

　　由此可知，「老萊子娛親」、「堯請舜出仕」等故事，旨在引用歷史事典，宣揚孝道，巧妙呼應古厝「以孝傳家」、「九牧傳芳」的意涵。

　　虛構的事材，主要是指透過藝術想像所編造的神話、寓言、遊仙、幻想等非事實之事。如古厝正廳神龕所刻「點龍睛」、「醫虎喉」等故事。相傳保生大帝曾以符水點龍睛，治癒蟠龍眼疾。又以符水化白虎喉中髮釵，繼經大帝度化，成隨侍守護神。保生大帝「點龍眼、醫虎喉」之民間神話，由此流傳（見圖十四）。

四　建築雕飾意象之組織

　　源自民間傳說、小說典故、宗教神話、匠師承襲等雕飾題材，可經由不同的排列、組合，令一個或兩個以上的個別意象，產生不

---

[66] 瀧川龜太郎：《史記會注考證》（臺北市：洪氏出版社，1985 年 9 月），頁 854。
[67] 瀧川龜太郎：《史記會注考證》，頁 30～31。

同的意蘊與風貌。

（一）單一意象

建築雕飾意象因世代沿襲、約定俗成，格式固定，易引發一定的聯想，形成「定勢心理」。也由於「定勢心理」，有些題材單獨使用即可產生完整的意義（如「卍」、「福」、「祿」等吉祥文字），有些則需與動物、植物、人物、或器物等題材配合。[68]

楊學芹《雕風塑韻》指出，雕塑的美，就是對「生命」的歌頌。當「生命」與家族繁衍、民族興旺有了聯繫，雕飾題材立即因應群體的滿足與需求而產生、發展；[69]於是象徵「多生多育」的葫蘆、石榴、瓜等多籽植物，象徵「生命力」的「常綠樹木」，成為常見的雕飾對象。[70]如安泰古厝垂花門廳外裙堵、門枕石、柱礎的松、梅、石榴、瓜果、唐草等。但它們多搭配其他題材，較少單獨出現。

以單一意象呈現的雕飾，常見於古厝垂花門廳外的雀替、壁堵、柱礎與左右廂房槅扇上。如形成單一意象的文房器具，反映人民對書香生活與地位的嚮往追求（見圖九、十）；若結合琴、棋盤、書、畫為「四藝」，則象徵知識、修養與安樂；結合筆筒、毛筆、拂塵、香爐、如意、官印，象徵爵位與吉祥。

蕉葉、犀角、錢、還魂扇、荷花等雜八寶與暗八仙，若以單一形態出現時，多配有象徵吉祥長壽的綬帶。如錢幣加上綬帶，寓「財事不斷」；刻上「道光通寶」等字樣，表示古厝的建造年代。至於鳳

---

[68] 姚村雄：《臺灣廟宇石雕裝飾之研究》，頁 79。

[69] 楊學芹：《雕風塑韻》，頁 188。

[70] 陶思炎：《祈禳：求福・除殃》（臺北縣：淑馨出版社，1993 年 7 月初版），頁 81。

在傳統雕飾中的應用有兩類，一是以鳳凰為主體，如雀替飛鳳；二是與其他意象配合，如麟鳳呈祥。二者皆有鎮邪的吉祥意。

（二）複合意象

　　複合意象可經由多種意義的連結、透過聯想，形成另一種新的象徵意；甚至由這些意義的連結，再進一步產生新的意義。如在文人意識的影響下，性格類似的花卉常形成集合式主題，喻品性之高潔：蘭、蓮、梅、菊，是「四愛」；梅、桂、菊、水仙，是「四清」；蘭、荷、山茶、葵花，是「四逸」；梅、蘭、竹、菊，是「四君子」；蘭、桂，是「蘭桂騰芳」、「子孫賢肖」。花卉，又深具季節時令的象徵性，如牡丹、梅、桃，綻放於春，是春季的象徵。「四季花」是指組合不同的四季花卉，「大四季」是牡丹、蓮、菊、茶，「小四季」是春夏秋冬任何四種花卉的組合，展現季節時序的推移，與傳統尊卑位序觀念。其表現方式，或置於瓶案；或長於土地，與禽鳥搭配。

　　民間藝術繼承了《周易》「一陰一陽之謂道」的陰陽觀，從陰陽互滲中求其互補，所以動、植物組成的複合意象，最多見。楊學芹《雕風塑韻》指它包含「善」的因素，以善的動機追求祥和。如「獅子滾綉球」、「猴吃桃」、「鳳凰戲牡丹」、「老鼠吃葡萄」等，都象徵男女相合、生命繁衍的陰陽觀。[71]

　　以安泰古厝而言，垂花門廳外有松、鶴組合的「松齡鶴壽」、「松鶴延年」，雙面透雕，技法圓熟；喜鵲、梅花相配的「喜報春先」、「喜上眉梢」，形態活潑，布局秀雅（見圖一）。「蓮」與「廉」同音，蓮顆（蓮子）又諧音「連科」，寓意應試求連、科舉及第，水禽點綴其

---

[71] 楊學芹：《雕風塑韻》，頁 199。

間，憑添逸趣。兩側裙堵上，其一為鹿、鵲鳥、桃樹、靈芝（右）與馬、鵲鳥、蝙蝠、梅、木蘭（左）。桃之夭夭，灼灼梅蘭，累累果實，生機盎然又雅麗精工，表達了對「福」、「祿」、「壽」、「喜」、「康寧」、「吉祥」之企求（見圖二、三）。其二，是鳥鵲、獅、茶花（右）與麟、鳳、牡丹（左），鳳凰與麒麟隔著花葉扶疏的牡丹，遙相呼應，流麗生姿；「獅」、「事」音諧，茶花又代表春意與生機，組成「麟鳳呈祥」、「事事如意」。

　　至於兩側頂堵，一是花瓶清供配博古架，几案配佛手、石榴、南瓜等多子瓜果及香爐、壽石筆筒等文房器物；一是以花瓶清供與靈芝（如意），配以几案、官印、令旗、甲冑，組合成對「子孫綿綿」、「文武雙全」、「富貴清供」、「加冠晉爵」的期盼（見圖四）。門廳內左右束隨，有水榭、仙鶴與九重塔、喜鵲等透雕，傳達富貴吉祥。

　　「吉祥」、「富貴」、「高潔」、「長壽」，正是建築裝飾最喜歡的題材內容，於是將其中的兩種或三、四種組織在一起，就產生了更多面的象徵意義。這種可任意組合所見、所想、所知、所感、所夢，不受現實時空限制的構圖法，富有浪漫的想像。由此創造的第二自然，凸出體現了超自然形態的藝術美學，可獲致最大通感想像與最大審美創造。[72]

---

[72] 楊學芹：《雕風塑韻》，頁 206。

五　建築雕飾意象之統合

　　「象」的呈現，離不開「意向性」。[73]藝術的功能，又不外乎「裝飾性」、「儀式性」、「表現情感與理念」與「驅除邪魔」，[74]故建築雕飾意象之統合所要揭示的，是「主題」（動機）之核心意圖。[75]

　　臺灣傳統建築裝飾沿襲閩、粵風格，保存中原古風，融入儒、佛、道教思想及民間信仰，也受移民心理、環境因素影響，題材廣泛。[76]然不論任何圖案造型，皆不離「招吉辟邪」、「禮教哲學」、「富貴高雅」、「勸誡教化」等思想內涵。[77]其意義之表達，則可從「圖象性」、「指示性」、「象徵性」等手法來探討。[78]

　　先就「圖象性」而言。它是藉著「形象相似」的模仿或圖似

---

[73] 葉朗：《現代美學體系》（臺北市：書林出版公司，1993 年 10 月 1 版），頁 111～112。

[74] 李美蓉《視覺藝術概論》（臺北市：雄獅圖書公司，1995 年 9 月 2 版 1 刷），頁 75～80。

[75] 建築藝術的創造，主要來自「社會的創造」、「建築師的創造」、「參與者的創造」等三方面。社會的創造，包括社會制度、文化、民族、傳統、社會生產力等的內涵。「建築師的創造」不能脫離作者本身的才情、原創力與時代背景。「參與者的創造」（業主、讀者、群眾）包括價值觀念、文化程度、思想修養、知識領域、鑑賞力等。鄭時齡：《建築理性論》（臺北市：田園城市文化公司，1996 年），頁 161。陳維祺：《省思建築：尋找詩性的智慧》（臺北市：美兆文化事業公司，1998 年 11 月），頁 93～94。

[76] 姚村雄：《臺灣廟宇石雕裝飾之研究》，頁 68～69。

[77] 簡榮聰：《藍田書院建築裝飾藝術》（南投：南投藍田書院管理委員會，2009 年 12 月 1 版 1 刷），頁 37～44。

[78] 三者也都具有漸進的趨向，也就是說，「結構相似性」會演為約定俗成的「象徵性」，形成由「圖象性記號」→「指示性記號」→「象徵性記號」的動態性關係。孫全文、王銘鴻：《中國建築空間與形式之符號意義》（臺北市：明文書局，1985 年 2 月 3 版），頁 77。

（likeness）存在的事實，經由聯想，取其形、義。直接明白，易讀性高。如梅、松、竹、荷等，寓堅毅、純潔、高尚；鶴、龜等，寓長壽；鼎、爐等宗廟祭器、道教煉丹之器，寓珍貴希有；石榴、葫蘆、瓜果等，寓多子多福。它具有二個特點，一是可同時統合多種意義於同一個形式之內，如在瓜筒上彩繪蝙蝠、書、劍、如意、喜字，使其同時具有「吉祥」、「富貴」、「五福臨門」、「文武全才」之意。二是運用於較長的建築構件上，表達「故事性」主題，如「老萊子娛親」、「堯請舜出仕」等，寓意深遠，藝術成就也高。[79]

　　中國傳統以「象思維」為特徵，整個思維過程在於「觀象」與「取象」，講求在「象」之基礎上抽繹出義理。它訴諸讀者的整體直觀與體悟，藉助於聯想與想像，人可從任何一種動態的、在對待中相互轉換的物象（事象）中與宇宙自然溝通，從「一點」把握「整體」，從而在精神上把握無限與永恆。圖象性藝術統合手法，即符合這一個審美思維。

　　次就「指示性」而言。「意象」除了提供視聽等效果，最重要的是它所含藏的思想內涵，尤其是它所蘊涵的「文化能量」。「文化能量」是整合符號形式與符號意義兩者之間背後關係的潛在力量，若沒有這一個「文化能量」，人們將失去符號系統的規約作用，無法認知符號、了解訊息，新的文化能量也將無法獲得持續與傳承。

　　例如，文字（語言）系統是社會約定俗成後的符號，文字符號與所代表意義之間，本就存有必然的聯繫關係；當我們運用文字來指涉意義時，本身即具足圖象性意味的中國文字，就轉變為一種「指示性」手法。傳統建築運用文字的指示性手法，就是以「單字」（如

---

[79] 孫全文、王銘鴻：《中國建築空間與形式之符號意義》，頁84～85。

「卍」字）或詩詞等文學上所有形式的語句（如柱上的「對聯」）來指涉意義，直接轉用到建築上來。緣此類推，傳統建築小到任何細節、裝飾圖案、構件元素，大到建築形式、空間配置，無不充滿意義；而意義之內容，幾乎涵蓋了傳統文化的精髓，舉凡神話、宗教、禮制、文學、哲學等，都巧妙的「轉喻」在建築裡。[80]而「轉喻」本身，即帶有「指示性」的作用。

末就「象徵性」而言。所有藝術的生成、審美的發生，都是一種象徵。[81]「象徵」的構成必出於理性的關聯、社會的約定，以某種具體形象、符號為媒介，從而暗示看不見的、抽象的意蘊，[82]故「象徵」也是傳統建築常見的手法。

安泰古厝的窗櫺、石階，形成奇數，以象徵「陽」；間隔出偶數的空隙，以象徵「陰」，這是「數的象徵」[83]。這一「陰陽合德而剛柔有體，以體天地之撰，以通神明之德」之象徵義涵，源自《周易・繫辭上》：「天一，地二，天三，地四，天五，地六，天七，地八，天九，地十。」

「形的象徵」，多是以某種自然物或人工物的形象，來概括、暗示一定的抽象義涵，或寄託一定的審美理想。如古厝最精華的龍形雕飾圖案，為古文獻中最常見的神獸，有其深遠的文化、歷史背景，然其形狀如何，卻無一定描述，[84]其中以聞一多所提的「圖騰合併說」[85]

---

[80] 孫全文、王銘鴻：《中國建築空間與形式之符號意義》，頁 3。

[81] 吳功正：《中國文學美學》（江蘇市：江蘇教育出版社，2001 年 9 月第 1 刷），頁 986。

[82] 黃慶萱：《修辭學》（臺北市：三民書局，2002 年 10 月增訂 3 版 1 刷），頁 477。

[83] 王振復：《建築美學》（臺北市：地景企業公司，1993 年 2 月初版），頁 106～117。

[84] 張光直：「龍的形象如此易變而多樣，金石學家對這個名稱的使用也就帶有很大的彈性：凡與真實動物對不上，又不能用其他神獸名稱來稱呼的動物，便是龍了。」

影響最大。

　　李澤厚《美的歷程》指出，出於一種心靈上的原始本能需求，人類總會藉由種種的符號（儀式、圖騰）來表達、溝通未知現象裡所隱含的意義。而這些完全變形了、風格化了、幻想的動物形象，給人一種神秘的威力，指向了某種超乎世間的威權神力之觀念，又恰到好處地體現了一種無限的、原始的、還不能以概念語言來表達的原始宗教情感、觀念與理想。[86]於是藉用象徵手法，把「意義」、「符號」整合到建築上，表達那些無法以言語訴說的心靈內容。[87]

　　「符號」與「意義」之間，又會隨歷史生活及其社會審美心理長期陶冶、約定俗成的結果，為象徵的神性添上許多新的意義。也就是說，作為建築文化第一要素的「象徵意義」，極具動態性與活躍性，它會由於時間之變遷、年代之磋磨，使其蘊含的「建築意」，生發一定程度的歷史轉換，代復一代，添上新的神性。[88]例如龍的形象及其含義，隨著時空的推移，有其漫長而複雜的發展變化過程，它已由原始氏族的圖騰標記與巫術崇拜，逐漸演變為今日所見的形象，演變為能大能小、能升能隱的吉祥瑞獸，在「象外」寄託無限

　　見《美術・神話與祭祀》，（臺北市：稻鄉出版社，1993 年 2 月初版），頁 54～55。

[85] 聞一多：《聞一多全集・神話與詩・伏羲考》（臺北市：里仁書局，1993 年），頁 32～33。李澤厚、劉綱紀：《中國美學史・先秦兩漢編》（1999），及敏澤：《中國美學思想史》（第一卷）（1987）皆承其說法。但也有學者提出質疑，如陳綬祥：《中國的龍》（1988）。

[86] 李澤厚：《美的歷程》（臺北市：蒲公英出版社，1986 年 8 月），頁 36。

[87] 孫全文、王銘鴻：《中國建築空間與形式之符號意義》，頁 76、101～110。

[88] 敏澤：《中國美學思想史・第一卷》（濟南市：齊魯書社出版，1987 年 7 月 1 刷），頁 21。

之「意」，以象徵祥瑞，象徵一種神偉之力量。[89]

此外，以蝠、蝴為「福」，是「音的象徵」。一語同時關顧兩種事物的「雙關」形式，常有「言在此而意在彼」的趣味效果。劉勰《文心雕龍・諧讔》：「蓋意生於權譎，而事出於機急。」「雙關」的心理，即出自權譎機急，代表人類一種天真活潑的語言形態。它可將兩種不同範疇的觀念，藉其中隱藏的類似點，予以出人意表的替換或聯繫，令讀者接受作者機智的挑戰與不可言述的審美享受。[90]

奇偶之於陰陽、龍之於祥瑞、蝠之於福，都一致地透過「象徵」手法，以有限的「象」表達寓於象外的味外之旨。而這一個「只能發生於讀詩時的感受和反應活動本身」的「味外之旨」，又恰與海德格爾（Martin Heidegger，1889～1976）所強調的「可以確定性」必須根源於一個「最終不能確定性」，而我們只能從「彰現」的現象中才能窺探、認識到任何事物的觀點，極為接近。因此，讀者有賴於梅露彭迪（Maurice Merleau-Ponty，1908～1961）所謂的「神秘的視覺力」、「第三隻眼」，馳騁想像，調動和集中所有感覺、知覺、既往情感體驗、直覺、頓悟等心理要素的穿透性能力，因「象」悟「意」，在「即目」的同時「會心」，才能跨越現象、直接觸及事物的核心，瞥見它的若許風韻。[91]

---

[89] 「建築意」是一種包括哲學沉思、科學物理、倫理規範與美學追求等精神因素在內的文化意蘊，還來自哲學、科學、倫理學、美學、歷史學、民族學等多種文化的綜合。王振復：《中華古代文化中的建築美》（上海市：學林出版社，1989 年 12 月 1 刷），頁 190～193。

[90] 黃慶萱：《修辭學》，頁 431～454。

[91] 王建元：《現象詮釋學與中西雄渾觀》（臺北市：東大圖書公司，1988 年 2 月初版），頁 44～64。

六　結語

　　王其鈞《中國傳統民居建築》指出，取材多樣、雕繢滿眼的建築雕飾，雖為「法式」、「則例」所限，多以素色出現；然石雕、木雕、泥塑、剪黏等渾然一體，麗而不俗，遠看十分沉著，近觀不失細節，耐人細細品味。[92]謝宗榮《台灣傳統宗教藝術》以為傳統的習俗、信仰、人生觀、審美等，皆反映在包括格局、裝飾在內的諸般建築元素上，尤其是各種成組存在的建築雕飾。[93]楊學芹《雕風塑韻》更指其為「圖騰文化的積澱」，透射出原始先民的圖騰意識。[94]

　　這些具有象徵意義的建築雕飾，其主觀內在之「意」，通過客觀外在之「象」，始能顯現出來；因此，從意象之形成及表現來看，它透過「自然屬性、特點的延長」、「諧音取意」、「傳說附會」、「藝術加工」等幾種途徑，形成植物類（嘉木、花卉、瓜果等），動物類（神靈瑞獸、一般動物），人工器物類（宗教法器、日常器物），抽象圖紋類（動物、植物、幾何等圖紋），文字類（正名／詮釋／紀念功能文字、書法詩詞佳句文字、圖案化吉祥祈福文字），以及事材類（歷史及文學典故、神話傳說）等個別意象類型。[95]而且，無論是單一意象或複合意象，經由不同的排列、組合，皆可形成另一種新的象徵意；甚至由這些意義的連結，再進一步產生新的意義。繼而透過「圖象性」、「指示性」、「象徵性」等意義表達手法，傳達對「長壽」、「多

---

[92] 王其鈞：《中國傳統民居建築》，頁 23。
[93] 謝宗榮：《台灣傳統宗教藝術》（臺北市：晨星出版社，2003 年 9 月初版），頁 285～324。
[94] 楊學芹：《雕風塑韻》，頁 188。
[95] 李天鐸：《台灣傳統廟宇建築裝飾之研究：木作雕劇彩繪主題之意義基礎與運用原則》（臺中市：東海大學建築研究所碩士論文，1988 年 6 月），頁 12～66。

子」、「富貴」、「喜慶」、政治清明、社會安定、生產豐收、季節和順、
萬象更新等吉祥意涵的企求。[96]

　　以此觀之，從意象之形成、表現、組織、統合等方面，來探求
林安泰古厝等傳統建築雕飾之內涵，實可取可觀。

---

[96] 喬繼堂：《吉祥物在中國》，頁33。

組合梅、鵲鳥，寓「喜上眉梢」。

木蘭、梅、鵲、馬、蝠，寓「必得

鹿、鵲、桃、芝草，寓「必得祿壽」。

花瓶、瓜果、文房器物，寓多子與

採剪黏技法的駿馬，是常見的動物

腰華板交纏對稱的夔龍（軟團）。〔

文房器物表達對「書香生活」之追

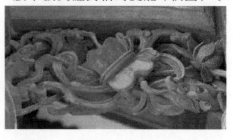

還魂扇、拂塵等暗八仙，具納福功

抽象裝飾圖紋「卍」字。〔圖九〕

蔓草與琴，以單一意象呈現。〔圖

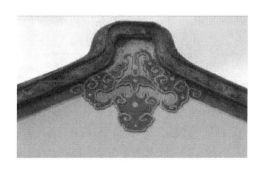

採泥塑技法的抽象雲紋。〔圖十

太極八卦圖最為祥瑞。〔圖十二〕

堯請舜出仕圖。〔圖十三〕

保生大帝點睛圖。〔圖十四〕

參考文獻

一　古籍
（略依年代排序）

〔漢〕司馬遷撰、瀧川龜太郎注　《史記會注考證》　臺北市　洪
　　　　氏出版社　1985 年

〔漢〕劉安、〔民國〕張雙棣　《淮南子校釋》　北京市　北京大學
　　　　出版社　1997 年

〔漢〕許慎撰、〔清〕段玉裁注　《說文解字注》　臺北市　黎明文
　　　　化公司　1998 年

〔魏〕吳晉等　《神農本草經》　臺北市　臺灣中華書局　1966 年

〔晉〕葛洪撰、〔民國〕曹東海注譯　《西京雜記》　臺北市　三民
　　　　書局　1995 年

〔梁〕沈約　《宋書》　臺北市　臺灣中華書局　1971 年

〔唐〕歐陽詢　《藝文類聚》　京都　株式會社中文出版社　1980
　　　　年

〔明〕李時珍　《本草綱目》　北京市　人民衛生出版社　2003 年

〔清〕王念孫　《廣雅疏證》　濟南市　山東友誼書社　1991 年

〔清〕章學誠撰、〔民國〕葉瑛校注《文史通義》　臺北市　頂淵文
　　　　化事業公司　2000 年

二　近人專著
（略依姓氏排序）

王其鈞　《中國傳統民居建築》　香港　三聯書店　1993 年

王建元　《現象詮釋學與中西雄渾觀》　臺北市　東大圖書公司

1988 年

王振復　《中華古代文化中的建築美》　上海市　學林出版社　1989
　　　　年

王振復　《建築美學》　臺北市　地景企業公司　1993 年

王鎮華　《中國建築備忘錄》　臺北市　時報文化出版公司　1984
　　　　年

吳功正　《中國文學美學》　江蘇市　江蘇教育出版社　2001 年

吳　曉　《詩歌與人生‧意象符號與情感空間》　臺北市　書林出
　　　　版社　1995 年

李元洛　《詩美學》　臺北市　東大圖書公司　1990 年

李美蓉　《視覺藝術概論》　臺北市　雄獅圖書公司　1995 年

李重耀　《林安泰古厝拆遷計劃　中國閩南建築之個案研究》　臺
　　　　北市　詹氏書局　1991 年

李蒼彥　《中國吉祥圖案》　臺北市　南天書局　1988 年

林世超　《澎湖地方傳統民宅裝飾藝術》　馬公市　澎湖縣立文化
　　　　中心　1999 年

林春暉　《台灣傳統建築之美》　臺北市　光復書局　1993 年

姚一葦　《戲劇原理》　臺北市　書林出版公司　1992 年

韋勒克（René Wellek）、華倫（Austin Warren）著　王夢鷗、許國衡
　　　　譯　《文學論》　臺北市　志文出版社　1987 年

孫全文、王銘鴻　《中國建築空間與形式之符號意義》　臺北市　明
　　　　文書局　1985 年

徐明福　《台灣傳統民宅及其地方性史料之研究》　臺北市　胡氏
　　　　圖書出版社　1993 年

馬以工　《尋找老臺灣》　臺北市　時報文化出版公司　1988 年

張光直　《美術‧神話與祭祀》　臺北縣　稻鄉出版社　1993 年

張漢良　《比較文學理論與實踐》　臺北市　東大圖書公司　1986
　　　　年

康鍩錫　《台灣古建築裝飾圖鑑》　臺北市　貓頭鷹出版社　2007
　　　　年

敏　澤　《中國美學思想史・第一卷》　濟南市　齊魯書社出版
　　　　1987 年

莊伯和　《台灣民間吉祥圖案》　臺北市　國立傳統藝術中心籌備
　　　　處　2002 年

陶思炎　《祈禳：求福・除殃》　臺北縣　淑馨出版社　1993 年

陳炳榮　《金門風獅爺》　臺北市　稻田出版公司　1996 年

野崎誠近　《中國吉祥圖案》　臺北市　眾文圖書公司　1984 年

陳望衡　《中國古典美學史》　長沙市　湖南教育出版社　1998 年

陳滿銘　〈從意象看辭章之內容成分〉　《國文天地》　19 卷 8 期
　　　　2004 年 1 月

陳滿銘　《意象學廣論》　臺北市　萬卷樓圖書公司　2006 年

陳慶輝　《中國詩學》　臺北市　文史哲出版社　1994 年

喬繼堂　《吉祥物在中國》　臺北市　百觀出版社　1993 年

彭吉象　《藝術學概論》　臺北縣　淑馨出版公司　1994 年

程兆熊　《論中國庭園設計》　臺北市　明文書局　1984 年

黃慶萱　《修辭學》　臺北市　三民書局　2002 年

楊學芹　《雕風塑韻》　石家庄市　河北少年兒童出版社　1995 年

楊錫彭注譯　《山海經》　臺北市　三民書局　2008 年

葉太平　《中國文學之美學精神》　臺北市　水牛圖書出版公司
　　　　1998 年

葉　朗　《中國美學的發端》　臺北市　金楓出版公司　1987 年

葉　朗　《現代美學體系》　臺北市　書林出版公司　1993 年

漢寶德　《中國的建築與文化》　臺北市　聯經出版事業公司　2004
　　　　　年

聞一多　《聞一多全集・神話與詩》　臺北市　里仁書局　1993 年

樓慶西　《中國傳統建築裝飾》　臺北市　南天書局　1998 年

謝宗榮　《台灣傳統宗教藝術》　臺北市　晨星出版社　2003 年

謝宗榮　《台灣傳統宗教藝術》　臺北市　晨星出版社　2003 年

簡榮聰　《藍田書院建築裝飾藝術》　南投市　南投藍田書院管理
　　　　　委員會　2009 年

三　學位論文

（略依姓氏排序）

李天鐸　《台灣傳統廟宇建築裝飾之研究　木作雕劇彩繪主題之意
　　　　　義基礎與運用原則》　臺中市　東海大學建築研究所碩
　　　　　士論文　1988 年

姚村雄　《臺灣廟宇石雕裝飾之研究》　臺北市　臺灣師大美術研
　　　　　究所碩士論文　1991 年

陳佳君　《辭章意象形成論》　臺北市　臺灣師範大學國研所博士
　　　　　論文　2004 年

傅聖明　《桃園新屋鄉范姜老屋群之裝飾藝術研究》　臺北市　臺
　　　　　北市立師範學院視覺藝術研究所碩士論文　2002 年

圭峰宗密立體思維與論證章法的特質與意義

黃連忠

高苑科技大學通識教育中心助理教授

摘要

本文研究的主題，主要是探討宗密（西元 780～841 年）論證禪學思想的章法結構，宗密的敘述章法結構是立體思維的「立論合涵攝網絡」。本文從單點平面立體思維探討章法螺旋理論的意義，進而討論立論合涵攝網絡的分析方法與價值。

本文以宗密《禪源諸詮集都序》為研究文獻的中心，試從章法結構的詮釋角度，分析禪宗哲學思想論證的模式及其優劣得失。

關鍵詞：圭峰宗密、立體思維、章法、禪宗、禪學思想

一　前言

　　圭峰宗密（西元 780～841 年）為中晚唐佛教思想家，一生博覽儒釋道三教經典而坐探群籍，通達佛教內外的經論，其成果展現在撰述發明與編輯註疏佛教經論方面，研究的材料文獻與涉及的哲學論題範圍十分廣泛，同時在學術思辯的架構與論證法義的深度上，皆為佛教思想史中堪稱典範之作。筆者昔日在研究宗密禪教一致的禪學思想中，發現宗密思想裡最值得玩味與研究的項目，就在其論證法義與推理深思的過程。筆者曾在拙著《宗密的禪學思想》中提及，從佛教思想發展史的角度觀察，佛教傳入中國後，漢譯佛典的成立到弘化事業的開展，由於佛教法義的精密思辯，逐漸建構成龐大而細緻的理論體系，正好匯聚在中晚唐的社會背景中，不僅成為中國思想史上隋唐朝的一代顯學之代表，同時也是佛教思想最為發達與義理最為圓熟的頂峰。回顧時值中晚唐的佛教思想家宗密，正值洪流匯集的中心點，以其出身禪門深契禪法與教承華嚴坐探群籍的背景，力倡「禪教一致」的禪學思想，宗密可以說是會通一代時教的哲學大師。此外，宗密為了調和教門與禪門，他在蒐集禪史文獻與教判史料之外，同時也深入禪教二門，不僅判釋經論的歸類，同時也指證分析教門各派經論思想的根據。相對的，對於判立禪法的宗別及類屬，也論證解析禪門各派禪法的依據。換句話說，宗密不僅是唐代佛教思想的研究者兼評論家，同時也在派系鮮明的禪、教二宗之外，開發了第三套思想系統，那就是佛教的「和會哲學」。[1]因

---

[1]　參見黃連忠：《宗密的禪學思想》（臺北市：新文豐出版公司，1995 年 4 月臺一版），頁 4～5。

此，從宗密對佛教思想的判攝與論證中，筆者發現宗密採取了立體的思維架構，以及相涵相攝的論證模式，兩者互為表裡，外顯內證，相互發明，堪稱佛教思想史上思維論證的創意與典範。

除此之外，人類思維的邏輯與文章論述的章法之間，是否存在著必然的關涉，本文試從「單點線性思維」、「平面相對思維」與「立體涵攝思維」，探討宗密《禪源諸詮集都序》中論證禪教一致的歷程方面，是否具備系統性與辯證性的闡述其理念，其論證過程，是否合乎形式上邏輯推證與內容上法義辯證的雙重要求，在權衡宗教文化的悲情與符合嚴謹學術的思惟裡，如何才能論證成立此一核心論題，其章法結構為何，正是本文研究的目標與重點。

二 從單點平面立體思維探討章法螺旋理論的意義

陳師滿銘在章法螺旋理論方面，已有相當深廣的研究，筆者在學習與研讀的過程中，發現融貫了人文藝術哲學的思維與文章創作章法的原理，將形而上的宇宙本體及其運作軌則，與形而下的萬物叢生自然現象相互對應。兩者之間，如同月映萬川一般，從現象可以推闊至本體，亦可從本體下延至現象。不僅如此，原本建構邏輯與學科的核心為「範疇」（category），[2]但是各種範疇之間存在的關係或是運作的模式，卻是另一種「動態」的宇宙論或形而上學，其位階又在範疇與範疇之間，或是立基於範疇成立之上。筆者以為，

---

[2]　所謂「範疇」（category）的定義與範疇的形成，筆者已有專文討論，於此不再重複，詳見黃連忠：《禪宗公案體相用思想之研究》（第三章第一節）（臺北市：臺灣學生書局，2002 年 9 月）。

陳師滿銘所提示的螺旋理論，正是填補此一空間的重要理論，在其
〈辭章「多」、「二」、「一（0）」螺旋結構論〉一文中指出：

> 宇宙萬物創生、含容的歷程，可以用「多」、「二」、「一（0）」
> 的螺旋結構來呈現。大致說來，古代的聖賢是先由「有象」
> （現象界）以探知「無象」（本體界），逐漸形成「多、二、
> 一（0）」的逆向結構；再由「無象」（本體界）以解釋「有
> 象」（現象界），逐漸形成「（0）一、二、多」的順向結構的。
> 就這樣一順一逆，往復探求、驗證，久而久之，終於形成了
> 他們圓融的宇宙人生觀。[3]

其中，現象界與本體界是一體兩面而不可分割，中國哲學將其
歸類為「體」與「用」的範疇，本體是形而上與先驗的超越根據，
現象是形而下與具體的客觀差別。因此，從體用範疇為核心，開展
出完整論述的中國哲學思想，同時也體現萬端，如在章法結構方面，
也是從此立場出發，建構其理論的規模，如陳師滿銘在〈章法結構
及其哲學義涵〉一文中指出：

> 章法原是「客觀的存在」，是建立在「陰陽二元對待」的基
> 礎之上的。這種「陰陽二元對待」，與由此形成之「多」、「二」、
> 「一（0）」結構，可在《周易》與《老子》裏找到的根源。[4]

---

[3]　見陳滿銘：〈辭章「多」、「二」、「一（0）」螺旋結構論〉，《文與哲》第 10
　　期（2007 年 6 月），頁 484。另在〈論章法「多、二、一（0）」的核心結構〉一
　　文中亦有類似的說法，見陳滿銘：〈論章法「多、二、一（0）」的核心結構〉，
　　《師大學報：人文與社會類》48 卷 2 期（2003 年 12 月），頁 71～72。

[4]　見陳滿銘：〈章法結構及其哲學義涵〉，《浙江師範大學學報》（社會科學版）2004
　　年第 2 期，第 29 卷（總第 131 期），2004 年，頁 12。

　　章法是客觀的存在，此所謂「存在」應是指其「理」之運行根據與軌則，在陰陽二元對立的範疇中，顯示其螺旋結構的理論型態。關於此點，筆者曾於〈從哲學範疇詮釋中國哲學的方法論思維及其系統架構的局限〉拙文中，曾經探討中國哲學範疇可以歸納為三大系統，分別是單一性、相對性與系統性範疇，筆者淺見亦可對應陳師滿銘的一（0）、二與多的模式。筆者以為在《易經繫辭傳》中說：「是故易有太極，是生兩儀，兩儀生四象，四象生八卦，八卦定吉凶，吉凶生大業。」其中，「太極」是單一性的範疇，「兩儀」是相對性的範疇，「四象八卦」是系統性的範疇。因此，「太極」建立了價值的根源，「兩儀」成就了理論的詮釋，「四象八卦」則是實踐的應用，可見從單一性、相對性與系統性的範疇模式，是可以做為解釋與研究中國哲學的一個進路，這個進路也是可以進一步詳切的討論，更加深入的分析而成就研究方法論的一環。[5]其中的中國哲學範疇，或可架構章法螺旋範疇論的單一性範疇、相對性範疇與系統性範疇，其量詞分別為一項、一對、一組。至於其運轉的過程，則如陳師滿銘所言：「《周易》先由爻與爻的『相生相反』的變化，以形成小循環；再擴及這種變化到卦，由卦與卦『相生相反』的變化，以形成大循環。」[6]除了《周易》與《老子》之外，《中庸》的「誠」，《論語》的「仁」與禪宗的「悟」，皆可視為單一性的範疇。因此，所謂的「單一性」範疇，主要是指中國哲學範疇中一個名詞或一個

5　見黃連忠：〈從哲學範疇詮釋中國哲學的方法論思維及其系統架構的局限〉，《臺北大學中文學報》創刊號（2006 年 7 月），頁 223。

6　見陳滿銘：〈論「多」、「二」、「一（0）」的螺旋結構──以《周易》與《老子》為考察重心〉，《師大學報・人文與社會類》48 卷 1 期（2003 年 4 月），頁14。

概念而可以統攝一切思維的、可以獨立而成為整體討論對象的範疇，即是「單一性」的範疇。所謂的「相對性」範疇，主要是指中國哲學範疇中，一切相對立存在的最大分類系統，如「陰與陽」、等。所謂的「系統性」範疇，主要是指中國哲學範疇中，一切由相對立存在的分類而衍生的多元性的範疇，如「五行」範疇是一個多元性質的範疇。筆者將中國哲學範疇劃分為三大類，主要的靈感及學術的根據是來自於《大乘起信論》的「體相用」範疇，[7]另在圭峰宗密的《禪源諸詮集都序》中，曾經有一套系統縝密的分析方法，筆者曾命名為「立破合涵攝網絡」的分析法，也是筆者思維架構中國哲學範疇劃分為三大類的理論基磐。[8]

然而，在思維方法中，宇宙的實相是永恆的流動，是一種動態的存有，人類生活在三度立體空間之中，本來就是沈浸於崢嶸萬象的現象界，但是對於宇宙的觀察與研究，逐漸化現人文的風采，炳煥文學藝術的詞章。再從「多」（三度多元），進而思考一切相對性存在的「二」（二元對立），再回溯探尋「一」的起源，或歸根於「0」（無）的思維。

人類在二〇世紀末到二十一世紀初，已從「單點線性思維」、「平面相對思維」，進展到「立體涵攝思維」的層面或是「數位超文本思維」。所謂的「單點線性」，誠如吳曉蓉指出：「傳統作品是一種用字符串、以線性形式進行組織表達的文本（線性結構），文本一旦完成，結構就處於靜止（死亡）狀態，亦稱『過去時』，不可更改。」

---

[7] 關於「體相用」範疇的形成與意義，筆者曾在拙作黃連忠：《禪宗公案體相用思想之研究》中已有詳細的討論，在此不再贅述，見其書第三章。

[8] 請參閱拙作黃連忠：《宗密的禪學思想》（臺北市：新文豐出版公司，1995 年 4 月臺 1 版），頁 226～231。

[9]傳統的紙質文本被稱為「線性結構」的文本，電子超文本則是「非線性結構」的文本，所謂的「線性」與「非線性」，如戴耐生指出：

> 線性與非線性首先是數學上的概念，非線性是相對於線性而言的。所謂線性是指量與量之間的正比關係，在兩維、三維空間中表現出來是一根直線。在線性系統中，部分之和等於整體，疊加原理成立。而在非線性系統中，凡是非線性的圖像總可以找到一條直線和它至少有兩個以上的交點，這就引起多值性，疊加原理失效。……隨著對線性現象尤其是非線性現象研究的深入、非線性理論的形成，線性與非線性向題就不再局限於數學領域，而受到其他自然科學、技術科學以及哲學的普遍關注，線性與非線性也就逐漸形成為一種科學研究方法，具有了方法論的意義。[10]

因此，過去傳統紙質的文本即是線性的文本，是具有不可逆性

---

[9] 吳曉蓉主要是針對傳統文學創作演變至數位時代網路文學寫作體系重建的問題，提出了「時間化為空間的說法」，指出：「網絡使『已經完成、不可更改的藝術作品』的說法成為歷史，網絡文學將時間化為空間，用在線空間改變或延伸時間。網絡文本的空間留存性和無可終止性，決定它具有不確定性……網絡作品只要活在網上，就無完成之日和終止之時。」見吳曉蓉：〈寫作體系重建：文學應對數字化時代的策略〉，《西南民族大學學報·人文社科版》，總 25 卷第 5 期，頁 240。這雖然是針對文學作品而申論，但對於論文寫作而言，也是具有一定的意義。

[10] 戴耐生另外指出：「線性和非線性物理現象的區分有三個特徵：首先，從運動形式上看，線性現象一般表現為時空的平滑運動，並可用函數來精確地加以表示，而非線性現象則表現為從規則運動向不規則運動的轉化與躍變；其次，從系統對外界影響和系統變量微小變動的響應上看，線性系統的響應平緩、光滑，對外界影響成比例的變化。而非線性系統中的變量的極微小變化，……。第三，從運動的方向來看，線性現象一般具有不可逆性，而非線性現象卻難於判斷。」見戴耐生：〈社會發展的線性與非線性〉，《現代哲學》1994 年第 4 期（總第 50 期），頁 76。

與無可更改的特性，一旦版本成立，就會隨著線性的基本性質而成為「死亡」的符號，其本身則成為被研究的對象，許多後世的研究則是「疊加的總和」。[11]至於所謂「數位超文本思維」，也是類屬於多元或立體思維的一環，超文本（數位文本）主要是指以鏈接的方式，關聯在一起的文本的集合，包括傳統紙質文本和電子超文本。[12]傳統的紙質文本被稱為「線性結構」的文本，電子超文本則是「非線性結構」的文本。其中，所謂的「非線性」，如戴耐生指出：

> 非線性是相對於線性而言的。所謂線性是指量與量之間的正比關係，在兩維、三維空間中表現出來是一根直線。……隨著對線性現象尤其是非線性現象研究的深入、非線性理論的形成，線性與非線性向題就不再局限於數學領域，而受到其他自然科學、技術科學以及哲學的普遍關注，線性與非線性也就逐漸形成為一種科學研究方法，具有了方法論的意義。[13]

筆者以為非線性文本，即是不斷如螺旋般變動的文本，其思維亦是不斷互動與交涉的過程，也具有立體思維的特性。因此，從立

---

[11] 關於此點，筆者已有相關討論，請見黃連忠：〈數位時代數位化思考的學術研究程序及其意義〉，《高苑學報》第 15 卷（2009 年 07 月），頁 621～652。

[12] 見皇甫素飛：〈超文本與解構主義及中國傳統思維關係探析〉，《樂山師範學院學報》第 20 卷第 10 期（2005 年 10 月）頁 59。

[13] 戴耐生另外指出：「線性和非線性物理現象的區分有三個特微：首先，從運動形式上看，線性現象一般表現為時空的平滑運動，並可用函數來精確地加以表示，而非線性現象則表現為從規則運動向不規則運動的轉化與躍變；其次，從系統對外界影響和系統參量微小變動的響應上看，線性系統的響應平緩、光滑，對外界影響成比例的變化。而非線性系統中的參量的極微小變化，……。第三，從運動的方向來看，線性現象一般具有不可逆性，而非線性現象卻難於判斷。」見戴耐生：〈社會發展的線性與非線性〉，《現代哲學》1994 年第 4 期（總第 50 期），頁 76。

體思維的邏輯角度觀察，其實涵攝了「單點線性思維」、「平面相對思維」，而擴展為「立體涵攝思維」。其中，平面相對思維即是在章法節構中展現了正反或二元的論證，相關的類型如同陳師滿銘在《章法學綜論》的第二章第一節中歸納出三十一種章法，如「今昔」、「久暫」、「遠近」、「內外」……等。[14]

因此，筆者以為「單點線性思維」是提供一個文本的「立」，也就是主旨或宗旨。一旦提出，就進入了探討的「平面相對思維」，可以從各種二元相待或對立的角度反覆論證其真偽虛實。然而，平面思維畢竟仍有其思維的局限性，從立場的確定到角度的切入，往往也受限於文字或文本的線性結構，或是受限於基本立場的原始出發點。因此，立體思維則是補足了這項層面的疏漏，雖然有單點線性的「立」，也有平面相對的「論」，但是若以三維的立體觀察，則是可以涵攝前述兩者，並且減少或去除「立」的缺口與「論」的局限，最後達成「合」的理解，筆者以為這是「體察的理解」，兼容並蓄與兼籌並顧的保全了論證雙方的立場與觀點，讓文章論證的章法提升一個層次，達到和諧溝通的理解。

因此，筆者在一九九三至一九九四年間，發現圭峰宗密的論證章法，實有立體思維邏輯的背景，近年來又在研讀章法學理論的過程中，啟發筆者益深，發現宗密的論證歷程，初期主要還是以「先敘禪門，後以教證」的直線論證模式進行，從佛教的「真性」的不生不滅，導引出各宗禪法的「有淺有深」，繼而判攝禪法有五個階次，並且以單點線性的先立達摩禪法為「圓頓之宗」為最高。因此，可以看出宗密的敘述結構是以「確立本宗，兼破他派」的型式與分析

14　見陳滿銘：《章法學綜論》（臺北市：萬卷樓圖書公司，2003 年 06 月第 1 版），頁 35～36。

方法達成其目標。其中的「判攝」，就是佛教哲學中的判教思想，也是安頓佛教哲學不同層面的具體作法，更是落於「平面相對思維」的範疇，接著進入正反二元的論證，如宗密「立」於自家宗旨之後，接著就是嚴厲批判禪宗以外各家的禪法，此為落入二元正反論證的思維，但宗密論證的目標並非以二元批判為歸結，他希望「顯頓悟資於漸修，證師說符於佛意」，還有更高一個層次的「和會」思維，這個和會哲學就必須超越在二元對立之上，因此筆者以為這是邁向立體思維重要的一環。然而，筆者過去忽略一個問題，就是從單點線性的「立」到平面相對的「論」，或者再到立體涵攝的「合」，三者之間，如何聯繫，如何溝通？關於這個問題，筆者以為有三項重點。

其一，以二元相對的「二」為中心的支點，做為銜接的核心。如陳師滿銘在〈辭章「多」、「二」、「一（0）」螺旋結構論〉文中所說：

> 就在這「由一而多」（順）、「多而一」（逆）的過程中，是有「二」介於中間，以產生承「一」啟「多」的作用的。而這個「二」，從「道生一，一生二，二生三，三生萬物」等句來看，該就是「一生二，二生三」的「二」。……如果這種「多」、「二」、「一（0）」的結構落到章法結構來說，則核心結構以外的所有其他結構，都屬於「多」；而核心結構所形成之「二元對待」，自成陰與陽而「相反相成」，以徹下徹上，形成結構之「調和性」（陰）與「對比性」（陽）

的，是屬於「二」。[15]

這個「二」，即是二元對立的思維形態，在佛教的八識學說中，第七意識的「末那識」，即是具有思量分別的功能與意義，能將前六識經思量而匯集於第八阿賴耶識，也是六根對應六塵之間，經由末那識而產生六識的關鍵。因此，人類具有「思量分別」的特勝，也是二元對立思維的特點。

其二，從單點到平面到立體的過程中，此為章法螺旋的移位作用，也是思維作用的運動形態，如陳師滿銘說：

> 所謂「移位」，是會形成秩序的，乃對應於章法的秩序律而言。任何章法都可依循此律，經由「移位」（順、逆）而形成其層次邏輯。[16]

透過順與逆的思維與反覆，人類得以經由思維化成人文的思考，展現人類特出於萬物的靈性。同時，也經由順與逆的思考，形成思想與文字語言的章法，人與人之間得以溝通，以及進一步得到理解。

其三，從單點到立體思維章法的螺旋，顯示章法與文章論述的構成是同時存在的理路，並且具有方法論的意義，如陳師滿銘在〈論章法四大律之方法論原則——以多二一（0）螺旋結構作系統探討〉一文中說：

---

[15] 見陳滿銘：〈辭章「多」、「二」、「一（0）」螺旋結構論〉，《文與哲》第 10 期（2007 年 6 月），頁 491～493。

[16] 見陳滿銘：〈章法的「移位」、「轉位」結構論〉，《師大學報：人文與社會類》49 卷 2 期（2004 年 10 月），頁 8。

> 統合各種「章法類型」的「秩序、變化、聯貫、統一」四大
> 律，是可超越「辭章」、「章法」，提升至「普遍性存在」之
> 高度，亦即方法論原則加以確認的。也由此顯示了章法是「一
> 種客觀的存在」、「是與文章同時出現的」。[17]

宇宙萬事萬物之間，其實隱含了某種秩序及運作的軌則，如佛教成立之前，印度婆羅門的哲學即已揭示了生住異滅與成住壞空的思想。人類從出生到死亡，亦多半是經歷了生老病死的過程。然而，在「秩序」之間，仍然存在著「變化」與「聯貫」的運動狀態，最後回歸「統一」而進入和諧的境域。這些宇宙運作的原理，亦是顯現在文章章法之間而成為客觀的存在。

因此，本文從宗密的論證中，亦發現其確立南宗禪的宗旨的「立」，以及論證判攝其他各宗禪法的「論」，以及最後收攝一切回歸圓教的「合」，期能透過前述的螺旋理論以觀察其立體思維與論證章法的特質與意義。

三　宗密立論合涵攝網絡的分析方法與意義

筆者曾於一九九五年出版的拙作《宗密的禪學思想》一書中，提及宗密的「立破合涵攝網絡」，[18]但經過多年反覆的思維，筆者以為其中的「破」，應該修訂為「論」，比較適宜。因此，藉由章法螺

---

[17] 見陳滿銘：〈論章法四大律之方法論原則——以多二一（0）螺旋結構作系統探討〉，《中國學術年刊》第 33 期（2011 年 3 月），頁 114。

[18] 請參見黃連忠：《宗密的禪學思想》（臺北市：新文豐出版股份有限公司，1995年 4 月臺一版），頁 226。

旋理論的啟發，筆者誠願修正舊稿，轉益深思，重新為舊說注入新血的思維。

宗密在《禪源諸詮集都序》的分析論證中，運用了一個章法的重要特色，其程序是先立一個單點線性的「立」，然後透過此「立」確定宗旨及目標。接著，論議判攝各家宗旨，形成「先立後論」與「立論平等」的特質，進而達到「相資和會」的終極目標。前面先確立自家的宗旨，然後說明其他各宗的限制，不過自家與他宗皆各有優缺點，於是必須靠「相資和會」來達成互補長短的目標。因此，讓各宗的優點相得益彰，也讓各宗的缺點互相截長以補短而消弭於無形。因此，筆者以為宗密先「立」一個單點線性的論點，就是優先確立「達摩禪」為最上乘禪的論題。然後分別立論，說明其他各宗的禪法，以判攝的貶義說只是「四禪八定的諸禪行相」，因此並不究竟，唯有南宗禪與華嚴天台等教門之間的相資和會，才能達成圓滿的目標。宗密說：

> 若頓悟自心，本來清淨，原無煩惱，無漏智性，本自具足，此心即佛，畢竟無異，依此而修者，是最上乘禪。亦名如來清淨禪，亦名一行三昧，亦名真如三昧，此是一切三昧根本。若能念念修習，自然漸得百千三昧，達摩門下展轉相傳者，是此禪也。達摩未到，古來諸家所解，皆是前四禪八定，諸高僧修之皆得功用。南岳天台，令依三諦之理，修三止三觀。教義雖最圓妙，然其趣入門戶次第，亦只是前之諸禪行相。唯達摩所傳者，頓同佛體，迥異諸門。故宗習者，難得其旨，得即成聖，疾證菩提；失即成邪，速入塗炭。先祖革昧防失，故且人傳一人；後代已有所憑，故任千燈千照。暨乎法久成弊，錯謬者多。故經論學人，疑謗亦眾。原夫佛說頓教、漸

教，禪開頓門、漸門，二教二門，各相符契。今講者偏彰漸
義，禪者偏播頓宗。禪講相逢胡越之隔，……（宗密）每歎
人與法差，法為人病，故別撰經律論疏，大開戒定慧門，顯
頓悟資於漸修，證師說符於佛意。[19]

在這段引文中，可以明顯的看出宗密採取了「立、論、合」的
分析進路。其推證的程序及內涵是：

【立】＝立論宗旨＝單提論點＝線性結構＝立體思維的起點＝
本體範疇＝螺旋「一（0）」

立	立	最上乘禪＝如來清淨禪＝一行三昧＝真如三昧＝達摩禪

[19] 見宗密：《禪源諸詮集都序》，《大正藏》第 48 冊，頁 399 中至下。

【論】＝判攝分別＝正反論證＝平面思維＝立體思維的核心＝境界範疇＝螺旋「二」

		優點	缺點
論	立	達摩所傳，頓同佛體。得即成聖，寂證菩提。先祖革昧防失，故且人傳一人，後代已有所憑，故任千燈千照。	失即成邪，速入塗炭。既乎法久成弊，錯謬者多，故經論學人疑謗亦眾。
	論	古來諸家所解之四禪八定，諸高僧修之皆得功用。	達摩未到前諸家所解皆是四禪八定，天台教義雖最圓妙，但是趨入門戶次第，只是前之諸禪行相。

【合】＝相資合會＝統合諸說＝立體思維＝立體思維的終結＝現象範疇＝螺旋「多」

合	立	佛說頓教漸教，禪開頓門漸門，二教二門各相符契。
	論	今講者偏彰漸義，禪者偏播頓宗，禪講相逢胡越之隔。
	合	每嘆人與法差，法為人病，故別撰經律論疏，大開戒定慧門。顯頓資於漸修，證師說符於佛意。

　　因此，筆者以為宗密在分析論證禪教一致思想的緣起與過程時，所採取的是一種立體思維涵攝網絡的思考進路，這種涵攝網絡系統的論證方法中最主要的特色，就是「後者涵攝前者」、「反覆論證」與「從單點到平面到立體思維」的三項主要特質。因此，在二元的「論」中有「立」與「論」，「合」中則又涵攝了單點的「立」、二元的「論」與立體的「合」。就程序與次第而言，應如下圖所示：

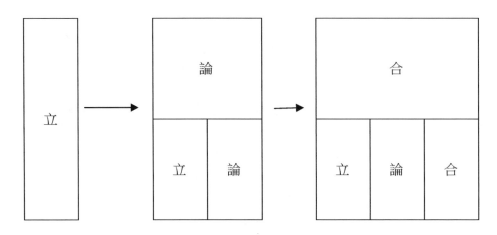

若就整體涵攝的層面與狀態而言，則如下圖：

合					
（立體思維涵攝網絡）					
立	論		合		
（單點）	（平面）		（立體）		
立	立	論	立	論	合

　　因此，宗密的章法論證分析方法，既是個別獨立但又相涵相攝。其中，所謂的平面思維的「論」中有「立」、「論」兩個層面，立體思維的「合」中有「立」、「論」與「合」三個程序。所以，綜觀宗密《禪源諸詮集都序》一文中，多半是以此等立體思維的章法論證分析方法，說明禪教一致合會思想的成立。

　　關於宗密立體思維涵攝網絡的章法分析，筆者試再舉出一則具體而明確的實例，就是在宗密著作中「判攝根據」所引第七的「法義不同善須辨識者」之原文：

七、法義不同善須辨識者：凡欲明解諸法性相，先須辨得法義，依法解義，義即分明，以義詮法，法即顯著。今且約世物明之：如真金隨工匠等，緣作鐶、釧、燈、盞種種器物，金性必不變為銅鐵，金即是法，不變隨緣是義。設有人問：說何物不變，何物隨緣？只合答云：金也，以喻一藏經論義理，只是說心，心即是法，一切是義。故經云：無量義者從一法生，然無量義統唯二種，一不變，二隨緣。……設有人問：說何法不變，何法隨緣？只合答云：心也，不變是性，隨緣是相，當知性相皆是一心上義。今性相二宗互相非者，良由不識真心，每聞心字將謂只是八識，不知八識但是真心上隨緣之義。故馬鳴菩薩以一心為法，以真如生滅二門為義。……今時禪者多不識義，故但呼心為禪，講者多不識法，故但約名說義，隨名生執，難可會通，聞心為淺，聞性謂深，或卻以性為法，以心為義，故須約三宗經論相對，照之法義既顯，但歸一心，自然無諍。[20]

　　宗密在此段的論證是極為重要的過程，因為他明白的表示其禪教一致思想的判攝根據，是來自於《大乘起信論》的「一心論」哲學體系。宗密是先從平面思維「法」與「義」的不同來建構其思想系統，然後「無量義」統攝為「不變」與「隨緣」兩種，以為不變是「性」，隨緣是「相」，而此性、相皆是「一心」的「義」。筆者試從「立論合涵攝網絡」的系統分析如下：

---

[20] 見宗密：《禪源諸詮集都序》，《大正藏》第 48 冊，頁 401 中至下。

立——（立）＝凡欲明解諸法性相，先須辨得法義，依法解義，義即分明，以義詮法，法即顯著。

論——（立）＝無量義統唯二種：一不變，二隨緣。不變是性，隨緣是相。當知性相皆是一心上義。

論——（論）＝今性相二宗互相非者，良由不識真心，每聞心字，將謂只是八識，不知八識但是真心上隨緣之義。

合——（立）＝馬鳴菩薩以一心為法，以真如、生滅二門為義。論云：依於此心顯示摩訶衍義，心真如是體，心生滅是相用。只說此心不虛妄故云真，不變易故云如。是以論中一一云心真如、心生滅。

合——（論）＝今時禪者多不識義，故但呼心為禪，講者多不識法，故但約名說義，隨名生執，難可會通。聞心為淺，聞性謂深。或卻以性為法，以心為義。

合——（合）＝故須約三宗經論相對，照之法義既顯。但歸一心，自然無諍。

因此，宗密的立體思維與立論合涵攝網絡論證章法的特色與意義，筆者歸納為六點：

第一，宗密的立體思維是築基於單點的「立」、平面的「論」與立體的「合」之上，因此這是確立了「預設」最高目標的一個企圖，透過如此論證的章法，顯示其最終的意圖。

第二，宗密的立體思維與立論合涵攝網絡論證章法，主要有三個骨幹，分別是「先立後論」、「立論平等」與「相資和會」的三個層面，首先確立單點線性的宗旨，然後深廣其說平面二元正反的論證，辨析其差別與異同，最後統合涵攝論證而成為相涵互攝的一體，

面面兼顧，次第井然有序。

第三，宗密的立體思維與立論合涵攝網絡論證章法，最主要的特色是「後者涵攝前者」與具備「螺旋論證」的模式，意即前述的立論論點若不周延詳切，後續的論證將加以加強或補實，不僅深廣其說，而且反覆迴旋，圍繞著一個中心的論題而開展其辯證的系統與次第，形成論證中有「立」之宗旨與有「論」之析證，立體的「合」中兼含單點的「立」與平面的「論」，如此章法論證的分析方法可謂深具創意，亦能詳實深切的達到論證的效果與目標。

第四，宗密的立體思維與立論合涵攝網絡論證章法，由於具有相涵相攝的功能，所以此章法分散而可使「立」、「論」、「合」三者可以個別獨立論之，亦即讓「立」、「論」總成為立體的階梯與次第，可以循序廣進而開展其深廣的論述；亦可以總體而觀，聚合而相涵互攝，籠為一體，首尾可以呼應，前後一脈相承。因此，此章法可謂有如兵法之戰陣佈局，有體有用，有開有合，有進有退，有深有廣，深具巧思又極具特色。

第五，宗密的立體思維與立論合涵攝網絡論證章法，具有深確立定宗旨、廣博論證與極難攻破的優點，只要前提立論敘述合理，論者其所立單點宗旨與平面正反二元的論證，必成牢不可破的結論。由於論證相對，正如正反相敵，輾轉論述，最後可以截長補短，存優去劣，合同而能容異，終究可以統攝合一為整體的論述，立論最後明確的證成。因此，此論證章法表裡合一與理事相承，互相發明，強調經緯縱橫的連貫性，並行不悖，相得益彰。筆者以為唯一能夠駁倒此論證章法的關節處，只有其立論宗旨的適切與否，或者是說前提成立的部分，不過這一點對於宗密而言，其嚴謹的思維並不會觸犯如此錯誤。相對的，宗密建構了如此細密的佈局與章法，確是佛教傳入中國之後形成的論證典範，深具弘傳佛學的價值與意

義。

第六，宗密在會通禪門教派思想時，基於「辨章學術，考鏡源流」的立論標準與根據，此雖為學術立論的基點，但是宗密畢竟為佛教大師，因此在宗教實踐的訴求方面，亦是諸多「勸諸學者，善自安心行」的勉勵語。因此，從學術論證的起點或單點為基礎，實則包藏著宗教實踐與相資合會的用心，特別是提到「真性」為其超越的根據，他說：「況此真性，非唯是禪門之源，亦是萬法之源，故名法性；亦是眾生迷悟之源，故名如來藏藏識；亦是菩薩萬行之源，故名心地。」[21]宗密的思想受到《圓覺經》深刻的影響與啟發，從眾生的迷真合塵，說到修行者的背塵合真，若是究其根本源由，宗密特別強調「若直論本性，即非真非妄，無背無合」的根源論，然後說明「真性」不僅是禪門之源，也是萬法之源、眾生迷悟之源與諸佛萬德之源。此即為單點的「立」，也是宗旨的根本立論，其分析方法是直探根源為出發點，強調「洞鑒源流，根源是一」的歷史發展論。繼而釐清各宗各派之間思想矛盾的原因，確立本源與分辨演化之本末順序，達成其哲學思想的會通，也就是說在「體」上說根源是「一」，本質是「同」，至於平面的「相」與現象的「用」，則是各宗各派所形成的表象，實不足取之。因此，洞鑒源流的本體為單點，因此含容平面的「相」與現象多元的「用」的不同宗教流派，此為其論證章法的一大特色。

---

[21] 見宗密：《禪源諸詮集都序》，《大正藏》第 48 冊，頁 399 上至中。

四 結論

　　經過本文的討論，筆者淺見以為思維邏輯與論證章法之間，存在著表裡內外的關係，從單點線性的立論宗旨到平面正反二元的論證，實際上已經開展學術的規模。然而，立體思維的相涵互攝，則是深廣的彰顯了論題的多元層次，因此從立體思維的邏輯角度深入觀察，其實涵攝了「單點線性思維」、「平面相對思維」，才能進而擴展為「立體涵攝思維」。相對的，從「立體涵攝思維」落實在文章論述之間，不僅具備哲學範疇的思想基礎，也為論證的章法程序與形式，帶來新穎的啟發，形成章法思想的另一項詮釋進路。其中，特別值得注意的是章法學的螺旋理論，不僅涵攝了哲學範疇的思想基礎，也為章法分析指向方法論的路徑，並且統合了哲學與美學、文學與藝術、形式與內容等文學創作或哲學論證的背景理論。

　　佛教思想中有所謂「三支」的論證方法，主要是依據「宗」（命題）、「因」（理由）與「喻」（譬喻）而成立的因明論式，這也符合「一（0）」、「二」與「三」的模式。宗密在佛教因明學的基礎之上，更創別徑，以其立體思維的邏輯，架構了一個論證禪學思想的章法結構。關於這一點，筆者以為這是中國佛教乃至於中國思想史上的一個獨特現象，是否承襲歷史上某部著作論說的形式，還是宗密本人刻意為之，尚待後續的研究與探求。

　　時值二十一世紀數位時代的當代，立體思維的章法螺旋理論，正好對應著數位非線性文本的發展，在思維與創作的互動與交涉的過程中，透過順與逆的推證與反覆，在不斷的變動、成立消解與迴旋轉變裡，益見立體涵攝思維的特性與價值，也值得吾人持續關注與後續的研究。

白居易應用散文結構初探

王偉忠

臺北市立教育大學中國語文學系博士生

摘要

　　白居易應用散文，在官方文體束縛下、科考文體限制中，以主題顯明、層次分明、布局細密，破駢體「常格」為「新格」形成自己的特色；如《百道判》、《詔誥文》、《狀表文》、《策林》、《律賦》等文體之創作，為當代學人、進士、官員爭相模仿習作。這無異是另一種文體運動之革新，與韓、柳所倡導之古文運動是一致的。

　　白居易應用散文之結構，以「三段」論式，為其寫作規範，當中變化隨文體不同，而有不同結構組織。今以上述五種體裁為例，將其行文特色，分別說明如次：其一《百道判》，以「主文、本論、結論」布局，即主文、事實、判決；其二《詔誥文》，類似今日之公文，依據「主旨、說明、辦法」行文；其三《狀表文》，以「理由、說明、結論」三段，採順敘或倒敘法，陳述意見；其四《策林》，採「開頭、本論、結論」三段，以問答、設問為主；其五《律賦》，具八股韻味，以「揭題、起敘、結尾」布局：揭題即是破題，起敘即是承題，為全篇緊要處，必須有籠罩全篇，突兀挺拔之勢；結尾乃律賦全篇之精神，必須與起始呼應，一氣貫串之勢，方稱佳妙。以上即是白居易應用散文，破常格為新格之創作。

　　白居易應用文之結構常以「出奇制勝」，亦即作者不因循守舊，受限於既定之程式，而能暢開思維，開廓胸襟，以其獨特之匠心進行「變格」運思，設計立意新穎之結構，創作非凡之成就。

關鍵詞：應用文、結構、百道判、詔誥文、狀表文、策林、律賦

一　前言

　　白居易為唐代一位天賦極高，頗具實力與影響力之文學家。無論詩文數量、體裁種類，抑或是詩文內容，都有豐碩的創作。白居易文學之成就，以詩歌最富感染力與影響力，因而歷代之讀者、論者、研究者，對白居易詩歌之喜愛與研究，毫無疑問，遠超過其散文之研究。

　　白居易散文，如判、策、章表、奏狀、賦、書記、序、銘文、傳記、碑銘、祭文、箴、謠、偈、雜記、小品文等文，多年來為學界所忽視，誠然不公。元稹《白氏長慶集序》云：「明年拔萃甲科。由是〈性習相近遠〉〈求玄珠〉、〈斬白蛇〉等賦及〈百道判〉，新進士競相傳於京師矣。[1]」白居易亦驚訝感嘆：「日者，又聞親友間說，禮、吏部選舉人，多以僕私詩賦判，傳為準的。[2]」又白居易於翰林學士與中書舍人所創制之制詔、制誥文，每為新入學士求訪，寶重過於六典[3]。總之，元稹所言白居易文章為人所爭相學習，主要即在文章的布局而言。

　　所謂「布局」是文章的結構，也是文章的組織形式。它是把文章選取的題材，妥貼安排，適當地組織，使全篇文章不但能夠首尾圓合，前後呼應，而且條理井然，層次分明，同時緊密聯貫，脈絡

---

[1] 冀勤點校：《元稹集》（北京市：中華書局，1982 年），卷 51，頁 554。

[2] 顧學頡校點：〈與元九書〉，《白居易集》（北京市：中華書局，1979 年），卷 45，頁 963。

[3] 同註 1，「樂天於翰林中書，取書詔批答詞等，撰為程式，禁中號曰白樸。每有新入學士求訪，寶重過於六典也。」卷 22，頁 247～248。

相通，使文章成為一個靈活的整體，產生最大的感染力與說服力；而不致於散漫而無條理，雜亂而無章法。而文章的結構法，最常見的有：順敘、倒敘、夾敘、補敘、演繹、歸納、雙括（總分）法、三段說明、與及起承轉合等基本形式。

　　茲以白居易《百道判》與制詔、制詔、表章、策林、律賦等五種應用文，論其結構如次：

二　情理法兼顧的《百道判》

　　白居易《百道判》為其參與吏部考試前之模擬習作題[4]。而其內容有：家庭、婚姻、科舉、教育、喪葬、禮儀、政治、軍事、品行、操守、法律、犯禁等，是就國家、社會、家庭等問題，提出決解之道[5]。《百道判》有鮮明之法制觀念，濃厚的儒家思想，以及深刻的現實情懷等。如卷六十六〈得軍帥選將，多用儒之士。兵部詰其無武藝。帥云：取其謀也〉：

（一）正文

　　　判題：得軍帥選將，多用儒之士。兵部詰其無武藝。帥云：
　　　取其謀也。

4　〔梁〕劉昫：《舊唐書‧白居易傳》「貞元十四年，始進士就試，禮部侍郎高郢擢升甲科，吏部判入等，授秘書郎。元和元年四月，憲宗策試制舉人，應才識兼茂、明於體用科，策入第四等，授盩厔縣尉、集賢校理。」（臺北市：鼎文出版社，1979年），卷166，頁4340。

5　傅興林：《白居易散文研究》（北京市：中國社會科學出版社，2007年），頁146～292。

判詞：忘身死節，誠重武夫；制敵伐謀，則先儒士。將籌策而可尚，奚騎射之足稱？軍帥明以知兵，精於選將；以為彎弧學劍，用無出於一夫；悅《禮》敦《詩》，道可弘於七德。功宜保大，理貴從長。若王師之有征，以謀則可；苟戎略之無取，雖藝何為？況晉謀中軍，選於郤縠；漢求上將，舉在儒流。豈惟我武惟揚，誠亦斯文不墜。元戎舉德，未爽能軍；兵部執言，恐為辱國[6]

（二）結構分析

1 主文；總起

得軍帥選將，多用儒之士。兵部詰其無武藝。帥云：取其謀也。

2 本論

（1）分述：忘身死節，誠重武夫……奚騎射之足稱？
（2）分述：軍帥明以知兵，精於選將……誠亦斯文不墜。

3 結論；總結

元戎舉德，未爽能軍；兵部執言，恐為辱國。

---

[6] 同註2《白居易集》，卷66，頁1381。為省篇幅，以下所引文本，皆以卷次、頁數標示。

（三）分析說明

　　《百道判》之寫作，以三段論述法為主，類似今日法院「判決書」之寫作。主文即是判題，事由之陳述，是判詞歸屬標識，是判詞賴以產生之背景形成基礎。判詞是判題規定下為糾紛、訴訟者做出合情入理的最終裁決。由此可知，判題、判詞是相互依存，互為表裡，兩者是構成一道完整判文不可少的要素。

1　主文

　　為事件原因。「得」字為假設詞，而後即是判詞之寫作。

　　總起是糾紛訴訟起因，及當事雙方所持立場態度之簡要概述。

2　本論

　　（1）分述是依據主文要件加以說明：斷案者或釋紛者，對案件處理之基本態度，是案件總體基調。

　　（2）分述是依據主文要件加以說明：斷案者或釋紛者，對案件剖析，曲直給予詳實評論。

3　結論

　　結尾總結，針對本論（1）（2）說明：斷案者或釋紛者，為案件最終判決。

　　由判詞可知，白居易《百道判》之寫作，依四六句式、陳述句法行文。開頭以四言以四句，而後即是六言二句；中間說明則六四、四六、四四句式等交替使用，陳述說明事由經過，其中「**道可弘於**

七德[7]」即是引用左傳宣公十二年「夫武，禁暴、戢兵、保大、定民、和眾、豐財者也」的典故；又「晉謀中軍，選於義府」引左傳「晉楚城濮之戰[8]」及「秦晉殽之戰[9]」先軫（原軫）之典故；其次，「漢求上將，舉在儒流[10]」一句即引漢書項羽列傳，宋義之典故。「義府」，乃義理之府藏，指《詩》、《書》經而言，此處與「儒流」為同義互文。結論部分，又以四言四句呼應首句，與人有一氣合成之感。又如卷六十六〈得丁冒名事發，法司准法科罪。節度使奏丁在官有美政，請免罪真授，以勸能者。法司以亂法不許〉：

（一）正文

> 判題：得丁冒名事發，法司准法科罪。節度使奏丁在官有美政，請免罪真授，以勸能者。法司以亂法不許。
>
> 判詞：宥者利淫，誅則傷善。失人猶可，壞法實難。丁僭濫為心，俛僋從事。始假名而作偽，咎則自貽；終勵節而為官，政將可取。節使以功惟補過，請欲勸能；憲司以仁不惠姦，議難亂紀。制宜經久，理貴從長。見小善而必求，材雖苟得；

---

[7] 《十三經注疏・左傳・宣公十二年》，「夫武，禁暴、戢兵、保大、定功、安民、和眾、豐財者也……武有七德，我無一焉！何以示子孫，其為先君宮，告成事而已。」（北京市：中華書局，1979 年），頁 1882～1883。

[8] 同註 7，《左傳・僖公二十八年》，「夏，四月，己巳，晉侯、齊師、宋師、秦師及楚人戰於城濮。楚師敗績。」頁 1823。

[9] 同註 7，《左傳・僖公三十三年》，「晉原軫曰：『秦違蹇叔，而以貪勤民，天奉我也……』夏四月敗於殽。」頁 1833。

[10] 《漢書・項羽列傳》，「宋義所遇齊使者高陵君顯見楚懷王曰：『宋義論武信君必敗，數日果敗……』王召宋義與計事而說之……宋義曰：『……夫擊輕銳，我不如公；坐運籌策，公不如我。』……」，（臺北市：鼎文書局，1979 年），頁 1802。

踰大防而不禁，弊將若何？濟時不在於一夫，守法宜遵手三
尺。盍懲行詐？勿許拜真。（同注 2《白居易集》，卷 66，頁 1379
～1380）

（二）結構分析

1　主文；總起

得丁冒名事發法司准法科罪……法司以亂法不許。

2　本論

（1）分述：宥者利淫，誅則傷善……終勵節而為官，政將可取。
（2）分述：節使以功惟補過……踰大防而不禁，弊將若何？

3　結論；總結

濟時不在於一夫，守法宜營遵手三尺。盍懲行詐，勿許拜真。

（三）分析說明

依《唐律》卷二十五〈詐偽律〉：「詐假官假與人官」條：「諸詐
假官，假與人官及受假者，流二千里。[11]」《疏議》曰：「詐假官，謂
虛偽詐假以得官，若虛假授與人官及受詐假官者，并流二千里。[12]」

---

[11] 〔唐〕長孫無忌：《唐律疏議》，頁 13，「凡二十七條，為第九條」。（臺北市：
臺灣商務印書館）。
[12] 同註 11，頁 313。

由上述典例可知，唐律對官員之控管謹嚴，豈是節度使所能左右？

1 主文；總起

節度使為冒名官員，陳情事件之說明。

2 本論

（1）分述是依據主文要件加以說明：斷案者或釋紛者，對事件性
質之說明，亦是判者對其事故，表明其基本態度。

（2）分述是依據主文要件加以說明斷：案者或釋紛者，剖析案件，
說明行事之重要性，否定並指責節度使之不是。

3 結論

結尾總結，針對本論（1）（2）說明：斷案者或釋紛者最終判決，
明確否決節度使之陳情。

就判詞而言，當然涉及唐代法律用語，因而說明時必然出現辭
藻華麗、典故堆疊的現象。而此篇句法仍以四六句為主，中間夾雜
散文句，白居易是有心改變時文的作為。如結論「濟時不在於一夫，
守法宜遵手三尺。盍懲行詐，勿許拜真。」即也。

由上述可知，白居易《百道判》之撰寫，有判題、判詞。寫作
結構為：主文是事實之陳述，一為原告，一為被告；再次，為理由
說明，按律而為，依本事而判，據事實結論。白居易於判詞中，對
丁之美政有所認同，但無法原宥其違法行為。

總觀白居易《百道判》之寫作，係依事件發生的原因，以關懷
同理心處理案件。也就是以合情、合理、合法之態度撰寫判詞（判

決書），以事實陳述，據事實做結論，依人道而為之。

三　敘事翔實的詔誥文

　　白居易詔誥文為朝廷之應用文，是替皇帝、宰相所撰寫的下行
文。白居易詔誥文是他任職翰林學士與中書舍人時，所撰寫的官方
公文，有四百三十三篇；在白居易散文中，佔有二分之一，可謂多
矣。

　　其寫作有一定行的文規範，其內容則有認識、政治、文化方面
的作用；如職官爵位、君臣禮儀、典章制度、中唐形式、對外關係，
以及個人修養、施政要義、獎懲制度與忠君孝親、弘恩博愛、婦道
母儀、宣揚釋道等[13]。

　　白居易詔誥文，類似今日之公文，有固定的行文結構；且用當
時的駢文行文。「詔」，照也，帝王下詔，即有昭示臣民之意。「誥」，
告也，上告發下曰誥。「制」，裁也，引申為帝王命令。「詔、誥、制」，
如同今日之「命令」。如〈李暈安州刺史制〉：

（一）正文

　　宿州刺史李暈：勳閥之門，嗣生才略；久參戎衛，頗著勤勞。試
守列城，觀其為政。屬汴、泗之右，創畫州居；府署城池，委之經始：
一日必葺，三年有成。且聞公勤，宜有遷轉。重分憂寄，再佇良能；
往安吾人，無忝厥命。可安州刺史。（同注 2《白居易集》，卷五十五，
頁 1162～1163）

---

[13] 同註 5，頁 470～505。

（二）結構分析

　主旨：宿州刺史李暈：動閥之門……守列城，觀其為政。
　說明：屬汴、泗之右，創畫州居，府署城池……往安吾人，無忝
　　　　厥命。
　辦法：可安州刺史。

（三）分析說明

1　此文是唐憲宗元和二年（西元 807 年）至元和六年（西元 811
　　年），白居易為翰林學士時所作。
2　白居易此類文體之創作是以主旨、說明、辦法（結論）三段式
　　寫作法。
　　主旨：為全文精要，說明李暈才能，以簡單具體扼要為是。
　　說明：依據事實，說明期望李暈有所做為。
　　辦法：提出具體要求，核示人事命令。
3　白居易詔誥文以正確、清晰、簡明、周詳發揮其文學素修，力
　　求文字通曉，不以華麗行文，而以淺易平淡為主。
　至於外交之誥文，滋舉〈冊迴鶻可汗加號文〉為例分析如下：

（一）正文

　　維長慶元年、辛丑，某月朔、某日，皇帝若曰：北方之強，
　　代有君長。作殿玄朔，賓于皇唐。粵我祖宗，錫乃婚媾。五
　　聖六紀，二邦一家。此無北伐之師，彼無南牧之馬。兵匣鋒
　　刃，使長子孫，協德保和，以至今日。
　　咨爾迴鶻君登里羅羽錄沒密施句主毗伽可汗：義智忠肅，武

決勇健，天之所授，時而後生。

故東漸海夷，西互山狄，惠寧威制，鱗帖草偃；聲有聞於天下，氣無敵於荒外。而能事大圖遠，納忠貢誠；請仍舊姻，誓嗣前好。

朕稚睦鄰是務，柔遠為心，既降和親之命，遂申飾配之禮。禮物大備，寵章有加；喜動陰山，光增昴宿。

夫以迴鶻雄傑如彼，慶榮若此，雖自貴曰天驕子，未稱其盛；雖自尊曰 天可汗，未稱其美；宜賜嘉號，以大誇將來。今遣使某官、某副使某官等、持節加冊為信義勇智雄重貴壽天親可汗。

嗚呼！釐降展親，大德也。進冊加號，大名也。宜乎思大德，稱大名，懋哉始終，欽若唐之休命！（同注2《白居易集》卷五十，頁1044～1045）

（二）結構分析

主旨：維長慶元年辛丑，某月朔某日，皇帝若曰……叶德保和，以至今日。

說明：

1.咨爾迴鶻君登里羅羽錄沒密施句主毗伽可汗，……時而後生。

2.故東漸海夷，西互山狄……請仍舊姻，誓嗣前好。

3.朕稚睦鄰是務，柔遠為心……喜動陰山，光增昴宿。

辦法：

1.夫以迴鶻雄傑如彼……為信義勇智雄重貴壽天親可汗。

2.嗚呼！釐降展親，大德也……欽若唐之休命。

（三）分析說明

1　此文作長慶元年（西元 821 年），白居易五十歲，任職主客郎中、知制誥。依舊《舊唐書》卷一九五〈迴鶻傳〉：「長慶元年五月，迴鶻宰相、都督、公主、摩尼等五百七十三人入朝迎公主，於鴻臚寺安置。敕：太和公主出降迴鶻為可敦，宜令中書舍人王起赴鴻臚寺宣示，以左金吾衛大將軍胡證檢校戶部尚書、持節充送公主入迴鶻及冊可汗使；光祿卿李憲加兼御史中丞，充副使；太常博士殷侑改殿中侍御史，充判官。」[14]當即此制所指。

2　第一段：主旨，說明理由，具體扼要。

北方之強，代有君長。作殿玄朔于皇唐。粵我祖宗，錫乃婚媾。……使長子孫。協德保和，以至今日。

第二段：說明，依據事實來原經過或理由提出說明：

1　摘述要點。

義智忠肅，武決勇健。天之所授，時而後生。

2　敘述迴鶻事跡。

故東漸海夷，西互山狄……請仍舊姻，誓嗣前好。

3　允許和親並備大禮。

朕惟睦鄰是務，柔遠為心……喜動陰山，光增昴宿。

第三段：辦法：提出具體處理方法。

1　冊封為。

……信義勇智雄重貴壽天親可汗。

---

[14] 同註 4 劉昫《舊唐書》，頁 5210。

2 頌贊。

嗚呼！釐降展親，大德也……欽若唐之休命！

3 白居易詔誥文中，現存對外關係之書信有十二道[15]。由此可知，唐王朝對外交往之頻繁，從上舉文中，即可窺見唐王朝之國際地位、對外政策、交往禮儀、以及處理糾紛之概況。

4 文中稱「請仍舊姻，誓嗣前好」，此為外交手段之一，甚至連加尊號也須經唐皇帝親自冊封，方覺榮耀。所謂「雖自貴曰天驕子，未稱其盛。雖自尊曰天可汗，未稱其美。宜賜嘉號，以大誇將來」迴鶻此舉，是對唐王朝之尊重、依賴與敬畏，同時極重視此詔書。

三 抒情明志的奏表文

白居易奏表之作，見於文集卷五十八至六十一，共六十餘篇，而其內容為：陳情感恩，表明心志；或憂慮軍政，提出見言；或糾彈不法，揭斥權貴；或體恤人情，為民請命；或密陳面奏，正言直書[16]。茲以〈初授拾遺獻書〉為例說明如次：

---

[15] 同註2：卷50〈冊新回鶻可汗〉；卷50〈冊新回鶻可汗加號文〉；卷50〈回鶻弔祭冊立使制〉；卷51〈祭回鶻可汗文〉；卷52〈渤海王子加官制〉；卷53〈新羅賀正使金良忠授官歸國制〉；卷56〈與吐蕃宰相鉢闡布敕書〉；卷56〈與吐蕃宰相尚綺心兒等書〉；卷56〈代王侶答吐蕃北道節度使論贊勃藏書〉；卷56〈與新羅王金重熙等書〉；卷57〈與南詔請平書〉；卷57〈與回鶻可汗書〉。

[16] 同註5，頁513～553。

（一）正文

五月八日，翰林學士、將仕郎、守左拾遺臣白居易頓首，謹昧死奉書於旒扆之下：臣伏奉前月二十八日恩制，除授臣左遺、依前充翰林學者。臣與崔羣同狀陳謝，但言忝冒，未吐衷誠。今者再黷宸嚴，伏惟重賜詳覽。

臣謹按《六典》：左右拾遺掌供奉、諷諫，凡發令舉事，有不便於時，不合於道者，小則上封，大則庭諍。其選甚重，其秩甚卑。所以然者，抑有由也。大凡人之情，位高則惜其位，身貴則愛其身。惜位則偷合而不言，愛身則苟容而不諫，此必然之理也。

故拾遺之置，所以卑其秩者，使位未足惜，身未足愛也。所以重選者，使上不忍負恩，下不忍負心也。夫位未足惜，恩不忍負；然後能有闕必規，有違必諫；朝廷得失無不察，天下利病無不言，此國朝置拾遺之本意也。由是而言，豈小臣愚劣闇懦所以宜居之哉？

況臣本鄉里豎儒，府縣走吏，委心泥滓，絕望煙霄；豈意聖慈，擢居近職。每宴飫無不先及，每慶賜無不先霑；中廄之馬代其勞，內廚之膳給其食。朝慚夕惕，已逾半年。塵曠漸深，憂愧彌劇。未伸微効，又擢清班。臣所以授官已來，僅將十日：食不知味，寢不遑安；唯思粉身，以答殊寵，但未獲粉身之所耳。

今陛下肇建皇極，初受鴻名，夙夜憂勤，以求致理。每施一政，舉一事，無不合於道，便於時；故天下之心，顒顒然日有望於太平也。然今後萬一事有不便於時者，陛下豈不欲聞

之乎？萬一政有不合於道者，陛下豈不欲革之乎？候陛下言
動之際，詔令之間，小有遺闕，稍關損益；臣必密陳所見，
潛獻所聞，但在聖心裁斷而已。

臣又職在中禁，不同外司；欲竭愚衷，合先陳露。伏希天鑒，
深察赤誠。無任感恩欲報，懇款屏營之至！謹言。（同注 2
《白居易集》，卷五十八，頁 1228～1229）

（二）結構分析

理由；總起：先簡介上書之意。

　五月八日，翰林學士⋯⋯伏惟重賜詳覽。

說明

　1 分述：臣謹按《六典》⋯⋯愛身則苟容而不諫，此必然之理
　　　　　也。

　2 分述：故拾遺之置，所以卑其秩者⋯⋯豈小臣愚劣闇懦所以
　　　　　宜居之哉？

　3 分述：況臣本鄉里豎儒⋯⋯唯思粉身，以答殊寵，但未獲粉
　　　　　身之所耳。

　4 分述：今陛下肇建皇極，初受鴻名，夙夜憂勤⋯⋯但在聖心
　　　　　裁斷而已。

結論；總結

　臣又職在中禁，不同外司⋯⋯感恩欲報，懇款屏營之至！謹言。

（三）分析說明

　1　此文作於元和三年（西元 808 元），年三十七，時任左拾遺、

翰林學士。從文中可知居易授左拾遺，有心應賢方正能直言極
諫，盡自己之職責，感謝皇上知遇之恩。

2　本文採三段式「順敘法」：依照時間、因果先後進行；先寫原
因，再寫經過，後寫結果，抑是總分結構的寫法。此法又稱「正
敘」，是一種最常見的布局。

3　理由，總起為說明上書之意，自成一段；中間，以四小段分述
說明，合成一段；結論，獨立成一段，表心志以報知遇之恩。

4　本文不斷出現錯綜疊句行文。如「位高則惜其位，身貴則愛其
身。惜位則偷合而不言，愛身則苟容而不諫」、「所以卑其秩者，
使位未足惜，身未足愛也。所以重選者，使上不忍負恩，下不
忍負心也」、「每宴飲無不及，每慶賜無不先霑」等皆是。文中
不斷流露其內心之渴望，積極為國服務之心躍然紙上。又如〈杭
州刺史謝上表〉：

（一）正文

臣某言：去七月十四日，蒙恩除授杭州刺史。屬汴路未通，
取襄漢路赴任。水陸七千餘里，晝夜奔馳，今月一日到本州，
當日上任訖。

上分憂寄，內省庸虛，仰天載恩，跼地失次。臣某。中謝。
臣謬因文學，忝廁班行；自先朝黜官已來，六年放棄；逢陛
下嗣位之後，數月徵還。生歸帝京，寵在郎署。不踰年，擢
知制誥；未周歲，正授舍人。出泥登霄，從骨生肉；唯有一
死，擬將報恩。

旋屬方隅不寧，朝廷多事；當陛下旰食宵衣之日，是微臣輸
肝寫膽之時。雖進獻愚衷，或期有補；而退思事理，多不合

宜。臣猶自知，況在天鑒？

忝非土木，如履冰泉。合當鼎鑊之誅，尚忝藩宣之寄。才小官重，恩深責輕；欲答生成，未知死所。唯當夙興夕惕，焦思苦心，恭守詔條，勤恤人庶，下蘇凋瘵，上副憂勤。萬分之恩，莫酬一二。

仰天舉首，望闕馳心。葵藿之志徒傾，螻蟻之誠難達。無任感恩激切之至！謹奉表稱謝以聞。長慶二年。（同注 2《白居易集》，卷六十一，頁 1283～1284）

（二）結構分析

理由：總起

臣某言：去七月十四日，蒙恩除授杭州刺史……上任訖。（今）

說明

1 分述：上分憂寄……仰天載恩，跼地失次。臣某。中謝。（昔）

2 分述：臣謬因文學，忝厠班行未 ……唯有一死，擬將報恩。（昔）

3 分述：旋屬方隅不寧，朝廷多事……臣猶自知，況在天鑒？（昔）

結論：總結

忝非土木，如履冰泉……謹奉表稱謝以聞。（今）

時間：長慶二年。

（三）分析說明

1 此文作於長慶二年（西元 822 年），五十一歲，時任杭州刺史。

《舊唐書》十六卷穆宗紀：「壬寅（十四日），出中書舍人白居易為杭州刺史。」[17]

2 白居易此表之結構，以三段式「倒敘法」行文亦是總分結構寫法。

3 第一段，以總起「今日」事由，後以再以「今日」補述到任經過。為任職的報告陳述。

第二段， 中間分述部分自成一大段：

（1）小段以「上分憂寄，內省庸虛，仰天載恩，蹐地失次。臣某。中謝。」出題，又稱過接；為以後二小段陳述用。並以敘事方式表明心志，為民負責。

（2）小段，陳述為舍人之經過。「臣謬因文學，忝廁班行……未周歲，正授舍人。出泥登霄，從骨生肉；唯有一死，擬將報恩」。

（3）小段，陳述欲報陛下知遇之恩，然所提意見不被採納「旋屬方隅不寧，朝廷多事；……而退思事理，多不合宜。臣猶自知，況在天鑒？」

第三段，結論；總結（1）、（2）、（3）為「昔日」的經過加以陳述、說明，並表明心志。蒙寵恩受刺史之官，當為民盡責，報答陛下知遇之恩。呼應第一段「今日」，是總結段，獨立成一段，陳述今後刺史應盡的職責。

4 第二段中間段，為說明是本文主體，以真摯之情，陳述內心感激之情。一邊敘事、一邊抒情，細膩有味，才能撼動人心，感

---

[17] 同註5，頁498。

人肺腑。此段以鋪敘方式寫作，層次分明，抒情明志，真情流露；並採亦駢亦散之文句，陳述內心真實情感。

5 結論：以對偶句法表明心志，「仰天舉首，望闕馳心。葵藿之志徒傾，螻蟻之誠難達」，四四、六六句型寫作，如詩一般，親切有味。

總之，以上二篇文章，在結構上雖有「順敘」、「倒敘」的不同。但都能見到白居易從政以來，不改「為國」、「為民」，熱忱服務的初衷；不論為朝官、州官，始終如一。

五　說理周圓的策林文

白居易詩文集第六十二至六十五卷，有《策林》七十五篇，為唐文久負盛名的鴻篇巨作。此乃白居易於憲宗元和元年（西元 806 年）參與制舉考試前之習作，是白居易早年從政思想與學術成就最佳的表現。

白居易《策林序》云：「元和初，予罷校書郎，與元微之將應制舉。退居於上都華陽觀，閉門累月，揣摩當代之事，構成策目七十五門……凡所應對者，百不用其一二，其餘自以精力所致，不能棄捐，次而集之，分為四卷，命曰《策林》云耳。」[18]今以〈養老〉在使之壽富貴一文為例，說明如次：

（一）正文

臣聞：昔者西伯善養老，而天下歸心。善養者，非家至戶見，

---

[18] 同註 2，頁 1287。

衣而食之，蓋能為其立田里之制，以安其業；導樹畜之產，以厚其生。使生有所養，老有所終，死有所送也。近代之主，以為老者，非帛求暖，非肉不飽；而特頒布帛肉粟之賜，則為養老之道，盡於是矣。臣以為小惠也，非大德也。何則？賜之以布帛，仁則仁矣；不若勸其桑麻之業，使天下五十者可以衣帛矣。賜之以肉粟，惠則惠矣；不若教其雞豚之畜，使天下七十者可以食肉矣。然後牧以仁賢，慎其刑罰；雖不與之年，而老者得以壽矣。不奪其力，不擾其時，雖不與之財，而老者得以富矣。使幼者事長，少者敬老；雖不與之爵，而老者得以貴矣。此三代盛王，所以不遺年而興孝者，用此道也。（同注 2《白居易集》，卷六十五，頁 1375）

（二）結構分析：

第一段，開頭；起：

　　臣聞：昔者西伯善養老，而天下歸心。（起）

第二段，本論：

　　（1）正：善養者，非家至戶見……死有所送也。（正）

　　（2）反：近代之主，以為老者……盡於是矣。（反）

　　（3）轉：臣以為小惠也，非大德也。何則？（轉、出題）

　　　　：賜之以布帛……七十者可以食肉矣。（正—辦法之一）

　　　　：然後牧以仁賢……而老者得以貴矣。（正—辦法之二）

第三段，結論，合：此三代盛王，所以不遺年而興孝者，用此道也。（合）

（三）分析說明

1 此文為《策林》第七十五，文以三段式（是什麼、為什麼、怎麼樣的一種布局方法，三者的順序，可依主題或重點靈活變化），採「問答法」行文[19]。文中白居易提出自我見解，說明養老在使之壽富貴的觀念。引用孟子對梁惠王提出養民之道的典故來說明[20]。

2 第一段：「起」為總綱，說明原因，文眼以「養」為主。開頭先提出西伯善養民，於是天下人心歸之。

3 第二段本論：

（1）「正」順「起」總目標，提出（正面）辦法。

白居易自我見解，善養者應以「田里」制度為優先，而後免養生送死之苦。

（2）「反」提出說明，近代則以小惠養老，觀念錯誤。俾與（1）「正」對比，說明今昔不同的養老做法。

（3）「轉」辦法要旨，「何則？」出題承上啟下用。

「正—方法一」反駁，並提出解決之道一。桑麻、雞豕之蓄。

「正—方法二」解決之道二：仁賢、刑罰、不擾民、順時序而為。

4 第三段結論：「合」以呼應首段。

本文以正反法行文，並以今昔為對比，為白居易早年思想之根

---

[19] 仇小屏：《篇章結構類型論・冊下》（臺北市：萬卷樓圖書公司，2000 年），頁 484～501。

[20] 《十五經注疏・孟子》，「養生送死無憾，王道之始也。五畝之宅，樹之以桑，五十者可以衣帛矣。雞豚狗彘之畜，無失其時，七十者可以食肉矣。百畝之田，勿奪其時，數口之家，可以無饑矣。盡庠序之教，申之以孝悌之義，頒白者，不負戴於道路矣。」（北京市：中華書局，1979 年），頁 2665。

源。再以〈塞人望歸眾心〉為例：

夫欲使人望塞、眾心歸者，無他焉，在陛下慎初之所耳。臣聞：天子動則左史書之，言則右史書之。言動不書，非盛德也；書而不法，後嗣何觀焉？若王者言中倫，動中度；則千里之外應之，百代之後歌之，況其邇者乎？若言非宜，動非禮；則千里之外違之，百代之後笑之，其邇者乎？是以古之天子，口不敢戲言，身不敢妄動；動必三省，言必再思。況陛下初嗣祖宗，新臨兆庶：臣伏見天下之目，專專然以觀陛下之動也；天下之耳，顯顯然以聽陛下之言也。則陛下出一言，不終日而達於朝野；動一事，不浹辰而聞於華夷，蓋是非之聲，無翼而飛矣。損益之名，無脛而走矣。陛下得不慎之哉？伏惟觀於斯，察於斯，使一言一動，無所苟而已矣。言動不苟，則天下之望塞焉，天下之心歸焉。（同注 2《白居易集》，卷六十二，頁 1291～1292）

5 以「在慎言動之初」為行文主旨，以「釋義、闡論、結論」三段式結構，亦採「問答法」行文。

6 以對偶、比較、正反、因果、疑問句式進行說理，詞語懇切，並提出政策。白居易所作策文，為當代學子、文士爭相模擬習作；以其能破常格行文。以三段式結構書寫，在駢體文句中引用散句，以詞語淺淡簡易為主。

六　八股雛型的律賦

唐代承繼隋制，採取科舉考試的方式，延攬、選拔人才。唐初，科舉考試項目有：秀才、俊士、明經、明法、明算、明字、進士等。

其中進士科考，最為士人所喜愛、所重視。

　　白居易在《與元九書》云：「九歲，諳識聲韻。十五、六，始知有進士，苦節讀書。二十以來，晝課賦，夜課書，間又課詩，不遑寢息矣。以至於口舌成瘡，手肘成胝。既壯而膚革求豐盈，未老而齒髮早衰白，瞥瞥然飛蠅垂珠在眸子中也，動以萬數。蓋以苦學力文所致，又自悲矣！家貧多故，二十七，方從鄉賦；既第之後，雖專於科試，亦不廢詩。」[21]

　　白居易在應考準備上，有十餘年工夫，耗費超乎常人之心力。其間賦、詩最勤，終於在二十七歲得為鄉貢進士，隨後省試過關，榮登進士及第。白居易書中曾兩度提及「賦」，一為「晝課賦」，一為「二十七，方從鄉賦」。是為科考而準備，其賦作定有與眾不同的特色。

　　元稹《白氏長慶集序》云：「明年拔萃甲科。由是〈性習相近遠〉、〈求玄珠〉、〈斬白蛇〉等賦及〈百道判〉，新進士競相傳於京師矣。」[22]白居易亦驚訝嘆道：「日者，又聞親友間說，禮、吏部選舉人，多以僕私詩賦判，傳為準的。」[23]可見白居易對賦的創作，極為志得意滿。

　　白居易詩文集第卷三十八，有詩賦十五篇。包括體物、言情、紀事、說理、論文等五類[24]。白居易於貞元十六年（西元 800 年）二

---

[21] 同註 2《白居易集》，卷四十五，頁 962。

[22] 同註 1。

[23] 同註 2《白居易集》，卷四十五，頁 963。

[24] 同註 2《白居易集》，卷三十八，頁 861～877。又同註 5 傅興林：《白居易散文研究》，頁 608～637。體物賦〈雞距筆賦〉〈敢諫鼓賦〉；言情賦〈泛渭賦〉〈傷遠行賦〉〈窗中列遠岫詩〉；記事賦〈宣州試射中正鵠賦〉〈漢高皇帝新斬白蛇賦〉〈黑龍飲渭賦〉〈玉水記方流詩〉；說理賦〈動靜交相賦〉〈省試性習相近賦〉〈求玄珠賦〉〈大巧若拙賦〉〈君子不器賦〉；論文賦〈賦賦〉

月十四日，由中書侍郎高郢主試下，試《性習相近遠賦》以「君子之所慎焉」為韻，依次用焉，限三百五十字已上成文[25]。茲以此文，說明如次：

（一）正文

噫！下自人，上達君；德以慎立，而性由習分。

習則生常，將俾夫善惡區別；慎之在始，必辯乎非糾紛。原夫性相近者，豈不以有教無類，其歸於一揆？習相遠者，豈不以殊途異致，乃差於千里？

昏明波注，導為愚智之源；邪正歧分，開成理亂之軌。安得不稽其本，謀其始；觀所恆，察所以？考成敗而取捨，審臧否而行止。俾流遁者反迷塗於騷人，積習者遵要道於君子。且夫德莫德於老氏，乃曰道是從矣；聖莫聖於宣尼，亦曰非生知之。則知德在修身，將見素而抱樸；聖由志學，必切問而近思。在乎積藝業於黍累，慎言行於毫釐。

故得其門，志彌篤兮，性彌近矣。由其徑，習愈精兮，道愈遠爾。其旨可顯，其義可舉。勿謂習之近，徇迹而相背重阻；勿謂性之遠，反真而相去幾許。亦猶一源派別，隨混澄而或濁或清；一氣脈分，任吹煦而為寒為暑。是以君子稽古於時習之初，辯惑於成性之得所。然則性者中之和，習者外之徇。中和思於馴致，外徇戒於妄進。非所習而習則性傷，得所習

---

[25] 朱金城：《白居易年譜》，「此外，尚有《玉水記方流詩》、第五道，以第四人及第，十七人中年最少。及第後，歸洛陽」（臺北市：文史哲出版社，1991 年），頁 20。

而習則性順。

故聖與狂，由乎念與罔念；福與禍，在乎慎與不慎。慎之義，莫匪乎率道為本，見善而遷。觀炯誠於既往，審進退於未然。故得之則至性大同，若水濟水也；失之則眾心不等，猶面如面焉。

誠哉！性習之說，吾將以為教先。（同注 2《白居易集》，卷三十八，頁 867～868）

（二）結構分析

第一段，開頭：

噫！下自人，上達君；德以慎立，而性由習分。（揭題）

第二段，本論：

承題：習則生常，將俾夫善惡區別……，乃差於千里？（承）

起講：昏明波注，導為愚智之源……積習者遵要道於君子。（起講、轉）

（1）分述：且夫德莫德於老氏，……慎言行於毫釐。

（2）分述：故得其門，志彌篤兮……任吹煦而為寒為暑。

（3）分述：是以君子稽古於時……得所習而習則性順。

（4）分述：故聖與狂……審進退於未然。

（5）分述：故得之則至性大同……猶面如面焉。

第三段，結論：

誠哉！性習之說，吾將以為教先。（合）

（三）分析說明

1 先簡單說明，提出：「修習」、「慎德」之重要性，為引論動機，又稱揭題（破題）。白居易律賦，以「揭題、起敘（承、轉）、結尾（合）」三段式行文。

2 揭題即是破題，起敘即是承題，為全篇緊要處，必須有籠罩全篇，突兀挺拔之勢。結尾乃律賦全篇之精神，必須與起始呼應，一氣貫串之勢，方稱佳妙。李調元《賦話》卷一中云：「白居易〈性習相近遠賦〉噫！下自人，上達君；德以慎立，而性由習分。李涼公逢吉大奇之，為寫二十餘本。」[26]白居易此賦破題之所以被稱道，主要在於其以簡練語句，對命題作深入之理解。

3 起敘部分：層次分明，逐一解說明「修習」與「慎德」之重要性。

第二段之一，承題：以「性相近、習相遠」對比為承上啟下。

第二段之二，起講：亦是轉「昏明波注，導為愚智……積習者遵要道於君子。」

啟下文（1）、（2）、（3）、（4）、（5）。

（1）分述：「且夫德莫德於老氏，乃曰道是從矣；聖莫聖於宣尼，亦曰非生知之。」

（2）分述：「勿謂習之近，徇迹而相背重阻；勿謂性之遠，反真而相去幾許。」、「一源派別，隨混澄而或濁或清；一氣脈分，任吹煦而為寒為暑。」

（3）分述：「非所習而習則性傷，得所習而習則性順。」

---

26 李調元：《賦話》（臺北市：臺灣商務印書館，1965 年），卷 1，頁 22～23。

（4）分述：「故聖與狂，由乎念與罔念；福與禍，在乎慎與不慎。慎之義，莫匪乎率道為本，見善而遷。觀炯誡於既往，審進退於未然。」

（5）分述：「故得之則至性大同，若水濟水也；失之則眾心不等，猶面如面焉。」

以上（1）～（5）小段分述，連續以對比、排比句法陳述，皆是律賦中少見的長句，具有靈動之氣的散文句式。

4 總尾：呼應首段，「誠哉！性習之說，吾將以為教先。」以畫龍點睛之妙，綜合全文之意，歸納提出結論。

由上舉證可知白居易之律賦，無論謀篇、命意，或是遣詞、用句，皆出律賦之常規而以散體入於文中，以散句、長句破四六之板滯，縱放自如，呈現長短兼用之行文風格。

由此亦可知，白居易律賦之作，已有對比、數字限制，已具有明、清八股文之雛型。惟獨缺破題、承題、起講、提比、小比、中比、後比、收束八段之結構。[27]茲再以〈動靜交相賦〉節文為例：

> 天地有常道，萬物有常性：道不可以終靜，濟之以動；性不可以終動，濟之以靜。養之則兩全而交利，不養之則兩傷而交病。故聖人取諸《震》以發身，受諸《復》而知命。所以《莊子》曰：『智養恬。《易》曰：『蒙養正』』吾觀天文，其中有程：日明則月晦，日晦則月明。明晦交養，晝夜乃成。吾觀歲功，其中有信：陽進則陰退，陽退則陰進。進退交養，寒暑乃順。且躁者、本於靜也。斯則躁為民，靜為君；以民養君，教化之根；則動養靜之道斯存。且有

---

27 見啟功等：《說八股文》（北京市：中華書局，2000 年），頁 1～58。

者，生於無也。斯則無為母，有為子；以母養子，生成之理：則靜養動之理明矣。所以動之為用，在氣為春，在鳥為飛，在舟為輯，在弩為機。不有動也，靜將疇依？所以靜之為用，在蟲為蟄，在水為止，在門為鍵，在輪為柅。不有靜也，動奚資始？則知動兮靜所伏，靜兮動所倚。吾何以知交養之然哉以此。……噫！非二君子，吾誰與歸？（同注2《白居易集》卷三十八，頁862）

1 文中，前四句即是破題，其結構，是以「一正一反」行文。

2 李調元於《賦話》卷二云：「唐白居易動靜交相賦」有云：『所以動之為用，在氣為春，在鳥為飛，在舟為輯，在弩為機。不有動也，靜將疇依？所以靜之為用，在蟲為蟄，在水為止，在門為鍵，在輪為柅。不有靜也，動奚資始？……』超超玄箸中，多見道之言，不當徒以慧業文相目；且通篇局陣整齊，兩兩相比，此調自樂天為之，後來制義分股之法，實濫觴於此種。」[28]

3 駢賦之隔對，以短隔對為常見，若長隔對則少見，最多是四六之輕隔與重隔對交互運用。但自白居易突破隔對句形與數字後，愈演愈長，因之而有長隔對句形，如：「天地有常道，萬物有常性。道不可以終靜，濟之以動；性不可以終動，濟之以靜。養之則兩全而交利，不養之則兩傷而交病。故聖人取諸《震》以發身，受諸《復》而知命。」白居易見當時立身從事者，有失於動，有失於靜，動靜俱不得其時與理。因述其所以然，用自警惕。

律賦之章法有其特殊要求，主重破題、布局、結論。所謂破題，是作者審題之理解，為布局的首要條件。就賦的結構、句式而言，

---

[28] 同註26，頁44～5。

此賦對後世之制義有其深遠影響[29]。

總之,律賦係應制體,其構篇必須以破題、起敘、結尾三方面為重要,當時試場之主試官,皆以此為取捨準則。由上述,即可知律賦之破題與起敘、結尾極重要,必須以雅正為宗,工麗密緻為上。

七 結語

白居易在官方文體束縛、科考文體限制中,所以能創作鴻篇巨作的應用文。主要在於他始終堅持,文章以「立意、論辯、結構、修辭」等寫作技巧;以積極態度適應潮流。無論是「情理兼顧的百道判」,以「主文、本論、結論」三段論述法寫作,如卷六十六〈得丁冒名事發法司准法科罪。節度使奏丁在官有美政,請免罪真授,以勸能者。法司以亂法不許。〉等;或是「敘事詳實的詔誥文」,類似今日公文,以「主旨、說明、辦法」三段論述行文,如〈冊迴鶻可汗加號文〉等文;或是「抒情表志的章表文」,以「順敘法、倒敘」三段式寫作;如〈杭州刺史謝上表〉等;或是「說理周圓的策林文」,以三段「問答法」行文,如〈塞人望歸眾心〉等;抑或是「八股雛型的律賦」有揭題、起敘、結尾,三段式寫作法,如〈性習相近遠〉等。

白居易能於常格體式中,力求突破。結構上力求變化,遣詞用字,以通順達意為主;少用典故。淡化典故。表現手法則以敘論互用、情理兼顧,為其行文風格。在韓、柳所提倡的古文運動中,白居易應用散文的創作,無異是另一種文體運動的革新,而其百道判、

---

[29] 同註 5,頁 648~649。

詔誥文文體與賦體之改革，對宋代應用公文體有其極深之影響。

參考文獻

方祖燊等　《散文結構》　臺北市　蘭臺書局　1970 年 6 月

仇小屏　《篇章結構類型論》（上下）　臺北市　萬卷樓圖書公司
　　　　2000 年 2 月

李曰剛　《辭賦流變》　臺北市　文津出版社　1987 年 2 月

許恂儒　《作文百法》　臺北市　廣文書局　1980 年 12 月

陳必祥　《古代散文文體概論》　臺北市　文史哲出版社　1987 年
　　　　10 月

陳滿銘　《文章結構分析》　臺北市　萬卷樓圖書公司　1999 年 5
　　　　月

謝无量　《實用文章義法》　臺北市　華正書局　1979 年 6 月

意、象互動的篇章組織及其藝術效果

蔡幸君

國立臺灣師範大學國文研究所碩士班

摘要

「意象」乃由「意」與「象」互動而形成，意象在互動中聯繫、轉化，提升其內蘊。但象與意的對應並非一對一，而是有一對多、多對一的現象，可形成「一意多象」和「一象多意」的不同類型。不論「一意多象」或「一象多意」，歷來多以作家或作品為範圍，探討其意象之形成和表現，對於意象之組織則較少著墨。事實上，當作者生發情意，「意」與「象」互動，形成諸多意象，除了以詞彙、修辭作表現，其邏輯思維將意象放到最適切的位置，使意象間具有內在的邏輯條理，情意得以更加被凸顯，並煉出統合全篇之主旨內蘊；鑑賞時便是依此內在邏輯條理，深入體會作者的情意與藝術的美感。

本文從章法的角度切入，探討在意、象互動中，作者的邏輯思維如何將意象作最完美的安排，以充分表達自身的情意；並具體呈現意、象互動的內在邏輯條理以及藝術效果。作者在創作時，經由邏輯思維以組織意象，使意、象在互動中更能烘托篇章的主題情意，其內蘊更能打動人心。

觀察作者的邏輯思維如何在意與象的互動上作出最好的安排，找出意與象在互動上的深層因素與邏輯條理，並從意象組織的風格探討其構成的美感特色，為詩詞鑑賞找出一條具體的分析方法，在鑑賞時便能夠由此脈絡，更深入地體會作品的情意及其美感。

關鍵詞：意象互動、一意多象、一象多意、意象組織、章法、風格、美感

一　前言

　　以「意」與「象」兩者的整體關係而言,「意象」是融入了主觀情意的客觀物象,亦是借助客觀物象表現出來的主觀情意;準確的說,「意象」乃由「意」與「象」互動而形成。意與象在互動中相互依存、相互聯繫,彼此間更能相互轉化,所以在古典詩詞中,可以發現意與象兩者相互滲透而提升其內蘊,具有鑑賞的美感特質。[1]再者,象與意的對應並非一對一,而是有一對多、多對一的現象,而形成「一意多象」和「一象多意」的不同類型。[2]

　　「狹義之意象」[3]雖合「意」與「象」為一來稱呼,卻大都用其偏義,且無論偏於「意」或偏於「象」,通常都稱為「意象」:偏於「象」之研究,例如思鄉意象、閨怨意象、惜時意象等等,從主題意識研究作者運用了哪些象來深化其意念,是為「一意多象」;偏於「意」的研究,例如柳意象、酒意象、月意象等等,研究一象所代表的諸多主題內涵,是為「一象多意」。

　　不論是「一意多象」或「一象多意」,歷來多以作家或作品為範圍,探討其意象的形成和表現,對於意象的組織則較少著墨。事實

---

[1]　參自陳佳君:《虛實章法析論》(臺北市:文津出版社,2002 年 11 月),頁 295。

[2]　參自陳滿銘:〈語文能力與辭章研究——以「多」、「二」、「一(０)」的螺旋結構作考察〉,《國文學報》第 36 期(2004 年 12 月),頁 88。

[3]　意象有廣義與狹義之分別,廣義之意象指全篇,屬於整體,可以將其析分為「意」與「象」;狹義之意象指個別,屬於局部,往往合「意」與「象」為一來稱呼。而整體是局部的總括,局部是整體的條分,所以兩者關係密切。參自陳滿銘:〈意、象互動論——以「以一意多象」與「一象多意」為考察範圍〉,《文與哲》第 11 期(2007 年 12 月),頁 454。

上，當作者生發情意，因著形象思維，「意」與「象」互動，形成諸多意象，除了以詞彙、修辭作表現，其邏輯思維會將意象放到最適切的位置，使意象間具有內在的邏輯條理，依此條理脈絡，篇章情意更被凸顯，最後綜合思維煉出統合全篇的主旨內蘊，呈現出篇章的主題與風格美感；「人同此心，心同此理」，鑑賞時便可依篇章內在的邏輯條理，由此脈絡深入體會作者情意，欣賞意象互動帶來的美感。因此，意與象互動，形成篇章意象，應有內在深層的邏輯理路可循；而意、象互動時的深層因素和邏輯條理則尚待進一步的挖掘和探索。

本文即從章法的角度切入，探討意與象形成互動時，其「一意多象」和「一象多意」在篇章組織上的邏輯條理，並舉古典詩詞為例，將意象互動的邏輯條理與其達到的情意烘托作具體呈現，並由意象組織的風格探討其構成的美感特色，為詩詞鑑賞找出一條具體的分析方法，以期在鑑賞時能夠由此脈絡，更深入地體會作品的情意及其美感。

二　「篇章意象組織」的相關理論

　　欲探討意、象互動的篇章組織及其藝術效果，須以「篇章意象」與「意象組織」的理論為基礎，並從「意象組織的風格」切入，鑑賞篇章中意與象在互動中組織成意象結構所具有的藝術效果。

（一）辭章意象與篇章意象

　　作者在創作時，透過外在具體景物或事件的揀擇與運用，將內心抽象的情意、理念表達出來，而形成辭章。廣義的從辭章整體而言，意象即為辭章的內涵：「意象」可析分為「意」與「象」兩個概念，「意」是主觀之情意內涵，是抽象的「情」、「理」，為主體的「核心成分」；「象」即是客觀之外象表現，是具體的「景（物）象」或「事象」，為客體的「外圍成分」。

　　如果將辭章所要表達的「情」或「理」（意）主要訴諸各種偏於主觀聯想、想像，和所選取的「景（物）」或「事」（象）連結在一起，或是專就個別的「情」、「理」，「景（物）」、「事」本身設計其表現技巧的，皆屬於「形象思維」的運作，以此為探討對象的是意象學（狹義）、詞彙學與修辭學等等；如果整個就「景（物）」或「事」（象）等，對應於自然規律，結合「情」或「理」（意），主要訴諸客觀的聯想、想像，按照規律原則前後加以安排與佈置的，皆屬於「邏輯思維」的運作，涉及了佈局運材與構詞等問題，以此為探討對象的，就字句而言是文法學，就篇章而言是章法學；如果是統合形象思維（偏於主觀）與邏輯思維（偏於客觀）兩者，形成一篇辭章的主旨與風格（韻律）等，便涉及了立意與決定體性等問題，以

此為探討對象的是主題學、文體學與風格學等。而以此整體或個別為對象加以研究的，則統稱為辭章學或文章學。因此，意象涵蓋了辭章各個層面的主要內涵，統貫了辭章學，其中有著「形象思維」、「邏輯思維」與「綜合思維」的運作，形成辭章學的意象系統。[4]

具體而言，辭章意象系統的整體內容則是「篇章意象」，指整體意象（含個別意象），涉及辭章作品的「章」與「篇」[5]兩個層面，主要探討文學作品如何從個別意象到整體意象。「章」是作者情思發展的步驟，章與章之間的意象通順與否，常是篇章意象能否鮮活而生動、主旨能否準確傳達的重要關鍵；「篇」乃積章而成，是辭章的整體內容，必須適當安排、佈置意象，形成整體的風格。從思維的角度而言，正是由綜合思維統合了形象思維與邏輯思維，以形成整體的篇章意象系統：「篇章意象的形成與表現」屬於形象思維，「篇章意象的組織」屬於邏輯思維，「篇章意象的統合」屬於綜合思維的。

（二）意象組織：意、象互動的排列組合

作者在創作時（尤其是詩詞），會以意象豐富且合乎美感的謀篇方式表現，然而，除了透過形象思維的聯想與想像而形成豐富的意象之外，如果只是將意象任意堆砌，使意象的排列失去完整性，失去形式的內在規律性和情感的邏輯性，那麼作品表現出來的辭意便會是晦澀難懂、抽象且毫無思考理路。所以意、象在互動中必有其

---

[4]　參自陳滿銘：《章法學綜論‧自序》（臺北市：萬卷樓圖書公司，2003 年 6 月），頁 1。

[5]　雖然篇和章有大小的區分，卻往往是「章」含「篇」、「篇」含「章」，關係十分密切。參自陳滿銘：《篇章結構學》（臺北市：萬卷樓圖書公司，2005 年 5 月），頁 1。

內在的邏輯條理，方能使篇章的呈現是辭意暢達、首尾連貫。在意、象的互動中，「象」如何排列組合，才最能呈顯出其「意」的內蘊，便是謀篇佈局的問題。探討篇章的意象組織，便是關於創作中謀篇佈局的問題，是為了探討謀篇佈局的方式，並了解作者在創作時，如何在意與象的互動中將意象作最完美的安排，以充分表達自身的情意。而這便牽涉到創作中的「邏輯思維」問題：

> 作者在謀篇佈局時，都難免會在無形之中，受到人類共通理則之左右，以致寫成的作品在各色各樣的枝葉底下，往往藏有一些基本的、共通的幹身。無論體裁是屬於駢散或是詩詞，如果試加以分析，均不難發現他們在作法上有著許多『不謀而合』的地方。[6]

　　意象若未經過組織，作品必是雜亂無章，不成意義；意象之所以能夠被組織成一篇作品，是因為作者運用其先天的邏輯思維能力，以此凸顯諸多意象所組合起來的深層內涵。因此，意與象互動，進而被組織起來，其中的邏輯條理直接存在於作品中。然而，在古典詩詞中，可以幫助確認意象之間邏輯關係的連接詞常常被省略，因此加重了探索內蘊的困難度：

> 中國古典詩歌的意象雖然可以直接拼接，意象之間似乎沒有關聯，其實在深層上卻互相勾連著，只是那些起連接作用的紐帶隱蔽著，並不顯露出來，這就是前人所謂的「斷峰雲連」、「辭斷意屬」。[7]

6　見陳滿銘：《章法學新裁》（臺北市：萬卷樓圖書公司，2001 年 1 月），頁 1。
7　見王長俊：《詩歌意象學》（合肥市：安徽文藝出版社，2000 年），頁 215。

> 意象的組合是多種多樣的，……而且複合意象的構成，作為
> 一種審美創造，是一個複雜的心理過程，用所謂並列、對比、
> 敘述、述議等結構形式加以說明，似乎是粗糙的、膚淺的，
> 其深層的因素和邏輯還有待我們去挖掘和探索。[8]

意、象在互動中應具有某種聯繫，以相互照映，才能構成整體的意象。而意、象之間的互動，其中的心理過程，即是作者邏輯思維的運作。

再者，一篇優秀的作品必定以「意」貫串全篇，即使各意象之間看似連接性不強，仍有其深層的脈絡理路，若無內在情意的條理可循，則辭意無法為人所理解，亦不能引人共鳴。探討意與象互動的篇章組織安排，要以「意」（內容主旨）來尋找意、象互動時的邏輯關聯，具體尋出意、象互動的次序條理；而意象經過邏輯思維的組織安排之後，能更加巧妙、具體地凸顯其主旨情意，並加強作品的感染力與美感。

章法學正是研究謀篇佈局的技巧，其處理的是篇章中內容材料的邏輯關係。[9]廣義而言，意象為辭章（篇章）的內涵，因此可進一步說，章法處理的是篇章中意、象互動的邏輯關係。[10]從「章法」的角度作分析，能更直接且準確地分析篇章中意、象互動的邏輯條理。意象之間的深層紐帶，雖不免在語句上牽扯到文法的問題，卻主要可從和「篇章」有關的「章法」切入，找出將「個別意象」（單一意

---

[8] 見陳慶輝：《中國詩學》（臺北市：文史哲出版社，1994 年 12 月），頁 53

[9] 參自陳滿銘：《章法學綜論》，頁 17。

[10] 參自仇小屏：《篇章意象論》（臺北市：萬卷樓圖書公司，2006 年 10 月），頁 282。

象）組織成整體意象（複合意象）的條理脈絡。[11]

（三）意象組織的風格

由於章法與章法結構是陰陽二元對待的關係，因此意與象在互動中組織成的意象結構，亦是陰陽二元的對應關係，亦與風格中的「陽剛」與「陰柔」有直接關係。[12]

不同的意象結構類型，各有著加強意象組織剛、柔風格的作用，由此可從「多、二、一（０）」的基礎上建構出一個意象組織風格的系統：「多」的層次是陰陽二元的「移位」（順向：陰→陽、逆向：陽→陰）與「轉位」（拗向陰：陰→陽→陰、拗向陽：陽→陰→陽），形成多樣的節奏（韻律），在章結構中呈現偏於陽剛（陰→陽、陽→陰→陽）或偏於陰柔（陽→陰、陰→陽→陰）的風格，或是依意象的性質分為性質相反偏於陽剛的對比性結構與性質相似偏於陰柔的調和性結構；「二」的層次是在篇章意象的核心結構中呈現偏於陽剛或偏於陰柔的風格；「一」的層次是以核心主旨的情或理統合，展現全篇「剛中寓柔」、「柔中寓剛」與「剛柔相濟」的抽象力量（０）。[13]意象的組織在「多、二、一（０）」結構中所呈現的剛柔風格中，便會具體展現意象組織的美感特色。

---

[11] 參自陳師滿銘：《意象學廣論》（臺北市：萬卷樓圖書公司，2006 年 11 月），頁 121。

[12] 參自陳滿銘：《章法學綜論》，頁 302。

[13] 參自蒲基維：《章法風格析論──以《蘇軾詞》與《姜夔詞》為考察對象》（臺北市：國立臺灣師範大學博士論文，1994 年 6 月），頁 297～330。

三 「一意多象」的篇章組織及其藝術特色

多象可以表達同一意，即諸多鮮明之「象」皆圍繞著一「意」作互動。這諸多的「象」必然經過一定的組織安排，以渲染中心情意；而且，在意象互動的組織安排中，可藉由陰陽二元「移位與轉位」、「調和與對比」見其剛柔風格的特色。

作為意象之「意」，屬抽象之「情」與「理」，如喜、怒、哀、樂、惜時、相思、懷古、悲秋、傷春、思鄉、黍離、生死、閒隱等，一篇之「意」與引發其情感之「象」，經過邏輯思維的組織，使「意」與「象」做到最好的互動，以烘托其主題情懷。茲以「懷古意象」為例作說明。

所謂「懷古」，主要是以富有人文意涵的景物或地點引發懷古遐想，並利用自然景物襯托人文景物的荒廢蕭條或渲染詩人的懷古感受，抒發對歷史興亡盛衰的體認與感慨。[14]引發懷古遐想之人文景物如樓、陵、墓、巷、屋、橋、宮殿等，自然景物如山、水、風、柳、月、夕陽、燕、雁、杜鵑、雲、花、草、煙等。富有人文意涵的景物使人生發對時代興衰遷移的思考；從歷史古跡的景物變化感悟到久遠時間的遷流，從中生出懷古之情。由於作者的歷史意識以及對歷史興亡盛衰的反思，其關懷的對象從自身提升到國家、人類的廣度，深厚的歷史意識使作品的內涵情志具有深刻的懷古之嘆，或有

---

[14] 懷古不同於重議論之詠史，懷古的情意重點在於抒發對於歷史的感慨，具有特定歷史意涵的人文景物是起興之媒介；懷古不同於詠懷，懷古之重點在於歷史之嘆。

抒發借古傷今之思。[15]

　　以下以「懷古意象」為例，觀察「一意多象」在篇（含章）、章上的組織方式，並探討其如何在內容的佈局上烘托其主題意涵。

（一）章的意象組織

　　以鳥意象組織成章者，如李白〈越中覽古〉：「宮女如花滿春殿，只今唯有鷓鴣飛。」

> 昔（虛；陰）：宮女如花滿春殿
>
> 今（實；陽）：只今唯有鷓鴣飛

　　懷想昔時的繁華興盛，而今卻是鷓鴣在殘敗的遺跡中紛飛，思及昔盛而今已衰，時間的順敘凸顯時代的推移與興廢，使人頓然生發深切的情緒，懷古之嘆便隨著鷓鴣的紛飛，在古跡中迴繞不已。這裡主要以鷓鴣飛的意象營造荒涼感，映襯昔時曾有的榮華，屬於對比性的結構，加強了情感性；加上「先昔後今」是「陰→陽」的順向移位結構，可見其意象的互動明顯是剛中寓柔的風格，在這意象當中所生成的懷古之情，強烈的感受較為明顯。

　　又如李商隱〈隋宮〉：「於今腐草無螢火，終古垂楊有暮鴉。」

> 近（陰）：於今腐草無螢火
>
> 遠（陽）：終古垂楊有暮鴉

---

[15] 參自柳惠英：〈論懷古詩的形成──從南朝到初唐〉，《中國文學研究》第 20 期（2005 年 6 月），頁 111～120。

李商隱巧用隋煬帝昔日逸樂的放螢與植柳二事，描寫隋宮當時
的螢火已無，而隋堤的垂楊總有暮鴉之蹤跡，一無一有，相映成趣。
此章以由近景而遠景，將空間擴大；「於今」與「終古」，亦是將近
時間拉至遠時間。置於這個廣闊的時空中，詩人以眼前之景憑弔隋
宮之盛衰，引起歷史興廢之感，以及對於歷史的深思與慨嘆。[16]「腐
草無螢火」與「垂楊有暮鴉」的意象互動是對比性的結構，增加了
情感強度；加上「先近後遠」是「陰→陽」的順向移位結構，更確
定其剛中寓柔的風格。由如此意象互動的脈絡來看，詩人身處唐末，
不僅懷古，更是借隋代興廢暗指唐末時局的不安與危殆，抒發國家
走向沒落的那種強烈感嘆，便更加使人具體可感。

以月意象組織成章者，如李白〈蘇臺覽古〉：「只今猶有西江月，
曾照吳王宮裡人。」

> ┌─ 今（實；陽）：只今猶有西江月
> │
> └─ 昔（虛；陰）：曾照吳王宮裡人

此章以月意象籠罩今昔，以不變之景物對照時代之變遷，同一
個月亮連結了今與昔，詩人對歷史古事之感懷，藉由月意象而烘托
出來。其主要的「先今後昔」是「陽→陰」的逆向移位結構，是偏
於陰柔的風格，其由今月至昔月的懷想，給人較為緩和的感受。然
而其意象又是今月與昔月的對比性結構，對於時間的感受屬於較為
強烈的風格，加強了一些情感的力度，因此，這柔中寓剛的風格，
使意象互動所營造的情境，淒清中帶有沉重的感懷。

---

[16] 參自周金聲：《中國古典詩鑑賞辭典》（武漢市：湖北教育出版社，1994 年 9 月），
頁 523～524。

又如姜夔〈揚州慢〉:「二十四橋仍在,波心盪,冷月無聲。」

```
┌─ 靜(陰):二十四橋仍在(人文)
├─ 動(陽):波心盪
└─ 靜(陰):冷月無聲(自然)
```

　　揚州在唐代十分繁華,有二十四橋之盛景,於今時代變遷,經歷唐末宋初之戰事,揚州早已繁榮不再;而南宋偏安江南,亦是國勢盛氣不再。姜夔以靜態的二十四橋帶出歷史氛圍,接著以水波盪漾的動態感,映襯靜態的冷月無聲之寒意與淒清空盪。其中,兩個靜景極具層次,姜夔化用杜牧「二十四橋明月夜,玉人何處教吹簫」,先寫二十四橋之舊時勝地,再由波心盪帶出月景,在空間上籠罩了二十四橋,烘托詞人懷古撫今之情。此章以狀態變化「靜、動、靜」的組織方式,較之「先動後靜」或「先靜後動」,給人的情緒波動更具有變化。再者,其「陰→陽→陰」的轉位結構,柔中寓剛的風格,呈現月意象的寂靜冷清。

(二)篇(含章)的意象組織

　　從整篇而言,一篇作品往往有「一意多象」的表現,並且在意象互動的組織結構中形成其風格。

　　如張可久〈賣花聲〉(懷古):「美人自刎烏江岸。戰火曾燒赤壁山。將軍空老玉門關。傷心秦漢,生民塗炭,讀書人一聲長歎。」

```
          ┌─ 一：美人自刎烏江岸。
   目（陽）─┼─ 二：戰火曾燒赤壁山。
┌─        └─ 三：將軍空老玉門關。
│
└─ 凡（陰）：傷心秦漢，生民塗炭，讀書人一聲長歎。
```

　　小令開篇描述三位秦漢間赫赫有名的歷史人物，卻是突出他們
的悲劇：「美人自刎烏江岸」一事來到項羽一生最為悲涼的終章；「戰
火曾燒赤壁山」一事凸顯曹操遭遇的一場慘痛的敗仗；「將軍空老玉
門關」一事敘述班超一生戎馬，晚年卻只希望能生入玉門關的思歸。
[17]主角同為偉業輝煌之歷史人物，然而終究擺脫不了失敗、失意或是
被歷史之長流沖走的命運。三個事象鋪陳至此，下片第一句「傷心
秦漢」之「傷心」，將三個事象作一凝聚、收束，順勢發而為懷古感
慨。其後張可久更擴大情意，聯想到百姓的塗炭痛苦，由此生出讀
書人長長的一聲嘆息，嘆息中包含著對歷史的慨歎以及對百姓的同
情。

　　這首小令運用的「象」是歷史史實，亦即「事象」，不同於一般
作品多以物象作描寫，其別出心裁，是十分具有特色的「一意多象」。

　　而此篇以「先目」（條分）「後凡」（總括）作為核心結構，在「目」
的部份是「多象」，「凡」的部份是「一意」，屬於歸納式的思維。「先
目後凡」的特色是帶出最後的結論時顯得順暢自然、順理成章。「一
意多象」在篇章組織上，作為「凡」之「意」具有統括的力量，有
集中思想情感的效果；作為「目」之「象」則是條分的項目，具有
整齊的效果，不至於雜亂無序，更有條理的凸顯主題情意。其核心

---

[17] 參自孫蓉蓉：〈張可久〈賣花聲・懷古〉賞析〉，《國文天地》17 卷 9 期（2002
　　年 2 月），頁 88。

結構以「陽→陰」的順向移位結構呈現的是偏於陰柔的風格，加上從歷史人物的失意到傷心的秦漢時代，屬於調和性的結構，加強了整篇偏於陰柔的力度。其以「一聲長嘆」的情意統合全篇意象，柔中寓剛的風格呈現出張可久在慨嘆之中又關懷著百姓的情緒，將其情感表達得內斂而深刻。

四 「一象多意」的篇章組織及其藝術特色

同一物象，經由不同時代、不同作者、不同題材表現、常構成意趣各不相同的意象；亦有一個意象在同一位作者的作品中重複出現，[18]這皆和作者主觀的情志有極大的關係。此外，在如此意象互動的組織安排中，亦可藉由陰陽二元「移位與轉位」、「調和與對比」見其剛柔風格的特色。

作為意象之「象」，屬於具體之「事象」或「物象」，「物象」如桃、梅、竹、柳、魚、雁、鷗、馬、風、雨、雲、雪、日、月、山、水、髮、手、淚、舟、燭、酒、黍、橋、樓、人等；「事象」如事典、語典、史事、故實、事實等。作者揀擇「象」，經過邏輯思維的組織，使之與「意」呼應、互動，以收烘托主旨情感之效果。茲以「雁意象」為例作說明。

雁，常與特定處境、心境中的人形成了對應。與「雁之象」互動之情意有：懷鄉之情、自傷漂泊、離別之懷、家國之念、孤單不安之感、相思之情、兄弟倫理之序、人格之孤傲高潔、同情之心等。雁在秋季的遷移給人的想像是「遠離故鄉」，在春季的遷移則是「歸

---

[18] 參自歐麗娟：《杜詩意象論》（臺北市：里仁書局，1997 年 12 月），頁 24。

鄉」，其所象徵的鄉愁亦在其秋冬飛翔時淒情的氛圍中更加深刻。而雁的秋去春歸，奔波不定，似於人生中的飄零無依。雁是群體活動，其「孤隻」便帶有悲涼之感，因此孤雁形象常用以強調人的悲涼身世與孤寂心境，這種孤獨並不僅於遊子懷鄉，更多的是表達了因各種事由而形若孤雁的淒楚心境，例如相思之情。[19]

　　以下舉「雁意象」為例，觀察「一象多意」在篇（含章）、章上的組織方式，並探討其如何在內容的佈局上烘托其主題意涵。

（一）章的意象組織

　　以雁寄託懷鄉之情者，如杜甫〈月夜憶舍弟〉：「戍鼓斷人行，邊秋一雁聲。露從今夜白，月是故鄉明。」

> ┌─ 聽覺（陽）：戍鼓斷人行，邊秋一雁聲。
> │
> └─ 視覺（陰）：露從今夜白，月是故鄉明。

　　首聯從聽覺著手，以戍鼓聲寫人跡漸無，進入深夜的冷清靜寂，只聽見秋夜孤雁的鳴叫；次聯從視覺著手，以月意象直接點出思鄉之情，亦映證杜甫在首聯所寫的雁聲所引起的情緒應是鄉情，是以淒清的孤雁鳴聲，在象外寄託了思鄉的情感。此章以「知覺轉換」的邏輯思維組織意象，「先聽覺後視覺」是「陽→陰」的逆向移位結構，具有趨於陰柔的風格；加上兩種知覺皆用以描寫鄉情，是調和性的結構，更加強陰柔的力度，深刻的表現詩人思鄉的感受。

---

[19] 參自王立：《心靈的圖景──文學意象的主題史研究》（上海市：學林出版社，1999年2月），頁108～133。

又如韋承慶〈南中詠雁詩〉[20]:「萬里人南去,三春雁北飛。」

```
┌─ 空（陽）：萬里人南去
│
└─ 時（陰）：三春雁北飛
```

　　寫人南去至萬里,是空間上的遼遠;寫雁北飛已有三春,代表人離鄉已三年,是時間上的推移。「人南去」與「雁北飛」更帶有對比:住在北方的人離鄉至南方,年年見雁能北飛回家,自己卻無法回鄉。此章是「陽→陰」的逆向移位結構,偏於陰柔的風格,其「人南去」的離開與「雁北飛」的回家,其中的對比性,趨緩了陰柔的強度,其柔中寓剛的風格,在使抽象的意境更為廣大之外,引發出濃厚深沉的懷鄉之情。

　　以雁寄託相思之情者,如李清照〈聲聲慢〉:「雁過也,正傷心,卻是舊時相識。」

```
┌─ 景（陽）：雁過也
├─ 情（陰）：正傷心
└─ 景（陽）：卻是舊時相識
```

　　李清照經歷亡國與喪夫,孤單而哀愁,正於傷心之際,將眼前所見之雁,聯想到昔時所見之雁,但回想從前的美好點滴,卻滿是今昔對比;加上雁雖代表書信消息,但今日之雁捎不來舊時的快樂,又想起往事,更添了相思之愁。此章的「景情景」是「陽 → 陰 → 陽」的轉位結構,偏於陽剛的風格,加上今與昔的對比性,亦加強

---

[20] 一作于季子詩,題作南行別弟。

了陽剛的力度，剛中寓柔的風格，詞人強烈的相思愁緒的起伏變化由此更加被凸出。

又如元好問〈小重山〉：「天遠雁翩翩，雁來人北去，遠如天。安排心事待明年，無情月，看待幾時圓。」

> 具（陽）：天遠雁翩翩，雁來人北去，遠如天。
>
> 泛（陰）：安排心事待明年，無情月，看待幾時圓。

此章以雁從天際遠方翩翩南飛而來，對比人北去之遠，遠至天際，對比強烈。接著寫相思之情：必須待到明年方能團圓，然而期間會有多少的月圓，因此感到明月是無情的自圓，亦是對比，以此間接流露己之「有情」。此章的「先具後泛」是「陽→陰」的逆向移位結構，偏於陰柔的風格；而意象之間的互動又具有對比性，趨緩了陰柔的力度。在柔中寓剛的風格中，其透出的相思心事，婉轉卻又深切。

（二）篇（含章）的意象組織

整篇而言，作品雖以「一意多象」為常態，但詠物之作往往涉及主旨的顯與隱，而形成篇章中「一象多意」的現象，並且在意象互動的組織結構中形成其風格。

如蘇軾〈卜算子〉（黃州定慧院寓居作）：「缺月掛疏桐，漏斷人初靜。誰見幽人獨往來，縹緲孤鴻影。驚起卻回頭，有恨無人省。揀盡寒枝不肯棲，寂寞沙洲冷。」

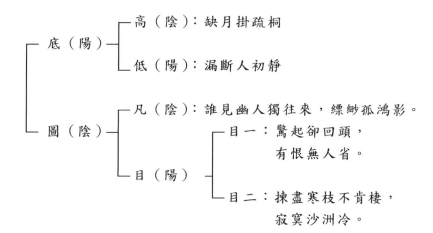

　　這闋詞作於宋神宗元豐五年，定慧院在今天的湖北黃崗縣東南，蘇軾於神宗元豐三年春抵黃州，與長子暫時寄居在定慧院，可知〈卜算子〉（黃州定慧院寓居作）為蘇軾貶至黃州的初期作品。詞中「語意高妙」[21]，借孤雁的形象寫幽獨，亦寄託自己歷經慘痛的烏臺詩案，劫後被謫至黃州的驚悸憤懣之恨，以及孤高自賞、不隨世浮沉之心志。[22]

　　蘇軾以雁喻己，以雁意象表達了許多深刻的意念，是「一象多意」的類型。

　　篇章先以缺月、疏桐、深夜人聲靜寂營造一個孤清的背景，是「底」；其後加入幽人與孤雁的形象，表達所見所感，是「圖」；從篇來看，意象組織的邏輯思維是「先底後圖」，「陽→陰」的逆向移位結構，呈現陰柔的趨勢。背景的部份，先是「缺月掛疏桐」的高

21　〔宋〕黃庭堅：《山谷題跋・跋東坡樂府》（臺北市：廣文書局，1971 年 12 月），卷 2，頁 4。

22　參自劉昭明：〈蘇軾詠雁詞之人格典範與文藝創意〉，《文與哲》第 12 期（2008年 6 月），頁 300。

景，後是「漏斷人初靜」的低景，由高至低的將視線由天上之月向下集中至周圍的漏壺，亦將時間點集中至深夜，「陰→陽」的順向轉位結構，增加了一些剛強的力度，將焦點集中於人。「誰見幽人獨往來，縹緲孤鴻影。」是「凡」，揭示篇中內容所顯現出來的主題——「幽獨」；而其後依自己的主觀感受描寫孤雁形象，是「目」，其一寫孤雁的驚恨無人省，其二寫孤雁不肯棲的寂寞寒冷。這「先凡後目」是全篇的核心結構，其「陰→陽」的順向移位結構呈現偏於剛強的風格。全篇呈現出來的剛中寓柔的風格，除了表現幽獨之外，更強烈而重要的部分，正是詞人以雁意象明顯寄託了自我形象，以及其所欲表達的那份驚悸憤恨的感受和孤傲高潔的心志。[23]

五　意、象互動在篇章組織中的藝術效果

從篇章意象組織的角度而言，意象互動時形成的移位結構與轉位結構，以及其調和性結構與對比性結構，形成了多樣的節奏（韻律）；加上核心結構中所呈現的偏於陽剛或偏於陰柔的風格，以徹上徹下，形成聯貫；最後歸之於全篇之意的統合，展現了全篇剛柔風格的抽象力量。從美感的角度而言，「移位結構」呈現的是秩序美，「轉位結構」呈現的是變化美，「調和性結構」與「對比性結構」是調和美與對比美，「以核心的抽象情理統合全篇」是多樣的統一美。

---

23 楊海明：「全詞實際是寫詞人被貶黃州以後的孤獨心態和淒涼遭遇，同時又表現了自己傲岸不群的倔強性格。」氏著：《宋詞三百首鑑賞》（高雄市：麗文文化事業公司，1995 年 11 月），頁 112。

（一）秩序美與變化美

意象的互動在移位中形成秩序美，所謂的「秩序」，從另一個角度而言就是「反復」、「齊一」，並形成簡單而有秩序的節奏，因此，這種反復或齊一，亦可結合「節奏與秩序」，稱為「整齊一律」：

> 又稱單純一致、齊一、整一，是一種最常見、最簡單的形式美。它是單一、純淨、重複的，不包含差異或對立的因素，給人一種秩序感。顏色、形體、聲音的一致或重複，就會形成整齊一律的美。……我們常見的二方或多方連續的花邊圖案，在反復中體現出一定的節奏感，也屬於齊一的美。這種形式美給人一種質樸、純淨、明潔和清新的感受。[24]

可見「齊一」或「反復」會形成簡單的節奏，而給人一種秩序的美感。

在「秩序」的基礎上，「變化」比起「秩序」，會形成「較為複雜的節奏」：

> 節奏是一種連續的合規律的週期性變化的運動形式。……世界上沒有一樣事物是沒有節奏的；日出日沒，月圓月缺，寒往暑來，四時代序，這是時間變化上的節奏；日作夜眠，起居有序，有勞有逸，這是人們日常生活上的節奏；人體的呼吸、脈搏、情緒乃至思維，都像生物鐘一樣，是一種有節奏的生命過程。當外在環境的節奏與人的機體的律動相協調

---

[24] 見歐陽周、顧建華、宋凡聖：《美學新編》（杭州市：浙江大學出版社，2001 年 5 月），頁 76。

時，人的生理就會感到快適，並引起心理上的喜悅。[25]

時空或生活變化，甚至生命週期之變化，都會引起「節奏」，與人之生理律動相協調，產生「心理上的喜悅」。而這種由「變化」、「節奏」所引起的「心理上的喜悅」，說的正是變化所帶來的美感效果。

（二）調和美與對比美

對比與調和，是造成美感的兩種基本類型：

> 兩個極相接近的東西並列在一處，其間相差很微，便多成為調和的（Harmony）形式。兩個極不相同的東西並列在一處，其間相去很遠，便多成為對比（Contrast）的形式。例如從正黑色，漸次淡薄到正白色的一列中，取正黑色和其次的淡黑色相並列時就是調和；取兩端的黑白兩色相並列時就是對比。……凡是調和的兩件東西，總是互相類似的，並無什麼觸目的變化。所以接觸到它時，也就每每覺得它有融洽、優美、鎮靜、深沉等情趣。……對比的形式，因為變化極明顯，每每帶有華美、鮮活、健強及闊達等情趣，與調和所隨有的情調，差不多相反。[26]

用顏色為例作說明，十分能凸顯「調和」與「對比」的不同。而由此所引起的「情趣」，又以「融洽、優美、鎮靜、深沉」與「華美、鮮活、健強、闊達」加以區別，正是「陰柔之美」與「陽剛之

---

[25] 見歐陽周、顧建華、宋凡聖：《美學新編》，頁 78～79。
[26] 見陳望道：《美學概論》（臺北市：文鏡文化事業公司，1984 年 12 月），頁 70～72。

美」的區別。

因此，意與象在互動中形成的對比性組織與調和性組織，展現了調合的陰柔之美與對比的陽剛之美，給人鮮明的審美感受。

（三）多樣的統一美

「多樣」體現了各個事物個性的千差萬別；「統一」體現了各個事物的共性與整體聯繫。[27]《文心雕龍・附會》：

> 驅萬塗於同歸，貞百慮於一致。使眾理雖繁，而無倒置之乖；群言雖多，而無棼絲之亂，扶陽而出條，順陰而藏跡，首尾周密，表裏一體，此附會之術也。[28]

「萬塗、百慮、眾理、群言」便是文學創作的多樣性；而「同歸、一致、無倒置之乖、無棼絲之亂」，以及「首尾周密、表裡一體」，即是文學創作的統一性。有多樣而無統一，則支離破碎、雜亂無章、缺乏整體感；有統一而無多樣，易使人感到刻板、單調而乏味，美感也難以持久。[29]

以美學角度而言，可從「形式原理」探討多樣與統一的關聯：

> 「統一為繁多的統一，而繁多又為統一的分化」。既沒有統一的流弊的單調板滯，也沒有繁多的流弊的厭煩與雜亂。所

---

[27] 參自楊辛、甘霖：《美學原理》（北京市：北京大學出版社，1989 年 2 月），頁 161。

[28] 〔南朝宋〕劉勰著、〔清〕范文瀾註：《文心雕龍》（香港：商務印書館，1995 年 3 月），頁 651。

[29] 參自黃淑貞：《辭章章法四大律研究》（臺北市：萬卷樓圖書公司，2007 年 1 月），頁 419。

以古來所公認的形式原理，就是所謂繁多的統一（Unity in Variety），或譯為多樣的統一，亦稱變化的統一。[30]

「統一」為「多樣的統一」，而「多樣」為「統一的分化」，兩者是互動的關係。唯有在多樣的統一中，達到同中有異、異中有同，於多樣的運用中以統一的主旨在脈絡中做貫串，才能展現整體高度的藝術效果。「一意多象」與「一象多意」在整體意象的組織上正體現了「多樣的統一」的藝術效果。

六 結語

本文從章法的角度切入，探討在「一意多象」和「一象多意」的意、象互動中，作者的邏輯思維如何將意象作最完美的安排，以充分表達作者自身的情意，並具體呈現意、象互動的內在邏輯條理，並且從意與象互動所形成的邏輯組織中尋出篇章意象形成剛柔風格的脈絡，以此具體把握作品的情意表達及其藝術美感的特色。經過分析與探討，可得出以下成果：

其一，本文由廣義的意象、整體的意象，從篇章意象組織的角度，釐清「一意多象」和「一象多意」的區別。「一意多象」以「多樣之象」表達「統一之意」將「多樣的物象或事象」訴之於核心的「統一的主題意識」，這個統一的主題意識在篇章的脈絡中將諸多的象串起，以烘托篇章的主旨情感。「一象多意」以「統一之象」象徵「多樣之意」，「一象」組織起所象徵的「多意」，亦即在單一篇章中，將諸多抽象的情意投射在一個具體的象上，將情意內涵作了高度的

---

[30] 見陳望道：《美學概論》，頁 77～78。

具體聚焦。

其二，本文由邏輯思維的角度，探討其如何結合意與象，以形成不同的意象結構。由章法切入，可具體分析意象排列組合的方式，並從中尋出意與象在互動中的條理組織，並且把握到篇章意象中抽象的情感脈絡。

其三，意與象的互動所形成的不同的結構類型，形成不同的意象風格，可由此探討意象互動形成的美感特色。由章法風格的理論探討意與象在組織中所形成的美感，最能具體掌握意象組織的藝術特色。因此，利用意、象互動並組織的邏輯思維，以此深層邏輯的分析，探討意象組織形成風格的脈絡，便可具體鑑賞意與象如何在互動組織中形成其藝術特色。在鑑賞作品時，便能夠由此脈絡，更深入地體會作品的情意及其美感。

參考文獻

一　專書

〔南朝宋〕劉勰著、〔清〕范文瀾註　《文心雕龍》　香港　商務
　　　　印書館　1995 年 3 月
〔宋〕黃庭堅　《山谷題跋・跋東坡樂府》　臺北市　廣文書局
　　　　1971 年 12 月
王　立　《心靈的圖景──文學意象的主題史研究》　上海市　學林
　　　　出版社　1999 年 2 月
王長俊　《詩歌意象學》　合肥市　安徽文藝出版社　2000 年
仇小屏　《篇章意象論》　臺北市　萬卷樓圖書公司　2006 年 10
　　　　月

周金聲　《中國古典詩鑑賞辭典》　武漢市　湖北教育出版社　1994
　　　　年 9 月

陳望道　《美學概論》　臺北市　文鏡文化事業公司　1984 年 12
　　　　月

陳慶輝　《中國詩學》　臺北市　文史哲出版社　1994 年 12 月

陳佳君　《虛實章法析論》　臺北市　文津出版社　2002 年 11 月

陳滿銘　《章法學新裁》　臺北市　萬卷樓圖書公司　2001 年 1 月

陳滿銘　《章法學綜論》　臺北市　萬卷樓圖書公司　2003 年 6 月

陳滿銘　《篇章結構學》　臺北市　萬卷樓圖書公司　2005 年 5 月

陳滿銘　《意象學廣論》　臺北市　萬卷樓圖書公司　2006 年 11
　　　　月

黃淑貞　《辭章章法四大律研究》　臺北市　萬卷樓圖書公司　2007
　　　　年 1 月

楊海明　《宋詞三百首鑑賞》　高雄市　麗文文化事業公司　1995
　　　　年 11 月

楊辛、甘霖　《美學原理》　北京市　北京大學出版社　1989 年 2
　　　　月

歐麗娟　《杜詩意象論》　臺北市　里仁書局　1997 年 12

歐陽周、顧建華、宋凡聖　《美學新編》　杭州市　浙江大學出版
　　　　社　2001 年 5 月

二　期刊論文

柳惠英　〈論懷古詩的形成——從南朝到初唐〉　《中國文學研究》
　　　　第 20 期　2005 年 6 月　頁 101～134

孫蓉蓉　〈張可久〈賣花聲・懷古〉賞析〉　《國文天地》　17 卷

9 期　2002 年 2 月　頁 87～89

陳滿銘　〈語文能力與辭章研究──以「多」、「二」、「一（０）」的
　　　　螺旋結構作考察〉　《國文學報》　第 36 期　2004 年
　　　　12 月　頁 67～102

陳滿銘　〈意、象互動論──以「以一意多象」與「一象多意」為
　　　　考察範圍〉　《文與哲》　第 11 期　2007 年 12 月　頁
　　　　453～480

劉昭明　〈蘇軾詠雁詞之人格典範與文藝創意〉　《文與哲》　第
　　　　12 期　2008 年 6 月　頁 299～366

三　學位論文

蒲基維　《章法風格析論──以《蘇軾詞》與《姜夔詞》為考察對
　　　　象》　臺北市　國立臺灣師範大學博士論文　1994 年 6 月

韓國近代女詩人崔松雪堂之研究

—— 從機能不健全家庭（Dysfunctional Family）的成人孩子（Adult Children）的角度

金鮮

韓國高麗大學國際語學院講師

摘要

　　本論文嘗試從成長於機能不健全家庭（Dysfunctional Family）的成人孩子（Adult Children）的角度著手，探討近代女詩人崔松雪堂的機能不健全家庭、崔松雪堂的成人孩子症候群、崔松雪堂的自我表白，進而深入剖析崔松雪堂漢詩中所透露的內心世界。

關鍵詞：近代、女詩人、崔松雪堂、機能不健全家庭（Dysfunctional Family）、成人孩子（Adult Children）

一　前言

　　崔松雪堂是近代著名的女詩人，積極參與育英教育事業，在近代教育史上的地位可謂舉足輕重。她的文集《松雪堂集》收錄漢詩一百六十七題二百四十二首，以及韓文歌辭四十九篇。與其比肩齊名的淸風金允植在〈松雪堂集序〉中盛贊崔松雪堂的文才說道：「聞其生於禍家，以孤子踪，能爲祖雪冤，理財致產，完立門戶，固丈夫之所難行者多。又機杼之暇，時習文字，閨中巾幗，便成筆下線繡，而觀其松雪自序文，不加雕飾自成規度，理義疏暢，律詩及絕句諸作，並濃艷古雅，無一點煙火氣，如爛漫春葩，不由人工，紅白成章。」[1] 對崔松雪堂的研究現況如下：許米子在〈在近代化過程中的文學所流露的性別糾葛——特以崔松雪堂與吳孝媛爲中心〉中剖析了長女情結（complex）、母親情結（complex）、女性情結以及松雪堂情結。[2] Paik Sun-chul 在〈崔松雪堂韓文歌辭的文體與現實認識〉中將其文體上的特色分爲事物名稱之開頭形態、未完的結束方式、文章與談話之表達特色。[3] 金喜坤在〈崔松雪堂（1855～1939）研究〉中對其出生後以及在金泉的生活、殖產與家門復興、晚年自編歷年

---

[1] 崔松雪堂紀念事業會編，《松雪堂集》I（Myeong sang 出版社，2005 年），頁57。

[2] 許米子：〈近代化過程中的文學所流露的性別糾葛——特以崔松雪堂與吳孝媛爲中心〉，《人文科學研究》，第 12 輯（1992 年）。

[3] Paik Sun-chul：〈崔松雪堂歌辭的文體與現實認識〉，《古詩歌研究》，第 15 輯（2005 年）。

文集、育英事業之構想、金泉高普之建立等進行了詳細分析。[4] 韓碩
洙在〈崔松雪堂的文學世界與現實認識——以諺文詞藻爲中心〉中，
先分析了表達技巧與作品內容，然後闡述其氣節、信義、忠孝、家
門意識與民族意識。[5] 權泰乙在〈崔松雪堂的漢詩概觀〉中對其作品
內容、人品及其詩文進行了討論和評價。[6] Son Aeng-hwa 在〈崔松雪
堂韓文歌辭所描繪的花朵之象征意義〉中先敘述崔松雪堂的生平與
前人研究，再以理想人格的表像、花與人生無常、鑒賞審美的對象
等觀點，分析了崔松雪堂韓文歌辭所描繪的花朵之象征意義。[7] 有關
崔松雪堂的學位論文如下：林明姬在《崔松雪堂研究》中先探討其
生平以及《松雪堂集》的體裁與概觀，再從詠物與情感方面著眼討
論崔松雪堂的漢詩風貌。[8] Lim Hye-yeong 在《崔松雪堂韓文歌辭研
究》中將松雪堂的韓文歌辭分爲報國之志、家門意識、曠達的世界
觀、自愛意識，最後討論崔松雪堂的作品在韓文歌辭文學史上的意
義。[9] Kang Pil-gu 在《崔松雪堂研究》中先探討崔松雪堂的作品，再

---

[4] 金喜坤：〈崔松雪堂（1855～1939）研究〉，收入金昌慶編：《崔松雪堂：韓國育
英事業的母親》，景仁文化社，Korea，2008。

[5] 韓碩洙：〈崔松雪堂的文學世界與現實意識——以「諺文詞藻」爲中心〉，《韓中
人文學研究》13，2008。

[6] 權泰乙：〈崔松雪堂的漢詩概觀〉，收入金昌慶編：《崔松雪堂：韓國育英事業的
母親》（漢城市：景仁文化社，2008 年）。

[7] Son Aeng-hwa：〈崔松雪堂歌辭所描繪的花朵之象徵意義〉，《古典與解釋》第 8
輯（古典文學漢文學研究學會，2010 年）。

[8] 林明姬：《崔松雪堂研究》（漢城市：成均館大學教育大學院碩士學位論文，1993
年）。

[9] Lim Hye-young：《崔松雪堂歌辭研究》（漢城市：高麗大學教育大學院碩士學位
論文，2005 年）。

將漢詩與韓文歌辭加以對比分析，並且闡明其在文學史上的意義。[10]
金鍾順在《崔松雪堂文學研究》中將崔松雪堂的意識世界分爲家門
意識、孝意識、功業意識、國家意識、女性意識與近代意識。[11]

　　總的來說，前人研究都將焦點放在崔松雪堂的生平與各方面的
成就上，稍嫌過於稱頌松崔雪堂的地位與貢獻。鑒於此，本論文嘗
試從成長於機能不健全家庭（Dysfunctional Family）的成人孩子（Adult
Children）的角度著手，探討近代女詩人崔松雪堂的機能不健全家
庭、崔松雪堂的成人孩子症候群、崔松雪堂的自我表白，進而深入
剖析崔松雪堂漢詩中所透露的內心世界。

二　崔松雪堂的機能不健全家庭（Dysfunctional Family）

　　所謂家庭，是指在物理上或心理上占有空間的個人集合體。每
個家庭都各具特色，比如有不同的規則、角色、結構及溝通方式。
家庭可以說是一種社會體系，將這些特點不斷發展下去。[12] 一般而
言，正常機能家庭（Normal Functioning Family）有以下特點：重視家
人之間的互動、彼此以無條件的愛來接納、互相扶持、家族成員之
間互相激勵。正常機能家庭具有開放的心態，能夠欣然接收外部世
界，成員之間互相不指責，有健康的家庭規則與家庭角色，能夠滿

---

[10] Kang Pil-gu：《崔松雪堂研究》（龜尾市：Kumoh 工科大學教育大學院碩士學位
論文，2006 年）。

[11] 金鍾順：《崔松雪堂文學研究》（首爾市：景仁文化社，2008 年）。

[12] Kim Yu-sook：《家族治療：理論與實際》（漢城市：hakji 出版社，Korea，1998
年），頁 16

足每位成員的個人需求。[13] 與此相反，機能不健全家庭（Dysfunctional Family），則限制家庭成員的情感表達、對家中未解決的問題避而不談、專制家長使孩子扮演英雄角色、未給予孩子適當的養育、與外部世界隔絕等等。[14] 為探討崔松雪堂的家庭背景，我們首先觀察其家族譜系圖如下：

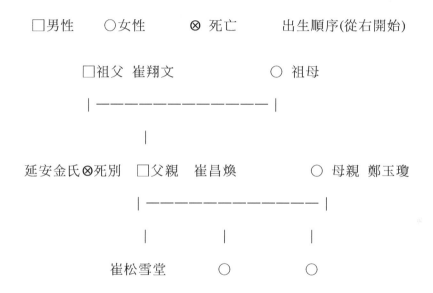

□男性　　○女性　　⊗ 死亡　　　出生順序(從右開始)

　　　□祖父 崔翔文　　　　　○ 祖母

延安金氏⊗死別　□父親　崔昌煥　　　　○ 母親　鄭玉瓊

　　　崔松雪堂　　　○　　　　　○

曾祖崔鳳寬的外家曾參與洪景來之亂，而他身為鹹興中軍，本應盡責鎮壓民亂，最後卻因鎮壓洪景來之亂不力而被逮捕，冤死獄中。崔家由此敗落，祖父崔翔文與三兄弟都被放逐到全羅道古阜，

---

[13] 「正常機能家庭給成員提供以下條件：穩定性、自我價值感(self-worth)、自我重要感、生產力、挑戰、親密感、個人幸福等等。」Dr.N.Bruce Litchfield & Petranella J.Litchfield，《Let's Stand Up Straight》， YWAM Publishing，Korea，1997，頁 86～88。

[14] Tim Sledge 著、Jeong Dong-seop 譯：《Making Peace with Your Past - Help for Adult Children of Dysfunctional Families》（Jordan 出版社，1996 年），頁 15。

並被加蓋了逆賊家門的烙印。崔松雪堂父親崔昌煥出生於古阜，娶延安金氏爲妻，不久金氏离世。一八四七年祖父崔翔文逝世，其子崔昌煥舉行葬禮以後遷居金泉，與鄭玉瓊再婚，生下崔松雪堂。[15]崔松雪堂身爲無男三女之家的長女，六歲隨父習字念書，學會漢字與漢學。一八八二年三月十日崔松雪堂勸父親收再從弟崔光翼爲養子，後來自己也收崔錫斗爲養子。

　　根據 Bowen 的家庭治療理論，多世代大家族是一種體系，如果有的世代自我分化（Differentiation of Self）[16]不足，必然映射下一代，加劇下一代的未分化程度。 父親與長女崔松雪堂之間成爲共生關系，使得她的自我分化被抑制下來。[17]從上述的家族譜系圖中可以看出機能不健全家庭的基本模式：第一、家門所共有的羞恥感一直傳到四世代；第二、五世代都被稱爲逆賊家門，心底自然就產生了罪惡感；第三、四世代以來面臨未解決的問題；第四、父親向長女崔松雪堂提出爲祖先伸冤的要求。由於崔松雪堂剛出生時，父親極其失望，因此深受父親冷落。她缺乏父愛與接納，平生執著於受到父親的肯定與稱贊，患有共存（Codependency）[18]症狀。

---

[15] 金鍾順：《崔松雪堂文學研究》（首爾市：景仁文化社，2008 年），頁 15～18。

[16] 「自我分化来源于 Bowen 的家族系統理論。自我分化可以理解爲個體從原生家庭裏分化出来的一個過程。自我分化的過程要求個體在不與家庭成員斷絕的情況下能夠保持自我的獨立性。能夠成功分化的個體可以獨立于家庭的情感依戀， 但並不損壞這種重要的關係。相反，那些沒有良好自我分化的個體或者與父母保持融合狀態或者斷絕這種重要關係。自我分化包括四個維度， 卽情緒反應、情感斷絕、與他人融合及堅持自我。」閆曉娜：〈自我分化理論及其應用〉，《科教縱橫》第 11 期（2010 年），頁 240。

[17] Kim Yu-sook：《家族治療：理論與實際》（hakji Publishing，1998 年），頁 344。

[18] 「所謂共存(codependent)，是指爲了填滿內心的空虛，過分執著于他人，亦可稱之爲失去自我感覺(lost identity)，那是一種與自我斷絕的狀態，也算是機能不健全家

　　崔松雪堂在文學作品裏將不完美的父母過於理想化，但她卻容不下養子崔錫斗的狂放性格，終歸罷養，[19] 可見她在人際關系方面缺乏親密感。首先來看崔松雪堂對母親的懷念，〈憶鄉第庭畔小松〉云:「我家庭一畔，手植尺餘松。想我慈情重，看松念我容。」[20] 全詩灌注母愛，以景起始，且以情收。寫景由遠及近，采用漸進式，寫情則用因果式，以松樹比喻自己。前二句寫景由遠景和近景組成，後二句以因果關系來寫情，即母親對女兒的想念真切，所以母親時常撫摸松樹，這樣才聊以慰籍思女之情。崔松雪堂將自己比爲一棵松樹，〈松雪堂記〉云:「余落於鄉而生時，余風前子來之松也。長而憂虞，纏縻脫不得時，余巖壁盤根之松也。伶仃漂泊，家漢陽時，余冬嶺孤秀之松也。快伸先寃，陽春復回時，余雨露老大之松也。抑又瞻掃邱園，不勝愴慕時，余霏霏載塗之雪也。國恩未答，憂心忡忡時，余陰崖未消之雪也。夙夜祗懼，志切報國時，余因天夜到之雪也。皓髮對鏡，萬事滄桑時，余一朝千莖之雪也。」[21] 可見崔松雪堂的孤獨人生與苦難足迹。〈林檎〉云:「遙想東庭下，一樹有林檎。慈兮嚴護實，知是飼子心。」[22] 全詩回憶偉大的母愛，前二句鋪敘遠景和近景，即家園和林擒，後二句實寫母愛，擅用因果關系，稍加出奇，而顛倒列出先果後因。先說母親嚴加呵護果實，再

庭的產物。」Dr.N.Bruce Litchfield & Petranella J.Litchfield：《Let's Stand Up Straight》，YWAM Publishing， Korea， 1997，頁 59。

[19] 金喜坤：〈崔松雪堂（1855～1939）的生平與夢想〉，《松雪堂紀念學術大會論文集》，2004 年，頁 34。

[20] 崔松雪堂紀念事業會編：《松雪堂集》I（Myeong sang 出版社，2005 年），頁 58

[21] 崔松雪堂紀念事業會編：《松雪堂集》I（Myeongsang 出版社，2005 年），頁 172。

[22] 崔松雪堂紀念事業會編：《松雪堂集》I（Myeongsang 出版社，2005 年），頁 64。

補寫餵養孩子的心切。〈石榴〉云:「日日北堂思,開門對石榴。誰識西域果,辛酸世間留。」[23]「日日北堂思」前二句點明時空,抒寫對母親的思念。她信手開門,望著石榴而撫摸。「誰識西域果」後二句則由景入情,石榴在異國,而人不識,正如她被迫離鄉背井,不能與故鄉母親相聚,因此別有一番辛酸在心頭。全詩以樹自喻,可謂情景交融。〈桃〉云:「為獻萱堂壽,期竊王母桃。夢逐孤舟去,云是武陵濤。」[24]起筆二句寫實,為期盼母親長壽,甚至想到盜竊王母蟠桃獻上,毫不掩飾地流露出對母親的孝順與真摯情感。後二句由實轉虛以作結句,日有所思,夜有所夢,夢境中她乘風破浪到達武陵。〈萱草〉云:「忌憂是何物,培植數莖萱。願祝春日暖,以報北堂恩。」[25]起句「忌憂是何物」以提問的形式作為引子,接著描寫她培植萱草的實景。末二句寫情,以春日比喻母恩,向母親表達孝心。〈藥水洞〉云:「金陵南十里,藥水洞天開。奇石千年古,蒼松一色栽。囂塵初不到,仙鶴日常來。為我萱堂壽,願言汲取回。」[26]起筆「金陵南十裏」二句就點明所在地點。金陵是指金山邑,位於故鄉金泉市的校洞,藥水洞則位於金泉市黃金洞所在的礦泉。「奇石千年古」四句則因奇石蒼松的陪襯映現出脫俗之地,結尾二句構思總歸為孝順母親。〈慈親八十八壽生朝識喜〉云:

---

[23] 崔松雪堂紀念事業會編:《松雪堂集》Ⅰ(Myeongsang 出版社,2005 年),頁 65。
[24] 崔松雪堂紀念事業會編:《松雪堂集》Ⅰ(Myeongsang 出版社,2005 年),頁 71。
[25] 崔松雪堂紀念事業會編:《松雪堂集》Ⅰ(Myeongsang 出版社,2005 年),頁 74。
[26] 崔松雪堂紀念事業會編:《松雪堂集》Ⅰ(Myeongsang 出版社,2005 年),頁 148。

不肖今年陳甲生，劬勞回憶淚先成。

舌耕資食爺恩重，手線備縫母志清。

羅綺遍身懷舊冷，管絃到耳感新聲。

如何未獻春堂壽，九十萱花獨太平。

尊年四七此驅生，不肖於焉陳甲成。

一心深祝龜齡遠，雙鬢仰奇鶴髮清。

射婺霞觴浮喜色，樂兼風樹感歎聲。

陟岵敢忘劬勞日，先供天只永世平。

願祝安期生，慈堂壽域成。

愛日桑榆晚，喜星寶婺清。

未及慈烏哺，豈忘感鶴聲。

折得三山草，長春拜太平。[27]

　　全詩將實虛與今昔交錯運用在父母身上。崔松雪堂在母親八十八歲大壽壽宴獻上了此詩，起筆從回憶父母辛苦養育之恩寫起，雖在歡樂中，內心的陰影卻揮之不去，之後卻突兀地在母親大壽宴會提到孤獨一詞，由此可以推測她站在母親的立場去體會她孤身一人的感受，又或是她對於父親已過世的事實念念不忘。第一段從「不肖今年陳甲生」至「九十萱花獨太平」，描寫當崔松雪堂剛出生的時候，父親熱盼男孩的誕生，意外生來卻是女孩，因此父親感到非常失望，母親就成爲生女孩的罪人，心裏極其痛苦。從「舌耕資食爺恩重」到「九十萱花獨太平」，她不僅烘托出今昔時間的對照，「羅綺遍身懷舊冷」四句也描寫出今日父母之不同遭遇，借此揭示出悲

27　崔松雪堂紀念事業會編：《松雪堂集》I（Myeongsang 出版社，2005 年），頁 168。

喜交錯的緣由。

　　養育者怎樣看待孩子，決定了孩子的自我觀念。孩子通過養育者的眼光來觀察並認識自己。如果父母心存羞恥感，那麼父母就感到自己不夠好，因此在這種情況下，父母不能滿足孩子的需要，卻要孩子滿足他們的需要。[28] 孩子的思維還不夠成熟，會將父母神格化，[29] 認為因為父母是神，便是無所不能的，所以在一切危險情況下皆可保護自己。若父母在情緒上或精神上給孩子帶來痛苦，不斷虐待孩子，孩子則為了不失去父母的保護，反而責備是自己不夠好。假如孩子發現父母的不妥之處，使他難以接受這個事實，由此就會引起孩子的不安情緒。[30] 一旦孩子的心裏產生羞恥，就會感到十分痛苦。孩子為了生存，逐漸形成假自我。[31]

　　崔松雪堂感謝私塾老師父親教導她學業，對於她的母親則心存憐憫。想起母親以針線來維持生計，回顧過去貧窮的家庭生活，惋惜父親早已去世，留下母親孤獨慶祝八十八歲的壽辰。第二段從「尊年四七此驅生」至「先供天只永世平」，抒寫崔松雪堂真心祝願二十八歲生下自己的母親安享晚年，但仍然懷念去世的父親，歎息再沒

---

[28] John Bradshaw 著、吳濟恩譯：《Bradshaw on: The Family》（hakji 出版社，2006年），頁 72。

[29] 「被遺棄的孩子更執著于父母，因無力、依賴、懼怕而不想接受父母的不完全，反而接受以自我為中心的、不成熟的、非邏輯的思考來保護自己。被遺棄的孩子為了安全地生存，將父母理想化，卻使自己分裂起來，這樣的自己投射于他人，將父母的聲音投射于自己內心，換句話說，父母跟孩子所說的引起羞恥感的話語，從孩子內心裏一直可以聽到。」John Bradshaw 著、吳濟恩譯：《Bradshaw on：The Family》（hakji 出版社，2006 年），頁 50。

[30] John Bradshaw 著、吳濟恩譯：《Bradshaw on: The Family》（hakji 出版社，2006年），頁 48～49。

[31] John Bradshaw 著、吳濟恩譯：《Bradshaw on: The Family》（hakji 出版社，2006年），頁 38。

有機會盡孝。「不肖於焉陳甲成」與起筆「不肖今年陳甲生」相應，
內心慚愧，誠摯地慶祝母親的壽辰，又喜樂中提起父親缺席的遺憾，
這也與「羅綺遍身懷舊冷」四句相呼應。「射婺霞觴浮喜色」四句抒
寫今日母親的命運。 第三段從「願祝安期生」至「長春拜太平」，
描繪崔松雪堂懇求秦國方士安期生使母親長生不老，以報答父母的
養育之恩。崔松雪堂出生於逆賊家門，常有風聲鶴唳之感，永生無
法忘記。「願祝安期生」二句祈願母親長壽來增加喜悅之情，但仍不
忘父親的不幸，將「喜星寶婺清」與「豈忘感鶴聲」二句形成強烈
反差，通過描寫今日母親之長壽來反襯過去父親之不幸。崔松雪堂
身爲長女[32] 背負著家族不切實際的期待，對父親的反應極其敏感，
並將自己與父親同一化，秉承與父親相同的價值觀。

三 崔松雪堂的成人孩子（Adult Children）症候群

　　所謂成人孩子（Adult Children），是指在機能不健全家庭裏成長
的早熟孩子，如成人一般思考而行動，不是被父母養育，反而照顧
父母，小時候就學會滿足自己的需求。另外，成人孩子從小就面臨
未解決的問題，由於在家庭裏忍受痛苦數年，病態地渴望得到別人
的肯定。[33] 一般來說，成人孩子有以下特點：尖銳刻薄地批判自己，

---

[32] 「一般來說，長女的行動類型如：第一、焦點在于他人，重視社會的認識與社會規
範；第二、偏好清楚而明白的事情，執意弄清事情的細節，按照條文判斷而行動；
第三、因爲是父母年輕時所生的孩子，因此對長女的期待極高，又因父親過度幹涉
使長女承受相當大的壓力，難以增強較高的自尊心。」John Bradshaw 著、吳濟恩
譯：《Bradshaw on：The Family》（hakji 出版社，2006 年），頁 86。

[33] Tim Sledge 著、Jeong Dong-seop 譯：《Making Peace with Your Past - Help for Adult
Children of Dysfunctional Families》，Jordan 出版社，Korea，1996，頁 143～144。

與他人難以建立親密關系，不斷渴望被表揚，感到自己與衆不同，過於負責任或過於不負責任，當不需忠於他人的時候，仍過度忠於他人。[34] 在機能不健全家庭中的專制父母易於取代神的地位，過分干涉孩子的生活，提出不切實際的要求，自然將罪惡感與羞恥感的種子撒在孩子的心底。[35] 一個被羞恥感束縛的人爲了掩蓋根深蒂固的羞恥感，在表面上會采取追求完美主義的行動。[36] 形成完美主義的原因在於小時候只有有所作爲才可以得到父母的肯定，因此孩子不但不能享受內心的快樂，而且不能感受到對自己存在的滿足。在機能不健全家庭裏成長的孩子扮演英雄角色（Hero Child）[37]，不顧自己的需要，卻變成幫助父母的孩子。不管這孩子多麼有成就或受到父母的稱贊，都已經變成失去自我的孩子。[38]

---

[34] Tim Sledge 著、Jeong Dong-seop 譯：《Making Peace with Your Past - Help for Adult Children of Dysfunctional Families》，Jordan 出版社，Korea，1996，頁 146。

[35] Dr.N.Bruce Litchfield ＆ Petranella J.Litchfield：《Let's Stand Up Straight》，YWAM Publishing，Korea，1997，頁 104。

[36] 「完美主義不斷將自己看成充滿羞恥感的存在，從外部的成就來評價自己存在的價值，常與他人比較，願意出人頭地，其實這樣的行爲是爲了掩飾內心深處裏未解決的羞恥感。」Tim Sledge 著、Jeong Dong-seop 譯：《Making Peace with Your Past - Help for Adult Children of Dysfunctional Families》，Jordan 出版社，Korea，1996，頁 104。

[37] 「機能不健全家庭成員大都依賴于他人或對某件事執迷不悟，壓制孩子的五個自由（如認識的自由、思考的自由、感受的自由、欲望的自由、創造的自由），遵守病態家族規則和固定角色。如孩子自以爲只要追求完美無缺，一切問題就會迎刃而解。」Dr. N. Bruce Litchfield ＆ Petranella J. Litchfield《Let's Stand Up Straight》，YWAM Publishing，Korea，1997，頁 97。

[38] 「孩子爲了扮演家庭內的英雄角色，認爲自己要剛強，不能軟弱，因此掩飾自己真正的感受，忘卻自己到底是誰，難以接納自己的真面目。」John Bradshaw 著、Kim Hong-Chan 譯：《Healing The Shame That Binds You》，社團法人韓國心理咨詢研究院出版，Korea，2004，頁 9。

　　崔松雪堂剛出生時因是女孩子的緣故，而受到父親的冷落，自
然內心形成羞恥感。她爲了完成父親的心願，決心一生獻身於爲逆
賊家門伸冤。〈定州宣川先壟設石儀回路有感而作〉云：

> 吾家素零替，門運一何衰。嗚呼己丑禍，寔由群小疑。
> 慘哉辛未厄，欲語涕先垂。漂泊南遷後，貧窮常不離。
> 阿爺昔有言，先壟在西陲。五世俱失傳，省掃渺無期。
> 我齡四五歲，終傍聞而知。此言銘肝肺，終身勞我思。
> 今春送泰姪，搜訪從便宜。幸賴皇天佑，次第盡在茲。
> 中心喜欲狂，爰謀設石儀。採石城西岡，三朔琢磨之。
> 招招李漢模，工手巧且奇。先遣寢郎敬，事由告神祇。
> 乘彼鐵路去，千里風雨馳。翼弟導我前，泰及斗兮隨。
> 塋域霜露降，痛哭奠一巵。墓儀復如新，先靈陟降斯。
> 兼旬役告竣，天寒氷凍時。悽愴再拜退，雙眼淚如絲。
> 山月入懷照，江風拂面吹。松栢漸蒼然，望望坐如癡。
> 漁笛催行李，聲聲欲恨誰。問爾從我者，倘知此心悲。[39]

　　全詩以今昔交錯爲主軸，她回想過去一系列的家禍，起二句就
點出家世衰落，「嗚呼己醜禍」以下六句補敘過去的不幸事件，家世
動蕩貧窮，接著她憶起父親所說的話，「我齡四五歲」四句抒寫小時
候的記憶銘記在心，始終未曾忘記，轉寫今日，從「今春送泰姪」
起，情感也由悲轉喜。第一段落從「吾家素零替 」至「省掃渺無期」，
訴說崔松雪堂家門的衰落與貧窮。所謂己醜（1589）禍，是指第十
一代祖先崔永慶因牽連鄭汝立的叛亂事件而死於獄中，所謂辛未

（1811）厄，是指曾祖崔鳳寬因不鎮壓洪景來之亂，也在獄中去世。[40]
因此祖父崔翔文與三兄弟被放逐到全羅道古阜，後來崔松雪堂的父
親崔昌漢遷移金泉，全家艱難度日。第二段落從「我齡四五歲」至
「次第盡在茲」，回顧四、五歲時聽到父親的歎息，即因五大祖先的
墳墓都已失傳，而無法掃墓。當時崔松雪堂發現家族秘密，內心受
到極大的沖擊，而且感到羞愧難當，責怪自己的渺小無力，故一生
牢記父親的話，決心爲祖先伸冤，重振家門。第三段落從「中心喜
欲狂 」至「事由告神祇」，表達崔松雪堂家門復興的喜悅心情。一
八九四年她上京以後住在積善洞，皈依佛門。一八九七年十月親近
受到高宗寵愛的嚴妃，皇太子李垠誕生以後，就入宮成爲英親王的
保姆。一九〇一年十一月高宗特令使崔松雪堂的逆賊家門復權，終
於恢復祖先的名譽。第四段落從「乘彼鐵路去」至「先靈陟降斯」，
描寫崔松雪堂花了二十天準備碑石，重新設立墳墓，帶著養弟崔光
翼、侄子崔錫泰、養子崔錫斗一起拜祖先，懇求先靈降臨，心中充
滿悲傷，淚如泉湧。第五段落從「兼旬役告竣」至「倘知此心悲」，
描繪祖先墳墓周圍的淒涼風景，哭訴自己四十多年壓抑下來的悲
痛，惋惜父親早已去世，無法親眼目睹家門復興。

---

[40] 崔松雪堂紀念事業會編，《松雪堂集》Ｉ（Myeongsang 出版社，2005 年），頁 160。

四 崔松雪堂的自我表白

　　成人孩子在機能不健全家庭裏成長，由於缺乏父愛，內心留下不可抹去的創傷，雖身爲成人，卻有孩子的思考與傾向。成人孩子因自尊心較弱，而凡事追求完美，患有抑郁症，消極地看待自己，貶低自己，對來自他人的批評太敏感，時常懼怕別人拒絕自己，過於節省。[41] 崔松雪堂在〈記夢〉裏通過自我表白流露出無意識（unconsciousness）中的痛苦。

> 林風聲淅瀝，山月光皎潔。江天綠雲長，庭樹山露結。
> 主人坐無眠，孤燈耿不滅。撫念平生事，積恨儔與匹。
> 生爲巾幗身，風霜自奔淚。晝宵常慼慼，六旬如一日。
> 立揚本無路，事業況可必。家道縱零替，先業焉繼述。
> 且以匹婦視，猶有一身吉。人皆有夫婦，我獨無家室。
> 人皆有子女，我則只親姪。萬念徒輾轉，中心如有失。
> 偶成南柯夢，蝴蝶化園榛。瓢然遺世去，幻此煙火骨。
> 十洲暫翶翔，三山到倏忽。嫦娥攜我手，織女贈我橘。
> 五雲玲瓏處，嵬然紫金闕。瑤草春可憐，瓊花香有祕。
> 俄到玉皇前，拜稽心惶慄。皇曰爾松雪，塵劫尚已畢。
> 有懷言無隱，有冤訴之悉。松雪俯而泣，不能開唇舌。
> 皇曰爾松雪，止泣聽朕說。爾懷或難奏，爾冤或難雪。

41　Gang Haeng-ja：《上癮者家庭裏的成人孩子之情緒問題與對異常行動之治療研究》（安養市：安養大學神學大學院碩士論文，2008 年），頁 56。

松雪默無言，雙眼淚不絕。滂沱濕衣巾，不覺聲嗚咽。

皇曰爾之泣，亦可究情曲。爾懷朕已度，爾冤朕已燭。

乃命諸仙女，起余親見面。又招諸仙童，饗余親賜饌。

皇曰爾松雪，萬劫桑海變。爾復降人間，朕且召而見。

御手眖二箱，暖香玉座遍。松雪再拜受，退出廣寒樓。

復從去時路，歸家如鞭電。會我諸昆季，誇恩共欣忭。

忙于開二箱，晧晧心目眩。一箱鶴氅衣，一箱白羽衣。

松雪忽驚歎，皇恩謬至此。二物雖云好，現生烏用是。[42]

　　全詩活用虛實手法，虛境由夢境構成，前半部是實境，後半部則爲虛境，這首通過虛實交叉總括了崔松雪堂平生坎坷生涯。全詩可分成三段，第一段從「林風聲淅瀝」至「中心如有失」，回顧過去六十年，傾吐其內心深處的怨恨，起筆「林風聲淅瀝」以下四句寫外景，「主人坐無眠」二句由景轉情，敘寫失眠的緣故，她自歎生來女兒身，列出種種不幸遭遇。全詩的主旨在於第一段結尾，運用縱收法，「萬念徒輾轉」爲縱，「中心如有失」則爲收。崔松雪堂身爲女子，在母胎裏就不被接納，一生出來就被父親拒絕，在感情上被徹底遺棄，經常退縮，自然心裏產生羞恥感。崔松雪堂吐露逆賊家門的悲哀與無奈，雖然花了四十年的時間爲祖先伸冤，但心裏有強烈的失落感，時刻與別人比較，認爲自己不太幸福，別人都有丈夫與子女，但自己卻一无所有，過去的生活使她不但喪失自我，而且迷失自己的方向，以假自我來滿足家門與父親的需要。[43] 第二段從

---

[42] 崔松雪堂紀念事業會編，《松雪堂集》I（Myeongsang 出版社，2005 年），頁 130。

[43] 「『蝴蝶裏的幼蟲形象』最能表現羞恥感的圖畫，許多成人心裏有羞恥感，因對過去痛苦的記憶與未來的不確定性而感到恐懼。心懷罪惡感的人斥責『自己沒有

「偶成南柯夢」至「暖香玉座遍」,「偶成南柯夢」二句以下從實轉虛,用夢境補敘第一段。崔松雪堂引用莊周蝶夢,入紫金宮,謁見玉皇大帝,她卻對於玉皇大帝的話語只是默默哭泣,反複地運用這種問答方式,意在強調她的愁緒。當玉皇大帝站在崔松雪堂的立場安慰她、體貼她的時候,崔松雪堂沈默無言,而且愴然淚下,連自己硬咽之聲也不曾察覺。沈默是最有力的言語,流淚是一種哀悼過程,悲傷自我的喪失,以假自我追求完美主義,不斷渴望他人的肯定與稱讚。玉皇大帝了解崔松雪堂的冤枉與情懷,聽她吐訴六十年以來的煩悶與被壓抑的情緒。第三段從「松雪再拜受」至「現生烏用是」,「松雪再拜受」句,描寫崔松雪堂從紫金宮踏上歸家之途,表面上好像實景,但仍亦虛景。她回家開箱看到禮物二件,結尾闡明全詩宗旨說:「二物雖云好。現生烏用是」,本來代表喜樂的禮物卻給她添加更多愁緒,傾訴一生內心的痛處,好物急轉無用,喜急轉悲,平生不能變為男身,故玉皇大帝所賜的禮物無法用到人間。她通過描寫夢境來側面表露無意識(unconsciousness)的深層世界,不僅將從小被壓抑的情緒一一吐露,而且將自己的心願和盤托出。

五 結語

本論文從機能不健全家庭的成人孩子的角度著眼,深入剖析了崔松雪堂漢詩中所透露的內心世界。崔松雪堂剛出生的時候,父親熱盼男孩的誕生,意外生來卻是女孩,父親感到非常失望,因此她

資格活在世上任何一個角落」,將自己當做卑賤和缺點的集合體,因此被人遺棄是理所當然的。」Sandra D, Wilson:《Released From Shame》,Tyrannus Press,Korea,2005 年,頁 14。

從小被父親拒絕，缺乏父愛與接納。在機能不健全家庭裏成長的崔松雪堂扮演家庭內的英雄角色來掩蓋根深蒂固的羞恥感，從外部的成就來評估自我存在的價值，爲了完成父親的心願，決心一生獻身於爲逆賊家門伸冤。一八九七年十月她親近受到高宗寵愛的嚴妃，皇太子李垠（英親王）誕生以後，就入宮成爲英親王的保姆。一九〇一年十一月高宗特令使崔松雪堂的逆賊家門復興，終於恢復祖先的名譽。崔松雪堂雖然花了四十年完成父親的心願，但心存失落感，察覺到過去的生活喪失自我，以假自我來滿足家門與父親的需要，最後通過描寫夢境來從側面流露出無意識（unconsciousness）裏的深層世界，吐露從小被壓抑的情緒。

參考文獻

一 專書

Dr. N. Bruce Litchfield ＆ Petranella J. Litchfield 《Let's Stand Up Straight》 YWAM Publishing Korea 1997 年

John Bradshaw 著 吳濟恩譯 《Home Coming: Reclaiming and Championing Your Inner Child》 Korea Hakji 出版社 2004 年

John Bradshaw 著 Kim Hong-Chan 譯 《Healing The Shame That Binds You》 社團法人韓國心理咨詢研究院出版 Korea 2004 年

John Bradshaw 著 吳濟恩譯 《Bradshaw on: The Family》 Hakji 出版社 Korea 2006 年

Kim Yu-sook 《家族治療：理論與實際》 Korea Hakji 出版社

1998 年

Sandra D，Wilson　《Released From Shame》　Korea　Tyrannus Press
　　　　2005 年

Tim Sledge 著　Jeong Dong-seop 譯　《Making Peace with Your Past -
　　　　Help for Adult Children of Dysfunctional Families》
　　　　Jordan 出版社　Korea　1996 年

金昌慶編　《崔松雪堂──韓國育英事業的母親》　漢城市　景仁
　　　　文化社　2008 年

金鍾順　《崔松雪堂文學研究》　漢城市　景仁文化社　2008 年

崔松雪堂紀念事業會編　《松雪堂集》Ⅰ　Korea　Myeong sang 出
　　　　版社　2005 年

崔松雪堂紀念事業會編　《松雪堂集》Ⅱ　Korea　Myeong sang 出
　　　　版社　2005 年

陳滿銘　《章法學新裁》　臺北市　萬卷樓圖書公司　2001 年

陳滿銘　《章法學論粹》　臺北市　萬卷樓圖書公司　2002 年

陳滿銘　《章法學綜論》　臺北市　萬卷樓圖書公司　2003 年

陳滿銘　《章法結構原理與教學》　臺北市　萬卷樓圖書公司　2007
　　　　年

鄭後洙、金鍾順共譯　《松雪堂的詩與歌辭》　Eojinsili 出版社　2004
　　　　年

二　期刊論文

Paik Sun-chul　〈崔松雪堂歌辭的文體與現實認識〉《古詩歌研究》
　　　　第 15 輯　2005 年

Son Aeng-hwa　〈崔松雪堂歌辭所描繪的花朵之象徵意義〉　《古

典與解釋》　第 8 輯　古典文學漢文學研究學會　2010
年

許米子　〈近代化過程中的文學所流露的性別纠葛——特以崔松雪
堂與吳孝媛爲中心〉《人文科學研究》　第 12 輯　1992
年

閆曉娜　〈自我分化理論及其應用〉《科敎縱橫》　第 11 期　2010
年

韓碩洙　〈崔松雪堂的文學世界與現實意識——以「諺文詞藻」爲
中心〉　《韓中人文學研究》　13 輯　2008 年

三　學位論文

Gang Haeng-ja　《上癮者家庭裏的成人孩子之情緒問題與對異常行
動之治療研究》　安養市　安養大學神學大學院碩士論
文　2008 年

Kang Pil-gu　《崔松雪堂研究》　龜尾市　Kumoh 工科大學敎育大
學院碩士學位論文　2006 年

Lim Hye-young　《崔松雪堂歌辭研究》　漢城市　高麗大學敎育大
學院碩士學位論文　2005 年

林明姬　《崔松雪堂研究》　漢城市　成均館大學敎育大學院碩士
學位論文　1993 年

PISA 閱讀歷程結合 Bloom 認知能力的國文教學——以篇章縱橫向結構為文本分析方法

蕭千金

臺北市國中國文輔導團員、景興國中教師

摘要

　　篇章的「縱向結構」是指文章內容中偏於「意」的「情、理」與偏於「象」的「事、景（物）」而分層組成「意象系統」;「橫向結構」是指文章形式上透過各種組織原理所形成的「章法結構」。若國文教師要探析並呈現文本在內容及結構上的特色，以縱橫向結構疊合考察是極佳途徑。

　　國文教師以篇章縱橫向結構分析文本後，應掌握文本的教學重點，引導學生理解文本而增進讀寫能力，因此教學活動、提問內容以及課後評量若以「PISA 閱讀歷程」為架構結合 Bloom2001 版認知歷程中的能力指標，則可設計出清晰的教學目標，且可有效控制實際教學時的效率和品質。

　　研究者除了探討理論基礎和相關文獻外，研究方法和步驟則以現今國中國文的課文：張曉風的〈第一幅畫〉為例，以上述方法探討教學前的備課方向，且設計了教學流程並實際運用於教學現場，最後提出結論和建議，期望能使本研究更為完整。

關鍵詞：篇章縱橫向結構、PISA 閱讀歷程、Bloom 認知歷程、國文教學

一　前言

　　當前我們整個社會和教育面臨轉型時期，國文教學不再以指導學生「背多分」為主要教學目標，而是以讓學生理解文本，能夠閱讀文本進而吸收文本的內容和形式作為寫作之方。

　　Kintsch 和 Van Dijk（1978）強調閱讀是主動建構的心理歷程，非僅被動的接收訊息，因文本並非本身就能呈現完整的觀點或概念，所以讀者必須投入訊息當中與文本進行深入的互動，促使文本訊息與訊息間進行聯結和整合。所以閱讀乃是介入許多知覺與認知技巧的一項複雜的認知活動（Palincsar &Brown,1984；Paris & Paris,2001，轉引自羅燕琴，2006）。[1]教師在教學時唯有提供學習者了解、運用、分析、評鑑和創造知識的機會和任務情境，才能培養或了解學習者這些能力之發展[2]。因此，研究者試著以篇章縱橫向結構分析文本後，掌握了文本的教學重點後，設計教學活動與提問內容，並以「PISA 閱讀歷程」為架構結合 Bloom2001 版認知歷程中的能力指標，設計出了清晰的教學目標，相信應可有效控制實際教學時的效率和品質。

　　研究者除了探討理論基礎和相關文獻外，則以現今國中國文的一篇課文:〈第一幅畫〉為例，運用篇章縱橫向結構先分析這課課文，以此作為教學前的備課方針，再以「PISA 閱讀歷程」和「Bloom2001 版認知歷程」為方向設計單元課程，期待能引導學生主動分析文本，

---

[1]　引自羅燕琴:〈生本教育閱讀教學成效探究〉，《教育心理學報》第 38 期（2006年），51～66。

[2]　黃嘉雄:〈2001 年修訂之布魯姆認知領域目標分類:其應用與誤用〉，《國民教育》第 45 期（2004 年），頁 71。

學會詮釋、分類、推論、解釋等理解能力進而建構文本意義。研究者更期待學生能具有高層次閱讀理解能力後,而能表達出深度的見聞與思想。

二 名詞釋義

(一) PISA 閱讀歷程

PISA 是國際學生能力評量計劃,為 OECD(Organisation for Economic Co-operation and Development)經濟合作暨發展組織自一九九七年起籌劃,此跨國評量計劃從終身學習的面向來看待教育的真諦。

此計劃重點在評估接近完成基礎教育的十五歲學生,對於未來生活可能面對的問題情境,準備的程度以及他們習得多少必備的知識和技能。[3]

PISA 評量內容涵蓋閱讀,數學和科學三個領域的素養程度。其中有關閱讀的素養意旨,產生閱讀行為的各種情境說明如下:

> 情境架構概括為:個人、教育、職業、公眾。由於題材取自生活中廣泛的文字訊息,文本的形式相當多元,如:散文、敘事、論述、廣告文宣、官方文件或聲明、故事寓言、報告表單等。閱讀評量的重點在於對文本訊息的擷取、發展解

---

[3] 參見臺灣 PISA 研究中心——計畫概述,網址如下:
http://pisa.nutn.edu.tw/pisa_tw.htm

釋、省思與評鑑文本內容、形式與特色。[4]

根據以上三種能力的分析又加上 PISA 的閱讀歷程或面向（aspect s）包括：提取資訊（ret r ievinginformation）、形成概括了解（forming a broad general understanding）、發展解釋（developing an interpretation）、反思和評鑑文本內容（reflecting onand evaluating the content of a text）、反思和評鑑文本形式 （reflecting onand evaluating the form of a text）五類[5]。我們可知 PISA 強調閱讀歷程的思維，而鄭圓玲教授在指導臺灣各縣市國中國文輔導團時也以 PISA 的評量內容建構了「PISA 閱讀歷程」的名稱和步驟如下表：

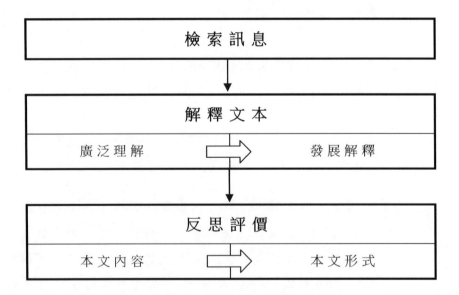

4 參見臺灣 PISA 研究中心──評量內涵，網址如下：
   http://pisa.nutn.edu.tw/pisa_tw_03.htm

5 參見 OECDPISA 官方網站 http://www.oecd.org/

（二）2001 年版 Bloom 認知歷程向度

美國教育學者 Bloom 在一九五六年提出的認知領域教學目標可分為六大

類：知識、理解、應用、分析、綜合、評鑑，於歷經四十餘年之後，在原作者之一的克瑞斯沃爾（David Krathwohl）倡議下，於一九九五年起召集小組修訂，二〇〇一年正式出版修訂成果，名為「為學習、教學和評量而分類：布魯姆教育目標分類之修訂」（A taxonomy for learning, teaching, and assessing: A revision of Bloom's taxonomy of educational objectives）。新修訂版只限於認知領域，不包括情意（affective domain）和技能領域（psychomotor domain），其分類比舊版更合理周延，視課程、教學和評量為應用目標分類的三位一體觀念，而且舉出應用於課程、教學和評量的諸多實例。[6]

2001 年版布魯姆認知領域教育目標在認知歷程向度主要分成六類，由較低層級的記憶、了解（理解）、應用和分析，以至於較高層級的評鑑和創造，其中記憶和學習保留有密切關聯，其餘五者（了解、應用、分析、評鑑和創造）和學習遷移較有關係。此向度的目的在於提供描述學生在建構主義者學習理念下的認知活動範疇，以促進學生進行有意義的學習。[7]以下表 3 - 1 為 2001 年版布魯姆認知領域分類認知歷程向度內容以及示例：

---

[6] 同註 2，頁 59。

[7] 葉連祺、林淑萍：〈布魯姆認知領域教育目標分類修訂版之探討〉，《教育研究月刊》第 105 期（2003 年），頁 100。

表 3 − 1　2001 年版布魯姆認知領域分類認知歷程向度內容[8]

主類別/次類別	定義	示例
1.記憶（remember）	從長期記憶檢索（想起、取回）相關知識	
1-1 再認（recognizing）	搜尋長期記憶，找出與呈現資訊一致或近似的知識、或與現有事實一致的知識	辨認出國慶日的日子
1-2 回憶（recalling）	當面對某提示或線索時（通常是問題情境）能自長期記憶檢索得到相關知識。	回想出國慶日的日子
2.理解（understand）	從口述、書寫和圖像溝通形式的教學資訊中建構意義。	
2-1 詮釋（interpreting）	將某種表述形式改以另一種方式表述。	利用點圖描述臺灣人口分布
2-2 舉例（exemplifying）	對某概念或原則舉出、提供特定事例。	舉出不同藝術風格的畫作
2-3 分類（classifying）	決定某事務歸屬於某類別、範疇（如，概念或原則）。	將身心障礙事例適當歸類
2-4 摘要（summarizing）	將一般性主題或要點，加以摘要	摘要提出「賞月記」的文章大意
2-5 推論（inferring）	根據現有資訊，提出一個具邏輯性的結論。	依資料推斷出端午節也是中國傳統節慶
2-6 比較（comparing）	檢核諸如兩個觀念、事物間或其他類似物中的相關性。	比較沖積扇和三角洲兩個河積地形的異同

8　表 3−1 參考下列資料後再重新整理。參考資料如下：黃嘉雄：〈2001 年修訂之布魯姆認知領域目標分類：其應用與誤用〉，《國民教育》第 45 期（2004 年），頁 59～72、葉連祺、林淑萍：〈布魯姆認知領域教育目標分類修訂版之探討〉，《教育研究月刊》第 105 期（2003 年），頁 100～101、李宜玫、王毅慧、林世華：〈社會學習領域分段能力指標之解讀──由 Bloom 教育目標分類系統（修訂版）析之〉，《國立臺北師範學院學報》第 17 卷第 2 期，頁 1～34。李詩萍：《大學入學考試地理科試題知識向度與認知歷程向度分析》（臺北市：國立臺灣師範大學地理學系在職進修碩士論文，2008 年 6 月），頁 21～23。

2-7 解釋 （explaining）	對某一系統（或現象）建構因果解釋模式。	解釋颱風發生原因
3 應用（apply）	是指學習者面對某種情境能使用程序（步驟）來解決問題	
3-1 執行（executing）	運用某種程序於熟悉的任務情境。	對任兩個 3 的倍數，能進行整數的除法計算
3-2 實行 （implcmenting）	運用某種程序於不熟悉的任務情境。	應用至雜貨店購物經驗於超市購物
4.分析（analyze）	分解整體為許多部分，並決定各部份彼此及其對整體結構或目的關係	
4-1 辨別 （differentiating）	對情境中展現的材料，將其中重要與不重要、有意義與無意義的部份區分出來	分辨直角三角形和正三角形的不同
4-2 組織 （organizing）	決定出結構中各要素如何相適應或發揮功能	對某歷史事件能組織和建構解釋該事件的有效證據並排除無效的證據
4-3 歸因 （attributing）	決定出情境中所展現材料之觀點、偏見、價值觀或意圖立場。	論斷作者在其評論中所帶有的政治觀點
5 評鑑（evaluate）	根據規準和標準下判斷	
5-1 檢查（checking）	檢查某一過程或產品的謬誤或矛盾，決定某一過程或產品是否有內在一致性，檢核某一程序運用時的效能	判斷某科學家之結論是否依據其所觀察得的資料
5-2 評論（critiquing）	檢核某產品與外在規準的不一致，決定某產品是否有外在的一致性，檢核某程序運用於某問題情境中的合適性	評論大禹和鯀的治水方法
6 創造（create）	將各要素加以組織，以形成具整合性或功能性的整體；重組各要素為新的模型或結構	
6-1 通則化 （generating）	根據許多規準，建立假設	對頭城海水浴場海岸後退的現象提出假設
6-2 規劃（planning）	設計某種程序以達成某種任務	撰寫一個觀察蝴蝶生態的計畫
6-3 製作（producing）	發明新產品	創作歌曲和樂曲

　　透過上表對各類目標之精確定義與描述，亦可協助教學者深入
了解各種目標之精義，進而設計適當的教學與評量方法。[9]

　　新版認知領域目標分類能廣泛應用於課程設計、活化教學和多
元評量。所以教學者應均衡各類目標，避免教教學重點注重於較低
層次的記憶上面，要多培養受教者高階能力。

三　篇章縱橫向結構與《文心雕龍‧情采》的文學觀

　　篇章產出前，創作者會結合主觀成份多的「形象思維」與客觀
成分多的「邏輯思維」來思考篇章內容。就形象思維來說，如果將
一篇辭章所要表達的「情」或「理」，也就是「意」，和所選取之「景
（物）」或「事」，也就是「象」，連結在一起，或者是專就個別之「情」、
「理」、「景（物）」、「事」等材料本身設計其表現技巧的，皆屬「形
象思維」[10]，涉及到意象學，是為「篇章的縱向結構」的組成；就邏
輯思維來看，如果整個就「景（物）」或「事」（象）等各種材料，
對應於自然規律，結合「情」與「理」（意），按秩序、變化、連貫
與統一之原則，前後加以安排、佈置，以成條理的，皆屬「邏輯思
維」[11]，涉及到章法學，此為「篇章的橫向結構」的形成。

　　綜合上述，關於篇章縱橫向結構的名詞釋義，陳佳君的說法如
下：

---

[9]　同註 2。

[10]　參見陳滿銘：《意象學廣論》（臺北市：萬卷樓圖書公司，2006 年 11 月初版），
　　頁 23。

[11]　同註 10。

> 篇章結構含「縱」、「橫」兩向，縱向結構是指由情、理、事、
> 景組成具有層次性的意象系統；橫向結構則是透過章法，聯
> 句成節、聯節成段、聯段成篇所形成的邏輯條理。[12]

篇章縱橫向結構可從兩個方面：「情采並重」、「情經辭緯」來探究其承繼《文心雕龍·情采》的文學觀。

首先就「情采並重」而言，《文心雕龍·情采》談論到「情采並重」的原句如下：

> 研味《孝》、《老》，則知文質附乎性情文采所以飾言，而辯
> 麗本于情性。是以聯辭結采，將欲明理。心術既形，英華乃
> 贍。

綜合以上句子，其談到不外乎文章華美（文）或質樸（質）都應依附於人的思想感情，而且文章的美妙動人（辯麗）本於思想感情的自然，因此連綴文辭運用文采，為的是要表達思想（明理），所以內心活動（心術）真實地表現出來，文采（英華）才能豐富多彩等重視「思想感情」和「連綴文辭且運用文采」文學觀，可見《文心雕龍》主張情與采不可偏廢，都有其重要性的觀點[13]。因此我們可以說篇章的縱向結構是以情、理、事、景（物）組成了文章的內容，即是意象系統，表達出了文章內容的思想感情，但為文仍得注意篇章的橫向形式，即是邏輯性的將情理事景（物）等個別意象層層組

---

[12] 陳佳君：《篇章縱橫向結構論別裁》（臺北市：萬卷樓圖書公司，2010 年 10 月初版），頁 1。

[13] 參見牟世金：《《文心雕龍》研究》（北京市：人民文學出版社，1995 年出版），頁 411。

織成一整體意象（篇）的「章法結構」，由此可見，篇章縱橫向結構承襲《文心雕龍》「情采並重」的文學觀。

再就「情經辭緯」的關係論而言，中國古典文學的「經」、「緯」觀，最早即是《文心雕龍‧情采》篇所言：

> 情者文之經，辭者理之緯；經正而后緯成，理定而后辭暢：此立文之本源也。

上文指出思想感情是文采的經線，言辭形式是思想內容的緯線。兼顧「經」、「緯」才是作文章的根本法則。又《文心雕龍‧情采》亦云：

> 能設模以位理，擬地以置心，心定而后結音，理正而后攡藻，使文不滅質，博不溺心

此句話的重點是要創作者根據創作的規範把要表達的思想內容安排妥善，在擬定文章要求時把要抒發的感情處理妥當，再結合上述「情者文之經，辭者理之緯」之意，我們可以推知「理、心」為「情經」「模、地」為「辭緯」，故結合篇章縱橫向結構來探究，縱向結構處理文章內容的內容情理，故承繼了「情經」之論，又橫向結構組織個別意象為一有機體，是為章法，承繼了「辭緯」之觀，其承繼關係可以以下表作為總結：

篇章結構 ⎰ 縱向結構（意象系統）◄─────► 情經
　　　　 ⎱ 橫向結構（章法結構）◄─────► 辭緯[14]

---

[14] 同註 12，頁 40。

　　縱向結構是透過意象層層連結而成，是讓辭章內容得以形成和充實的要素；橫向結構則是使情意思想與物事材料能夠獲得安排與布置的橋梁。因此，要產生橫向結構，需要以縱向的意象為基礎；而欲理清大小意象系統之間的條理關係，則需仰賴橫向的章法來梳理。[15]由以上分析可知縱橫向結構正是承襲《文心雕龍》中「情采並重」、「情經辭緯」兩大文學觀。

四　〈第一幅畫〉縱橫向結構分析

　　以下先就〈第一幅畫〉[16]的縱向結構與整體意象做文本「意」「象」分析，再以橫向結構與章法四大規律：秩序、聯貫、變化、統一做文本形式、文法的探析。又基於「情采並重」與「情經辭緯」之文學觀為理論淵源，篇章縱橫結構應當疊合觀之，使辭章作品的意象系統（縱向結構、情經）與謀篇布局之條理（橫向結構、辭緯），展現其篇章特色與呼應關係。[17]所以，我們將會把第一幅畫的縱橫向結構疊合來看，梳理其篇章內容與形式的密切關係。

　　〈第一幅畫〉是作家張曉風於《星星都已到齊了》的一篇散文，作者藉由一幅偶然得到的月曆畫，來敘述自己年少時的生活和情感，以及從這幅畫衍生出的許多聯想與憧憬，從而充實了自己的內在，也開闊了自己的眼界。[18]此篇文章主要透過「事」、「景」、「情」

15　同註 12，頁 15。

16　因為〈第一幅畫〉長達一千四百六十二字，又因本篇論文有字數限制，故此課課文暫且不附錄於此篇論文之後，敬請見諒。

17　同註 14

18　翰林版國中國文三上課本〔臺南市：翰林出版事業公司，2010 年八月初版〕，頁 37。

的內容成分形成意象系統，因此在橫向結構方面，這篇文章是對應於「景意象含情意象」、「事意象含情意象」、「事意象」的意象形成成份，採「賓─主─賓」的轉位結構（拗向陽）組織起個別意象和意象群，使第一幅畫成為一有機的整體意象（篇）。將〈第一幅畫〉的縱橫向結構疊合後，即可展現出下列嚴密的結構分析表：

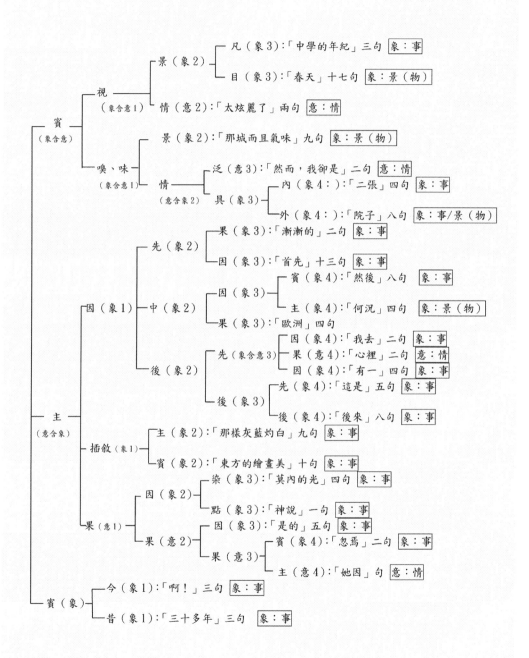

（一）縱向結構說明

　　文章在一到四段中，「中學」三句敘述自己中學時住在南部小城之事，當作開場白。爾後在第一段中以四種色彩：稻濃綠、稻黃、辣椒紅、鳳凰木紅形成景意象，接著在第二段，作者卻以對色彩麻木的情意象表現出對小城流動色彩之感。第三段以四種植物的氣味：甘蔗、西瓜、芒果、野薑花表現出另一組景意象，並與第四段作者的個性憂鬱（情意象）以及內外環境：屋子擁擠、住家院子中的橄欖酸形成強烈對比（事意象），到此可見作者中學時雖然生活在充滿色彩、氣味的小城，但她卻感覺麻木且內心仍然憂鬱，由以上分析一到四段的個別景意象和事意象都包含著情意象，組成「小城充滿色彩、氣味」的意象群。

　　五到十二段為全文主旨所在，以「漸漸的，我找到生活下去的門道」為作者的內心的由封閉走向無阻礙的變化揭開序幕，文中分別由取名桃源居、從銀行得到莫內月曆畫、為畫配鏡框以及將畫掛在牆上、知道印象派等依序發生的事意象構成了「生活下去的門道」。因為提到了「印象派」，所以作者特別比較印象派和東方畫對光處理此事意象，帶出作者對印象派的光處理之肯定，由「光」這全文關鍵意象，帶出莫內的天光和創世紀上有關光的句子（事意象），使光起了指引的象徵意義，從而讓作者第一幅畫如光的指引而有了想像空間因而構成「內心無阻礙」的情意象，「因一幅畫而使內心開闊」也是全文的主旨所在，此處眾多個別的事意象和情意象構成了「心靈無阻礙」的意象群。

　　末段作者想要感謝莫內和憶起當年掛起第一幅畫，並以這兩個事意象構成了「感謝莫內的畫」意象群。

　　從〈第一幅畫〉的縱向結構表，我們可以看清各類個別意象如

何向上統合成三大意象群，也可以掌握到「心靈無阻礙」的核心意象，由此可見作者即事、即景而抒情，確實將心靈由封閉憂鬱而走向開闊表現得十分清晰，以上即是藉由縱向結構之探求所突顯出的內容處理度與情感渲染力。

（二）橫向結構說明

由上表得知，第一個「賓」的部分為全文一到四段，先寫「視覺」，再寫「嗅、味覺」。就視覺部分而言，以「先景後情」的部分描寫出城中植物顏色炫麗並與作者情感麻木作對比，而在此處「景」的部分，以「先凡後目」的結構先點出總述為流動色彩，後舉出四種色彩及其動態意象：澎澎湃湃、漲、紛紛晒上、烈焰騰騰，延燒十里來呼應「流動」之詞。接著在嗅、味覺景物部分，作者一樣用「先景後情」的部分描寫出四種植物的甜蜜氣味並與作者個性憂鬱作對比，並在「情」的部分以「先泛後具」組成，而在「具」的部分則以「先內後外」的章法安排出室內空間的狹窄與寬廣戶外中橄欖樹的酸，抒發了作者憂鬱的情緒。

全文重心—「主」的部分，則主要以「先因後果」外加一「插敘」的結構連綴個別意象而成。在「因」的部分，文章以時間章法「先、中、後」結構依序敘述了作者找到生活下去的種種門道。在「先」的部分，作者以「先果後因」的逆向結構，指出第一門道為取床鋪名為桃源居；在「中」的部分，則以「先因後果」順向結構帶出作者對歐洲的想像，又在此處「因」的部分，作者以「先賓後主」的部分略為描寫了莫內畫面的色彩與光質。在「後」的部分，以「先後」結構分別帶出一組「因果因」和「先因後果」的結構，在「因果因」部分，作者以配鏡框和掛畫於藝苑兩敘述抒發出作者

因畫與文明世界有了關連的愉悅心意；又在「先因後果」的結構中，我們可以看出作者對於莫內月曆畫的濃厚興趣與滿足感。在「插敘」部分，作者以「先主後賓」的章法凸顯出印象派在作者心中的地位。在全文重心的最後一部分——「果」結構中，我們可以於「先因後果」的結構中看到「因」部分中的「先點後染」的結構，以此來處理莫內天光和創世紀句子的關係，接著「果」的部分則又處理了一層「先因後果」的結構，在「果」部分又可析分成「先賓後主」的結構，而在此處「主」的部分以抒情筆法寫成，抒發了作者因莫內的畫所以「她的世界從此變成一個無阻礙的世界」的核心情意。

在全文第二個「賓」部分中，其以時間章法「先今後昔」的結構帶出作者對莫內的感謝並帶出全文題目—第一幅畫。

（三）縱橫向結構疊合補說明

上表中，第一層的「象含意」、「意含象」與「象」、第二層的「象含意1」（景意象含情意象）、「象1」（事意象）、「意1」（情意象）、第三層的「象2」（含景意象、事意象）、「意2」（情意象）、「意含象2」（情意象含事意象）、第四層的「象3」（含景意象、事意象）、「意3」（情意象）、「象含意3」（事意象含情意象）以及第五層的、「象4」（含景意象、事意象）、「意4」（情意象）等，呈現在不同層級的縱向結構中，並將這些個別意象著眼於賓主、感覺轉換（視到嗅味）、因果、景情、先後、今昔、泛具、內外之章法，將辭章內容與大小意象層層組織起來，這是此文的橫向結構。同時，個別意象也透過這種層次邏輯，組合成整體的大意象系統。

我們從縱橫向結構疊合表中可以知道：意象屬性與章法類型之

間的相應，能合而觀之。[19]例如：賓主法的定義便是運用輔助材料（賓），來突顯主要材料（主），從而有力地傳達出主旨的一種章法[20]，而〈第一幅畫〉以「景意象含情意象」、「情意象含事意象」以及「事意象」形成的縱向結構，正符合賓主法中的反面「賓」來襯托「主」，又有「主」與正面「賓」結合的情形，如此形成對比趣味與調和之美[21]。所以組織成「賓（景意象含情意象）：小城充滿色彩、氣味與作者的麻木憂鬱」——「主（情意象含事意象）：心靈無阻礙是因接觸莫內的畫」——「賓（事意象）：感謝莫內的畫」的邏輯結構。

總之，從〈第一幅畫〉的篇章結構縱橫向結構來探析，可以發現，文中透過色彩多、氣味多、內外環境、生活下去的方法、取名桃源居、得莫內畫、想像歐洲、掛畫、知道象象派、光的指引、感謝莫內、當年的第一幅畫等，形成鮮明的景意象和事意象，不論是反襯或正襯都帶出次要情意象「個性憂鬱」到主要情意象「心靈走向開闊」（心靈無阻礙），形成縱向的意象系統，然後以賓主、因果、先後、今昔等章法，藉材料之間的對比與調和性，組織成篇，並於文章中間抒發「心靈無阻礙是因接觸莫內的畫」的主旨，而全文知性與感性兼具的風格，也由此生發而來。

---

[19] 同註 12，頁 46。

[20] 參見陳滿銘：《國文教學論叢》（臺北市：萬卷樓圖書公司，1991 年 7 月初版），頁 351～352。

[21] 參見仇小屏：《篇章結構類形論下》（臺北市：萬卷樓圖書公司，2000 年 2 月初版），頁 400。

以 PISA 閱讀歷程結合 Bloom 認知能力的〈第一幅畫〉教學

（一）教材來源：翰林版第五冊第四課

（二）引起學習動機：

1.教師自製莫內畫作介紹莫內畫作和印象派畫風

2.教師利用電子書包（Ipad2）上的即時答題軟體（eclicer），學生挑出四張圖片中何者為印象派的圖片。

（三）文本教學活動：

PISA 閱讀歷程	結合 Bloom 認知編寫之教學目標[22]	縱向結構、橫向結構以及縱橫向結構疊合分析的部分
一、檢索訊息	1-1-1[23]再認第一幅畫的畫派和作者。	縱向結構：「得莫內畫」事意象、「知道印象派」事意象
	1-1-2 再認作者從何得到這幅畫。	縱橫向結構疊合表：主─因─中─因─賓─象 4「然後」八句
	1-1-3 再認第一幅畫畫作的特色與內容。	1.縱橫向結構疊合表：主─因─中─因─主─象 4 2.縱向結構：「比較印象派和東方畫」事意象
	1-1-4 再認文中的小城流動色彩	縱向結構表下方的說明：第一段第二行

---

[22] 此處的教學目標編寫是參考鄭圓鈴教授指導臺北市國中國文輔導團以 PISA 歷程結合 Bloom 認知能力目標的教學設計的項目而來。

[23] 「1─1─1」的編號意義為第一個數字代表 Bloom 認知能力的主類別，例如：1 為「記憶」，2 為「理解」，3 為「應用」……等，第二個數字為次類別，如再認、回憶、詮釋、舉例……等，第三數字為筆者根據此類別所設計的第幾項教學目標。欲知更清楚的 Bloom 認知能力的類別，請見本篇論文前面第二章名詞釋義的表 3－1：2001 年版布魯姆認知領域分類認知歷程向度內容。

1-1-5 再認文中的甜蜜氣味	縱向結構表下方的說明：第一段第四行
1-1-6 再認首段呼應「流動色彩」的詞語	橫向結構下方的說明：第一段第四到五行
1-2 回憶印象派的畫風和筆法	

教學活動

（一）教師將全班分成六組，一組約五至六人，請各組同學根據標題「第一幅畫」預測本課內容，討論後，請各組依序上臺於黑板上寫下預測內容，但是後一組的預測不得與前一組雷同。各組寫完預測後，教師再開放數位同學補充其他預測。

（二）教師逐段播放課文 CD，各組學生聽到與「黑板上課文預測」相關內容時，便按鈴搶答，且由搶答者再複述一次文章內容及答案。（至此可完成 1-1-1、1-1-2、1-1-3 的教學目標）

（三）教師發下一張 B4 的〈第一幅畫〉課文（因為教學活動設計的關係，學生不可打開課本看課文內容，以免課本上的訊息影響活動的進行與學生的思考），請學生閱讀一至四段回答有關「小城流動的色彩」和「甜蜜氣味」的問題。（至此可完成 1-1-4、1-1-5 的教學目標）

（四）請學生從第一段中找出可呼應「流動色彩」的詞語。（至此可完成 1-1-6 的教學目標）

（五）教師可請學生搶答之前在美術課學過的有關印象派的畫風和筆法以及名家。（至此可完成 1-2 的教學目標）

第一節課結束

PISA 閱讀歷程	結合 Bloom 認知編寫之教學目標	縱向結構、橫向結構以及縱橫向結構疊合分析的部分
二、廣泛理解	2-3-1 分類〈第一幅畫〉的文類	
	2-3-2 分類〈第一幅畫〉表述方式	見橫向結構分析表下的說明：描寫：第一段第二行，敘述：第二段一到三行，抒情：第一段第五行、第二段第八行、第十五行。
	2-4 摘要〈第一幅畫〉的主要內容[24]	縱向結構表第一層意象：小城充滿色彩、氣味與作者的麻木憂鬱→心靈無阻礙是因莫內的畫→感謝莫內的畫
	4-3 歸因〈第一幅畫〉的寫作目的[25]	縱向結構分析表下方文字說明第二段第七、八行。

教學活動

（一）教師發給各組三張 A4 的文章，四張都是不同文類，如下：1.一張 A4 余光中新詩：

〈梵谷百年祭〉、 2.錢鍾書《圍城》片段（選入 99 年基測閱讀題組的那部份）3.魏學洢的〈王叔遠核舟記〉。並請各組比較出〈第一幅畫〉和這三篇文章的文體有何不同，並請指出各是什麼文類，並開放同學自由回答這些文類的特色。（至此可完成 2-3-1 的教學目標）

（二）教師可於黑板上提示表述方式有哪些，如下：敘述、描寫、說明、議論、抒情……等。再發下由〈第一幅畫〉挑出的句子所做的長條多條，

---

[24] 此處的「2－4 摘要〈第一幅畫〉的主要內容」的是根據鄭圓鈴教授指導輔導團以 PISA 歷程結合 Bloom 認知能力目標的教學設計表格中的細項教學目標而來，但因〈第一幅畫〉的課文較為複雜，所以此項教學目標的較細部教學活動將於「發展解釋」歷程才進行。此處先請學生略加討論。

[25] 同前註。

發給各組，請各組將同樣表述方式的句子分類在一起，並說明是哪些表述方式以及為何這樣分類的原因。讓學生補充完後，教師最後可做歸納與澄清。（至此可完成 2-3-2 的教學目標）

（三）請各組討論出〈第一幅畫〉的主要內容與寫作目的為何。寫在教師發下的 B4 紙上，討論後寫下答案貼於黑板上。（教師進行此教學活動時，先不說各組的答案對錯，並將各組的答案保留，留待發展解釋的教學活動再進行檢討。）（至此可完成 2-4、4-3 的教學目標）

PISA 閱讀歷程	結合 Bloom 認知編寫之教學目標	縱向結構、橫向結構以及縱橫向結構疊合分析的部分
三、發展解釋[26]	2-1-1 詮釋〈第一幅畫〉生詞的詞義	
	2-1-2 詮釋〈第一幅畫〉難以理解句的句義	橫向結構表下方的說明：第一段第四到六行、第二段、第四段
	2-5-1 推論句子關係——因果、條件、遞進、主從、轉折、假設	縱向結構中的「因果」結構、「賓主」結構
	2-5-2 推論〈第一幅畫〉難以理解句的句子情意[27]	橫向結構表下方的說明：第一段第四到六行、第二段、第四段
	2-5-3 推論〈第一幅畫〉難以理解句的句子寓意[28]	橫向結構表下方的說明：第一段第四到六行、第二段、第四段

---

[26] 教學設計者於此處省略鄭圓鈴教授指導輔導團以 PISA 歷程結合 Bloom 認知能力目標的教學設計表格中的「舉例句法——主詞、動詞、受詞、補語」、「推論文句的省略」、「歸納文章的主題」、「組織文意脈絡」四項教學目標。省略之因乃是因為授課時數的限制或是其他教學目標比這些教學目標更為主要或是此項教學目標可合併至其他教學目標。

[27] 教育部重編國語辭典上的「情意」解釋如下：對人的感情和情緒、心情。在教育理論中，「情意」指的是情緒、意志、感覺、感情、價值、態度、興趣……等。參見陳木金：〈談美感教育與情意教育〉，《北縣教育》第 22 期（1998 年 4 月），頁 24～28。

[28] 「寓意」有以下四類意思：（1）表示一個故事的隱含意思，或一篇文章的寄託意旨，這類「寓意」，最容易用在我們所熟悉的成語故事、民間故事、以及日常中的生活教訓上。（2）表示我們日常生活某個動作，或某個習俗，所象徵的意義，這類「寓意」，最容易出現在民間節慶等習俗上。（3）表示某一個設計，或某一件作品的隱含意思：這類「寓意」，在一般的社會輿論、新聞評論中，比較容易產生。（4）表示一個符號，或一種代號，所隱含的原始意義或目的，這類「寓意」，最常見於近代「新興網路語言」。

	2-6-1 比較一到四段中「作者住家與城市在顏色、味道上的差異」	縱向結構下方說明：第一段
	4-1-1（辨別）序列排出作者提到的「生活下去的門道」	1 橫向結構中的「先中後」結構 2.縱橫項結構疊合表中的「主－因－先－因－象 3：「首先」十三句」、「主－因－中－象 2」、「主－因－後－先－因－象 4：「我去」四句」、「主－因－後－先－因－象 4：「有一」四句」
	2-6-2 比較〈第一幅畫〉第十段中「東西方對光處理的方法和特色」	縱向結構表下方說明：第二段第四、五行。
	2-4-1「摘要段落要旨」	縱向結構表第一層意象：小城充滿色彩、氣味與作者的麻木憂鬱→心靈無阻礙是因莫內的畫→感謝莫內的畫
	2-4-2 摘要〈第一幅畫〉的主要內容	縱橫向結構疊合表下方說明：第二段十三到十五行。
	4-1-2（辨別）統整文章的核心概念	1.縱向結構下方的說明：第二段第二行、第七行、第八行。 2.橫向結構下方的說明：第二段第七、第八行、十四、十五行。 3.縱橫向結構疊合下方說明：第三段第七行。
	4-2-1 組織文章結構	橫向結構表
	4-3-1 歸因〈第一幅畫〉的寫作目的	橫向結構下方的說明：第二段第十四、十五行。
	4-3-2 歸因寫作技巧、特色	1.橫向結構下方說明：第一段第二行、第三行、第六行、第七行。 2.橫向結構表

教學活動

（一）教師發給學生每人一張 B4〈第一幅畫〉的課文。

（二）教師請各組學生注意〈第一幅畫〉上的粗體字（粗體字：滯人、纍纍、粉黛、藝苑、

截然不同、掛鉤、病懨懨、艱澀、灼白、澎澎湃湃、淵穆），之後請學生依照上下文意推敲粗體字的詞義，並寫在旁邊。

（三）學生六人一組編號 1-6，請各個號碼到指定的桌次去。六張桌上放置同樣的詞語卡，教師再唸出詞語的意思前，可提示學生根據先前詮釋粗體字意義的經驗而搶拍對應的詞語卡，先拍到者即獲得該張詞語卡。遊戲結束後，學生回到各自所屬的小組，計算拿到的詞語卡數量，並計分[29]。（至此可完成 2-1-1 的教學目標）

（四）教師請各組於〈第一幅畫〉文章中找出三句較難以理解的句子，並把句子寫於長條紙上。 第二節課結束

（五）教師將六組提供的十八句難以理解的句子，歸納出各組公認較難以理解的六句話，如下：

A 在擁擠的九口之家裡，你還能要求什麼？

B 但太炫麗的東西，最後總不免落入裝飾趣味。一旦淪為裝飾，就難免有「小氣」的嫌疑。

C.莫內的光卻是天光，十分日常，卻又是長長一生中點點滴滴的大驚動

D.神說，要有光，就有了光

E 忽焉擁有了百年前黎明或正午的淵穆光華，擁有遠方的蓮池和池中的芬芳

F.她的世界從此變成一個無阻礙的世界

（六）接著，教師將這六句話分別貼於六張全開海報紙（已分好六方格）上，並將六張海報紙傳下，進行「世界咖啡館」的活動，請各組根據全文和難以理解句的前後文，可進行詮釋句意、推論出句子的涵義和作者的用意……等多方面的討論，並將討論所得寫在海報紙上，再傳給下一組，讓下一組也進行相同句子的討論，如此依序傳完六組。

（七）由最後傳到那張海報紙的組別先寫完答案，再負責上台報告，報告的內容要將先前各組的答案歸納，最後再說出自己這組的看法。

---

[29] （一）至（三）詮釋詞語的教學活動，特此感謝東湖國中李函香老師的觸發與建成國中王慈惠老師的討論與激盪。

（八）教師可於各組報告結束後，再加以補充或提問，再讓學生思考出更深刻的意涵[30]。

（九）教師可將先前同學提出的難句和另外的句子，以提問策略（教師可善用「什麼」、「為什麼」、「如何」等問句進行提問），引導學生進行思考並主動說出句子的情意或寓意。其他句子如下：

1 和這個城裡豔紅的鳳凰花相比，其他城市的鳳凰花只能算是病懨懨的野雞。

2.太炫麗了，少年時的我對色彩竟有點麻木起來。

3 結實纍纍的芒果樹，則在每個人家的前庭後院裡，負責試探好的和壞的孩子。

4 在那年代，異國也幾乎等於月球那麼遙不可及。

5.彷彿一下之間，我就和這個文明世界掛鉤起來了。（至此可完成 2-1-2、2-5-2、2-5-3 的教學目標）

（十）請各組學生依照教師的提問，推論出句子的關係（因果、轉折、假設）。（至此可完成 2-5-1 的教學目標）

（十一）請各組使用表格或柱狀圖比較作者住家與城市在顏色、味道上的差異。（至此可完成 4-1-1 的教學目標）

第三節課結束

（十二）請學生從五到九段中找到「作者生活的門道」依序有哪些，先使用紅筆畫線，再以口頭發表答案。（至此可完成 4-1-2 的教學目標）

（十三）教師於各組發下一張 B4 的白紙，請各組依照第十段的敘述繪製矩陣圖，比較印象派和東方繪畫對光的處理方法和特色。完成表格後再請各組同學報告，教師最後再做補充及澄清。（至此可完成 4-1-2 的教學目標）

（十四）請各組討論，將〈第一幅畫〉分成若干意義段，最後同學及教師選擇較清晰的三大意義段。

（十五）請各組討論這三大意義段的的各段段落摘要。（至此可完成 2-4-1 的教學目標）

（十六）請各組將三大意義段的摘要綜合成全文主要內容。教師將先前第

---

[30] （六）至（八）的活動，特此感謝新興國中謝勝隆校長的觸發與建成國中王慈惠老師的討論與激盪。

一節課檢索訊息時各組初步寫過的「全文主要內容」與此處答案做一比較，讓同學加深印象並知道要如何摘要全文主要內容。（至此可完成 2-4-2 的教學目標）

（十七）請各組閱讀完〈第一幅畫〉後，統整文章的核心概念：第一幅畫對作者的意義後，並討論出教師提供的兩層階梯圖中的空格要填哪些詞語才符合「第一幅畫對作者的意義」[31]，要提示學生，階梯圖往上是意義要一層比一層更深。階梯圖及空格如下：

| （2）第一幅（　　　　　　　　　　）的畫 |
| （1）第一幅（　　　　　　　　）的畫 |

（至此可完成 4-1-2 的教學目標）

（十八）教師請各組討論三大意義段（一到四段、五到十二段、第十三段）何者為全文重心所在，並且要解釋原因。

（十九）教師提供「賓主」章法的意義和作用，講解完後，請各組討論，三大意義段哪一段屬於賓的結構，哪一段屬於主的部分，並請學生解釋原因。（至此可完成 4-2-1 的教學目標）

第四節課結束

（二十）　請各組討論出作者書寫這篇文章的主要目的為何後，教師再進行補充和澄清。（至此可完成 4-3-1 的教學目標）

（二十一）請學生觀察第一段，說說第一段使用了什麼寫作技巧使意象鮮明。

（二十二）請學生找出全文使用對比手法之處。

（二十三）從張曉風描寫鳳凰花的兩段文字中，找出相同及相異的寫作特色[32]。（至此可完成 4-3-2 的教學目標）

---

[31] 改自建成國中王慈惠老師的教學設計。

[32] 感謝東湖國中李函香老師提供此教學設計與文章。

PISA 閱讀歷程	結合 **Bloom** 認知編寫之教學目標
四、省思文本內容	2-7-1 解釋張曉風中學時居住南部小城憂鬱的原因。 4-1-3 辨別「彷彿一下之間，我就和這文明世界掛鉤起來」這句訊息與第十二段的敘述的關係。 5-2-1 請表達對〈第一幅畫〉中對東方繪畫「總不免落入裝飾趣味」的評論。

教學活動
（一）教師先敘述張曉風由北部轉學到南部的原因後，請同學舉手搶答張曉風到南部居住時仍個性憂鬱的原因。（至此可完成 2-7-1 的教學目標） （二）教師請同學試著思考「彷彿一下之間，我就和這文明世界掛鉤起來」與第十二段的先後關係，並回答老師的提問。（至此可完成 4-1-3 的教學目標） （三）請同學個別發表作者對東方繪畫「總不免落入裝飾趣味」的意見。（至此可完成 5-2-1 的教學目標）

PISA 閱讀歷程	結合 Bloom 認知編寫之教學目標
五、省思文本形式	5-1-1 檢查第一段的顏色詞運用合適性 5-1-2 檢查全文動詞的運用恰當與否。 5-1-3 檢查〈第一幅畫〉最後一句話是否為適當結尾。 5-1-4 檢查「歐洲，那是個怎麼樣的地方？在那年代，異國也幾乎等於月球那麼遙不可及」這一句是否要刪除。 5-1-5 檢查各段實際空間大小的安排與心靈空間大小的安排之差異 5-1-6 檢查第十段插敘「印象派與東方畫得比較」是否要刪除。 5-1-7 檢查作者用賓主賓篇章結構寫作的適切性。 5-1-8 檢查作者用對比手法寫作的適切性。

教學活動

(一)以提問策略和自詢策略處理 5-1-1、5-1-2、5-1-3、 5-1-4、5-1-6、5-1-7、5-1-8 等七

項評鑑認知能力。

（二）請各組根據老師所提示的段落，找出作者身處的實際空間及相對應的心靈感受。

（三）發下已標示好時間軸線的海報紙，請各組選擇適合表現空間大小與心靈開闊程度的圈圈貼紙，貼於時間軸線的上下位置，並寫上作者身處的空間及相對應的心靈感受。

（四）展示各組海報，並隨機抽取一組上台分享。

（五）觀察海報上圈圈的大小變化，教師提問作者心境轉變的關鍵原因為何。（至此可完成 5-1-5 的教學目標）第五節課結束

　　由以上的教學設計可以看出，檢索訊息、廣泛理解和發展解釋此前三項 PISA 閱讀歷程與 Bloom 的記憶、理解、分析等三項認知能力有密切的關係，而且在設計教學流程就分析好的篇章縱、橫向結構的結構表以及說明也都能於檢索訊息、廣泛理解和發展解釋得

到發揮，由此可見這三項 PISA 閱讀歷程的教學活動是可以以篇章縱、橫向結構先作文本分析而發揮於其中，並結合 Bloom 認知能力有系統，有目標且有意識設計符合現今國文教學所強調的閱讀教學與寫作教學。

至於第四項省思文本內容和第五項 PISA 省思文本形式的閱讀歷程，其與 Bloom 認知能力目標的結合多在「評鑑與個人省思」這重心上，故篇章縱、橫向結構分析的意象系統以及章法結構在此並無法多有著力，因為此處的能力強調的是檢查和批判的能力，因此，題目的設計多屬於開放性的題型，而訊息的表達多屬於個人的意見或看法，較偏於主觀，並不能以科學且系統性的篇章縱、橫向結構分析來設計教學活動或提問內容。

五 結語

國文教師可先精進自己對文本解讀的能力，並結合理論與實務，轉化為有效的策略指導學生進行相關的學習並有操作性的活動，如此一來，學生未來在國文與閱讀能力上將有突破性的表現。

PISA 是衡量學生的閱讀能力的指標，主要是衡量學生擷取資訊、解讀資訊、思考和判斷力、共同解決問題的能力和活用知識的能力[33]。由此可知，PISA 強調語文的生活化與應用化，以培養能用語文解決問題、獨立思考的個體。所以國文教師可掌握 PISA 的精神，在教學前事先以篇章縱橫向結構分析欲進行教學的文本，再結合 Bloom 的認知能力，設計

---

[33] 同註 4

教學活動以及精采的提問，因此多設計需要分析歸納的題目，那麼學生就需要將閱讀內容進行歸納整理，或者予以推論而得出結果，進而再將教學延伸到學生與文本之間的交流，透過文本給予讀者的啟發而來；或是要求學生進行自身經驗的整合，進行創造性的批判思考，可見教學設計需要從文本的內容漸漸延伸到學生本身的深層經驗與自我思考。

　　如此，學生的閱讀能力與較高層次的思考力才能大大的提升，而更能讓學生主動學習，讓閱讀與學生建立關連，這樣才能真正內化學習。

參考文獻

一　專書

仇小屏　《篇章結構類形論下》　臺北市　萬卷樓圖書公司　2000年

牟世金　《《文心雕龍》研究》　北京市　人民文學出版社　1995年

陳佳君　《篇章縱橫向結構論別裁》　臺北市　萬卷樓圖書公司　2010年

陳滿銘　《國文教學論叢》　臺北市　萬卷樓圖書公司　1991年

陳滿銘　《意象學廣論》　臺北市　萬卷樓圖書公司　2006年

翰林版國中國文三上課本　臺南市　翰林出版事業公司　2010年

二　期刊論文

李宜玫、王毅慧、林世華　〈社會學習領域分段能力指標之解讀—

由 Bloom 教育目標分類系統（修訂版）析之〉 《國立臺北師範學院學報》 第 17 期 2004 年 頁 1～34

陳木金 〈談美感教育與情意教育〉 《北縣教育》 第 17 期 頁 24～28 1998 年

黃嘉雄 〈2001 年修訂之布魯姆認知領域目標分類：其應用與誤用〉 《國民教育》 第 45 期 頁 59～72 2004 年

葉連祺、林淑萍 〈布魯姆認知領域教育目標分類修訂版之探討〉 《教育研究月刊》 第 105 期 頁 94～106 2003 年

羅燕琴 〈生本教育閱讀教學成效探究〉 《教育心理學報》 第 38 期 頁 51～66 2006 年

三 學位論文

李詩萍 〈大學入學考試地理科試題知識向度與認知歷程向度分析〉 臺北市 國立臺灣師範大學地理學系在職進修碩士論文 2008 年

四 網站

OECD PISA 官方網站 http://www.oecd.org/

教育部重編國語辭典 http://dict.revised.moe.edu.tw/

臺灣 PISA 研究中心──計畫概述，網址如下：

http://pisa.nutn.edu.tw/pisa_tw.htm

論「泛稱意象」與「特稱意象」
——以席慕蓉《七里香》「花卉」、「地點」系列意象為考察對象

仇小屏

國立成功大學中國文學系副教授

摘要

　　《七里香》是席慕蓉的第一本詩集，本論文就泛稱、特稱意象的觀點切入，探究其出現「花卉」、「地點」系列意象的三十四首詩篇，並得出以下成果：其一為針對「花卉」與「地點」系列意象進行地毯式的搜尋與探討，並小結出各自的特色。其二為探討出運用「花卉」系列意象之詩篇多表出與青春、愛情有關之情感，而運用「地點」系列意象之詩篇多表出鄉愁。其三為發現鄉愁之對象有二：臺灣與蒙古，但是同中有異。其四為統合出兩大主題：「對青春的眷戀」、「對故鄉的嚮往」，前者是針對時間而發，後者是針對空間而發，並形成美麗而憂傷的風格。其五為發現「花卉」的泛稱與特稱意象之間，是「屬」與「種」的關係，而「地點」系列意象的泛稱與特稱之間，是「模糊」與「具體」的關係，驗證並擴充了「泛稱意象」與「特稱意象」的內涵。

關鍵詞：席慕蓉、七里香、意象、泛稱意象、特稱意象、花意象、鄉愁詩

一 前言

　　席慕蓉是非常受到讀者喜愛的詩人，《七里香》是席慕蓉的第一本詩集[1]，共收六十三首詩篇，多年來暢銷不輟[2]。然而，關於席慕蓉詩的研究，沈奇曾說道：「在兩岸新詩界，恐怕沒有哪一位詩人像席慕蓉這樣，遭受閱讀之狂熱與批評之冷淡的尷尬境遇。」[3]不過，李癸雲指出：「其實批評者並不少，只是多數集中於其暢銷問題，以及幾首名詩的評析之上。」[4]雖然如此，最近關注席慕蓉的研究者卻似乎多了起來，有就修辭研究者，有就主題研究者，而更有就意象來研究者。

　　依搜尋所及，近年來從意象角度切入進行研究者，共有四篇[5]，其中有三篇集中在「花」（「蓮」）意象上，另一篇則是鄉愁意象，而

---

[1] 本論文所根據的是圓神出版社有限公司，2000 年 3 月初版的版本。

[2] 張麗雲〈淺論席慕蓉的創作內涵〉說道：「1981 年，席慕蓉出版第一部詩集《七里香》……一年之內，重版 7 次，創造了臺灣詩壇的最高紀錄，不久，花城出版社在大陸率先介紹她，推出《七里香》，由此產稱轟動。《七里香》在短時間內重印 10 多次，累計印數 40~50 萬冊，加上她的另兩部詩集《無怨的青春》、《時光九篇》，幾至突破百萬大關。……一時之間在讀者中掀起了『席慕蓉熱』。這種現象在中國新詩史上是極為罕見的，被稱為『席慕蓉現象』。」頁 48。

[3] 見沈奇：〈邊緣光影佈清芬──重讀席慕蓉兼評其新詩集《迷途詩冊》〉，收入席慕蓉：《迷途詩冊・後記》，頁 159。

[4] 見李癸雲：〈窗內，花香襲人──論席慕蓉詩中花的意象使用〉，頁 4。

[5] 此四篇為：李癸雲〈窗內，花香襲人──論席慕蓉詩中花的意象使用〉、趙晨好〈席慕蓉詩主題與花意象的觀察〉、杜笑宇〈一支幽怨而錯失的蓮──論席慕蓉筆下的蓮的意象〉、蘇小菊〈無根的鄉愁──席慕蓉早期懷鄉詩意象分析〉。

且研究「花」(「蓮」)意象者,大體上是就「一象多意」[6]的角度進行研討,並且依花卉種類或是象徵意義的不同將「象」分類;而研究鄉愁意象者,則是就「一意多象」[7]的角度進行研討,並依知覺之不同將「象」分類。可以說,這四位研究者都觸及到席詩意象研究的重要部分,不過,還有許多其他方向可以繼續著力。

「泛稱意象」與「特稱意象」就是其中相當有意義的一種。「泛稱」與「特稱」之間有著「屬」、「種」或「模糊」、「具體」的關聯,因此「泛稱意象」與「特稱意象」就會造成不同的作用與美感。而「花卉」是席詩中非常引人注目的系列意象,對構成席詩的主旋律——美麗而憂傷的情懷來說,起著相當大的作用,而且花意象雖然向來受人關注,但是尚未有就「泛稱」與「特稱」角度予以分析者;而「地點」系列意象則與席詩的重要主題之一——鄉愁,有相當密切的關連,並且尚未有論者進行系統研究。更重要的是,「花卉」系列意象中的「泛稱」與「特稱」,是「屬」與「種」的關連,而「地點」系列意象中的「泛稱」與「特稱」,則是「模糊」與「具體」的關連,可說是分別代表了「泛稱意象」與「特稱意象」的兩大類,相當具有研究價值。因此本論文擬以席慕蓉《七里香》為考察對象,針對此主題進行研究,分析了三十四首詩篇,期望能藉此「泛稱」與「特稱」意象的切入角度,一探席詩意象運用之妙,以及與主題表出、風格形成的關連。

6　象與意的對應並非一對一的,許多不同的「象」可以表達同一「意」(此為一「意」多「象」),許多不同的「意」可以用同一「象」來傳達(此為一「象」多「意」),因此陳滿銘〈論語文能力與辭章研究——以「多」、「二」、「一(0)」的螺旋結構作考察〉說道:「有一『象』多『意』、一『意』多『象』的情形。」頁88。
7　見前註。

二 「泛稱意象」與「特稱意象」之相關理論

（一）「意象」與「單一意象」

「意象」是文學理論中非常重要、歷久彌新的概念。在文學理論中最早以合成詞的方式標舉出「意象」這一藝術概念的[8]，是劉勰《文心雕龍・神思》：

> 是以陶鈞文思，貴在虛靜，疏瀹五藏，澡雪精神；積學以儲寶，酌理以富才，研閱以窮照，馴致以繹辭；然後使玄解之宰，尋聲律而定墨；燭照之匠，窺意象而運斤。此蓋馭文之首術，謀篇之大端。

在這一段話中，劉勰講的是作家須使內心虛靜，然後才能醞釀文思、經營意象；在此「意象」一詞指的是構思中的形象，頗能直接傳達情意與形象在文學表達上統合為一的關係[9]。從此之後，不管是在書畫理論或詩歌理論中，有關於意象的論述開始大量出現[10]，大大豐富和深化了意象說的內涵。繼承前人意象說的遺產，並吸收西

---

[8] 前於劉勰的王充，在《論衡・亂龍篇》中就提到過「意象」，這是「意象」作為合成詞第一次出現。他說：「夫畫布為熊麋之象，明布為侯，禮貴意象，示義取名也。」但這並不是針對文學理論而發。

[9] 參見歐麗娟：《杜詩意象論》，頁 12。

[10] 關於意象論成立的源起及詳細過程可參見陳良運：《中國詩學體系論》，頁 163～206、李元洛：《詩美學》，頁 162～164、歐麗娟：《杜詩意象論》，頁 13～17、陳慶輝：《中國詩學》，頁 60～61、吳功正：《中國文學美學》（上），頁 228～233、邱明正：《審美心理學》，頁 351～352、陳聖生：《現代詩學》，頁 118～121、仇小屏：《篇章意象論——以古典詩詞為考察範圍》，頁 20～24。

方理論的精華[11]，現代文學理論家紛紛提出對意象的種種定義，因為關於意象的重要說法甚夥[12]，為避免過於龐雜，所以只舉出兩家說法作為代表：

袁行霈〈中國古典詩歌的意象〉為意象所下的定義是：

> 意象是融入了主觀情意的客觀物象，或者是借助客觀物象表現出來的主觀情意。[13]

王長俊主編《詩歌意象學》則認為：

> 意象是鑄意染情的表象。[14]

此二家都指出了意象乃是結合結合主體之「意」與客體之「象」而形成的語言符號，可說是頗為精當。

理解意象的涵義之後，可以進一步探討「單一意象」與「複合意象」。因為一篇辭章中，多不會只用到一個意象，而是由多個意象組織而成，因此尚未經過組織的最單純的意象，稱為「單一意象」[15]，但是多個意象所組織的較為複雜的意象，稱為「複合意象」[16]。本論

---

[11] 對西方意象理論的介紹，可參見王長俊主編：《詩歌意象學》，頁 8～17；邱明正：《審美心理學》，頁 352～355。

[12] 諸家說法可參見仇小屏：《篇章意象論——以古典詩詞為考察範圍》，頁 27～28、459～460。

[13] 見袁行霈：〈中國古典詩歌的意象〉，《中國詩歌藝術研究》，頁 61。

[14] 見王長俊主編：《詩歌意象學》，頁 177。

[15] 王長俊主編《詩歌意象學》說道：「單一意象又可稱為『單純意象』、『個別意象』，就是指構成意象的最小單位，它是個別的、具體的，是最小的實體意象，有人稱之為『點象』。」頁 181。

[16] 王長俊主編《詩歌意象學》指出：「複合意象又可稱為『群體意象』、『綜合意象』，是單一意象的綜合體（集合群），許多單一意象組成一幅鮮明的『景』（畫面），

文不擬討論意象的組織，因此所探討的均為「單一意象」。

（二）「泛稱意象」與「特稱意象」

　　如欲對意象進行更深入的分析，予以分類討論是常見而有效的方式。因為，所謂類別，所標舉的其實是兩個乃至多個對舉的概念，而概念的標舉又是相當重要的，因為正如陳翼浦《形式邏輯》所言：「概念是反應事物本質屬性的思維形式。據這個定義可知，概念不但反映著一定的事物，而且反映著它們的本質屬性。」[17]所以，對意象進行分類討論，其實就是規範這些不同類別的意象所統攝的事物，並對於這些事物的本質屬性進行探究，而且，更進一層，可探討這些事物的本質屬性，在文本當中所產生的意義與作用。

　　關於意象的分類，諸家所區分的不同類別甚多，各有其特色，茲不一一列舉[18]。而在這許多分類當中，「泛稱意象」與「特稱意象」

　　形象鮮明，意蘊豐富。」（頁 182～183）最大的複合意象就是一篇作品，陳慶輝《中國詩學》說道：「一首詩就是一個完整的意象體系，這種意象體系就是『複合意象』。」頁 68。

17　見陳翼浦：《形式邏輯》，頁 2。陳氏又接著說明：「這就構成了概念的外延與內涵。內涵，指概念所反映出的事物的本質屬性⋯⋯外延，指概念所反映的事物⋯⋯概念的外延就是它所反映的類和分子。」「內涵是概念的質的特徵，外延是概念的量的特徵。兩者同時存在於一個概念之中，相互區別又相互制約。⋯⋯內涵越多，則外延越少⋯⋯內涵越少，則外延越多⋯⋯概念的內涵與外延的這種逆向的互相制約關係，叫做『反比關係』。」分見頁 2、3。

18　有根據獲取「象」的知覺通道的不同，而加以劃分者，譬如陳植鍔《詩歌意象論》、洪華穗《花間集的主題與感覺》皆將意象分為「視覺意象」、「聽覺意象」、「嗅覺意象」、「味覺意象」、「觸覺意象」，分見頁 129～131、頁 161～273。有根據意象的重要性而加以劃分者，譬如王長俊主編《詩歌意象學》提出「主意象」、「副意象」的說法，頁 187。有根據意象之創新與繼承，而加以劃分者，譬如陳慶輝《中國詩學》稱為「直覺意象」、「現成意象」，頁 75、76。有根據「意」來

是相當值得探討的一種分類方式。

「泛稱意象」與「特稱意象」的概念，見於陳植鍔《詩歌意象論》，陳氏指出：

> 所謂泛稱意象，指詩歌中出現的物象的總名，如「花」、「鳥」、「山」、「水」；特稱意象則為相應物象的專名，如「梅花」、「孔雀」、「泰山」、「涪江」等。[19]

陳植鍔將「總名」與「專名」，從詞彙學的角度轉換到意象學的角度來考察，實是洞見，並且，據此觀點，陳氏就杜甫詩中的上述四大類特稱與泛稱意象進行考察，得出幾點很有意義的成果[20]。不過，陳氏只指出特稱與泛稱意象中屬於「屬」與「種」關係的一類。

前面曾提及，「泛稱意象」與「特稱意象」是一種分類方式，而「泛稱意象」與「特稱意象」所標誌的概念之內涵，是需要進一步探討的問題，首先值得注意的是，「泛稱意象」與「特稱意象」之間，除了陳植鍔所提出的「屬」與「種」的關聯外，尚有「模糊」與「具體」的關聯，而此點會在其下加以驗證、發展。而且，更重要的是，「泛稱意象」與「特稱意象」運用在文本中，會產生什麼樣不同的作用與美感？這也是本文所欲致力探究的。

區分的，譬如仇小屏《篇章意象論──以古典詩詞為考察範圍》認為可以分為「情意象」與「理意象」、「顯意象」與「隱意象」，頁 34～44。有根據「象」來區分的，譬如仇小屏《篇章意象論──以古典詩詞為考察範圍》認為可以分為「景意象」與「事意象」、「實意象」與「虛意象」，頁 45～55。其他說法尚多，茲不贅述。

[19] 見陳植鍔：《詩歌意象論》，頁 215。

[20] 此成果可參見陳植鍔：《詩歌意象論》，頁 215～225。

三 「花卉」系列意象探究

席慕蓉此本詩集的名稱就是「七里香」，而察考全書之後，發現與花有關的泛稱、特稱不少。其後就以先泛稱、後特稱的方式，呈現察考結果。此外，為避免煩碎，皆在所引詩行之後直接著錄頁碼，不另加註。

（一）泛稱意象

在本詩集中，「花卉」系列的泛稱只有「花」一詞，在詩篇中出現六次，依次著錄於下：

其一為〈一棵開花的樹〉（頁 39）：

陽光下慎重地開滿了花

朵朵都是我前世的盼望

其二為〈古相思曲〉（頁 41）：

就是在鶯花爛漫時蹉跎著哭泣著的

那同一個人

其三為〈渡口〉（頁 43）：

渡口旁找不到一朵可以相送的花

其四為〈千年的願望〉（頁 53）：

多少枝花

其五為〈送別〉（頁 117）：

錯過那花滿枝＊的昨日　又要

錯過今朝

其六為〈繡花女〉（頁 149）：

用一根冰冷的針

繡出我曾經熾熱的

青春

第二例運用了典故[21]，而第六例雖然並未在詩行中直接出現「花」，但是對照題目，則所謂「我曾經熾熱的/青春」，實則是用「花」來象徵青春。而從例一到例六的詩篇，其主旨都是抒寫愛情的錯失[22]，儘管愛情的錯失是席詩常見的主題，但是如此毫無例外，也是足堪注意的。

因此，細加探究之後發現，除了第四例外，其他五例中出現的都是繁盛之花，作者當是以「花」的豐美燦爛，來象徵愛情的甜美，但是「花」又是易凋的，就像愛情的易逝，這兩個特質的複合出現，適足以譬擬錯失了的愛情，如此的美好而又令人嘆息。至於第四例，雖未標舉花的繁盛，但是也是美好的象徵，而且因為「找不到」，所以失落之意更為顯然。

（二）特稱意象

在本詩集中出現的花的特稱頗多，共有九種，可見作者對於花卉的喜愛。其下即依據出現次數的多寡加以排列。

---

[21] 此典故出自於丘遲〈與陳伯之書〉：「暮春三月，江南草長；雜花生樹，群鶯亂飛。」

[22] 杜笑宇〈一支幽怨而錯失的蓮──論席慕蓉筆下的蓮的意象〉認為：「其筆下『蓮』的意象……往往多出一種深深的人生和感情的錯失感。」頁 21。此語雖然針對「蓮」意象而發，但是「花」意象也是如此。

1 蓮（荷）

出現蓮（荷）的詩篇共有四篇，依次著錄於下：

其一為〈夏日午後〉（頁82）：

> 想妳從林深處緩緩走來
>
> 是我含笑的出水的蓮

其二為〈蓮的心事〉（頁88~89）：

> 我
>
> 是一朵盛開的夏荷
>
> ……
>
> 在芬芳的笑靨之後
>
> 無人知我蓮的心事

其三為〈塵緣〉（頁132）：

> 不能像
>
> 佛陀般靜坐於蓮花之上

其四為〈植物園〉（頁165）：

> 又來看這滿池的荷
>
> 在一個七月的下午
>
> ……
>
> 荷花溫柔地送來
>
> 她衣褶裡的暗香

第一到第三詩例的主題，都與愛情有關，第四首則是鄉愁詩。例一用「蓮」來象徵錯失了的心愛女子；例二則是以「蓮」自況，

憂心著自己的美好終究也被錯失了[23]；第三例的「蓮」與佛教有關，象徵著清心與寂靜，但因為「不能像」，所以表示自己仍願接受塵世愛情的歷練；而例四則即景書寫，荷花是臺灣的美好事物的代表。「蓮」意象是古典蘊積非常深厚的一種意象[24]，而且形象非常正面，例一到例三都不脫古典的籠罩，而例四只是地點定在臺灣而已，蓮意象仍是美好的象徵。

2 茉莉

其一為〈回首〉（頁 57）：

那清晨園中為誰摘下的茉莉

其二為〈茉莉〉（頁 74）：

茉莉好像

沒有什麼季節

在日裡在夜裡

時時開著小朵的

清香的蓓蕾

例一之詩篇抒發的是對臺灣家鄉的不捨，「茉莉」意象是昔日美

---

[23] 杜笑宇〈一支幽怨而錯失的蓮──論席慕蓉筆下的蓮的意象〉將蓮荷意象所傳達的錯失感分為兩類：「別人的真情被自己無心的錯失」、「自己的真情被別人無視的錯失」，頁 21～22。而本論文之例一屬於第一類，例二屬於第二類。

[24] 杜笑宇〈一支幽怨而錯失的蓮──論席慕蓉筆下的蓮的意象〉說道：「自《詩經》以下，歷朝歷代詠蓮荷之詩俯拾皆是。……在唐詩中，詠蓮詩大約有 2000 首，約佔全唐詩的 6%。」頁 21。又指出「蓮」在古典詩詞中常用來象徵佳人、君子，頁 21。由此可見這例一到例三均為「典故意象」，例四則因即景賦詩，用典情形較不明顯。

好事物的代表之一。例二之詩篇描寫思念，主要以茉莉時時盛開的
特性，與下節時時刻刻想妳的心情呼應，除此之外，還特別描述了
茉莉的另外兩個特性：小朵、散發清香，當是用來加強茉莉美好的
形象，以更貼合「想妳」這種憂傷而美麗的心情。

3 百合（野百合）

其一為〈暮色〉（頁 62）：

在一個年輕的夜裡

聽過一首歌

清洌纏綿

如山風拂過百合

其二為〈月桂樹的願望〉（頁 64）：

風輕　雲淡

野百合散開在黃昏的山巔

例一之詩篇寫回憶時的豐富心境，而「百合」意象是用來譬擬
作者所渴望眷戀的歌聲，百合飄散的香氣，與歌聲的悠揚隱隱相應；
例二之詩篇則描寫對青春愛戀的不捨，「百合」為作者眼前所見，彷
彿也沾染上了思念。而且值得一提的是：在這兩個詩例中，時間剛
好都落在傍晚，當此暮色掩至的時候，百合瑩白的花色更顯脫俗清
麗。可以如此理解：此二詩例中，「百合」意象都與思念脫離不了關
係，而思念是一種憂傷而美麗的心情，所以作者就運用了「百合」
美麗清新的特質，來烘托出這種心境。

4 七里香

〈七里香〉（頁 34）：

> 在綠樹白花的籬前
> 曾那樣輕易地揮手道別

在詩篇中雖然只說「綠樹白花」，但是對照題目，因此知道此花確指七里香，而且這種寫法強調了七里香的花型與花色，並且其後的詩行又有：「微風拂過時／便化作滿園的郁香」，又發揮了七里香香味濃郁的特性。就全詩而觀，此詩是以七里香所構成的樹籬，作為故鄉的象徵，其美好的花型與花色，符合作者對臺灣家鄉美好的想望，而且香味與記憶的關連，又使得這個意象，更是撩動了作者與讀者的心弦。

5 玉蘭

〈古相思曲〉（頁 41）：

> 在開滿了玉蘭的樹下曾有過
> 多少次的別離

此詩嘆息愛情中的離別。「玉蘭」樹作為離別的場景，當可想像隱在樹間白色的小小玉蘭花，其飄散的香味，增添了多少分離的惆悵。

6 玫瑰

〈千年的願望〉（頁 53）：

想她們在玉階上轉回以後

也只能枉然地剪下玫瑰

插入瓶中

「她們」指「多少個閒情的少女」，對照前幅詩句所言的對逝去青春的渴望，那麼此處之玫瑰當象徵青春，而從所謂的「枉然地剪下」、「插入瓶中」，可以窺知作者所歎息的是虛度了美好的青春。

7 扶桑

〈流浪者之歌〉（頁 70～71）：

在這幾千里冰封的國度

總想起那些開在南方的扶桑

「扶桑」是熱帶具代表性的花卉，作者有意用「那些開在南方的扶桑」，與「這幾千里冰封的國度」對照，凸顯出記憶中的故鄉。

8 芙蓉

〈悟〉（頁 144）：

那女子涉江采下芙蓉

也不過是昨日的事

這兩行詩句用了典故[25]，用來指遠去的美好的事情。因此「芙蓉」

---

[25] 出自於古詩十九首之六：「涉江采芙蓉，蘭澤多芳草。採之欲遺誰？所思在遠道。還顧望舊鄉，長路漫浩浩。同心而離居，憂傷以終老！」而且接下來的三行詩句：「而江上千載的白雲/也不過只留下了/幾首佚名的詩」，也用了典故，出自於崔顥

應當是美好的事物的代表。

9 雛菊

〈命運〉（頁 166）：

> 雛菊有一種夢中的白

此詩描寫身在歐洲的自己，懷念著遠方的蒙古故鄉。「雛菊」是歐洲的代表花卉，與塞外「芳草正離離」形成了對照。

10 薔薇

〈他〉（頁 187）：

> 而日耀的園中
>
> 他將我栽成　一株
>
> 恣意生長的薔薇

作者以需要呵護照料的「薔薇」象徵備受寵愛的自己，因此強調「恣意生長」，而且前面出現「日耀的園中」，讓人想及陽光照耀下，薔薇光亮的色澤以及噴發的香味。

綜觀這十種花卉的特稱意象，可以發現兩個足堪注意的特點：

一是「花卉」意象的所指不同：從前面的分析中可看出，有的花卉象徵自己，有的花卉象徵愛人，有的花卉象徵故鄉，有的花卉象徵離別⋯⋯，因此可見「花卉」意象的所指是不同的。李癸雲也指出這一點：「雖然總體的『花』的描述在詩中有固定的指涉意義，

〈黃鶴樓〉：「昔人已乘黃鶴去，此地空余黃鶴樓。黃鶴一去不復返，白雲千載空悠悠。晴川歷歷漢陽樹，芳草萋萋鸚鵡洲。日暮相關何處是，煙波江上使人愁。」

細微察之，不同的花種和花性有細緻的意義區分。」[26]作者掌握住每種花卉的特性，賦予了嶄新但是貼切的意義。

二是多「創見意象」：作者在選擇花卉上有明顯的地緣因素，此地緣因素特別表現在臺灣上，因為作者在臺灣成長，所以這十種花卉中，有多種是臺灣常見的花卉；只有「雛菊」與歐洲有關，那是因為作者留學歐洲；但是蒙古花卉則付諸闕如，可能是因為作者當時尚未去過蒙古（當然，也可能是因為蒙古大漠殊少花卉）。而這些臺灣常見的花卉，有時只是當作一般意象來運用（譬如〈暮色〉的「百合」，〈古相思曲〉的「玉蘭」等），但有時則有標誌出地點的作用（譬如〈回首〉的「茉莉」，〈流浪者之歌〉的「扶桑」等）。這些花卉的種類與古典詩詞中常見者有明顯的不同[27]，連帶地，除了「蓮」與「芙蓉」兩種意象外，其他花卉意象並未出現明顯的文化蘊積[28]。

---

[26] 見李癸雲：〈窗內，花香襲人──論席慕蓉詩中花的意象使用〉，頁 14。李癸雲〈窗內，花香襲人──論席慕蓉詩中花的意象使用〉、趙晨好〈席慕蓉詩主題與花意象的觀察〉也談到了個別花卉在席詩中的特殊意義，分見李文之頁 11～12、14，以及趙文之頁 165～168，兩篇論文都附有簡表，統計席慕蓉七本詩集中出現的個別花卉種類以及次數，分見李文之頁 23～24、趙文之頁 171～172。。

[27] 可以蕭翠霞《南宋四大家詠花詩研究》做個比較，此書討論的花卉有「寒香」：梅花、紅梅、臘梅、古梅、蘭花、瑞香、水仙、山茶、月季，「秋華」：菊花、拒霜花（木芙蓉）、黃蜀葵、玉簪花，「國豔」：牡丹、杏花、芍藥，「神仙國度」：桂花、桃花、牡丹、蓮花、水仙、梅花，「花中新貴」：海棠，頁 71～209。這份花之名單，與本論文中所討論的花卉，重疊的部分僅有蓮花。

[28] 「蓮」與「芙蓉」是「典故意象」。陳慶輝《中國詩學》提到「典故意象」，此為繼承而來的意象，而且是將繼承特質彰顯得最為鮮明的意象，他說道：「是通過典故本身所含的意義來表達情思和志向，往往具有其它意象所不具備的韻味。」頁 79。吳戰壘《中國詩學》也說：「歷史意蘊的接續，在典故性意象中尤為突出。」頁 34。

由此可見，這些花卉的特稱意象，多屬於「創見意象」[29]，陳慶輝《中國詩學》認為這種意象的特色是：「就是詩人在審美觀照中心物相感、情與景會、思與境接所創造的意象，其特點是即景即物、隨感成趣，全憑詩人『直致所得』而『不取諸鄰』。」[30]可見得這種意象別緻新鮮、一新耳目。

　　二是花香與花色較受注意：花香是作者相當著意的特點[31]，之所以如此，可能與席詩常描寫回憶有關，因為在諸種知覺中，嗅覺是最能聯結起回憶的；除此之外，李癸雲指出：「隱微的花香比婀娜的姿態更受席慕蓉的詩筆青睞，所以席慕蓉善於描繪生命中最幽微的心緒，並在詩裡彰顯情感與精神在生命中優於肉體的地位。」[32]而在花色中，趙晨好指出：「席慕蓉喜歡寫白色的花。……白色純潔高雅……能象徵詩人心中對人世的美好信念。」[33]揆諸前揭詩篇，確有此種現象；但是另有一點也值得注意，那就是作者也偏愛花色紅艷的花卉（譬如「玫瑰」、「扶桑」、「薔薇」），作為青春、南國、受呵護的自己的象徵。

---

[29] 此術語見李元洛：《詩美學》，頁 201。此外陳慶輝《中國詩學》稱為「直覺意象」，頁 75。

[30] 見陳慶輝：《中國詩學》，頁 75。

[31] 其他未直接出現花朵，但是出現了對香味的描寫的詩篇，尚有以下諸首：〈異域〉（頁 46）：「從南國的馨香中醒來」、〈山月〉（頁 55）：「在四月的夜裡襲我以郁香／襲我以次次春回的悵惘」、〈樹的畫像〉（頁 110）：「當迎風的笑靨已不再芬芳」、〈讓步〉（頁 131）：「只要在我眸中／曾有妳芬芳的夏日」、〈新娘〉（頁 180）：「不要只因為這薰香的風」。

[32] 見李癸雲：〈窗內，花香襲人——論席慕蓉詩中花的意象使用〉，頁 14。

[33] 見趙晨好：〈席慕蓉詩主題與花意象的觀察〉，頁 168。

四 「地點」系列意象探究

「地點」系列意象[34]雖然不若「花卉」系列意象受注意，但是其實是出現次數頻繁，而且涵義非常豐富的意象。

（一）泛稱意象

關於地點的泛稱意象較多，其下分為兩類：「不確指」、「可確指」，以進行討論：

1 不確指

不能確指地點的泛稱的地點頗多，因此不一一指出，茲舉數例以為印證：

其一為〈一棵開花的樹〉（頁 38）：

佛於是把我化作一棵樹

長在你必經的路旁

其二為〈渡口〉（頁 42～43）：

渡口旁找不到一朵可以相送的花

其三為〈邂逅〉（頁 60）：

然後在街角我們擦身而過

漠然地不再相識

---

[34] 齊瀘揚、陳昌來主編《應用語言學綱要》說道：「地名是專門指代大大小小的地域的語言符號。地名指稱的對象不是地理實體，而是個體地域。」頁 269。但是席詩中出現的指稱「個體地域」的語言符號不只地名，因此本論文總稱為「地點」。

其四為〈重逢之二〉（頁108）：

　　在漫天風雪的路上

其五為〈樹的畫像〉（頁110）：

　　當星星的瞳子漸冷漸暗

　　而千山萬徑都絕滅了蹤跡

其六為〈暮歌〉（頁150）：

　　我喜歡將暮未暮的原野

　　……

　　在山崗上那叢鬱綠裡

　　還有著最後一筆的激情

　　這六首詩抒寫的都是對逝去的青春、錯失的愛人的惆悵。而其中出現的：「你必經的路旁」、「渡口」、「街角」、「漫天風雪的路上」、「千山萬徑」、「將暮未暮的原野」、「山崗」均為泛稱，而且詩篇中並未出現任何線索，讓讀者可以辨識出地點，所以讓人感覺到似乎可以是天下的任何一個地方。而作者的用意，當是希望藉由這些不確指的泛稱地點，跳脫個人，擴及到共通的、普遍性的經驗。

2 可確指

　　此類泛稱，指的是對照全詩或作者生平之後，可以明確指出所指稱的地點。此類泛稱相當多，而根據次數多寡和此泛稱在席詩中的特殊意義，可以分為三大類：「故鄉」、「異鄉（異域）」、「其他」，其下即依次加以論述。

（1）故鄉

其一為〈高速公路的下午〉（頁161）：

呼喚著風沙的來處我的故鄉

其二為〈鄉愁〉（頁162）：

　故鄉的歌是一支清遠的笛

　總在有月亮的晚上響起

　故鄉的面貌卻是一種模糊的悵惘

　彷彿霧裡的揮手別離

其三為〈狂風沙〉（頁172~173）：

　風沙的來處有一個名字

　父親說兒啊那就是你的故鄉

　……

　一個從沒見過的地方竟是故鄉

這三首都是鄉愁詩，而詩中的「故鄉」均指蒙古。

（2）異鄉（異域）

其一為〈異域〉（頁46）

其二為〈流浪者之歌〉（頁70~71）：

　在異鄉的曠野

　我是一滴悔恨的融雪

　……

例一的題目為「異域」，揆諸其後詩行，有「從南國的馨香中醒

來／從回家的夢裡醒來」，和「布魯塞爾的燈火輝煌」對舉，因此「異域」應指「布魯塞爾」。而例二的「異鄉」指歐洲。

3 其他

此類泛稱頗多，無法一一列舉，茲舉數例以為印證：

其一為〈七里香〉（頁 34）：

在綠樹白花的籬前
曾那樣輕易地揮手道別

其二為〈異域〉（頁 46）：

從南國的馨香中醒來

其三為〈山月〉（頁 54）：

我曾踏月而來
只因你在山中

其四為〈流浪者之歌〉（頁 70~71）：

在這幾千里冰封的國度
總想起那些開在南方的扶桑
……
從痛苦撕裂的胸中發出吼聲
向南方呼喚

其五為〈青春之二〉（頁 78~79）：

想起她十六歲時的那個夏日
從山坡上朝他緩緩走來

……

還記得那滿是茶樹的丘陵

……

在寂靜的寂靜的林中

其六為〈命運〉（頁 166）：

我迷失在灰暗的巷弄裡

其七為〈狂風沙〉（頁 172~173）：

風沙的來處有一個名字

父親說兒啊那就是你的故鄉

……

在灰暗的城市裡我找不到方向

父親啊母親

那名字是我心中的刺

詩例一為懷鄉詩，揆諸前後詩行，「在綠樹白花的籬前」當指在臺灣的家鄉，作者不直指臺灣（或是北投），而用此種泛稱的方式，具有不確指的朦朧美，而且能夠標誌出地方的美麗風物。詩例二也是懷鄉詩，此「南國」應指臺灣的家鄉，與其後的「布魯塞爾」造成對舉的呼應。詩例三中的此山為何山？因為其後詩行所出現兩次的「青春」，所以時間應定在少女時代，最後又有「在四月的夜裡　襲我以郁香／襲我以次次春回的悵惘」，臺灣的芬芳馥郁的花香，是席慕蓉詩篇中常常描寫的意象，因此此山當可推知為臺灣某處的山巒，而其後詩行：「更不能忘記的是那一輪月／照了長城　照了洞庭而又在那夜　照進山林」，更將大陸與臺灣綰合起來。詩例四共有兩

種泛稱：「這幾千里冰封的國度」、「南方」（出現兩次），前一種當指歐洲旅居之地，後一種指的是臺灣家鄉。詩例五乃是作者在四十五歲時回想十六歲（因為第一行詩句是「在四十五歲的夜裡」），所以「山坡」、「那滿是茶樹的丘陵」、「寂靜的寂靜的林中」，應是指臺灣，而且確實也表現了臺灣風物的特色。詩例六前面的詩行是「今夜揚起的是／歐洲的霧」，因此「灰暗的巷弄」當指歐洲。詩例七也是鄉愁詩，「風沙的來處」指的是故鄉，而「灰暗的城市」則可能是指臺灣。

歸納起來，這類可以確指的泛稱，所指稱的地點有三：臺灣、大陸、歐洲，而且除了〈山月〉和〈青春之二〉，其他都是鄉愁詩，因此可說是這些地點很忠實地記錄了席慕蓉身之所在、心之所向。

統合關於泛稱地點的討論，會發現隱藏在現象背後的幾個有趣的事實：

一是「不確指」與「可確指」的不同作用：「不確指」容易擴及到所有人的普遍經驗，但是原本可確指，卻以泛指表出，造成了不那麼確實的飄逸感。

二是席慕蓉的情感趨向：在「可確指」的泛稱中，所指稱的地點有三：臺灣、大陸、歐洲，但是歐洲永遠是「異鄉（異域）」，臺灣、大陸才是「故鄉」，由此可見席慕蓉心之所向。

（二）特稱意象

1 臺灣

其一為〈回首〉（頁 57）：

那濱江路上的灰沙炎日

那麗水街前一地的月光

其二為〈最後的水筆仔〉（頁146）：

你知道觀音山曾怎樣

愛憐地俯視過我

這兩首詩都是鄉愁詩，懷想的對象都是臺灣。第一首詩寫作者在「流浪的途中」不斷尋覓，驀然回首間，才發現對家鄉的最美麗的愛，因此作者特別標出「濱江路」、「麗水街」，讓家鄉確定而無法游移。而第二首詩篇中，作者藉著「水筆仔」凝聚對家鄉臺灣的眷愛，因此很自然地出現「觀音山」一詞。

2 大陸

其一為〈山月〉（頁54）：

更不能忘記的是那一輪月

照了長城　照了洞庭　而又在那夜　照進山林

其二為〈隱痛〉（頁159）：

卻絕不敢　絕不敢

揣想　它　如何照我

塞外家鄉[35]

其三為〈高速公路的下午〉（頁160）：

我的車是一支孤獨的箭

---

[35] 原本「家鄉」屬泛稱意象，但是「塞外家鄉」為偏正式複詞，已經將「家鄉」範圍縮小到可確指的地點，因此歸類在特稱意象中。

　　射向獵獵的風沙

　　（他們說這高氣壓是從蒙古來的）

其四為〈命運〉（頁 166~167）：

　　而塞外

　　正芳草離離

　　……

　　而塞外

　　芳草正離離

其五為〈植物園〉（頁 165）：

　　美麗的母親啊

　　你總不能因為它不叫作玄武你就不愛這湖

其六為〈出塞曲〉（頁 168~169）：

　　那只有長城外才有的清香

　　……

　　想著黃河岸啊　陰山旁

　　英雄騎馬啊　騎馬歸故鄉

其七為〈長城謠〉（頁 171）：

　　儘管城上城下爭戰了一部歷史

　　儘管奪了焉支又還了焉支

　　……

　　敕勒川　陰山下

　　今宵月色應如水

其八為〈狂風沙〉（頁 172）：

　　長城外草原千里萬里

　　在這八首詩篇中，只有第一篇書寫對青春的懷想，地點應是設定在臺灣，但是在中間嵌入「長城」、「洞庭」，並且藉由「月光」與臺灣聯繫起來，目的在於使月光的情感含量更為豐富。其他七首都是鄉愁詩，作者可能身在臺灣或歐洲，但是所懷想的故鄉都是蒙古。值得一提的是：第七篇用了典故，「焉支」[36]、「敕勒川」、「陰山下」[37]等地名，都在古典詩歌中出現過。

3 歐洲

其一為〈異域〉（頁 46）：

　　布魯塞爾的燈火輝煌

其二為〈命運〉（頁 167）：

　　今夜揚起的是

　　歐洲的霧

其三為〈新娘〉（頁 180）：

　　這五月歐洲的陽光

　　第一、二詩例均為鄉愁詩，作者身在歐洲，懷想故鄉，不過例一中的故鄉指的是臺灣（用「南國的馨香」指稱），例二則指的是蒙

---

[36] 一稱「燕支山」、「胭脂山」，漢將霍去病曾越此山大破匈奴，傳有匈奴歌曰：「亡我祁連山，使我六畜不蕃息；失我焉支山，使我婦女無顏色。」
[37] 出自北朝樂府：「敕勒川，陰山下，天似穹廬，籠蓋四野。天蒼蒼，野茫茫，風吹草低見牛羊。」

古（用「塞外」指稱）。第三詩例是一首甜美的婚歌，作者在歐洲結婚，因此自然出現「歐洲」一詞。

前面所搜尋到的地點特稱意象，臺灣是：「濱江路」、「麗水街」、「觀音山」，大陸地區是：「長城」、「洞庭」、「塞外家鄉」、「蒙古」、「塞外」、「玄武」、「長城外」（兩次）、「黃河岸」、「陰山旁」、「焉支」、「敕勒川」、「陰山下」，歐洲地區是：「歐洲」（兩次）、「布魯塞爾」。總結對於地點的特稱意象的探討，可以得出幾點心得：

一是幾乎都抒發思鄉之情：出現地點特稱意象的十三首詩中，幾乎都抒發思鄉之情，只有〈山月〉、〈新娘〉兩詩例外。之所以如此，也是理所當然的，因為鄉情所繫之處，自然會出現故鄉的地點；如果是因為身處異地而思鄉，當然也容易出現異鄉的地點[38]。

二是地點的範圍大小不同：大陸、歐洲有大有小（譬如「塞外」、「蒙古」、「歐洲」範圍大，「黃河岸」、「布魯塞爾」小），但是臺灣的特稱地點範圍最小，小到巷道的名稱。這當是因為臺灣是作者的出生地，所以一街一道都是如此熟悉，而且如此表現，也讓在地讀者有親切感、外地讀者有新鮮感。

三是「創見意象」與「典故意象」並呈[39]：因為臺灣、歐洲較晚

---

[38] 古典詩歌中的具代表性的鄉愁意象，並非「地點」意象，這也是值得注意的地方。關於此點，可參考王立《中國古代文學十大主題——原型與流變》對於「思鄉」主題的探討，頁 229～262。此外，陳植鍔《詩歌意象論》談到「贈別類意象」時，認為慣常使用的意象為雨、楊柳、梅花、春草、落葉、遊子、故人、孤山、長亭、南浦、孤帆、浮雲、落日、春、朝、暮、秋、風、雁、蟬、月、雁、魚等，頁 133～136；而「鄉思類意象」則有柳、雁、蟋蟀、猿啼、征蓬、寒杵、菱荇、瀟湘、杜鵑、鷓鴣、白髮、青山、霜、露、月等，頁 138～139；此二類意象皆可歸入離情類中。蔡玲婉《豪情壯志譜離歌——盛唐送別詩的審美風貌》探討盛唐送別詩的意象使用時，舉了柳、酒、水、月、其他（如雲、雨……等）意象為例，頁 231～242。

[39] 「創見意象」參見註 29、30，「典故意象」參見註 28。

成為書寫對象，因此當席詩中出現這兩地的地名時，很容易成為「創見意象」，前述的臺灣街道就是顯例。而大陸則是古典文學描寫的主要地域，因此很多地點都已經成為「典故意象」了，譬如「長城」、「洞庭」、「焉支」、「敕勒川」、「陰山下」。「創見意象」與「典故意象」各具有新鮮、圓熟的特色，各有美感。

五 「泛稱意象」與「特稱意象」之綜合探討

其下即就「花卉」、「地點」系列意象的「不同的構成特色」和「表出主題」來進行討論。

（一）「花卉」、「地點」系列意象不同的構成特色

關於「花卉」、「地點」系列意象中，每個意象的所指，已經在前面作過地毯式的分析。其下即主要根據「泛稱意象」與「特稱意象」之間，「屬」與「種」或「模糊」與「具體」的關係，進行更深入的分析。

1 就「花卉」系列意象來說：

「花卉」的泛稱與特稱意象所形成的是「屬」與「種」的關係，也就是「大類」與「小類」的關係。而因為「花」是泛稱，所以它具有花的共性（即富於生命力的、美麗的、脆弱的……），而不表現出殊異性（譬如不同的花型、花色、生長地點……等）；相對的，各種花卉的特稱，則具有花的共性之外，還具有各別花卉的特性（譬如百合之高雅、玫瑰之嬌艷……等）。就意象的構成來說，泛稱與特稱意象各有優點，因為泛稱意象可凸出「共性」，所以花的富於生命

力的、美麗的、脆弱的等特性得到強調[40]，而特稱意象雖然也保有「共性」，但是因為其他特性更為鮮明，作者常常是根據這些特性來賦予意義，所以「共性」的部份相對而言被削弱[41]。也可以說，泛稱意象之「意」純粹而鮮明，特稱意象之「意」殊異而豐富。

此外，因為「花卉」的泛稱與特稱意象之間的關聯是「大同小異」的，而就如林淑貞所言：因為物性有其雷同處，所以所涵蘊的象徵意義通常也會有共同的歸趨[42]，因此其下即就花卉系列意象的共通處略作討論。李癸雲提到：「當植物的象徵意義只集中於花時，生命力和生育力的涵義仍保留著……引申出來的是少女/處女的生命樣貌，母性負擔的色彩大大減少。」[43]綜合前面對泛稱與特稱意象的分析，會發現這些意象確實都具有類似的風貌：優雅、細緻、美好，多數時候還帶點憂傷，常與青春、愛情、回憶……等等縹緲而美麗的情懷聯繫在一起。

---

[40] 常文昌〈總稱意象與特稱意象〉認為：「總稱意象具有普遍性。」頁 10。

[41] 關於「鳥」系列意象的考察可作為旁證，「鳥」意象凸顯出飛翔、自由……等意念，但是個別的鳥意象則具有其他特性，正如許智銀〈唐代送別詩的飛禽意象〉指出：「鳥意象作為總稱意象在送別詩中具有不可替代性，其概括性、含糊性給讀者帶來更大空間的想像聯想自由；而作為特稱意象的燕、鵑、鶴、鴻、雁等則以其靈動的生命情態給讀者以具體明晰的圖景，兩者共同構成了送別詩的一道獨特風景，引人注目。」頁 136。

[42] 林淑貞《中國詠物詩「託物言志」析論》指出：「從《佩文齋詠物詩》四百八十種物類中，可以再約簡為十七類，而在每一類別中，又往往因物性相近而呈現所託喻的內容大同小異，這些物性具有雷同性質時，往往造成所託喻的意義固定與有限。例如，天文類中有：雨、露、霜、雪、冰，不論是液態或固態之水，其本質仍為『水』……除了可就殊相進行託喻，亦可藉共相來託喻，我們在閱讀時，即可感受到物性相同，所詠的意涵也類似。」頁 166。

[43] 見李癸雲：〈窗內，花香襲人──論席慕蓉詩中花的意象使用〉，頁 5。

2 就「地點」系列意象來說

「地點」系列意象的泛稱與特稱之間，是「模糊」與「具體」的關係，而這一類是陳植鍔《詩歌意象論》所未言及的。而因為泛稱是「模糊」的，所以有開展性、朦朧美（「不確指」的泛稱容易擴及到所有人的普遍經驗，而「可確指」的泛稱，造成了不那麼確實的飄逸感）；而因為特稱是「具體」的，所以能精確地確定所指，並聯繫起所指的特色（就地點意象來說，就是指出空間之定點，並聯繫起該定點之風物特色）。

而且值得一提的是，「地點」系列意象在表出時，有兩種方式，一種是用較為簡單、固定的詞面來表出，一種是用標舉風物的方式來表出。前種方式如「故鄉」、「異鄉（異域）」、「濱江路」、「長城」、「歐洲」……等，後者如「漫天風雪的路上」、「將暮未暮的原野」、「綠樹白花的籬前」、「那些開在南方的扶桑」、「風沙的來處」……等，前者簡單明瞭，後者則發揮了地點意象的優勢，凸顯出地方風貌。而且，因為如此，所以可能會出現同一個地點而有不同指稱法的情形（譬如「歐洲」、「這幾千里冰封的國度」、「灰暗的巷弄」都是指同一個地點），這就是所謂的「同物異名」[44]，也彰顯出了意象構成的靈活性[45]。

---

[44] 陳翼浦《形式邏輯》所言：概念與事物的對應關係是一對一的、固定的，但語詞表達形式卻是多種多樣的，概念是一個，語詞形式往往不同，造成「同物異名」的現象。頁 6〜7。

[45] 譬如班瀾《結構詩學》中探討李賀詩的玉石母題時，發現在他的 219 首詩中，玉的意象出現多達 122 處，這些玉石意象有著多種命名及表現形式，可分為三類：第一類是玉石的本體意象，如藍田玉、寒玉、冷翠、紅玉等，第二類是玉石飾物意象，如瑞珮、玦、寶粟等，第三類是玉石裝飾意象，如玉樹、玉肌、琅玕紫、玉煙青、白袷玉郎、響叢玉、金盤玉露、敲水玉等。頁 63〜64。

（二）「花卉」、「地點」系列意象的表出主題

審視前面對「花卉」、「地點」系列意象的探討，發現席慕蓉抒發不同的情感時，會自覺或不自覺地採用不同種類的意象[46]。

就「花卉」系列意象來說，「花」泛稱意象均象徵錯失了的、美好而又令人嘆息的愛情，而用到花卉特稱意象的詩篇，也只有寥寥三首是鄉愁詩（〈植物園〉、〈七里香〉、〈流浪者之歌〉、〈命運〉），其他都是與青春、愛情、思念有關，因此，可以這麼說：運用「花卉」系列意象的詩篇，主要抒寫愛情相關主題，只有少數是抒寫鄉愁。而就「地點」系列意象來說，「地點」系列意象，出現一個很有趣的現象：出現特稱地點和泛稱的「可確指」一類地點的詩篇，幾乎都描寫思鄉之情，而出現泛稱的「不確指」地點的詩篇，則回到席詩的主旋律──對青春、愛情的眷戀和悵惘。

就這些出現「花卉」、「地點」系列意象的詩篇，可梳理出共同的兩大主題：「對青春的眷戀」、「對故鄉的嚮往」。

1 對青春的眷戀

關於「對青春的眷戀」，與之聯繫甚深的是「愛情」、「回憶」、「思念」等次主題。可以這麼說：最重要的主題是對青春的眷戀，而因為青春一縱即逝，讓作者憂狂無端，因此就常以回憶的方式來傷悼，並因之流露出深深的惆悵；而青春歲月中最美好的是愛情，所以對

---

[46] 關於此點，可以就「意象群」的觀點來做更深入的理解。凌欣欣《初唐詩歌中季節之研究》說道：「各類的題材，都有一組表現這一類題材的意象群。」頁 47。仇小屏《篇章意象論──以古典詩詞為考察範圍》也指出：「因為用『多象』來表現『一意』，因此這許許多多的『象』會形成『意象群』。」頁 205。

青春的眷戀也就常表現為對愛情的不捨,而愛情脆弱易碎的特質,也一似青春,所以作者往往藉由回憶,讓自己再一次撫觸、喟嘆這美麗但已錯失的愛情。因此,統括來說,「青春」才是主題,「愛情」是次主題。

但是,再往源頭追索,會發現不管是對「青春」還是「愛情」的迷戀不捨,根源是對美好時光一逝不往的焦慮(甚至恐懼)。而「惜時」正是傳統詩歌的重要主題之一[47]。李清筠指出:儒家一維線性的時間觀,一直在中國傳統知識份子文化心靈的建構上,起著決定性的影響,在這樣的觀念下,時間即是一往不復的[48]。這種「流逝」的鐵律,自然會引起極大的心靈衝擊,因此王立說道:「盛極衰至,物有竟時的自然規律,使得作為社會主體實踐的人,很早就對其自身生命歷程的有限性體認到了。於是,一個以人、人生為中心的惜時文學很早便濫觴於中國文學發端。」[49]席慕蓉承襲了這樣的傳統,並且揉入自己的生命特質,因此「惜時」的表現是對青春、愛情的深深眷戀,以及知道這些都必然逝去的惆悵[50]。

---

[47] 松浦友久說道:「由於時間意識本身對於把抒情與韻律作為客觀表現核心的詩歌來說,具有最為有效而又持續的『抒情泉源』的功能。離別、懷古、惜春、嘆老、哀悼等等與時間意識直接結合的題材,占各國詩史的重要部分之事實,就清楚地證明了這一點。」見松浦友久著,孫昌武、鄭天剛譯:《中國詩歌原理》,頁 3~4。

[48] 參見李清筠:《時空情境中的自我影像》,頁 39~44。

[49] 見王立:《中國古代文學十大主題——原型與流變》,頁 27。

[50] 仇小屏《篇章意象論——以古典詩詞為考察範圍》全面處理「惜時意象群」,並指出:「從正面以惜時取象者反而不多(如待時、應時而動、建功立業),反而是從反面的時光不待來取象者較多(譬如外物有竟,以及衰老、傷逝、及時行樂等),這其實是一種相反而相成的做法,從時光不待的焦慮反激出惜時的渴望,更見出人人心底對生命的珍視與期待。」頁 213。可供參考。

2 對故鄉的嚮往

首先要提出加以廓清的是：席慕蓉的鄉愁對象有二，即「臺灣」和「蒙古」[51]。而之所以懷鄉，首先必須離鄉，王立指出：綜觀離別之因，大抵有六：一為征戍徭役，二為求仕求學，三為戰亂（災荒）流離，四為遷徙移民，五為經商遠行，六為貶謫失意[52]，作者離開臺灣，是因為「求仕求學」，而無法在蒙古生長，是因為「戰亂（災荒）流離」，雖然前者是積極性因素，後者是消極性因素，但是這點並未使得詩篇出現明顯的不同。

真正使得臺灣、蒙古懷鄉詩有著不同風貌的重要因素，是臺灣乃作者真正生長的土地，而蒙古在當時是只能想望的夢土[53]。針對此點，可以從作者所運用的「地點」意象的不同而得到證明：詩篇中的「**故鄉**」一詞均指蒙古，而寫到臺灣故鄉時，卻是以「**綠樹白花的籬前**」、「**那些開在南方的扶桑**」……等標舉風物的方式來指稱（用此種方式來指稱蒙古故鄉的，只有一例，那就是「**風沙的來處**」）。而且用簡單的詞彙指稱時，指蒙古者範圍大（譬如「**蒙古**」、「**塞外**」等），指台灣者範圍小，甚至小到一街一巷（譬如「**濱江路**」、「**麗水街**」等）。箇中原因，當如蘇小菊所言：「因為與故鄉素未謀面，所

---

[51] 有些研究者討論席慕蓉的鄉愁詩時，故鄉的範圍只鎖定大陸，其實這是不夠全面的；不過，張曉風為《七里香》寫序〈江河〉，其中說道：「在歐洲，被鄉愁折磨，這才發現自己魂思夢想的，不是故鄉的千里大漠，而是故宅北投。」頁 16，但是揆諸本論文所分析的詩例，也並不盡然。在本論文所討論的詩篇中，抒發對臺灣家鄉之思念者共有六篇：〈七里香〉、〈異域〉、〈山月〉、〈回首〉、〈邂逅〉、〈流浪者之歌〉，而抒發對蒙古故鄉之思念者共有八篇：〈隱痛〉、〈高速公路的下午〉、〈鄉愁〉、〈植物園〉、〈命運〉、〈出塞曲〉、〈長城謠〉、〈狂風沙〉。

[52] 參見王立：《中國古代文學十大主題——原型與流變》，頁 232。

[53] 蘇小菊〈無根的鄉愁——席慕蓉早期懷鄉詩意象分析〉提到：「因為兩岸的阻隔，席慕蓉一直到 1989 年詩人 46 歲時才第一次踏上蒙古草原。」頁 92。

以在席慕蓉的鄉愁詩中沒有前文所述的具體而細小的事物。」[54]而〈鄉愁〉一詩可謂最佳註腳：「故鄉的面貌卻是一種模糊的悵惘／彷彿霧裡的揮手別離」。由此可見，儘管臺灣、蒙古都是「故鄉」，但是一個是親之臨之的故鄉，一個是嚮往中的故鄉，同中還是有異的。

而由此延伸出來的討論，那就是蒙古鄉愁是不是「假」的？趙晨妤指出：「1989 年以前所寫的作品，雖然不斷在文字中流洩對蒙古的思念，卻不算真正認識自己的原鄉，也就是讀者對她的指控，所有的蒙古都是『聽』來的，思鄉之情都是二手貨，因為她並未擁有那些該在蒙古發生的經歷。」[55]但是以是否親身到過此處，來當作斷定情感真假的判準，似乎不盡妥當。蘇小菊認為：「席慕蓉的鄉愁是一種遠古的鄉愁，是一種歷史的心理沉澱，是人類集體無意識的表現。」[56]此言可謂得之。與故鄉聯繫起來的，是自己的、親人的、親族的（甚至更大群體的）共同記憶，因為有著這份珍貴的共同記憶，遙遠的故鄉顯得如此親切而又令人嚮往。

「對青春的眷戀」、「對故鄉的嚮往」兩大主題，一是針對流逝的時間而發，一是針對遠方的鄉土而發，因此可說是統合了「時間」、「空間」兩大要素。但是時間必然流逝，鄉土不可親臨，難怪席慕蓉一唱三歎，低回婉轉，流洩成一篇篇美麗而憂傷的詩歌。

---

[54] 見蘇小菊：〈無根的鄉愁——席慕蓉早期懷鄉詩意象分析〉，頁 91，而蘇文中的故鄉指的是蒙古。。另外蘇文也指出一個有趣的地方：「在臺灣文學的鄉愁詩中，遊子的形象最常見的是登高望遠或隔水眺望⋯⋯但在席慕蓉的鄉愁詩中我們見不到這種登高望遠或隔水眺望的抒情主體的形象，因為從未在故鄉生活過，所以對故鄉的印象只能是一種『模糊的悵惘』。」頁 93～94。

[55] 見趙晨妤：〈席慕蓉詩主題與花意象的觀察〉，頁 168～169。

[56] 見蘇小菊：〈無根的鄉愁——席慕蓉早期懷鄉詩意象分析〉，頁 91

六　結語

　　本論文探討了席慕蓉《七里香》中，三十四篇出現「花卉」與「地點」系列意象的詩歌，得出以下成果：其一為針對「花卉」與「地點」系列意象進行地毯式的搜尋與探討，並小結出各自的特色。其二為探討出運用「花卉」系列意象之詩篇多表出與青春、愛情有關之情感，而運用「地點」系列意象之詩篇多表出鄉愁。其三為發現鄉愁之對象有二：臺灣與蒙古，但是同中有異。其四為統合出兩大主題：「對青春的眷戀」、「對故鄉的嚮往」，前者是針對時間而發，後者是針對空間而發，並形成美麗而憂傷的風格。其五為發現「花卉」的泛稱與特稱意象之間，是「屬」與「種」的關係，而「地點」系列意象的泛稱與特稱之間，是「模糊」與「具體」的關係，驗證並擴充了「泛稱意象」與「特稱意象」的內涵。

　　本論文應用意象理論，分析席慕蓉《七里香》三十四篇詩歌，並進行解讀與歸納，其過程正如李元洛《詩美學》所指出的：詩人的內在之意融化於外在之象，讀者也正是根據詩人所創造的外在之象，去尋索與領會詩人原來的內在之意，不僅如此，欣賞不是被動的消極的接受，而是主動的積極的參與和再創造[57]。期望本論文的成果，能對於研究意象理論、席慕蓉詩歌，有著提供學界參考的價值。

---

[57]　參見李元洛：《詩美學》，頁 173。

附錄

篇名（頁碼）	所出現之「花卉」系列意象	所出現之「地點」系列意象	主題
七里香（頁 34）	綠樹白花	綠樹白花的籬前	對臺灣家鄉的思念
一棵開花的樹（頁 39）	花	必經的路旁	對錯失的愛情的惆悵
古相思曲（頁 41）	花 玉蘭		對錯失的愛情的惆悵
渡口（頁 43）	花	渡口	對錯失的愛情的惆悵
異域（頁 46）		異域、南國、布魯塞爾	對臺灣家鄉的思念
千年的願望（頁 53）	玫瑰		對逝去的青春的惆悵
山月（頁 54）		山、長城、洞庭	對臺灣家鄉的思念
回首（頁 57）	茉莉	濱江路、麗水街	對臺灣家鄉的思念
邂逅（頁 60）		街角	對青春流逝的惆悵
暮色（頁 62）	百合		回憶時的豐富心境
月桂樹的願望（頁 64）	野百合		對青春愛戀的不捨
流浪者之歌（頁 70~71）	扶桑	異鄉、這幾千里冰封的國度、南	對臺灣家鄉的思念

		方	
茉莉（頁 74）	茉莉		思念
青春之二（頁 78~79）		山坡、那滿是茶樹的丘陵、寂靜的寂靜的林中	對逝去青春的不捨
夏日午後（頁 82）	蓮		對錯失的愛情的惆悵
蓮的心事（頁 88~89）	夏荷、蓮		對錯失的愛情的惆悵
重逢之二（頁 108）		漫天風雪的路上	對愛情的惆悵
樹的畫像（頁 110）		千山萬徑	對流逝的時光的眷戀
送別（頁 117）	花		對錯失的愛情的惆悵
塵緣（頁 132）	蓮花		願接受塵世愛情的歷練
悟（頁 144）	芙蓉		對記憶中的愛情的惆悵
最後的水筆仔（頁 146）		觀音山	對臺灣家鄉的思念
繡花女（頁 149）	花		對錯失的愛情的惆悵
暮歌（頁 150）		將暮未暮的原野、山崗	對流逝時光的嘆息
隱痛（頁 159）		塞外家鄉	對蒙古的鄉愁
高速公路的下午（頁 161）		故鄉、蒙古	對蒙古的鄉愁

鄉愁（頁 162）		故鄉	對蒙古的鄉愁
植物園 （頁 165）	荷花	玄武	對蒙古的鄉愁
命運（頁 166）	雛菊	灰暗的巷弄、塞外、歐洲	對蒙古的鄉愁
出塞曲 （頁 168~169）		長城外、黃河岸、陰山旁	對蒙古的鄉愁
長城謠 （頁 171）		焉支、敕勒川、陰山下	對蒙古的鄉愁
狂風沙 （頁 172~173）		故鄉、風沙的來處、長城外、灰暗的城市	對蒙古的鄉愁
新娘（頁 180）		歐洲	對愛情的歌頌
他（頁 187）	薔薇		對愛情的歌頌

參考文獻

一　專著

王　立　《中國古代文學十大主題──原型與流變》　臺北市　文
　　　　史哲出版社　1994 年

王長俊主編　《詩歌意象學》　合肥市　安徽文藝出版社　2000 年

仇小屏　《篇章意象論──以古典詩詞為考察範圍》　臺北市　萬
　　　　卷樓圖書公司　2006 年

李元洛　《詩美學》　臺北市　東大圖書公司　1990 年

李清筠　《時空情境中的自我影像──以阮籍、陸機、陶淵明詩為
　　　　例》　臺北市　文津出版社公司　2000 年

吳功正　《中國文學美學》　南京市　江蘇教育出版社　2001 年

吳戰壘　《中國詩學》　臺北市　五南圖書有限公司　1993 年

林淑貞　《中國詠物詩「託物言志」析論》　臺北市　萬卷樓圖書
　　　　公司　2002 年

松浦友九著　孫昌武、鄭天剛譯　《中國詩歌原理》　臺北市　洪
　　　　葉文化　1993 年

邱明正　《審美心理學》　上海市　復旦大學出版社　1993 年

洪華穗　《花間集的主題與感覺》　臺北市　文津出版社　1999 年

班　瀾　《結構詩學》　呼和浩特　內蒙古大學出版社　1999 年

袁行霈　《中國詩歌藝術研究（增訂本）》　北京市　北京大學出版
　　　　社　1996 年 6 月一版　2002 年 8 月四刷

凌欣欣　《初唐詩歌中季節之研究》　臺北市　文津出版社公司
　　　　1997 年

席慕蓉　《七里香》　臺北市　圓神出版社有限公司　2000 年

席慕蓉　《迷途詩冊》　臺北市　圓神出版社公司　2002 年

陳良運《中國詩學體系論》　北京市　中國社會科學出版社　1992
　　　　年 7 月一版　1998 年 9 月二刷

陳植鍔　《詩歌意象論》　秦皇島市　中國社會科學出版社　1990
　　　　年

陳聖生　《現代詩學》　北京市　社會科學文獻出版社　1998 年

陳慶輝　《中國詩學》　臺北市　文史哲出版社　1994 年

陳翼浦　《形式邏輯》　北京市　語文出版社　1996 年

蔡玲婉　《豪情壯志譜離歌──盛唐送別詩的審美風貌》　臺北市
　　　　文津出版社　2002 年

齊瀘揚、陳昌來主編　《應用語言學綱要》　上海市　復旦大學出
　　　　版社　2004 年

歐麗娟 《杜詩意象論》 臺北市 里仁書局 1997 年
蕭翠霞 《南宋四大家詠花詩研究》 臺北市 文津出版社 1994 年

二 期刊論文

李癸雲 〈窗內花香襲人──論席慕蓉詩中花的意象使用〉 《國文學誌》 第 10 期 2005 年 6 月
杜笑宇 〈一支幽怨而錯失的蓮──論席慕蓉筆下的蓮的意象〉 《焦作師範高等專科學校學報》 第 24 卷第 3 期 2008 年 9 月
常文昌 〈總稱意象與特稱意象〉 《寫作》 第 6 期 1994 年
許智銀 〈唐代送別詩的飛禽意象〉 《西北民族大學學報》 哲學社會科學版第 3 期 2009 年
陳滿銘 〈論語文能力與辭章研究──以「多」、「二」、「一（0）」的螺旋結構作考察〉 《國文學報》 第 36 期 2004 年 12 月
張麗雲 〈淺論席慕蓉的創作內涵〉 《玉溪師範學院學報》 第 19 卷第 7 期 2003 年
趙晨妤 〈席慕蓉詩主題與花意象的觀察〉 《逢甲中文學刊》 2008 年 1 月
蘇小菊 〈無根的鄉愁──席慕蓉早期懷鄉詩意象分析〉 《漳州師範學院學報》 哲學社會科學版 總第 71 期 2009 年第 1 期

《論語》的語氣詞探究

何永清

臺北市立教育大學中國語文學系副教授

摘要

「語氣詞」是漢語的一種詞類，屬虛詞的範疇。《論語》的語氣詞數量相當多，用來表示陳述、疑問、祈求、感嘆等語氣。從形態來看，《論語》的語氣詞有單獨使用一個語氣詞的情形，計：夫、乎、兮、者、然、哉、矣、也、焉、為、與、耳、爾、而已十四種；又有語氣詞「雙合」的現象，計：乎哉、者乎、者也、矣夫、矣乎、矣哉、已乎、已矣、也夫、也者、也哉、也已、也與、耳乎、而已乎、而已矣十六種；更有語氣詞參合的情況，計：也已矣、也與哉二種。《論語》的語氣詞，多樣呈現，各顯繽紛。自數量來看，以單用的語氣詞較多，占百分之九十一點二七，語氣詞「雙合」占百分之七點八二，語氣詞「參合」占百分之零點九。本論文敘述《論語》的語氣詞的語法功用，並統計其出現的數量，質性及量化兩個研究面向兼顧。

關鍵詞：《論語》、漢語、語氣詞、古漢語語法、虛詞。

一　前言

　　《論語》的價值是多方面的，具文學的價值、經世的價值、修身的價值，又具有語料的價值。又《論語》是語錄體的經典，裡頭保留了上古部分的書面語言現象，有如語言的活化石，故探討《論語》的語氣詞，能幫助今人了解先秦古人表現句子語氣的風貌。

　　「語氣詞」又稱為「語助」、「語助詞」或「語氣助詞」，是虛詞的一種，用來表現句子的各種語氣，王力說：「西洋語言的語氣是通過動詞的屈折變化來表示的，而漢語的語氣則是通過語氣詞來表示的。」，[1]馬漢麟說：「語氣詞是用來表示句子的語氣的」，[2]可知語氣詞的主要功能是表示語句所抒發的語氣或說話的口吻。對於《論語》語氣詞的研究，李曉華僅探討了「也」、「矣」、「乎」、「矣乎」、「矣哉」、「乎哉」的用法；郭心竹探討常用的「也」、「為」、「乎」的用法，並概略探討語氣詞連用的作用，都未全面列述。因此，本篇論文以語法的觀點，綜括前輩學者的意見，全面來探討《論語》的語氣詞。

---

[1]　王力：《漢語語法史》（北京市：商務印書館，2003 年 6 月），頁 295。
[2]　馬漢麟：《馬漢麟古代漢語講義》（天津市：天津古籍出版社，2004 年 2 月），頁 19。

二 《論語》的語氣詞種類及其特點

　　《論語》的語氣詞，一是單用的語氣詞，二是連用的語氣詞；其中，連用的語氣詞又有「雙合」、「參合」的情況，以下就以實例說明：（篇名後面的數字，係依照楊伯峻《論語譯注》的章次編號。）

（一）單用的語氣詞

1 夫

（1）表示發表議論

　　「夫仁者，己欲立而立人，己欲達而達人。」（〈雍也〉6-30）

本例的「夫」，陳霞村說：「用作句首語氣詞，表示要發議論。」。[3]

　　「夫三年之喪，天下之通喪也。」（〈陽貨〉17-21）

本例的「夫」，朱城說：「表示要發議論，或要概述事物的特徵，起到引起下文的作用。」，[4]是知《論語》句首的語氣詞「夫」具有發表議論，並引起下文的語法功用，這樣的「夫」是從代詞的功能弱化、虛化而成。

---

[3]　陳霞村：《古代漢詞虛詞類解》（臺北市：建宏出版社，1995 年 4 月），頁 755。

[4]　朱城：《古代漢語專題教程》（北京市：中國人民大學出版社，2010 年 6 月），頁 145。

（2）表示感嘆的語氣

　　子謂顏淵曰：「用之則行，舍之則藏，惟我與爾有是夫！」
　　（〈述而〉7-11）

本例的「夫」，郭錫良、李玲璞說：「『夫』，用在感嘆句尾表示的感
嘆語氣偏於惋惜悲傷的情緒，仍譯爲『啊』。」[5]

　　子在川上曰：「逝者如斯夫！不舍晝夜。」（〈子罕〉9-17）

本例的「夫」，楊伯峻說：「表感嘆。」，[6]王政白說：「夫：用在句末，
表感嘆。」，[7]朱城說：「它所表示的感歎語氣似乎比『哉』要低沉一
些，偏於表示惋惜或感傷的情緒，可譯爲『吧、啊、呀』等。」[8]，此
三家的看法一致。

　　子曰：「南人有言曰：『人而無恆，不可以作巫醫。』善夫！」
　　（〈子路〉13-22）

本例的「夫」，相當於白話的「啊」、「呀」、「吧」（吧），楊樹達說：
「語末助詞。表感嘆。按據錢氏大昕及近人汪榮寶之考證，『夫』古
音當如『巴』，即今語之『罷』字。」[9]，上古無輕唇音，故《論語》

5　郭錫良、李玲璞主編：《古代漢語》（北京市：語文出版社，1995 年 6 月），頁
　　765。
6　楊伯峻：《古漢語虛詞》（北京市：中華書局，2000 年 8 月），頁 41。
7　王政白：《古漢語虛詞詞典》（合肥市：黃山書社，2002 年 10 月），頁 89。
8　朱城：《古代漢語專題教程》（北京市：中國人民大學出版社，2010 年 6 月），
　　頁 143。
9　楊樹達：《詞詮》卷一（臺北市：臺灣商務印書館，1977 年 1 月），頁 46。

句末的語氣詞「夫」，讀音接近白「罷」，可用來表示感嘆語氣。

2 乎

（1）表示勸勉的語氣

「由！誨女知之乎！」（〈為政〉12-2）

本例的「乎」，馬漢麟說：「這兒是表示勸勉的語氣詞。」。[10]

（2）表示感嘆或惋惜的語氣

子謂顏淵，曰「惜乎！吾見其進也，未見其止也。」（〈子罕〉9-21）

本例的「乎」，用在形容詞謂語之後，表示惋惜的語氣，且使用倒裝句法，朱城說「表示感歎……，可譯為『啊、呀』等。」。[11]

「惜乎，夫子之說君子也。」（〈顏淵〉12-8）

楊伯峻說：

> 朱熹《集注》把它作兩句讀：「惜乎！夫子之說，君子也。」便應該這樣翻譯：「先生的話，是出自君子之口，可惜說錯了。」我則以為「夫子之說君子也」為主語，「惜乎」為謂

---

[10] 馬漢麟：《馬漢麟古代漢語講義》（天津市：天津古籍出版社，2004 年 2 月），頁 30。

[11] 朱城主編：《古代漢語專題教程》（北京市：中國人民大學出版社，2010 年 6 月），頁 144。

語，此為倒裝句。[12]

楊伯峻標斷的句讀正確，合乎上古的語法規律。

（3）表示呼喚的語氣

「參乎！吾道一以貫之。」（〈里仁〉4-15）

本例的「乎」表示呼告，用在人名之後，[13]許世瑛說：「用『乎』字來作停頓之用的。」[14]，張永言等說：「語氣詞。相當於『啊』。」[15]《論語》感歎句尾的語氣詞「乎」，相當於白話的「啊」。

（4）表示祈求或商量的語氣

原思為之宰，與之粟九百，辭。子曰：「毋！以與爾鄰里鄉黨乎！」（〈雍也〉6-5）

本例的「乎」，相當於白話的「吧」，表示祈求或商量的語氣。

（5）表示推測的語氣

子曰：「必也正名乎！」（〈子路〉13-3）

本例的「乎」，相當於白話的「吧」，表示祈求或商量的語氣。

---

[12] 楊伯峻：《論語譯注》（臺北市：五南圖書出版公司，1999 年 11 月），頁 271～272。

[13] 李國英、李遠富：《古代漢語教程》（北京市：北京師範大學出版社，2010 年 6 月），頁 154。

[14] 許世瑛：《常用虛字用法淺釋》（臺北市：復興書局，1978 年 4 月），頁 173。

[15] 張永言等：《簡明古漢語字典》（成都是：四川人民出版社，1995 年 2 月），頁 249。

（6）表示詢問的語氣

　　廄焚，子退朝，曰：「傷人乎？」（〈鄉黨〉10-17）

　　子貢問曰：「有一言而可以終身行之者乎？」（〈衛靈公〉15-24）

　　陳亢問於伯魚曰：「子亦有異聞乎？」（〈季氏〉16-13）

　　「食夫稻，衣夫錦，於女安乎？」（〈陽貨〉17-21）

　　陳司敗問：「昭公知禮乎？」（〈述而〉7-31）

　　「予也有三年之愛於其父母乎？」（〈陽貨〉17-21）

　　子路曰：「君子尚勇乎？」（〈陽貨〉17-23）

　　子路問曰：「子見夫子乎？」（〈微子〉18-7）

以上的「乎」都表示詢問的語氣，相當於白話的「嗎」，吳仁甫說：
「『乎』用於句尾，不管句中有無疑問詞，總帶有詢問的語氣。」，[16]
任愛偉說：「這些『乎』都是表純粹的、真性的詢問。」。[17]

（7）表示疑問的語氣

　　「由！誨女知之乎？」（〈為政〉2-17）

　　或曰：「管仲儉乎？」（〈八佾〉3-22）

　　「然則知禮乎？」（〈八佾〉3-22）

《論語》這類的「乎」用來表示質疑語氣，楊樹達說：「語末助詞。

---

[16] 吳仁甫：《文言語法三十辨》（上海市：華東師範大學出版社，1988 年 4 月），頁 139。

[17] 任愛偉：〈淺析《論語》中的「乎」〉，《現代語文》（語言研究版）2008 年第 9 期，頁 24。

助句，表有疑而詢問者。」，[18]即是指此。

（8）表示加強疑問的語氣

「信乎，夫子不言，不笑，不取乎？」（〈憲問〉14-13）

兩個「乎」字在前後的句尾，表示加強疑惑的詢問。

（9）運用「否定副詞（不、勿、未）＋……乎」，表示反詰的語氣

「為人謀而不忠乎？與朋友交而不信乎？傳不習乎？」
（〈學而〉1-4）
「曾謂泰山不如林放乎？」（〈八佾〉3-6）

「乎」跟否定副詞「不」配合，表示反問（反詰）的語氣。

「愛之，能勿勞乎？忠焉，能勿誨乎？」（〈憲問〉14-7）

「乎」跟否定副詞「勿」配合，表示反問（反詰）的語氣。

曰：「未仁乎？」（〈憲問〉14-25）

「乎」跟否定副詞「未」配合，表示反問（反詰）的語氣。

（10）運用「否定副詞（不）＋語氣副詞（亦）……乎」，表示強調
　　　的反詰語氣

「學而時習之，不亦說乎？有朋自遠方來，不亦樂乎？人不知而

---

[18] 楊樹達：《詞詮》卷三（臺北市：臺灣商務印書館，1977 年 1 月），頁 45。

不慍，不亦君子乎？」(〈學而〉1-1)

　　王海棻說：「『不亦……乎』這一格式是表示反問的，意思是『不是很（太）……嗎』？」[19]朱振家說：「『不亦』同句尾語氣助詞配合，表示反問，意再加強肯定。」[20]

　　「如其善而莫之違也，不亦善乎？」(〈子路〉13-15)

（11）運用「疑問副詞（何）＋……乎」，表示強烈的反詰語氣

　　「何傷乎？亦各言其志也。」(〈先進〉11-26)

　　許世瑛說：「『何傷乎』是特指問句，表示反詰語氣，意思說『無傷』。」，[21]「何傷乎」此種反語氣相當於強烈的陳述語氣，「何傷乎」類同「無傷」的語氣。

（12）運用「兼詞（盍）＋……乎」，表示反詰的語氣

　　「盍徹乎？」(〈顏淵〉12-9)

「乎」跟兼詞「盍」（何不）配合，用來表示反問（反詰）的語氣，相當白話的「為什麼不……呢？」。

[19] 王海棻：《古代漢語簡明讀本》（北京市：社會科學文獻出版社，2002 年 8 月），頁 163。
[20] 朱振家主編：《古代漢語》（北京市：高等教育出版社，2010 年 5 月），頁 263。
[21] 許世瑛：《常用虛字用法淺釋》（臺北市：復興書局，1978 年 4 月），頁 168。

（13）運用「語氣副詞（豈）……乎」，表示反詰的語氣

　　「其然，豈其然乎？」（〈憲問〉14-13）
　　「仲尼豈賢於子乎？」（〈子張〉19-25）

「乎」跟語氣副詞「豈」配合，表示反詰的語氣。

（14）運用「何以十……乎」，表示反詰的語氣

　　「至於犬馬，皆有所養，不敬，何以別乎？」（〈為政〉2-7）

「乎」跟「何以」配合使用，表示反問的語氣。

（15）「乎」表示二者選一

　　「吾何執？執御乎？執射乎？吾執御矣。」（〈子罕〉9-2）
　　「論篤是與，君子者乎？色莊者乎？」（〈先進〉11-21）

兩個「乎」用在選擇問句的末尾，表示二者選一。
　　從上述這些實例看來，《論語》的語氣詞「乎」，不僅使用得非常頻繁，而且功能眾多，表達的感情也豐富。

3 兮

　　「『巧笑倩兮，美目盼兮，素以為絢兮。』」（〈八佾〉3-8）

本例的「兮」，表示詠嘆。

　　「鳳兮鳳兮！何德之衰？」（〈微子〉18-5）

本例的「兮」，表示呼喚。

《論語》的五個「兮」字用在詩歌的句末，表示詠嘆兼呼喚語氣。

4 者

（1）表示復指的語氣。

「莫春者，春服既成，冠者五六人、童子六七人，浴乎沂，風乎舞雩，咏而歸。」（〈先進〉11-26）

本例的「者」，陳霞村說：「『者』用在充當狀語的時間名詞之後，強調這個時間，延宕語氣。」[22]筆者曾探討《論語》「者」字的用法，此處「莫春者」相當於白話「暮春時候」，[23]「者」是表示重複確認的語氣詞。

5 然

「若由也，不得其死然。」（〈先進〉11-13）

本例的「然」，楊樹達說：「語末助詞。表斷定。」，[24]楊伯峻說：「然，語氣詞，用法同『焉』。」[25]兩家的看法均相同，是知《論語》用在句末語氣詞的「然」，表示確信的語氣。

---

[22] 陳霞村：《古代漢詞虛詞類解》（臺北市：建宏出版社，1995年4月），頁764。

[23] 何永清：〈《論語》「者」字的用法析論〉，《臺北市立教育大學學報》（人文社會類）第40卷第1期（2009年5月），頁105。

[24] 楊樹達：《詞詮》卷五（臺北市：臺灣商務印書館，1977年1月），頁98。

[25] 楊伯峻：《論語譯注》（臺北市：五南圖書出版公司，1999年11月），頁248。

6 哉

（1）表讚嘆的語氣。

「大哉問！禮，與其奢也，寧儉；喪，與其易也，寧戚。」
（〈八佾〉3-4）
「周監於二代，郁郁乎文哉！」（〈八佾〉3-14）
「君子哉蘧伯玉！邦有道，則仕；邦無道，則可卷而懷之」
（〈八佾〉3-14）
達巷黨人曰：「大哉孔子！博學而無所成名。」（〈子罕〉9-2）
「野哉，由也！」（〈子路〉13-3）
「小人哉，樊須也！」（〈子路〉13-4）
「君子哉若人！」（〈憲問〉14-10）
「直哉史魚！邦有道如矢，邦無道如矢。」（〈衛靈公〉15-7）
子曰：「大哉，堯之為君也！巍巍乎！唯天為大，唯堯則之。」
（〈泰伯〉8-19）

以上的「哉」用在形容詞或抽象名詞之後，讚美某種人物、某項事
物，表示讚許、讚譽的語氣，且使用倒裝句法，將謂語提前到主語
之前，舉如：「大哉，堯之為君也！」正常句式應是「堯之為君也，
大哉！」，其他例子類此，不再贅述。

「鄙哉，硜硜乎！」（〈憲問〉14-32）

（2）「⋯⋯哉！⋯⋯哉！」表示強烈的感嘆。

問子西。曰：「彼哉！彼哉！」（〈憲問〉14-9）

本例在謂語短語末尾哉，運用類疊的修辭法，表示強烈的感嘆。

（3）「疑問副詞（焉）＋……哉」表現反問的語氣。

「視其所以，觀其所由，察其所安。人焉廋哉？人焉廋哉？」
（〈為政〉2-10）

（4）「何哉」或「何……哉」表示詢問

「何哉，爾所謂達者？」（〈顏淵〉12-20）
「默而識之，學而不厭，誨人不倦，何有於我哉？」（〈述而〉7-2）
「出則事公卿，入則事父兄，喪事不敢不勉，不為酒困，何有於
我哉？」（〈子罕〉9-16）
「天何言哉？四時行焉，百物生焉，天何言哉？」（〈陽貨〉17-20）

（5）「何以……哉」表示反問

「大車無輗，小車無軏，其何以行之哉？」（〈為政〉2-2）
本例的「哉」，張永言等說：「表示反問，可譯為『嗎』或『呢』。」[26]

「居上不寬，為禮不敬，臨喪不哀，吾何以觀之哉？」
（〈八佾〉3-26）
「如或知爾，則何以哉？」（〈先進〉11-26）

---

[26] 張永言等：《簡明古漢語字典》（成都市：四川人民出版社，1995年2月），頁
895。

（6）「何……哉」表示提問

「夫何為哉？恭己正南面而已矣。」（〈衛靈公〉15-5）

（7）跟連詞「與其……豈若」配合，表示選擇式的反詰語氣。

「且而與其從辟人之士也，豈若從辟世之士哉？」（〈微子〉18-6）

7 矣

（1）表示認同與肯定的語氣

「其為人也孝弟，而好犯上者，鮮矣。」（〈學而〉1-2）
「慎終追遠，民德歸厚矣。」（〈學而〉1-9）
「三年無改於父之道，可謂孝矣。」（〈學而〉1-11）
「溫故而知新，可以為師矣。」（〈為政〉2-11）
「朝聞道，夕死可矣！」（〈里仁〉4-8）

本例的「矣」相當於白話「呀」，朱城說：「『矣』字也是表示在某條件具備的情況下必將產生新的結果。」[27]

「巧言、令色，鮮矣仁！」（〈學而〉1-3、〈陽貨〉17-17）
「事父母能竭其力，事君能致其身雖曰未學，吾必謂之學矣。」
（〈學而〉1-7）

---

[27] 朱城主編：《古代漢語專題教程》（北京市：中國人民大學出版社，2010年6月），頁141。

楊伯峻說：「『矣』在句末，又可以表達語意的十足肯定。」[28]

（２）表示已然的事實或已經完成的情況

「俎豆之事，則嘗聞之矣；軍旅之事，未之學也。」
（〈衛靈公〉15-1）

本例的「矣」，馬漢麟說：「表示已經實現的情形」。[29]

至，則行矣。（〈微子〉18-7）

本例的「矣」，郭錫良、李玲璞說：「『矣』字用在後一分句末尾，表示出現了原先未料到的新狀況。」，[30]史存直說：「表示已然的事實或狀態。」[31]

（３）表示對方後果的確定

「言寡尤，行寡悔，祿在其中矣。」（〈為政〉2-18）
祭肉不出三日。出三日，不食之矣。（〈鄉黨〉10-9）

本例的「矣」，馬漢麟說：「表示在某種條件下產生某種後果。」。[32]

---

[28] 楊伯峻：《古漢語虛詞》（北京市：中華書局，2000 年 8 月），頁 268。

[29] 馬漢麟：《馬漢麟古代漢語講義》（天津市：天津古籍出版社，2004 年 2 月），頁 55。

[30] 郭錫良、李玲璞：《古代漢語》（北京市：語文出版社，1995 年 6 月），頁 757。

[31] 史存直：《文言語法》（北京市：中華書局，2006 年 2 月），頁 194。

[32] 馬漢麟：《馬漢麟古代漢語講義》（天津市：天津古籍出版社，2004 年 2 月），頁 56。

（4）表示對事情結果的感慨

子曰：「甚矣吾衰也！久矣吾不復夢見周公。」（〈述而〉7-5）

兩個「矣」置於形容謂語「甚」、「久」之後，表示感慨的語氣。

（5）表示停頓的語氣

「惡不仁者，其為仁矣，不使不仁者加乎其身。」（〈里仁〉4-6）

這種「矣」，與用在句中的「也」功用一樣。

8 也

（1）用在主語或人名之後，表示延宕、停頓的語氣。

子曰：「君子之於天下也，無適也，無莫也，義之與比。」
（〈里仁〉4-10）
柴也愚，參也魯，師也辟，由也喭。（〈先進〉11-18）

四個「也」都是語氣詞，史存直說：「用在個別詞語後面表示小停頓。」[33]

「君子之過也，如日月之食焉。」（〈子張〉19-21）

「也」是語氣詞，馬漢麟說：「『也』用在句中表示停頓。」[34]

---

[33] 史存直：《文言語法》（北京市：中華書局，2006 年 2 月），頁 193。
[34] 馬漢麟：《馬漢麟古代漢語講義》（天津市：天津古籍出版社，2004 年 2 月），
頁 33。

「賜也何敢望回？回也聞一以知十，賜也聞一以知二。」
（〈公冶長〉5-9）

本例三個「也」，陳霞村說：「帶有明顯的感嘆意味」[35]。

「雍也仁而不佞。」（〈公冶長〉5-5）

「丘也幸！苟有過，人必知之。」（〈述而〉7-31）

以上兩例的「也」，馬漢麟說：「放在主語後面，表示頓宕。」[36]

「回也其庶乎！屢空！」（〈先進〉11-19）

子曰：「賜也，女以予為多學而識之者與？」（〈衛靈公〉15-3）

「丘也聞有國有家者，不患寡而患不均，不患貧而患不安。」
（〈先進〉16-1）

本例的「也」，呂叔湘說：「在主語之後用『也』字一頓。」[37]

「朽木不可雕也，糞土之牆不可杇也。」（〈公冶長〉5-10）

此兩個「也」，李國英、李遠富說：「用於陳述句句尾，以加強陳述
的語氣。」[38]
　　當《論語》的語氣詞「也」和「矣」並行使用時，可產生不同的
陳述語氣：

---

[35] 陳霞村：《古代漢詞虛詞類解》（臺北市：建宏出版社，1995 年 4 月），頁 768。

[36] 馬漢麟：《馬漢麟古代漢語講義》（天津市：天津古籍出版社，2004 年 2 月），
頁 64

[37] 呂叔湘：《文言虛字》（臺北市：臺灣開明書店，1981 年 11 月），頁 182。

[38] 李國英、李遠富：《古代漢語教程》（北京市：北京師範大學出版社，2010 年 6
月），頁 148。

「由也升堂矣，未入於室也。」（〈先進〉11-25）

「俎豆之事，則嘗聞之矣；軍旅之事，未之聞也。」

（〈衛靈公〉15-1）

以上兩例的「也」，朱城說：「『也』字表靜態，『矣』字表動態。」[39]

（2）用在狀語之後表示強調

子曰：「必也，正名乎！」（〈子路〉13-3）

本例的「也」，陳霞村說：「延宕語氣，強調狀語。」[40]

「夫子之至於是邦也，必聞其政。」（〈學而〉1-10）

樊遲退，見子貢曰：「鄉也吾見於夫子而問知。」（〈顏淵〉12-22）

以上兩例的「也」表示動作的時間，用在「至於是邦」這個狀語的後面。

（3）用在判斷句末尾加強判斷的語氣。

「富與貴，是人之所欲也。……貧與賤，是人之所惡也。」

（〈里仁〉4-5）

語氣詞「也」用在陳述句末尾，表示肯定、確信、堅定的語氣。

---

[39] 朱城《古代漢語專題教程》（北京市：中國人民大學出版社，2010 年 6 月），頁 141。

[40] 陳霞村：《古代漢詞虛詞類解》（臺北市：建宏出版社，1995 年 4 月），頁 766。

「不好犯上，而好作亂者，未之有也。」（〈學而〉1-2）

「不患人之不己知，患不知人也。」（〈學而〉1-16）

本例的「也」，呂叔湘說：「對於整個句子的句意加強肯定，所以只能說是堅決的語氣。」[41]

「知之為知之，不知為不知，是知也。」（〈為政〉2-17）

「人而無信，不知其可也。」（〈為政〉2-22）

「非吾徒也，小子鳴鼓而攻之，可也。」（〈先進〉11-17）

本例的第一個「也」表示判斷的語氣，第二個「也」表示堅定的語氣。

（4）用在陳述句末尾表示解釋語氣。

「古者言之不出，恥躬之不逮也。」（〈里仁〉4-22）

（5）表示詢問的語氣

子張問：「十世可知也？」（〈為政〉2-23）

用在詢問是或否，表示「是非問」的疑問語氣，相當於白話的「嗎」。

王孫賈問曰：「與其媚於奧，寧媚於竈，「何謂也？」（〈八佾〉3-13）

（6）用在詢問某種事物，表示「特指問」，相當於白話的「呢」。

41　呂叔湘：《文言虛字》（臺北市：臺灣開明書店，1981 年 11 月），頁 177。

子曰：「非其鬼而祭之，諂也；見義不為，無勇也。」（〈爲政〉2-24）
「事君盡禮，人以爲諂也。」（〈八佾〉3-18）
樊遲曰：「何謂也？」（〈爲政〉2-5）

（7）運用「何以……也」表示特別的詢問

「孔文子何以謂之文也？」（〈公冶長〉5-15）

這種「也」與「何以」配合，用來詢問原由。

9　焉

（1）表示確認的語氣

「有民人焉，有社稷焉，何必讀書，然後為學？」（〈先進〉11-25）

本例的兩個「焉」，許世瑛說：「『焉』字是個語氣詞，用於句末，它和白話的『呢』字很相似，都是表確認。」[42]此意為是。

「君子病無能焉。」（〈衛靈公〉15-19）

本例的「焉」跟上例兩一樣，都表示確認的語氣。

（2）「疑問代詞（何）十……」表示疑問語氣

「既庶矣，又何加焉？」（〈子路〉13-9）
「既富矣，又何加焉？」（〈子路〉13-9）

---

[42] 許世瑛：《常用虛字用法淺釋》（臺北市：復興書局，1978 年 4 月），頁 152。

此兩例都是語氣詞「焉」配合疑問代詞「何」，用來表示疑問語氣。

（3）表示感嘆的語氣

　　「巍巍乎，舜禹之有天下也而不與焉！」（〈泰伯〉8-18）

本例的「焉」表示讚賞語氣，趙廣成說：「表感嘆語氣，與現代漢語的『啊』相近。」[43]

10　為

　　《論語》語氣詞的「爲」，讀音念作ㄨㄟˊ（wei），與「乎」作用相同，用來表現疑問的語氣。

　　棘子成曰：「君子質而已矣，何以文爲？」（〈顏淵〉12-8）

本例的「為」，楊樹達說：「語末助詞。表示疑問。」，[44]王海棻說：「句末的『爲』已經虛化為疑問語氣詞。」，[45]曾令香說：「如果『爲』的前面是動詞或動詞性詞組，則『為』是疑問語氣詞。」，[46]施向東、冉啟彬說：「『何以……爲』是一種反問句式，表示『爲什麼……呢』的意思。」[47]

---

[43] 趙廣成：《文言虛字例解》（濟南市：山東人民出版社，1978 年 11 月），頁 173。

[44] 楊樹達：《詞詮》（臺北市：臺灣商務印書館，1977 年 1 月），卷八，頁 23。

[45] 王海棻：《古代漢語簡明讀本》（北京市：社會科學文獻出版社，2002 年 8 月），頁 160。

[46] 曾令香：〈《論語》中「為」的幾種組合——兼談疑問詞尾「為」的詞性問題〉，《語文學刊》（高教版）2006 年第 1 期，頁 84。

[47] 施向東、冉啟彬：《古代漢語基礎》（北京市：北京大學出版社，2010 年 4 月），頁 304。

子曰：「誦《詩》三百，授之以政，不達，使於四方，不能專對。
雖多亦奚以爲？」(〈子路〉13-5)

「夫顓臾，昔者先王以為東蒙主，且在邦域之中矣，是社稷之臣
也，何以伐爲？」(〈季氏〉16-1)

本例的「爲」相當於白話的「呢」，用在句末，和疑問代詞「何」配
合使用，表示反詰的語氣，許世瑛說：「『何以伐爲』也可以改成『何
為（按：音ㄨㄟˋ）伐乎？』，『為』字是句末語氣詞無疑」，[48]劉慶
俄說：「為，表示反問的語氣詞。『何以……為』是古漢語中的固定
格式，相當於『為什麼……呢』。」。[49]

11　與

（1）表示停頓

「於予與何誅？」(〈公冶長〉5-10)

「於予與改是。」(〈公冶長〉5-10)

「我之大賢與，於人何所不容？我之不賢與，人將拒我，如之何
其拒人也？」(〈子張〉19-3)

「與」的功用相當於白話的「麼」、「嗎」或「呀」。

（2）表示概嘆的語氣

子在陳曰：「歸與！歸與！」(〈公冶長〉5-22)

---

[48] 許世瑛：《常用虛字用法淺釋》（臺北市：復興書局，1978 年 4 月），頁 433。
[49] 劉慶俄：《古漢語速成讀本》（北京市：中華書局，2002 年 3 月），頁 70。

（3）表示「選擇問」的疑問語氣

「夫子之至於是邦也，必聞其政，求之與？抑與之與？」
（〈學而〉1-10）

「抑」是選擇複句的連詞，跟句末疑問語氣詞「與」配合，用來表示「選擇問」，相當於白話「……呢？還是……呢？」的句式。

（4）表示詢問的語氣

微生畝謂孔子曰：「丘何為是栖栖者與？」（〈憲問〉14-32）
子謂冉有曰：「女弗能救與？」（〈八佾〉3-6）

這種語氣詞「與」相當於白話的「呢」。

（5）表示推測的語氣

「孝悌也者，其為仁之本與！」（〈學而〉1-2）
「臧文仲其竊位者與！」（〈衛靈公〉15-14）

施向東、冉啟彬說：「『其……與』的格式也是表示推測，但是語氣比較肯定，意思是『大概／恐怕是吧』。」，[50]「其」是表示揣測的語氣副詞，跟句末的語氣詞「與」搭配使用，表現出更確定的推測語氣。

---

[50] 施向東、冉啟彬：《古代漢語基礎》（北京市：北京大學出版社，2010 年 4 月），頁 305。

12　耳

語氣詞「耳」用來表示限止的語氣，相當於白話的「而已」。

「二三子！偃之言是也。前言戲之耳。」（〈陽貨〉17-4）

清代段玉裁說：「耳：而止切，一部。」[51]，段玉裁又說：「而：如之切，一部。」[52]、「已：祥里切，一部。」，[53]楊樹達說：「助句，表限止，與『而已』同。」，[54]許世瑛說：「『耳』字也是個句末語氣詞，它的意思和『而已』相同，是『而已』的合音。用白話說就是『罷了』。」[55]，按：「耳」、「而」二字都屬日紐，古音「泥」母聲，「耳」、「已」二字都同在段玉裁古音第一部，許世瑛的說法正確可採。呂叔湘也說：「『耳』字的意思和『而已』相同，用白話說就是『罷了』。」[56]吳仁甫說：「含有『局限於此』的意味。」[57]，陳霞村說：「『耳』表示限止語氣，……相當於『罷了』、『而已』。」。[58]

13　爾

《論語》的語氣詞「爾」用在語句末尾，表示限止的語氣，作用

---

[51] 〔清〕段玉裁：《說文解字注》，卷十二上（臺北市：藝文印書館，1979 年 6 月），頁 597。

[52] 同註 51 書，卷九下，頁 458。

[53] 同註 51 書，卷十四下，頁 753。

[54] 楊樹達：《高等國文法》（臺北市：成偉出版社，1975 年 11 月），頁 514

[55] 許世瑛：《常用虛字用法淺釋》（臺北市：復興書局，1978 年 4 月），頁 154。

[56] 呂叔湘：《文言虛字》（臺北市：臺灣開明書店，1984 年 11 月），頁 195。

[57] 吳仁甫：《文言語法三十辨》（上海市：華東師範大學出版社，1988 年 4 月），頁 138。

[58] 陳霞村：《古代漢語虛詞類解》（臺北市：建宏出版社，1995 年 4 月），頁 783。

同「耳」，相當於白話的「罷了」。

　　其在宗廟朝廷，便便言，唯謹爾。（〈鄉黨〉10-1）

「爾」是語氣詞，表提示，帶有「如是而已」的口吻。

　　「其為人也，發憤忘食，樂以忘憂，不知老之將至云爾。」
　　（〈述而〉7-19）

本例的「云爾」連在一起，相當於「如此而已」，楚永安說：「云爾：代詞和語氣詞的連用形式」，[59]張小芹說：「『爾』在這裡同『耳』，而已、罷了。它主要表示一種限止語氣。」。[60]

14　而已

　　「有婦人焉，九人而已。」（〈泰伯〉8-20）
「而已」是由「而」加上虛化的動詞「已」衍生而成的帶詞頭「而」的負複詞形式的語氣詞，用來表示限止的語氣，「而已」的凝結力強，至今白話仍然沿用。

（二）連用的語氣詞

　　《論語》連用的語氣詞通常把重心放在最後一個語氣詞上面，施向東、再啟彬說：「語氣詞的連用，往往是語氣的疊加，而重點一

---

[59]　楚永安：《文言複式虛詞》（北京市：中國人民大學出版社，1986年5月），頁478。
[60]　張小芹：〈《論語》中語氣詞的複用〉，《河北理工學院學報》（社會科學版）第5卷第2期（2005年5月），頁159。

般落在後一個語氣詞上」，[61]郭心竹說：「大家知道，句末語氣詞連用有加強語氣的作用。它能把說話人的種種複雜神情表現得細緻而周密。」[62]

　　語氣詞的連用可以讓句子表現的情感生動活躍，馬建忠稱連用兩個語氣詞為「雙合字」，連用三個語氣詞為「雙合字」，他說：「合助助字者，或兩字疊助一句，則謂之雙合字。或疊三字，則謂之參合字。」[63]承襲此觀點，《論語》連用的語氣詞又可分為「雙合」與「三合」的形態，或稱為「語氣詞雙連」、「語氣詞三連」，以下接著敘述它們：

其一 雙合的語氣詞（語氣詞雙連）

　　《論語》雙合的語氣詞的語氣詞有：乎哉、者乎、者也、矣夫、矣乎、矣哉、已乎、已矣、也夫、也者、也哉、也已、也與、而已、而已乎、而已矣、耳乎。

1 乎哉

　　張萍說：「《論語》中『乎哉』連用均表反詰，並主要由『哉』承擔。」[64]

---

[61] 施向東、冉啟彬：《古代漢語基礎》（北京市：北京大學出版社，2010 年 4 月），頁 239。

[62] 郭心竹：〈《論語》語氣詞研究〉，《文學界》2010 年第 4 期，頁 89。

[63] 馬建忠：《馬氏文通》（北京市：商務印書館，2000 年 12 月），頁 377。

[64] 張萍：〈《論語》疑問句的辨別和句法結構例析〉，《常熟理工學院學報》（哲學社會科學版）2010 年第 1 期，頁 86。

（1） 自問自答

　　「仁遠乎哉？我欲仁，斯仁至矣。」（〈述而〉7-30）
　　「君子多乎哉？不多也。」（〈子罕〉9-6）

本例的「乎哉」，萬久富說：「這裡的自問自答，有強調的意味。」[65]

　　「吾有知乎哉？無知也。」（〈子罕〉9-8）

（2） 反問他人

　　「為仁由己，而由人乎哉？」（〈顏淵〉12-1）
　　「賜也賢乎哉？」（〈憲問〉14-29）
　　「言不忠信，行不篤敬，雖州里行乎哉？」（〈衛靈公〉15-6）
　　「禮云禮云，玉帛云乎哉？樂云樂云，鐘鼓云乎哉？」
　　（〈陽貨〉17-11）

「云」助詞，「乎哉」表反詰的語氣。

2　者乎

　　「有一言而可以終身行之者乎？」（〈衛靈公〉15-24）

「者乎」表示停頓後的詢問語氣。

---

3 者也

「我待賈者也。」(〈子罕〉9-13)

「也」的語氣比「者」強烈,因此「者也」表確認的語氣。

4 矣夫

(1) 表示商量的語氣

子曰:「博學於文,約之以禮,亦可以弗畔矣夫!」(〈顏淵〉12-15)
子曰:「苗而不秀者有矣夫!秀而不實者有矣夫!」(〈子罕〉9-22)

「矣夫」是連用的語企詞,張紅說:「這兩個例句除了表示動態的已然或將然語氣外,還帶有某種程度的感嘆語氣。」[66]

(2) 表示加強的感嘆語氣

子曰:「鳳鳥不至,河不出圖,吾已矣夫。」(〈子罕〉9-9)

「吾已」的「已」是動詞謂語,意為「完了」,句末的語氣詞「矣夫」連用相當於白話的「了呀」,許世瑛說:「『已』是謂語,『矣』跟『夫』是兩個表感嘆的語氣詞,把它們連用起來,目的在加強感嘆的意味。」[67]

---

[66] 張紅:〈從《論語》看先秦漢語語氣詞的使用〉,《語文學刊》(高教版)2005年第 1 期,頁 18。

[67] 許世瑛:《論語二十篇句法研究》(臺北市:臺灣開明書店,1978 年 10 月),頁 148。

5　矣乎

（1）表示強烈的感嘆。

　　子曰：「已矣乎！吾未見能見其過而自訟者也。」（〈公冶長〉5-27）

「乎矣」是連用的語氣詞，陳霞村說：「『矣乎』連用，加強感嘆語氣。」[68]

　　子曰：「已矣乎！吾未見好德如好色者也。」（〈衛靈公〉15-13）

（2）表示疑問。

　　「有能用其力於仁矣乎？」（〈里仁〉4-6）
　　「由也！女聞六言六蔽矣乎？」（〈陽貨〉17-8）
　　子謂伯魚曰：「女為〈周南〉、〈召南〉矣乎？」（陽貨）17-10）

6　矣哉

　　「久矣哉！由之行詐也！」（〈子罕〉9-12）
　　子曰：「庶矣哉！」（〈子路〉13-9）

本例的「矣哉」，趙廣成說：「『矣哉』連用，加強了「哉」的感嘆語氣。」[69]

---

[68] 陳霞村：《古代漢語虛詞類解》（臺北市：建宏出版社，1995 年 4 月），頁 815。
[69] 趙廣成：《文言虛詞例解》（濟南市：山東人民出版社，1978 年 11 月），頁 227。

「群居終日，言不及義，好行小慧，難矣哉！」(〈衛靈公〉15-17)

本例的「矣哉」，陳霞村說：「加強感嘆語氣。」。[70]

《論語》連用的語氣詞「矣哉」表示加重的感嘆語氣，除了包含語氣詞「矣」慨歎語氣，更兼融語氣詞「哉」的興歎意味。

7 已乎

「其言也訒，斯謂之仁已乎？」(〈顏淵〉12-3)

「不憂不懼，斯謂之君子已乎？」(〈顏淵〉12-4)

《論語注疏》作「已乎」，《論語集注》作「矣乎」。

8 已矣

「賜也，始可與言《詩》已矣。」(〈學而〉1-15)

「起予者商也！始可與言《詩》已矣。」(〈八佾〉3-8)

「若聖與仁，則吾豈敢？抑為之不厭，誨人不倦，則可謂云爾已矣。」(〈述而〉3-24)

錢穆說：「云爾，猶云如此說，即指上文不厭不倦言。」，[71]此說可採。

「舊穀既沒，新穀既升，鑽燧改火，期可已矣。」(〈陽貨〉17-21)

「士見危致命，見得思義，祭思敬，喪思哀，其可已矣。」
(〈子張〉19-1)

---

[70] 同註 68 書，頁 813。

[71] 錢穆：《論語新解》(臺北市：東大圖書公司，2008 年 10 月)，頁 207。

楊伯峻說：「已矣：語氣詞的連用，表示肯定的加強。」，[72]可知「已矣」是比「矣」更加肯定的語氣。

9 也夫

子曰：「莫我知也夫！」（〈憲問〉14-35）

本例的「也夫」，陳霞村說：「加上感嘆語氣，兼有測度意味。」[73]，楊伯峻說：「『也夫』既表肯定，兼表感嘆。」，[74]此二說正確。

10 也者

「安見方六七十如五六十而非邦也者？」（〈先進〉11-26）

本例的「也者」是連用的語氣詞，與疑問副詞「安」配合，趙廣成說：「者：用疑問代詞相呼應，表示疑問語氣。」，[75]即是此意。

「孝悌也者，其為仁之本與！」（〈學而〉1-2）

本例的「也者」用來加強主語「孝悌」的停頓語氣，朱城說：「用在主語之後，起提示謂語的作用。」[76]

《論語》的「也者」除了表示疑問的語氣，也可用來表示提頓語

---

[72] 楊伯峻：《論語詞典》，見《論語譯注》（臺北市：五南圖書出版公司，1999 年 11 月），頁 460。

[73] 陳霞村：《古代漢語虛詞類解》（臺北市：建宏出版社，1995 年 4 月），頁 816。

[74] 楊伯峻：《古漢語虛詞》（北京市：中華書局，2000 年 8 月），頁 243。

[75] 趙廣成：《文言虛詞例解》（濟南市：山東人民出版社，1978 年 11 月），頁 237。

[76] 朱城主編：《古代漢語專題教程》（北京市：中國人民大學出版社，2010 年 6 月），頁 146。

氣。「也者」表示停頓的疑問語氣時，用在句末，而表示提頓語氣時，則用在句中，這是它們用法的顯著區別。

11 也哉

「吾豈匏瓜也哉？焉能繫而不食。」(〈陽貨〉17-7)

《論語》的「也哉」跟表示反詰的語氣副詞「豈」搭配使用，表示出反詰的語氣。

12 也已

「君子食無求飽，居無求安，敏於事而慎於言，就有道而正焉，可謂好學也已。」(〈學而〉1-14)
「雖欲從之，末由也已。」(〈子罕〉9-11)

本例的「也已」，周及徐說：「也已：語氣詞連用，表示肯定加感嘆語氣。」[77]。陳曉強說：「『也』表示一種堅確的語氣，『已』表事實的已然。」[78]是知《論語》的「也已」跟「也」同樣表示肯定語氣，但是口吻更為堅定。

13 也與

（1）表示猜測的語氣。

---

[77] 周及徐主編：《古代漢語》（北京市：中華書局，2009 年 7 月），頁 79。
[78] 陳曉強：〈《論語》語法札記三則〉，《甘肅聯合大學學報》（社會科學版）第 22 卷第 6 期（2006 年 11 月），頁 91。

子曰：「語之而不惰者，其回也與！」（〈子罕〉9-20）

這個句末的語氣詞「與」，相當於白話的「罷」，楊伯峻說：「與：可以表示推測、估計。」[79]

（2） 表示疑問的語氣。

季康子問：「仲由可使從政也與？」（〈雍也〉6-8）

曰：「賜也可使從政也與？」（〈雍也〉6-8）

曰：「求也可使從政也與？」（〈雍也〉6-8）

「人而不為〈周南〉、〈召南〉，其猶正牆面而立也與？」

（〈陽貨〉17-10）

本例的「也與」，王存信說：「與：疑問語氣詞。」，[80]是知「也與」的重心落在「與」上面，表示疑問的語氣。

14　耳乎

「乎哉」表示限止後的疑問語氣。

「女得人焉耳乎？」（〈雍也〉6-14）

15　而已乎

「如斯而已乎？」（〈憲問〉14-42）

「而已乎」這也是表示限止後的疑問語氣，「而已」、「乎」兩個語氣

---

[79] 楊伯峻：《古漢語虛詞》（北京市：中華書局，2000 年 8 月），頁 308。

[80] 王存信：《大學語文》（蘇州市：蘇州大學出版社，1993 年 11 月），頁 9。

詞連用,「而已」表示限止的語氣,「乎」表示疑問的語氣。

16 而已矣

　　曾子曰:「夫子之道,忠恕而已矣。」(〈里仁〉4-15)

本例的「而已矣」,劉偉麗說:「『而』在句中只是一種緩和句子語氣的作用。」,[81]「而已矣」即「而已」和「矣」的連用。

　　「莫己知也,斯已而已矣。」(〈憲問〉14-39)

本例的「而已矣」,馬漢麟說:「『而已』『矣』兩個語氣詞連用,古漢語裡常常見到的,語氣的重點在『矣』字上。」[82]

　　「辭達而已矣。」(〈衛靈公〉15-41)

「而已矣」表示限止後的認可語氣。

　　《論語》「而已矣」用在句末,「而已」、「矣」兩個語氣詞連用,相當於白話的「便罷了」。

其二 參合的語氣詞

　　《論語》參合的語氣詞的語氣詞僅有:也已矣、也與哉。

---

[81] 劉偉麗:〈淺析《論語》的「而」〉,《承德民族師專學報》第 25 卷第 1 期,頁 62。

[82] 馬漢麟:《馬漢麟古代漢語講義》(天津市:天津古籍出版社,2004 年 2 月),頁 46。

1　也已矣

　　子曰：「泰伯，其可謂至德也已矣。」（〈泰伯〉8-1）

本例的「也已矣」，周及徐說：「『也』表示確認語氣，『已』表示限止語氣，『矣』是報告新狀況的陳述語氣、同時也是語氣的重點。」[83]

　　「周之德，其可謂至德也已矣。」（〈泰伯〉8-20）

本例的「也已矣」，王啟明說：「其中以報導語氣為主，同時又兼有肯定和限止語氣。」[84]

　　「說而不繹，從而不改，吾末如之何也已矣。」（〈子罕〉9-24）
　　「不曰：『如之何，如之何』者，吾末如之何也已矣。
　　（〈衛靈公〉15-16）」
　　「浸潤之譖，膚受之愬不行焉，可謂明也已矣。浸潤之譖，膚受
　　之愬不行焉，可謂遠也已矣。」（〈顏淵〉12-6）
　　子夏曰：「日知其所亡，月無忘其所能，可謂好學也已矣。」
　　（〈子張〉19-5）

《論語》的「也已矣」，李運益說：「表較強的肯定語氣。」，[85]「也已矣」即「也」、「已」、「矣」三個語氣詞連用，讓肯定、確認的語氣增強，用來表示高度的肯定。

---

[83] 周及徐主編：《新編古代漢語》（北京市：中華書局，2009 年 7 月），頁 213。
[84] 王啟明：〈《論語》句尾語氣詞的連用〉，《新疆教育學院學報》第 22 卷第 4 期（2006 年 12 月），頁 75。
[85] 李運益主編：《論語詞典》（重慶市：西南師範大學出版社，1993 年 10 月），頁 30。

2 也與哉

「鄙夫可與事君也與哉！」（〈陽貨〉17-15）

楊伯峻說：「『也與哉』既帶疑問語氣，實並無疑問，而感嘆語氣重。」[86]，康瑞琮說：「這句中是三個語氣詞連用，『也』表陳述語氣；『與』表示反問語氣；『哉』表示感歎語氣，是全句語氣的重點。」[87]王濤說：「此類用法可以很生動而形象的傳達作者豐富的內心情感，從而增強《論語》的藝術感染力。」[88]「也與哉」即「也」、「與」、「哉」三個語氣詞連用，語氣如波瀾一般，從陳述、反問而變成感歎，層層迴蕩，生動活躍。

二 《論語》的語氣詞特點

我們可從以上的敘論，歸納《論語》語氣詞的運用特點：

第一、《論語》的語氣詞除了單用，又能雙合（兩個連用）、參合（三個連用）。

第二、《論語》的語氣詞運用靈活，彼此搭配活絡，以綜合表現出肯定、認可、疑問、反詰、商量、祈求、推測、感嘆等等情感的色彩，讓文章趣味活潑。

第三、總體來看，《論語》的語氣詞雖有「單用」與「連用」並存的狀況，但仍然單用的語氣詞較為常態及多數（請參閱下表）。

第四、《論語》的語氣詞，除了「而已」一詞，白話幾乎不再沿續使用，具有時代的習慣。語氣詞在漢語的語法裡，是古今差異較大的一種詞類。

---

[86] 楊伯峻：《古漢語虛詞》（北京市：中華書局，2000 年 8 月），頁 242。

[87] 康瑞琮：《古代漢語語法》（上海市：上海古籍出版社，2008 年 1 月），頁 376。

[88] 王濤：〈《論語》中虛詞「也」用法考察〉，《湖南工業職業技術學院學報》第 10 卷第 3 期（2010 年 6 月），頁 98。

三 結語

張雙棣等說:「語氣詞是專門用來表達語氣詞的,但是漢語的語氣表達不是僅僅由語氣詞承擔的。」,[89]自本文的研究結果來驗證,的確沒錯。語氣詞以表達各種語氣為主軸,並可搭配語氣副詞、疑問副詞、疑問代詞等相關的字共同使用,使句子更加生趣盎然。

其次,歸結本文如下表:

類型	語氣詞	位置	數量	小計	合計
單用	1、夫	句首	15 次	19 次	909 次 (91.27%)
		句末	4 次		
	2、乎	句中	11 次	104 次	
		句末	93 次		
	3、兮	句末	5 次	5 次	
	4、者	句中	30 次	31 次	
		句末	1 次		
	5、然	句末	2 次	2 次	
	6、哉	句末	47 次	47 次	
	7、矣	句中	7 次	138 次	
		句末	131 次		
	8、也	句中	167 次	493 次	
		句末	326 次		
	9、焉	句末	24 次	27 次	
	10、為	句末	3 次		

---

[89] 張雙棣等:《古代漢語知識教程》(北京市:北京大學出版社,2002 年 9 月),頁 282。

	11、與	句中	6 次	37 次
		句末	31 次	
	12、耳	句末	1 次	1 次
	13、爾	句末	3 次	3 次
	14、而已	句末	2 次	2 次
雙合	1、乎哉	句末	8 次	8 次
	2、者乎	句末	1 次	1 次
	3、者也	句末	1 次	1 次
	4、矣夫	句末	8 次	8 次
	5、矣乎	句末	8 次	8 次
	6、矣哉	句末	4 次	4 次
	7、已乎	句末	4 次	4 次
	8、已矣	句末	5 次	5 次
	9、也夫	句末	1 次	1 次
	10、也者	句中	3 次	4 次
		句末	1 次	
	11、也哉	句末	1 次	1 次
	12、也已	句末	7 次	7 次
	13、也與	句末	13 次	13 次
	14、耳乎	句末	1 次	1 次
	15、而已乎	句末	2 次	2 次
	16、而已矣	句末	10 次	10 次

雙合合計：78 次（7.83%）

參合	1、也已矣	句末	8 次	8 次
	2、也與哉	句末	1 次	1 次

參合合計：9 次（0.90%）

合計				996 次

（筆者自行整理）

總之，《論語》的語氣詞不僅種類繁多，使用的頻數也相當高，

李曉華說：「語氣詞在《論語》中的使用非常豐富，在句中的位置也特別靈活，表達效果更是極其多樣，鮮活生動的記錄了當時口語交際的情況。」，[90] 此說為是。孔子說過：「辭達而已矣。」《論語》的語氣詞運用頻繁且靈活，是知語氣詞確實能讓古文的文句的表達得更為明快、順暢，故《論語》讀起來親切有味，不是呆板的「訓詞」。

參考文獻

一　專著

〔清〕段玉裁《說文解字注》　臺北市　藝文印書館　1979 年 6 月

王　力　《漢語語法史》　北京市　商務印書館　2003 年 6 月

王存信主編《大學語文》蘇州市　蘇州大學出版社　1993 年 11 月

王政白編《古漢語虛詞詞典》　合肥市　黃山書社　2002 年 10 月

王海棻　《古代漢語簡明讀本》　北京市　社會科學文獻出版社　2002 年 8 月

李運益主編　《論語詞典》　重慶市　西南師範大學出版社　1993 年 10 月

呂叔湘　《文言虛字》　臺北市　臺灣開明書店　1984 年 11 月

周及徐主編　《古代漢語》　北京市　中華書局　2009 年 7 月

馬漢麟　《馬漢麟古代漢語講義》　天津市　天津古籍出版社　2004 年 2 月

張永言、杜仲陵、向熹、經本植、羅憲華、嚴廷德編　《簡明古漢

90　李曉華：〈《論語》語氣詞研究〉，《陝西教育》（理論版）2006 年第 Z8 期，頁 402。

語字典》　成都市　四川人民出版社　1995 年 2 月

張雙棣、張聯榮、宋紹年、耿振生編（蔣紹愚審訂）　《古代漢語
　　　　知識教程》　北京市　北京大學出版社　2002 年 9 月

許世瑛　《常用虛字用法淺釋》　臺北市　復興書局　1978 年 4 月

許世瑛　《論語二十篇句法研究》　臺北市　臺灣開明書店　1978
　　　　年 10 月

陳霞村編　《古代漢語虛詞類解》　臺北市　建宏出版社　1995 年
　　　　4 月

楚永安　《文言複式虛詞》　北京市　中國人民大學出版社　1986
　　　　年 5 月

楊伯峻　《論語譯注》　臺北市　五南圖書出版有限公司　1999 年
　　　　11 月

楊伯峻　《古漢語虛詞》　北京市　中華書局　2000 年 8 月

楊樹達　《詞詮》　臺北市　臺灣商務印書館　1977 年 1 月

趙廣成　《文言虛字例解》濟南市　山東人民出版社 1978 年 11 月

劉慶俄　《古漢語速成讀本》　北京市　中華書局　2002 年 3 月

二　期刊論文

王　濤　〈《論語》中虛詞「也」用法考察〉　《湖南工業職業技術
　　　　學院學報》10 卷第 3 期　2010 年 6 月　頁 96～99

王啟明　〈《論語》句尾語氣詞的連用〉　《新疆教育學院學報》　第
　　　　22 卷第 4 期　2006 年 12 月　頁 73～75

任愛偉　〈淺析《論語》中的「乎」〉　《現代語文》　語言研究版
　　　　2008 年第 9 期　頁 24～26

何永清　〈《論語》「者」字的用法析論〉　《臺北市立教育大學學

報》　人文社會類　第 40 卷第 1 期　2009 年 5 月　頁 91〜118

李曉華　〈《論語》語氣詞研究〉　《陝西教育》　理論版　2006 年第 Z8 期　頁 401〜402

張小芹　〈《論語》中語氣詞的複用〉　《河北理工學院學報》　社會科學版　第 5 卷第 2 期　2005 年 5 月　頁 159〜161

陳曉強　〈《論語》語法札記三則〉　《甘肅聯合大學學報》　社會科學版　第 22 卷第 6 期　2006 年 11 月　頁 89〜91

郭心竹　〈《論語》語氣詞研究〉　《文學界》　2010 年第 4 期　頁 88〜89

曾令香　〈《論語》中「為」的幾種組合——兼談疑問詞尾「為」的詞性問題〉《語文學刊》　高教版　2006 年第 1 期　頁 81〜84

劉偉麗　〈淺析《論語》的「而」〉　《承德民族師專學報》　第 25 卷第 1 期　頁 41〜43、62

論章法學在科際整合
與更新語料上的研究趨勢

陳佳君

國立臺北教育大學語文與創作學系副教授

摘要

　　近來，辭章章法學在科際整合研究與更新語料應用兩方面，可謂發展蓬勃。其原因乃在於此門深具科學性的學科，有強而穩固的理論系統與方法論原則，而且存在著普遍性與開放性的特質。本文即從章法學的理論基礎、科際整合與更新語料上的實際應用等，進行綜合檢視，以突顯此跨領域研究之新趨向，及其在強化學理和應用價值上的意義。

關鍵詞：章法學、科際整合、更新語料、跨領域研究

一　前言

　　所謂「辭章」泛指詩詞散文等各類文學作品或藝術體裁。而辭章章法學即是指研究一切關於各種文藝作品深層內容之邏輯條理的學科。

　　近來，辭章章法學的跨領域研究發展得越來越蓬勃，總體來說，其包含兩個向度。一是「多維性研究視角」，也就是站在科際整合的立場，借鑒臨近或相關之學科，以建立更完善的章法學原理，同時有助於實務分析的精緻化。二是「廣泛性語料應用」，章法學的語料採集研究，不只是圈定在古代詩文，也不只侷限於文學作品之分析，而應放到各種文學藝術載體中去考察其理論體系的適應性。這兩個向度的跨界，一偏理論體系和研究方法上的構築，一偏研究對象與範圍的拓寬；一在強化學術價值，一在檢驗應用價值，可說皆具重要性。

　　本文擬先立穩章法學跨領域研究的理論基礎；再鎖定章法學的「多維性研究視角」和「廣泛性語料應用」，舉例說明章法學跨領域研究的實際應用；最後再綜合檢視目前學界在章法學跨領域研究方面的現象，並總結其研究之意義。

二　章法學跨領域研究的理論基礎

　　進行跨領域研究的前提，是要有強而穩固的理論基礎，如此一來，雙基系統（基礎知識、基礎理論）與實際應用兩端，才能有良好雙向互動。對此，王德春就從廣義語言學的理論與應用，提出它

們各自的任務和彼此的關係：

> 一切理論科學的原理在用來解決實際問題時，都會產生與之
> 相應的應用科學……理論語言學的根本要務是系統而深刻
> 地進行語言學基礎理論的研究，對應用語言學提出啟發性
> 的、指導性的意見和科學根據。應用語言學一方面要應用理
> 論語言學的成果，另一方面要研究應用過程本身，因時因地
> 制宜地應用語言理論解決實際任務。[1]

可見，若是「雙基理論端」未搭建穩固，就無法與「實際應用
端」產生好的連結橋樑。

孟建安也特別以「理論系統」和「實踐系統」，對應「多、二、
一（0）」螺旋結構，繪出三層級辭章章法學體系圖[2]：

---

[1] 參見王德春：〈適應語言學發展趨勢的論著──評陳滿銘教授的辭章學〉，收入
《陳滿銘與辭章章法學──陳滿銘辭章章法學術思想論集》（臺北市：文津出版社，
2007 年 12 月），頁 50。

[2] 參見孟建安：〈章法學體系建構的系統性原則〉，《國文天地》23 卷 1 期（2007
年 6 月），頁 87。

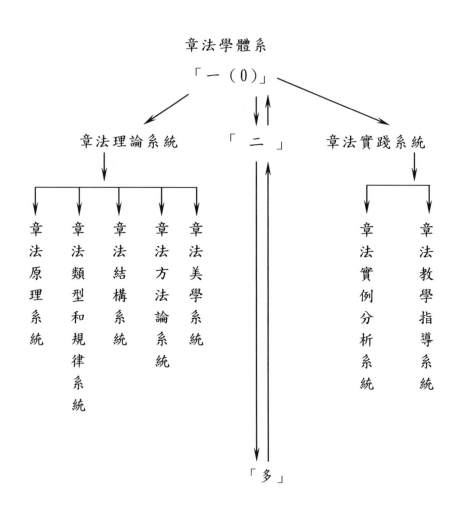

從上表除了可以看出辭章章法具有嚴密的多層級理論體系外，更能看到理論與實踐兩大系統的密切關係。不過，孟教授也強調：

> 體系圖中所給出的「章法實踐系統」主要是指運用章法理論來指導辭章章法分析和辭章章法教學，因此雖然說是實踐系統，但依然具有較強的理論性。[3]

可見「理論系統」與「實踐系統」之間，也存在著包孕關係，而非切割成兩個無關的獨立系統。

落實到章法學的理論內涵而言，首先，謀篇佈局之理則為人所本有，並對應於宇宙自然規律的「二元對待」關係。在目前從古今辭章上所發現與歸結出來的三、四十種章法類型中，其基本原理即奠基於兩相對待的關係，例如：今昔法的過去與現在、久暫法的歷時長與短；空間的遠與近、高與低、內與外、狀態變化法中最常見的動與靜；次如：原因與結果、本與末、淺與深；再如：以「具體與抽象」兩兩相對的總括（凡）與條分（目）、抒情與寫景、敘事與議論，以「真與假」互映的設想與事實、夢境與醒覺、虛構與真實等，還有各種以虛與實相對應的章法；又如：兩者以相似或相反的特性形成對待的正與反、貶抑和頌揚、賓與主、自然（天）與人事（人）、局部（偏）與整體（全）等等。對此，王希杰即指出，章法學研究始終貫穿著二元對立的觀念，或者說，二元對立是章法學研究的方法論原則[4]。

---

[3] 參見孟建安：〈陳滿銘與漢語辭章章法學研究〉，收入《陳滿銘與辭章章法學——陳滿銘辭章章法學術思想論集》（臺北市：文津出版社，2007 年 12 月），頁 131。

[4] 參見王希杰：〈章法學門外閒談〉，收入《陳滿銘與辭章章法學——陳滿銘辭章章法學術思想論集》（臺北市：文津出版社，2007 年 12 月），頁 22。

其次，章法雖以二元對待的關係為基礎，但內部所構成的體系，並非僅只於平列式的關係，而是與「多、二、一（0）」螺旋結構密相結合，呈現出具有層次性的關係。「多」是指核心結構以外各層的所有其他結構；「二」是核心結構所形成的或陽剛（對比）、或陰柔（調和）之關鍵的二元對待關係；至於「一」即是辭章作品的主旨，而「一」上的「0」，指的是辭章的風格、韻味、氣象、境界等抽象力量[5]。

其三，除了「二元對待」與「多、二、一（0）」螺旋結構之外，還應掌握秩序、變化、聯貫、統一等四大章法規律，以及將紛繁的章法類型，從「求同」角度歸納為圖底、因果、虛實、映襯等四大章法族性。「秩序」是將材料依序加以整齊安排，「變化」則是做出順逆交錯的參差安排，「聯貫」是就材料之間的銜接或呼應而言，「統一」就是透過主旨或綱領，保持整個篇章的和諧統一。「圖底家族」強調背景與焦點的關係，可收編時空類章法。「因果家族」根據事理展演的因果關係來組織內容。「虛實家族」則包括具體與抽象、時空的虛實、真與假等類型的各種章法。以上皆是掌握三、四十種章法類型不可或缺的重要概念。

三 章法學跨領域研究的實際應用

（一）多維性研究視角

從「多維性研究視角」而論，辭章家在進行創作時，會有意識

---

[5] 參見陳滿銘：《章法學綜論》（臺北市：萬卷樓圖書公司，2003 年 6 月），頁 227～271。

或無意識的順應審美心理的流向與波動去謀篇佈局，從而使作品反映出多樣的美感[6]。一般而言，每一種章法類型都有其相應的心理基礎，邱明正在《審美心理學》中即表示：人創造美的心理活動是以一定的審美心理結構為仲介、載體和基礎的，一切客觀存在的美，只有經過人的審美心理結構的相互作用，才能被人所感知和進行能動創造[7]。此外，每一種章法也都有它的獨特性和美感效果，而探究美感層面不但是基於人的審美需要，也是藉此深入掌握文藝作品價值的門徑。此即章法學需借鑒心理學與美學做跨領域研究的緣由。陳滿銘就點出，跨領域的連結心理學與美學的章法學，是一種牢籠本末始終的全方位研究，他說：

> 結合心理基礎與美感效果來研究章法，求的正是「真、善、美」。因為探討心理基礎，就是求「真」；探討章法結構，就是求其規律化，亦即求「善」；而探討美感效果，則是求「美」。[8]

可見，如此跨領域的搭橋，其作用及優勢就在於辭章章法學對「真、善、美」境界的追求。

孟建安則列舉七大項，評述漢語辭章學闡釋了眾多新概念，並解決許多重大的理論問題，其中一項就是「從審美層面有重點地探索了章法的美感效果」，如「陰陽二元對待」與「多、二、一（0）」結構所形成的「移位」、「轉位」的節奏及韻律、對比美與調和美、

6　參考張紅雨：《寫作美學》（高雄市：麗文文化事業公司，1996 年 10 月），頁 194。
7　參見邱明正：《審美心理學》（上海市：復旦大學出版社，1993 年 4 月），頁 21。
8　參見陳滿銘：《章法學新裁》（臺北市：萬卷樓圖書公司，2001 年 1 月），頁 10。

秩序美與變化美等。在在都凸出了辭章章法學的審美效應問題[9]。

　　以虛實章法為例,其類型有具體與抽象、時空的虛實、和真實與虛假三大類,並且各自囊括泛具法、點染法、凡目法、情景法、敘論法、詳略法;時間的虛實法、空間的虛實法、時空交錯的虛實法;設想與事實的虛實法、願望與實際的虛實法、夢境與現實的虛實法、虛構與真實的虛實法。而相對於此三大類型而言,其形成的心理基礎就在於具體與抽象的思維方式、時空設計的心理機制、審美想像活動,以及綰合「虛」、「實」對應的審美對立原則。

　　由於人具有具體思維與抽象思維的能力,故辭章家在作品中,常會以具體的人、事、景、物,來表現抽象的思想、感情、理念、意志,也能透過具體詮釋和抽象概括的思維模式,對寫作材料進行不同的處理,此即具體與抽象類虛實法的心理基礎。而因為人能感知物理時空,也能反映心理時空,故在針對時空來謀篇佈局時,不但能隨順一定的時空秩序與狀態,也可以將之變異、逆溯、或重組,這些都是形成時空虛實法的心理基礎。再就真與假中設想與事實、願望與實際、夢境與現實、虛構與真實來看,就「虛」的方面說,其根源都來自審美想像的心理活動,只是它們在性質、程度、方法、目的等方面有所差異,而這些想像活動又必須是以現實為基點,以創造出高於現實的藝術真實。然而,最重要的還是審美對立原則,無論是虛實法的源頭——「有」與「無」,或是各種相關的心理活動,以及它所透顯的章法現象,乃至於其美感效果等,皆是以審美對立原則為根源。

---

[9]　參見孟建安:〈陳滿銘與漢語辭章章法學研究〉,收入《陳滿銘與辭章章法學——陳滿銘辭章章法學術思想論集》(臺北市:文津出版社,2007年12月),頁114~115。

再就虛實法的美感效果而言，當辭章之情理安置於篇外，則需靠讀者加以填補與體會其言外之意，因此常會獲致「化虛為實的含蓄美」；當辭章作品藉由「化實為虛」，進一步的凸出虛寫的部分時，則能使作品生髮出自由騰飛的美感，此即「化實為虛的自由美」；而以虛實並用的結構類型來說，無論是符合秩序律的一般型，或是符合變化律的變化型，都能形成「虛實交錯的靈動美」。總之，在一篇以虛實法佈局的佳作中，虛與實必定是由對立而統一，從而生發出「虛實相生的和諧美」[10]。

林大礎、鄭娟榕曾針對虛實章法的心理基礎和美感效果之相關研究指出：探討辭章章法的心理基礎與美感效果，是突破學科局限，聯繫起相關學科，並體現了辭章學的融合性、橋樑性與整體性[11]。此即章法學「多維性研究視角」之例。

（二）廣泛性語料應用

從「廣泛性語料應用」的視角而言，章法學能實際運用於各種跨領域語料之分析。事實上，邏輯結構存在於任何事物內部，雖然一般有所謂「文無定法」之說，但正如王希杰所言，在「無法」中事實上有「法」，「無法」就是「法」。王教授論述道：

> 對法和章的追求，是人類的本性。有章有法，才能夠安定和諧。雜亂無章，無法無天，只能夠給人帶來煩躁、焦慮、恐

---

[10] 有關虛實章法結合心理學與美學之研究，詳見拙作：《虛實章法析論》（臺北市：文津出版社，2002 年 11 月），頁 7～16。

[11] 參見林大礎、鄭娟榕：〈臺灣辭章學研究的又一新秀新作──陳佳君《虛實章法析論》評介〉，《國文天地》19 卷 6 期（2004 年 12 月），頁 109。

怖感的。凡存在的事物，都是有「章」有「法」的。德國哲
學家黑格爾說，凡存在的，都是合理的。這個「理」，其實
就是「章」和「法」。[12]

對於邏輯條理的存在，以上論點先回歸到初始，提出為了獲致
穩定感，追求「章」和「法」本是人之天性，再引證黑格爾之說，
歸納出「凡存在的事物，都是有『章』有『法』的。」其闡釋是十
分重要的，尤其是對於未識邏輯思維會在人之大腦中運作，並反映
在文學藝術之創造上，或對章法不自覺、甚至否定「法」之存在者，
更有著肯切的闡釋效用。也由於結構存在於一切事物，那麼，章法
學的跨領域研究才具有可操作性。以下分就對聯章法與電影章法舉
例說明。

1 對聯章法

首先，以「對聯章法」來考察。對聯是中國文學中最小的、最
常見的、最簡短的文體，一副對聯就是一篇完整的辭章體。初步觀
察，可以很容易的掌握住上下聯的對偶性，但在這種對偶形式中，
還能進一步由對聯的內容，梳理出上下聯之間的邏輯關係。然而辭
章橫向結構又是十分講究層次性的，因此，除了上下聯所組織成的
第一層結構外，還能往下深入的分析出對聯內容的各層章法關係。
體制越宏大的對聯，其篇章結構就有可能具有複雜的多層性結構。
王中安曾於《對聯修辭藝術》中提出：

---

[12] 參見王希杰：〈陳滿銘教授和章法學〉，收入《陳滿銘與辭章章法學——陳滿銘辭
章章法學術思想論集》（臺北市：文津出版社，2007 年 12 月），頁 32。

從形體上看，對聯有長有短。所謂長聯，就是用的詞語多，而結構複雜；所謂短聯，就是用的詞語少，而結構簡單。[13]

而提及長聯，就立刻聯想到雲南昆明的大觀樓長聯，它素有「古今第一長聯」、「天下第一長聯」的美譽，兩百多年來，一直受到古今眾多遊人名士的雅賞。長聯之內容如下：

五百里滇池，奔來眼底，披襟岸幘，喜茫茫空闊無邊。看：東驤神駿，西翥靈儀，北走蜿蜒，南翔縞素。高人韻士，何妨選勝登臨。趁蟹嶼螺洲，梳裹就風鬟霧鬢，更蘋天葦地，點綴些翠羽丹霞。莫孤負，四圍香稻，萬頃晴沙，九夏芙蓉，三春陽柳。

數千年往事，注到心頭，把酒凌虛，歎滾滾英雄誰在？想：漢習樓船，唐標鐵柱，宋揮玉斧，元跨革囊。偉烈豐功，費盡移山心力。盡珠簾畫棟，卷不及暮雨朝雲，便斷碣殘碑，都付與蒼煙落照。只贏得，幾杵疏鐘，半江漁火，兩行秋雁，一枕清霜。

上聯是寫登樓所見的風光，景中有事；下聯則藉懷想史事來抒發感慨，事中有景。其簡要的結構分析表為[14]：

---

[13] 參見王中安：《對聯修辭藝術》（開封市：河南大學出版社，1988 年 8 月），頁169。

[14] 此處為作簡要說明，僅以三個層次來展現大觀樓長聯的結構表，結構詳表及說明，參見拙作：《篇章縱橫向結構論》（臺北市：文津出版社，2008 年 7 月），頁 310～315。

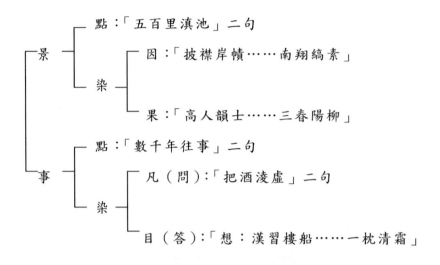

就上聯來說，作者先在首二句，以廣闊的滇池景致奔入眼底，來引起下文，由第三句開始，則為寫景的主體，形成「先點後染」結構。在「染」的部分，前半寫自己喜賞美景，與後半對文人志士發出「何妨選勝登臨」的再三招徠，又形成因果關係。下聯的情緒則是轉「喜」為「歎」，開頭先以「數千年往事，注道心頭」為引子（「點」），由上聯的寫景過渡到敘事，「把酒凌虛」以下為「染」，先歎問滾滾英雄有誰尚在，再一一交代歷朝與雲南相關的史實，抒發內心的感慨。

這副長聯在內容上，是從眼前所見的風光，擴大到歷史演變的規律，不但深化了長聯的內涵，也加強了它的感染力。而在章法上的特色，可以歸納出它是以「先景後事」的結構形成第一層的篇結構。若分就上、下聯觀之，則可發現它們同樣以「先點後染」形成第二層結構，而在「章」的部分，則各有變化，這是由於長聯雖然運用了相同的句法，但所表達的內容若不同，其組織的邏輯關係也會不同。

　　以章法學的研究視角來探索大觀樓長聯，能藉此展現創作者之精細構思及對聯章法之特色。王希杰表示：雲南大觀樓長聯被公認為最長的對聯，現在好像發現了更長的，但是的確是最長而又最精彩的。不過，如果不分析，就是混沌一團。科學就是分析，分析就是學問。又說：此為對聯分析之範例，而且可以證明「章法學是成功的、科學的、有用的，可以廣泛運用的」[15]。

2　電影章法

　　再以「電影章法」而言。章法雖然原指文學作品內容之深層條理，然就電影文本而言，同樣需要重視情節鋪陳之邏輯與條理，尤其是敘事類的電影。就敘事電影而言，欲研究其結構，則需由其故事與情節來把握。故事是敘事的原材料，情節則是以某種次序形成其內容的安排或結構。一般說來，情節發展本就存在著某種邏輯的連貫性，因為這關係到故事是如何由各個段落組織成一整體。

　　以《高山上的世界盃（*The Cup*）》為例，本片曾獲一九九九年多倫多影展觀眾票選獎之銀獎、慕尼克影展國際注目新人獎，為同年金馬獎國際影展之參展影片，更是不丹第一部提名角逐奧斯卡最佳外語片的作品。影片透過如何在印度喜馬拉雅山中的寺院，觀看世界盃足球賽的事件，表現出師父與大師兄的教導哲學與小喇嘛們的友情與團結，更探討了傳統與文明之間如何取得平衡。其敘事結構在第一個層級上，是以「先順後補」的模式構成，也就是先順敘故事情節，再於影片的結尾處，補充說明後續發展，而核心結構主

---

[15] 參見王希杰：《漢語修辭學》（修訂本）（北京市：商務印書館，2005 年 4 月），頁 256～257。

要則為「敘」（敘事）與「論」（說理）兩部分組織而成。茲將其邏輯結構繪表如下：

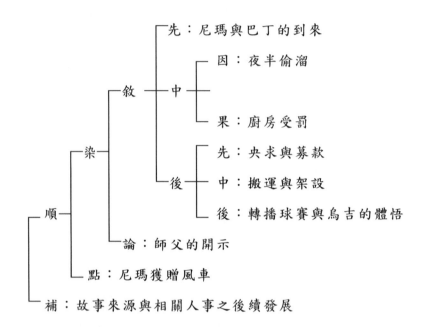

敘事的部分乃依事件發生的時間先後，來鋪排細節。先交代在寺方的擔憂中，兩個從西藏逃離的甥舅──尼瑪和巴丁終於抵達，並遵循傳統，拜見上師、獻上哈達，剃度成為喇嘛。再敘述喇嘛們因夜半偷溜到村子看球賽，而被派到廚房受罰。然而，今晚就是世界盃的總決賽，不能偷溜的小喇嘛們，竟想出了在寺院看球賽的點子。在獲得師父首肯後，小主角們隨即分頭展開募款、搬運、架設之事。當電視架設好之後，烏吉示意要尼瑪與巴丁坐最好的位置，但失去母親留下的表，尼瑪十分不開心。球賽進行時，弄得全寺人仰馬翻的烏吉，反而無心觀看轉播，頻頻回望躲在角落悶悶不樂的尼瑪。烏吉因而有所體悟，離開臨時佈置的轉播室，回到寢室，挖

找著自己任何可能「值錢」的物品。

　　接著，鏡頭帶到寺院上課的情景，由「敘」轉入「論」。老師父向喇嘛們開示，並說道：人生難免有許多恐懼和痛苦，能夠面對心中的魔，把自我拋開，愛他人如愛自己，才能讓自己從傷害中釋放，並同時釋放那些深陷苦海的人。

　　然後，在片尾，烏吉送給尼瑪一個風車，微笑著目送尼瑪開心的向遠方奔去，是故事末尾的餘韻（「點」）。此時，鏡頭也順勢以遠景，在草原與山脈的畫面背景陪襯著以童聲演唱的藏文主題曲中，運用字幕，強調這是一部由真人實事改編的電影，並交代相關人事物往後之狀況，是為「補」。

　　由此可知，《高山上的世界盃》一片之敘事條理，善用了「先敘後論」的核心結構，這樣的電影章法十分適合於表現充滿哲理的主題，並能很自然的傳達出導演所要表現的理念。在敘事的部分，則運用今昔（先後）法，依時間先後鋪陳故事內容，使事件生髮之來龍去脈清楚的訴說出來。而本片的第一層結構則是「先順敘再補敘」，達到敘述主體與補充的延伸性，讓閱聽者能進一步關心劇中大背景及主角們的後續發展，並使電影在符合秩序律的同時，也兼顧變化律[16]。

　　因為內容需要藉由形式展現，所以沒有「無形式」的內容，電影文本亦是如此。章法分析能將內容的組織條理梳理出來，因此，透過章法學的分析法，能有助於掌握電影情節的安排模式，並對內容有更深入的理解。

---

[16] 為求辭章產生變化，主要能透過追敘、插敘與補敘的手法來達成。所謂的「補敘」，是對前文所漏敘或語焉未詳者加以補充敘述的意思。參見陳滿銘：《章法學新裁》（臺北市：萬卷樓圖書公司，2001年1月），頁282。

四 章法學跨領域研究的現象與意義

　　一門具科學性的學科，必須具有穩固的理論體系，同時是具有開放性而非閉鎖性的，因此它的適應面大，也能借鑒與應用其他鄰近或相關學科，如意象學、詞彙學、修辭學、文法學、章法學、主題學、文體學、風格學等之間的彼此聯繫；又如結合哲學、美學、心理學、文藝學、邏輯學、歷史學、社會學、政治學等進行科際整合的研究，而其目的正在於使文藝作品能分析得更好。陳滿銘就主張：辭章分析之角度極多、範圍極廣，必須進行科際整合，才能呈現推陳出新之成果。而專文中也透過格式塔同構理論、剛柔風格成分之量化、層次邏輯學等學科與方法，深入鑑賞白居易〈長相思〉詞作，以見辭章學科際整合之應用[17]。

　　其次，近來在研究方法與對象上，邁向多元並蓄之路的轉向，也是逐漸蓬勃發展的一種學術新風。以辭章章法學的研究為例，就能觀察到這種語料廣度上的開展。從應用面來講，辭章學不是學術論文或教科書裡沒有生命的知識，而是能夠活用於生活中任何符號化的「藝術形式」，它包含口語之話篇、書語之文篇，也包括藝術體、實用體及其融合體[18]。當然，基於取法乎上、立穩根柢的原則，章法學的研究基底仍是以古典或現代的優秀文學作品為主。鄭頤壽就曾闡述有關漢語辭章學研究對象的問題，他說：

---

[17] 參見陳滿銘：〈論辭章分析與科際整合──以白居易〈長相思〉詞為例〉，《章法論叢（第三輯）》（臺北市：萬卷樓圖書公司，2009 年 7 月），頁 1～23。

[18] 參見鄭頤壽：《辭章學導論》（臺北市：萬卷樓圖書公司，2003 年 11 月），頁 1、15～16。

從其傳遞媒介講，有口語、書語和電語；從其研究時間講，有古代、現當代。這是一個龐大的系統工程。……在選擇語體媒介類型方面，臺灣學者突出優秀的書卷語體作品。因為書卷語是口頭語進一步規範與昇華，又能緊密地與大學生和中學生「國文」教學密切聯繫，提升學生寫作、鑒識的水準。[19]

然而，在辭章學歷經起始期、奮進期、成熟期、交流期四階段[20]，逐漸形成具科學化與系統性之學術領域的同時，也應適度的在「更新語料」上著力。

王希杰在與辭章學團隊進行學術對話時就說：臺灣的辭章章法學在陳教授及弟子們的研究中，深度上是很了不起的了，尤其是近幾年裡，從哲學的高度上來認識章法現象，但是只在高度方面注意還不夠。王教授認為，臺灣辭章章法學研究的貴族意識很強，雖然這是因為章法學研究是建立古典詩詞散文的鑒賞上的，但這也在一定程度上，忽視了廣度。所以他以修辭學為例說道：「修辭學的對象是：一切人的一切言語活動！」並鼓勵章法學「到一切的言語作品中，去研究各種類型的話語的章法結構。」例如口語有章法，日常對話也有章法，研究它，可以幫助人們更好的進行溝通，再如經濟時代下發達的廣告、影視產業（電影、電視劇等），又如相聲、應用文、甚至遊戲筆墨等，社會都會需要它[21]。

---

[19] 參見鄭頤壽：〈臺灣辭章學研究述評〉，收入《首屆海峽兩岸閩南文化學術研討會論文集》，2001 年 11 月，頁 1～15。

[20] 參見陳滿銘：〈科學化章法學體系之建立〉，《國文天地》19 卷 9 期（2005 年 2 月），頁 85～96。

[21] 參見王希杰、仇小屏、陳佳君：〈章法學對話〉，《章法論叢（第二輯）》（臺北市：萬卷樓圖書公司，2008 年 3 月），頁 64～65。

　　此外，在這場對話中，也討論到對聯和簡訊等語料。對聯是中
華文化中最小、最常見、最簡短的文章，研究它，就可以發現除了
對偶（對照）之外的章法多層次性。而網路或手機簡訊是現代人常
賴以溝通的媒介，與日常生活習習相關，但是在網路或手機簡訊中
的辭章風貌，也有可能是對古典章法的「偏離」，也就是可能出現新
的章法規律，也可能跳出傳統常規，所以，「手機簡訊的章法偏離」
就是一個值得深入探索的辭章現象。

　　目前，辭章章法學團隊已開始重視開拓廣度、更新語料，並陸
續發表相關論文，研究對象含括語文教學（中小學語文、華語文等）、
新詩、對聯、佛經、現代散文、極短篇[22]、兒童文學（如繪本、童話、
童詩等）、科技論文、電影、網路部落格等。這樣進行跨領域研究的
目的，除了能更廣泛的運用辭章學原理去分析更多樣的語料外，也
能發現或歸納出不同的辭章效果，更有力的為一切言語或創作活動
服務。

　　據此，從歷屆的辭章章法學研討會的發表論文中觀察，也不難
發現這樣的跨領域轉向。蔡宗陽就說：以往辭章章法學的研究取材，
皆以古典詩詞為主，然從第二屆研討會開始，已在廣度上擴大了辭
章學的研究對象。除古典詩詞散文外，還有新詩、小說、國語文教
學等，蔡教授更提出卓見，鼓勵辭章學研究還可推向相聲、電影、

---

[22] 張春榮就觀察到，章法在短篇小說或極短篇文類的運用上，還有值得開拓的空間，
例如「抑—揚—抑」結構，通篇藉由二度轉折，形成雙重意外，自有其特殊的策略
考量，用以造成閱讀的震撼效果。參見張春榮：〈拓殖與深化——陳滿銘《章法學
新裁》〉，收入《陳滿銘與辭章章法學——陳滿銘辭章章法學術思想論集》（臺北
市：文津出版社，2007 年 12 月），頁 252。

電視劇、應用文等[23]。此外,第三屆辭章章法學研討會中,也發表了有關於明代帶過曲、華文讀寫教學、敘事 MTV、科技論文摘要等論文;第四屆則有出土文獻、臺灣華語流行情歌、《佛說阿彌陀經》、部落格書寫等論文;第五屆則有《儀禮》、古典戲曲、閱讀教學、華語教學等方面的論文。

這樣的辭章學跨領域研究,是立足於一定的理論體系,並應用方法論原則,開拓辭章學的服務對象。王曉娜就曾針對整個辭章學的闡釋材料評述道:擁有豐富語料,廣徵博引,勾連古今,是辭章章法闡釋用例上的重要特點,他認為:

> 在章法體系闡釋的材料和例證方面,讓古代詩文的典範之作,進入現代語言學的研究領域,勾連了詩詞和散文、古文和今文在章法上的相通之處,在篇章語言學的領域裡打破了不同體裁、不同時代的文本之間的壁壘。[24]

而來自語料豐富性的語用效應,也同時印證了辭章學的普遍性意義。因此,王教授接著說:

> 通過對大量不同類型的語料的爬梳,歸納抽繹出各種文本章法的共同理則,然後推而廣之使之演繹成為今人閱讀理解他者文章、構造自己個性化語篇的範式。從而使所建構的章法學體系具有廣泛的基礎,使所確立的章法理則具有普遍的解

---

[23] 參見蔡宗陽:〈代序〉,收入《陳滿銘與辭章章法學——陳滿銘辭章章法學術思想論集》(臺北市:文津出版社,2007 年 12 月),頁 20～21。

[24] 王曉娜:〈章法研究的新天地——試論陳滿銘先生的《章法學新裁》〉,收入《陳滿銘教授七秩榮退誌慶論文集》(臺北市:萬卷樓圖書公司,2005 年 7 月),頁 49～50。

釋力。[25]

對於使辭章章法理則具有所謂的「普遍的解釋力」，實為切中肯綮之論。

五　結語

本文先由二元對待、「多、二、一（0）」螺旋結構、章法四大規律、章法四大族性，建構章法學的方法論原則，以作為實際進行跨領域研究的理論基礎。接著，透過實例，從章法的心理基礎與美感效果，探討章法學結合心理學和美學的在科際整合上的多維性研究視角；也以對聯章法、電影章法為例，印證章法學在更新語料上的語用功能。綜上所述，章法學的跨領域研究除了能以堅實的理論統攝多元的文藝現象外，透過豐富的語料，亦能收驗證學理之效，進而體現辭章章法學具有寬廣的適應性與高層次的指導原則；另一方面也能從實務現象，再調校或提升理論層次，兩者實存在著不斷互動、迴圈、提升的螺旋關係。

---

[25] 王曉娜：〈章法研究的新天地──試論陳滿銘先生的《章法學新裁》〉，收入《陳滿銘教授七秩榮退誌慶論文集》（臺北市：萬卷樓圖書公司，2005 年 7 月），頁50。

參考文獻

一 專書

仇小屏、陳佳君、蒲基維、謝奇懿、顏智英、黃淑貞編　《陳滿銘與辭章章法學──陳滿銘辭章章法學術思想論集》　臺北市　文津出版社　2007 年 12 月

王中安　《對聯修辭藝術》　開封市　河南大學出版社　1988 年 8 月

王希杰　《漢語修辭學》（修訂本）　北京市　商務印書館　2005 年 4 二刷

邱明正　《審美心理學》　上海市　復旦大學出版社　1993 年 4 月

陳佳君　《虛實章法析論》　臺北市　文津出版社　2002 年 11 月

陳佳君　《篇章縱橫向結構論》　臺北市　文津出版社　2008 年 7 月

陳滿銘　《章法學新裁》　臺北市　萬卷樓圖書公司　2001 年 1 月

陳滿銘　《章法學綜論》　臺北市　萬卷樓圖書公司　2003 年 6 月

張紅雨　《寫作美學》　高雄市　麗文文化事業公司　1996 年 10 月

鄭頤壽　《辭章學導論》　臺北市　萬卷樓圖書公司　2003 年 11 月

二 期刊及研討會論文

王希杰、仇小屏、陳佳君〈章法學對話〉　《章法論叢（第二輯）》　臺北市　萬卷樓圖書公司　2008 年 3 月　頁 36～87

王曉娜　〈章法研究的新天地——試論陳滿銘先生的《章法學新裁》〉
　　　　收入《陳滿銘教授七秩榮退誌慶論文集》　臺北市　萬
　　　　卷樓圖書公司　2005 年 7 月　頁 46～51

林大礎、鄭娟榕　〈臺灣辭章學研究的又一新秀新作——陳佳君《虛
　　　　實章法析論》評介〉　《國文天地》　19 卷 6 期　2004
　　　　年 12 月　頁 108～111

孟建安　〈章法學體系建構的系統性原則〉　《國文天地》　23 卷
　　　　1 期　2007 年 6 月　頁 83～87

陳滿銘　〈科學化章法學體系之建立〉　《國文天地》　19 卷 9 期
　　　　2005 年 2 月　頁 85～96

陳滿銘　〈論辭章分析與科際整合——以白居易〈長相思〉詞為例〉
　　　　《章法論叢（第三輯）》　臺北市　萬卷樓圖書公司
　　　　2009 年 7 月　頁 1～23

鄭頤壽　〈臺灣辭章學研究述評〉　收入《首屆海峽兩岸閩南文化
　　　　學術研討會論文集》　2001 年 11 月　頁 1～15

王鼎鈞書寫的穿透力
—— 辯證思維

張春榮

國立臺北教育大學語文與創作學系教授

摘要

本篇由辯證性思維出發，藉由「對立的統一」、「質量互變」、「否定之否定」掌握王鼎鈞書寫的穿透力。由「對立的統一」，照見人生百態與人性深處；由「質量互變」，凝視由正而反與由反而正的事理變化；由「否定之否定」，呈現歷史觀照與王鼎鈞思維的進路。

關鍵詞：王鼎鈞、辯證性、穿透力

一　前言

　　王鼎鈞書寫的穿透力，在於由殊相體現共相，由表層的多元多樣，照見裡層的深刻統一；換言之，亦即「對人生世相的穿透力」。[1]這樣的穿透力，源自於商量舊學，涵泳新知；源自於時代的裂變，與自我的遞進開展；能跳出單一觀照，用知性提升感性，用悟性活化知性；由近處往遠處望，由低處往高處拉，由窄處往寬處推，由小處往大處看，展現多層次的縱深與景深，拈出「深、厚、重」的大格局[2]，兜出「人生觀、文學觀、歷史觀、宗教觀」的全面會通，閃耀著文化傳統的智慧之光。

　　面對人生的弔詭，凝視歷史的悖論，洞悉文化傳統的辯證思維[3]，王鼎鈞豁然指出「事情總是朝相反的方向發展」（《心靈與宗教信仰》，頁 65；《關山奪路》，頁 360），不但知其然，更知其所以然；尤其能自應然與實然的裂變落差中，體悟客觀的悲情，照見「有意外才是人生」的荒謬，進而整體圓覽，拓植一片斐然可觀的凝碧風景。於是，在四十一冊的立意中，下學上達，由生活常識而至專業知識，由專業知識至跨界通識，打開眼界，由跨界通識至個人感悟的見識。

1　王鼎鈞：《文學江湖》（臺北市：爾雅出版社，2009 年），頁 111。
2　張堂錡：〈略論王鼎鈞與中國現代作家的文學因緣〉，見「王鼎鈞學術研討會」，明道大學主辦，2010 年 5 月 15 日。薛仁明指出：「穿透力源自於視野與格局，立得高，才能望得遠，看得透。」見其《萬象歷然》（臺北市：爾雅出版社，2010年），頁 129。
3　文化傳統中的辯證思維有《周易》系統、兵家《孫子》系統、老莊哲學、佛學系統四大流派。可參朱伯崑：《易學哲學史》第一卷（臺北市：藍燈文化事業公司，1991年），頁 4。

凡此書寫，王鼎鈞莫不由「人之所常言、人之所已言」出發，往外擴大，往上提升；沽心煮字，別有會心，直至「人之所罕言、人之所未言」的靈光照眼。在辯證思維的深刻體現中，化血水為墨水，醍醐灌頂，酣暢揭示，遂成力透紙背的力度與撼動。

質實而言，王鼎鈞「高、厚、重」書寫的魅力，在「家、鄉、國」的凝視反思中，始於形式邏輯的「統一」，次於辯證性邏輯的「變化」，直指「人性、歷史、文化」複雜精微的辨析；無不由形式三律（「同一律」、「矛盾律」、「排中律」）的簡單明確，走向辯證三律[4]（「對立的統一」、「質量互變」、「否定之否定」）的複雜弔詭。於是，自窮態盡妍的形象感染裡，得以湧現事理的透視，精光四射，鞭辟入裡；掌握「事情總是朝相反的方向發展」的精髓，洞悉「正反、往返、循環」的三個進路，直指個人精神發展與歷史演變中「相激相盪，相剋相生，循環不已」的動態定律，馳騁離散家國中紀實與再現的書寫，兜出「有意外、有意義、有意思」的精妙藝境。

由此觀之，萬象森然，流金照眼；欲掌握王鼎鈞書寫的穿透力，適可自辯證三律切入，比較歸納，掌握其「染乎世情，繫乎時代」的豐美書寫。

二　對立的統一

「對立的統一」是辯證性思維的核心，由事物自身特殊的矛盾出發，打破「二元對立」的簡單鮮明，跨出「非此即彼」的涇渭分明，超越「似是而非」的矛盾批判，跳開「是非易分」的單一觀點；

---

4 黑格爾：《小邏輯》（臺北市：臺灣商務印書館，1998 年）。

走向「亦此亦彼」的複雜糾繞，邁入「似非而是」的融合創造，照見「是非難分」的微妙相攝；直入事理開展的正反變化，透視似礙實通的深層內蘊；並由「正反」的雙軌對峙，揭示特殊中的普遍，體現「相互對立，相互依存」的複雜真實。

基於這樣的認知，用兩隻眼睛看世界之餘，王鼎鈞俯仰品察，進而用兩個對立的角度（優點缺點、積極消極、正面負面），運用「雙襯」修辭[5]，觀照世態，彰顯世理。如：

> 1.時代像篩子，篩得每一個人流離失所，篩得少數人出類拔萃。（《碎琉璃・一方陽光》，頁 57）
>
> 2.人在未戀愛前可以無神　人在愛情破滅後可以無神　人在真誠的愛情中是有神論者（《意識流》，頁 15）
>
> 3.那些人無知，可是有知又怎樣呢，學問能助人忍受痛苦，究竟能忍受多大的痛苦呢。學問能助人逃避現實，究竟能逃多遠呢。學問使人有眼光，究竟應朝那個方向看呢。（《左心房漩渦・對聯》，頁 216）

第一例中指出「時代考驗青年，青年創造時代」，在時代的篩選下，每一個青年歷劫成長；有的在打擊中，落葉紛飛，無家可歸；有的在撞擊中咬緊牙關，挺起胸膛，勇銳向前；正是造化弄人，竟成雲泥天壤之別。第二例謂戀愛是「神聖的瘋狂，清醒的沉醉」。戀愛之前、幻滅之後，是「旁觀者清」的冷靜客觀；熱戀當下，是「當局者迷」的狂熱燃燒，不可遏抑。檢視戀愛過程的三部曲，正是相

5　「雙襯」是同一對象（同一主語），運用矛盾語法，展開兩種相對觀點的思維，形成對立的統一。張春榮：《國中國文修辭教學》（臺北市：萬卷樓出版公司，2005年），頁 8。

對知性（「無神論」）與絕對感性（「有神論」）的矛盾組合；只有出乎其外，方能清明論述；一旦入乎其內，則不可理喻，無法自拔。第三例指出「學問」是一把雙面刃，學問是助力也是阻力，能助人忍受寂寞，享受孤獨；也能害人歧路亡羊，多道喪身。然而最震撼的是，「學問」總有個應然，但面對無端的時代玩弄，黃河子民的飄泊異鄉，則是「天者誠難測，神者誠難明」，「學問」至此，也無能為力；於是在「應然」和「實然」的撞擊中，湧現更深沉的慨嘆，映射更複雜精微的質疑。

在「對立的統一」的精微深入感悟上，不管在鄉愁書寫，社會書寫，回憶書寫與宗教書寫，王鼎鈞聚焦在「人生百態」、「人性深處」兩個主軸上：

（一）人生百態

以個人際遇為中心，走過抗戰歲月，穿過烽火洗禮；世亂飄盪，生還偶然；重新審視「戰爭」帶來的破壞，帶來的自由，陰影與光明並置，危機與轉機共存；自是冷水澆背，陡然深慨：

> 1.復次，那是我們受苦的日子。為什麼受苦？因為戰爭。戰爭是什麼？是離別，是勞碌，是疾病，是飢餓，是欺騙，是毆打，甚至是死亡。但是，戰爭又是什麼？是忍耐，是鍛鍊，是擔當，是覺悟，是熱情，是理想。戰爭給我們一枚金幣，以上云云、是金幣的兩面，有了這一面、必有那一面，失去那一面、也沒有那一面。（《怒目少年・附錄：難忘的歲月》，頁 387）
>
> 2.戰爭來了，戰爭把一天陰霾驅散了，戰爭把一切悶葫蘆

打破了。戰爭，滅九族的戰爭，傾家蕩產的戰爭，竟使我
們覺得金風送爽了呢。竟使我們耳聰目明了呢。唱著「把
我們的血肉，築起我們新的長城」，由口舌到肺腑是那麼舒
服，新郎一樣的舒服。這才發覺，我，我這一代，是如此
的嚮往戰爭、崇拜戰爭呢。

雖然我們都是小不點兒，我們個個東張西望，在戰爭中尋
找自己的位置。（《昨天的雲·我讀小學的時候》，頁 66）

3.平心而論，我當初入二十二中讀書，並沒有錯：像我這
樣的人，中共要計較階級成分，他也沒錯；臺灣操危慮深，
處處防患於未然，更沒有錯。推而廣之，中國人的這一場
大悲劇，竟以「誰都沒錯」釀成，真是詭異極了！（《怒目
少年·出門一步，便是江湖》，頁 354）

第六例指出，戰爭，你的名字是「殺機」，也是「生機」；用右
鉤拳狠狠痛擊烽火下的人子，讓他們顛沛流離，不支倒地；也伸出
左手，拉拔他們搖搖晃晃站起，邁向明日天涯。「戰爭」這枚金幣，
擁有猙獰的臉孔，也擁有陽光的笑臉，翻來轉去，陰陽兩面，作弄
人間。第五例揭示人心思變，戰爭撕裂既有的次序，打破固定的平
衡，讓牢不可破的舊制重新洗牌。於是，大時代的兒女在危機的陰
霾中，有了轉機的欣喜；戰爭成了「溫柔的殘酷」、「歡愉的哀歌」。
第六例更針對國共兩黨的「單面合理」、「片面真實」加以凝視；於
是「誰都沒有錯」的各照一隅，拼出兩岸對峙「鮮觀衢路」的長期
內耗，不知由「對立」的偏執走向「相互轉化」生新的雙贏格局。「詭
異」二字，道出政治的深層複雜，人為因素的造作糾葛，並沒有想
像中那麼容易化解，那麼容易互信溝通。

（二）人性深處

由「人生百態」走向「人性深度」的縝密考察，可說光怪陸離，無奇不有。藉由歸納比較，由個案至類型，由分化至共相，由特殊至普遍；王鼎鈞照見人的雙重性，既聖潔又卑微，既崇高又渺小。例如：

> 1.在世界的戰場上，中國是一座沙盤，李仙洲是沙盤上的一面小旗，我是旗底下一粒砂。即使是一粒砂，飛起來也瞇人眼，落下去也孕一顆珠。每一粒砂都能支撐百丈高樓，千尺長橋。那情懷既自卑又自負，既偉大又渺小。（《怒目少年・撒豆成兵，聚沙成塔》）
>
> 2.我常說，每一層地獄裡都有一個天使，問題是你如何遇見他。每一層天堂上都有一個魔鬼，問題是你如何躲開他。（《心靈與宗教信仰・感恩見證，頁 182》
>
> 3.人是複雜的動物，但是，你如果了解他，他也很簡單。（《黑暗聖經・牆後的翹翹板》，頁 140～143）

第七例中「既自卑又自負，既偉大又渺小」是個體的可塑性，也是人的變易性，一念之間如在天堂，一念之間，如墮地獄。第八例中「每一層地獄裡都有一個天使」，「每一層天堂裡都有一個魔鬼」，堪稱「同聲相應，同氣相求」的試金石。所謂「禍福無門，唯人自召」，每一個人均有「人心唯危」的魔鬼與「道心唯微」的天使；如何相反相成，端視個人智慧，個人抉擇的發願。因此，第九例概括指出人既複雜又簡單，人只有兩畫，人性卻是天理與慾望的戰場，理性與非理性的永恆對抗；外表看似雲淡風輕，內心卻是波濤洶湧。因此，在環境的大染缸中，如何面對「形氣之私」的沉淪召喚，永

遠以「德性之知」的細長橫竿，一步一步走在高空鋼索上，避免跌落萬丈深谷，走過誘惑的動搖；自微妙的平衡中如履薄冰，朗照彌足珍貴的人性光輝的堅持；則是王鼎鈞《黑暗聖經》的終極關懷。

　　至於「人性深處」的考察上，由「人與自己」的內省，至「人與社會」（商場、官場）的關係網絡，處處見表裡不一的自相矛盾，更見「手段」與「目的」相剋相生的盤根錯節，直指領導與統御的「人性管理策略」，直探中國文化底層的幽暗意識。如：

> 1.一個社會維持它的價值標準，靠真君子的身教和偽君子的言教，而真小人是沒有貢獻的。而且「君子」越「偽」，他的言教越生動周密，以言詞作心理補償，效果越好。你當然可以說，由那有孝行的人說孝，由那有真情的人言情豈不甚好？何必退而求其次？閣下，美德是內斂的呀，「發表」和「顯揚」的動機早已被削弱了呀。（《黑暗聖經‧我將如何》，頁 179～180）
>
> 2.洋人說話比較清楚，一位陰謀理論家說君王是「獅子與狐狸的綜合」，他的意思是殘忍與狡詐。
>
> 依我看，「獅子與狐狸」不僅象徵君王的性情，也可以比喻其形貌，即威猛端莊與陰沉機警。你應該觀察那些「大老闆」，看他何時像獅子，何時像狐狸，或者既不像獅子又不像狐狸。
>
> 「獅子與狐狸」的說法，把君王理想化了，只有亞歷山大、成吉思汗等一流天驕才可當之無愧。至於等而下之，尚須混入豺、狼、鷹、鷂。老闆的文化教養又可能使他有時像駿馬白鶴。老闆又有所謂「異相」，中國某一位超級大老闆的模

樣有時酷似熊貓。(《黑暗聖經・一種可以選擇的命運》，頁
94～95)

第十例明白指出龍蛇雜處，「偽君子」之必要。真君子是「做人」、
「做事」，以行門（身教）為主；偽君子是「做秀」、「光說不練」，
以辭門（言教）為主，各司其職。真君子的「吉人之辭寡」再加上
偽君子的「躁人之辭多」，才見沸沸揚揚的眾聲喧嘩。一個社會需要
「水清可以養錦鯉」的看門道，也需要「水濁可以養土鱔」的看熱
鬧。第十一例中透視金字塔頂端高層的靈魂。這樣靈魂流動著「殘
忍」、「威猛」、「端莊」（獅子）、「狡詐」、「陰沉」、「機警」（狐狸），
再加上搜尋獵物的「快、準、狠」（豺、狼、鷹、鶻）、談吐的「文
質彬彬」（駿馬、白鶴），可說集法家「重勢」、「重術」、「重法」之
大成。凡此表裏不一，但求目的，不擇手段的玩弄；深知一般人只
記得你成功的光環，忘記你黑暗的手段；則是《黑暗聖經》中宰制
關係的厚黑精義[6]所在。

三　質量互變

「質量互變」聚焦二元對立（正反、善惡、真假、有限無限，
偶然必然），是人間「是非關係不穩定」的最佳詮釋。在「量變」「質
變」中，兩者相互滲透；在「漸進」、「躍進」中，動態轉化[7]；於是，

---

[6] 可參見朱津寧：《新厚黑學——如何轉化靈性的潛力為生存競爭的武器》（臺北市：
聯經出版社，1993 年）

[7] 質量互變，另可參見傅雲龍、柴尚金：《易學的思維》（瀋陽市：瀋陽出版社，1997
年），頁 71。

相反相成，微妙變易，由「曲轉」生異，由「陡轉」生變，形成雙
軌互涉，往往始料所未及。其中的關鍵，即在不穩的「過度」中，
打破「剛剛好」的合諧，由善因帶出惡果；往往愛之適以害之；常
常由依法走向殘酷；每每由正義導至抹黑。反之，惡因也可以反激
善果，壞人也可以做好事，確實「鐵的紀律」是為了最終「愛的教
育」，確實你對敵人仁慈，是對自己殘忍；對現在殘酷，是對未來仁
慈；自抹黑的羅織並非全是向壁虛構，「假中有真，真中有假」，看
你如何辨識，旋乾轉坤。

　　大凡王鼎鈞「質量互變」的軌跡，以「返」的動態變化為核心，
萬變不離其宗，以「反襯」手法[8]，在「入乎其內」裡，照見「由正
而反」的下墜，在「出乎其外」裡，發現「由反而正」的上揚，於
是，在「由正而反」中，揭示真相的批判；在「由反而正」中，拈
出會通的創造。

（一）由正而反

　　由正而反，是開高走低的惡化，先揚後抑的陡轉；在強烈落差
中瞠目驚視，在始料未及裡扼腕頓足；見證時代的作弄，體認自己
的無知，察識事理的幽微。如：

　　　　1.這是驕傲的結束。這是幻想的破滅。這是惶惑的開始。我
　　　　呆呆的望著他揮手離開，簡直不能思想、沒有知覺。這是歡
　　　　欣和憂愁的輪流捉弄。這是希望和絕望交替逗引。這是靈魂
　　　　的瘧疾、精神上的食物中毒。我忽然想起一件事。我得馬上

8　「反襯」是同一對象本身，運用矛盾語法，展開「相反相成」的敘述，形成對立的
　　統一。張春榮：《國中國文修辭教學》，頁8。

做一件事來解脫目前的困境。這件事非做不可，不能逃避——我對著河水沒命的嘔吐，把吃下去的東西吐得乾乾淨淨，繼之以黏液、鼻涕、淚水。

這就是我對抗戰勝利最深刻的回憶。（《怒目少年‧抗戰勝利，別有一番滋味》，頁344）

2.恩怨恩怨，重點在怨。就像褒貶。

恩必生怨。所以不但「受」要慎重，「施」也要慎重，——更要慎重。

君乘車，我戴笠，他日相逢下車揖。他一揖而已，你也許得叩頭。君擔簦，我跨馬，他日相逢為君下。他雖然下了馬和你一般高，你可再也不能拍他的肩膀了。

善行若預期回報，須費一番心計方法，這已是權術而不是道德了。（《靈感》，頁61）

3.為什麼要把這個故事告訴你？因為我在筆記本上找到兩段話，一段出自莎翁筆下：

過度的善良會摧毀它的本身，

正像一個人因充血而死去一樣。

第二段話沒有記明出處，莫非是我自己的感想？

任何一種衝動（包括善行）不可任其過份發展，否則即是畸形，足以毀壞全體。（《黑暗聖經》，頁130）

第一例中直指抗戰勝利是「輝煌而暗淡」的「慘勝」。普天同慶的「歡欣」之餘，浮升的是事與願違，異鄉遊子黯然神傷的「憂愁」；由大時代的「希望」雲端，跌至身心受創的「絕望」谷底；自是最椎心刺骨的深刻回憶。第二例則謂「感恩是很不可靠的朋友」，朋友

之間「報怨容易報恩難」，對於當年施恩，情義相挺，今日竟反目成仇，情何以堪。因此，要打破「對你好，有什麼不好」的迷思，知道要用思想承接情感，不能只是站在自己立場，罵對方「豬狗不如，不知知恩圖報」。於此，王鼎鈞自人際智能上加以剖析，所謂「張三的肉是李四的毒藥」，一定要用對方能接受的方式來施恩，不宜「絕對相信自己的好意」，否則善行反成交惡之端。針對忘恩負義的深層，王鼎鈞一再申述：

> 恩恩怨怨，恩能生怨，恩即是怨，怨即是恩。（《黑暗聖經‧故事裡套著故事》，頁 131）

所謂「即」並非「等於」，而是「不離」。需知在施恩的土壤上，同時會長出埋怨的莠草；善行的種子，往往結出交惡的黑色果實。

至於第三例「過度的善良會摧毀它的本身」，則為「是非關係不穩定」的另類代言。一個人凡事不能只站在「道德的正確性」上，自我沉醉；而要站在弔詭的智能上，避免過度的傾斜，過分的令人難以承受；猛浪操切，「機車」白目，反釀災禍，終為不美。因此，王鼎鈞進而申論：

> 弱者不可行大善，只能行小善。（《黑暗聖經‧故事裡套著故事》，頁 134）

就是提醒弱者要「適度」、「適量」，不要「過度的善良」，太過追求道德的完美，反受「過度」、「過量」、「過分」的傷害。需知凡事適可而止，完美的動機，不能保證完美的結局。民間諺語「好心做壞事」、「好心被雷吻」，正是吾輩在「人與自己」、「人與社會」中該拿捏的分寸，該深入體驗的生活智慧。

（二）由反而正

由反而正，是開低走高的改善，先抑後揚的陡轉；在崎嶇荒寒中，曲徑通幽，別有花團錦簇；在斷垣殘壁裡，春入燒痕青，看出無限活潑生機；掌握出人意外的驚喜，深知「手段和目的」相違的彈性活用，洞悉「曲成」體現的積極妙諦。如：

1.她教了我一些聰明，例如，若是迷了路，千萬不要向人問路，只管大模大樣不慌不忙的走，好像這一帶你很熟，你們老營就在前邊不遠。倘若逢人便問，人家就知道你是落了單的孤雁，說不定引出來個打雁的人。她說，人哪，有一百個心眼兒，九十九個好心眼兒，一個壞心眼兒，為人處世要把那個壞心眼兒放在前面。（《怒目少年·黃土平原上一腳印》，頁 217～218）

2.生活在今天的世界上，我們還能冀求什麼呢？只要「不道德」能為「道德」服務，也就算是盛世了。
怕只怕「道德」總是為「不道德」服務。怕只怕道德是技術，是工具，是權宜，是兵不厭詐的那個「詐」，是粉飾太平的那盒「粉」。
我們但願，把「不道德」撕開，露出道德來，我們再也不希望，把道德撕開，露出不道德來。（《黑暗聖經·道德的償相》，頁 38）

3.照顧自己，不給子女添麻煩，就是照顧了子女；不給社會添麻煩，就是幫助了社會。歷來都說公而忘私，見義忘我，知易行難，頗感困擾。到了老年，忽然發現利己也就是利人，

為私也就是為公，哲學大突破，行為大解套。「從心所欲不逾矩」果然不是蓋的，真要像金聖嘆大呼:「不亦快哉！」（王鼎鈞《活到老，真好‧「當下」怎樣活》，頁 14～15）

第四例中「為人處事要把那個壞心眼兒放在前面」，並非真的使壞，而是「防人之心不可無」的自我保護，先要有沉著的從容冷靜，而後才有掏肝掏肺的溫暖，才是「理智的熱情」，避免「愚笨的單純」，讓人看了好欺負。第二例指出不乾淨的水可以洗出乾淨的身體，不道德的柴火可以煮出道德的盛宴；只要結局好，一切皆完美；只要做出好事，仍是「英雄」規格的好人。

至於第六例打破「利己」、「利人」、「為私」、「為公」的扞格對峙，由「利己」的不麻煩人，好好照顧自己，不把問題丟給子女，丟給社會，則將是對大家都好的「利人」；由「為私」的不造成干擾，自己的事自己門前清，自己收拾乾淨，則成各安其位的「為公」。如此一來，展現「不自私的自私」、「為公的為己」，正是銀髮族的圓融智慧，善盡本分，耳聰目明，開拓「莫道桑榆晚，為霞尚滿天」的新境界。

凡此質量互變的內蘊，相反相成的精義，突破靜態「單一觀點」的限制，提升至動態「兩種對立觀點」的互攝轉化；自語言的遮蔽與彰顯中，照見「由正而反」的破壞下墜，亦照見「由反而正」的建設上揚；於是，在似礙實通的敘述裡，王鼎鈞拈出「有理而妙」的雋永警句，直入光影深處的問題情境，湧現「自由中有限制，限制中有自由」的深層感悟。

四　否定之否定

如果說「對立的統一」是共時性的複雜，「質量互變」是歷時性的弔詭，則「否定之否定」則為整體變化中規律，環環相扣，螺旋前進；由「正反」走向「正反合」的遞進。[9]

所謂「否定之否定」，即聚焦「相反之相反」的循環變化，在「物極必反」的反作用力下，由第一次否定的單純（反），躍至第二次否定的辯證性（合），於是因果相攝，互為糾纏，從此連鎖反應，周而復始，不斷向上遞進；作家置身其間，宏觀統整，如圖所示：

冷凝沉思，一來以冷靜的腦，形成客觀的歷史觀照，二來以溫暖的心，建構自己思維歷程的進路。

（一）歷史觀照

王鼎鈞在歷史的觀照裡，洞悉禍福相倚的錯綜複雜，凝視時代的巨流裡，每個人都是浪花浮蕊；由主觀走向客觀，由「點、線」的微觀，拉高拉大成「面、立體」的實然統攝。如：

　　1.人有善有惡，有正有邪。人有貧富貴賤禍福成敗。依照列

9　檢視《老子》、《周易》中辯證思維的不同進路，可參見顏國明：《易傳與儒道關係論衡》（臺北市：里仁書局，2006 年），頁 40～51。

祖列宗所言所傳，世上的富人，貴人，成功的人，有福氣的人，該是那些善良正直的人，邪惡的人應該相反。可是，等到我們親身體察，我們才知道排列組合並不如此簡單，它錯綜複雜，根本不能用耶穌或孔子留下來的公式推算。尤其是戰爭來了，災難最大，上帝遜位，聖賢退休，天倫人理都十分可憐。反淘汰比淘汰更無情，逢凶化吉要靠離經叛道，人人暗中慶幸自己倒也並非善類。（《左心房漩渦・我們的功課是化學》，頁 164）

2.歷史只有「曾經」，沒有「如果」。但是現在有「虛擬歷史」出現，引用楊豫譯介尼爾・弗格森的說法：作者以一種否定性假設的命題來挑戰歷史決定論觀點，同時企圖重新解釋現代史。「如果沒有發生美國大革命，英國持續統治美國，今日的北美洲將會是怎樣的局面」？「如果英國沒有克倫威爾，那麼英國光榮革命會出現嗎」？「如果德國在二戰打敗蘇聯，德國可能持續統治歐洲嗎」？「如果沒有戈巴契夫，蘇聯共產黨會垮台嗎」？饒富趣味的命題帶領我們另類思考歷史，沉思事件之間的因果意義是否那麼線性邏輯與必然。
（《關山奪路・東北口那些難忘的人》，頁 331）

3.我也悚然憬悟，自己經歷了戰爭，戰爭確實使人生混亂無序、孤立無依，那處境實非言語所能訴說，嚴重威脅我的宗教信仰。然後經歷了台灣一個又一個經濟計畫，工商業興起，價值觀改變，人際關係以昨日之非為今日之是，我時常要把人生理想和聖賢訓誨顛倒過來迎接，不管你想什麼，反向思考就行了！我聽到沙特、喬埃斯的名字，見過卡繆、福

克納和卡夫卡的中文譯本，大概知道他們說什麼寫什麼（三十年後作家跳出唯物辯證的怪圈）不過「否定之否定不等於原肯定」，現代小說對反共、對鼓勵民心士氣並無貢獻。（《文學江湖‧小說組的講座》，頁 91~92）

第一例中，見證戰爭熊熊烽火，摧枯拉朽，玉石俱焚，眾神默默，文明崩頹，只有「不要臉」（耍賤）、「不要命」（耍狠）的，才能強悍存活。在野性的歷史荒原，但見「劣幣逐良幣」的反淘汰，但見「黃鐘毀棄，瓦釜雷鳴」的大破壞。第二例中，揭示「歷史不能假設」，歷史只有「曾經」的實然，沒有「如果」的另類「假設」；只有「如此」、「結果」的決定，沒有「因果」的必然。

至於第三例，訴諸一己經歷體驗，直擊應然（「人生理想和聖賢訓誨」）與實然（「昨日之非為今日之是」）的決裂，悚然憬悟「反」（「逆向思考」）字之必要，顛覆之必要；最後打開眼界，拉大高度，深知「否定之否定」（正反合）的必要，需要往前拓寬新的視野，往上再顯新的肯定，以螺旋形的層遞，往外擴大，往上躍升。

（二）思維歷程的進路

王鼎鈞思維歷程的進路有二：第一，由主觀走向客觀，由個人走向普遍；面對「人與社會」、「人與自然」，在體現中接受「否定之否定」的實然，強調「自如其如」的動態律則。第二，由浪漫主觀走向冷峻客觀之餘，向上翻出積極正向的熱情，尤其在「人與社會」的道德，「人與自然」的宗教信仰上，自第二個否定中，體現「否定之肯定」的應然，強調自我抉擇的價值判斷。如：

4.我說「沒有教會，仍然有上帝」，那是因為教會只是童女等

待新郎的地方。「沒有《聖經》,仍然有上帝」,那是因為《聖經》是介紹信,牧師是引見者,我們是拿著介紹信,跟著引見人,找到上帝。我說《聖經》是地圖,牧師是嚮導,我們拿著地圖,跟著嚮導,去找天國,「沒有《聖經》,仍然有上帝」,這是「三句話」之中的最後一句,也是最有力最有用的一句。(《心靈與宗教信仰·天心人意六十年》,頁 16)

5.大大小小的「王」從眾生中崛起,最後仍然要把自己身後、自己的子孫交付到眾生之中。眾生平凡,平凡的人需要道德,所以,大大小小的「王」,除非他特別愚昧,仍然要把道德形象還給人民。他是羊群裡走出來的虎,最後還原為羊,回歸羊群。

否則,眾生,在他眼中牛一樣的眾生,就是恢恢的天網。

所以,善良的人並沒有排錯隊伍。無論如何要堅守下去。(《黑暗聖經·我將如何》,頁 181~182)

6.我們都「身在五行中」,活在世界上,時時受到「剋」,也時時得到「生」,人生的智慧就是如何使「生」的機會多,「剋」的遭遇少,兩者結算,盡量增加「贏餘」。(《千手捕蝶·五行》,頁 91)

第四例在先抑後揚、先遮後表中,直指每個人內心都住著上帝。不要對人性失望,就對上帝絕望,神性是人性的終極關懷。王鼎鈞自述:

宗教是一種突然射進來的亮光,是源源不絕的熱情,是一種變化更新的能力,也是詮釋人生的新角度。(廖玉蕙《走訪

捕蝶人——赴美與文學耕耘者對話》，頁 40）

在宗教的拉力上，把苦難當恩典，把傷痕當酒窩，成為「眼睛會發亮的人」。第二例在由剝而復、由反而正中，由開疆拓土的馳騁野性，回首向來初衷，正視重回人性的必要，重回道德善良的文明之貞定。雖說人生多元，分別有不同的抉擇，不同的精采：

> 遵守道德的是君子，違反道德的是英雄，利用道德的是謀略家，三者都是人傑。（《黑暗聖經・脂粉比血肉美麗？》，頁52）

但立功（「英雄」、「謀略家」）之餘，應回歸立德（君子）的正軌，由功名境界提升至聖賢境界。誠然王鼎鈞冷凝指出「道德只宜律己，不能治人」[10]，道德只能在「情理」上散發溫暖；但善良的堅守，是人性光輝的價值所在。

因此，在第五例中，王鼎鈞特別自「相剋相生」（由正而反、由反而正）中，除了揭示防弊（「剋」）之必要外，更強調積極「興利」之可貴；如何由黑色思考帽的破壞，翻出黃色思考帽的建設，才是人生溫暖的智慧。王鼎鈞自謂：

> 實不相瞞，內戰的經驗太痛苦，痛苦產生幻滅、怨恨、詛咒，我不想傳播這些東西。生活經驗需要轉化，需要昇華，需要把愁容變成油畫，把呻吟變成音樂，這個境界到今天才可望

---

10 針對此說，牟宗三有更進一步的詮釋：「道德並不是來約束人的，道德是來開放人，成全人的。你如果了解這個意思就不用怕。如果人心胸不開闊、不開放，那麼人怎能從私人的氣質、習氣、罪過之中解放出來呢！」見《中國哲學十九講》（臺北市：臺灣學生書局，1983 年），頁 78。

可及。(廖玉蕙《走訪捕蝶人——赴美與文學耕耘者對話》，
頁 52)

其中「把愁容變成油畫，把呻吟變成音樂」，跨越痛苦，把哭點
當成笑點；由獸性的狂吼，上升至人性的悲喜莫名，再上升至神性
的曖曖含光，正是王鼎鈞生命情調的抉擇。在他滿紙「中國人的眼
淚，中國人背上的一根刺」的深沉書寫裡，由實然的痛苦見證中，
翻出應然含淚的昇華，「中國人歷劫後的笑紋，扛起肩上『源源不絕
的熱情』的扁擔」，正是「更大的能力，更大的責任」。於是，任重
道遠，自生命被逼至絕境時，體會深刻；自懸崖邊，體會搭橋的苦
心；知道握住拳頭，只能捶打憤怒；展開雙手，才能鋪橋造路，溫
馨接送。

五　結語

王鼎鈞書寫的穿透力，以「反」(同一、分別、對立、矛盾)為
圓心，以個人歷練(抗戰、內戰、臺灣戒嚴、紐約時期)為半徑，
畫出「對立的統一」的圓圈，畫出「質量互變」的延展圓弧，畫出
「否定之否定」的環環相扣，形塑辯證性的擴大與深化。

奠基於文化改良的認知[11]，「辯證思維」是王鼎鈞書寫理論的核
心，「辯證性」是小說戲劇發展的精華[12]：

---

[11] 方忠謂：「梁實秋、王鼎鈞、阿盛、林清玄等作家的散文所表現出的文化態度則或
多或少地具有文化改良派的色彩。」見其《臺灣散文縱橫論》(南京市：江蘇教育
出版社，2008 年)，頁 181。

[12] 王鼎鈞：《兩岸書聲‧香火重溫劫後灰》(臺北市：爾雅出版社，1990 年)，頁
62。

依唯物辯證法，人和人的矛盾會一步一步擴大，雙方的衝突一步一步升高，即使有暫時的緩和，因為根本矛盾仍在，也只是釀造下一次更大的衝突。最後量變質變，到達「臨界點」，所有的矛盾同時爆發，同時解決。拿這一套來構思小說，自然有高潮、最高潮。（《文學江湖・小說組的講座們》，頁 90）

其中「衝突」，是「反」（同一、分別、對立、矛盾）的引爆；一步一步「擴大」，是情節的「對立的統一」（共時性）、「質量互變」（歷時性）的愈演愈烈；到達高潮的「臨界」，是一波未平一波又起的「否定之否定」，環環相扣的多重意外；最終的「解決」，是作者創造性的安排；在形象思維的感染中，折射「肯定中有否定，否定中有肯定」高明精妙的立意。

其次，辯證思維是王鼎鈞「血水變成墨水」的深沉體現，走過時間悠悠滄桑，走出空間冷冷飄泊所譜出的主旋律：

我寫《隨緣破密》（《黑暗聖經》）的時候，超出了青年修養的疆界。我不能永遠侷限在它裡面。人生大致可分四個階段，第一期是獸的時代，只知有自己，不知有別人，只有欲望的滿足，沒有道德上的滿足，像野獸一樣；第二時期進入人的階段，長大受教育，知道人倫關係，知道自制，知道愛人，學習共同遵守的規範。其中有些人能力特別強，便進入第三階段：英雄時代。英雄為成就他的事業，不能溫良恭儉讓，不能像在合唱團裡唱歌，他另有一套法則，那套法則和以往我們所受的教育是不一樣的；等英雄成功後，就必須轉

型為第四個階段──聖賢。如果英雄不能進入聖賢，就會成為
特別大的獸，正所謂「不為聖賢、便為禽獸」。我的人生三
書，講的是怎麼做人，照那個辦法，當不了總統，卻可以成
為很好的公民。但是，人間另外有一套，雖然不明顯，卻是
存在的。《隨緣破密》（《黑暗聖經》）就是要點破那一套，希
望第二種人了解第三種人，也希望第三種人做第四種人。「江
山代有英雄出，各苦生靈數十年」，他就是有了！既然有了，
總得有個辦法哄著他、求著他，甚至威脅著他，叫他升級。
但願他頭上有天，性中有善，知道長進。（廖玉蕙《走訪捕
蝶人・到紐約，走訪捕蝶人》，頁 25～26）[13]

指出人生的三部曲，始於由「獸」至「人」的成長（對立的統
一），次於由「人」至「英雄」的大破大立（質量互變），終於由「英
雄」至「聖賢」的頭上有一片青天，心中有一方淨土，腳前有一條
活路（否定之否定）。於是，在否定中有肯定，肯定終極關懷的仰望；
在回首向來蕭瑟處，仍保有普世價值的堅持；由個人主觀（紅色思
考帽）走向人類文明與無明的客觀（白色思考帽）；自「人心唯危，
道心唯微」的雙重檢視中，自「冷靜的腦」的實然觀照中，向上轉
出「溫暖的心」的應然理念；由冷凝的透視（白色思考帽），向上翻
出豁達的寬朗（黃色思考帽）。[14]

---

[13] 此段說法，另可參見王鼎鈞：《葡萄熟了，老年的喜樂》（臺北市：大地出版社，
1995 年），頁 41～42。

[14] 黃萬華謂王鼎鈞：「以『寫出全人類的問題』的胸襟來關注人生，而他取之於人生
的思想資源又多元豐富，這使得他關注『善/惡』、『美/醜』、『得/失』等問題時
不會失於『二元對立』的建構，而躍動著切實而有力的辯證思維。……清晰呈現出

　　因此論及「生命的意義」王鼎鈞自「成住壞空」終成寂滅的「歸零」觀照之餘，化任性為韌性，直指殉道者的動人堅持。

> 生命就是上帝派遣一個靈魂到世上來受苦，然後死亡。可是由於這個人的努力，他所受過苦，後人不必再受。(《開放人生‧考證》，頁 28)

　　於是，自「可是」的轉折中，勇銳承擔，開低走高；深知十字架上的受難，自有其創造性的意義，除了給人眼淚外，更給人前車之鑑，彰顯「化作春泥更護花」的苦心。似此「盡心盡性盡力」的書寫，亦即隱地所謂：

> 鼎公唱聖歌，加了文學料，讚美主之外，也讚美了俗世裡的凡人。凡人之愚，需要去除，凡人之美，也需要讚嘆。(隱地〈王鼎鈞的聖歌〉)[15]

　　在水淨沙明、天寬地闊之餘，王鼎鈞既目納天邊的彩虹，又流眄雨中的綠樹。自文心與道心接軌處，世路經眼，溫暖洞悉；自美麗的七彩映照中，拈出「人生金丹」，湧現他詩性智慧的穿透力，寫下對「有流傳價值、對讀者們有啟發性」(《文學江湖》，頁 8) 的熱力見證。

　　凡此，越走越寬，越走越高的思路裡，王鼎鈞以過來人的有情之筆，自「有意外、有意義、有意思」的書寫中，過濾一己人生經

王鼎鈞始終趨善向上的人生觀。」見其《中國和海外：20 世紀漢語文學史論》(天津市：百花文藝出版社，2006 年)，頁 544。

[15] 見王鼎鈞：《千手捕蝶》(臺北市：爾雅出版社，1999 年)，頁 178。

驗，拉高增廣閱讀者的視野，按摩活化現代學子的靈魂，以思想深化情感，化感性為知性，提升知性為悟性；展現洞明的通識與練達的見識，折射厚積薄發的多層精義，穿透時代的迷霧，引導偏執的迷航，聳立成港灣岸上的燈塔，朗照現代文學的原野，遂成個人「目光如炬，燭照幽微」的深層光輝。

李漁《耐歌詞》聯章的結構特色

高美華

國立成功大學中國文學系副教授

摘要

　　本文首先釐清聯章詞的定義，以音樂文學發展的脈絡而言，「聯章詞」在音樂體制上是詞調的重複、循環疊用；在文學創作上是填入題材相關、事類相當的曲詞，運用形式的特點，形成一組完整的有機創作。當詞樂流散不存，詞走上詩化的路，以詞調音樂為主的應歌之作也就式微了，一般聯章詞的判定就以篇章內容形式為判斷標準。因此採用狹義的界說，以同調聯章為範疇，「異調聯章」、「成套詞」、「大遍」等不在其中，並將其定義重新界定為：「將二首以上同調的詞，歌詠同一主題或同類題材，以一定的篇章形式，組成一個完整的結構，彼此互為關聯，便是聯章。」

　　李漁《耐歌詞》的聯章詞共一百三十六首，約佔詞集三百六十一首的五分之二。其中「一題聯章」，有二十五調，共一百一十四首。「分題聯章」，有八調，共二十二首；其中〈搗練子〉一組，分別與二女和韻，春景、秋景、理繡、月下合簫，雖未必同時之作，但其充分展現父女互動與深情，編排一處，特見用心，故列入此類。李漁之作大異於宋人，他的一題聯章佔大部分，與分題聯章的比幾乎是五比一。他在四十組的聯章詞中，小令聯章的比例超過二分之一，中調則超過五分之一，甚至長調也不乏其作。

　　李漁的聯章詞結構性強，以內在結構而言，主題立意，立體多元，生活多品味、情感多面向。他選用詞調結合立意，挑戰凡俗窠臼，推陳出新；一題聯章多取材於作者之眼所見，與個人生活密切相關；分題聯章則多以他者旁觀角度看世情、人際關係；作者以特有的情性態度，架構出他的思想、生活與世情觀照。以外在結構而言，形式章法，將聯章技巧延長、擴展，別出心裁。在敘事、議論、抒情、描寫、戲謔之際，擅用對比、重頭、先後、因果、順承；並聯、並列、總分、串聯等形式，架構出作者的文學素養和藝術巧思。

　　李漁身處明末清初，是詞學復興的時代，在清詞提倡尊體和比興寄託等主張的環境下，他一人兼通詞曲，強調「耐歌」，認為：「詞則全為吟誦而設，止求便讀而已」。當詞走向清賞吟哦、應酬交際，雖然具備生活性、遊戲性、娛樂性，但與詩和曲的界線就模糊不清了，在夾縫中失去它的主體性；李漁深知文學發展的運勢，他既明白詞「不上不下」的特質，創作上也就力求詞的原創精神，詞不能「唱」，但是詞調格律仍在，「長歌」仍可揣摩其音樂性於一、二。他在《窺詞管見》中，提出「摩腔煉吻」之法，以歌唱的方式強化詞的誦讀性；在《耐歌詞》中大量創作聯章詞，加強詞的敘事性、流暢性；他以「耐歌」為名，作詞不求悅目，止期「便口」，其用意或許是在調和「詩之唯讀」與「曲之專唱」吧！

關鍵詞：李漁、耐歌詞、聯章、誦讀性、敘事性

一　前言

　　中國韻文的發展，由自然音律走向人工音律[1]。先時，以詩為主的韻文，雖然可以絃歌之，但是以詩配樂，樂為輔襯，「詩言志、歌永言[2]」，詩人的心聲可以自然流露，一唱三嘆，沛然成章。如詩經的關雎、蒹葭等篇章，都在迴旋反覆中寄寓層遞深入的情思。漢武帝柏梁宴作，開始有了七言聯句，一如《文心雕龍·明詩》所說：「聯句共韻，則柏梁餘製。[3]」齊梁永明聲律、四聲八病之說，開啟了近體詩人工音律的講求。杜甫的近體詩可謂是集詩律之大成，他的秋興八首，就屬聯章[4]。從聯句到聯章，詩的創作經驗，已拓展了文人的創作途徑。等到隋唐燕樂盛行，詞體興起，在詞調音樂的制約之下，必須倚聲填詞，「聲依永，律和聲」，人工音律的講求日益精緻，為了拓充詞作的內容，則發展出「聯章」的特殊體式。

　　王昆吾認為聯章原是民間曲子歌唱的常用形式：

> 它產生於風俗歌唱中的齊唱、聯唱、競歌、踏歌……所謂「踏
> 曲興無窮，調同詞不同」；「齊唱田中歌，嚶嚀如《竹枝》」；

---

[1] 本文論述得自曾永義：《元人散曲──蒙元的新詩》（臺北市：時報文化，1981年）。原說法出自丁邦新：〈從聲韻學看文學〉，《中外文學》4卷1期。

[2] 《尚書注疏》卷第三《舜典第二》頁二十六：「詩言志，歌永言，聲依永，律和聲。」注：「謂詩言志以導之，歌詠其義以長其言」；「聲謂五聲宮商角徵羽，律謂六律六呂十二月之音氣，言當依聲律以和樂。」見《十三經注疏》（一）（臺北市：藝文印書館，1976年6版），頁46。

[3] 梁·劉勰：《文心雕龍注》（臺北市：學海出版社，1977年月初版），卷二頁68。

[4] 張宏生曾論述杜甫的聯章詩，並歸納出緊密相聯和鬆散相聯兩種形式。詳張宏生：《清代詞學的建構》（南京市：江蘇古籍出版社，1999年），頁98。

「聯歌《竹枝》……歌者揚袂睢舞，以曲多為賢」；「連踏而唱，推對答敏捷者勝」；都是這種歌唱方式的表現。[5]

將「聯章詞」視為詞體的一種，是任中敏首先提出。他將詞的體製分為散詞、聯章詞、大遍、成套詞、雜劇詞五種，並表列各項內容，今以文字引述於下：

尋常散詞，包括：

令、引、近、慢、犯調、摘遍、三疊、序子；單調、雙調、三疊、四疊、疊韻；不換頭、換頭、雙拽頭。

聯章者，包括：

一題聯章、分題聯章；演故事者－每詞演一事者、多詞演一事者。

大遍，包括：法曲、大曲、曲破。

成套者，包括：鼓吹、諸宮調、賺詞。

雜劇詞，包括：用尋常詞調者、用法曲者、用大曲者、用諸宮調者。[6]

近人夏承濤、吳熊和提出聯章詞的定義為：

把二首以上同調或不同調的詞，按照一定方式聯合起來，組成一個套曲，歌詠同一或同類題材，便稱為聯章。[7]

並根據任中敏的說法，將唐宋詞中的聯章體分為普通聯章、鼓

5　王昆吾：《隋唐五代燕樂雜言歌辭研究》（北京市：中華書局，1996 年），頁 93。

6　任中敏：《詞曲通義》（上海市：上海商務印書館，1933 年國難後第一版），頁 7。

7　夏承濤、吳熊和：《讀詞常識》（北京市：中華書局，1981 年），頁 31。

子詞和轉踏三種[8]。

稍後，馬興榮、吳熊和等主編的《中國詞學大辭典》則定義為：

> 聯章是以兩首或多首同調、異調的詞，組合成一個套曲，用以歌詠某一類題材。[9]

不同於前者的是，他們認為：宋代聯章詞有的來源於民間鼓子詞，有的出自轉踏。

從上述的定義，我們可以界定出聯章詞的必備條件：在形式上必須用兩首或兩首以上、組成一個套曲，在內容上是歌詠同一類題材。但是所謂的套曲和組詞的概念是否等同？而鼓子詞、轉踏和聯章詞的關係如何？鼓子詞、轉踏是聯章詞的體例之一，還是聯章詞的來源？是三者並立，還是前二者涵蓋在後者之中？

首先，在任中敏敦煌曲子詞的聯章研究中，指出普通聯章詞主要的判定是內容題材的貫串[10]，又據上述任中敏詞的體製表所列，則聯章詞中包括「題」與「事」的組合，「多詞演一事」與「一題聯章」相仿；「每詞演一事」與「分題聯章」相當。王昆吾在其研究基礎上，總結了唐五代聯章曲子詞的形式特點，他提出曲子詞的兩大範疇：隻曲與聯章，聯章之下有普通聯章與特殊聯章，特殊聯章有定格聯

8　劉少坤引用任二北《詞曲通義》（上海市：上海商務印書館，1931年）〈詞體表〉中，聯章詞分普通聯章、鼓子詞與轉踏，與本文所見有異。詳劉少坤：《宋代連體組詞研究》（石家庄市：河北大學碩士學位論文，2009年6月），頁4。

9　馬興榮、吳熊和：《中國詞學大辭典》（杭州市：浙江教育出版社，1996年），頁21。

10　任中敏在《敦煌曲初探》中說到：「普通聯章之認定，須詳玩原辭內容，確屬貫串者。若僅憑其前後相次，措辭仿佛有關，便為聯繫，則失卻意義。」詳任中敏：《敦煌曲初探》（上海市：上海文藝聯合出版社，1954年），頁319。

章、重句聯章與和聲聯章等形式。[11]近人對聯章詞的研究，止於唐五代及宋代，所用詞例，多以《敦煌曲子詞》、《花間》、《草堂》、《全宋詞》等為範圍，並未納入異調聯章；[12]或稱連體組詞，並不成套[13]；且任中敏亦將成套者另行標出，包括：鼓吹、諸宮調、賺詞。則聯章詞的界定，並不同於後來發展的套曲，不應以「套曲」視之。

其次，鼓子詞和轉踏是曲藝演唱的表現形式，據于天池的研究，鼓子詞在文本結構上一般是由「致語」或口號和「同調聯章詞」兩個主要部分構成，文前「致語」是說的散文，「同調聯章詞」是它的韻文演唱形式。[14]據張若蘭對北宋轉踏的研究，他認為判斷轉踏作品的形式標準是：「第一、多首詞作共同用同一詞牌；第二、詩詞相成；第三、詩的末句數字語詞的首句數字相頂真；第四、歌舞相兼，說唱並行。」[15]所用也是同一詞調。不論是鼓子詞的「散韻相間」，或是轉踏的「歌舞相兼」，其韻文部分都是「同調聯章」；早期的詞作

---

[11] 王昆吾：《隋唐五代燕樂雜言歌辭研究》（北京市：中華書局，1996 年），頁 97。

[12] 整體探討聯章詞的發展和結構特色者，如：〔韓國〕柳鐘睦：〈聯章詞的發生與發展〉，《中國文學》26 期（1996 年 12 月）。李曉婉：〈聯章詞結構及其藝術範式〉，《寧波大學學報》（人文科學版）第 16 卷第 4 期（2003 年 12 月），頁 66～68。有關唐五代聯章詞的研究，如：劉姣：〈試論唐五代聯章詞的創制以及敘事性〉，《安徽文學》，2008 年第 5 期，頁 65～66。劉少坤：〈唐五代聯章詞的特點及其影響〉，《保定學院學報》，2011 年第 2 期。宋代聯章詞的研究，如：鄭麗鑫：《論宋代聯章詞》（桂林市：廣西師範大學碩士學位論文，2008 年）。在臺灣有鄭淑玲：《唐宋聯章詞研究》，邱燮友指導，中國文化大學中國文學系博士班；另有陳秀芳：〈歐陽修《漁家傲》聯章詞修辭藝術析論〉，2008 年 10 月發表於大同技術學院，惜二書均未得見。

[13] 劉少坤：《宋代連體組詞研究》（石家庄市：河北大學碩士學位論文，2009 年 6 月）。

[14] 于天池：〈論宋代鼓子詞〉，《海南師範學院學報》，1999 年 4 月，頁 15～22。

[15] 張若蘭：〈北宋「轉踏」芻議〉，《項楚・新國學》，第五卷（成都市：巴蜀書社，2005 年），頁 95～96。

聯章，多受其影響，成為文人創作依循的形式。

　　因此，我們可以說聯章詞的形式，與詞調音樂結構密切相關的有一般詞調、鼓子詞、轉踏（傳踏）等形式；與篇章內容相關的則有一題、分題之別；與篇章形式相關的有重頭、重句、和聲、和韻、定格等特殊方式。以音樂文學發展的脈絡而言，「聯章詞」在音樂體製上是詞調的重複、循環疊用，正如王昆吾所說：「聯章即同一主題、同一曲調、連續歌唱的唱辭」，[16]最早由「齊唱、聯唱、競歌、踏歌」等演唱方式連綴而成，有一時即興的性質；在文學創作上是填入題材相關、事類相當的曲詞，運用形式的特點，形成一組完整的有機創作。只要是同調相從，在一結構體中互為關聯，而非雜湊彙結，就具有聯章性；[17]雖然詞學研究者於此尚有爭議，[18]但筆者以為：由於詞體音樂不再，即興創作不可得，以聯章詞的概念延伸至連體組詞的創作，其方法與構思是相似的，因此本文從寬認定，將連體組詞納入聯章詞領域看待。

　　當詞樂流散不存，詞走上詩化的路，以詞調音樂為主的應歌之作也就式微了，一般聯章詞的判定就以篇章內容形式為判斷標準。本文所稱的「聯章詞」是採狹義的界說，以同調聯章為範疇，「異調聯章」、「成套詞」、「大遍」等不在其中。試將其定義重新界定為：

　　　　將二首以上同調的詞，歌詠同一主題或同類題材，以一定的

---

[16] 王昆吾：《隋唐五代燕樂雜言歌辭研究》（北京市：中華書局，1996 年），頁 97。

[17] 張以仁：〈溫庭筠〈菩薩蠻〉詞的聯章性〉，《花間詞論集》（臺北市：中央研究院中國文哲研究所，1996 年），頁 121～150。

[18] 蕭繼宗認為：「菩薩蠻十四首未必飛卿一時之作，不過以同調相從，彙結於此，實無次第關連。且飛卿此調，未必止於十四，趙氏亦只就存者編錄耳。」見蕭繼宗評點校注：《花間集》（臺北市：臺灣學生書局，1977 年），頁 25。

篇章形式，組成一個完整的結構，彼此互為關聯，便是聯章。

李漁的詞集以「耐歌」為名，那麼，在詞樂遞變不存、曲調增華改易之際，他對聯章詞的關注如何？在詞調、主題的運用又如何？他在詞調與曲唱之間，如何界定「耐歌」的意涵？這是本文所欲探究的問題。

二　李漁《耐歌詞》中的聯章

李漁《耐歌詞》是他晚年應坊人之求，繼《名詞選勝》一書出版之後，結集個人專輯而成。其序作於康熙十七年（1678）[19]，他謙稱：

> 「是書無他能事，惟一長可取，因填詞一道，童而習之，不求悅目，止期便口，以『耐歌』二字目之可乎？」所耐惟歌，餘皆不耐可知矣。

對「童而習之」的填詞藝術，他自然是得心應手的。但不同於明末清初詞派，推尊詞體、雅重寄託，將詞推向詩的意境。[20]他關注的是市井流行，和柳永一樣，是懂音樂的作詞家。他推崇「柳七詞

---

[19] 李漁：《耐歌詞・自序》，《李漁全集・二卷》，《笠翁一家言詩詞集》（杭州市：浙江古籍出版社，1992 年 10 月 1 版），以下引文出此，不再贅註。本文所用《耐歌詞》版本同此。

[20] 詳見張世斌：《明末清初詞風研究》（天津市：天津古籍出版社，2008 年 4 月），第一章〈明末清初推尊詞體的努力與詞的發展〉，頁 11～36。

多，堪稱曲祖」，並以「口臬香魂，舌翻情浪，何殊夜夜伴多才」[21]聊堪自慰，並做成「年年此日吊柳」成例；甚至在滿江紅一詞說：「傀儡磁場，三十載，謬稱柳七」[22]，以柳七自許。他繼承了花間、草堂一派，在《耐歌詞》序中他託坊人之口，道出其詞風格：

> 子為當今柳七，曲弊歌兒之口，書飽文人之腹，所未公天下者，惟《花間》、《草堂》一派耳。

《花間》、《草堂》本為歌者而設，五代·歐陽炯《花間集敘》云：「則有綺筵公子，繡幌佳人，遞葉葉之花箋，文抽麗錦；舉纖纖之玉指，拍按香檀。不無清絕之詞，用助妖嬈之態。」[23]清·宋翔鳳《樂府餘論》云：「草堂詩餘一集，蓋為徵歌而設，故別題春景、夏景等名，隨時節即景歌以娛客，題吉席、慶壽更是此意。」[24]即可證知。但《花間集》以作者為主，其編排方式是因人係詞，強調的是人對詞的專屬，因人存詞、因詞係人。《草堂詩餘》是為徵歌而設，以歌者為考量，因此採用以事類編詞，便於歌者。到了明代，《草堂詩餘》盛行，出現的版本，至今可考的就有十餘種，元刻本按內容分類編排，明人則改為按調名編排，明嘉靖以後似乎成為通例，顯

---

[21] 李漁：《耐歌詞》，〈多麗·春風吊柳七〉，《李漁全集·二卷》《笠翁一家言詩詞集》（杭州市：浙江古籍出版社，1992 年 10 月 1 版），頁 495。

[22] 李漁：《耐歌詞》〈滿江紅·讀丁藥園《扶荔詞》，喜而寄此，勉以作劇〉，同上註，頁 472。

[23] 〔五代〕歐陽炯：《花間集敘》，見蕭繼宗評點校注《花間集》（臺北市：臺灣學生書局，1977 年）。

[24] 〔清〕宋翔鳳《樂府餘論》〈論令引近慢〉條，見唐圭璋《詞話叢編》第三冊（北京市：中華書局，1986 年版），頁 2500。

然是應寫作需要。[25]

《耐歌詞》的編選方式，和明代後期一樣，是以調編詞，以字數多寡為序，先小令、次中調，後長調。計有：小令六八調、二百三十一首；中調三二調、七十五首；長調二〇調、五十五首；總計一二〇調、三百六十一首。其詞在詞調之下，均有詞題，偶有詞序，但多不長。

李漁《耐歌詞》在同一詞調之下，同一詞題的多首作品，以「又」為記，很明顯的符合上述狹義的聯章詞界說：「以兩首或多首同詞調的詞，組合成一個完整的結構，用以歌詠某一類題材」，因此，其「聯章詞」的判定，即以此為主，此類為任中敏所說的「一題聯章」，有二五調，共一百一十四首。另外，有詞題不同，但明顯為同一類題材，是所謂的「分題聯章」，有八調，共二十二首；其中〈搗練子〉一組，分別與二女和韻，春景、秋景、理繡、月下合簫，雖未必同時之作，但其充分展現父女互動與深情，編排一處，特見用心，故列入此類。大致上，一題聯章與分題聯章的作品總數是五比一的比例。至於〈竹枝第二體‧春遊竹枝詞‧錄十二首之一〉，〈鶯啼序‧於吳梅村太史園內看花，各詠一種，分得十姐妹〉，因只錄其一，暫置不論。

以其聯章詞組數量而論，其中二詞聯章二十一組；三詞聯章二組；四詞聯章十二組；六詞聯章二組；八詞聯章二組；十二詞聯章一組；共四十組，一百三十六首。小令〈花非花〉、〈荷葉杯〉、〈夢江南〉、〈搗練子〉、〈導法駕引〉、〈憶王孫〉、〈一葉落〉、〈如夢令〉、〈河滿子〉、〈生查子〉、〈柳枝〉第二體、〈昭君怨〉、〈春光好〉、〈浣

---

[25] 詳余意：《明代詞學之建構》（上海市：上海古籍出版社，2009 年 7 月），頁 185～189。

溪紗〉、〈菩薩蠻〉、〈卜算子〉、〈減字木蘭花〉、〈好時光〉、〈憶秦娥〉、〈清平樂〉、〈朝中措〉、〈偷聲木蘭花〉、〈少年游〉、〈虞美人〉、〈臨江仙〉第三體等，共二五調一百一十六首；中調〈釵頭鳳〉、〈醉春風〉、〈風入松〉第二體、〈最高樓〉等，共四調十六首；長調〈滿江紅〉、〈花心動〉等，共二調四首；總計三一調一百三十六首。其聯章詞在詞集中所占的比例如下表：

《耐歌詞》聯章詞數量統計表：

	耐歌詞		聯章詞		聯章詞詞調比	聯章詞數量比
小令	68 調	231 首	25 調	116 首	36.8%	50.2%
中調	32 調	75 首	4 調	16 首	12.5%	21.3%
長調	20 調	55 首	2 調	4 首	10.0%	7.3%
總計	120 調	361 首	31 調	136 首	25.0%	37.7%

由上表可知，李漁四十組的聯章詞中，小令聯章的比例超過二分之一，中調則超過五分之一，甚至長調也不乏其作。「宋詞中有大量的聯章詞，據《全宋詞》大略統計，宋代約有一百六十七位詞人填寫了約四百二十二多組的聯章詞，宋代許多著名的詞人如歐陽修、柳永、蘇軾、秦觀、張炎等都參與了聯章詞的創作」，[26]平均一位作家不過三組；李漁聯章詞數量和比例與宋代詞家比起來，是相當可觀的。宋以後，元明詞的音樂消失，又受曲體興起的影響，詞

---

[26] 鄭麗鑫：《論宋代聯章詞》（桂林市：廣西師範大學碩士學位論文，2008 年），頁 1。

的創作和研究相對受到冷落；詞曲交融發展，其間消長與區別不易
釐清，李漁身處明末清初，是詞學復興的時代，在清詞提倡尊體和
比興寄託等主張的環境下，他一人兼通詞曲，強調「耐歌」，而大量
創作聯章詞，這現象頗值得關注。

　　以下擬就李漁聯章詞的主題特色和形式特色，分別論述其內在
結構與外在結構，以探究李漁聯章詞在內涵、形式上的承繼和創新。

三　李漁聯章詞的內在結構──主題立意

　　每一組聯章詞的題材內容須有相關性，而主題的確立更關涉到
內在結構的鬆緊，「一題聯章」直接根據題意，進行多元的創作，是
由中心點向外擴充，焦點明確；「分題聯章」則是圍繞同一主題，由
外在面向捕捉主題的特徵，呈現的是多角度的整合。張宏生認為杜
甫的聯章詩有「緊密相連」和「鬆散相連」兩種形式，[27]鄭麗鑫則以
宋代聯章詞中內容直接相關者為緊密相連，圍繞同一主題創作的聯
章詞為鬆散相連，而鬆散相連的作品為多。[28] 在李漁的聯章詞中，
一題聯章有二五調一百一十四首，分題聯章有八調二十二首；若以
主題呈現的方式區分結構鬆緊，則李漁之作大異於宋人，他的一題
聯章佔大部分，與分題聯章的比幾乎是五比一，很明顯地可以看出
他構思的緊密度。其實，在李漁分題聯章的部份，其構思的巧妙和

---

[27] 張宏生：「總的看來，杜甫的聯章詩大致有兩種形式：一種是緊密相聯，一種是鬆
散相連。」見張宏生：《清代詞學的建構》（南京市：江蘇古籍出版社，1999 年），
頁 98。

[28] 鄭麗鑫：《論宋代聯章詞》（桂林市：廣西師範大學碩士學位論文，2008 年 4 月），
頁 4。

嚴謹，並不遜於一題聯章，因此筆者認為，不宜用主題呈現的方式區分詞章結構的鬆緊，而是要實際看待作品本身的主題和內容是否緊密切合，因此「立意」是最主要的關鍵。以下分別從詞調看其選調立意的用心，從一題聯章看其主題的特色，從分題聯章見其題材巧思，期能呈現其聯章詞的內在結構特色。

一　選調立意的用心

詞調名稱的來歷大約有兩種：一是依已有樂曲取名創調如張先〈熙州慢〉、柳永〈八聲甘州〉、周邦彥〈蘭陵王〉等；一是據所詠之事創調取名，如柳永〈望海潮〉（東南形勝）[29]。後者詞調名稱就是詞題，「如〈憶餘杭〉因潘閬憶西湖而作也，〈菊花新〉因陳源念菊夫人而作也，〈醉翁操〉因東坡追思六一翁而作也。[30]」《詞學季刊》第一卷第四號載失名者之《詞通》有〈論名〉一節云：

> 有詞之先，既無所謂調，即無所謂名。故有一詞既成，乃取詞句以名其調者，如〈閑中好〉、〈花非花〉、〈章台柳〉，皆本詞之首句，亦猶唐人詩以首句為題。[31]

詞調名稱的來由，早期往往緣自歌詞內容，隨著詞的發展，詞的內容與調名往往不相關涉。但李漁《耐歌詞》中，標明用本題本意的詞調有：〈花非花〉、〈一葉落〉、〈長相思〉、〈春光好〉、〈誤佳期〉、

---

[29]　張海鷗：《論詞的敘事性》，廣州中山大學中文系、中國文體學研究中心網站　ttp://wtx.sysu.edu.cn/

[30]　劉永濟《詞論》卷上《調名緣起》，頁 31。

[31]　失名：〈詞通・論名〉，《詞學季刊》第一卷第四號（臺北市：臺灣學生書局，1967年），頁 109。

〈漁家傲〉、〈帝台春〉，共七調。其中〈花非花〉、〈一葉落〉、〈春光好〉三調為聯章詞，調名即為題名，也是本詞之首句；可見他十分留意詞調與內容的關係。

李漁把握了詞調的特色，在原有的內容基礎上，賦予新意。如〈花非花〉四首，用本題書所見，把握了白居易〈花非花〉[32]飄忽不定、難以捉摸的主題，他更進一步具體地，由人面、人影、人意的難親、易去、難明，歸結到心熱春寒的血淚交迸；將如詩如夢的意境，翻化成情感的真實觸動，寄寓悲苦的人生底蘊，既深刻又令人震撼，無怪乎顧梁汾評為：「石破天驚，得未曾有」。[33]

如果說〈花非花〉是來去無常，形影如幻，意切神傷；〈一葉落〉則是敘寫秋懷，擲地有聲，警策如鐘。

> 一葉落，秋聲作。幽懷誰使梧桐覺。愁容忽變今，吟髭迥非昨。迥非昨，早被西風斫。
> 一葉落，聲如鐸。金風作意催行樂。人無千歲身，醫無九轉藥。九轉藥，勿使杯中涸。

第一首寫梧桐葉落，驚覺容顏非昨；第二首借秋聲如鐸，警悟及時行樂。此調用入聲韻，長短句交錯，頓挫有致。

---

32 白居易〈花非花〉：「花非花，霧非霧。夜半來，天明去。來如春夢不多時，去似朝雲無覓處。」見朱彝尊《詞綜》（上）（臺北市：世界書局，1956 年），頁 4。

33 其評附刻於詞作上端，見《李漁全集‧二卷》《笠翁一家言詩詞集》（杭州市：浙江古籍出版社，1992 年 10 月 1 版），頁 379。顧梁汾即顧貞觀（1637～1714），江蘇無錫人，《清史稿》謂康熙十一年壬子舉人。曾官內閣中書，後至國史院典籍，十三年移疾歸。與迦陵、竹垞稱「詞家三絕」，有《彈指詞》。康熙十六年與李漁會於湖州，為漁《論古》及詩文寫評。參見單錦珩：《李漁交游考》，《李漁全集第十二卷》（杭州市：浙江古籍出版社，1992 年）。

　　〈春光好〉則寫遊春所見：首寫晴天出遊、樂活游仙；次寫芳叢互蒙、自然天工；三寫禽聲百囀、玉驄嘶和；末寫畫船嬌娥、醉態酡顏。春光旖旎爛漫，他生命熱情洋溢，「繞過紅莊翠里，踏殘錦陌珠阡」，觀察到芳叢互相蒙、「桃花能綠柳能紅」的天工之趣，不攜簫管、但聽禽鳴馬嘶，遊觀紅袖嬌情、醉不堪飲，結以「奈他何！」一聲長嘆，似拚一身且沉醉。歡樂之詞，酣暢淋漓盡致若此，令人嘆為觀止。

　　至於，〈河滿子〉（感舊四時詞憶喬姬在日）四首，以春夏秋冬四時之生活場景，追憶喬姬，像是四幅士女圖[34]，真切卻是曾經，一聲何滿子，怎不催人淚下？〈好時光〉二十首，以春色、春聲、春山、春水、春日、春風、春雲、春月、春雨、春雪、春燈、春社、春酒、春盤、春郊、春疇、春寺、春衫、春游、春歸時予來自燕都，清明之後一日也等，從各個角度，盡寫春光。〈朝中措〉（平山堂和歐公原韻）二首，以今昔太守相對比，歌頌政風。〈少年游〉四首，艷情、艷語各二首，似少年遊仙窟，雖寫艷情，益增人生感慨。〈風入松〉第二體（自題湖上新居，寄四方同調六首），以居處風光寄寓人生境遇。〈花心動〉（心硬）二首，藉男人心硬寫女人心動。諸調名雖不明言本題本意，但聯章之際，多出自「顧名思義」，將選調、立意，巧妙連結。

　　〈導法駕引〉[35]（次韓夫人原韻）三首，重現了傳說中韓夫人的

---

[34] 余霽岩評：「四幅士女圖，皆從虛字中畫出。如易來、難得、慣諳、偽作、能令、每從等字，悉是蘇公描影手。」其評附刻於詞作上端，見《李漁全集·二卷》，《笠翁一家言詩詞集》（杭州市：浙江古籍出版社，1992年10月1版），頁394。

[35] 〈導法駕引〉，《全清詞》錄李漁詞作〈法駕導引〉，見南京大學中國語言文學系全清詞編纂研究室編：《全清詞（順康卷）（二）》（北京市：中華書局，2002年），頁637。

仙姿壽影。陳與義〈法駕導引〉詞序有云:「世傳頃年都下,市肆中
有道人,攜烏衣椎髻女子,買斗酒獨飲,女子歌詞以侑,凡九闋,
皆非人世語。或記之,以問一道士,道士驚曰:『此赤城韓夫人所製,
水府蔡真君〈法駕導引〉也,烏衣女子疑龍』云。得其三而亡其六,
擬作三闋。」詞末附註云:「按《詞品》卷一誤以此三首為赤城韓夫
人作。」[36]李漁次韻三首,實即據陳與義所作三首而作。他重現韓夫
人既仙且壽的姿影,踏雲朝天,在金鰲導引下,瞬息去來,暢遊思
見。

　　〈卜算子〉(榆莢錢四首),藉「榆莢」論述他的錢財觀,寄語
世間、有諷有思,是以「錢」卜算歟?這在韓愈〈晚春〉詩:「草樹
知春不久歸,百般紅紫鬥芳菲。楊花榆莢無才思,惟醉漫天作雪飛。」[37]
的基礎上,更推出自己的深刻觀察,賦予新意。

　　李漁立意,求新求奇,貫徹在他的創作之中,他認為詞更需講
究創新,不新可以不作,他說:

　　　　文字莫不貴新,而詞為尤甚。不新可以不作,意新為上,語
　　　　新次之,字句之新又次之。所謂意新者,非於尋常聞見之外,
　　　　別有所聞所見,而後謂之新也。即在飲食居處之內,布帛菽
　　　　粟之間,儘有事之極奇,情之極豔,詢諸耳目,則為習見習
　　　　聞,考諸詩詞,實為罕聽罕睹,以此為新,方是詞內之新,

---

[36] 陳與義:《無住詞》,見朱祖謀校輯:《彊村叢書(三)》(臺北市:廣文書局,
　　1970 年),頁 1665。

[37] 韓愈:《韓昌黎詩繫年集釋》卷九,《韓昌黎集》(臺北市:河洛圖書出版社,1975
　　年),頁 426。

　　非齊諧志怪、南華志誕之所謂新也。[38]

　　他以「意新」為上，而且是在飲食日用之間，將習聞習見之事，賦予新視角、新感受，雖極新極奇，卻不怪誕、不生澀，能在平凡中見真章，以化境為尚。在其詞作中，雖用詞調本意，守其詞調結構格律，主題且有所承，卻能將膾炙人口或習以為常者，化俗翻新，與他的主張相符合，足見他的用心所在。

二　一題聯章的主題特色

　　「一題聯章」直接根據題意，進行多元的創作，是由中心點向外擴充，焦點明確。李漁的「一題聯章」，有三十一組，二五調，共一百一十四首；其內容主題可歸納為城市風光、應酬題詠、山居野趣、相思別情、生命感懷等五類，今表列如下：

主題類別	詞　調、詞　題	數量
城市風光	夢江南（春遊）、夢江南（燈市詞八首）、憶秦娥（秦淮水二首）、春光好（四首）、好時光（和方邵村侍御春詞十二闋）、好時光（八闋）	6組
應酬題詠	浣溪紗（題三老看雲圖）、導法駕引（次韓夫人原韻）、朝中措（平山堂和歐公原韻）、卜算子（榆莢錢四首和宋荔裳大參）、清平樂（和家蓼墅見贈，時在燕都）、滿江紅（呈索愚庵相國二首）	6組
山居野趣	憶王孫（山居漫興）、如夢令（祝子山居）、昭君怨（贈	5組

38　李漁：《窺詞管見》第五則，《李漁全集・二卷》，《笠翁一家言詩詞集》（杭州市：浙江古籍出版社，1992年10月1版），頁509。

	友）、減字木蘭花（田家樂）、風入松第二體（自題湖上新居）	
相思別情	生查子（閨人送別）、憶秦娥（離家第一夜）、偷聲木蘭花（來生願）、醉春風（良時閨怨六首）、最高樓（悼喬王二姬於婺城舊寓）、河滿子（感舊四時詞憶喬姬在日）、花心動（心硬）	7 組
生命感懷	搗練子（惜花）、如夢令（春怨）、減字木蘭花 （悔春詞）、憶秦娥（春歸二首）、臨江仙第三體（偶興）、花非花、一葉落	7 組

（一）城市風光

　　以聯章詞歌詠風土民情，城市風光，唐宋以來即不鮮見，潘閬的《酒泉子》十首，描寫他記憶深處的錢塘、西湖、孤山、西山、高峰、吳山、龍山、觀潮等景觀，就是膾炙人口的聯章作品。而柳永的〈望海潮〉（東南形勝）更是敘寫都市的不朽代表；黃裳〈書樂章集後〉讚嘆他的太平氣象說：

> 是時予方為兒，猶想見其風俗，歡聲和氣，洋溢道路之間，動植咸若。令人歌柳詞，聞其聲，聽其詞，如下斯時，使人慨然有感。嗚呼！太平氣象，柳能一寫于樂章，所謂詞人盛世之黼藻，豈可廢耶！[39]

　　李漁認為文人筆墨與武士戈矛一樣，亂世可以削平反側，治世則可點綴太平；他在入清之後，選擇以全新的眼光看待新時代，履

---

[39] 黃裳：《演山集》卷三十五，《四庫全書》（上海市：上海古籍出版社，1987 年，影印文淵閣本第一一二〇冊），頁 239～240。

踐新生活,他的《閒情偶寄》「所言八事,無一事不新;所著萬言,無一言稍故……」他迎合世人喜新尚異的心,但都不離正道,希望藉風雅之事寓勸懲之心,雖名為「閒情」,實則由雅及莊,欲正俗於無形,「實具婆心,非同客語」。[40]

所以在風光的歌頌描述之餘,最可貴的是,他能在春遊中領略深秋的寒意:「夾路松濤寒欲滴,不妨三月作深秋。衣袂任颼颼。」(〈夢江南・春遊〉之四),瀟灑的面對;在盡寫繁華之後,面對人空河洗的真相,卻託:「天心欲去繁華累,江潮也為閭閻計。閭閻計,金錢有限,游觀無際。」(〈憶秦娥・秦淮水〉二首),以有限金錢,飽覽無際風光。

以〈憶江南〉而言,該詞調為詞體鼻祖之一[41],由唐宋流傳至今,其體製未有改變,句式多為五、七言,韻腳為平聲韻,多聯章詞。詞體初現是為了宴樂娛賓,以實用性為主,後經文人雅化,將詞由民歌性質提升至文學殿堂,在結構中可看出含有文人化與地方民歌的性質。兩宋因崇雅之風盛行,此調自然不易被士人所採納,因此雖流傳於市井,卻少見於文人詞中。[42]唐代白居易的三首〈憶江南〉,憶及江南的江花、江水;杭州的桂子、潮頭;吳宮的吳酒、吳娃;宋代謝逸的〈江南好〉二首寫臨川的風景優美、社會繁榮;王琪的〈江南好〉描寫江南整體風貌和經濟的繁榮。這裡有個人的追憶和

---

[40] 他在《閒情偶寄・凡例》中,提出四期、三戒,「點綴太平」就是四期之一。李漁:《閒情偶寄》,《李漁全集第三卷》(杭州市:浙江古籍出版社,1992 年 10 月)。

[41] 最早見於唐・白居易〈憶江南〉,有「江南好」一首、「江南憶」(杭州、吳宮)二首,劉禹錫有「春去也」一首。見朱彝尊《詞綜》(上)(臺北市:世界書局,1956 年),頁 4。

[42] 陳揚廣:《〈憶江南〉詞調及其內容研究——以唐宋詞為例》(臺南市:成功大學碩士論文,2007 年),論文摘要。

歌頌，敘述風光的美好。

李漁〈夢江南〉即〈憶江南〉詞調，雖然是和太史的唱和之作，但他描寫金陵的燈市，不是歌頌繁華，而是將焦點放在繁華底下的世俗人心，更見「婆心」。

第一首他點出秣陵燈時繁華，似與六朝無異。其次寫商家心計、難明其底蘊、骨董微賤、有眼即相隨，燈月人雜、好處費推敲，霹靂花爆、居安誰思危，古玩抱屈、貶薄聽時人，謀利淘沙、誰家飽私囊；對這些太平假象，充滿感慨和諷刺，最後提點一事勝他方，就是游女藏迹，善俗堪表彰，寄寓了他的淑世理想。在主題的呈現上，更立體而豐富。

（二）應酬題詠

應酬題詠的主題，是詞體的生活應用，可以展現作者的人際關係和應對才情，但也容易流於逢迎，不易深刻；以聯章的方式呈現，就更易鋪陳而少真心了。以李漁交遊之廣，不乏此類作品；在聯章詞中有六組作品，五組小令，包括題畫一首、和韻四首；一組長調〈滿江紅〉呈索愚庵相國，並作灑墨屏箋十二幅贈之。

他作題畫一組〈浣溪紗〉（題三老看雲圖），以圖畫內容為主；他次韓夫人原韻、作〈導法駕引〉三首，重現了傳說中韓夫人的仙姿壽影。其餘題贈、和韻的對象有：李蓼墅、金長真太守、宋荔裳大參、索愚庵相國等，包括不同的身份和官階。對象不同，就有不同的主題和措辭；金長真太守復建平山堂，他就和歐公韻，古今對比，寫太守仁風；宋荔裳（1614～1673），名琬，山東萊陽人，順治四年進士，授户部主事，七年（一曰八年），因誣下獄，其後宦

海浮沉，仕途坎坷[43]，李漁和以榆荚錢四首，語出詼諧，卻又暗諷錢飛去來，虛實難憑。這些都與題贈對象密合，更換不得，可見在李漁而言雖是應酬交際，但都是獨一無二的機緣，他在主題的安排上，用心獨到，妥切而確當。

又以〈清平樂·和家蓼墅見贈，時在燕都〉、〈滿江紅·呈索愚庵相國二首〉為例，二組詞大抵都在康熙十二年作於北京。李蓼墅是本家，所以他以親切的態度寫道：「多才喜出吾宗，襟懷未許人同。謁選不持手板，之官惟帶詩筒。」稱美他沒有官架子。第二首更感念他的垂青：「憐才有素，乍見渾如故。兩片肝腸如一副，怪煞悠悠行路。」而索愚庵即索額圖，是滿州正黃旗人，初授侍衛。康熙七年授吏部侍郎，九年由國史院大學士改保和殿大學士，十二年李漁在京師，索挽留卒歲，且有預籌薪水，勿使久困阮途之温諭。[44]李漁感念在心，贈以灑墨屏箋十二幅，並作〈滿江紅〉呈索愚庵相國二首，第一首讚頌相國育才、憐才的苦心，並祝願他的功業能留史冊：「一代政聲光史冊，千秋相業輝樽俎。看他時，繪像入麒麟，分茅土。」第二首寫自己竹杖芒鞋卻能登堂入室，顯見相國不憎貧賤的雅量，而能接受李漁的創作：「墨灑長箋十二幅，光騰瑞氣三千丈。料野芹不值半文錢，君偏尚。」同一個時空之下，他選用不同的主題，切合不同的人事背景，在推崇客套之餘，擅長用對比方式，巧

---

43 宋荔裳釋後遷吏部郎中，司榷蕪湖。十年，出為陝西隴西道，十四年遷直隸永平道，十七年轉浙江寧紹台道，皆有治績。十八年擢浙江按察使。康熙元年，又被誣下獄。三年出獄，流寓吳越。放廢八年，十一年四月授四川按察使。十二年入覲，聞吳三桂兵陷成都，驚悸死。工詩，為「燕台七子」之一，又與施閏章齊名，稱「南施北宋」。有《安雅堂集》、《二鄉亭詞》。曾主編《永平府志》。

44 參見單錦珩：《李漁交游考》，《李漁全集第十二卷》（杭州市：浙江古籍出版社，1992 年）。

妙地置放自己的處境和心聲。

（三）山居野趣

　　蘇軾以〈浣溪紗〉五首聯章，開啟了農村詞的寫作[45]，辛棄疾等人繼起有作[46]。此類作品，多寫自身聞見或隱居生活，寄託物外情志。李漁入清以後，他決定退隱，因親友的協助，在伊山築園隱居，「但作人間識字農[47]」凡三年。在《耐歌詞》五組題材中，〈如夢令〉（祝子山居）四首、〈昭君怨〉（贈友）二首是訪友而作，〈憶王孫〉（山居漫興）三首、〈減字木蘭花〉（田家樂四首）、〈風入松〉第二體（自題湖上新居，寄四方同調六首）則是自述。雖然他最後為了養家活口，選擇了著書、賣文；終身以創作為人生歸趣。但對於山居生活，他是熟悉親切的。這五組作品，語出幽默，達觀灑脫，可以看出他在不幸中能求寬慰的智慧。

　　〈如夢令〉（祝子山居）四首，寫訪山居友人的經過，以「桃源」為主題。從遠望山屋、行入幽渺、踏破蒼苔、長嗟蹭蹬，終於尋到了桃源清淨；在其間自飯家常，臥隱如仙，「柳浪松濤絕穩」，再大的風波也影響不到你；透過訪友的歷程，肯定、安慰友人的抉擇。最後在平凡而親切的氣氛中離去，一切是那麼自然而然，而以胡麻、芳蘭為題材，平實而溫馨，俗中帶雅，「屋被白雲封鎖」，餘韻無窮：

　　　食我胡麻千顆，贈我芳蘭數朵。送得出門時，隨向松林自躲。

---

[45] 元豐五年（1078）徐州石潭謝雨道中所作五首〈浣溪紗〉，見龍榆生：《東坡樂府箋》卷一（臺北市：華正書局，1974 年），頁 154～158。

[46] 可參見顧之京：〈辛棄疾農村詞篇什研究〉，收入孫崇恩等主編：《辛棄疾研究論文集》（北京市：中國文聯出版公司，1993 年），頁 95～108。

[47] 〈伊山別業成寄同社五首〉其五，《李漁全集‧第二卷》，頁 166。

　　無那，無那，屋被白雲封鎖。

　　〈昭君怨〉（贈友）二首，則以「懶」為主題，寫友人拋卻兒女牽絆，置身名繮利鎖之外，懶見客、懶作詩，卻得「有客尋來懶見，屋後開門一扇。潛步入鄰家，去看花。」的雅趣，以及「說起耕田不慣，提起作詩尤懶。事事得便宜，有能妻。」的福分。語出詼諧，予人會心一笑。

　　〈憶王孫〉（山居漫興）三首，「不期今日此山中，實踐其名住笠翁」，分別以汲泉煮茶、放魚釣空、門對賊開三事為題，幽默調侃，輕鬆看待這不得已的人生抉擇。如第三首所言：

　　似儂才可住蒿萊，四壁蕭然雪滿腮。夜夜柴門對賊開。賊偏乖，道是才人必少財。

　　〈減字木蘭花〉（田家樂四首），則是平穩地敘寫父耕子讀、黃茅蓋屋、雞豚自養、畜生黃犢等生活點滴，在歉收之時，寬慰「莫怨耕田，度卻荒年有熟年。」；在冰雹來時，慶幸「爭似儂家，風雨酣眠夜不嘩。」；在客至之時，款待「雞豚自養，酒出田間魚在港」，勝過城市酒食費錢又味不新鮮；最後從黃犢的生長「才可兒騎，力逐風生又負犁。」感悟到「韶光易老，富貴可求難自保。薄種微收，要穩還須治綠疇。」平穩力作，才是踏實謀生之道。

　　長調〈風入松〉第二體　（自題湖上新居，寄四方同調六首），是他晚年回到杭州，移居層園後所作，當時李漁已是六十八歲。[48]詞序有云：「杭城井水鹹而濁，惟予新居之側有井曰郭璞聖井，與泉無

48　見單錦珩：《李漁年譜》清康熙十七年戊午（公元 1678 年），《李漁全集第十二卷》（杭州市：浙江古籍出版社，1992 年）。

異。」整組詞首先敘述了移住新居的喜悅之情:「從前虛負自題名,
湖上笠翁稱。笠翁今果來湖上,綸竿具足慰平生。」

其次在群客侑觴歌詠之際,暗傷自己的家貧:「只愧孟嘗貧煞,
致令客散三千。」
第三首以居山腰之勢,臨觀江、湖,將一生閱歷寄寓其中:「江深
湖淺異波濤,風起暫停嘲。湖裡歡娛江上恐,為他人憂樂相交。不
睹乘舟艱險,焉知閉戶逍遙。」

雖然看清了時勢所趨,選擇孤山種梅的隱居生活,卻也避不開
家貧苦多的無奈:「家貧最苦多兒女,未經熟早已呼爺。不使口中
饕餮,難禁耳際喧嘩。」最後兩首「綸竿書卷一齊拋,盡日枕詩瓢」、
「身憊無力鼓輕橈,一葉任風飄」已將身計拋開,隨順知足,是他
晚年生活心境的實錄;但終不敵貧病交迫,二年後,康熙十九年戊
午(1680)正月,他就與世長辭了。他的這組長調〈風入松〉第二
體六首聯章,鋪敘感慨、幽微婉曲,和其他四組的輕快、穩到,截
然不同。

(四)相思別情

詞為艷科,《花間》、《草堂》、柳永《樂章集》,最為代表。李漁
既以柳七自居,當然不避此風。葉嘉瑩將一切敘寫美女和愛情的篇
什,統稱為艷詞。[49]則《耐歌詞》中艷詞居多,從數量上看,三分之
一篇什都與艷情有關。以一題聯章方式呈現的有七組,包括小令〈生
查子〉(閨人送別)、〈偷聲木蘭花〉(來生願)、〈河滿子〉(感舊四時
詞憶喬姬在日)、〈憶秦娥〉(離家第一夜)等四組,中調〈醉春風〉

---

[49] 葉嘉瑩:《清詞論叢》(石家庄市:河北教育出版社,1997 年),頁 50。

（良時閨怨六首）、〈最高樓〉（悼喬王二姬於婺城舊寓）等二組，長調〈花心動〉（心硬）一組。從寫作立場看，以個人經歷為主題的，有〈憶秦娥〉（離家第一夜）、〈河滿子〉（感舊四時詞憶喬姬在日）、〈最高樓〉（悼喬王二姬於婺城舊寓）等三組；以旁觀者關照閨情的主題有〈生查子〉（閨人送別）二首、〈偷聲木蘭花〉（來生願）二首、〈醉春風〉（良時閨怨六首）、〈花心動〉（心硬）二首等共四組。

　　以閨怨為題材的一題聯章，四組詞的主題分別是送別、來生願、良時閨怨與心硬，著墨處各有不同。〈生查子〉（閨人送別），寫送別當下的離情，以「回轡」和「登程」兩個關鍵時刻，敘寫閨人的不捨和傷心；〈偷聲木蘭花〉（來生願），以「雙蝴蝶」和「鴛鴦枕」為主題，並與游蜂和鴛鴦帶做對比，寫出常相守的願景；〈醉春風〉（良時閨怨六首），則分別就歲朝、元宵、端陽（曹娥以五月五日沉江）、七夕、中秋、除夕等佳節，寫佳人獨守空閨的心情，均從生活近處著筆，鮮明、生動、親切而深刻，毛會侯曰：「笠翁得力處全在一『近』字，如『中秋偏我不中秋』、『他人端午我應端未』，皆本地風光，拈來即是。但其拈法不同，總是腕中有鬼。」[50]長調〈花心動〉（心硬）二首，第一首長篇論述「十個男兒心硬九」，以男性風流，都有藉口，互相袒左，而「女戒淫邪，男恕風流，以致紛紛饒舌」，都因周公制禮作樂不夠完善，總結一句：「無今古，個個郎心如鐵。」第二首反面設想：「盡有男兒心不硬」，卻是長年不歸，假情虛意，更借閨人心眼，觀察書信中的玄機：「欲識情懷，但看言詞，紙上現聞花柳。若非旁有奪情人，假胸膈也須略剖。雖隔遠，猜著真情八九。」兩首以男人「心硬」為主題，其實是寫閨怨，為婦女出口氣。

---

50 其評附刻於詞作後，見《李漁全集・二卷》，《笠翁一家言詩詞集》（杭州市：浙江古籍出版社，1992 年 10 月 1 版），頁 453。

　　寫個人情感經歷，則以喬、王二姬最為深刻，〈河滿子〉（感舊四時詞憶喬姬在日），「記得落英時候」、「記得流螢天氣」、「記得黃花開後」、「記得雪深三尺」，往事分明在眼，追憶歡情，隱現傷懷。至於〈最高樓〉（「傷心處」二闋，悼喬、王二姬於婺城舊寓），第一首以「居家」為主題：「傷心處，切莫再停車，忌說是吾廬。」人去樓空，傷心無限；第二首以「曲藝」為主題：「傷心處，切莫再聽歌，觸目奈心何！」想念他們撥弦輕唱，感慨「新聲未必世間多」，則傾之以血淚了。

（五）生命感懷

　　〈花非花〉（用本題書所見）四首、〈一葉落〉（本意）二首、〈搗練子〉（惜花）四首、〈如夢令〉（春怨）四首、〈減字木蘭花〉（悔春詞）四首、〈憶秦娥〉（春歸二首）、〈臨江仙〉第三體（偶興二首），均屬小令，雖有愛情甚至閨怨的感懷，但多以感發為主，因此不以艷情為類，而將此見景傷情、關照生命的作品，歸於「生命感懷」一類。

　　七組詞中，三組二詞聯章，只有〈臨江仙〉第三體（偶興二首），是較具體的抒發個人情志。第一首寫竹下安榻，「俗緣隨境化，道味入林深」的淡泊；第二首感慨「身逐扁舟泛泛，眼隨逝水茫茫」，點明老來願從柳七，「但留詞曲在，夜夜口脂香」的抉擇。〈憶秦娥〉（春歸二首）與〈一葉落〉（本意）二首，都是透過葉落、春歸，感悟到生命的短暫無常，而歸結到「及時行樂」的主題。較具特色的應屬四詞聯章的四組作品，同樣是以春為題材，卻展現不同的主題關照。

　　〈花非花〉（用本題書所見）四首，主題已如選調立意一節所述，

是人的「形影如幻」;〈搗練子〉(惜花)四首,以花的「命運」為主題,前二首寫花片片、隨風飄,紅雨淚、逐春波,鋪敘的是風雨飄搖下、不由自主的命運;後兩首寫的是面對視花如仇的風雨、同倚芳柯爭艷的綠葉,點明花待風雨過後「**胭脂滿地傲晴霞**」的不屈精神,以及知葉經秋始凋後「**命不由人空妒葉**」的不平心境。〈如夢令〉(春怨)四首,以「閨人春怨」為主題,從燕子銜花瓣,喚起春情;繡戶深鎖,怕見花開雙朵;到感慨春光轉眼成飛颺,鶯背前盟音生強,而起憂思:「**堪慮,堪慮,屑紫霏紅如鋸**」、「**非忘,非忘,好語從來是誑**」,寄寓愛情的真相。〈減字木蘭花〉(悔春詞)四首,以「四太」(春光太富、鶯聲太巧、東風太驟、識春太晚)拈出「悔春」的原因,四首上片皆寫春景,下片則寫省知後的悵惘。一方面「**怪煞東皇,散有為無不善防**」,一方面「**早知易老,不應賤卻啼聲好**」,怨、悔交加,最後以「識春太晚」總結「**病起開殘,青帝空過又一番**」的無奈。

這些雖然都是詞中常見的題材,但李漁能分別以「人的形影如幻」、「花的命運」、「閨人的情怨」、「錯識春光的悔恨」為主題,在不同的角度下,抒發對生命情感的感觸和看法,而沒有重覆之感。

三　分題聯章的選材巧思

「分題聯章」則是圍繞同一主題,由外在面向捕捉主題的特徵,呈現的是多角度的整合。李漁的「分題聯章」,有九組,八調,共二十二首;依寫作對象分,可區分為親情、友情、人情、艷情、戲作等項,以艷情為多。今列如下表:

題材類型	詞　調、詞　題	數量
親情	搗練子（春景、秋景、理繡、月下合簫）	1 組
友情	憶秦娥（贈同行少年、別同行少年）	1 組
人情	菩薩蠻（歌兒怨、舞女怨、巧婦怨、才姬怨）	1 組
艷情	荷葉杯（閨情、偶遇）、 虞美人（問情、問愁）、 釵頭鳳（初見、初交）、少年游（艷情）、（艷語）	5 組
戲作	柳枝第二體（戲為唐人續貂二首：聞笛、春恨）	1 組

　　二詞聯章有：〈憶秦娥〉（贈同行少年、別同行少年）、〈荷葉杯〉（閨情、偶遇）、〈虞美人〉（問情、問愁）、〈釵頭鳳〉（初見、初交）、〈柳枝〉第二體（戲為唐人續貂二首：聞笛、春恨）等五組；四詞聯章，有：〈搗練子〉（春景、秋景、理繡、月下合簫）、〈菩薩蠻〉（歌兒怨、舞女怨、巧婦怨、才姬怨）二組；比較特殊的是〈少年游〉（艷情）、（艷語）二組，分開來看，可以是兩組一題聯章；但合起來，又可以是每組二詞的分題聯章。

　　分題聯章的主題，分別見於每首詞調之下，如何整合這些題旨，正是作者的匠心所在。從李漁二詞聯章來看，〈憶秦娥〉（贈同行少年、別同行少年），一贈、一別，分寫長安少俠除暴安良，與多情英雄論酒相惜。〈荷葉杯〉（閨情、偶遇），一疑、一驚，但為閨中凝望、情人來遲；花間攜手、鶯語人聲。〈虞美人〉（問情、問愁），一問、一訊，自問自答之後，竟盼一刺孽障、一劗愁根；題新而想別[51]。〈釵頭鳳〉（初見、初交），一寫郎心幻、一寫佳人美，用「客、客、客」、

---

[51] 余霽岩評：「問情、問愁，題新而想別。然非此絕妙好辭，烏足以稱！懸揣笠翁握筆時，一有是題，即有是詞，詞自來作笠翁，非笠翁往作詞也。」見《李漁全集‧二卷》，《笠翁一家言詩詞集》（杭州市：浙江古籍出版社，1992 年 10 月 1 版），頁 437。

「賊、賊、賊」對比出初見時男子風流善變的神態；用「不、不、不」、「忒、忒、忒」遞喚出佳人成親後的芳心和悔意。〈柳枝〉第二體（戲為唐人續貂二首：聞笛、春恨），用唐人詞調改唐人詩句，一夜、一晝，一裡、一外，結以「夢難成」、「閨思量」的情思；看似遊戲之作，卻以續貂方式，巧妙地綰結了春風中的笛聲和飛絮。這些主題，分別透過時間、動作、問答、人物、空間等對比，互相托襯，而形成一組相反相成的完整作品。

至於四詞聯章，有如拼湊各自獨立的四幅畫圖，有著多重焦距空間，卻要達到立體多面向的整合。〈搗練子〉（春景、秋景、理繡、月下合簫），[52]四首雖然各有詞題、各有對象：春景和二女淑昭、淑慧，秋景和長女淑昭，理繡和次女淑慧，和二女月下合簫，而且未必成於一時，正如李漁所說：「予二女性耽柔翰，頗有父風。好作詩詞，又不屑留稿，如此等詞而隨作隨毀者不知凡幾。雖曰女子當然，然亦甚為可惜。」但他將少數留存的作品，精心選取組合，並於每首和詞後附上原韻，保留了親子唱和的實錄。第一首是和李淑昭（端明）、李淑慧（端芳）二女，第二首和長女淑昭，第三首和次女淑慧，第四首則和二女聯手的創作，他融合了原作「兩調合來成一曲，（淑昭）鳳凰齊下月明中。（淑慧）」的意境，寫道：

> 蟾影淡，露華濃。璧合珠聯坐晚風。果是人間真姊妹，同心占向玉簫中。

月下晚風中，讚賞姐妹同心，織就一幅感人的親子唱和圖。

〈菩薩蠻〉（歌兒怨、舞女怨、巧婦怨、才姬怨），「歌喉不合清

如溜」、「生來不合腰如線」、「芳心不合明如鏡」、「生人不合生彤管」，諸婦唯有一長，但因憐才者少，翻受冤妒。比起柳永的〈木蘭花〉（心娘、佳娘、蟲娘、酥娘），直寫四位青樓女子的特長，更有青出於藍之勢；柳永的妓女群像止於外在風姿，而李漁的怨女群像則更深入生活現實和內心世界。何醒齋評：「怨詞那得如此香艷！又絕不用一艷字，所以為佳。」[53]則不止於艷情，而更趨於人情了。

〈少年游〉（艷情）二首，寫秋波初轉、香肌初傍之際的情愛轉折，以動作描寫取勝，細膩而香艷。同詞調（艷語）二首，在「一字情千縷」中，吐露歡娛藏憂、好事難偕的淒涼；在「悄語問檀郎」，回聲索解中，得到「楚館秦樓，天台洛浦，好殺是他鄉」，溫柔非鄉的深痛。合二組而觀，情由外見，語由心生，則情婉而語深，更為豐富而立體。

透過以上分析，雖然分題聯章的數量有限，但在題材的選用和整合上，風貌多元，設想多方，每一項組合，都有可觀之處。

四　李漁聯章詞的外在結構──形式章法

一個完整的作品，內容和形式是不能截然劃分的，在上一節主題分析時，不論是詞調選用、一題聯章或分題聯章，都已存在著形式的結構基礎，只是主題的構思更顯重要，所以先觀其內。至於外在形式，其實也受主題立意的制約，本節則著重於形式技巧和章法結構，以觀其外。

以詞調形式重複的角度而言，早期聯章詞的形式規律，有重頭、

---

[53] 見《李漁全集‧二卷》，《笠翁一家言詩詞集》（杭州市：浙江古籍出版社，1992年10月1版），頁405。

重句、和聲、定格等方式。「定格聯章」是以時序作為重複形式，如〈十二時〉、〈五更轉〉；「重句聯章」是以固定位置上的相同辭句為重複形式；「和聲聯章」是以固定位置上的相同和聲辭為重複形式。[54]「和聲聯章」在唐宋以後已罕見。沈括《夢溪筆談》：「古樂府皆有聲有詞，連屬書之，如曰『賀賀賀』、『何何何』之類，皆和聲也。今管弦中之纏聲，亦其遺法也。唐人乃以詞填入曲中，不復用和聲。」[55]「定格聯章」多保存在民間歌謠中，到了宋代或轉化成鼓子詞和轉踏；「重句聯章」大多是以首句重複作為其形式上的特徵，故或稱「重頭聯章」，也有點題的作用，唐宋以來多見沿用。[56]以詩詞唱和的創作方式而言，有和韻、集句、檃括、回文等形式，這是宋代以後，將聯章詞的功能和其他一些雜體詞結合的結果，具有遊戲品格。[57]李漁聯章詞中「重句聯章」最多，用詞調本題本意者均屬之；「和韻聯章」在應酬之作和二女唱和中亦多見之；遊戲之作則有「續貂」之法，可見其於詩詞承創之處。

　　若以章法論，李曉婉按照表現中心內容的需要，考察聯章詞中的每首詞組合的結構，而歸納其藝術結構主要有呼應式、總分式及串珠式等範式；[58]頗有可參。

　　他認為二詞聯章中，前問後答、首尾呼應者，屬於呼應式結構；

---

[54] 詳見王昆吾：《隋唐五代燕樂雜言歌辭研究》（北京市：中華書局，1996 年），頁 97。

[55] 〔宋〕沈括：《夢溪筆談》（上）卷五（揚州市：江蘇廣陵古籍刻印社，1997 年），頁 21～22。

[56] 鄭麗鑫：《論宋代聯章詞》（桂林市：廣西師範大學碩士學位論文，2008 年），頁 18～19。

[57] 同上註，頁 22。

[58] 李曉婉：〈聯章詞結構及其藝術範式〉，《寧波大學學報》（人文科學版），第 16 卷第 4 期（2003 年 12 月），頁 66～68。

三首以上的聯章詞，第一首提綱挈領，統攝以下各章，而以下各章，則從不同的角度或側面對首章加以補充或闡發，則為總分式結構；如果各詞之間，以時間或空間為序排列，一般沒有主次之分，但有前後之序，猶如一根線上串起的珍珠，稱為串珠式結構。

但這三者並不能涵蓋所有聯章詞的章法結構，如對比之作，未必是前問後答；而三首以上的聯章，不屬於總分式、串珠式者，又當如何歸屬？有些聯章不單屬一種結構方式，或者可以兼用。又既稱為串珠，二詞聯章是否可以歸屬之？當然作者之分析是以唐五代的聯章詞為主，用它來歸納後出轉紛的作品，自然有所不足。

聯章的章法結構，一般分為並聯、串聯和總分，後二者相當於李曉婉所稱的串珠式和總分式，其定義和區分較為明確；並聯則較為籠統，它可以涵蓋二詞相聯的許多方式，呼應問答只是其中的一種。細分之下，並聯與並列不同，並列比較鬆散，只有共同詞題；並聯則有共同的聯結點，它可以是重頭、先後、順承、因果、對比等關係，這些現象在二詞聯章中的爭議較多，且一組作品中可能存在兼用的情形，更豐富它的藝術表現。

筆者認為，若要論李漁聯章詞的形式結構，必先從其作品歸納分析，才能看出他的特色。因此以下分別就其二詞聯章、三詞聯章、四詞聯章、六詞聯章、八詞聯章、十二詞聯章分析討論。筆者就李漁的聯章詞做歸納統計，嘗試在二詞聯章中以並列和並聯的方式做區分，三詞以上則僅列並聯、串聯和總分方式。今條列如下：

二詞聯章 21 組：對比 13、重頭 5、先後 5、因果 2、順承 2；並列 4；

兼用二種 8、兼用三種 1。

三詞聯章 2 組：串聯 1、並列 1。

四詞聯章 12 組：並聯 5、串聯 3、總分總 2、分總 1、並列 1。

六詞聯章 2 組：串聯 2。

八詞聯章 2 組：串聯 1、並聯 1。

十二詞聯章 1 組：並列 1。

由上述統計，[59]二詞聯章最多，其間對比是李漁最擅長的手法；四詞聯章、六詞聯章和八詞聯章，是結構較為謹嚴的；十二詞聯章則較鬆散。總分式聯章詞由於第一首是全詞的主腦和靈魂，往往是精華所在，故而會掩蓋其他詞，乃至整組詞，使之粉黛如土，相形失色；白居易〈憶江南〉聯章詞正是這樣。[60]李漁四詞聯章「總分式」結構的二組作品：〈搗練子〉惜花，以「蕩家風」為總綱，以下寫「紅雨淚」到「傲晴霞」到「花葉命殊」，雖由無情風而來，卻都各具精神內蘊；〈卜算子〉榆莢錢四首和宋荔裳大參，以「舞空拋擲」寫「到處迷阿堵」的世俗總貌，接著從「榆莢飛將至」、「陣陣飛將去」寫錢的流通、難守，最後虛實相較，以「可是空頭鈔」警語作結。均能首尾兼顧，整體俱佳。

五　結語

聯章詞的產生，最初與音樂歌唱關係密切，為了擴充內容，突破單調單詞的局限，於是產生形式反覆的聯章詞。但在詞樂消失以後，聯章詞只見於民間歌謠，或純粹為文人詩文創作的點綴。李漁

---

[59] 詳見附錄：《耐歌詞》聯章主題、結構一覽表。

[60] 白居易〈憶江南〉三首，「江南好」為總，「江南憶」二首為分；詞見朱彝尊《詞綜》（上）（臺北市：世界書局，1956 年），頁 4。李曉婉認為「江南好」一詞蓋過了其他二詞，見其〈聯章詞結構及其藝術範式〉，《寧波大學學報》（人文科學版），第 16 卷第 4 期（2003 年 12 月），頁 67。

處於明末清初，是詞學復興之際，他的聯章詞數量約佔《耐歌詞》
的五分之二，比例相當可觀。

　　李漁的聯章詞結構性強，以內在結構而言，主題立意，立體多
元，生活多品味、情感多面向。他選用詞調結合立意，挑戰凡俗窠
臼，推陳出新；一題聯章多取材於作者之眼所見，與個人生活密切
相關；分題聯章則多以他者旁觀角度看世情、人際關係；作者以特
有的情性態度，架構出他的思想、生活與世情觀照。以外在結構而
言，形式章法，將聯章技巧延長、擴展，別出心裁。在敘事、議論、
抒情、描寫、戲謔之際，擅用對比、重頭、先後、因果、順承；並
聯、並列、總分、串聯等形式，架構出作者的文學素養和藝術巧思。

　　李漁深知文學發展的運勢，在他的《耐歌詞・自序》、《名詞
選勝・序》都有所抒發。而詞曲是他生命結構中最後的歸趨，一如
他在〈臨江仙〉第三體 （偶興二首）之二所說：

　　　身逐扁舟泛泛，眼隨逝水茫茫，願從鷗鳥卜行藏。得埋江上
　　　骨，勝似葬沙場。　老向紅裙隊裡，聲銷白苧歌旁，去從柳
　　　七較宮商。但留詞曲在，夜夜口脂香。[61]

因此他對詞曲之別，有清楚的體會，認為：

　　　作詞之難，難於上不似詩，下不類曲，不淄不磷，立于二者
　　　之中。[62]

---

[61] 李漁：《耐歌詞》〈臨江仙〉第三體〈偶興〉二首，《李漁全集・二卷》，《笠翁
　　一家言詩詞集》（杭州市：浙江古籍出版社，1992 年 10 月 1 版），頁 442。
[62] 李漁：《窺詞管見》第一則，《李漁全集・二卷》，《笠翁一家言詩詞集》（杭州
　　市：浙江古籍出版社，1992 年 10 月 1 版），頁 506。

李漁填詞的目的是：「不求悅目，止期便口」，所以取「耐歌」
為名，並舉詩為喻說：

> 昔郭功父自誦其詩，聲震左右，既罷，問東坡曰：「有幾分
> 來地？」東坡曰：「七分來是讀，三分來是詩」。予詞之耐歌，
> 猶功父詩之便讀，然恐質諸東坡，權其分兩，猶謂七分則有
> 餘，三分尚未足，又將奈何！

他將詞之「耐歌」比作詩之「便讀」；相對於上文所說的，詞「止
期便口」，則詩求「悅目」可知。觀覽其詞，不以文采取勝，而以意
新流暢、結構謹嚴為尚。聯章詞的敘事性強，便讀之餘更為「耐讀」；
形式的複沓，也有助於它的「便口」。他在《窺詞管見》中，提出「摩
腔煉吻」之法[63]，除了「誦讀」之外，他也兼顧了歌唱的要求。雖然
詞到清代已不可歌，但在詞的誦讀與詩的誦讀，在李漁心目中仍有
不同的講究，所以他以「耐歌」作為填詞的目標。

「歌」初見於《尚書・舜典》：「歌永言」；《樂記》說：「歌
之為言也，長言之也。」這是指不合樂的、曲折紆徐的、有一定音
樂性的語言。[64]《詩經・魏風・園有桃》所說：「心之憂矣，我歌且
謠」，歌就是合樂曲和歌唱而言[65]。所以「歌之義中有兩大要素，一
是人聲為主，單有樂器的聲音不叫『歌』；二是人聲要按一定的曲

---

63 李漁：《窺詞管見》第二則，《李漁全集・二卷》，《笠翁一家言詩詞集》（杭州
市：浙江古籍出版社，1992 年 10 月 1 版），頁 506。

64 〔清〕杜文瀾《古謠諺・凡例》：「永言即長言也。……長言生于詠嘆，故曲折而
纖徐。」杜文瀾：《古謠諺・凡例》（北京市：中華書局，1958 年），頁 1。

65 《詩毛正義》卷第五之三，頁六，毛傳云：「曲合樂曰歌，徒歌曰謠。」見《十三
經注疏》（二）（臺北市：藝文印書館，1976 年 6 版），頁 208。朱熹集註：「合
曲曰歌，徒歌曰謠。」見《詩集傳》（臺北市：台灣中華書局，1977 年），頁 64。

調从喉舌連續地發出才叫『歌』，不合一定曲調不能叫『歌』。」、
「而合樂之歌又可分為兩種：一種是配樂的樂歌，另一種是不配樂
但合曲調的徒歌。」[66]朗讀、朗誦，聲無定調，只有節奏，不能稱為
歌；後世詩與歌唱脫節，「曲子詞」代興。姜夔《白石道人歌曲》
所用『歌曲』是對當時流行的「詞」的代稱，強調詞的可歌性；詞
樂消失之後，重文不重聲，而「曲」代興。當詞走向清賞吟哦、應
酬交際，雖然具備生活性、遊戲性、娛樂性，[67]但與詩和曲的界線就
模糊不清了，在夾縫中失去它的主體性，難怪學術論述多以詞學衰
微、詞曲不分，看待明代詞。

　　筆者以為，李漁「耐歌」的意涵，在詞而言，應是指「徒歌」、
「長歌」，具備詩歌韻文的音樂性，可以清賞吟哦，但要雅俗共賞，
要「便口」、「耐讀」，「摩腔煉吻」以「讀」當歌；不似詩的典雅凝
重吧！

　　至於詞與曲歌唱的區分，他說：

> 曲宜耐唱，詞宜耐讀，耐唱與耐讀有相同處，有絕不相同處。
> 蓋同一字也，讀是此音，而唱入曲中，全與此音不合者，故
> 不得不為歌兒體貼，甯使讀時礙口，以圖歌時利吻。詞則全
> 為吟誦而設，止求便讀而已。[68]

　　曲求「耐唱」，詞求「耐讀」。曲中讀來「礙口」的字，只要歌

---

[66] 劉文偉：《宋代歌曲研究》（南京市：南京師範大學碩士論文，2006 年），頁 1～
2。

[67] 詳余意：《明代詞學之建構》（上海市：上海古籍出版社，2009 年 7 月）。

[68] 李漁：《窺詞管見》第二十二則，《李漁全集・二卷》，《笠翁一家言詩詞集》（杭
州市：浙江古籍出版社，1992 年 10 月 1 版），頁 517。

時「利吻」，不一定要改其讀音。為了強調曲的歌唱，他還原了詞的「吟誦」、「便讀」的實際風貌。

李漁身處明末清初，是詞學復興的時代，在清詞提倡尊體和比興寄託等主張的環境下，他一人兼通詞曲，強調「耐歌」。當詞走向清賞吟哦、應酬交際，雖然具備生活性、遊戲性、娛樂性，但與詩和曲的界線就模糊不清了，在夾縫中失去它的主體性；李漁深知文學發展的運勢，他既明白詞「不上不下」的特質，創作上也就力求詞的原創精神，詞不能「唱」，但是詞調格律仍在，「長歌」仍可揣摩其音樂性於一、二。他在《窺詞管見》中，提出「摩腔煉吻」之法，以歌唱的方式強化詞的誦讀性；在《耐歌詞》中大量創作聯章詞，加強詞的敘事性、流暢性；他以「耐歌」為名，作詞不求悅目，止期「便口」，其用意或許是在調和「詩之唯讀」與「曲之專唱」吧！

附錄一《耐歌詞》聯章主題、結構一覽表

詞調	數量	詞　題	主題類型	內容結構	形式結構	備註
花非花	4	用本題書所見	生命感懷	一題聯章	並聯	小令
荷葉杯	2	閨情、偶遇	艷情	分題聯章	先後對比	小令
夢江南	4	春游	山居野趣	一題聯章	並聯	小令
夢江南	8	燈市詞八首和何省齋太史	城郊風光	一題聯章	並聯	小令
搗練子	4	惜花	生命感懷	一題聯章	分總	小令
搗練子	4	春景、秋景、理繡、月下合簫	親情	分題聯章	總分總	小令
導法駕引	3	次韓夫人原韻	應酬題詠	一題聯章	串聯	小令
憶王孫	3	山居漫興	山居野趣	一題聯章	並列	小令
一葉落	2	本意	生命感懷	一題聯章	重頭因果	小令
如夢令	4	祝子山居	山居野趣	一題聯章	串聯	小令
如夢令	4	春怨	生命感懷	一題聯章	串聯	小令
河滿子	4	感舊四時詞憶喬姬在日	相思別情	一題聯章	並聯	小令

生查子	2	閨人送別	相思別情	一題聯章	並列	小令
柳枝第二體	2	戲為唐人續貂二首聞笛春恨	戲作	分題聯章	對比	小令
昭君怨	2	贈友	山居野趣	一題聯章	並列	小令
春光好	4	本意	城郊風光	一題聯章	重頭	小令
浣溪紗	2	題三老看雲圖	應酬題詠	一題聯章	因果	小令
菩薩蠻	4	歌兒怨、舞女怨、巧婦怨、才姬怨	人情	分題聯章	並聯	小令
卜算子	4	榆莢錢四首和宋荔裳大參	應酬題詠	一題聯章	並聯	小令
減字木蘭花	4	田家樂四首	山居野趣	一題聯章	並列	小令
減字木蘭花	4	悔春詞四闋	生命感懷	一題聯章	串聯	小令
好時光	12	以下和方邵村侍御春詞十二闋	城郊風光	一題聯章	並列	小令
好時光	8	春詞	城郊風光	一題聯章	串聯	小令
憶秦娥	2	離家第一夜	相思別情	一題聯章	對比順承	小令
憶秦娥	2	春歸二首	生命感懷	一題聯章	並聯對比	小令
憶秦娥	2	秦淮水二首（有序）	城郊風光	一題聯章	重頭先後對比	小令

憶秦娥	2	贈同行少年 別同行少年	友情	分題 聯章	先後 對比	小令
清平樂	2	和家蓼墅見贈，時在 燕都	應酬 題詠	一題 聯章	對比	小令
朝中措	2	平山堂和歐公原韻	應酬 題詠	一題 聯章	對比	小令
偷聲木 蘭花	2	來生願	相思 別情	一題 聯章	重頭	小令
少年游	2	艷情二首	艷情	分題 聯章	先後並 列	小令
少年游	2	艷語二首	艷情	分題 聯章	對比	小令
虞美人	2	問情、問愁	艷情	分題 聯章	並列	小令
臨江仙 第三體	2	偶興二首	生命 感懷	一題 聯章	對比順 承	小令
釵頭鳳	2	初見、初交	艷情	分題 聯章	先後對 比	中調
醉春風	6	良時閨怨六首	相思 別情	一題 聯章	串聯	中調
風入松 第二體	6	自題湖上新居，寄四 方同調六首	山居 野趣	一題 聯章	串聯	中調
最高樓	2	「傷心處」二闋，悼 喬、王二姬於婺城舊 寓	相思 別情	一題 聯章	重頭	中調
滿江紅	2	呈索愚庵相國二首	應酬 題詠	一題 聯章	對比	長調
花心動	2	心硬	相思 別情	一題 聯章	對比	長調

參考文獻

一　古籍與編注部分

（依時代先後）

《尚書注疏》　卷第三　《舜典第二》　《十三經注疏》（一）　臺
　　北市　藝文印書館　1976 年 6 版

《詩毛正義》　卷第五之三　《十三經注疏》（二）　臺北市　藝
　　文印書館　1976 年 6 版

〔梁〕劉勰　《文心雕龍注》　臺北市　學海出版社　1977 年月初
　　版

〔唐〕韓愈　《韓昌黎詩繫年集釋》卷九　《韓昌黎集》　臺北市
　　河洛圖書出版社　1975 年。

〔五代〕歐陽炯　《花間集敘》　蕭繼宗評點校注　《花間集》　臺
　　北市　臺灣學生書局　1977 年

〔宋〕朱熹集註　《詩集傳》　臺北市　臺灣中華書局　1977 年

〔宋〕沈括　《夢溪筆談》（上）　卷五　揚州市　江蘇廣陵古籍
　　刻印社　1997 年

〔宋〕陳與義　《無住詞》　朱祖謀校輯　《彊村叢書》（三）　臺
　　北市　廣文書局　1970 年

〔宋〕黃裳　《演山集》　卷三十五　《四庫全書》　影印文
　　淵閣本第一一二〇冊）　上海市　上海古籍出版社
　　1987 年

〔清〕李漁　《耐歌詞》　《李漁全集第二卷》　《笠翁一家言詩
　　詞集》　杭州市　浙江古籍出版社　1992 年

〔清〕李漁　《窺詞管見》　《李漁全集第二卷》　《笠翁一家言詩詞集》　杭州市　浙江古籍出版社　1992 年

〔清〕李漁　《閒情偶寄》　《李漁全集第三卷》　杭州市　浙江古籍出版社　1992 年

〔清〕宋翔鳳　《樂府餘論》〈論令引近慢〉條　收入唐圭璋　《詞話叢編》第三冊　北京市　中華書局　1986 年

〔清〕朱彝尊　《詞綜》（上）　臺北市　世界書局　1956 年

〔清〕杜文瀾　《古謠諺・凡例》　北京市　中華書局　1958 年

南京大學中國語言文學系全清詞編纂研究室編　《全清詞（順康卷）》（二）　北京市　中華書局　2002 年

龍榆生　《東坡樂府箋》卷一　臺北市　華正書局　1974 年

二　專書

（依姓名筆劃）

王昆吾　《隋唐五代燕樂雜言歌辭研究》　北京市　中華書局　1996 年

任中敏　《敦煌曲初探》　上海市　上海文藝聯合出版社　1954 年

任中敏　《詞曲通義》　上海市　上海商務印書館　1933 年國難後第一版

余　意　《明代詞學之建構》　上海市　上海古籍出版社　2009 年 7 月

夏承燾、吳熊和　《讀詞常識》　北京市　中華書局　1981 年

馬興榮、吳熊和　《中國詞學大辭典》　杭州市　浙江教育出版社　1996 年

張世斌　《明末清初詞風研究》　天津市　天津古籍出版社　2008

年 4 月

張宏生　《清代詞學的建構》　南京市　江蘇古籍出版社　1999 年

張若蘭　〈北宋「轉踏」芻議〉　《項楚‧新國學》　第五卷　成
　　　　都市　巴蜀書社　2005 年

曾永義　《元人散曲──蒙元的新詩》臺北市　時報文化　1981 年

單錦珩　《李漁年譜》、《李漁交游考》　《李漁全集第十二卷》
　　　　杭州市　浙江古籍出版社　1992 年

葉嘉瑩　《清詞論叢》　石家庄市　河北教育出版社　1997 年

蕭繼宗評點校注　《花間集》　臺北市　台灣學生書局　1977 年

顧之京　〈辛棄疾農村詞篇什研究〉　孫崇恩等主編　《辛棄疾研
　　　　究論文集》　北京市　中國文聯出版公司　1993 年

龍榆生主編　《詞學季刊》　第一卷第四號　臺北市　臺灣學生書
　　　　局　1967 年

三　期刊論文

于天池　〈論宋代鼓子詞〉　《海南師範學院學報》　1999 年 4 月

李曉婉　〈聯章詞結構及其藝術範式〉　《寧波大學學報》　人文
　　　　科學版
第 16 卷第 4 期　2003 年 12 月

張以仁　〈溫庭筠〈菩薩蠻〉詞的聯章性〉　《花間詞論集》　臺
　　　　北市　中央研究院中國文哲研究所　1996 年

劉　姣　〈試論唐五代聯章詞的創制以及敘事性〉　《安徽文學》
　　　　2008 年第 5 期

劉少坤　〈唐五代聯章詞的特點及其影響〉《保定學院學報》　2011
　　　　年第 2 期

四　學位論文

劉文偉　《宋代歌曲研究》　南京市　南京師範大學碩士論文　2006
　　　　年

鄭麗鑫　《論宋代聯章詞》　桂林市　廣西師範大學碩士學位論文
　　　　2008 年

劉少坤　《宋代連體組詞研究》　石家庄市　河北大學碩士學位論
　　　　文　2009 年 6 月

陳揚廣　《〈憶江南〉詞調及其內容研究──以唐宋詞為例》　臺南
　　　　市　成功大學碩士論文　2007 年

五　網站

張海鷗　《論詞的敘事性》　廣州中山大學中文系、中國文體學研
　　　　究中心網站 http://wtx.sysu.edu.cn/

恬靜淡泊中的剛毅與執著
——陶淵明〈飲酒〉詩風格探析

蒲基維

中原大學應用華語文學系兼任助理教授

摘要

　　辭章的研究非僅限於義旨的探討而已，對於辭章所蘊含的藝術美感更是探究的重心。舉凡義旨、意象、詞彙、修辭、文法、章法，以至匯聚而成的風格，皆為構成辭章藝術美感的要素。陶淵明詩的平淡樸素之美為歷代學者所推崇，其〈飲酒〉詩更兼有恬靜淡泊與剛毅執著的風格。本文以探索陶淵明〈飲酒〉詩的風格為主，而風格的形成有其內在規律，我們試由文旨與章法掌握其詩的風格主調，再參照詩的意象、詞彙與修辭所構成的感染力。研究發現，這種研究方法不僅能匯聚其〈飲酒〉詩的整體風格，更能具體掌握其風格的形成規律，在鑑賞或教學過程中，可以有效引導學子精確掌握辭章風格的判定，故能提升學生的文學鑑賞能力。

關鍵詞：陶淵明、飲酒詩、辭章風格、恬靜淡泊

一　前言

　　東晉安帝義熙十三年（西元 417 年），距離晉元帝建立偏安政權已過百年，而這個倚靠江東士族與南遷大臣所擁戴的司馬氏政權，在百年的南北對峙與內部的衝突矛盾中逐漸衰微，終在三年之後（西元 420 年）被大將劉裕篡位而滅亡。無論是胡族統治的黃河流域，或是司馬家族所執政的江南，百年來戰亂頻仍，民不聊生，知識份子對於國家民族的認同及宇宙人生的關懷也陷入了極度的混淆。

　　著名的田園詩人陶淵明生於東晉的亂世，他在儒家積極入世與道家消極避世的掙扎矛盾中，最後選擇了遠離官場、歸隱田園的生活。這一年，他五十三歲，是決意歸隱田園的第十二年[1]，寫下了飲酒之後的感懷，展現他曠達淡泊的心志，亦隱然抒發對於現實亂世的不滿。在〈飲酒詩・并序〉寫到：

> 余閒居寡歡，兼比夜已長，偶有名酒，無夕不飲，顧影獨盡，忽焉復醉，既醉之後，輒題數句，自娛紙墨，遂多辭無詮次，聊命故人書之，以為歡笑爾。

　　〈飲酒〉詩二十首是陶淵明歸隱之後的代表詩作，內容大都反映自己隱居生活的思想與情操，其歸隱不仕的志趣是剛毅而執著的，而詩歌所展現的恬靜淡泊之風格也更加的成熟圓融。在其蘊含的詩風中，無論是剛毅執著的感染力，或是恬靜淡泊的格調，兩者

---

[1] 陶淵明於晉安帝義熙二年（西元 406 年）起隱居不仕，至義熙十三年（417 年）約十二年。參見楊希閔：《晉陶徵士年譜》（北京市：北京圖書館出版社，1999 年 3 月第 1 版），頁 41〜47。王瑤：《中古文學史論》（臺北市：長安出版社，1982 年再版），頁 238。

實互為表裡，一體兩面。這兩種截然矛盾的風格類型，究竟如何呈現在其詩歌之中？何者為主？何者為次？其形成的脈絡與詩歌的主旨、意象、修辭、章法及詞彙的運用有何關聯？這些思辨常成為詩歌鑑賞與教學過程中的問題，卻鮮少有精確的解答。

事實上，辭章風格的形成有其脈絡可循，在詩文中明顯表現出來的主旨、意象、詞彙、修辭、文法與章法，亦蘊含著抽象難辨的語文氛圍，如果透過合理的分析與整合，不僅可以釐清辭章的風格成分，亦可檢視傳統風格評論的真偽，在辭章鑑賞和語文教學的過程中，提供一個有理可說的脈絡。本文以陶淵明的飲酒詩為考察對象，試從其詩作的主旨、意象、詞彙檢視其基本情理，再分析其修辭與謀篇所呈現的美感，期望梳理其風格形成的脈絡，並合理詮釋陶淵明〈飲酒〉詩的風格，以資陶詩鑑賞與教學之用。

二 歷代評論陶淵明的文獻

陶淵明的詩文價值在東晉當代並未受到重視，一則因為陶詩所涉及的內容多為農村田園的生活寫照，未及當世謝靈運山水詩之流行；二則陶詩風格質樸，用語淺顯自然，與當世追求華麗浮豔之文風不同，故不受當世青睞。唯梁、昭明太子曾為《陶淵明集》作序，陶詩的光芒才漸露曙光。他說：

> 淵明文章不孝，辭采精拔，跌宕昭彰，獨超眾類，抑揚爽朗，莫之與京，橫素波而旁流，干青雲而直上，語時事則指而可想，論懷抱則曠而且真，加以貞志不休，安道守節，不以躬

耕為恥，不以無財為病，自非大賢篤志，與道污隆，孰能如此乎？[2]

直至唐代，詩人對陶淵明多有評價，如王維「復值接輿醉，狂歌五柳前」（輞川閒居贈裴秀才迪），杜甫「陶潛避俗翁，未必能達道，觀其著詩集，頗亦恨枯槁」（遣興），白居易「還以酒養真」（效陶潛體詩十六）等，對於陶淵明詩的仍停留在朦朧粗糙的階段，尚未關照到陶詩的精神內涵。至於宋代文人對於陶詩則有較為深刻的體會，如蘇軾評曰：

吾於詩人，無所甚好，獨好淵明之詩。淵明作詩不多，然其詩質而實綺，癯而實腴。自曹、劉、鮑、謝、李、杜諸人，皆莫能及也。[3]

所謂「質而實綺，癯而實腴」，點出陶詩在外在形式與內蘊上的融會，成為後世評價陶詩的圭臬。又如葉夢得評曰：

近人多言飲酒，有至沉醉者，此未必意真在酒。蓋時方艱難，人各懼禍，惟託於醉，可以粗遠世故。[4]

宋以後評價陶淵明詩者更多，就其《飲酒詩》而評者如：清、沈德潛：「胸有元氣，自然流出，稍著痕迹便失」[5]；清溫汝能曰：「陶

2　蕭統：〈陶淵明集序〉，引自李公煥：《箋註陶淵明集》卷十（臺北市：國立中央圖書館善本叢刊第七種，1991年2月出版），頁1～5。
3　見宋《蘇軾全集》（臺北市：河洛圖書出版社，1975年9月初版），頁146。
4　〔宋〕葉夢得《石林詩話》卷下。
5　〔清〕沈德潛《古詩源》，卷九。

淵明詩類多高曠，此首尤為興會獨絕，境在寰中，神遊象外，遠矣。」[6]；清方東樹云：「此必為時事而發。然自古及今，聖賢所以立身涉世之全，量不過如此」。[7]雖為隻字片語，但仍有發人深省之意涵。

近代朱光潛曾以美學角度評論，足供參考。其云：

> 豁達者從悲劇中參透人生世相，他的詼諧出於真性情，所以表面滑稽，骨子裡沉痛。……豁達者超世而不忘淑世，他對於人生悲憫多於憤嫉，……中國詩人中陶潛和杜甫是於悲劇中見詼諧者。[8]

綜觀歷代對陶淵明詩的評價，雖有重要的參考價值，然多為意象式批評，其缺點是對於陶詩的評價過於抽象，除了朱光潛所云「豁達」、「沉痛」稍能掌握其精神外，其餘評價之辭尚需要轉化才能彰顯其內蘊。這就必須具體瞭解陶詩的內在條理，才能說明陶詩風格的形成脈絡。

三　辭章風格的形成規律

所謂「風格」是指事物蘊於內而顯於外的風貌格調，它蘊含抽象的美感，卻足以讓人察知其具體的感染力，所以在藝術領域受到普遍的重視和討論。就文學藝術來說，文學作品的風格一部分與作家的性格特質有關，而大部分則來自文章的詞彙、意象、修辭、文法、結構及主題意識所蘊含的感染力，結合而成整體的風貌格調。

---

[6]　〔清〕溫汝能《陶詩彙評》卷三。

[7]　〔清〕方東樹《昭昧詹言》卷四。

[8]　朱光潛：《詩論》（臺北市：萬卷樓圖書公司，1990 年初版），頁 78。

　　具體來說，詞彙的義蘊及表達方式，會營造不同的語言氛圍，這種氛圍感受稱為「詞彙風格」；辭章材料所形成的個別意象，會產生不同的感染力，這種感染力就是「意象風格」的來源；透過修辭技巧來修飾詞彙，使詞句更有美感效果而這美感就會形成「修辭風格」；字句中因為文（語）法的不同結構，如直述句、疑問句、倒裝句、肯定句或否定句，皆有不同的語言氛圍，其所形成的感染力即為「文法風格」的雛形；在篇章結構中，因為陰陽動勢而產生的移位、轉位的力量，形成或剛、或柔、或剛柔互濟的節奏韻律，即為「章法風格」；至於文章的主題意識，或抒情感懷，或理性論證，或兒女長情，或家國悲思，其情理時而恢闊，時而悲抑，時而婉轉，時而豪邁，皆是「主題風格」的不同樣貌。

　　各領域所產生的局部風格對辭章整體風格的影響有大有小，其中主題風格涉及辭章的核心情理，所以主宰了辭章風格的趨向；而章法風格是整體篇章之邏輯結構所產生的節奏韻律，其陰、陽、剛、柔的動勢與整體風格非常接近。所以檢視辭章的主題風格和章法風格，就幾乎掌握了辭章整體風格的樣貌。至於辭章之意象風格、詞彙風格及修辭風格，其影響層面限於局部的字句及單一意象，仍可歸納其風格趨向以作參照。

四　檢視陶淵明〈飲酒〉詩風格的重要面向

　　既已瞭解辭章風格的形成規律，則可分項探討陶淵明〈飲酒〉詩的風格。如前所述，我們以「主題風格」與「章法風格」為探討主軸，其次再彙整這二十首詩的「意象風格」、「詞彙風格」及「修辭風格」以資參照。

（一）從主題風格來看

「主題」乃事物情思之主軸，落到辭章來說即辭章的主題思想，就是一篇文章最核心的情理。陳鵬翔教授以為主題應包含「套語」、「意象」和「母題」[9]，陳滿銘教授進一步就「個別主題呈現」來說明主題包含了「情語」、「理語」、「意象」和「主旨（含綱領）」[10]，更具體說明了辭章主題所蘊含的範圍與內容。由此推想，辭章「主題風格」的形成，乃主題之思想情感所透露的抽象感染力。我們在分析、統合辭章主題風格時，必須兼顧辭章的主旨與意象，才能彙聚準確而貼切的的風格述評。陶淵明〈飲酒〉詩二十首，乃「既醉之後，輒題數句」之作，其雖謙稱「自娛紙墨」，卻蘊含他一生遠棄官場、清高率真的志願，也處處展現他對現實世界的不滿。（見附錄表列）

根據表列二十首〈飲酒〉詩中可以看出「飲酒」只是媒介，詩人飲酒之後的情理抒發才是核心。其主題思想約可歸為三類：

1 表明歸隱田園的志節

此類主旨佔〈飲酒〉詩的比例最多，包括〈之一〉、〈之二〉、〈之三〉、〈之四〉、〈之五〉、〈之八〉、〈之九〉、〈之十〉、〈之十一〉、〈之十二〉、〈之十五〉、〈之十七〉、〈之十九〉等十三首。可見陶淵明〈飲酒〉之作，大都在闡明自己想遠離世俗官場、隱居田園躬耕的心願。

---

9 陳鵬翔：《主題學理論與實踐》（臺北市：萬卷樓圖書公司，2001 年），頁 238。

10 陳滿銘：〈論意象之統合──以辭章之主題與風格為範圍作探討〉，《文與哲》15 期，2009 年 12 月，頁 9。

正呼應其〈歸園田居〉詩所云「誤落塵網中，一去三十年」、「衣沾不足惜，但使願無違」的心境。陶淵明從四十一歲賦〈歸去來辭〉以明歸隱之志，到他五十三歲寫〈飲酒〉詩，經歷了漫長而貧困的田園生活，但他不以為忤，也不後悔放棄世俗的飛黃騰達，因為他知道塵俗的醜陋與險惡，也親身體會了躬耕田園生活的真意，所以他能真正放下，用率性而平淡的心情去擁抱田園自然，也完全接受辛苦、貧窮、無聊卻極為平靜的歸隱生活。

2 抒發對現實社會的不滿

此類主旨包括〈之二〉、〈之六〉、〈之八〉、〈之十三〉、〈之十八〉、〈之二十〉等六首。其中〈之二〉與〈之八〉又兼有「表明隱居之志」的義旨。端看陶淵明的生平，從二十歲到四十歲一直過著出仕、辭官、又出仕、又辭官的生活。將近二十年的歲月，他在虛偽奔忙的官場中載浮載沉，他為了家計而做官，也為適性而辭官，看似投機反覆的行徑，實際上是內心欲尊奉儒家兼善天下，又欲追尋道家明哲保身的衝突矛盾。這是他率真的個性使然，也是知識份子生長在東晉亂世的悲哀。

3 表達隱居悠閒之樂

〈飲酒之七〉在敘述詩人沉醉於賞菊與飲酒的快樂之中，而〈飲酒之十四〉則直接表現物我皆忘、超乎物外的逸趣，兩首詩呼應其他〈飲酒〉詩作所表明的歸隱之志，具有相得益彰的效果。

4 感嘆知音之難尋

〈飲酒之十六〉敘述自己少壯猛志，老而無成，進而抒發老無

知音的孤獨與慨嘆。詩人感嘆知音難尋，一源於自己耿介不同於流俗的性格，二源於所處亂世的人心險惡與澆薄，故此詩所感知音難尋，實與前述幾首詩的義旨相互呼應。

歸納〈飲酒〉詩二十首的主題思想，以「表明隱逸志節」為多，再加上兩首「表現隱居之樂」的作品，其歸隱處境的描寫及心志的表達應是〈飲酒〉詩主題思想的主軸，充分顯現「恬靜淡泊」的格調；其次批判現實、表達對世俗不滿的作品佔了六首，可視為〈飲酒〉詩主題思想的副線，展現的是「剛毅激憤」的感染力；至於〈飲酒之十六〉在傳達「知音難尋」之嘆，略有哀傷自憐之情，此詩主旨所蘊含的「抑鬱」之感，可作為彙整〈飲酒〉詩主題風格的參考。綜而言之，二十首〈飲酒〉詩的主題風格乃以「恬靜淡泊」為主調，以「剛毅激切」為副調，可視為陶淵明歸隱後期所秉持的執著、堅毅、樸實的生命情調。

（二）從章法風格來看

「章法風格」的形成是建立在章法所蘊含的陰陽質性，落實到文章結構中，因「移位」和「轉位」的作用[11]而產生偏陰、偏陽或陰陽互濟的動勢，而這種動勢就是章法風格的根源。基於此一原理，檢視章法風格的原則約有幾端[12]：

---

[11] 在章法結構上，所謂「移位」就是合於秩序律所產生的「力」的改變，其變化程度較為緩和；所謂「轉位」就是合於變化律所產生的「力」的改變，其結構呈現「往復」現象，變化的程度較為激烈。參見仇小屏：〈論章法的移位、轉位及其美感〉，《辭章學論文集》上冊（福州市：海潮攝影藝術出版社，2002 年 12 月一版一刷），頁 98～122。

[12] 參見陳滿銘：〈論意象之統合——以辭章之主題與風格為範圍作探討〉，《文與哲》15 期，2009 年 12 月，頁 16～20。又見拙著：《章法風格析論——以蘇軾詞、姜

1. 確立文學作品的核心結構（通常結構表第一層為核心結構），核心結構的偏陰、偏陽或陰陽相濟的動勢，幾乎可以決定一篇作品的風格趨向。

2. 瞭解每一結構類型所自成陰陽的動勢，如「陰→陽」為順向結構，「陽」的動勢變強；「陽→陰」為逆向結構，「陰」的動勢變強，由於逆向動力，所以向陰的強度是加倍的；「陰→陽→陰」或「陽→陰→陽」乃轉位結構，由於「拗」的力量更大，其形成向陰或向陽的動勢可能呈現三倍的力度。

3. 彙整每一層各結構所形成的陰陽動勢，是相得益彰，或相互抵銷。

4.從底層至上層的結構所形成的動勢是逐層增加的，所以底層的動勢力度最小，上層（通常為核心結構）的動勢力度最大。

根據這些原則，我們可據此分析陶淵明〈飲酒〉詩的結構，並推算出二十首詩的風格類型。

變詞為考察對象》（臺北市：花木蘭文化出版社，2007 年 3 月初版），〈第三章 章法風格的哲學基礎〉，頁 99～136。

1 屬於「偏柔」風格之作

舉例如：

> 栖栖失羣鳥，日暮猶獨飛。徘徊無定止，夜夜聲轉悲。厲響
> 思清遠，去來何依依？因值孤生松，斂翮遙來歸。勁風無榮
> 木，此蔭獨不衰。託身既得所，千載不相違。(〈飲酒之四〉)

根據詩文的意象及其內在邏輯，可以繪出結構表如下：

此詩從描寫離群之鳥的無所依託，到託身松木的安定，形成「反
→正」的核心結構，其「陽→陰」的動勢，確定此詩偏於「陰」的
格調。其餘各層結構，如底層「淺→深」、「因→果」皆為「陰→陽」
之動勢，匯成偏於「陽」的力量，但其底層的力度影響較小；第二
層的「點→染」結構形成「陰→陽」動勢，「事→情」結構形成「陽
→陰」動勢，兩者相互衝抵，仍屬「偏陰」的力度較強。基於核心
結構的「偏陰」動勢，及各層結構所呈現的陰陽力度，這首詩可歸
納出「柔中寓剛」的風格類型，其陰柔的成分是大於陽剛的。又如：

結廬在人境，而無車馬喧。問君何能爾？心遠地自偏。采菊東籬下，悠然見南山。山氣日夕佳，飛鳥相與還。此中有真意，欲辨已忘言。(〈飲酒之五〉)

根據詩文的意象及其內在邏輯，可以繪出結構表如下：

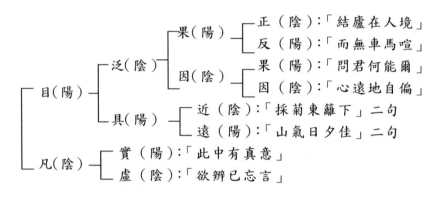

此詩先分敘（目）歸隱生活與山林之景，後總結（凡）歸隱之真意，形成「目→凡」的核心結構，其「陽→陰」的動勢亦決定了全詩「偏陰」的格調。其餘各層結構，如底層「正→反」、「果→因」，第二層「果→因」、「近→遠」，第三層「泛→具」、「實→虛」，皆為「陰→陽」與「陽→陰」相互消抵而凸顯「偏陰」的動勢，故與第一層核心結構相呼應，可以清楚歸納出整首詩「柔中寓剛」的風格型態。

在〈飲酒〉二十首中，屬於「柔中寓剛」風格的作品有九首，包括〈之四〉（核心結構為「反→正」）、〈之五〉（核心結構為「目→凡」）、〈之八〉（核心結構為「賓→主」）、〈之九〉（核心結構為「敘事→抒感」）、〈之十四〉（核心結構為「敘事→抒情」）、〈之十六〉（核心結構為「敘事→抒情」）、〈之十七〉（核心結構為「賓→主」）、〈之

十八〉（核心結構為「目→凡」）、〈之二十〉（核心結構為「敘事→抒情」），其結構皆形成「陽→陰」的動勢，且受其他各層結構的影響較小，故偏柔的成分增加。

2 屬於「偏剛」風格之作

舉例如：

> 道喪向千載，人人惜其情。有酒不肯飲，但顧世間名。所以貴我身，豈不在一生？一生復能幾？倏如流電驚。鼎鼎百年內，持此欲何成。（〈飲酒之三〉）

根據詩文的意象及其內在邏輯，可以繪出結構表如下：

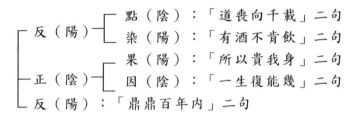

此詩以汲汲名利的世俗觀點和自己的逍遙淡泊對呈，形成「反→正→反」的核心結構，其「陽→陰→陽」的動勢因為轉位的緣故而變得更強，所以底層的「點→染」、「果→因」結構所形成的「陰→陽」、「陽→陰」動勢之間的消長，其「偏陰」的力度仍小於核心結構「偏陽」的力量，故全詩呈現「剛中寓柔」的風格型態。又如：

> 疇昔苦長飢，投耒去學仕。將養不得節，凍餒固纏己。是時向立年，志意多所恥。遂盡介然分，拂衣歸田里。冉冉星氣

> 流，亭亭復一紀。世路廓悠悠，楊朱所以止。雖無揮金事，
> 濁酒聊可恃。（〈飲酒之十九〉）

根據詩文的意象及其內在邏輯，可以繪出結構表如下：

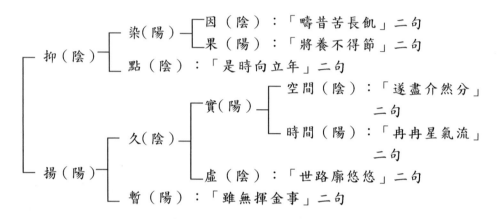

此詩從詩人過去委屈出仕的經歷，寫到歸隱田里的境況，其否定出仕的年歲，更凸顯自己隱居田園的悠然自適，在邏輯上形成「抑→揚」的核心結構，確立此詩「陰→陽」而凸顯「偏陽」的風格主調。其餘各層結構，如底層「空間→時間」，為「陰→陽」之移位，凸顯「偏陽」的動勢；第二層的「因→果」、「實→虛」及第三層的「染→點」、「久→暫」，皆為「陰→陽」與「陽→陰」的移位，其相抵之後的動勢雖偏於「陽」，但其力度位於下層，仍未能強過核心結構，故整首詩「陽剛」的成分較多，遂形成「剛中寓柔」的風格型態。

在〈飲酒〉二十首中，屬於「剛中寓柔」風格的作品有六首，包括〈之三〉（核心結構為「反→正→反」）、〈之六〉（核心結構為「因→果」）、〈之十〉（核心結構為「事→理」）、〈之十一〉（核心結構為「虛→實」）、〈之十二〉（核心結構為「敘→論」）、〈之十九〉（核心

結構為「抑→揚」），其陰陽動勢或為「陽→陰→陽」，或為「陰→陽」，故產生「偏陽」的動勢，且其他各層結構的影響亦小，所以偏陽的風格成分佔整首詩的比例較高。

3 屬於「剛柔互濟」風格之作

舉例如：

> 衰榮無定在，彼此更共之。邵生瓜田中，寧似東陵時。寒暑有代謝，人道每如茲。達人解其會，逝將不復疑。忽與一樽酒，日夕歡相持。（〈之一〉）

根據詩文的意象及其內在邏輯，可以繪出結構表如下：

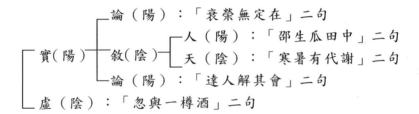

詩人藉由論述自然多變、禍福無常的事理，表達遁隱遠害、飲酒自娛的心願，其運材由實轉虛，形成「實→虛」的核心結構，確定了此詩「陽→陰」的動勢。原本核心結構所形成的「偏陰」風格應為主調，但是次層「論→敘→論」的轉位結構所形成的「偏陽」力度較強，其動勢雖不致超越核心結構的強度，卻能中和其「偏陰」的動勢，故整首詩在陽剛與陰柔的互相衝抵之下，形成接近「陰陽互濟」的風格型態。

又如：

> 秋菊有佳色，裛露掇其英。汎此忘憂物，遠我遺世情。一觴
> 雖獨進，杯盡壺自傾。日入羣動息，歸鳥趨林鳴。嘯傲東軒
> 下，聊復得此生。(〈之七〉)

根據詩文的意象及其內在邏輯，可以繪出結構表如下：

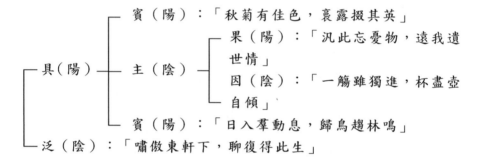

此詩先描寫具體的田園生活，再歸結於抽象的田園之樂，形成
「具→泛」的核心結構。其陰陽動勢原以「陽→陰」的「偏陰」為
主調，但次層「賓→主→賓」的轉位結構所形成的「陽→陰→陽」
態勢，其「偏陽」的力度頗強，故中和了核心結構的「偏陰」動勢，
亦使整首詩呈現「陰陽互濟」的風格型態。

其〈飲酒〉詩中屬於「陰陽互濟」之風格的作品有五首即〈之
一〉（核心結構為「實→虛」）、〈之二〉（核心結構為「反→正」）、〈之
七〉（核心結構為「具→泛」）、〈之十三〉（核心結構為「淺→深」）、
〈之十五〉（核心結構為「景→情」），這五首詩的核心結構接受到次
層轉位結構的影響，使其風格趨於「陰陽互濟」的型態。

綜觀陶淵明〈飲酒〉詩二十首的章法風格，屬於「柔中寓剛」
風格的詩作有九首；屬於「剛中寓柔」風格的詩作有六首；而趨於

「剛柔互濟」風格的詩作則有五首，且這五首中有四首的核心結構
是「偏陰」的動勢。由此比例來看，〈飲酒〉組詩的整體風格是偏於
陰柔的成分較多，蘊含陽剛的成分較少，這種現象恰符合主題風格
的述評。具體而言，其以「恬靜淡泊」為主調，乃偏於陰柔；以「剛
毅激切」為副調，則偏於陽剛。結合辭章之「主題」與「章法」兩
個面向以分析〈飲酒〉詩的風格，其主旨所呈現的「恬靜淡泊、剛
毅激切」的感染力，以及章法結構之陰陽動勢所顯現的「柔中寓剛」
的風格，幾乎可以確定為陶淵明〈飲酒〉詩的風格主調。

（三）從意象風格、詞彙風格、修辭風格等層面來看

既已確定〈飲酒〉詩的風格主調，我們仍有必要分析其他局部
的風格趨向。故探討〈飲酒〉詩之「意象風格」、「詞彙風格」及「修
辭風格」，才能掌握其更細緻的感染力，並能檢視主題風格與章法風
格的正確性，或呼應其風格的內在規律。

1 〈飲酒〉詩的意象風格

關於〈飲酒〉詩之材料意象所形成的風格，可分為下列幾類：

（1）飲酒情境

〈飲酒〉詩二十首乃陶淵明飲酒之後的具體感懷，故飲酒的心
境貫串每一首詩，成為此一組詩的主要意象。而詩作具體提到飲酒
情境者，如〈之一〉：「忽與一樽酒，日夕歡相持」；〈之三〉：「有酒
不肯飲，但顧世間名」；〈之七〉：「一觴雖獨進，杯盡壺自傾」；〈之
九〉：「且共歡此飲，吾駕不可回」；〈之十三〉：「寄言酣中客，日沒
燭當秉」；〈之十四〉：「悠悠迷所留，酒中有深味」；〈之十八〉：「觴

來爲之盡，是諮無不塞」；〈之十九〉：「雖無揮金事，濁酒聊可恃。」；〈之二十〉：「但恨多謬誤，君當恕醉人」。詩人或藉酒抒情，或暢敘酒興，或說古示今，其所展現的意象多有「悠然率真」的感染力，直可與「恬靜淡泊」的主題風格相呼應。

（2）古人古事

陶淵明〈飲酒〉詩中所引用的古人古事，一方面要藉古喻今，另一方面也在表達對古人的傾慕之情。詩作中所提到的古人古事如〈之一〉的東陵侯、〈之二〉的伯夷、叔齊與榮啟期、〈之六〉的夏黃公與綺裏、〈之十一〉的顏回、榮啟期、〈之十六〉的劉龔、〈之十八〉的揚雄與柳下惠、〈之十九〉的楊朱、以及〈之二十〉的伏羲、神農等等，其所描述的古人多有古樸單純的形象，充分展現「淳厚典雅」的感染力。

（3）山川自然

歸隱生活必然接觸到山川自然之景，在〈飲酒〉詩中所提山川景色雖然不多，卻能襯托詩人悠閒自得的心境。如〈之五〉：「山氣日夕佳，飛鳥相與還」，〈之七〉：「日入群動息，歸鳥趨林鳴」，〈之十五〉：「斑斑有翔鳥，寂寂無行迹」，〈之十七〉：「幽蘭生前庭，含薰待清風」。其所展現的「舒緩開闊」的氛圍，確實能與「恬靜淡泊」的主題風格相互呼應。

（4）躬耕田園

〈飲酒〉詩的思想主軸是表明歸隱的堅定意志，而隱居又存在著一部份躬耕田園的生活形態。雖然耕種的生活是清苦的，是勞累的，卻是詩人悠閒心境中的另一寫照。如〈之五〉的「結廬在人境，

而無車馬喧」，〈之十九〉的「遂盡介然分，拂衣歸田里」，從平靜的躬耕生活中，可以感受到詩人「樸素勤謹」的清苦形象，這形象和他悠閒的心境實無互相違背。

2 〈飲酒〉詩的詞彙風格

陶詩的用詞向來淺白易懂，其〈飲酒〉詩的淺詞用字亦不例外。如：

> 彼此更共之、人道每如茲。(〈之一〉)
>
> 有酒不肯飲 (〈之三〉)
>
> 而無車馬喧 (〈之五〉)
>
> 問子爲誰與 (〈之九〉)
>
> 傾身營一飽，少許便有餘。(〈之十〉)
>
> 雖留身後名，一生亦枯槁。(〈之十一〉)
>
> 仲理歸大澤，高風始在茲。(〈之十二〉)
>
> 不覺知有我，安知物爲貴？(〈之十四〉)
>
> 宇宙一何悠，人生少至百。(〈之十五〉)

所謂「如茲」、「始在茲」、「一何」等詞，從《詩經》、漢樂府時期就已存在[13]，至魏晉已成為當時的口語；而「共之」、「不肯」、「而無」、「為誰與」、「少許」、「雖……亦」、「不覺知」等詞，用於現代漢語，仍是淺白易懂的詞彙。整體而言，陶淵明〈飲酒〉詩所使用的詞彙並無生澀隱晦之字，其淺顯的詞彙使用展現了「平易樸實、

---

[13] 《詩經・周頌・載芟》：「匪且有且，匪今斯今，振古如茲。」如茲，即如此。漢樂府〈陌上桑〉：「使君一何愚」一何，即多麼。

親切自然」的詞彙風格，對應於「恬靜淡泊」的主題風格，當然是相得益彰的。

3 〈飲酒〉詩的修辭風格

「修辭風格」的形成，在於修辭技巧所呈現的美感效果。[14]每一種修辭技巧所形成的美感效果不同，自然形成不一樣的修辭風格，再結合辭章個別的意象，其修辭風格又會有更多不同的風貌。以二十首〈飲酒〉詩來說，其常用的修辭技巧約有下列數種：

（1）象徵

〈飲酒‧之四〉以「孤鳥失群獨飛」的意象象徵詩人離群索居、苦無知音的窘迫，後來「值孤松」而得其所，也暗指著詩人隱居之志有所歸宿。又如〈之八〉描寫青松的特立獨行、不畏風霜，以象徵詩人堅貞自守、不同流俗的高尚節操。這兩首詩以孤鳥、青松起興，又能委婉表達詩人對世俗的不滿，其象徵的美感清楚地展現了「含蓄敦厚」的修辭風格。

（2）引用

如前節所述，〈飲酒〉詩二十首援引了許多古人古事，營造了「淳厚典雅」的意象風格。以修辭的角度來看，「引用」修辭本來就容易增添辭章「典雅」的感染力，所以「高古典雅」亦可視為這一組詩重要的修辭風格之一。

---

14 參見拙作：〈辭章「修辭風格」初探——以古典詩詞為考察對象〉，收入《修辭論叢》第七輯（東吳大學中國文學系，2006 年 10 月），頁 474～501。

（3）設問

　　陶淵明在〈飲酒〉詩中使用了頻繁的問句，若以設問修辭的概念來分類，其激問句如：

> 善惡苟不應，何事空立言？（〈之二〉）
> 所以貴我身，豈不在一生？（〈之三〉）
> 行止千萬端，誰知非與是？（〈之六〉）
> 裸葬何足惡？人當解意表。（〈之十一〉）
> 一往便當已，何為復狐疑？（〈之十二〉）
> 不覺知有我，安知物為貴？（〈之十四〉）
> 有時不肯言，豈不在伐國？（〈之十八〉）
> 詩書復何罪？一朝成灰塵。（〈之二十〉）

疑問句如：

> 一生復能幾？倏如流電驚。（〈之三〉）
> 問君何能爾？心遠地自偏。（〈之五〉）
> 問子為誰歟？田父有好懷。（〈之九〉）

懸問句如：

> 屬響思清遠，去來何依依？（〈之四〉）

　　在設問修辭中，使用激問句容易營造「激切」的語言氛圍；而使用疑問句以自問自答，通常使詩句產生「親切」的效果；至於懸問句的運用，其「懸宕」的美感是非常明顯的。陶淵明〈飲酒〉詩

原本是樸實自然的，其設問的運用，或激切，或懸宕，對於平淡樸實的詞彙風格而言，是具有點綴之效果的。

（4）類疊

〈飲酒〉詩使用類疊修辭亦屬常見，其中「疊字」出現最為頻繁。如：

> 人人惜其情、鼎鼎百年內（〈之三〉）
> 棲棲失群鳥、夜夜聲轉悲（〈之四〉）
> 咄咄俗中愚（〈之六〉）
> 去去當奚道、擺落悠悠談（〈之十二〉）
> 規規一何愚（〈之十三〉）
> 悠悠迷所留（〈之十四〉）
> 班班有翔鳥，寂寂無行跡（〈之十五〉）
> 行行向不惑（〈之十六〉）
> 行行失故路（〈之十七〉）
> 冉冉星氣流，亭亭復一紀（〈之十九〉）
> 汲汲魯中叟、區區諸老翁（〈之二十〉）

〈飲酒〉詩屬於五言古詩，在短短五個字的詩句中，疊字所營造的節奏美感影響整句的風格極大，這種節奏感若與詩歌的內容相呼應，其情思或為哀淒，或為悠遠，或為輕快，或為激切，都可能因為形式的節奏美而更加強烈，這是疊字最容易形成的修辭風格。

五　結語

　　綜上所論，陶淵明〈飲酒〉詩的整體風格可從辭章的各個面向獲得具體的答案。從辭章的主題思想來看，其「恬靜淡泊」的風格應為主調，而「剛毅激切」的風格則為副調。從辭章的章法結構來看，二十首詩中屬於「柔中寓剛」風格的詩作較多，此章法風格類型實與「恬靜淡泊」之主題風格相符，而部分作品偏於「剛中寓柔」之風格型態，則與「剛毅激切」之主題風格相呼應。至於其他面向，如個別意象所呈現之「悠然率真」、「淳厚典雅」、「舒緩開闊」、「樸素勤謹」等，詞彙表現所呈現之「平易樸實」、「親切自然」，修辭技巧所凸顯之「含蓄敦厚」、「高古典雅」、「懸宕」、「激切」及其特殊的節奏美感等等，或無礙於主題風格的呈現，或直接與主題風格相呼應。因此，在章法風格所分析出來的「柔中寓剛」之基礎下，〈飲酒〉詩之主題思想所蘊含的「恬靜淡泊」是這組詩歌風格的主軸。若結合辭章「剛毅激切」之風與陶淵明本身「擇善固執」的性格，其「恬靜淡泊中蘊含著剛毅與執著」可作為二十首〈飲酒〉詩的風格述評。

　　文學是一種藝術，風格又是藝術鑑賞中最需關注的焦點。因此，語文教學的最終目標應不僅是文本義旨的理解而已，在引導學生將知識學問內化為生命的一部分之前，培養他們最佳的藝術鑑賞能力更是重要過程。本文以陶淵明〈飲酒〉詩為考察對象，提供了具體可行的分析步驟，使原本抽象而難以掌握的風格述評變得有理可說，這對於初學辭章鑑賞的學生來說，應是引領他們步入文學藝術殿堂的階梯。

附錄：陶淵明〈飲酒〉詩原文及主題呈現

飲酒詩	詩　　文	主　　旨
之一	衰榮無定在，彼此更共之。邵生瓜田中，寧似東陵時。寒暑有代謝，人道每如茲。達人解其會，逝將不復疑。忽與一樽酒，日夕歡相持。	作者從自然的盛衰更替，領悟到人生的福禍無常，故選擇隱遁以遠離群害，飲酒以自取安樂。
之二	積善云有報，夷叔在西山。善惡苟不應，何事立空言？九十行帶索，飢寒況當年。不賴固窮節，百世當誰傳。	此詩藉否定善惡報應之說，揭示善惡不分的社會現實，並決心固窮守節，流芳百世。在深婉曲折的詩意中，透露著憤激不平的情緒。
之三	道喪向千載，人人惜其情。有酒不肯飲，但顧世間名。所以貴我身，豈不在一生？一生復能幾？倏如流電驚。鼎鼎百年內，持此欲何成。	此詩否定那些只顧自身而追逐名利之人，表明詩人達觀、逍遙、自任的生命態度。
之四	栖栖失羣鳥，日暮猶獨飛。徘徊無定止，夜夜聲轉悲。厲響思清遠，去來何依依？因值孤生松，斂翮遙來歸。勁風無榮木，此蔭獨不衰。託身既得所，千載不相違。	通篇以自然景物自喻，表現詩人堅定的歸隱之志和高潔的人格情操。
之五	結廬在人境，而無車馬喧。問君何能爾？心遠地自偏。采菊東籬下，悠然見南山。山氣日夕佳，飛鳥相與還。此中有真意，欲辨已忘言。	本詩描寫詩人悠然自得的隱居生活，在平靜的心境中，體悟著自然的樂趣和人生的真諦，這一切給詩人的精神帶來極大的快慰與滿足。
之六	行止千萬端，誰知非與是？	詩人以憤怒的口吻斥責是非

	是非苟相形，雷同共譽毀。三季多此事，達士似不爾。咄咄俗中愚，且當從黃綺。	不分、善惡不辨的黑暗現實，並決心追隨商山四皓，隱居世外。
之七	秋菊有佳色，裛露掇其英。汎此忘憂物，遠我遺世情。一觴雖獨進，杯盡壺自傾。日入羣動息，歸鳥趨林鳴。嘯傲東軒下，聊復得此生。	本詩寫賞菊與飲酒，充分表現詩人沉醉其中，忘卻塵世，擺脫憂愁，逍遙閒適，自得其樂的感受。
之八	青松在東園，衆草沒其姿。凝霜殄異類，卓然見高枝。連林人不覺，獨樹衆乃奇。提壺挂寒柯，遠望時復為。吾生夢幻間，何事紲塵羈。	詩人以孤松自喻，表達自己不畏嚴霜的堅貞品質和不為流俗所染的高尚節操。在隱藏的消極情緒中，帶有憤世嫉俗之意。
之九	清晨聞叩門，倒裳往自開。問子為誰與？田父有好懷。壺漿遠見候，疑我與時乖。繿縷茅簷下，未足為高栖。一世皆尚同，願君汨其泥。深感父老言，稟氣寡所諧。紆轡誠可學，違己詎非迷。且共歡此飲，吾駕不可回。	此詩以對話方式，表現詩人不願違背己志而隨世浮沉，並決心保持高潔的志向，隱逸避世，遠離塵俗，態度十分堅決。
之十	在昔曾遠遊，直至東海隅。道路迴且長，風波阻中塗。此行誰使然，似為飢所驅。傾身營一飽，少許便有餘。恐此非名計，息駕歸閒居。	此詩回憶曾因生計所迫而誤入仕途，經歷重重艱辛之後，詩人感到自己既不力求功名富貴，而如此勞心疲力，倒不如歸隱閒居，以保純潔的節操。
之十一	顏生稱為仁，榮公言有道。屢空不獲年，長飢至於老。雖留身後名，一生亦枯槁。死去何所知？稱心固為好。客養千金軀，	此詩表達了詩人的人生觀與處世態度。他認為不必為追求身後名聲而固窮守節；也不贊同為長壽而保養貴體。

	臨化消其寶。裸葬何必惡？人當解意表。	人死後軀體消亡、神魂滅寂，故主張人生當稱心適意、逍遙自任，不必顧忌，亦不必刻意追求。
之十二	長公曾一仕，壯節忽失時。杜門不復出，終身與世辭。仲理歸大澤，高風始在茲。一往便當已，何爲復狐疑？去去當奚道，世俗久相欺。擺落悠悠談，請從余所之。	此詩透過讚揚張摰和楊倫辭官歸隱，不再復出的高風亮節，以比況自己的歸隱之志；並勸說世人勿受世俗欺騙，當看破紅塵，隨他一起歸隱。
之十三	有客常同止，取舍邈異境。一士長獨醉，一夫終年醒。醒醉還相笑，發言各不領。規規一何愚，兀傲差若穎。寄言酣中客，日沒燭當秉。	此詩以「醉者」、「同醒者」設喻，表現兩種迥然不同的人生態度，在比較與評價中，詩人願醉不願醒，以寄託對現實不滿的憤激之情。
之十四	故人賞我趣，挈壺相與至。班荊坐松下，數斟已復醉。父老雜亂言，觴酌失行次。不覺知有我，安知物爲貴？悠悠迷所留，酒中有深味。	此詩寫與友人暢飲，旨在表現飲酒之中物我皆忘、超然物外的樂趣。
之十五	貧居乏人工，灌木荒余宅。班班有翔鳥，寂寂無行迹。宇宙一何悠，人生少至百。歲月相催逼，鬢邊早已白。若不委窮達，素抱深可惜。	此詩寫貧居荒宅之景與衰老將至之悲，但詩人不爲守窮後悔，反而表明如果違背自己的夙願，才深可痛惜。
之十六	少年罕人事，游好在六經。行行向不惑，淹留遂無成。竟抱固窮節，飢寒飽所更。弊廬交悲風，荒草沒前庭。披褐守長夜，晨雞不肯鳴。孟公不在茲，終以翳吾情。	此詩寫自己少年時頗有壯志，然老而無成，一生抱定固窮之節，飽受饑寒之苦，直到現在。但詩人所感到悲哀的是，世上竟無知音。

之十七	幽蘭生前庭，含薰待清風。清風脫然至，見別蕭艾中。行行失故路，任道或能通。覺悟當念還，鳥盡廢良弓。	此詩以幽蘭自喻，以蕭艾喻世俗，表現自己清高芳潔的品性。詩末以「鳥盡廢良弓」的典故，說明歸隱之由，寓有深刻的政治義涵。
之十八	子雲性嗜酒，家貧無由得。時賴好事人，載醪袪所惑。觴來爲之盡，是諮無不塞。有時不肯言，豈不在伐國？仁者用其心，何嘗失顯默！	此詩以揚雄和柳下惠自況，既說明家貧無酒，幸賴友人饋贈；又表達不談國事，以遠禍全身。其中亦暗寓對國事前途的深憂。
之十九	疇昔苦長飢，投耒去學仕。將養不得節，凍餒固纏己。是時向立年，志意多所恥。遂盡介然分，拂衣歸田里。冉冉星氣流，亭亭復一紀。世路廓悠悠，楊朱所以止。雖無揮金事，濁酒聊可恃。	此詩主要在表達歸隱的志趣及對仕途的厭惡。詩人記述當年因饑寒而出仕，由恥為仕而歸田，又由歸田而至於今的出處過程和感慨。儘管眼前的境遇貧困，但沒有違背初衷，且有酒可以自慰，所以已經感到十分滿足。
之二十	羲農去我久，舉世少復真。汲汲魯中叟，彌縫使其淳。鳳鳥雖不至，禮樂暫得新。洙泗輟微響，漂流逮狂秦。詩書復何罪？一朝成灰塵。區區諸老翁，爲事誠殷勤。如何絕世下。六籍無一親。終日馳車走，不見所問津。若復不快飲，空負頭上巾。但恨多謬誤，君當恕醉人。	此詩藉思慕遠古伏羲，神農時的真樸之風，以慨歎眼前世風日下，表現詩人對現實強烈不滿的情緒。

參考文獻

（一）專書

（晉）陶潛　《陶淵明集校箋》　臺北市　里仁書局　2007 年 8 月
　　　初版

（清）楊希閔　《晉陶徵士年譜》　北京市　圖書館出版社　1999
　　　年 3 月第 1 版

王　立　《心靈的圖景》　上海市　學林出版社　1998 年 6 月第 1
　　　版

王　瑤　《中古文學史論》　臺北市　長安出版社　1982 年再版

王長俊　《詩歌意象學》　合肥市　安徽文藝出版社　2000 年 8 月
　　　第 1 版

陳鵬翔　《主題學理論與實踐》　臺北市　萬卷樓圖書公司　2001
　　　年初版

蒲基維　《辭章風格教學新論──以中學詩歌教材為研究對象》　臺
　　　北市　萬卷樓圖書公司　2005 年 11 月初版

魯克兵　《執著與逍遙──陶淵明飲酒詩文的審美觀照》　合肥市
　　　安徽大學出版社　2009 年 6 月第 1 版

蕭望卿　《陶淵明批評》　臺北市　國家圖書館轉製　2011 年 3 月
　　　初版

（二）期刊論文

仇小屏　〈論章法的移位、轉位及其美感〉　《辭章學論文集》上
　　　冊　福州市　海潮攝影藝術出版社　2002 年 12 月一版
　　　一刷　頁 98～122

吳元豐　〈陶淵明「飲酒」詩一至五探析——詩境與架構之討論〉
　　　　《清華中文學報》　第 4 期　2010 年 12 月　頁 1～35

陳滿銘　〈論意象之統合——以辭章之主題與風格為範圍作探討〉
　　　　《文與哲》15 期　2009 年 12 月　頁 1～32

蒲基維　〈辭章「修辭風格」初探——以古典詩詞為考察對象〉《修
　　　　辭論叢》第七輯　東吳大學中國文學系　2006 年 10 月
　　　　頁 474～501

蒲基維　〈論辭章的意象風格——以唐宋詩詞為考察對象〉　《修
　　　　辭論叢》第八輯　臺北市大學　2009 年 1 月　頁 49～80

劉瑞琳　〈陶淵明飲酒詩的生命態度與生活旨趣〉　《中臺人文社
　　　　會學報》　15：1　2004 年 2 月　頁 115～138

（三）學位論文

黃巧妮　《陶淵明飲酒詩之意象研究》　國立彰化師範大學國文研
　　　　究所國語文教學碩士論文　2008 年 7 月

《史記・老子韓非列傳》 篇章結構及其意義

魏聰祺

國立臺中教育大學語文教育學系副教授

摘要

　　《史記》之合傳，依傳主性質約可分為「性質相近」和「關係密切」兩類。《史記・老子韓非列傳》為春秋時道家老子，以及戰國時道家莊子，法家申不害、韓非四人之合傳，屬於性質相近者。司馬遷在寫作該傳時，先採「論敘法」中的先敘後論。敘的部分可視為以「並列法」分列四位傳主的生平或以「詳略法」詳敘老子和韓非，而略敘莊子和申不害；論的部分為「太史公曰」，先以「凡目法」中的「先目後凡」，「目」的部分也是以「並列法」分別論述四位傳主。這是第一層和第二層、第三層章法。但只能約略了解四位傳主相稱並重的內涵或詳略有別的敘述差異，無法更深入探究其深層意義。因此，本文以「《史記・老子韓非列傳》篇章結構及其意義」為題，欲以傳統篇章結構（篇法包括「辨體」、「主旨」、「取材」；章法包括「外部形式之組合」、「內部材料之聯繫」）為架構，再搭配陳滿銘、仇小屏提倡之「章法學」（「論敘」、「並列」、「詳略」、「凡目」等）作說明，並輔以修辭格、史料運用加以評析。藉此探究《史記・老子韓非列

傳》所蘊含的深層意義。並希望達成下列目標：（一）可以了解傳統篇章結構和「章法學」、「修辭格」、史料運用搭配的效果。（二）最高明的文學，應是形式與內容結合，透過對《史記‧老子韓非列傳》篇章結構與章法、修辭格、史料運用的分析，探討該文所蘊含的意義。

關鍵詞：老子、莊子、申不害、韓非、篇章結構

一 前言

　　《史記》之合傳，依傳主性質約可分為「性質相近」和「關係密切」兩類。《史記‧老子韓非列傳》為春秋時道家老子，以及戰國時道家莊子，法家申不害、韓非四人之合傳，屬於性質相近者。司馬遷在寫作該傳時，先採「論敘法」中的先敘後論，敘的部分又以「並列法」分列四位傳主的生平或以「詳略法」詳敘老子和韓非，而略敘莊子和申不害；論的部分為「太史公曰」，先以「凡目法」中的「先目後凡」，「目」的部分也是以「並列法」分別論述四位傳主。這是第一層和第二層、第三層章法。但只能約略了解四位傳主相稱並重的內涵，或詳略有別的敘述差異，無法更深入探究其深層意義。因此，本文以「《史記‧老子韓非列傳》篇章結構及其意義」為題，欲以傳統篇章結構（篇法包括「辨體」、「主旨」、「取材」；章法包括「外部形式之組合」、「內部材料之聯繫」）為架構，再搭配陳滿銘、仇小屏提倡之「章法學」（「論敘」、「並列」、「詳略」、「凡目」等）作說明，[1]並輔以修辭格、史料運用加以評析。藉此探究《史記‧老子韓非列傳》所蘊含的深層意義。

1　陳滿銘曰：「章法是文章構成的型態，也就是綴句成節段，組節段成篇的一種方式。」見氏著：《章法學新裁》（臺北市：萬卷樓圖書公司，2001年1月初版），頁310。又曰：「章法學是研究章法（含篇法）理論與實際的一門學問。」（同上，〈卻顧所來徑─代序〉，頁1。）可見陳氏是將傳統的「篇法」、「章法」合在一起敘述分析。

二　傳統篇章結構簡介

傳統篇章結構分為「篇法」和「章法」，茲說明如下：

（一）篇法

作家進行寫作，必須事先有籌畫工作，姑且稱為謀篇。所謂「謀篇」，劉師培解釋曰：「謀篇者，先定格局之謂也。」[2]亦即對作品進行通盤的總設計過程。司馬遷在寫作每一篇傳文，必須先對篇法作事先考量，他所要考量的有三個重點：

1　辨體

所謂「辨體」，就是辨別文章的體裁。體裁對於文章的重要性，誠如明‧徐師曾所言：「夫文章之體裁，猶宮室之有制度，器皿之有法式也。」[3]而文章的體裁，具有一定的格式，特定的寫法。若能掌握體裁，則能對文章的特色有所了解。例如本紀寫帝王為中心的天下大事，以編年記時為主，體貴簡要，大事乃書；世家寫方國為中心的大事，亦是以編年記時為主，體貴簡要；列傳則採傳記記人，體貴詳要。列傳之中，又分單傳、合傳、類傳、附傳。不同體裁，其寫作內涵及方式，都有所不同。

---

[2] 見劉師培：《漢魏六朝專家文研究》（臺北市：臺灣中華書局，1982 年 3 月），頁 14。

[3] 見〔明〕徐師曾：〈文體明辨序〉，收入《文體序說三種》（臺北市：大安出版社，1998 年 6 月），頁 15。

2 主旨

作者先有動機，才會動筆完成作品，因此作品的命意值得探討清楚。清‧李漁曰：「古人作文一篇，定有一篇之主腦。主腦非他，即作者立言之本意也。」[4]所謂「命意」即「立言之本意」，亦即篇章之主旨。

3 取材

命意是作品的主旨，作品有了主旨，則須選擇適當的材料，來配合呈現主旨，此即是取材。取材的工作，必須把握主旨為原則。凡不合主旨之材料，則應刪除割愛。

（二）章法

「積章成篇」，因此章法與篇法在組成形態是不相同的。「篇法」是指全篇構成的方法，而「章法」則是指篇中各段、各節組成的方法，亦即是配合主旨而組成節段的方法。如果從現代文章學的角度觀察，「章法」也可說是文章的結構。因此，文章結構的外在組合，可稱為「外部結構」；文章結構的內在聯繫，可稱為「內部結構」。於是本文章法專就「外部形式之組合」及「內部材料之聯繫」而論述。[5]

4　見〔清〕李漁：《閒情偶寄》（臺北市：長安出版社，1990 年），頁 10。
5　參見劉崇義：〈賞析國中古典詩歌散文之淺見〉，《孔孟月刊》第 32 卷第 12 期（1994 年 8 月），頁 46。

三　傳統篇法與章法學等搭配分析

（一）辨體

　　《史記》之合傳，依傳主性質約可分為「性質相近」和「關係密切」兩類。《史記・老子韓非列傳》為春秋時道家老子，以及戰國時道家莊子，法家申不害、韓非四人之合傳，屬於性質相近者。若以章法結構而言，可以如下圖所示：

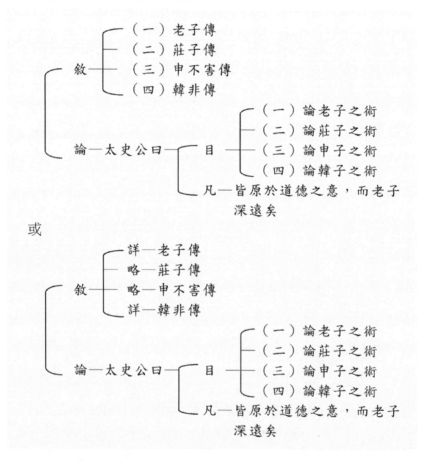

　　司馬遷在寫作該傳時，先採「論敘法」中的先敘後論，[6]這是第一層章法，也是紀傳體最常用的章法，[7]它是以具體的事件帶出抽象的議論。[8]如果是類傳，則大都採「論敘法」中的「論敘論」章法，這是因為司馬遷要對該類傳整個集體活動作全面追溯、探究和介紹，因而增加「序論」於篇首。[9]這是「辨體」發揮的作用，可以決定第一層章法的採用。

　　「敘」的部分，有人會認為是「今昔法」[10]中的「順序法」[11]，

---

[6] 仇小屏曰：「論敘法就是將抽象的道理（虛）和具體的事件（實）結合起來，使之相輔相成的一種章法。」見氏著：《篇章結構類型論上》（臺北市：萬卷樓圖書公司，2000年2月初版），頁268。

[7] 陳滿銘曰：「先敘後論的寫作形式，最常用於史傳上，即先敘個人的生平事蹟，再依據其一生的表現，作一綜合性的論贊。」見氏著：《國文教學論叢》（臺北市：國文天地雜誌社，1991年7月初版），頁121。

[8] 張紅雨提到文學創作中有「明象」、「暗象」的分別，「明象」指的是具體的激情物的呈現，常會表現為典型場面、典型事件、典型人物；而「暗象」指的是藉此傳達的美感信息，即寫作主體獨特的發現、認識和態度。見氏著，《寫作美學》（高雄市：麗文文化事業股份有限公司，1996年10月初版），頁211、212。又說：「暗象是從明象活動中逐漸感知的。」（頁212）則史傳中的「先敘後論」即是從具體客觀的傳主事跡而帶出抽象主觀的史家論贊。

[9] 《史記》列傳中，單傳和合傳的架構，大都是本傳和篇末「太史公曰」贊語的組合方式，此即「論敘法」中的「先敘後論」章法。若遇到歷史的某種觀念、義蘊亟須釐清、闡述，乃至歷史的滿懷感慨不吐不快時，司馬遷有時便將論贊的闡發議論，提早並擴大在篇首表白。而類傳的內容，除了代表人物的傳記之外，尚須對整個集體活動作全面追溯、探究和介紹，因此，類傳便多了「序論」部分，而形成「序論」、「本傳」和「論贊」的結構型式，此即「論敘法」中的「論敘論」章法。當司馬遷改變結構常模，而以新的、不同的方式表達時，則該篇列傳必有更多、更特殊的意涵存在。類傳多了「序論」的整體介紹，與單傳、合傳的常例不同，它應是司馬遷獨特史觀、價值判斷的重要表白。

[10] 仇小屏曰：「今昔法可說是將時間中的『今』（現在）與『昔』（過去），依篇章需求作適當安排的章法。」見氏著：《篇章結構類型論上》，頁19。

因為它是依時代先後寫〈老子傳〉、〈莊子傳〉、〈申不害傳〉和〈韓非傳〉。這種看法不能說它錯誤，但效果卻較平淡。陳滿銘說過：「結構分析沒有絕對的是非，但有相對的好壞。」[12]又說：「要分析一篇文章的篇章結構，由於沒有絕對的是非可言，而必須從不同角度切入，看看那一種角度最足以呈現它內容與形式的特色，所以掌握切入的角度便成為分析篇章結構成敗的關鍵所在。」[13]因此，筆者認為：「敘」的部分可以是以「並列法」分列四位傳主的生平，[14]或是以「詳略法」詳敘老子和韓非，而略敘莊子和申不害。[15]「論」的部分為「太史公曰」，先以「凡目法」中的「先目後凡」呈現，[16]「目」的部分也是以「並列法」分別論述四位傳主：這是第二層及第三層章法。因為該篇屬「性質相近」的「合傳」，每位傳主各自成傳，以「並列法」分敘四位傳主，可以了解四位傳主各自的內涵。這是把它視為「並列法」的第一個優點。

另外，〈太史公自序〉云：「李耳無為自化，清淨自正；韓非揣事情，循埶理。作〈老子韓非列傳〉第三。」[17]將本篇定名為〈老子

11　仇小屏曰：「『由昔而今』者又稱作『順敘』法。」見氏著：《篇章結構類型論上》，頁 18。

12　此為仇小屏所引，見氏著：《篇章結構類型論上》，頁 13。

13　見陳滿銘：《章法學新裁》，頁 420。

14　仇小屏曰：「並列結構成份都是圍繞著主旨，從各個方面、角度來闡發主旨；而且彼此之間的關係不分賓主，也未形成層次。」見氏著：《篇章結構類型論上》，頁 236。

15　仇小屏曰：「詳略法就是將詳寫、略寫的筆法在文章中交互為用，以凸出主旨的章法。」見氏著：《篇章結構類型論下》，頁 359。

16　仇小屏曰：「凡目法是在敘述同一類事、景、理、情時，運用了『總括』與『條分』來組織篇章的一種方式。」見氏著：《篇章結構類型論下》，頁 342。

17　見〔漢〕司馬遷：《新校本史記》（臺北市：鼎文書局，1992 年 7 月），卷 130，〈太史公自序〉，頁 3313。

韓非列傳〉，似乎是以老子和韓非合傳，而以莊子和申不害作為附傳，因此將老子和韓非詳寫，而將莊子和申不害略寫。這是將「敘」的部分視為「詳略法」的原因。

（二）主旨

篇末「太史公曰」的贊語云：

> 老子所貴道，虛無，因應變化於無為，故著書辭稱微妙難識。莊子散道德，放論，要亦歸之自然。申子卑卑，施之於名實。韓子引繩墨，切事情，明是非，其極慘礉少恩。皆原於道德之意，而老子深遠矣。[18]

明白點出本文主旨在說明此四人之學術大旨，並指出皆根原於道德之意。傳中云莊子「其學無所不闚，然其要本歸於老子之言」[19]、「申子之學，本於黃老而主刑名」[20]、韓非「喜刑名法術之學，而歸本於黃老」[21]，莊子、申不害及韓非之學，皆推本於老子，此四人所以合傳之因。這就符合「並列法」所要強調的「圍繞著一個中心（主旨）」的要求，[22]並能達到「形散而神不散」的美感特色。[23]所以本傳

---

[18] 見〔漢〕司馬遷：《新校本史記》，卷 63，〈老子韓非列傳〉，頁 2156。

[19] 同前注，頁 2143。

[20] 同前注，頁 2146。

[21] 同前注，頁 2146。

[22] 仇小屏將「並列法」定義為：「並列結構成份都是圍繞著主旨，從各個方面、角度來闡發主旨；而且彼此之間的關係不分賓主，也未形成層次。」見氏著，《篇章結構類型論上》，頁 236。

[23] 仇小屏認為「並列法」的特色有「形散而神不散」，她引張紅雨《寫作美學》「放縱與跟蹤」的說法：「放縱是讓美感情緒波動任意流動；而跟蹤就是寫作主體跟蹤

四人事跡看似分散而各不相關，這是「形散」；但其內涵卻圍繞主旨（此四人之學術大旨，皆根原於道德之意），則是「神不散」。這是把它視為「並列法」的第二個優點。

然而四人之傳各自獨立，亦分別有不同內涵，而且老子清虛無為，慈儉退讓；申子循名責實，韓子信賞必罰：一弛一張，似乎相異。其實此乃法家推本於老子，而其末流引申過度所致：蓋老子之無為，已流為法家御下之術；老子之智慧（將欲取之，必固與之等），已流為法家之陰謀；而道家齊物之觀念，流為法家用法明切，慘礉少恩。而且漢初施政，兼采黃老與申韓，一方面實行無為而治之原則，與民休息，一方面承繼秦法，以維持綱紀。司馬遷合道、法二家人物於一傳，其目的不僅在學術上尋根原，同時也在反映漢初實際政治。這四位傳主雖然反復強調其學術根原於老子，但卻各有不同的內涵，因此在整齊中又有變化。[24]這又符合「並列結構」在「大的方面是反覆的，但在小的方面又有互異的美感。」[25]這是把它視為「並列法」的第三個優點。

（三）取材

為表現全篇之主旨，司馬遷於〈老子傳〉載有「老子脩道德，

這種流動，然後輸入載體，傳播出去。……那就是『形散而神不散』。」見氏著，《篇章結構類型論上》，頁 246。

[24] 陳雪帆曰：「反覆的單位為繁多時，也未嘗不可破除了單調，增多了動的情趣。……例如單是同樣大小的圓形反復難易流於單調，假如圓形是大小交互的，或與方形錯綜的，則反覆的單位已是繁多，我們的感情也便比較不易感覺單調。」見氏著：《美學概論》（臺北市：文鏡文化事業公司，1984 年 12 月），頁 112。

[25] 見仇小屏：《篇章結構類型論上》，頁 247。

其學以自隱無名為務」[26]、「老子迺著書上下篇，言道德之意五千餘言」[27]、「李耳無為自化，清靜自正」[28]之學術大旨。於〈莊子傳〉載有「其學無所不闚，然其要本歸於老子之言」[29]，指出其學術根原；又有「故其著書十餘萬言，大抵率寓言……故自王公大人不能器之」[30]的學術大旨。於〈申子傳〉載有「申子之學，本於黃老而主刑名，著書二篇」[31]，指出其學術根原及大旨。於〈韓非傳〉載有「喜刑名法術之學，而其歸本於黃老」[32]的學術根原；及「韓非疾治國不務脩明法制……故作〈孤憤〉、〈五蠹〉、〈內外儲〉、〈說林〉、〈說難〉十餘萬言」[33]之學術大旨。

　　為表現各傳之主旨，司馬遷之取材亦各有別。

　　〈老子傳〉以孔子對老子之印象「吾今日見老子，其猶龍邪」[34]，點明主旨。以「疑則傳疑」之原則，[35]並列老萊子、太史儋及老子年壽，以示撲朔迷離。以「或曰」、「或言」、「蓋」、「莫知其所終」、「世莫知其然否」等疑似之辭，表明神龍見首不見尾之幻妙。以「自隱

---

[26] 見〔漢〕司馬遷：《新校本史記》，卷63，〈老子韓非列傳〉，頁2141。

[27] 同前注，頁2141。

[28] 同前注，頁2143。

[29] 同前注，頁2143。

[30] 同前注，頁2143、2144。

[31] 同前注，頁2146。

[32] 同前注，頁2146。

[33] 同前注，頁2147。

[34] 同前注，頁2140。

[35] 〈三代世表〉云：「孔子因史文次春秋，紀元年，正時日月，蓋其詳哉！至於序《尚書》則略無年月，或頗有，然多闕，不可錄。故疑則傳疑，蓋其慎也。」見〔漢〕司馬遷：《新校本史記》，卷13，〈三代世表〉，頁487。司馬遷「疑則傳疑」的取材態度，是為了留待後賢去研討，因為證據不足，自己的判斷未必正確，唯有傳疑，才是最穩當慎重的考慮。

無名」、「子將隱矣」、「隱君子」，正面呈現龍之高深莫測形象。

〈莊子傳〉敘辭相於楚威王，「我寧游戲污瀆之中自快，無為有國者所羈，終身不仕，以快吾志焉」[36]之語，則是其「歸之自然」的人格。

〈申子傳〉載「學術以干韓昭侯……國治兵強，無侵韓者」[37]則表明其循名責實之術，大有益於時君。

〈韓非傳〉詳錄〈說難〉一文，及被李斯害死於秦之經過，由司馬遷之感嘆「余獨悲韓子為〈說難〉而不能自脫耳」[38]，即可知主旨所在。

四 傳統章法與章法學等搭配分析

（一）外部形式之組合

本篇共分〈老子傳〉、〈莊子傳〉、〈申不害傳〉、〈韓非傳〉和「太史公曰」五部份：

1 〈老子傳〉

〈老子傳〉的外部形式又可分為六段：

1 首段敘老子之基本資料：「老子者……周守藏室之史也」[39]。有老子之籍貫、姓氏名字及職業。

---

[36] 見〔漢〕司馬遷：《新校本史記》，卷63，〈老子韓非列傳〉，頁2145。
[37] 同前注，頁2146。
[38] 同前注，頁2155。
[39] 同前注，頁2139。

2 次段敘孔子問禮於老子:「孔子適周……其猶龍邪」[40]。包括老子答孔子之言及孔子對老子之印象。

3 三段敘老子之學:「老子脩道德……莫知其所終」[41]。包括「修道德,其學以自隱無名為務」及去周而為關令尹喜著書。

4 四段敘傳聞異辭:「或曰老萊子亦楚人也……老子,隱君子也」[42]。包括老萊子、老子年壽、周太史儋三節。

5 五段敘老子後世子孫:「老子之子名宗……因家于齊焉」[43]。

6 六段感嘆儒道二家立場不同:「世之學老子者則絀儒學……清靜自正」[44]。

若以章法結構而言,〈老子傳〉是採用「插敘結構」[45],如下圖:

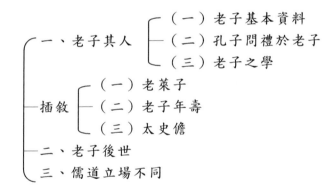

---

[40] 同前注,頁 2140。

[41] 同前注,頁 2141。

[42] 同前注,頁 2141、2142。

[43] 同前注,頁 2142、2143。

[44] 同前注,頁 2143。

[45] 仇小屏曰:「插敘法就是將詞章從中擘開,插入一段文字的章法。」見氏著:《篇章結構類型論下》,頁 570。

　　「插敘結構」的特色，是「故意讓美感情緒迂迴發展，以增強美感濃度、增加審美享受。」[46]「產生『藕斷絲連』的效果；『斷』是指插敘的部分，『連』是指插敘的前後兩部分意脈上的連貫。」[47]因為插敘部分會增強美感濃度，則會引起讀者注意，所以插敘部分往往與主旨有某些關聯。[48]讀者如能就插敘部分加以探究，應可推敲出主旨。

　　在〈老子傳〉中，司馬遷對於老子的事蹟，不敢確定，所以用疑則傳疑的方式來表現，因此就有許多不同的傳說：

1 「老子者，楚苦縣厲鄉曲仁里人也。姓李氏，名耳，字聃，周守藏室之史也。……於是老子迺著書上下篇，言道德之意，五千餘言而去，莫知其所終。」[49]這是第一種傳說，較受司馬遷採信，所以列之於本傳之首。但另有其他傳說，司馬遷不敢妄斷而刪除，故亦列之於後。

2 「或曰：老萊子亦楚人也。著書十五篇，言道家之用，與孔子同時云。」[50]這是第二種老子傳說，因為老萊子也是楚人，與老子同鄉；又所著書言道家之用，與老子書言道德之意，性質相近，皆為道家理論著作；二人時代相同，與孔子同時。且二人皆姓

46　見仇小屏：《篇章結構類型論下》，頁 580。
47　同前注。
48　陳滿銘曰：「大抵說來，作者多用插敘的方式來解釋、追述，具寫景物或拈出主旨（綱領）。」見氏著：《章法學新裁》，頁 183。可知「插敘法」的插敘部分可以拈出主旨。
49　見〔漢〕司馬遷：《新校本史記》，卷 63，〈老子韓非列傳〉，頁 2139～2141。
50　同前注，頁 2141。

老。似乎頗有相似處，所以司馬遷將之列出，以待後賢考訂。[51]

3「蓋老子百有六十餘歲，或言二百餘歲，以其脩道而養壽也。」[52]
這是老子年壽不同的傳說，也是不能肯定。

4「自孔子死之後百二十九年，而史記周太史儋見秦獻公曰：『始
秦與周合，合五百歲而離，離七十歲而霸王者出焉。』或曰儋
即老子，或曰非也，世莫知其然否」。[53]這是第三種老子傳說。
有人認為周太史儋即是老子，原因是太史儋為周之太史，而老
子為周守藏室之史，職業相似；二人皆曾出關至秦，最後的行
縱相近；老子八世孫與孔子十一世孫同時代，則老子應晚於孔
子；又「儋」與「聃」古音同通用。[54]但又有人反對此說，世人
莫知其對錯，所以司馬遷為了慎重起見，也將之列出，希望能
做到「疑則傳疑，蓋其慎也」的要求。

既然連司馬遷都無法確定上述三種老子傳說及老子年壽，何者正
確？何者錯誤？而是採用「疑則傳疑」的心態，將之一一列出，則
身處後世的我們，除非找到新證據，否則又如何能判斷何者為真老
子？何者為假老子？則老子給人的印象，豈非是撲朔迷離，變幻莫
測，說他是「其猶龍邪」，一點也不為過。這就是〈老子傳〉的主旨。

---

[51] 〔唐〕張守節，《史記正義》云：「太史公疑老子或是老萊子，故書之。」可見司
馬遷也是因老子和老萊子二人的傳說近似，有所懷疑，才會將老萊子的傳說附於老
子之後。見〔漢〕司馬遷，《新校本史記》，卷 63，〈老子韓非列傳〉，頁 2142。

[52] 見〔漢〕司馬遷，《新校本史記》，卷 63，〈老子韓非列傳〉，頁 2142。

[53] 同前注，頁 2142。

[54] 羅根澤提出四點論據以說明太史儋即是老子：一是「聃」與「儋」音同通用。二是
二人同是周的史官。三是二人都曾出關赴秦。四是如此才能解決老子八代孫和孔子
十一代孫同時的問題。見氏著：〈老子及老子書的問題〉，收入《古史辨》（臺北
市：明倫書局，1970 年），第四冊，頁 449。

2 〈莊子傳〉

〈莊子傳〉的外部形式又可分為三段：

1 首段敘莊子基本資料：「莊子者……與梁惠王、齊宣王同時」[55]。
包括莊子籍貫、姓名、職業及時代。

2 次段敘莊子之學：「其學無所不闚……故自王公大人不能器之」[56]。
包括「要本歸於老子之言」、「大抵率寓言」、「以詆訿孔子之徒，
以明老子之術」、「空語無事實」、「善屬書離辭……雖當世宿學
不能自免」、「其言洸洋自恣以適己」。

3 三段敘辭相於楚威王：「楚威王聞莊周賢……以快吾志焉」[57]。
若以章法結構而言，〈莊子傳〉是採用「泛具結構」中的「先泛後
具」[58]，如下圖：

```
        ┌─┌（一）莊子基本資料
     泛─┤ └（二）莊子之學
   ┌─┘
   └─具─辭相於楚威王
```

在「泛」的部分是抽象地介紹莊子的生平及學說，若只是如此，
則只有情理而沒有人事實例，那只是空談而已。加上「辭相於楚威
王」的具體描寫，則能表現出莊子「歸之自然」的人格。所以仇小
屏說：「用先泛後具的手法來描述事物，使事物更形象化，更易令人

---

[55] 見〔漢〕司馬遷，《新校本史記》，卷 63，〈老子韓非列傳〉，頁 2143。
[56] 同前注，頁 2143、2144。
[57] 同前注，頁 2145。
[58] 仇小屏曰：「泛具法應該是文學作品中『因景而明理』、『因事而生情』者，所自
然形成的一種章法。」見氏著：《篇章結構類型論上》，頁 290。

感動；而由此事而生之情，才不會空泛而無實。」[59]則具寫辭相於楚威王就是〈莊子傳〉主旨所在。

3 〈申不害傳〉

〈申子傳〉的外部形式又可分為三段：

1 首段敘申不害基本資料：「申不害者……故鄭之賤臣」[60]。包括其籍貫、出身。
2 次段敘以術佐韓昭侯：「學術以干韓昭侯……無侵韓者」[61]。
3 三段敘申子之學：「申子之學……號曰《申子》」[62]。

若以章法結構而言，〈申不害傳〉是採用「補敘結構」[63]，如下圖：

```
        ┌──── （一）申不害基本資料
   ┌主體─┤
   │     └──── （二）以術佐韓昭侯
───┤
   └補敘─申子之學
```

陳滿銘曰：「補敘是對上文所遺漏或語焉不詳者加以補充敘述的方法，通常可藉以補記事情發生的時間、緣由及有關人物的身分、姓名、情意等。」[64]則主體部分才是主旨所在。主體（二）「以術佐韓昭侯」，則寫出申不害「施之於名實」之術的功效，此乃〈申子傳〉

---

59 見仇小屏：《篇章結構類型論上》，頁 295。

60 見〔漢〕司馬遷，《新校本史記》，卷 63，〈老子韓非列傳〉，頁 2146。

61 同前注，頁 2146。

62 同前注。

63 仇小屏曰：「補敘法又是在篇章之末，對前文作補充敘述的章法。」見氏著：《篇章結構類型論下》，頁 584。

64 見陳滿銘：《章法學新裁》，頁 336。

之主旨。而補敘部分「申子之學本於黃老而主刑名。」是申不害合傳於此篇的原因。

4 〈韓非傳〉

〈韓子傳〉的外部形式又可分為五段：

1 首段敘韓非基本資料：「韓非者……斯自以為不如非」[65]。包括「韓之諸公子」、「喜刑名法術之學，而歸本於黃老」、「口吃而善著書」、「與李斯俱事荀卿」。

2 次段敘韓非之著書：「非見韓之削弱……故作〈孤憤〉、〈五蠹〉、〈內外儲〉、〈說林〉、〈說難〉十餘萬言」[66]。先敘原因，再說著書。

3 三段錄〈說難〉一文：「然韓非知說之難……說之者能無嬰人主之逆鱗，則幾矣」[67]。

4 四段敘秦求韓非，反為李斯所害：「人或傳其書至秦……使人赦之，非已死矣」[68]。

5 五段感嘆韓非知說難而不能自脫：「申子、韓子皆著書……余獨悲韓子為說難而不能自脫耳」[69]。

若以章法結構而言，〈韓非傳〉是先採用「論敘結構」中的「先敘後論」，「敘」部份再採「插敘結構」，如下圖：

---

[65] 見〔漢〕司馬遷，《新校本史記》，卷 63，〈老子韓非列傳〉，頁 2146。
[66] 同前注，頁 2146。
[67] 同前注，頁 2148～2155。
[68] 同前注，頁 2155。
[69] 同前注。

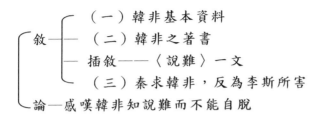

仇小屏曰：「敍論法就是以具體的事件帶出抽象的議論」、「敍論法中常藉某個事件帶出作者心中的想法」[70]，此處「論」的部分「感嘆韓非知說難而不能自脫」則應是司馬遷透過前面「敍」的部分──韓非的生平遭遇──而得到的心中想法，亦即〈韓非傳〉的主旨所在。另外，「敍」的部分採「插敍結構」，而「插敍」部分「用作補充說明或解釋的情況，是相當常見的。」[71]「插敍」部分雖然切斷前後文的連貫性，但卻能「藕斷絲連」，因此，〈說難〉一文的插敍，也就與〈韓非傳〉各段前後呼應，並說明韓非「知說難而不能自脫」的原因。

5 「太史公曰」

「太史公曰」又可分為五節：論老子之術、莊子之術、申子之術、韓子之術及皆原於道德之意。

若以章法結構而言，「太史公曰」是採用「凡目結構」中的「先目後凡」，如下圖：

70　見仇小屏：《篇章結構類型論上》，頁 286。
71　見仇小屏：《篇章結構類型論下》，頁 580。

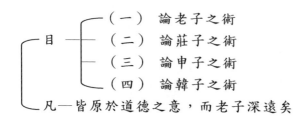

仇小屏曰：「凡目法的形成，基本上是運用了歸納、演繹的邏輯思考；也就是說歸納式的思考會形成『先目後凡』的結構，演繹式的思考會形成『先凡後目』的結構」[72]，而在「凡目」結構中，主旨通常出現在「凡」的部分。[73]因此，此處「先目後凡」的結構，透過前面四個「目」的並列，再以歸納法得出結論——「皆原於道德之意，而老子深遠矣」，應是「太史公曰」的主旨。

（二）內部材料之聯繫

本篇老子、莊子、申子、韓子四傳各自獨立，而以學術皆歸本於老子，作為聯繫。

1 〈老子傳〉

首敘老子基本資料，「姓李氏，名耳，字聃」[74]，看似詳盡可靠，卻頗有疑問，令人撲朔迷離。次段敘孔子問禮於老子，點出「吾今日見老子，其猶龍邪」[75]，如龍一般變化莫測，撲朔迷離。三段敘老

---

[72] 同前注，頁 355。

[73] 此為仇小屏引述陳滿銘的說法。見仇小屏：《篇章結構類型論下》，頁 356。

[74] 同前注。

[75] 同前注，頁 2140。

子之學，點明「其學以自隱無名為務」[76]、「子將隱矣」[77]、「莫知其
所終」[78]，則老子令人莫測高深。四段敘傳聞異辭，以疑則傳疑原則，
並列老萊子、太史儋及老子年壽，三用「或曰」，一用「或言」，一
用「蓋」及「世莫知其然否」[79]，則老子身分迷離難明。五段敘老子
之後世，「老子之子名宗，宗為魏將，封於段干。」[80]看似明確無疑，
卻是矛盾難明。六段感嘆儒道二家立場不同，並總結「李耳無為自
化，清靜自正」[81]。

經由上述內容之考察，筆者發現〈老子傳〉中有四處史料頗為
可疑，茲論辨於下：

（1）老子的姓氏

《史記‧老子列傳》說是「姓李氏，名耳，字聃」，老子姓李氏
的說法，最早即是見於《史記》，且為大多數人採信，所以李唐天子
以老子為同姓，故愛屋及烏，也尊奉道教。但近代學者，[82]對於老子
姓李，則持懷疑態度，甚至認為老子應該姓老，綜合其理由有下列
數點：

A 現存先秦典籍中，春秋時代未見有姓李者，直到戰國時代，
才有李悝、李克、李牧等，可見李姓產生很晚。此為旁證。

---

[76] 同前注，頁 2141。
[77] 同前注。
[78] 同前注。
[79] 同前注，頁 2142。
[80] 同前注。
[81] 同前注，頁 2143。
[82] 如余培林註譯，《老子讀本》，頁 2，已有論辨。

　　B《左傳》成公十五年、十八年有「老佐」[83]、昭公十四年有「老
祈」[84]、《論語》有「老彭」[85]、《史記》有「老萊子」,則老姓在春秋
時代已有。而老子因修道養壽,所以其年壽「蓋老子百有六十餘歲,
或言二百餘歲」,[86]則老姓乃因其長壽特徵而來,猶如墨子色
黑而姓墨,[87]漢初英布,因受黥刑,而被稱為「黥布」的道理一
樣。[88]

　　C 先秦諸子,皆以姓氏稱,如孔子、墨子、孟子、莊子、申子、
管子、晏子、荀子、韓子……等,莫不如此,老子既稱老子,而不
稱李子,則老子應姓老氏,而非姓李氏。[89]

---

[83] 《左傳・成公十五年》:「華元使向戌為左師、老佐為司馬、樂裔為司寇,以靖國
人。」《左傳・成公十八年》:「七月,宋老佐、華喜圍彭城。老佐卒焉。」見楊
家駱主編:《春秋三傳》(臺北市:世界書局,1981 年 11 月),頁 319、331。

[84] 《左傳・昭公十四年》:「南蒯之將叛也,盟費人。司徒老祈、慮癸偽廢疾。」
見楊家駱主編:《春秋三傳》,頁 447。

[85] 《論語・述而》:「子曰:『述而不作,信而好古,竊比於我老彭。』」見〔宋〕
朱熹:《四書集注》(臺北市:臺灣中華書局,1981 年 6 月,四部備要本),卷
四〈述而第七〉,頁 1。

[86] 見〔漢〕司馬遷,《新校本史記》,卷 63,〈老子韓非列傳〉,頁 2142。

[87] 《墨子・貴義》:「子墨子北之齊,遇日者。日者曰:『帝以今日殺黑龍於北方,
而先生之色黑,不可以北。』」見張純一:《墨子集解》(臺北市:文史哲出版設,
1982 年 2 月再版),卷 12,頁 577。可知墨子色黑。

[88] 《史記・黥布列傳》云:「黥布者,六人也,姓英氏。秦時為布衣。少年,有客
相之曰:『當刑而王。』及壯,坐法黥。布欣然笑曰:『人相我當刑而王,幾是乎?』
人有聞者,共俳笑之。」《索隱》曰:「按:布本姓英。英,國名也,各緣之後。
布以少時有人相云『當刑而王』,故《漢雜事》云『布改姓黥,以厭當之』也。」
見〔漢〕司馬遷:《新校本史記》,卷 91,〈黥布列傳〉,頁 2597。

[89] 有人可能會認為「李子」很難聽,像是水果名,而非人名,但戰國時代,李克、李
悝皆被稱為「李子」,如《韓非・難二》「或曰:李子設辭曰」、「李子之姦弗蚤
禁」及《呂氏春秋・審分覽・勿躬篇》「故李子曰:非狗不得免,兔化而狗,則不
得兔。」見〔東周〕韓非著,陳奇猷校注:《韓非子集釋》(臺北市:華正書局,

　　D 且先秦典籍中，皆稱老子為老聃，而不稱李聃，可見老子姓老氏，而不姓李氏。[90]亦猶項籍字羽，只可叫項羽，不能叫老羽。

　　E 老子姓老氏，而誤為姓李，乃因「老」、「李」二字音近的關係，這猶如慶卿至燕，被稱荊卿，[91]荀卿被誤稱為孫卿一樣，[92]及郭

1982 年 8 月初版），卷 15，頁 835。及〔東周〕呂不韋：《呂氏春秋》（臺北市：臺灣中華書局，1981 年 6 月，四部備要本），卷 17，頁 8。

[90] 1《莊子》書中有「老聃死，秦失弔之」（〈養生主〉）、「無趾語老聃」（〈德充符〉）、「陽子居見老聃曰」（〈應帝王〉）「崔瞿問於老聃曰」（〈在宥〉）、「夫子問於老聃曰」（〈天地〉）、「子路謀曰：由聞周之徵藏史有老聃者」（〈天道〉）、「孔子行年五十有一而不聞道，乃南之沛見老聃」（〈天運〉）、「孔子見老聃」（〈田子方〉）、「孔子問於老聃曰」（〈知北遊〉）、「柏矩學於老聃」（〈則陽〉）、「老聃曰：知其雄、守其雌，為天下谿」（〈天下〉）、「老聃西遊於秦」（〈寓言〉）。

2《韓非子》書有：「老聃有言曰：知足不辱，知止不殆。」（〈六反〉）、「其說在老聃之言失魚」（〈內儲說下——六微〉）

3《呂氏春秋》有「老聃貴柔」。（〈審分覽・不二篇〉）。

4《禮記》有「孔子曰……吾聞諸老聃曰」及「孔子曰：昔者吾從老聃助葬於巷黨」（〈曾子問〉）。

5《淮南子》有「故老聃之言曰：天下至柔馳騁天下之至堅。」（〈原道訓〉）

可見先秦至漢之人，皆稱老子為老聃，而不叫李聃，則老子姓老，不姓李。因姓可與名或字連稱，沒有名字與詞頭「老」字連稱者。如陳勝字涉，亦可叫陳涉，但不能叫「老涉」。

[91]「荊軻者，衛人也。其先乃齊人，徙於衛，衛人謂之慶卿。而之燕，燕人謂之荊卿。」《索隱》曰：「軻先齊人，齊有慶氏，則或本姓慶。」見〔漢〕司馬遷：《新校本史記》，卷 86，〈刺客列傳〉，頁 2526、2527。

[92]《漢書・藝文志》載〈諸子略・儒家〉有「孫卿子三十三篇」，班固自注：「名況，趙人，為齊稷下祭酒，有列傳。」〔唐〕顏師古注曰：「本曰荀卿，避宣帝諱，故曰孫。」見〔東漢〕班固：《新校本漢書》（臺北市：鼎文書局，1991 年 9 月 7 版），卷 30，頁 1725、1728。

秦其先為虢叔，虢、郭音同通用。[93]

連老子的姓氏，都頗可疑，則其他事蹟，不免令人疑信參半，不敢確定，此乃令人捉摸不定的神龍形象。

（2）太史儋見秦獻公的時間

〈老子列傳〉云：「自孔子死之後百二十九年，而史記周太史儋見秦獻公」，[94]查《史記・十二諸侯年表》，孔子死於周敬王四十一年、魯哀公十六年（西元前 479 年），死後一百二十九年是西元前三五〇年，查《史記・六國年表》乃周顯王十九年。秦獻公早在周顯王七年（西元前 362 年）薨，此時秦國已是孝公十二年，太史儋何以能於此時見秦獻公？可見太史儋見秦獻公的時間有誤。其實，周太史儋見秦獻公的時間應是周烈王二年、秦獻公十一年（西元前 374 年），亦即孔子死後一百零五年。

（3）太史儋所言內容

太史儋見秦獻公所言周秦分合大勢，在《史記》書中，曾有四見，但〈老子列傳〉所言內容為：「始秦與周合，合五百歲而離，離

93　僖公二年經：「虞師晉師滅下陽」，《左傳》作「晉里克、荀息帥師會虞師伐虢，滅下陽。」《穀梁傳》亦作「滅夏陽而虞虢舉矣」，《公羊傳》則作「吾欲攻郭則虞救之，攻虞則郭救之。」見楊家駱主編，《春秋三傳》，頁 152、153。可見「虢」、「郭」二字音同通用。所以蔡邕〈郭有道碑文〉云：「其先出自有周，王季之穆，有虢叔者，寔有懿德，文王咨焉。建國命氏，或謂之郭，即其後也。」見〔梁〕蕭統撰、〔唐〕李善注：《文選》（臺北市：藝文印書館，1979 年 3 月 9 版），卷 58，頁 816。

94　見〔漢〕司馬遷，《新校本史記》，卷 63，〈老子韓非列傳〉，頁 2142。

七十歲而霸王者出焉。」[95]與其他三篇（〈周本紀〉、〈秦本紀〉、〈封禪書〉）有二點差異：[96]〈老子列傳〉云：「合五百歲而離」，另三篇則是「別五百載復合」，此其一；〈老子列傳〉云：「離七十歲」，另三篇則是「合十七歲」，此其二。亦是〈老子列傳〉之史料有誤。

（4）老子後代世系

〈老子列傳〉說：「老子之子名宗，宗為魏將，封於段干。宗子注，注子宮，宮玄孫假，假仕於漢孝文帝，而假之子解為膠西王卬太傅，因家于齊焉。」[97]此段文字，頗引起後代學者懷疑：

A 魏列於諸侯是周威烈王二十三年（西元前 403 年），是孔子卒後七十六年的事，則此時老子之子宗，當在百歲以上，[98]而竟然能為魏將，豈非奇事？此其一。

B 孔子第十一代孫孔安國，當漢景帝、武帝之時，[99]與老子第

---

[95] 同前注。

[96] 《史記・周本紀》：「烈王二年，周太史儋見秦獻公曰：『始周與秦國合而別，別五百載復合，合十七歲而霸王者出焉。』」（頁 159）；《史記・秦本紀》：「（獻公）十一年，周太史儋見獻公曰：『周故與秦國合而別，別五百歲復合，合十七歲而霸王出。』」（頁 201）；《史記・封禪書》：「周太史儋見秦獻公曰：『秦始與周合，合而離，五百歲當復合，合十七年而霸王出焉。』」（頁 1364、1365）此三篇所載內容一致且無誤，卻與〈老子列傳〉所載內容不同。

[97] 見〔漢〕司馬遷：《新校本史記》，卷 63，〈老子韓非列傳〉，頁 2142、2143。

[98] 《史記會注考證》云：「魏列諸侯，在周威烈王二十三年，孔子沒後七十六年，使老子與孔子同年，五十生宗，宗是時百歲左右矣。」見〔日〕瀧川資言：《史記會注考證》（臺北市：宏業書局，1987 年 7 月再版），卷 63，頁 8。

[99] 〈孔子世家〉：「孔子生鯉，字伯魚……伯魚生伋，字子思……子思生白，字子上……；子上生求，字子家……子家生箕，字子京。……子京生穿，字子高。……子高生子慎。……子慎生鮒。……鮒弟子襄……子襄生忠……忠生武，武生延年及安國，安

八代孫解同時，則老子當晚於孔子，否則段干宗必非老子之子。連後代世系都可疑，則老子事蹟確是難以掌握。此乃神秘難明的神龍形象。

老子云：「道可道，非常道；名可名，非常名。」[100]其學說開宗明義即指出「道」難以言語稱說，若可明確述說道為何物，則已非我所指的道。正如同老子本人一樣，撲朔迷離，令人難以捉摸，若能令人明確指出者，則已非老子原來面目。所以上述老子的姓氏、太史儋見秦獻公的時間、太史儋所言內容以及老子後代世系也都符合「道可道，非常道；名可名，非常名。」的玄妙特色，令人難以捉摸。

另外，司馬遷寫作〈老子列傳〉，其主題乃是以展現老子「其猶龍邪」的形象為主，為了配合此一主題，使讀者能由本傳文字敘述中，感受到變化自如的意象，因此本傳文字有下列幾種修辭特色：

（1）類疊

〈老子列傳〉以「莫知」二字前後呼應。如前有「莫知其所終」，這是老子行蹤撲朔迷離，與後面世人莫知太史儋是否即是老子的「世莫知其然否」相呼應；又以「隱」字前後呼應。如老子「其學以自隱無名為務」，正因為自隱無名，所以與後面「子將隱矣」、「老子隱君子也」相呼應。既然是「隱君子」，所以事蹟不明，撲朔迷離，也是理所當然。

國為今皇帝博士，至臨淮太守。」見〔漢〕司馬遷：《新校本史記》，卷47，〈孔子世家〉，頁1946、1947。則孔安國為孔子第十一代孫。

[100] 見〔東周〕老聃著、余培林註譯：《老子讀本》，〈第一章〉，頁17。

（2）抽換詞面

〈老子列傳〉三用「或曰」，如「或曰老萊子亦楚人也」；「或曰儋即老子」、「或曰非也」：這是「類疊」；一用疑辭「蓋」及「或言」，如「蓋老子百有六十餘歲，或言二百餘歲」：這是「抽換詞面」，它們都是疑似之辭。看在讀者眼中，是不確定的史料，唯有變化莫測的人，才令人難以捉摸，不易確定。

上述「莫知其所終」、「世莫知其然否」；「其學以自隱無名為務」、「子將隱矣」、「老子隱君子也」；「或曰老萊子亦楚人也」、「或曰儋即老子」、「或曰非也」；前後呼應，呈現出老子「其猶龍邪」的撲朔迷離形象，也符合陳滿銘所說章法的銜接原則。[101]

2 〈莊子傳〉

首敘莊子基本資料。次段敘莊子之學，「其學無所不闚，然其要本歸於老子之言」、「以明老子之術」，作為與〈老子傳〉之聯繫。三段敘辭相於楚威王，「我寧游戲污瀆之中自快，無為有國者所羈，終身不仕，以快吾志」[102]，可與老子「隱君子」及贊語中莊子「要亦歸之自然」相呼應。

3 〈申不害傳〉

首敘申不害基本資料。次敘以術佐韓昭侯。三敘申子之學，以

---

[101] 陳滿銘曰：「銜接原則，也稱為銜接律。而所謂的銜接，是就材料先後的接榫或聯絡來說的。」見氏著，《章法學新裁》，頁337。此處文字先後呼應屬陳滿銘所說「屬於藝術銜接」中的「屬於材料者」。同上，頁342。

[102] 見〔漢〕司馬遷：《新校本史記》，卷63，〈老子韓非列傳〉，頁2145。

「申子之學，本於黃老而主刑名」[103]，作為與〈老子傳〉之聯繫。

4 〈韓非傳〉

1 首敘韓非基本資料，以「喜刑名法術之學，而其歸本於黃老」[104]，作為與〈老子傳〉之聯繫。「韓之諸公子」的身分，伏下次段「非見韓之削弱，數以書諫韓王」[105]之忠心，四段秦攻韓以求韓非的原因，及李斯、姚賈毀之的藉口。「非為人口吃，不能道說，而善著書」[106]，伏下二段「故作〈孤憤〉、〈五蠹〉、〈內外儲〉、〈說林〉、〈說難〉十餘萬言」[107]。「與李斯俱事荀卿，斯自以為不如非」[108]，伏下四段「李斯曰此韓非之所著書」[109]及「李斯、姚賈害之」[110]的事件。

2 次段敘韓非之著書，由「故作〈孤憤〉……說難十餘萬言」[111]，伏下三段〈說難〉之內容，及四段「人或傳其書至秦，秦王見〈孤憤〉、〈五蠹〉之書」[112]之事。

3 三段敘〈說難〉內容：由「然韓非知說之難，為〈說難〉書甚具，終死於秦，不能自脫」[113]，伏下四段韓非被李斯害死於秦

---

[103] 同前注，頁 2146。
[104] 同前注。
[105] 同前注，頁 2147。
[106] 同前注，頁 2146。
[107] 同前注，頁 2147。
[108] 同前注，頁 2146。
[109] 同前注，頁 2155。
[110] 同前注。
[111] 同前注，頁 2147。
[112] 同前注，頁 2155。
[113] 同前注，頁 2148。

之事，及五段司馬遷「余獨悲韓子為說難而不能自脫耳」[114]的
感嘆。

4 四段敘秦求韓非，反為李斯所害，以回應前文。

5 五段司馬遷感嘆韓非為〈說難〉而不能自脫，以回應前文。

5 「太史公曰」

分論老子、莊子、申子、韓子四人之學術，可知本篇以「學」
為線眼，貫串全文。「皆原於道德之意，而老子深遠矣」[115]，點明四
人學術同一源流，而以老子之學最為深造。

五 結論

經由上述分析，傳統篇章結構和「章法學」「修辭格」、史料運
用的搭配，可以相互補充，分別從不同角度闡發文章所蘊含的意義。
而且得到《史記‧老子韓非列傳》之主旨在說明此四人之學術大旨，
並指出皆根原於道德之意。另外，四人之傳各自獨立，亦分別有其
寫作主旨：〈老子傳〉之主旨在寫老子之形象──其猶龍邪。〈莊子傳〉
之主旨在表明莊子「歸之自然」的人格。〈申子傳〉之主旨在寫其「施
之於名實」之術的功效。〈韓非傳〉之主旨在寫其著〈說難〉而不能
自脫。

雖然也可將此篇視為詳寫老子和韓非，而略寫莊子和申不害。
這可能因史料多寡和重要性不同所致。但對於全篇主旨和各小傳主
旨之解讀並無影響，可附載說明。

---

[114] 同前注，頁 2155。
[115] 同前注，頁 2156。

參考文獻

一 專書

〔日〕瀧川資言 《史記會注考證》 臺北市 宏業書局 1987 年
　　　7 月再版

〔東周〕韓非著、陳奇猷校注 《韓非子集釋》 臺北市 華正書
　　　局 1982 年 8 月初版

〔東周〕老聃著、余培林註譯 《老子讀本》 臺北市 三民書局
　　　1985 年 2 月 5 版

〔東周〕呂不韋 《呂氏春秋》 臺北市 臺灣中華書局 四部備
　　　要本 1981 年 6 月

〔西漢〕司馬遷 《新校本史記》 臺北市 鼎文書局 1992 年 7
　　　月

〔東漢〕鄭玄注、唐‧孔穎達正義 《禮記注疏》 臺北市 藝文
　　　印書館 景印阮刻十三經注疏本 1981 年 1 月

〔東漢〕班固 《新校本漢書》 臺北市 鼎文書局 1991 年 9 月
　　　7 版

〔梁〕蕭統撰、唐‧李善注 《文選》 臺北市 藝文印書館 1979
　　　年 3 月 9 版

〔宋〕朱熹 《四書集注》 臺北市 臺灣中華書局 四部備要本
　　　1981 年 6 月

〔明〕徐師曾 〈文體明辨序〉 收入《文體序說三種》 臺北市
　　　大安出版社 1998 年 6 月

〔清〕李漁 《閒情偶寄》 臺北市 長安出版社 1990 年

仇小屏　《篇章結構類型論上》　臺北市　萬卷樓圖書公司　2000年2月初版

張紅雨　《寫作美學》　高雄市　麗文文化事業公司　1996年10月初版

張純一　《墨子集解》　臺北市　文史哲出版社　1982年2月再版

陳雪帆　《美學概論》　臺北市　文鏡文化事業公司　1984年12月

陳滿銘　《章法學新裁》　臺北市　萬卷樓圖書公司　2001年1月初版

陳滿銘　《國文教學論叢》　臺北市　國文天地雜誌社　1991年7月初版

陳滿銘　《國文教學論叢續編》　臺北市　萬卷樓圖書公司　1998年3月初版

曾永義　〈西施故事志疑〉　收入柯慶明、林明德主編　《中國古典文學研究叢刊 小說之部（一）》　臺北市　巨流圖書公司　1985年5月一版三印

楊家駱主編　《春秋三傳》　臺北市　世界書局　1981年11月

劉師培　《漢魏六朝專家文研究》　臺北市　臺灣中華書局　1982年3月

二　期刊論文

劉崇義　〈賞析國中古典詩歌散文之淺見〉　《孔孟月刊》　第32卷第12期　1994年8月　頁46

羅根澤　〈老子及老子書的問題〉　收入《古史辨》　臺北市　明倫書局　1970年　第四冊

說明文字賞析步驟和方法的建立
——以梁實秋〈舊〉為例

譚志明

香港教育學院中文系博士生導師

摘要

　　說明性質較重的散文，其形態為語例、事例、定義或比較等廣泛使用，更有比喻、摹狀、詮譯等說明技巧的運用，並摻合描寫、抒情、敘事、議論等成分。因此，建立說明文賞析的步驟，有助於瞭解其文章的外部意涵與內在邏輯。本文以梁實秋的散文〈舊〉為例，運用辭章學的理論為基礎，探討說明文字的賞析步驟和方法，並以實際分析作驗證，期望建立一具體而微、操作性強，適用於說明文字的「賞析步驟和方法」。我們試圖發展出從意義、結構、技巧三層面考察的框架，以分明的層次，企圖超越感性，嘗試把文學賞析變成一有系統、有規律可尋的操作。這對於沒有足夠能力賞析的讀者，無疑是一個可遵循的法門。

關鍵詞：說明文、賞析步驟、梁實秋、〈舊〉

一 引言

正規語文課程裏的說明文，一般都比較「典型」，其主題清晰，結構分明，部分更近於實用性的介紹，以便設計不同的教學目標。然而，在教材和範文以外，不少帶有說明性質的散文作品，其文學性和個人風格較強，同樣以說明為主要手段，但結構較為複雜，表達方式層出不窮，主題也較為耐人尋味。這類作品，不能輕易地分類為簡單「說明文」。說明性質較重的散文，其形態為語例、事例、定義或比較等廣泛使用，更有比喻、摹狀、詮譯等說明技巧的運用，並摻合描寫、抒情、敘事、議論等成分。譬如梁啟超的〈最苦與最樂〉、〈敬業與樂業〉，前者說明責任與苦樂的關係，後者說明甚麼是敬業及怎樣樂業，說明的同時也帶有議論性質，以語例、事例、定義、比較等方式表達。又如周作人的〈故鄉的野菜〉，以說明為主手段，其實以抒情為目的，全文表面上說明故鄉的野菜的各個方面，抒發的鄉情和見解，卻隱藏在文字背後。再如葉聖陶的〈蘇州園林〉，全文以說明蘇州園林的特色為主，當中也摻雜描寫的成分及個人對園林藝術的見解。

由此可見，這類以說明為主要表達手段的散文，兼具其他表達方式，形態不像「典型」意義上的說明文，本文把這些以說明為主的散文稱為「說明文字」。白雲開的解讀散文研究，以散文表達方法的基本形態作散文的分類，並分為敘事、說明、議論、抒情、描寫五種表達的形態，他說說明是指「凡說明事物，剖釋義理，闡明意象以人明白為目的的文字，主要交代人事物景的情況，基本形態大

致為：語例、事例、定義或比較等說明文字」。[1]這種分類的提法，以作品不同成分的多寡為原則。若作品的說明的成分佔多數，就分類為說明文字；反之，若抒情、描寫、議論、敘述等哪一種成分佔表達方式中較多，就劃分為該類。本文先以辭章學的理論為基礎，探討說明文字的賞析步驟和方法，並以實際分析作驗證，期望建立一具體而微、操作性強，適用於說明文字的「賞析步驟和方法」。為免討論缺乏焦點，本文將以梁實秋的散文〈舊〉為研習的例子。〈舊〉以說明為主要手段、以抒情為目的，文章因具備梁實秋的個人風格和廣泛使用文學技巧，因而其主旨、章法和說明手法都不容易處理。本文將通過梁實秋的〈舊〉，驗證其有效度和適用範圍，最終以賞析步驟和方法能廣泛適用於其他說明文字為研究的目標。

二　說明文字的賞析步驟和方法

（一）意義層面

　　文章的意義和主旨，對理解文章極為重要。以說明為主要表達手段的散文作品，因多變的文學手法及作者的個人風格，造成各式各樣的姿態，導致主旨難以索解。另一方面，中國散文以「含蓄婉轉」、「意在言外」等為傳統，散文的主旨不一定顯豁，甚至以耐人尋味為貴。因此，如何有效、準確地解讀文章主旨，正是這部分要處理的問題。

---

[1]　白雲開：〈解讀散文工具探究——以范仲淹《岳陽樓記》為例〉，《國大天地》第302期（2010年7月），頁27～40。

1 文章題目

　　首先，一般講文章的賞析方法，都容易忽略題目的作用。其實文學散文的題目，很多時別具匠心，對文章的主旨而言，有提示、暗示或加強主旨表達的作用。文章的題目有時概括全文的要旨和內容，如梁啟超的〈敬業與樂業〉，這種題目和正文的主旨是重複的關係，有強化的主題的作用。然而，文章的題目，有時卻與正文有參差對照的關係，具有反諷及弦外之音的效果。這類題目非概括正文，而是與正文產生對照或隱喻關係，引起讀者注意，要求讀者索解，填補當中的空白。如上文提到的周作人〈故鄉的野菜〉，題目平凡得很，但文章的主旨，並不如題目所言，介紹「故鄉的野菜」。文章一方面抒發思鄉之情，一方面探討大同世界觀念和內在鄉愁的衝突。「故鄉的野菜」這題目，與正文不符，在這裏是鄉愁的象徵，是引發讀者思考的橋樑。因此，從文章的題目作為賞切的切入點，仔細思考題目的作用及其和正文的關係，對理解文章的主旨極有幫助。建議可從以下方向切入：

1.意義層面	
賞析點（一）：文章題目	
與正文的關係	重複，對比，隱喻等
起題手法	概括，反諷，隱喻，暗示等
題目效果	開門見山、弦外之音、耐人尋味、寓言、比喻等

　　深入考察題目，可幫助理解主旨，從題目與正的各種關係，如重複、對比、隱喻等，尋找文章真正的或隱藏的主旨；更可欣賞作家命題時匠心獨運的藝術法手，以及細心分析其藝術效果。

2 主旨

　　題目的意義及作用，對主旨的考察有實際的作用，但是如果不能準確掌握文章主旨，非但不能幫助分析文章的起題手法，更不能進行其他各方面的分析。因此，準確掌握文章的主旨十分重要。能看出文章說明的重點，及整篇文章的要旨是第一步；當然，歸納主旨的能力並不簡單，當中對文字的敏感度，對文學傳統的理解、對章法、修辭的掌握等，都有決定性的作用。在歸納主旨的過程中，如果不能一下子找出主旨，可把文章分為不同的意義段，先找出段旨，幫助找尋主旨。以下試從章法學的原則，建立一比較容易操作的解讀方法。

1.意義層面	
賞析點（二）：主旨	
清晰度	高、中、低
位置	篇首、篇腹、篇末、篇外
形態	詞語、句子、段落、隱藏（沒有形態）
效果	開門見山、主題明晰、耐人尋味、文貴乎隱

　　首先，如文章的主旨清晰度高，一目了然，當然不必仔細推敲。問題是，文學性較強的散文作品，其主旨不一定容易發現，就算能看到「疑似」主旨，也不一定是語言表象所顯示的主旨，很可能是言外之音、象外之意。因此，如果不能馬上得悉或肯定其主旨，即其清晰度較低時，可嘗試從主旨的位置入手尋找。按一般章法學的原則，主旨都常出現在篇首、篇末或篇外。此外，也有一些情況，主旨會在篇腹出現。在尋找主旨的位置的同時，也可細察主旨出現

的形態。[2]主旨的形態有時是詞語、有時是句子、有時是段落,如果主旨在篇外,則可以通過文章的語言,歸納主旨。主旨的出現雖有一定的位置和形態,但所謂文無定法,而且文章常以反常為貴,因此也不能忽視在這些法則以外的主旨表現方式;從文學角度而,這些反常態的情況,或更為可貴。

在找到主旨並明白意義後,也可多分析作者展示主旨的策略和方法。必須留意文學作品,並不限於單一的主旨,賞析時也可注意不同主旨的可能性。若以新批評派秉持的作品多義性為鑑賞的準則,則作品的多層次主題也是賞析不容忽視的要點。

(二)結構層面

文學作品的賞析有不同層次,能理解作品「說甚麼」(內容)是基本的層次,在解決了作品的主旨和內容之後,進而探索主旨和內容是通過怎樣的形式表達,即分析作品「怎麼說」(形式、章法等),可視為更深層次的探索。篇章結構的分析,首先可粗略考察段落安排的整體策略,觀其大體的合理性及安排層次,如安排合理,層次分明,則可描述或分析其篇章結構。大概掌握段落的安排後,可細察其排列方式,並分析箇中的佳勝之處。[3]以下簡單的羅列出幾種常

---

[2] 這部分參考仇小屏:〈談主旨出現在篇內的幾種形態〉及〈談主旨置於篇腹的謀篇方式——以部編本高中國文課文為例〉二文寫成,見仇小屏:《深入課文的一把鑰匙——章法教學》(臺北市:萬卷樓圖書公司,2002 年),頁 1~24 及 25~72。

[3] 章法學的研究,陳滿銘和仇小屏等人的著作,很具參考價值。如陳滿銘:《章法結構原理與教學》(臺北市:萬卷樓圖書公司,2007 年)、《章法學新裁》(臺北市:萬卷樓圖書公司,2001 年)等,而仇小屏:《篇章結構類型論》(臺北市:萬卷樓圖書公司,2000 年)對不同的篇章組織形態,作了深入的分類,共有五十

見的排列方式，作為一試點。值得注意的是篇章結構有時講究非常態的表現方式，故賞析時也可特別留意作者在章法上的突破，各種結構表列如下：

2. 結構層面		
賞析點（一）：篇章結構		
時間順序	常態	古到今、今到古、先到後，後到先等
	非常態	擾亂時間秩序、時間跳接等
空間順序	常態	表及裏、裏及表、上到下、下到上、遠及近、近及遠、整體到局部、局部都整體等
	非常態	擾亂時間秩序、跳接、空間轉移等
邏輯	常態	一般到個別、主到次、簡單到複雜、因果等
	非常態	非按照事物的內部聯繫或人們認識的過程來說明
並列式	常態	將說明對象分成幾類或幾個方面，平衡並列，無主次之分
	非常態	並列的段落並非圍繞說明對象／或表面上並無關係，而內裏實有關連

（三）技術層面

除主旨和章法外，說明文字還有一獨特的分析層面，就是說明的方法和技巧。本文賞析的目的，不限於指出說明的方法，讀者可通過細看作者的說明方法和技巧，分析其說明目的與方法的關係，

三種章法，絕對可以用作分析篇章結構，唯本文因以賞析的方法和步驟為討論要點，因此在篇章組織方面，先從簡單的分類作示範。

及其造成的文學風格，更細緻地分析。以下先列出比較常見的說明方法：

3. 技巧層面	
賞析點（一）：說明方法	
說明方法	正面效果
舉例　舉出實際事例來說明事物	具體化，以便讀者理解，意思更明確，更生動形象，讀者更明白，增強說服力。更具體、更詳細。
引用　使內容更充實具體，可以引用一些文獻資料、詩詞、俗語、名人名言等，	文章更具說服力。體現說明文語言的準確性。引用古詩：使說明文更具詩情畫意。
比較　將兩種類別相同或不同的事物、現象加以比較來說明事物特徵	使讀者通過比較得到具體而鮮明的印象。事物的特徵往往在比較中顯現出來。在作比較的時候，可以是同類相比，也可以是異類相比，可以對事物進行"橫比"也可以對事物進行"縱比"。
分類　根據形狀、性質、成因、功用等屬性的異同，把事物分成若干類，然後依照類別逐一加以說明	條理清晰，一目了然
比喻　利用兩種不同事物之間的相似之處作比較，以突出事物的性狀特點，增強說明的形象	抽象的事理變得具體、生動、形象。（或把事物的特徵解說得確切具體、淺顯易懂。）

		性和生動性
摹狀	對說明對象狀貌摹寫	使被說明對象更形象、具體
定義	用簡明的語言、科學的術語對某一概念的本質特徵作規定性的說明叫下定義	使人們在閱讀時對抽象的字詞能夠更加明白、理解
詮釋	從一個側面，在事物的某一個特點做些一般性的解釋，這種方法叫作詮釋。	使讀者在閱讀時對抽象的字詞能夠更加明白，更加理解
圖表	採用圖表法，來彌補單用文字表達的缺欠，對某些事物解說更直接、了當。更具體	使人看了一目了然。條理清晰
數字	引用數據	從數量上說明事物特徵或事理的最精確、最科學、最有說服力的依據。（用列數字的方法進行說明，既能準確客觀的反映事實情況，又有較強的說服力。）準確無誤，令讀者信服

　　以上都是一些常見的說明方法，在教學上使用十分普遍。本文提出的技巧層面的賞析，先此為據點，最終的目的，不是指出說明方法的出現，而在於作品所運用的說明的方式，是否達到其說明目的（因對象為文學作品，未能達「說明」的目的，也可接受，下詳），以及由此而造成的文章風格。例如，舉例說明都以具體化，使讀者明白為目的，但在文學上，作者有時也用一些生僻的例子來說明，顯然並不以曉喻為目的，卻造成特殊的風格。又如引用，可使文章

更具說服力，以貼切為原則，而在文學作品中，不少作者都不一定
講求引用百分百貼切，有時又以旁徵博引，大量引用使旁枝蔓生。
這些都不是「典型」說明文的作法，而容許在文學散文裏出現，甚
至能因此而造成良好的藝術效果。因此，上列的說明方式，只是切
入的角度，評鑑運用的效果，才是本部分的目的。

三　實際分析舉隅：以梁實秋的〈舊〉為例

梁實秋的〈舊〉，[4]不少選本都收入這篇作品，作品具備梁實秋
作品一貫的風格，而且較少論者詳細討論，可符合賞析步驟和方法
的試點，以下試根據上文，作一示範。

（一）意義層面

1 文章題目

文章題為〈舊〉，以一字為題，可指涉的範圍較大，可見到作者
不希望讀者輕易得知文章的主題。〈舊〉要說明的是舊物事？舊人？
或是舊這個概念？而且對「舊」的態度是肯定還是否定？這些想法，
也不能從題目中能窺見，可見這是一種開放式的題目，要求讀者去
填補和索解其意義。

4　本文所用的版本是梁實秋著，陳達遵英譯：《雅舍小品選集（中英對照版）》（卷
　一）（香港：香港中文大學，2005 年），頁 147〜157。因文章不長，故引用原文，
　不另標註。

2 文章主旨

文章的主旨是「舊」，在第一段已看到。第一段梁實秋開宗明義說：「而且事實上有很多人頗具同感，也覺得一切東西都是舊的好，除了朋友、時代、習慣、書、酒之外，有數不盡的事物都是越老越古越舊越陳越好。」梁實秋以句子呈現了主旨，並在一開首引用高爾斯密的名劇《委曲求全》（*She Stoops to Conquer*）的話：「我愛一切舊的東西——老朋友，舊時代，舊習慣，古書，陳釀；而且我相信，陶樂賽，你一定也承認我一向是很喜歡一位老妻」，來說明舊的東西好實在可愛。

在第二段開首的部分，梁實秋道：「俗語說，『人不如故，衣不如新』。其實，衣著之類還是舊的舒適。」其後第三段，則比較中西建築，說明中國的古老建築比較有味道。這二段都是以例子來說明和重申第一段的要旨，「有數不盡的事物都是越老越古越舊越陳越好」，包括衣著和建築。

第四段筆鋒一轉，去談舊的事物可愛的原因：「舊的事物之所以可愛，往往是因為它有內容，能喚起人的回憶。」然後舉出很多不同的例子，說明舊的東西能引起回憶，但在這段最後一句，卻異軍突起，離開了整段甚至文章的主旨，梁實秋在第四段最後說：「每一個破落戶都可以拿了幾件舊東西來，這是不足為奇的事。國家亦然。多少衰敗的古國都有不少的古物，可以令人驚羨，欣賞，感慨，唏噓！」先說「破落戶」有舊東西，接著「國家亦然」。這是暗示中國也是衰敗的古國嗎？至此使人懷疑前三段說「舊」，只是文章的幌子，或算是文章起興的部分，真正的主旨還未出現。

文章第五段說：「舊的東西之可留戀的地方固然很多，人生之應該日新又新的地方亦復不少。對於舊日的典章文物我們儘管喜歡讚

歎，可是我們不能永遠盤桓在美好的記憶境界裏，我們還是要回到
這個現實的地面上來。」又再推倒之前舊的東西都好的說法，說舊
的東西不能永遠留戀，這如果與第四段衰敗的古國相提並論，則可
與當時中國的守舊和革新的情境關連。最後第六段，再舉例說明要
將舊病除去，但除去之後，怕新病又至，歸結為最可怕的是：「倡言
守舊，其實只是迷戀骸骨；唯新是鶩，其實只是摭拾皮毛，那便是
新舊之間兩俱失之了。」

　　由以上分析可見，〈舊〉的主旨，位置其實在篇末。篇首一筆，
似是開宗名義，其實是不是重點，可見梁實秋文章主旨甚為曲析。
其主旨不是只說明〈舊〉的東西如何可愛，而是借「舊」暗示當時
中國情境，既不能沉迷往日的光輝，也不應唯新是鶩，其實兩者都
有害。所謂文貴乎隱，梁實秋能達到耐人尋味的功夫。再回看文章
題目，也就見到文章題目與文章內容有參差對照的關係，〈舊〉並不
全部說「舊」，而有弦外之音。

（二）結構層面

1 篇章結構

　　從上面內容的分析看來，〈舊〉一文的結構如下：

第一段：說明舊的東西都是好的
第二、三段：舉例（多為事例、語例）說明舊事物都是好的
第四段：說明舊的事物可愛的原因
第五段：說明人不能停留在美好記憶，需要回到現實。
第六段：說明戀舊趨新都不一定好，容易「新舊之間兩俱失之」。

　　基本上這文章的結構，是以並列式展開，將說明對象分成幾類或幾個方面，平衡並列，並無主次，但是本來圍繞說明對象，以「說舊」為中心，後來筆鋒一轉，拉開了一些與「舊」相關，但關係不太密切的話題，造成讀者心理期待的一種撲空和轉向，使文章有一種跳脫和超越邏輯的結構形式，在主題表達上，更有引起讀者注意和思考的作用。

　　散文作品不一定依據常態和典型示人，有時更以超常態為目的。梁實秋跳脫的筆觸和思路，在上文的分析中可展現出來。有學者稱這種手法做「滑筆」：「（作者）往往是借助敍述主線的慣性滑入對歷史、掌故、趣聞、風土人情以至文化景觀等的描述。」[5]這種手法是梁實秋慣用的手法，上面的分析就能展示這種手法的操作方式，好像信手佔來，漫不經心，但其實結構和排序的策略，都能見到作者的計算在內。在文字表象看似散漫和不合邏輯，其實有其內在關連，這才是真正的散文的藝術。

（三）技術層面

　　梁實秋散文最有名的藝術技巧之一，是其旁徵博引的功力。無論語例、事例等說明方式，都能運用自如，而且有良好的藝術效果。梁實秋常以不同的方式處理徵引，造成各種不同姿態。如在第一段開首，梁實秋就將引用的例子引申發展，原文這樣寫道：

　　　　「我愛一切舊的東西——老朋友，舊時代，舊習慣，古書，
　　　　陳釀；而且我相信，陶樂賽，你一定也承認我一向是很喜歡

5　楊小玲：〈梁實秋散文的滑筆藝術〉，《中南民族學院學報》（哲社版），第 84
　　期（1997 年），頁 98～101。

一位老妻。」這是高爾斯密的名劇《委曲求全》（*She Stoops to Conquer*）中那位守舊的老頭兒哈德卡索先生說的話。他的夫人陶樂賽聽了這句話，心裏有一點高興，這風流的老頭子還是喜歡她，但是也不是沒有一點慍意，因為這一句話的後半段說透了她的老。這句話的前半段沒有毛病，他個人有此癖好，干別人什麼事？

梁實秋引用高爾斯密的話，說明愛舊東西是個人的事，與人無關。但利用引用的後半部說老妻一段，插科打諢，將典故作另一種理解，造成幽默的效果。這種引用，已超越一般的引用法則，並非只在說明道理，而有營造個人風格的藝術作用。此外，梁實秋不少引用，除了說明的作用外，還包含反諷或諷刺意味，第四段就有幾個例子，說明舊東西能引起回憶之餘，也帶有諷刺的成分：

> 例如陽曆儘管是我們正式採用的曆法，在民間則陰曆仍不能廢，每年要過兩個新年，而且只有在舊年才肯 "新桃換舊符"。明知地處亞熱帶，仍然不能免俗要煙薰火燎的製造常常帶有屍味的臘肉。端午的龍舟粽子是不可少的，有幾個人想到那 "露才揚己怨懟沉江" 的屈大夫？還不是舊俗相因虛應故事？

這種既以引用說明，又順道諷刺一番的手法，增加了文字的意義和聯想空間，使作品的可觀性大增。

梁實秋一貫的旁徵博引，在第二段也有很突出的運用。第二段的內容，歸納起來其實只有一點，就是「衣著之類還是舊的舒適」。他先反用「人不如故，衣不如新」的意思，說明衣著都是舊的好；

再引用事例說明新裝上身，諸多麻煩不便；跟著再用愛因斯坦的例子說明；其後再以《世說新語》桓沖愛穿舊衣的故事，說明桓沖同樣愛舊衣；再說明「削足適履」，新鞋子不好穿等等。以上眾例，大大超出了說明一個論點的需要。因此，這類作品，不能以一般說明文的原則來判斷。作者在藝術風格上下功夫，其徵引的說明技巧，只是一種手段而已，目的其實是展示文字的功力。在第四段，梁實秋說明「舊的事物之所以可愛，往往是因為它有內容，能喚起人的回憶」，也用同樣的博引手法，說明舊的事物如何勾起人的回憶。對於文學散文來說，這種引用方式，已不是對與不對的問題，而是帶來的效果如何。從內容而言，展現了作者的博學多才，並吸引讀者。梁實秋的徵引，很多是一般知識分子都不知道的軼事或書籍，滿足讀者學術上的「八卦」心態。從技法來說，不得不佩服梁的聯想力，把幾組「論據」，稍加點撥，連結起來，引發讀者的聯想。

此外，第三段梁實秋用新建築和舊建築來比較，說明舊的比較好。他寫新建築和舊建築時，一律用生動和富形象性的詞語，例如說舊學校，「至於講學的上庠，要是牆上沒有多年蔓生的常春藤，基腳上沒有遠年積留的苔蘚，那還能算是第一流麼？」以此來比較「樹小牆新」的新屋，不用「陳述」的方式，而以「呈現」形象的方式來比較說明，以詩學的說法，梁實秋的文章用意象多於用說話。他幾乎將所有要說的話，都化為意象，例如：「在博物館裏我們面對商周的吉金，宋元明的書畫瓷器，可是溜酸雙腿走出門外便立刻要面對擠死人的公共汽車，醜惡的市招，和各種飲料一律通用的玻璃杯！」說穿了其實就是要「面對現實」！這種詩化的句子，實在超出說明要清楚明白的目的，而自成特殊的語言面貌！

四 結論

　　本文旨在展示解讀說明文字的方法和步驟，希望建立一易於操作和跟從的方式，並指出解讀說明文字的的各種切入點。因是初期建設，當然還有可以增刪改良的地方。例如賞析的切入點，應可還有更多，但因為這項賞析的研究，最終目的是希望可以適用於其他不同的說明文字賞析，所以先由普遍性較強的項目開始。

　　此外，本文建立散文賞析方法，是希望讀者可以不必參考資料，而能夠有賞析能力賞析散文作品。因此，本文以說明文的特點，發展出從意義、結構、技巧三層面考察說明文字的框架，以分明的層次，企圖超越感性，嘗試把文學賞析變成一有系統，有規律可尋的操作。文學賞析涉及讀者不同能力，能賞析者自然覺得這些方法和步驟都能掌握，箇中高手更認為沒有步驟和方法可言，但對於未有足夠賞析能力的讀者，亦不失為一可跟循的法門！

附錄

第六屆辭章章法學學術研討會相關訊息

歡迎各界蒞臨指導！！

一、會議時間：民國 100 年 10 月 15 日（星期六）

二、會議地點：臺北市愛國西路 1 號　臺北市立教育大學國際會議廳

三、辦理單位：

（一）指　導：教育部國語文課程與教學輔導團

（二）主　辦：臺北市立教育大學人文藝術學院
　　　　　　　臺北市立教育大學中國語文學系
　　　　　　　中華民國章法學會

（三）協　辦：財團法人閱讀文化基金會
　　　　　　　國文天地雜誌社

四、會議主題：

（一）章法學與辭章學研究

（二）辭章學與意象學研究

（三）辭章學與閱讀學研究

（四）中、西結構學研究比較

（五）辭章學研究與讀寫教學

（六）辭章學研究與華語文教學

五、會議議程：

時間	地　點	10 月 15 日（星期六）			
08:30 -09:00	北市教大國際會議廳	報　　到			
場　次	地　點	主持人	主講人	論　文　題　目	特約討論
09:00 -09:40	國際會議廳	林公欽 北市教大人文藝術學院院長		開　幕　式	
		陳滿銘 中華章法學會理事長	李威熊 南投閱讀學會理事長	專題演講	
09:40 -10:00		茶　　敘			
第一場 10:00 -12:00	甲場	李威熊 逢甲大學講座教授	蔡宗陽 臺師大國文系兼任教授	劉勰《文心雕龍》與篇章結構	陳滿銘 臺師大國文系退休教授
			竺靜華 臺大華語文教學碩士學程助理教授	論華語教學中句型之邏輯性的引導──由「哪壺不開提哪壺」說起	林素珍 彰師大國文系教授
			林均珈 北市教大中語系博士生	論明清傳奇之篇章結構──以《絳蘅秋》為例	仇小屏 成大中文系副教授
			孟建安 肇慶學院文學院教授	章法學體系建構的系統性原則	陳滿銘 臺師大國文系退休教授
			梁淑媛 北市教大中語系副教授	香草花園裡的風景：陳子昂〈感遇〉詩對《楚辭》的接受舉隅	李威熊 逢甲大學講座教授

	乙場	林文寶 臺東大學 榮譽教授	林淑雲 臺師大國 文系講師	從互文性視角談〈木蘭辭〉、〈木蘭歌〉及迪士尼〈木蘭〉	邱燮友 東吳中文系 兼任教授
			許秀美 三重商工 國文教師	張若虛〈春江花月夜〉一詩的章法結構	黃淑貞 慈濟東語系 助理教授
			邱燮友 東吳大學 兼任教授	宏揚中華文化的十二首唐詩	莊雅州 元智中語 系客座教授
			張娣明 臺北大學 中文系兼 任助理教 授	《文心雕龍》詩學與泛具法的輝映	傅武光 臺師大國文 系兼任教 授
			白雲開 香港教育 學院中文 學系	論陶淵明〈桃花源記〉的經典價值——構建「桃花源」世界的語言設計	林淑雲 臺師大國 文系講師
12:00 -13:00		午　餐			
第二場 13:00 -15:00	甲場	賴明德 臺師大國 文系 退休教授	林旃瑋 臺師大國 文系碩士 生	「V有」的歷時演變研究	戴維揚 玄奘應語系 客座教授
			黃麗容 真理通識中 心助理教授	李白古風記遊詩探析	顏智英 海洋通識中 心副教授
			梁敏兒 香港教育 學院中文系 副教授	郁達夫的遊記散文的現代性——以〈傷感的行旅〉為例	余崇生 北市教大中 語系主任
			戴維揚 玄奘應語系 客座教授	中西「對對子」結構美學對比研究——陳寅恪 vs 錢鍾書	許長謨 成大中文系 教授
			余崇生 北市教大中 語系主任	論文章結構與表達	何永清 北市教大中 語系副教授

乙場	許錟輝 東吳大學 中文系客 座教授	黃淑貞 慈濟大東語 系助理教授	傳統民居建築雕飾意象試探 ——以林安泰古厝為考察對象	高美華 成大中文系 副教授	
		黃連忠 高苑科技大 學助理教授	圭峰宗密立體思維與論證章法 的特質與意義	陳佳君 國北教大語 創系副教授	
		王偉忠 北市教大中 語系博士生	白居易應用文結構初探	朱榮智 元培通識中 心教授	
		陳素英 東吳中文系 兼任講師	由桐城理論與實踐論姚鼐登泰 山記	黃連忠 高苑科技大 學助理教授	
		蔡幸君 臺師大國 文系碩士 生	意、象互動的篇章組織及其藝 術效果	蒲基維 中原大學兼任 助理教授	
15:00 -15:20	茶　　敘				
第三場 15:20 -17:20	甲場	張高評 成功大學 中文系特聘 教授	金 鮮 韓國高麗 大學國際語 學院講師	韓國近代女性崔松雪堂之漢詩 研究——以機能不全家庭 （Dysfunctional Family）的成人 孩子(Adult Children)觀點為主	仇小屏 成大中文系 副教授
			蕭千金 北市景興國 中國文教師	PISA 閱讀歷程結合 Bloom 認知 能力的國文教學——以篇章縱 橫向結構為文本分析方法	吳韻宇 教育部輔導 團副召集人
			仇小屏 成大中文系 副教授	論「泛稱意象」與「特稱意象」 ——以席慕蓉《七里香》「花 卉」、「地點」系列意象為考察 對象	胡其德 清雲科大 教授
			何永清 北市教大中 語系副教授	《論語》的語氣詞探究	許長謨 成大中文系 教授

			陳佳君 國北教大語 創系副教授	論章法學在科際整合與更新語料上的研究趨勢	孟建安 肇慶學院文學院教授
			張春榮 國北教大語 創系教授	王鼎鈞書寫的穿透力 ——辯證思維	王基倫 臺師大國 文系教授
			高美華 成功大學中 文系副教授	李漁聯章詞的結構特色	王偉勇 成功大學通 識中心主任
乙場	王偉勇 成功大學通 識中心主任		蒲基維 中原大學兼任 助理教授	恬靜淡泊中的剛毅與執著 ——陶淵明〈飲酒詩〉風格探析	顏瑞芳 臺師大國 文系教授
			魏聰祺 臺中教大語 文系副教授	《史記·老子韓非列傳》篇章結構及其意義	王基倫 臺師大國 文系教授
			譚志明 香港教育學 院中文學系 專任導師	說明文字的賞析步驟和方法的建立——以梁實秋的〈舊〉為例	張春榮 國北教大語 創系教授
17:20 -17:40	國際 會議廳	孫劍秋 教育部輔導 團召集人	余崇生 北市教大 中語系 系主任	閉　幕　式	

※ 主持人 3 分鐘，主講人宣讀論文 12 分鐘，特約討論人 6 分鐘，其餘時間為綜合討論。

國家圖書館出版品預行編目(CIP)資料

章法論叢. 第六輯 / 中華章法學會主編. --
　初版. -- 臺北市：萬卷樓，2012.11
　面 ；　公分. --（文學研究叢書）
ISBN 978-957-739-777-5(平裝)
1.漢語 2.作文 3.文集

　　　　802.707　　　　101023182

章法論叢・第六輯

2012 年 11 月 初版 平裝

ISBN 978-957-739-777-5　　　　　　　定價：新台幣 800 元

作　　　者	中華章法	出　版　者	萬卷樓圖書股份有限公司
	學會	編輯部地址	106 臺北市羅斯福路二段 41 號 9 樓之 4
發 行 人	陳滿銘	電話	02-23216565
總 編 輯	陳滿銘	傳真	02-23218698
副總編輯	張晏瑞	電郵	editor@wanjuan.com.tw
編　　輯	吳家嘉	發行所地址	106 臺北市羅斯福路二段 41 號 6 樓之 3
編　　輯	游依玲	電話	02-23216565
封面設計	斐類設計	傳真	02-23944113
		印　刷　者	百通科技股份有限公司